MOTYLEK

W serii ukazały się:

Więcej czerwieni
Trzydziesta pierwsza
Z jednym wyjątkiem

Wkrótce:
Utopce

KATARZYNA PUZYŃSKA

MOTYLEK

Prószyński i S-ka

Projekt okładki
Mariusz Banachowicz

Redaktor prowadzący
Anna Derengowska

Redakcja
Anna Sidorek

Korekta
Maciek Korbasiński

Łamanie
Ewa Wójcik

ISBN 978-83-7839-695-6

Warszawa 2014

Wydawca
Prószyński Media Sp. z o.o.
02-697 Warszawa, ul. Rzymowskiego 28
www.proszynski.pl

Druk i oprawa
Drukarnia TINTA
13-200 Działdowo, ul. Żwirki i Wigury 22
www.drukarniatinta.pl

Dla Balbiny i Krzyśka

I dreamed I was a butterfly, flitting around in the sky; then I awoke. Now I wonder: Am I a man who dreamt of being a butterfly, or am I a butterfly dreaming that I am a man?

Zhuangzi

Śniło mi się, że jestem motylem, fruwającym po niebie; potem obudziłem się. Teraz zastanawiam się: Czy jestem człowiekiem, który śnił, że jest motylem, czy jestem motylem, który śnił, że jest człowiekiem?

Zhuangzi

PROLOG

Warszawa. Niedziela, 30 grudnia 2012

Niedawno skończyła się msza, ale teraz kościół był już pusty i ciemny. Ciszę przerywały tylko dalekie echa. Mężczyzna usiadł ciężko w pierwszej ławce. Nieco z boku. Nie chciał, żeby ktoś od razu go zauważył, gdyby przypadkiem tu zajrzał. Potrzebował chwili prywatności.

To, co zrobił, nie dawało mu spokoju. Z perspektywy czasu było jeszcze gorzej. Myślał, że wyrzuty sumienia z czasem miną, ale tak się nie stało. Można było wręcz powiedzieć, że wraz z mijającymi dniami czuł się coraz gorzej. Przypominał sobie coraz więcej szczegółów. Pamiętał dokładnie, w co była ubrana, jak miała ułożone włosy. Pamiętał jej głos. Najgorsze ze wszystkiego były jednak jej oczy. Najpierw pojawiło się w nich przerażenie, kiedy zorientowała się, co się za chwilę wydarzy. Potem, kiedy już było po wszystkim, jej spojrzenie stało się puste. Nic już nie wyrażało. W jej oczach widział tylko swoje odbicie. Odbicie potwora.

Mężczyzna zadrżał w ciemności pustego kościoła. Nie wiedział, czy to przez wdzierający się do świątyni chłód, czy przez wspomnienia. Teraz jest już za późno, rozważał dalej. Święci na obrazach zdawali się patrzeć na niego oskarżycielsko. Teraz jest już za późno, powtórzył sobie w duchu, jakby chciał przekonać i siebie, i ich. Nie zmieni tego, co zrobił. Nie da się tego odwrócić. Za późno. Przyjdzie mu żyć z brzemieniem najgorszego grzechu.

Może z czasem uda mu się zapomnieć. Patrzył błagalnie w ołtarz rozświetlony wiecznym światełkiem przy złotym tabernakulum, ale bał się otwarcie prosić Boga o pomoc w tej sprawie. To byłoby bluźnierstwo.

Mężczyzna przymknął oczy i zatopił się w ciszy. Jego myśli błądziły niespokojnie. Teraz najważniejsze, żeby nikt się nie dowiedział, uznał w końcu. Wydawało się, że podjął wszelkie kroki, żeby temu zapobiec. Był bezpieczny. Przynajmniej na razie.

CZĘŚĆ PIERWSZA

ROZDZIAŁ 1

Lipowo. Wtorek, 15 stycznia 2013, rano

Weronika Nowakowska obudziła się nagle. Przetarła oczy leniwym ruchem. Wydawało się, że dzień jeszcze nie wstał na dobre. Wokół panowała zaspana cisza poranka przerywana jedynie błogim chrapaniem psa. Brak jakichkolwiek dźwięków wydawał się nienaturalny. Mieszkała na wsi dopiero od tygodnia i jeszcze nie przywykła, że za oknem nie ma warszawskiego szumu. Odgłosy miasta były tłem, którego się nie zauważało, dopóki ich nie zabrakło. Nie było szmeru samochodów ani stukotu tramwajów. Nie było głosów ludzi spieszących do pracy. Cisza.

Powoli wystawiła rękę spod kołdry. Było zimno. Trzeba będzie zrobić coś z ogrzewaniem. Może poprosić kogoś miejscowego, żeby wytłumaczył jej zasady działania pieca w kotłowni. Jak na razie była to dla niej czarna magia. Uważała się za mieszczucha. Całe życie mieszkała w bloku, gdzie nie musiała się martwić ogrzewaniem. Działało samo. Tym czy innym magicznym sposobem.

Podniosła się powoli, odwlekając jak najdłużej moment wyjścia spod pierzyny. Wzdrygnęła się, kiedy jej stopy dotknęły zimnej posadzki. Koniecznie trzeba będzie podkręcić ogrzewanie. Chuchnęła na próbę ciekawa, czy jej oddech zmieni się w parę pod wpływem zimna. Nic takiego jednak nie nastąpiło. Może przesadzała. Miejscowi pewnie śmialiby się, gdyby ją teraz zobaczyli.

– Cześć, piesku! Dobrze spałeś? – Weronika poklepała psa po głowie. Zamachał niechętnie puchatym ogonem i zamknął oczy, podkreślając, że nadal śpi. On też nie był przyzwyczajony do porannego wstawania. – Igor, jesteś chyba najbardziej leniwym psem na świecie!

Wyjrzała na zewnątrz. Za oknem las tonął w śnieżnej bieli. Nigdy nie lubiła zimy, ale tu na wsi nagle zaczęła patrzeć na nią inaczej. Zaśnieżone gałęzie, ślady zwierząt odciśnięte w białym nieskazitelnym puchu. Wszystko wyglądało tak romantycznie.

– Romantycznie – prychnęła, upinając rude loki w luźny kok. Pies przekrzywił głowę zdziwiony jej wybuchem. – Widzisz, Igor, zostaliśmy sami, ty i ja. Gdzieś na końcu świata! Zakopana po pas w śniegu. Z leniwym psem do towarzystwa. To naprawdę bardzo romantyczne!

W ciągu ostatniego tygodnia, podczas samotnych ciemnych wieczorów zakrapianych czerwonym winem o cierpkim smaku, tysiące razy roztrząsała swoją decyzję rozwodu z mężem i kupna tego starego, nieco podniszczonego wiejskiego dworku. Jakby to była moja decyzja, zaśmiała się w duchu. Jakby to nie Mariusz postanowił wybrać pierwszą lepszą. Tylko nie mnie.

Podpisali papiery rozwodowe, ot, czysta formalność, a były już wtedy mąż wpłacił jej na konto pokaźną sumę pieniędzy. Taki *good-bye gift* jako zadośćuczynienie, jak powiedział tym swoim irytująco pewnym siebie tonem człowieka z wyższych sfer. Nie należał do biednych i chyba się przyzwyczaił, że za pieniądze kupi wszystko. W tym wybaczenie byłej żony. Wydawał się zdziwiony, że nadal jest na niego zła.

Z pieniędzmi na koncie Weronika mogła kupić mieszkanie w Warszawie i żyć jak dotąd. Codziennie rano otwierać gabinet i uśmiechać się do kolejnego pacjenta. Podtrzymywać wizerunek wesołej, pełnej energii pani psycholog. Gdzieś w środku czuła jednak krzyk, który stopniowo narastał – aż miała wrażenie, że dłużej nie wytrzyma. W końcu zdecydowała, że czas pójść za tym wewnętrznym głosem bez względu na konsekwencje.

Paradoksalnie to były mąż pomógł jej ruszyć z miejsca. Okazało się, że ojciec Radka Juniora Kojarskiego, dobrego znajomego Mariusza, miał do sprzedania dworek wraz z trzema hektarami ziemi we wsi Lipowo. Mimo początkowej niechęci zadzwoniła pod naskrobany na skrawku papieru numer telefonu. Oferta była nadal aktualna. Podpis. Przelew na konto. I została dumną właścicielką starego wiejskiego dworku na Mazurach, mając za sąsiada Seniora Kojarskiego wraz z rodziną. Jego majątek szacowano podobno na miliardy złotych. Pieniądze, które zapłaciła mu za dom, stanowiły tylko kroplę w morzu jego codziennych inwestycji.

Mariusz śmiał się początkowo z jej zamiarów, ale ona postanowiła nie zwracać na to uwagi. Jego śmiech nie dotyczył już przecież j e j. Raczej Kamili, Anety czy Klaudii. Czy z kim tam teraz był. Dumnie odmówiła pomocy przy przeprowadzce. Da sobie radę sama, dziękuję bardzo.

Tak, da sobie radę także z remontem. Tak, zdaje sobie sprawę, że to ciężka praca. Tak, da sobie radę ze wszystkim sama. Sama!

Tylko dlaczego przez ostatnie wieczory nie mogła powstrzymać łez? Leżała na łóżku wtulona w puchatego Igora i czuła się najbardziej samotną istotą na świecie.

– Igor! – krzyknęła, porzucając depresyjne wspominki. Golden retriever zerwał się z posłania, oczekując na swoje ulubione słowo. „Śniadanko" było hasłem, które mogło go wybudzić z najgłębszego snu. – Koniec z tym użalaniem się! Pani bierze się w garść. Musimy żyć na nowo. Sami. Damy radę!

Wesołość w jej głosie brzmiała sztucznie, ale na razie to musi wystarczyć.

Pies pognał po schodach do kuchni na parterze. Złoty ogon zniknął na dole. Cały dom nadal był pełen nierozpakowanych jeszcze pudeł z warszawskimi rzeczami. Stały niedbale wśród starych mebli, które kupiła wraz z dworkiem. Wszędzie unosił się lekki zapach kurzu i stęchlizny, typowy dla domów, gdzie długo nikt nie mieszkał. Schody skrzypiały pod jej stopami, kiedy schodziła ostrożnie na parter. Niektóre stopnie były nieco niepewne, ale nauczyła się już je omijać.

Postanowienie na nowy rok – pomyślała, wsypując psu karmę do miski. – Właściwie to postanowienie na nowe życie: posprzątać!

Wyjęła jogurt z lodówki i zjadła go w zamyśleniu. Dom wymagał gruntownych porządków, tak jak jej życie. Igor pochłonął swoją karmę i pobiegł do przedpokoju w poszukiwaniu smyczy. To był ich codzienny rytuał. Śniadanie, spacer. Nie mogła go zawieść. Nawet kiedy cały jej świat walił się przygniatany imionami kolejnych kochanek męża, spacer Igora był świętością. Wepchnęła bujne włosy pod czapkę i zapięła puchową kurtkę. Nie chciała ryzykować. Na wsi było znacznie zimniej niż w mieście.

Tak jak się spodziewała, na dworze panował siarczysty mróz. Najlżejszy wiatr nie przebijał ściany zmarzniętego powietrza. Wszystko jakby zastygło w lodowym śnie. Śnieg błyszczał w zimowym słońcu, które było niemal tak ostre jak latem. Czuła się tak, jakby wkroczyła we wnętrze obrazu przedstawiającego skandynawskie pejzaże, a może nawet odległą Syberię. Wesołe szczekanie Igora obudziło ją z zamyślenia. Ruszyła dziarsko w stronę lasu. Teraz tylko ruch mógł uratować ją przed zimnem.

Jej dom stał na wysokim wzniesieniu kawałek drogi za wsią, na skraju lasu należącego do Brodnickiego Parku Krajobrazowego. Za lasem, który w tym miejscu nie był zbyt szeroki, leżała posiadłość Seniora Kojarskiego i jego rodziny. Weronika lubiła chodzić leśną ścieżką w stronę jego olbrzymiego domostwa. Rezydencję Kojarskich można było równie dobrze nazwać pałacem. To określenie chyba nawet lepiej pasowało do jej strojnego charakteru i gigantycznych rozmiarów.

Ścieżka, która prowadziła wśród brzozowego młodniaka do rezydencji, musiała przepięknie wyglądać wiosną i latem, kiedy drzewa tonęły w delikatnej zieleni. Mniej więcej w połowie drogi znajdowała się niewielka okrągła polana, którą Weronika nazywała w myślach Polaną Czarownic. Była bajkowo okrągła, zupełnie jakby została specjalnie wytyczona przez człowieka. Brakowało na niej tylko domku z piernika.

Nagle Weronika zorientowała się, że nie jest sama. Beztroski nastrój ustąpił miejsca zaniepokojeniu. Pośrodku polany stał mężczyzna w grubej zielonej kurtce i futrzanej czapie. Jego twarz tonęła pod karykaturalnie dużą brązową brodą. Gdyby był nieco grubszy, a broda siwa, można by go wziąć za Świętego Mikołaja.

Na jej widok podniósł rękę do czapki w uroczo staroświeckim geście powitania.

– Dzień dobry. Edward Gostyński, leśniczy – przedstawił się. Z bliska wyglądał na młodszego, niż początkowo myślała. – Czy to pani pies?

– Tak, to mój pies – przyznała się ostrożnie. Jego ton nie wróżył nic dobrego. – Jestem Weronika Nowakowska. Niedawno się tu wprowadziłam. Mieszkam w tym dworku obok lasu.

– Wiem, kim pani jest – uciął. – Czy pani wie, że w lesie nie można spuszczać psa ze smyczy?

– Naprawdę? – postanowiła udawać, że nie zdaje sobie sprawy z istnienia takiego przepisu, co było właściwie prawdą. – Dopiero przyjechałam w te strony i nie wiedziałam…

– Pies może płoszyć zwierzynę. To jest park krajobrazowy – stwierdził z urażoną godnością leśniczy. – Proszę wziąć psa na smycz. Tym razem nie będę wyciągał konsekwencji. Ale proszę się pilnować na przyszłość. Pani przyjechała z Warszawy, prawda?

– Tak – przyznała Weronika.

Wolała nie wnikać, skąd to wiedział. Powinna się przyzwyczaić, że tu wszyscy wszystko o sobie wiedzą. Tak było w każdej małej społeczności. Podobno.

– W stolicy może macie inne zasady, ale my tutaj przestrzegamy prawa. Czy ktoś jest miejscowy, czy przyjezdny, jak pani. Życzę udanego dnia – dodał leśniczy Gostyński, ale nie wyglądało na to, żeby był w swoich życzeniach zbyt szczery.

Potulnie zapięła smycz Igora i ruszyła niespiesznie dalej. Pies wydawał się zawiedziony nagłą utratą wolności.

– Nie martw się, piesku, za chwilę pobiegasz – zapewniła go Weronika szeptem. – Zostawimy tylko pana leśniczego daleko za sobą.

Ciało zakonnicy leżało porzucone na poboczu szosy, jak popsuta lalka. Tylko kilkaset metrów i zakręt leśnej drogi dzieliły ją od wsi. Krew poplamiła świeży śnieg jaskrawą czerwienią. Kończyny i tułów były właściwie zmiażdżone, odsłaniając groteskowo poskręcane narządy wewnętrzne. Poły czarnego habitu otaczały umęczone ciało jak wielkie skrzydła. Tylko twarz pozostała nienaruszona. Malował się na niej wyraz zaskoczenia pomieszanego z bólem.

Zdziwiony kruk przysiadł obok. Oglądał ciało zmarłej z zainteresowaniem. Rzadko widywał coś takiego w swoim lesie. Krew pachniała zachęcająco. Zakrakał gardłowo, nawołując swoją partnerkę. Wśród drzew rozległa się dźwięczna odpowiedź.

Nagle na drodze pojawił się człowiek. Kruk odleciał zawiedziony.

Weronika Nowakowska przeszła wąskim mostkiem przez wartki leśny strumień. Woda szumiała przyjemnie. Stanęła na chwilę, rozkoszując się sielską atmosferą poranka. Kawałek dalej las przerzedzał się i można było zobaczyć olbrzymią działkę, na której stało okazałe domostwo Kojarskich. Rezydencja otoczona była wspaniałym ogrodem, który latem podobno tonął w kwiatach. Weronice najbardziej podobał się wielki labirynt z równo przyciętego żywopłotu. W ciągu ostatniego tygodnia często stawała na skraju lasu, bojąc się naruszyć teren bogatego sąsiada, a zarazem pragnąc zagłębić się w ten niesamowity cud ogrodnictwa.

Spuściła Igora ze smyczy. Uznała, że byli wystarczająco daleko od trzymającego się litery prawa leśniczego.

– Dzień dobry! – słodki dziewczęcy głos dochodził od strony ogrodu.

Weronika wzdrygnęła się, przestraszona nagle obecnością innego człowieka. Znowu. Poranna cisza wydawała się jej własnością. Na szczęście to nie leśniczy, zaśmiała się w duchu. Nie miała ochoty na dalsze dyskusje.

– Och, jaki śliczny pieseczek!!!

Kobieta ubrana była w obcisły różowy kombinezon narciarski dla ochrony przed mrozem. Igor łasił się do niej bezwstydnie. Zagłębiła w złotej sierści małe dłonie w różowych rękawiczkach. Pies był zachwycony tymi pieszczotami.

– Jestem Blanka! – przedstawiła się kobieta, poprawiając tlenione włosy. – Przyszłam stamtąd. – Wskazała w kierunku okazałego budynku.

Mimo mrozu nie miała na głowie czapki. Weronika podejrzewała, że to z obawy przed zepsuciem misternej fryzury. Końce jej uszu były czerwone z zimna, a szczęka jakby lekko drżała.

– Jestem żoną Ryszarda Kojarskiego – wyjaśniła Blanka.

– Ale wszyscy mówią na niego Senior. Żeby go odróżnić od Radka, jego syna. Jego nazywają Juniorem. No i wszystko jest zupełnie jasne, prawda? Poza tym Senior i Junior to takie arystokratyczne, prawda? Normalnie powinni mieć tak samo na imię, żeby mówić Junior i Senior, ale oni się tym nie przejmują.

Blondynka przerwała swój wywód perlistym śmiechem.

– Pamiętam panią. Dzień dobry. Przestraszyłam się, bo nie spodziewałam się nikogo tak wcześnie tu w lesie – wyjaśniła Weronika, żeby coś powiedzieć.

Żona sąsiada nie przypadła jej za bardzo do gustu. Spotkały się już raz przy zakupie domu Weroniki. Kobieta wyglądała na jej rówieśniczkę. Właściciel majątku natomiast, Senior Kojarski, musiał mieć co najmniej sześćdziesiąt lat. Weronika pomyślała wówczas, że stereotyp bogacza z młodą atrakcyjną żoną znalazł właśnie swoją doskonałą ilustrację.

Blanka Kojarska uśmiechnęła się przepraszająco. Jej oddech był szybki i niespokojny, jakby przejęła się całą sytuacją.

– Jak miło, że się spotkałyśmy! Często tu pani spaceruje? Może pójdziemy kawałek razem? – Igor zdawał się zachwycony szczebiotem atrakcyjnej blondynki.

Weronika przytaknęła tylko, bojąc się, że głos zdradzi jej niechęć do tego pomysłu. O samotnym spacerze w ciszy i kontemplacji zaśnieżonego lasu mogła zapomnieć.

– Myślę, że możemy sobie mówić na ty! – wykrzyknęła Blanka, jakby uważała to za najlepszy w świecie pomysł. – Chyba jesteśmy w tym samym wieku…

– Weronika Nowakowska. – Weronika uścisnęła wyciągniętą do niej drobną dłoń.

– Blanka! A jak ty się nazywasz, pieseczku? – zagruchała blondynka, zwracając się do Igora.

Pies wydawał się całkowicie oczarowany. Jak pewnie każdy samiec w obecności tej laluni – pomyślała zgryźliwie Weronika. Od razu jednak poczuła wyrzuty sumienia. Sama zawsze powtarzała, że nie wolno oceniać ludzi po pozorach, a tymczasem od razu zaszufladkowała sąsiadkę.

– Pieseczek nazywa się Igor – mimo wszystko nie potrafiła powstrzymać sarkazmu.

Blanka Kojarska nie zwróciła na to uwagi. Chwyciła dużą spróchniałą gałąź i rzuciła ją w kierunku skraju lasu. Patyk wylądował niedaleko, zanurzając się w śniegu.

– On nie… – zaczęła Weronika. Ku jej zaskoczeniu Igor ochoczo pobiegł po patyk i przyniósł go Blance dumny z siebie. – On nie umie aportować…

– Och, jaki mądry! – zachwycała się blondynka. Igor z entuzjazmem merdał ogonem. Weronika zagryzła zęby. Była zazdrosna nawet o psa, a przecież od dziś miała zacząć nowe życie. Wolne od użalania się nad sobą i negatywnych emocji. – Uwielbiam spacerować po lesie!

A nie wyglądasz, chciała dodać Weronika. Zamiast tego zacisnęła usta i ruszyła szybszym krokiem naprzód. Rozmówczyni niewątpliwie ją irytowała, jednak miała w sobie jakiś dziwny urok.

– Czasami robię nawet dziesięć kilometrów dziennie! – pochwaliła się Blanka. – To dobre ćwiczenie. Naprawdę!

Szły przez chwilę w ciszy przerywanej tylko odgłosem ich kroków na śniegu.

– Spaceruję też wieczorami, to mi pomaga zasnąć – kontynuowała niechciana towarzyszka, ale jej głos nagle się zmienił. Nie był już zalotnym szczebiotem. Brzmiał teraz, jakby Blanka była zmęczoną życiem staruszką. – Bo wiesz, ja często miewam kłopoty ze snem…

Weronika niemal stanęła zdziwiona tą nagłą zmianą. Miała wrażenie, jakby głupiutka blondynka gdzieś zniknęła, a na jej miejscu pojawiła się zupełnie inna osoba. Spojrzała na rozmówczynię pytająco.

– Ja też – dorzuciła szybko na wszelki wypadek, żeby zachęcić Blankę do dalszego mówienia.

Kojarska spojrzała na Weronikę z nowym zainteresowaniem. Niecierpliwie przestępowała z nogi na nogę, oczekując dalszego ciągu. Zachowywała się, jakby pierwszy raz spotkała kogoś, kto ma ten sam problem co ona.

– To znaczy ostatnio – Weronika poczuła się zmuszona kontynuować swój wywód. – To znaczy, od kiedy się rozwiodłam…

– Tak, słyszałam o tym. – Nowa kobieta w ciele Blanki dotknęła współczująco jej ramienia. Ruszyły znowu wolnym krokiem. – Kobiety mają w życiu ciężej… Nic na to nie poradzimy. Taki nasz los.

– Och, tutaj spacerujecie. – Zza zakrętu niespodziewanie wyłonił się Radosław Junior Kojarski, przyjaciel byłego męża Weroniki. – Blanka, wszędzie cię szukałem!

Weronika poczuła się, jakby znowu była w Warszawie. Do kompletu brakowało jeszcze tylko jej męża. Chociaż był chyba ostatnią osobą, która wybrałaby się na przechadzkę po bezdrożach. Weronika nie przypominała sobie, żeby miał jakiekolwiek inne buty niż eleganckie lakierki z błyszczącej skóry. Nie najlepsze na takie śniegi, stwierdziła w duchu.

– Och, Radziu, nie udawaj, że nie znasz mojej trasy – kokietowała Blanka. Szczebiotliwy zalotny ton powrócił.

Radek Junior wzdrygnął się z niechęcią, ale kobieta zdawała się tego nie zauważać.

– Jakby wszyscy nie znali... – mruknął pod nosem. – Jak się masz, Weronika? – zwrócił się z udawaną troską do Nowakowskiej.

Weronika nie znała go zbyt dobrze. Podejrzewała jednak, że jeżeli był choć trochę podobny do jej męża, nie interesował go właściwie nikt poza nim samym.

– Słucham? – powiedziała Weronika z roztargnieniem, otrząsając się z zamyślenia.

– Jak sobie radzisz? Z nowym domem i... w ogóle – powtórzył Junior poirytowany.

Nie miał w zwyczaju się powtarzać. Zapiął mocniej kurtkę pod szyją.

– Wszystko w najlepszym porządku. Radzę sobie świetnie. Bez Mariusza życie stało się o wiele łatwiejsze – rzuciła pozornie beztroskim tonem. Miała nadzieję, że były mąż już dziś będzie wiedział, co powiedziała. Drobna uszczypliwość, na którą mogła sobie teraz pozwolić.

Igor podszczekiwał niezadowolony z braku zainteresowania i niechcianego postoju.

– Wracaj do domu – Junior Kojarski ostentacyjnie zwrócił się do Blanki, ignorując zupełnie wiszące jeszcze w powietrzu słowa Weroniki. – Zaraz będziemy jedli. Ojciec chciał, żebyś dołączyła. Planuje dla nas jakiś rodzinny obiadek. Przyjeżdżam z Warszawy i od razu coś takiego.

Wzdrygnął się zniesmaczony.

– Radziu, ty ostatnio tak rzadko u nas bywasz. – Blanka

chwyciła mężczyznę za rękę. Ona też zapomniała o Weronice, która mimowolnie przysłuchiwała się ich rozmowie.
– Wszyscy tu za tobą tęsknimy. Sam przecież wiesz.

– Mam dużo pracy – powiedział Junior sucho i odtrącił jej rękę.

Blanka wydawała się zaskoczona tym gestem. Spróbowała chwycić jego dłoń raz jeszcze. Napięcie między nimi stało się niemal namacalne. Weronika pomyślała, że tych dwoje coś łączy. Czyżby młoda żona romansowała na boku z synem Seniora? Myśli Weroniki znowu zaczęły krążyć wokół zdrady. Nie chciała tego.

– Cóż, ja chyba już pójdę. Jest zimno… i chcę jeszcze przejść się do sklepu – tłumaczyła się niezręcznie.

Niepotrzebnie. Junior Kojarski ruszył już w kierunku domu, nie zważając na żadną z kobiet. Blanka spojrzała za nim tęsknie.

– Musimy częściej się spotykać. Zapraszam do nas dzisiaj na kolację, zadzwonię – rzuciła i pobiegła za Juniorem Kojarskim.

Weronika spoglądała za nimi przez chwilę. W końcu Igor znacząco szturchnął ją nosem. Rozpierała go energia.

– Już dobrze, piesku, idziemy dalej.

Ruszyli we dwójkę w drogę powrotną przez las. Kiedy dotarli do Polany Czarownic, Weronika postanowiła skręcić w ścieżkę prowadzącą na skróty do wioski. Równie dobrze może zrobić zakupy od razu, naprawdę potrzebuje wielu rzeczy. Igorowi nic się nie stanie, jeśli poczeka chwilkę przed sklepem. Znając Wierę, to może nawet pozwoli mu wejść do środka i obdaruje smakołykiem spod lady.

Młodszy aspirant Daniel Podgórski, szef komisariatu policji w Lipowie, szedł raźno świeżo odśnieżoną szosą w stronę posterunku. Było mu wesoło w ten jasny, zimowy dzień. Jego dobrego nastroju nie psuł nawet fakt, że rano znowu musiał poluzować pasek o kolejną dziurkę. Wszystkie internetowe filmiki instruujące, jak zmienić swój brzuch w atrakcyjny „kaloryfer", przegrywały sromotnie z kuchnią jego matki. Nic nie mógł na to poradzić. Miał trzydzieści trzy lata, a jego brzuch dawno już nie był płaski, nie mówiąc już o kaloryferze. W gruncie rzeczy, jak dobrze się nad tym zastanowić, to mięśnie jego brzucha nigdy nie były wyraźnie zarysowane. Trzeba spojrzeć prawdzie w oczy i pogodzić się z rzeczywistością, zdecydował dzielnie. W zamian za płaski brzuch miał przecież pracę, którą lubił. Poza tym mógł, tak jak teraz, iść sobie spacerem przez spokojne Lipowo, pogwizdując ulubioną piosenkę.

Mieszkańcy okolicznych domów pozdrawiali go uprzejmie, kiedy ich mijał. W końcu to on pilnował, żeby ich wieś była taka beztroska i bezpieczna. Czego więcej chcieć od życia? No, może coś by się znalazło, przyznał niechętnie w duchu. Żona, dzieci, praca w policji kryminalnej w mieście, wyliczał z rozmarzeniem. Odkaszlnął, odpędzając te rojenia. Trzeba uważać, czego człowiek sobie życzy. W gruncie rzeczy było przecież dobrze tak, jak jest.

Ewelinie Zarębie zostało jeszcze pół godziny do otwarcia salonu fryzjerskiego, który prowadziła w Lipowie. Jej mąż Marek wyszedł już do pracy, a córeczka spała jeszcze smacznie, ciesząc się pierwszymi dniami ferii zimowych. Dzień wydawał się przepiękny, a ją czekało dzisiaj dużo pracy w zakładzie. Postanowiła przespacerować się trochę, żeby zaczerpnąć świeżego powietrza. Często tak robiła.

Spojrzała tęsknie na paczkę papierosów. Oboje z Markiem postanowili rzucić palenie. Walczyła chwilę ze sobą, po czym włożyła papierosy do kieszeni kurtki, tak na wszelki wypadek, i ruszyła szosą w kierunku lasu. Miała zamiar dojść do zakrętu i z powrotem. W sam raz na kilka minut relaksu. Nie za dużo, nie za mało.

Wiera, właścicielka jedynego obecnie sklepu w Lipowie, była chyba jedyną osobą, z którą Weronika Nowakowska do tej pory nawiązała jakieś stosunki towarzyskie w nowym miejscu. Jeżeli te kilka rozmów przy zakupach można nazwać stosunkami towarzyskimi. Wiera miała w sobie coś takiego, że człowiek od pierwszej chwili czuł, że zna ją od dawna. Przynajmniej tak uważała Weronika. Pozostali mieszkańcy Lipowa mogli mieć inne zdanie, ale ona zdążyła już polubić tę kobietę. Podobno tutejsi nazywali ją wiedźmą, Wiera opowiedziała Weronice o tym z rozbawieniem. Nie przeszkadzało im to jednak spędzać dużo czasu na plotkach w jej pachnącym przyprawami sklepiku. Wiera wielokrotnie chwaliła się Weronice, że jej sklep to centrum życia towarzyskiego całej wsi, a był to niemały powód do dumy.

Weronika przywiązała Igora przed pawilonem i weszła do środka witana przez dzwonki wiszące w drzwiach. Trzeba przyznać, że Wiera rzeczywiście wyglądała dość oryginalnie z długimi potarganymi czarnymi włosami i w ciemnych powłóczystych strojach. Weronika pomyślała, że wystarczyłby kapelusz i sklepikarka rzeczywiście mogłaby zostać uznana za czarownicę.

Najwyraźniej Wiera dopiero otworzyła. Nigdy nie trzymała się sztywno godzin. Na drzwiach powiesiła nawet kartkę z odręcznie napisanym komunikatem: „Otwarte, kiedy mi się podoba".

W sklepie było wyjątkowo pusto. Przy ladzie stał tylko jeden mężczyzna. Mimo zimy jego twarz miała odcień brązu, który sugerował, że dużo czasu spędza na powietrzu. Wiera podała mu zamówione produkty. Mężczyzna podziękował grzecznie, kładąc na ladzie równo odliczone pieniądze. Kiedy mijali się z Nowakowską w drzwiach, lekko się jej ukłonił, chociaż Weronika nie przypominała sobie, żeby widzieli się kiedykolwiek wcześniej. Wydawało jej się, że mężczyzna przygląda się jej uważnie. Drugi raz tego dnia pomyślała, że w Lipowie wszyscy pewnie wiedzieli już wszystko na jej temat. Ot, tajemnica małych miasteczek i wiosek.

Wiera twierdziła, że Weronika spowodowała niemałą sensację swoim zamieszkaniem w tym ospałym miejscu, gdzie niewiele się działo. Sprowadzenie się Kojarskich kilka lat temu omawiane było tyle razy, że nie stanowiło już żadnej atrakcji. Weronika uratowała życie lipowskiej plotki.

– Cześć – przywitała ją Wiera.

Miała koło sześćdziesięciu lat i choć w jej włosach połyskiwały siwe pasma, oczy błyszczały młodzieńczą energią.

– A ten tam, co wyszedł, to ten chłopak ze dworu, co dogląda ogrodu i napraw. Zastąpił starego Tomczyka, bo on już nie mógł pracować – dodała tytułem wyjaśnienia. – Ze względu na reumatyzm. To taki człowiek do wszystkiego, jak to powiadają.

– Dzięki tobie niedługo ja też będę wiedziała wszystko o wszystkich w Lipowie – zaśmiała się Weronika.

Jeśli o to chodzi, Wiera była chodzącą encyklopedią, chociaż sama nie mieszkała tu długo.

– Toć taka moja rola, dziewczyno, taka moja rola. A Igora żeś zostawiła na takim mrozie. Weź go tu zaraz, coby sobie zadu nie odmroził! – zarządziła, sięgając po smakołyk.

Igor chętnie zamienił mróz na ciepły sklep. Zwłaszcza że czekała na niego niespodzianka w postaci kawałka mięsa spod lady. Rozsiadł się pośrodku i żuł smakołyk z miną pełną rozkoszy.

Zakupy zajęły więcej czasu, niż Weronika przypuszczała, ponieważ Wiera pogrążyła się w opowieści na temat lokalnych nowości. W końcu zapakowały wszystko do plastikowych reklamówek i Weronika wyszła z powrotem na mróz.

– Pomóc pani? – Przed sklepem stał młody policjant i kończył palić papierosa. Pewnie przyszedł z pobliskiego komisariatu. Rzucił niedopałek na śnieg i szybko przydeptał go butem. Wyglądał na nieco zawstydzonego, że został przyłapany na paleniu. – Te torby wyglądają na ciężkie. Jestem Marek Zaręba.

– Dziękuję bardzo, ale nie trzeba – zapewniła go Weronika, również się przedstawiając.

Uśmiechnęła się do siebie. Może mieszkanie w małej wiosce ma jednak swoje plusy. Z jednej strony obsesyjnie trzymający się litery prawa leśniczy i dziwni sąsiedzi w postaci rodziny Kojarskich. Z drugiej strony ludzie wydawali się tu bardziej pomocni niż w mieście.

Objuczona zakupami Weronika ruszyła pod górę w stronę swojego nowego domu przekonana, że przeprowadzka do Lipowa była doskonałym pomysłem.

Młodszy aspirant Daniel Podgórski otrzepał dokładnie buty ze śniegu w drzwiach komisariatu. W budynku było przyjemnie ciepło. Odetchnął głęboko.

– Cześć, synku – powitał go głos matki.

Pomachała do niego zza biurka w recepcji. Jak zwykle panował na nim idealny porządek. Długopisy ułożone w kubku z uśmiechniętym kotem, różowe karteczki do notowania w pojemniku. Komputer odsunięty jak najdalej. Matka nadal była wobec niego nieufna.

Trochę się tego wstydził, bo nie dość, że wciąż mieszkał w domu matki, to jeszcze razem z nią pracował. Była kimś w rodzaju sekretarki i organizatorki, a także dostarczycielki domowych wypieków. Zaskarbiła tym sobie sympatię wszystkich policjantów pracujących w ich małym posterunku. Poza tym Maria była przecież żoną Romana Podgórskiego, lokalnego bohatera. Policjanta, który zginął podczas pełnienia służby. Dla wszystkich mieszkańców wsi było więc oczywiste, że jest właściwą osobą na właściwym miejscu. Mimo swojej niechęci do komputeryzacji i wszelkich nowinek technicznych. Przecież tu w Lipowie nie były im do niczego potrzebne.

– O, cześć, szefie! – przywitał go Marek Zaręba, najmłodszy z dzielnicowych.

– Cześć, Młody.

Daniel doskonale wiedział, że kto jak kto, ale Marek miał pod mundurem ów mityczny kaloryfer. Zaręba był wielbicielem wielogodzinnych ćwiczeń, co zapewniało mu powszechny podziw wśród żeńskiej części mieszkańców Lipowa. Ale co tam, pod zimowymi ubraniami i tak nic nie widać, pocieszył się w duchu Podgórski.

– Szef przyszedł! – krzyknął Marek Zaręba donośnie.

Ich komisariat był niewielki, ale Daniel był dumny, że każdy z policjantów ma swoje własne biuro. Jego zdaniem wyglądało to profesjonalnie. Mieli też salkę konferencyjną. Co prawda pełniła ona jednocześnie funkcję pokoju socjalnego, ale to nie umniejszało przecież jej znaczenia.

Wkrótce na korytarzu ukazali się dwaj pozostali policjanci, Paweł Kamiński i Janusz Rosół. Razem z Danielem i Markiem Zarębą było więc ich tu w sumie czterech. Nie za dużo i nie za mało, uważał Podgórski. Podobnie jak w innych komisariatach w tej okolicy.

– Ale dzisiaj piździ, co? – krzyknął Paweł Kamiński bez ogródek.

Kamiński był synem drugiego lokalnego bohatera. Jan Kamiński zginął podczas tej samej akcji co tata Podgórskiego. Wszyscy w wiosce byli pewni, że synowie bohaterskich policjantów zajmą ich miejsce w lipowskim komisariacie. Z czasem właśnie tak się stało i jak dotąd wszyscy byli zadowoleni.

– Nie chcę słyszeć takich wyrażeń w moim komisariacie! – krzyknęła zza swojego biurka Maria. – Pawełku, tak zupełnie nie wypada.

Mimo swojego wyglądu dobrotliwej starszej pani Maria Podgórska miała swoisty autorytet. Paweł Kamiński wydukał cicho krótkie przepraszam.

– No, chyba rzeczywiście – pospieszył mu na ratunek

młody Marek Zaręba. – Widziałem, że jest minus piętnaście, jak wychodziłem z domu. Prawdziwa zima. Tak jak trzeba.

Janusz Rosół, najstarszy z nich wszystkich, pokiwał tylko głową, poprawiając sumiaste wąsy. Wolał się nie odzywać. Wszyscy zdążyli się już przyzwyczaić do jego małomówności.

– Coś nowego? – zapytał Daniel Podgórski i rozpoczął długi proces zdejmowania zimowej odzieży.

Paweł Kamiński i Janusz Rosół pokręcili głowami.

– Właściwie nic – podsumował w imieniu kolegów zawsze energiczny Marek Zaręba. – Gierot jak zwykle się napił i zasnął przy drodze. Odstawiłem go do domu. W taką pogodę to przecież nie jest zbyt bezpieczne. Poza tym to tylko trochę papierkowej roboty zostało z wczoraj. A właśnie, szefie! W sklepie widziałem tę nową. Tę ze wzgórza, co stajnie chce sobie u nas pobudować. Wiesz którą, co?

– Coś słyszałem – odparł wymijająco Podgórski.

Młodszy kolega wiecznie próbował go zeswatać ze wszystkimi możliwymi kandydatkami. Marek nie mógł zrozumieć, jak Daniel może być samotny. Sam ożenił się z miejscową fryzjerką w wieku osiemnastu lat i w tym roku miał obchodzić dziesiątą rocznicę ślubu.

– Niezła z niej babka. – Marek Zaręba mrugnął teatralnie. – Wysoka jak modelka, włosy rude, że widać ją z daleka. Ładna, zgrabna… i z Warszawy. Wiera mówi, że ona po rozwodzie jest, więc wiesz, Daniel… nic, tylko działać!

– Młody! Ty się lepiej skup na swojej rodzinie – zaśmiał się Daniel. – Podobno zostało jeszcze trochę roboty. Każdy chyba wie, co ma robić, nie? To dość gadania i zabieramy się do pracy.

Szybko wycofał się do swojego gabinetu, żeby uniknąć dalszej rozmowy o nowej mieszkance wsi.

– Też ją widziałem. Kurwa, niezła laska! Chociaż może trochę za wysoka jak dla mnie – usłyszał jeszcze słowa rozochoconego Kamińskiego.

Kiedy zamykał drzwi, Marek i Paweł pogrążeni byli w entuzjastycznych rozważaniach na temat atutów rudowłosej Weroniki z Warszawy. Janusz Rosół stał jak zwykle z boku, podkręcając wąsa, i kiwał tylko apatycznie głową.

Wiera lubiła czasem niespodziewanie zamknąć sklep, pójść na nieplanowany spacer do lasu, poszukać aromatycznych ziół na polach. Dobrze było wprowadzić element niepewności w nudne życie mieszkańców Lipowa. Niby dlaczego zawsze mieli wiedzieć, czy sklep jest otwarty, czy nie? Wiera nie uznawała sztywnych zasad w żadnej dziedzinie życia. A już na pewno nie chciała podporządkowywać własnego sklepu jakimś sztywnym regułom, od ósmej do szesnastej. Sklep był jej królestwem, i tyle. Niech inni się dostosują. W gruncie rzeczy mało ją obchodzili.

Zamknęła sklep, mimo że właściwie dopiero go otworzyła. Ruszyła drogą w kierunku skraju lasu, gdzie stała tablica „Witamy w Lipowie". Sołtys był z niej dumny, ale dla Wiery nie stanowiła niczego ciekawego. Ile już takich widziała w życiu? Nie pamiętała. Podniosła kamień z pobocza drogi. Miał ciekawy kształt. Włożyła go do kieszeni starej znoszonej kurtki. Nigdy nie wiadomo, kiedy się przyda.

– Teraz wszystko się zacznie – powiedziała cicho do siebie.

Jakby w odpowiedzi usłyszała przeciągły krzyk. Dochodził od strony lasu. Wkrótce zza drzew wybiegła spanikowana dziewczyna. Wiera od razu poznała, że to fryzjerka Ewelina Zaręba, żona młodego policjanta. Sklepikarka nie miała o niej zbyt wysokiego mniemania. Takich dziewczyn też dużo widziała. Sztuczne paznokcie i obcisłe kuse kurteczki. Nie żeby Wierze to akurat przeszkadzało. Wydawało jej się po prostu głupie tak się stroić dla mężczyzn, z których i tak nie było właściwie żadnego pożytku. A już zdecydowanie nie było potrzeby dla nich marznąć.

Fryzjerka pędziła jak szalona. Obcisła puchowa kurtka szeleściła nieprzyjemnie. Wiera wzdrygnęła się, słysząc ten dźwięk. Obcasy wysokich kozaków stukały po oblodzonej szosie.

– Też mi buty na zimno – prychnęła na ich widok Wiera.

Dziewczyna poślizgnęła się, ale udało jej się utrzymać równowagę.

– Pani Wiero – wydusiła Ewelina. – Musimy zaraz iść po Marka albo Daniela… Musimy sprowadzić policję. Stało się coś strasznego.

Wiera pokiwała spokojnie głową. Już się zaczęło.

Maria Podgórska usiadła wygodniej przy swoim biurku w recepcji komisariatu i słuchała rozmów policjantów z pobłażliwym uśmiechem. Młody Marek Zaręba i Paweł Kamiński wciąż zachwycali się oryginalną urodą rudowłosej Weroniki Nowakowskiej. Oczywiście każdy entuzjazmował się na swój sposób. Marek szukał towarzyszki dla Daniela, w intencje Pawła wolała nie wnikać. Wszyscy wiedzieli, jaki był wobec kobiet. Janusz Rosół preferował ciche uczestnictwo w całej dyskusji, więc jego zdania w sprawie warszawianki nie można było na razie odgadnąć.

Maria westchnęła cicho. Bardzo chciała, żeby jej jedyny syn wreszcie znalazł towarzyszkę życia, więc była zadowolona ze starań Marka. Najlepiej, gdyby Daniel wybrał jakąś grzeczną dziewczynę z okolicy, ale warszawianka od biedy też mogłaby być. Podgórska zastanawiała się, czy gdzieś popełniła błąd. Włożyła przecież w wychowanie syna całą miłość, jaką miała w sercu. Ale strata ojca w tak młodym wieku nie mogła pozostać bez echa. Czy to właśnie dlatego Daniel ciągle był sam?

Jej rozważania przerwał telefon. Odebrała, używając zwyczajowej formułki. Znała ją tak dobrze, że mogłaby ją wyrecytować o każdej porze dnia i nocy.

– Och, to ty, Wiera. – Maria uśmiechnęła się, mimo że sklepikarka nie mogła jej widzieć. – Jak miło, że dzwonisz. Miałam właśnie ochotę porozmawiać z tobą o kilku sprawach.

Wiera dzwoniła do niej czasami, żeby wymienić najnowsze plotki. Stanowiło to miły przerywnik w pracowitym dniu na posterunku. Tym razem jednak Maria słuchała słów sklepikarki z przerażeniem. Uśmiech powoli znikał z jej twarzy.

Ostrożnie odłożyła słuchawkę.

– Jest wezwanie – powiedziała ledwo dosłyszalnie.

– Co pani mówi, pani Mario? – pierwszy na korytarzu pojawił się młody Marek Zaręba.

Widocznie ma najlepszy słuch, taki z niego jeszcze chłopak, pomyślała Podgórska irracjonalnie. Nie tak dawno skończył szkołę policyjną. Dobrze pamiętała jego dumny uśmiech, kiedy po raz pierwszy przekraczał próg komisariatu ubrany w nowiuteńki mundur.

– Co się stało? – powtórzył Marek, jakby podejrzewał, że nie dosłyszała.

Tymczasem pozostali policjanci zdążyli już zebrać się w recepcji. Paweł Kamiński i Daniel wpatrywali się w nią wyczekująco. Janusz Rosół poprawił wąsy automatycznym ruchem.

– Dzwoniła Wiera – wyjaśniła Maria powoli. – Znalazła przejechaną zakonnicę. Tam w lesie, tuż przy wjeździe do wsi. Ewelina też tam jest…

– Moja żona?! – krzyknął z niedowierzaniem Marek Zaręba. – Nic jej nie jest?!

– Młody, ubieraj się. Idziemy – zarządził Daniel Podgórski, biorąc kurtkę.

– Ja też idę, nie ma mowy – wtrącił się Paweł Kamiński, zacierając z zadowolenia dłonie. – Cała wieś pewnie już tam jest. Kurwa, też chcę to zobaczyć. Nie ma mowy, żebym to przegapił. W końcu nie codziennie mamy takie emocje.

Daniel zgromił go wzrokiem, ale Kamiński już wkładał kurtkę.

– Rosół, ty i Maria zostajecie tutaj.

Janusz pokiwał głową i poczłapał ospale do swojego gabinetu.

Schowała się między drzewami, zaciskając telefon komórkowy w zmarzniętych dłoniach. Teraz stara nokia stała się cenna. Nie miała dobrego aparatu, ale wystarczał, żeby zrobić kilka zbliżeń. Cennych zbliżeń. Można powiedzieć, że potencjalnie bardzo cennych, pomyślała ucieszona.

Na pewno wkrótce na miejscu zjawi się policja. Słyszała, że nadchodzą już ludzie z wioski, ale tylko ona miała to wszystko udokumentowane. Opłacało się krążyć po okolicy z samego rana.

Nie do końca rozumiała, co tu się właściwie wydarzyło. Da sobie czas na przemyślenia, zanim coś z tym zrobi. Lepiej nie postępować pochopnie.

Komisariat znajdował się mniej więcej pośrodku wsi, więc trzej policjanci, okutani w zimowe kurtki, ruszyli w kierunku miejsca wypadku na piechotę. Plotki roznosiły się w Lipowie szybciej niż gdziekolwiek indziej, więc na drodze pojawiło się już wielu rozgorączkowanych mieszkańców. Wymieniali między sobą uwagi, spoglądając to w kierunku skraju lasu, to na maszerujących policjantów. Paweł Kamiński miał rację, we wsi rzadko coś się działo, więc teraz każdy chciał zobaczyć ich własny wypadek samochodowy. Kiedy mijali tablicę witającą ich w Lipowie, chyba każde domostwo miało już swojego przedstawiciela podążającego w zwartym tłumie za stróżami porządku.

– No, jesteście, chłopcy – przywitał ich poufale sołtys, który pojawił się jakby znikąd. – Wszystko tu dla was przypilnowałem. Nikt niczego nie dotykał.

Jego podwójny podbródek zafalował, kiedy zarechotał zadowolony z siebie. Szara czapka zsunęła mu się trochę na lewe oko. Poprawił ją szybkim ruchem.

– Gdzie jest Ewelina? – zaniepokoił się Marek. Na razie

nie interesowało go nic innego oprócz bezpieczeństwa żony.

– U pani Wiery – odparł sołtys urażony nieco brakiem pochwał ze strony policjantów. – Z tego, co zrozumiałem, to ona ją znalazła. Biedaczka jest chyba w szoku...

Marek Zaręba spojrzał pytająco na Daniela. Podgórski skinął głową na znak, że młody policjant może pobiec do żony. Teraz, natychmiast. Rozumiał zdenerwowanie kolegi, a potrąconą zakonnicą może przecież zająć się sam. Nawet mając do pomocy Pawła Kamińskiego.

– Proszę się rozejść! – wołał tymczasem Kamiński, przybierając ton doświadczonego w bojach specjalisty. Oczy błyszczały mu z podniecenia. – Proszę zostawić tę sprawę osobom kompetentnym. Proszę nie podchodzić zbyt blisko!

Daniel ruszył dalej, nie zważając na zachowanie Pawła. Za zakrętem, niewidoczna od strony wsi, leżała ofiara wypadku.

– Kurwa! Nieźle ktoś przetrącił siostrzyczkę, nie powiem. – Paweł podążył za Danielem na miejsce wypadku. – No, no!

Podgórski sięgnął po telefon. Zakonnica nie żyła, a sprawca uciekł. Czas wezwać posiłki z Brodnicy. Oddalił się nieco, żeby móc spokojnie porozmawiać. Przerażone głosy zszokowanych mieszkańców Lipowa niosły się jednak po całym lesie. Podgórski bardzo chciał zrobić wszystko jak należy. Czuł, że dłonie mu się pocą. Mimo mrozu. Prokurator Czarnecki odebrał po najdłuższej na świecie chwili.

Tymczasem wrócił młody Marek Zaręba z przytuloną do boku Eweliną. Paweł Kamiński zerkał pożądliwie na fryzjerkę. Kobieta poprawiła krótką kurtkę, jakby chciała się zasłonić przed jego wzrokiem.

– Kiepsko to wygląda – podsumował Zaręba, patrząc na ciało przejechanej zakonnicy.

– To samo ja mówię. Pierdolony bałagan – przytaknął Paweł, nie spuszczając wzroku z fryzjerki. – A jak się ma nasza kochana pani Zaręba?

Ewelina wzdrygnęła się na to pytanie. Marek też nie wyglądał na zadowolonego z nadmiernego zainteresowania kolegi. Rzucił mu ostrzegawcze spojrzenie i objął żonę mocniej.

– Rozmawiałem z prokuratorem Czarneckim – przerwał im Daniel, podchodząc spiesznym krokiem. – Wysyła nam techników. My się mamy zająć tą sprawą…

– Nie chcę nic mówić, ale my chyba… – Marek Zaręba nie wyglądał na przekonanego, że to ich skromna czwórka powinna zajmować się nieszczęśliwym wypadkiem zakonnicy. – No nie wiem, czy my powinniśmy…

– M y się tym zajmiemy, Młody – uciął Daniel.

Podgórskiego przepełniały mieszane uczucia. Z jednej strony był przerażony tą bezsensowną śmiercią. Z drugiej czuł pewien rodzaj zadowolenia, że zajmie się sprawą poważniejszą niż zaginięcie kota pani Rudzkiej czy spór o kawałek miedzy pomiędzy Weredą a Nosowskim. Policjant trochę się wstydził swojej radości, ale od śmierci ojca zawsze marzył, żeby ścigać tych, którzy w ten czy inny sposób krzywdzą innych. Teraz miał właśnie taką szansę.

– Jasne, że my się tym zajmiemy – poparł go Paweł Kamiński. – Nie widzę w tym nic szczególnie skomplikowanego. Jakiś wyrostek potrącił siostrzyczkę i zwiał. Nie zdziwiłbym się, gdyby się okazało, że to synalek naszego własnego kolegi z komisariatu, drogiego Janusza. Kurwa! Nie byłby to pierwszy raz, oj nie! To Bartek i ta cała banda Ziętarskiego. Zapamiętajcie moje słowa.

Daniel Podgórski stał przy ciele ofiary aż do przyjazdu techników. Miał ochotę zasłonić zmarłą przed wścibskimi spojrzeniami gapiów. Na pewno zależałoby jej na skromności. Wiedział jednak, że nie może tego zrobić. Nie wolno było niczego dotykać do przyjazdu ekipy kryminalistyków. Na ciele mogły być przecież jakieś ślady. Mimo że Paweł Kamiński prawdopodobnie miał rację i sprawa nie stanowiła zbyt wielkiej tajemnicy, Daniel wolał dmuchać na zimne.

To nie powinno być trudne, pomyślał, żeby pocieszyć sam siebie. Coś jednak nie dawało mu spokoju.

ROZDZIAŁ 2

Warszawa 1950

Marianna mieszkała w Warszawie już od kilku miesięcy. Czasami brakowało jej szumu lasu wieczorami i słodkiego zapachu pól, ale mimo wszystko czuła się szczęśliwa. Mimo ostrzeżeń rodziny i przyjaciół, że w stolicy panuje jeszcze większa bieda niż u nich na wsi, udało jej się dość szybko znaleźć pracę. Została opiekunką dwójki uroczych dziewczynek w pewnej bogatej rodzinie. Była pewna, że lepiej trafić nie mogła.

Kiedy wyjeżdżała ze swojej małej wioski, gdzie wszyscy przymierali głodem, nie wyobrażała sobie nawet, że ktoś może żyć w takim luksusie. Dziewczynki miały inne ubrania na każdy dzień, a na obiad prawie codziennie podawano mięso. Kucharka pozwalała jej nawet zjadać to, co zostało. Jej twarz zaokrągliła się i nie przypominała już spłoszonej wiejskiej dziewczyny, którą była jeszcze kilka miesięcy temu.

Matka przestrzegała ją przed wyjazdem do stolicy, ale pieniądze, które Marianna przesyłała co miesiąc, zamknęły jej w końcu skutecznie usta. Wysyłały do siebie długie listy, mimo że żadna z nich nie umiała zbyt dobrze pisać. Matka mówiła o nowych dzieciach u sąsiadów, a Marianna opisywała ze szczegółami postępy odbudowy zniszczonej niemieckimi bombami stolicy.

Jesienią pracodawczyni Marianny ponownie zaszła w ciążę. W domu zapanowała radosna atmosfera oczekiwania na mający się wydarzyć cud. Marianna cieszyła się wraz z domownikami. Czuła się już częścią tej rodziny i za taką była przez wszystkich uważana.

Pewnej nocy obudził ją krzyk bólu. Pani poczuła się bardzo źle i trzeba było posłać po doktora. Przybył natychmiast. Był najlepszym specjalistą w dziedzinie ginekologii i położnictwa, więc dysponował samochodem. Marianna otworzyła mu drzwi, ale zabrakło jej odwagi, żeby na niego spojrzeć. Widziała tylko błyszczące w świetle ulicznych latarni lakierki. W końcu zebrała się w sobie i spojrzała trwożnie na doktora.

– Dobry wieczór – przywitał się uprzejmie lekarz.

Marianna dygnęła lekko. Bała się odezwać. Opuściła tylko głowę spłoszona.

– Gdzie jest twoja pani? – zapytał doktor łagodnie, chcąc ją nieco ośmielić. – Czy wszystko z nią w porządku? Przyjechałem najszybciej, jak mogłem.

– Moja pani ma bóle – wyjąkała dziewczyna i spuściła głowę jeszcze niżej.

– Masz piękne fiołkowe oczy, nie chowaj ich tak – powiedział mężczyzna.

Zarumieniła się. Była jednak zbyt nieśmiała, żeby odpowiedzieć. Doktor zaśmiał się serdecznie i poszedł na górę do pacjentki.

Piękne fiołkowe oczy, piękne fiołkowe oczy – powtarzała sobie Marianna w duchu. Nikt jeszcze nie powiedział jej nic takiego. To były najcudowniejsze słowa, jakie kiedykolwiek słyszała. Miała nadzieję, że lekarz jeszcze nieraz tu przyjdzie. Nie życzyła swojej pani źle, ale jak inaczej mogłaby spotkać się z tym eleganckim doktorem?

Ku jej radości badania powtarzały się coraz częściej. Lekarz przychodził prawie codziennie. Spoglądał na nią z sympatią i prawił niewinne komplementy. Kilka razy przyniósł jakiś prezent. Serce biło jej szybciej, gdy tylko słyszała jego głos.

Marianna coraz rzadziej pisywała do matki. Czuła, że przyjaźń z doktorem to nie byłby dobry temat, a nie mogła teraz myśleć o niczym innym.

ROZDZIAŁ 3

Lipowo. Wtorek, 15 stycznia 2013, po południu

Weronika Nowakowska postanowiła zacząć sprzątanie dworku od parteru. Wkrótce będzie się musiała zająć przygotowaniem boksu w starej stajni za domem. Za kilka dni mieli przywieźć Lancelota, jej ukochanego konia. Była to trochę przerażająca wizja, zważywszy na to, że nic właściwie nie było jeszcze gotowe. Kiedy umawiała się z przewoźnikiem, wydawało jej się, że prace pójdą znacznie szybciej. Okazało się jednak, że nie tak łatwo jest zajmować się remontem, sprzątaniem i żałobą po zakończonym małżeństwie. Za dużo jak na jedną osobę, uznała w duchu. W rezultacie boks dla konia nie był gotowy, padok też nie. Ściemniało się już, więc postanowiła zająć się tym jutro z samego rana. W ciemności i tak niczego nie zrobi. W oddali usłyszała syrenę, jakby jechała karetka na sygnale, ale zaraz wszystko ucichło. Może tylko jej się zdawało. Tymczasem postanowiła skupić się na domu.

Na parterze znajdowała się duża kuchnia połączona z przestronną jadalnią, wielki hol ze szklanymi drzwiami, gabinet oraz łazienka. Praktycznie wszystko nadawało się do generalnego remontu. Stara podłoga skrzypiała pod ciężarem lat. W niektórych miejscach deski się wypaczyły, w innych lakier, pokrywający niegdyś luksusowy parkiet, zupełnie się wytarł. W kuchni na szczęście ktoś zamontował już najnowsze zdobycze techniki, czyli lodówkę i kuchenkę, ale inne sprzęty pozostawiały wiele do życzenia. Jadalnia przedstawiała się nieco lepiej, ze starym pięknym stołem i serwantką. Weronika była z niej dumna. W przyszłości, jak będzie miała więcej czasu i mniej problemów na głowie, zajmie się renowacją tych pięknych mebli. Zawsze o tym marzyła.

Nuciła pod nosem ulubione piosenki, a sprzątanie szło coraz szybciej. W mgnieniu oka uporała się z kuchnią, jadalnią i holem, potem przeniosła się do gabinetu. Okna pomieszczenia wychodziły na zachód, więc w pogodne dni jego ściany tonęły w złotych barwach zasypiającego słońca. Stare meble ktoś przykrył prześcieradłami dla ochrony przed kurzem. Odsłaniała je po kolei, a spod materiału wyłaniały się prawdziwe skarby. Pięknie zdobione stare sprzęty, marzenie każdego kolekcjonera. Niestety większość, tak jak komplet z jadalni, wymagała solidnej pracy, żeby przywrócić im dawny blask. Wszystko w swoim czasie, uznała. Weronika prawie żałowała, że nie ma tu z nią Mariusza. Chciała się pochwalić, jaki interes zrobiła. Ciekawe, czy teraz by się z niej śmiał.

Pośrodku gabinetu stało solidne staromodne biurko. Miało mnóstwo mniejszych i większych szufladek. Weronika otwierała wszystkie po kolei w nadziei na kolejne odkrycia. Nie zawiodła się. Znalazła kilka interesujących bibelotów oraz stary notes. Dotknęła delikatnego zamszu oprawy i ostrożnie zajrzała do środka. Wyglądało to na staromodny pamiętnik. Wpisy pochodziły nawet z 1914 roku. Prawdziwa perełka, zachwycała się Weronika. Ileż wspaniałości można znaleźć w takim domu.

– Weronice ku pamięci wpisała się Adela. Czerwiec tysiąc dziewięćset czternaście – przeczytała na głos. – Igor! To niesamowite! Ten pamiętnik należał do jakiejś Weroniki!

Pies podniósł głowę zdziwiony i przyglądał się jej przez chwilę. Wydawał się zupełnie niewzruszony tym zbiegiem okoliczności.

– Coś pięknego! – entuzjazmowała się dalej Weronika. Większość wpisów wykonana była starannym kaligraficznym pismem, którego nikt już teraz nie umiałby podrobić. Wokół nich sprawne ręce młodych artystek rysowały to kwiaty, to ozdobne wzory.

Nagle rozległ się dźwięk telefonu, przerywając zachwyty Weroniki. Drgnęła przestraszona nagłym powrotem do nowoczesności. Schowała pamiętnik do szuflady i wybiegła z gabinetu. Nie pamiętała, gdzie zostawiła telefon. Jak na złość przestał dzwonić. Pewnie włączyła się poczta głosowa. Weronika zawsze chciała zrezygnować z tej usługi, nie cierpiała odsłuchiwania nagrań. Była to irracjonalna niechęć, ale nic nie mogła na to poradzić.

Wreszcie, po dłuższej chwili gorączkowych poszukiwań, telefon znalazł się pod prześcieradłami, które po zdjęciu z mebli rzuciła na podłogę w holu.

– Igor?! Maczałeś w tym palce. – Weronika spojrzała na psa groźnie, drapiąc go czule za uchem. Dyszał ucieszony jej atencjami. – No dobrze. Zobaczmy, kto do nas dzwonił.

Przez chwilę stała z telefonem w ręce, pełna lęku, że może to Mariusz próbował się z nią skontaktować. Mimo porannego postanowienia, że trzeba zacząć żyć dalej, czuła, że jeszcze nie jest gotowa usłyszeć głos byłego męża. Telefon w jej drżącej dłoni zdawał się teraz ważyć kilka ton. W końcu jednak przemogła się i spojrzała na wyświetlacz. „Masz wiadomość w poczcie głosowej" – przeczytała. Westchnęła i wystukała podany numer. Rozległ się słodki głos sąsiadki:

– Cześć, kochana. Tu Blanka, Blanka Kojarska! Żona Seniora Kojarskiego! Mam nadzieję, że pamiętasz o dzisiejszej kolacji, złotko?

Weronika przewróciła oczami. Szczebiot blondynki nie stał się ani trochę mniej irytujący. Słysząc zaproszenie dziś rano na spacerze, miała nadzieję, że Blanka zaproponowała kolację jedynie przez grzeczność. Okazało się jednak, że pani Kojarska była zdecydowana naprawdę ugościć sąsiadkę.

– Przyjdę po ciebie około osiemnastej, żebyś nie musiała sama iść przez las! – mówiła dalej Blanka. – Nie ma co jechać samochodem, jest taka piękna zima! Do zobaczenia o osiemnastej u ciebie. Buziaki!!!

Weronika spojrzała na zegarek. Z przerażeniem stwierdziła, że jest już piąta. W międzyczasie zimowe ciemności zupełnie zasłoniły widok z okna. Została jej godzina, żeby się przygotować. Spojrzała na siebie w lustrze w holu. Włosy pokryte warstwą szarego kurzu tworzyły coś w rodzaju gniazda na czubku głowy. Zdjęła gumkę i rude pukle otoczyły jej twarz. Nie było tak źle. Gorzej przedstawiała się sprawa stroju. Ubrana była w roboczy dres, który raczej nie nadawał się do wizyt u nikogo, a zwłaszcza u tak bogatych ludzi jak Kojarscy. Była pewna, że gospodyni włoży komplet Channel czy coś równie drogiego.

Popędziła do łazienki na piętrze, przeskakując niebezpiecznie chybotliwe stopnie. Igor pobiegł za nią wesoło. Myślał chyba, że to zaproszenie do zabawy. Zaszczekał radośnie. W jakimś kącie znalazł swoją zapomnianą zabawkę i zaczął podrzucać ją zachęcająco. Weronika zignorowała jego zaczepki i wskoczyła pod prysznic. Woda była nieprzyjemnie chłodna. Kolejna rzecz do zrobienia. Weronika drżała z zimna, kiedy wycierała się ręcznikiem. Suszyła głowę, jednocześnie próbując zrobić makijaż oczu.

– Nie wyszło to idealnie, ale nie jest też tragicznie – podsumowała.

Wyszła z łazienki, spoglądając na zegarek. Zostało piętnaście minut do przyjścia Blanki. Mariusz na pewno skomentowałby to odpowiednio drwiącym tonem. Powiedziałby pewnie coś w rodzaju: „Jesteś spóźniona, musisz się jeszcze ubrać". Weronika wzruszyła ramionami.

Tysiące razy obiecywała sobie, że przygotuje zestawy na każdą okazję i ubieranie będzie jej zajmowało minutę. Nigdy jej się nie udało. Teraz było znacznie gorzej, ponieważ wszystkie części garderoby tkwiły jeszcze w walizkach i kartonach przywiezionych z Warszawy. Otworzyła pierwszy z brzegu w nadziei na ubraniowy przełom. Jej oczom ukazał się czarny sweter i zwinięte w rulon dżinsy. Za mało formalnie, uznała. Z drugiej strony jest zima, a to chyba nie jest jakieś wielkie przyjęcie. Zaczęła wyjmować ubrania i rozkładać je na łóżku. Na samym dnie znalazła krótką czarną sukienkę, której używała tylko na specjalne okazje.

– Jeśli ją włożę, mogą pomyśleć, że za bardzo się wystroiłam – powiedziała Weronika do psa. Ostatnio dużo rozmawiali. – Zresztą raczej nie dojdę w niej do nich przez las. I to w nocy.

Usłyszała, że ktoś puka do drzwi. Chwyciła sweter i spodnie. Pierwszy wybór zawsze jest najlepszy, stwierdziła. Zaczęła się ubierać, zbiegając jednocześnie ze schodów. Na ostatnim stopniu potknęła się i upadła na kolana. Przeszył ją świdrujący ból. Krzyknęła rozdzierająco.

– Co się stało? – usłyszała zza drzwi. – Weronika!!! Tu Blanka. Nic ci nie jest?

– Nie, nie. W porządku. Potknęłam się tylko. – Drzwi zaskrzypiały złowieszczo, kiedy je otwierała. Trzeba będzie naoliwić. Kolejny punkt do zapamiętania. – Wejdź, proszę!

Blanka Kojarska nadal ubrana była w swój różowy kombinezon narciarski. Spojrzała na siebie krytycznie.

– Przepraszam za mój strój, ale wiesz, w lesie…

W jej głosie pobrzmiewała kokieteria. Weronika zastanawiała się przez chwilę, czy Blanka ją podrywa, tak jak Juniora Kojarskiego, ale szybko odrzuciła tę myśl. Widocznie to był jej zwykły sposób mówienia.

– Przebiorę się, jak dojdziemy na miejsce – obiecała Blanka.

– Pilnuj domu, Igor – nakazała psu Weronika, zamykając drzwi. Pies wyglądał na bardzo zawiedzionego, że zostaje sam, ale Weronika nie była pewna, czy byłby mile widziany na proszonej kolacji u Kojarskich.

Ruszyły przez zaspy w stronę lasu. Dookoła panowała nieprzenikniona ciemność, rozświetlana tylko bladym światłem księżyca odbijającym się od śniegu. Każdy dźwięk wydawał się spotęgowany ciszą i ciemnością. Niepokojący.

– Nie boisz się chodzić po lesie w nocy? – zapytała Weronika towarzyszkę.

– Coś ty. Nie ma czego się bać. Można tu najwyżej spotkać sarnę albo zająca – zaśmiała się Blanka. – Nie ma żadnego niebezpieczeństwa. Codziennie wieczorem spaceruję co najmniej pół godziny. Pomaga mi to na bezsenność. Jeżeli też masz taki problem, powinnaś spróbować. Moim zdaniem to działa idealnie. A uwierz, wypróbowałam już chyba wszystkie metody.

Tu, w lesie, ton Kojarskiej znowu się zmienił. Na ciemnej ścieżce pojawiła się ta druga Blanka. Weronika nie mogła się nadziwić, jak szybkie są te zmiany i jak inną osobą staje się ta kobieta. Dotychczas spotkała się z czymś takim tylko w swoim gabinecie.

– Mam ostatnio dużo stresów – kontynuowała Blanka, idąc szybko przed siebie. Śnieg skrzypiał pod jej butami. – Niestety.

Ściszyła głos, jakby mówiła do siebie. Weronika musiała przyspieszyć, żeby ją słyszeć.

– Jedno jest pewne, kobieta nie powinna nigdy ufać nikomu, a zwłaszcza mężczyznom – podsumowała Blanka i odwróciła się nagle.

Weronika zatrzymała się przestraszona tym nagłym ruchem. W oddali wśród drzew rozległo się pohukiwanie samotnej sowy. Księżyc zniknął na chwilę za chmurami, więc zrobiło się zupełnie czarno. Ciemność wydawała się niemal namacalna.

– Tak, kochana – stwierdziła Blanka, patrząc Weronice prosto w oczy. – Każdy może ufać tylko sobie.

Szeroki słodki uśmiech na jej twarzy mocno kontrastował ze słowami i tonem głosu. Weronika zaczęła się zastanawiać, czy rozmówczyni nie ma jakichś kłopotów psychicznych. Nagle przeszedł ją dreszcz. Były same w środku lasu, a Blanka patrzyła na nią tak dziwnie. Nie było to przyjemne uczucie. Gdybym teraz zawołała o pomoc, i tak nikt by mnie nie usłyszał, pomyślała Weronika. Znowu przeszedł ją dreszcz. Nie wiedziała, czy z zimna, czy z niepokoju. Po chwili jednak Blanka jakby się uspokoiła.

Ruszyły dalej nieco wolniej.

– Lubisz dostawać listy? – zapytała Kojarska bez związku z poprzednim tematem.

– Nie wiem – odparła Weronika zbita z tropu szybką zmianą wątku. – Ostatnio nie dostałam chyba żadnego. Teraz wszyscy raczej piszą maile.

– Ja dostaję ich całkiem sporo.

Przecięły Polanę Czarownic. Księżyc pojawił się wreszcie wśród gołych gałęzi, rozświetlając mrok. Dalej coś zaszeleściło niepokojąco. Weronika zadrżała. Ta nocna wędrówka niezbyt przypadła jej do gustu. Na szczęście zbliżały się już do skraju lasu, między drzewami prześwitywały światła rezydencji Seniora Kojarskiego.

– Nie ma czego się bać. W lesie możesz spotkać najwyżej sarny – pocieszyła ją jeszcze raz Blanka, jakby odgadła myśli Weroniki.

Jej oddech zmieniał się na mrozie w obłoki pary.

Aspirant Janusz Rosół kroił marchewkę w równe kostki. Przyglądał się pracy własnych dłoni, jakby stał obok i wcale nie był sobą. Starał się pozbierać rozbiegane myśli.

Szło mu to z trudem, ponieważ płochliwe przemyślenia uciekały ciągle nie w tym kierunku, co trzeba.

Fakt pierwszy. Ktoś przejechał zakonnicę i najprawdopodobniej uciekł z miejsca wypadku. Paweł Kamiński sugerował ze złośliwym uśmieszkiem, że to jakiś dzieciak stracił panowanie nad samochodem. Pewnie wpadł w poślizg na zaśnieżonej leśnej szosie i potrącił zakonnicę. Potem przestraszył się i wziął nogi za pas. Janusz był prawie pewien, że kolega spojrzał na niego znacząco. Rosół zaczerwienił się, kiedy to zauważył.

Fakt drugi. Syn Rosoła rzeczywiście w czasie ostatnich wakacji „pożyczył sobie" samochód i potrącił turystkę. W żaden sposób nie można było zaprzeczyć, że chłopak jechał po pijanemu. Teraz trudno było nie powiązać tych dwóch faktów, ale Janusz Rosół nie mógł uwierzyć, że to jego dziecko jest winne śmierci zakonnicy. Nie tym razem.

Całe popołudnie komisariat pracował pełną parą. Daniel Podgórski chciał chyba dobrze wypaść przed ludźmi z Brodnicy. Ku zaskoczeniu wszystkich, w tym samych zainteresowanych, prokurator Czarnecki powierzył w całości zadanie znalezienia sprawcy wypadku policjantom z Lipowa. Daniel wreszcie doczekał się tego, czego chciał, pomyślał Rosół, kończąc krojenie warzyw. W ich cichej wiosce coś się działo. Janusz nie był z tego zadowolony. W najmniejszym stopniu. Wystarczyło mu własnych problemów.

– Co gotujesz?

Prawie osiemnastoletni syn Janusza Rosoła wetknął głowę do ciepłej, zaparowanej kuchni. Miał duże niebieskie oczy. Zupełnie jak Bożena. Bartek był tak podobny do matki, że Rosołowi przez chwilę zaparło dech z tęsknoty za zmarłą żoną. Kiedy była z nimi… wszystko wyglądało inaczej, i w domu, i w pracy. Odetchnął głęboko, żeby uspokoić bicie stęsknionego serca.

– Myślałem, że może dziś zjemy wszyscy razem kolację. – Policjant wskazał na gotującą się zupę i poprawił nerwowo wąsy. – Ty, ja i Ewa. Dawno nie robiliśmy nic wspólnie. Fajnie by było, nie? Jak za dawnych czasów. Co ty na to?

Bartek wziął łyżkę i nabrał trochę zupy prosto z garnka. Spróbował i skrzywił się lekko.

– Stary, nie ma nawet opcji. – Syn odrzucił długą grzywkę z czoła z młodzieńczą nonszalancją. Rosół zazdrościł mu tego w głębi serca. – Ja spadam z koleżkami. Mamy kilka spraw.

– Bartek, tyle razy ci mówiłem, że masz się tak do mnie nie odzywać – upomniał go cicho Janusz Rosół. – Bądź co bądź jestem twoim ojcem.

Wyglądało na to, że zupa nie wyszła tak, jak planował. Wziął łyżkę odrzuconą przez syna i sam spróbował. Był zawiedziony. Znowu zatęsknił za zmarłą żoną. Robiła wspaniały rosół.

– Taaa, jasne. – Syn chwycił jedną z butelek coca-coli, które stały na blacie kuchennym. – Nie ma czegoś mocniejszego? Co to za dom? Miałeś kupić piwo.

– Jesteś za młody, żeby pić. – Nawet Janusz słyszał, że zabrzmiało to słabo.

– I kto to mówi? – Bartek zaśmiał się z pogardą i zaczął pić colę prosto z butelki. – Sam raczej nie wylewasz za kołnierz, stary, co?

Zanim Janusz zdążył odpowiedzieć, do kuchni wkroczyła Ewa. Jego córka miała piętnaście lat, ale wyglądała znacznie doroślej. Może to przez te ubrania. Gdyby Bożena widziała, jak krótkie spódniczki nosi, chyba dostałaby zawału, pomyślał Rosół. Poczuł się winny, że na to pozwala. Z drugiej strony chyba nie miał wyjścia. Tak naprawdę żadne z dzieci od dawna go nie słuchało.

– Młoda, słyszałaś, co on powiedział? – Bartek śmiał się pełną piersią, aż zakrztusił się napojem. – Niezłe jaja. Ja pierdzielę.

– Daj coli – dziewczyna zignorowała komentarz brata.

Napiła się z butelki i wyciągnęła z kieszeni lusterko. To, co zobaczyła, chyba jej się nie spodobało, bo przeklęła cicho i sięgnęła do torebki po kosmetyki. Wprawnymi ruchami zaczęła poprawiać grubą warstwę makijażu. Rosół nie wiedział, czy powinien jej tego zakazać, czy nie. Czy piętnastolatka może się malować, czy nie? Czuł, że ten problem go przerasta. Bożena prawie nigdy się nie malowała. Nawet na ich ślub. Będzie chyba musiał z kimś o tym pogadać. Może z młodym Markiem Zarębą. Co prawda jego córka Andżelika miała dopiero dziesięć lat, więc co on tam może wiedzieć. Rosół poczuł się nagle bezbronny we własnej kuchni.

– Idę na randkę – oznajmiła Ewa, kończąc precyzyjną operację malowania ust.

– Znowu z tym palantem z Brodnicy?

– Dla twojej wiadomości, teraz się spotykam z kimś innym. – Wykrzywiła się do brata. – Jest starszy niż ty i zna się na życiu. Jestem teraz kobietą wy-ra-fi-no-wa-ną. Nie spotykam się już z podrostkami, którym chodzi tylko o jedno, a nawet nie wiedzą, jak się do tego zabrać.

– Kobietą wyrafinowaną? Wszyscy na całym Lipowie wiedzą, kim jesteś… – zaśmiał się znowu Bartek. W jego głosie pobrzmiewała nuta okrucieństwa. – Kurwą jesteś, i tyle. Zwykłą kurwą – bawił się tym słowem chwilę, przeżuwał je jak gumę. Janusz Rosół miał ochotę zakryć uszy rękami. – Wszyscy wiedzą, z kim się pieprzysz. To żadna tajemnica.

– Bartek! Nie mów tak do siostry! W ogóle nie powinieneś używać takich słów!

Rosół czuł się śmieszny, wygrażając synowi wielką chochlą do zupy. Syn spojrzał na niego z góry. Przerósł ojca już dawno. W spojrzeniu Bartka pojawiła się teraz groźba. Janusz nie poznawał już własnego syna. To nie był jego mały słodki chłopczyk.

– Dobra, ja spadam. Biorę samochód – rzucił na odchodnym chłopak, pobrzękując kluczykami od ich starego opla.

Rosół znowu myślał gorączkowo. Czy to właśnie ich samochód uderzył zakonnicę dziś rano? Powinien był go obejrzeć. Jeżeli to Bartek potrącił kobietę, to Janusz miał nadzieję, że syn dobrze zatarł ślady. Przynajmniej tyle. Nie przeżyłby, gdyby Bartka zabrali.

– Poczekaj! Nie pozwalam! – krzyknął za synem na wszelki wypadek.

Zdawał sobie sprawę, że nie jest to najlepsza taktyka, jaką mógł obrać, ale nie wiedział, co właściwie mógłby jeszcze zrobić. Syn zniknął za drzwiami, nie zważając na jego krzyki. Ewa spojrzała na ojca z politowaniem.

– Nie czekaj na mnie… idę się spotkać z moim chłopakiem. Pa.

– Pa – odpowiedział szeptem Janusz Rosół.

Wokół zapanowała pustka, którą mogło zostawić po sobie tylko dwoje nastolatków. Spojrzał na zdjęcie wiszące nad kuchennym stołem. Przedstawiało całą ich rodzinę, kiedy żyła jeszcze Bożena. Zrobione zostało chyba jakieś dziesięć lat temu. Bartek skończył osiem lat. Patrzył w obiektyw z dumą. Właśnie strzelił decydującą bramkę w międzyszkolnym meczu. Grali chyba z jedną ze szkół z Brodnicy. Janusz nie pamiętał, z którą. Syn i ojciec stali obok siebie, ramię w ramię. Rosół nie posiadał się ze szczęścia, że jego syn jest takim doskonałym graczem. Może kiedyś trafi do polskiej reprezentacji i pociągnie ją do sukcesu. Rozglądał się po boisku, czy wszyscy widzą, że to jego dzieciak strzelił tak wspaniałego gola. Obok nich na drewnianej ławeczce siedziała Bożena z pięcioletnią Ewą na kolanach. Dziewczynka miała plastikową koronę na głowie. Była ich małą księżniczką. Rok później żona już nie żyła, a on został sam z dwójką małych dzieci i pracą. Odrzucił możliwość kierowania komisariatem, mimo że proponowano mu tę ciepłą posadkę kilka razy. Za dużo miałby na głowie. Czuł się osamotniony i wytykany palcami, kiedy jego syn coraz bardziej się od niego oddalał, a córka zmieniała w miejscową królową seksu.

W przypływie obezwładniającego gniewu Janusz zerwał zdjęcie ze ściany i cisnął nim z całej siły o ziemię. Szkło ramki rozbiło się na drobne, ostre kawałki. Ponieważ nadal nie poczuł ulgi, zepchnął gotującą się zupę na pokrytą szklanym śniegiem podłogę. Gorąca ciecz rozprysnęła się wszędzie, parząc mu nogi. To też nie pomogło. Kuchnia powoli zmieniała się w pobojowisko, a on stał pośrodku i płakał pełnymi goryczy łzami.

Najprawdopodobniej jakiś dzieciak przejechał zakonnicę, przeszło mu przez myśl raz jeszcze. Jeżeli tak, jego syn i córka na pewno wiedzieli, kto to był. Janusz bał się pomyśleć o najgorszym.

Róża Kojarska spojrzała na siebie krytycznie. Obróciła się kilka razy. Chciała ocenić swoje ciało z różnych perspektyw. To, co zobaczyła w zdobionym lustrze, śmiertelnie ją przeraziło.

Czyżby przytyła?

Zadrżała. Jeszcze kilka szybkich spojrzeń w lustro. Raz z jednej, raz z drugiej strony. Z boku, z tyłu, z przodu, jeszcze raz z boku. Zamknęła oczy spanikowana. Ostrożnie dotknęła okolic brzucha. Ręka niechętnie słuchała jej poleceń. Nie chciała poczuć wielkich fałd tłuszczu, które na pewno tam były. Wreszcie odważyła się położyć rękę na ciele. Skóra zdawała się sucha, chropowata i martwa. Otworzyła oczy i raz jeszcze zerknęła na swoje odbicie.

Zdecydowanie była za gruba.

Początkowo Róża planowała, że dziś na tej niechcianej proszonej kolacji z sąsiadką pozwoli sobie na trochę sałaty, może nawet na kawałek kurczaka. To, co zobaczyła w lustrze, sprawiło jednak, że trzeba było zmienić plany. Postanowiła, że dzisiejszego wieczoru nic już nie zje. Co prawda nie przełknęła nic przez ostatnie dwa dni, może nawet dłużej, i ciało buntowało się już trochę, ale nie takie rzeczy wytrzymywała.

Da radę i tym razem.

Róża Kojarska wiedziała, że to, co jadła, i jej ciągle malejąca masa ciała były jedynymi rzeczami, które całkowicie kontrolowała. Ona i tylko ona. Nikt inny. W szczególności zaś Blanka nie miała na to żadnego wpływu. Przynajmniej w tej jednej kwestii to Róża decydowała. Przynajmniej w jednym nie była zależna od teściowej.

Teściowej. Róża zaśmiała się w duchu. Blanka była co prawda żoną Seniora Kojarskiego i tym sposobem uroczysty tytuł teściowej jej się należał, ale były przecież właściwie w jednym wieku. Śmiechu warte, doprawdy.

Usłyszała, że ktoś naciska klamkę. Niedoczekanie. Zawsze zamykała się na klucz. Ceniła swoją prywatność ponad wszystko.

– Róża, jesteś gotowa? – głos Juniora Kojarskiego brzmiał jak zwykle beznamiętnie. Przynajmniej w stosunku do niej. – Wypadałoby, żebyśmy zeszli na dół razem. W końcu jesteśmy małżeństwem. Niedługo powinna przyjść ta cała Weronika.

– Chwileczkę – rzuciła Róża.

Junior Kojarski mruknął coś niezrozumiałego. Zapewne nie był zadowolony, że musi czekać na żonę, ale mimo wszystko Róża chciała dobrze wypaść. Przed nimi wszystkimi. Nie mogła być gorsza niż Blanka. Nie pozwoli jej wygrać.

Włożyła długą czarną sukienkę. Dekolt obszyty był misternymi zdobieniami z koronki. Przejrzała się raz jeszcze. Taki wygląd mogła zaakceptować. Skropiła się obficie perfumami i zaczęła rytuał otwierania drzwi. Dwa razy w jedną, dwa razy w drugą.

Junior stał na korytarzu z niezadowoloną miną.

– Czemu tak długo, co?

Nie zaszczyciła go odpowiedzią.

– Kostek jest w swoim pokoju? – upewnił się mąż. – Nie chcę, żeby nam przeszkadzał. Proszona kolacja, nawet taka jak ta, to nie miejsce dla dzieci.

– Powinieneś więcej czasu spędzać z synem – mruknęła Róża rozdrażniona.

– Ojciec nie spędzał ze mną specjalnie dużo czasu i wyrosłem na ludzi – poinformował ją Junior Kojarski z godnością. Nie lubił, kiedy komentowała jego metody wychowawcze, a może raczej ich brak. – Kostek też sobie spokojnie poradzi beze mnie.

Młodszy aspirant Daniel Podgórski siedział na kanapie przed telewizorem, zastanawiając się, co powinien teraz zrobić. Był szefem komisariatu i czuł, że to od niego powinna wyjść inicjatywa w sprawie wypadku tej biednej zakonnicy. Od jej śmierci minęło dopiero pół dnia. Trudno było w to uwierzyć. Daniel miał wrażenie, że minęła już cała wieczność.

Lekarz z zakładu medycyny sądowej miał zadzwonić, kiedy zakończy obdukcję. Na razie policjanci z Lipowa nie mieli więc właściwie nic oprócz zdjęcia twarzy zakonnicy. Twarzy, która dziwnym trafem pozostała nienaruszona, mimo że reszta ciała dość mocno ucierpiała.

Daniel wziął zdjęcie i przez chwilę obracał je w dłoniach. W końcu wstał i nalał sobie szklankę wody z kranu. Napił się łapczywie wielkimi łykami. Od czasu odnalezienia ciała cały czas miał sucho w ustach. Czuł presję, której właściwie jeszcze przecież nie było. Wręcz przeciwnie.

Na razie wyglądało na to, że nikt nie przejął się zbytnio wypadkiem drogowym, w którym zginęła zakonnica. Daniel podejrzewał, że dlatego przydzielono tę sprawę właśnie im. Nie było co się łudzić, że ktoś w prokuraturze uważa ich za wspaniałych śledczych. Niemniej zamierzał wykorzystać tę szansę. Trzeba było wziąć się do pracy i udowodnić, że dadzą sobie radę bez pomocy kolegów z Brodnicy. Na dobry początek zapowiedział na jutro poranną odprawę.

Daniel usiadł z powrotem na kanapie i znowu spojrzał na zdjęcie ofiary. Zakonnica miała na wpół przymknięte oczy. Wyglądało to trochę, jakby spała, ale jednocześnie patrzącego ogarniało nieprzyjemne uczucie, że coś jest nie w porządku. Policjant znów przez chwilę bawił się fotografią. Czuł, że nie wytrzyma bezczynnie do rana. Musiał coś przedsięwziąć.

Z braku innych pomysłów Podgórski włączył komputer. Od jakiegoś czasu działała strona *nasze-lipowo.blog.onet.pl*, na której ktoś, najpewniej jeden z mieszkańców, opisywał wydarzenia mające miejsce we wsi. O dziwo, nikt nie wiedział, kto jest owym kronikarzem. Prawdopodobnie tajemnica dodawała jeszcze uroku plotkarskiej witrynie. Sam Daniel już jakiś czas temu, z czystej ciekawości, sprawdził IP komputera, z którego prowadzono bloga. Adres domu, do którego przypisane było IP, trochę go zaskoczył. Podgórski nie był pewien, kto z domowników pisze bloga, ale sądząc ze stylu, w jakim strona była utrzymana, policjant miał swoje podejrzenia. Nie zamierzał ich jednak nikomu zdradzać, nie chcąc psuć zabawy mieszkańcom Lipowa. Uwielbiali przecież spekulacje na temat tajemniczego blogera.

Daniel wpisał adres do wyszukiwarki. Był ciekawy, czy na blogu pojawiły się już informacje na temat śmierci zakonnicy. Z reguły autor strony był zadziwiająco szybki. Wszystkie warte uwagi zdarzenia z życia ich małej społeczności znajdowały się na stronie prawie od razu.

Strona wczytywała się powoli. Prawdopodobnie Daniel będzie w końcu musiał sprawić sobie nowy komputer. Ten nie nadawał się już do niczego. Zaczął nerwowo podgryzać słone orzeszki, które trzymał na czarną godzinę w szufladzie biurka. Niewiele to pomogło, więc włączył magnetofon. Dźwięki muzyki płynęły rytmicznie z głośników.

Dying swans, twisted wings, beauty not needed here.
Lost my love, lost my life, in this garden of fear.
I have seen many things, in a lifetime alone.
Mother love is no more, bring this savage back home.

Iron Maiden, jego ulubiony zespół. Uśmiechnął się do wspomnień. Jako długowłosy zbuntowany nastolatek jeździł z koncertu na koncert. Było tak aż do śmierci ojca. Tata nigdy się nie dowiedział, że syn obciął włosy i włożył mundur. Ciekawe, co by na to powiedział.

Wreszcie strona się załadowała i oczom Daniela Podgórskiego ukazało się zdjęcie zakonnicy. Było nieco podobne do fotografii, która leżała obok niego na biurku. Autor strony jak zwykle nie zawiódł swoich czytelników. Zdjęcie nie było może najlepszej jakości, ale z pewnością mogło zaspokoić gusta nawet najbardziej wybrednych plotkarzy. Daniel podejrzewał, że autor bloga zrobił je telefonem komórkowym. Mimo słabej rozdzielczości można było z łatwością dostrzec większość szczegółów.

Przez chwilę Daniel zastanawiał się, czy powinien skupić się na przesłuchaniu prawdopodobnego autora strony o Lipowie bardziej niż na innych mieszkańcach. W końcu uznał, że w odpowiednim czasie porozmawia z kronikarzem Lipowa na takich samych zasadach jak z pozostałymi przesłuchiwanymi. Na razie wyglądało bowiem na to, że bloger wie dokładnie tyle samo co oni i jedynie relacjonuje zaistniałe wydarzenie.

Daniel zjechał kursorem w dół strony. Pod zdjęciem zamieszczono duży napis: „Kara Boska". Litery były czerwone, jak krew ofiary. Sprawiało to wyjątkowo nieprzyjemne wrażenie. Mimo to, a może właśnie dlatego, Podgórski był pewien, że mieszkańcy Lipowa przyglądają się fotografii w zaciszu swoich domów z wypiekami na twarzach. Igrzyska i krew. To zawsze pociągało ludzi. W ich wiosce nie było inaczej.

A więc zdjęcie krążyło już po sieci, pomyślał Daniel Podgórski. Nie wiedział, czy to dobrze, czy źle. Może nie będzie to miało żadnego wpływu na postępowanie wstępne. Skończył jeść orzeszki i wyłączył komputer. Przez chwilę słuchał w skupieniu muzyki. Soczyste dźwięki zdawały się przenikać wprost do jego serca i wypełniać je przyjemnymi wibracjami.

W końcu wyłączył magnetofon i ostrożnie wyjął płytę. Sprawdzenie strony internetowej mu nie wystarczyło. Musi zrobić coś więcej, żeby nie zwariować w oczekiwaniu na to, co przyniesie jutrzejszy dzień. Postanowił zacząć od kwestii najbardziej oczywistej. Od kościoła.

W końcu zmarła była zakonnicą. Być może zmierzała właśnie do tutejszej parafii, kiedy spotkała ją śmierć. W tej sytuacji wydawało się, że najlepiej będzie zanieść zdjęcie do księdza Józka i zapytać wprost, czy ją zna. Daniel skarcił się w duchu za to, że wcześniej o tym nie pomyślał. Zerknął na zegarek. Dochodziła siódma wieczorem, chyba nie za późno na wizyty. Zresztą był przecież stróżem prawa na służbie.

Zadrżał, kiedy wyszedł na mróz. Chyba zrobiło się jeszcze zimniej. Mroźne powietrze wydawało się ranić płuca i parzyć nieosłoniętą skórę twarzy. Daniel zamknął starannie drzwi swojego mieszkanka urządzonego w suterenie domu matki. Spojrzał w górę, w jej oknach paliło się światło. Maria oglądała pewnie ulubiony serial, a może gotowała. Postanowił wymknąć się niezauważony. Nie miał ochoty się teraz tłumaczyć.

Zamykając za sobą furtkę, doszedł do wniosku, że byłoby o wiele bardziej profesjonalnie, gdyby przyszedł z którymś z kolegów. Najbliżej mieszkał młody Marek Zaręba, ale Daniel postanowił mu dziś nie przeszkadzać. W końcu to jego żona odkryła ciało. Fryzjerka na pewno potrzebowała dziś wsparcia męża. Zaledwie kawałek dalej mieszkał najstarszy z policjantów, Janusz Rosół. Kolega wspominał chyba jednak, że dziś planuje rodzinną kolację, więc Daniel postanowił jemu także dać spokój.

Westchnął. Został zatem tylko Paweł Kamiński. Nie było to idealne rozwiązanie, ale jedyne, które teraz było możliwe. Zresztą Paweł był chyba w dobrych stosunkach z księdzem Józkiem. Zawsze szczycił się tym, że jest przykładnym parafianinem. Przynajmniej z pozoru. Daniel wiedział jednak, że pozory w ich wiosce czasem bardziej się liczyły niż prawda.

Chodzę niespokojnie po pokoju. Czuję, że zbliża się atak niestrawności, mimo że obsesyjnie pilnuję zdrowej diety. Nie wszystko poszło według planu, a tego bardzo nie lubię. Bardzo.

Bardzo nie lubię, kiedy coś nie idzie według planu. Bardzo tego nie lubię.

Plan jest kluczowym elementem powodzenia całej sprawy. Zawsze to powtarzam. Wszystko staje się jasne. To dlatego mój żołądek się teraz buntuje.

Plan, plan, plan.

Otwieram lodówkę i układam wszystkie produkty w kolejności rosnącej. Potem zmieniam porządek na malejący. Nikt nie zna mojego systemu, nawet najbliższa mi osoba. Rozpiera mnie duma z tego powodu. Patrzę na uporządkowane produkty. Powoli się uspokajam, a żołądek przestaje się buntować. Umiem znaleźć ukojenie w najprostszych czynnościach.

Staram się przypomnieć sobie wszystkie rozmowy z poprzednich miesięcy, nawet lat, ale mam w głowie pustkę. Ostatecznie decyduję, że najlepsze, co mogę zrobić, to kontynuować to, co było już tak dokładnie zaplanowane. Wiem, że nie wolno zejść z ustalonej ścieżki.

Ja z niej nie zejdę. Dotrwam do końca i zrobię to, co trzeba było zrobić już dawno.

Może dzięki temu zasłużę sobie wreszcie na pochwałę.

Serce znowu zaczęło mi walić, a szczęki zacisnęły się boleśnie. Zupełnie jak w dzieciństwie. Kara mi się należała. Za każdym razem. Ale teraz nie zawiodę.

Plan, plan, plan.

Odkręcam gorącą wodę w łazience. Parzy mnie w dłonie, ale chcę mieć pewność, że będą czyste. Pamiętam każde słowo na ten temat. Pod paznokciem lewego kciuka dostrzegam brud. Ogarnia mnie irytacja pomieszana z lękiem. To może być krew!

Chwytam mydło i zaczynam szorować palce z całej siły. Jeżeli dobrze je wymyję, zasłużę na nagrodę. Popatrzę trochę na zdjęcia. Tego mi trzeba. To mnie ostatecznie uspokoi i pozwoli skupić się na celu.

Plan, plan, plan.

Dom Kamińskich był niewielki, ale zadbany. Latem żona Pawła sadziła w ogródku kwiaty, które ożywiały okolicę różnorodnością barw. Młodszy aspirant Daniel Podgórski podejrzewał, że chciała w ten sposób ubarwić także swoje monotonne życie pani domu.

Policjant zadzwonił do drzwi. Wewnątrz rozległy się piski gromadki dzieci. Kamiński miał ich aż pięcioro. Po chwili w progu stanęła żona kolegi. Jej smutna twarz wyglądała szaro i częściowo skrywała się za tłustymi strąkami cienkich włosów. Ramiona były przygarbione, jakby spoczywał na nich ciężar całego świata.

– Och, cześć, Daniel – podjęła wysiłek wesołej konwersacji. Sztuczna radość pogłębiała tylko przygnębiający obraz całości. – Wejdziesz? Zrobiłam placki ziemniaczane.

– Nie, dziękuję bardzo, Grażynko.

Daniel odmówił, chociaż propozycja była kusząca, zwłaszcza po szybkim spacerze na zimnie. Kobieta wyglądała na zawiedzioną. Poczuł lekkie wyrzuty sumienia. Może nie powinien był odmawiać.

– Przyszedłem po Pawła – wyjaśnił szybko, żeby ukryć swoje rozterki. – Chciałbym, żeby poszedł ze mną na przesłuchanie.

Grażyna Kamińska spojrzała na Podgórskiego zaskoczona.

– W sprawie tej zakonnicy, którą dziś potrącono – wyjaśnił Daniel krótko. Był pewien, że doskonale wiedziała o wypadku.

– Pawła nie ma – powiedziała Grażyna sucho.

Teraz z kolei Daniel spojrzał na nią zdziwiony. Kiedy poprawiła kosmyk włosów, wydało mu się, że na czole ma sporego siniaka.

– Wyszedł – dodała Grażyna, jakby to wszystko tłumaczyło.

– Mówił, kiedy wróci?

– Mam na niego nie czekać.

Ton jej głosu świadczył o skrajnej rezygnacji. Daniel Podgórski nie wiedział, co odpowiedzieć, więc wymamrotał niezręczne przeprosiny za najście i ruszył dalej przez ciemną wieś. Czuł na plecach spojrzenie Grażyny, ale starał się nie odwracać.

Pomyślał, że może powinien porozmawiać z Pawłem o sytuacji w jego domu. W końcu uznał, że chyba nie jest to najlepszy pomysł. To nie jego sprawa. Szkoda mu było jednak Grażyny. Żona Pawła była kiedyś taka piękna. Pół wsi się za nią oglądało. Miała słowiańską urodę jasnej blondynki. Wyglądała prześlicznie. Ona i Daniel byli w jednym wieku. Pamiętał, że przyglądał się jej na lekcjach w szkole. Miała długi, gruby warkocz. Aż się prosił, żeby pociągnąć za niego na przerwie albo nawet podczas lekcji, kiedy nauczyciel nie patrzył. Grażyna chichotała wtedy i marszczyła czoło w udawanym gniewie.

Teraz była cieniem dawnej siebie, z piątką dzieci i wiecznie nieobecnym mężem. Daniel był pewien, że Paweł przyczynił się w dużym stopniu do stanu żony. Nie należał do mężczyzn dbających o swoje partnerki. Miała mu urodzić dzieci i prowadzić dom. Wszyscy podejrzewali, że resztę potrzeb zaspokajał gdzie indziej.

Z tymi myślami Podgórski przemierzył opustoszałą w nocy wieś i dotarł do neoromańskiego kościoła z ciemnoczerwonej cegły. Okna świątyni, teraz ciemne, podczas mszy mieniły się wszystkimi kolorami pięknych witraży. Dom księdza Józefa znajdował się na tyłach. Daniel okrążył kościół szybkim krokiem. Chciał jak najprędzej schronić się w cieple.

Na podjeździe przed plebanią stał samochód. Daniel go nie rozpoznał, więc wyglądało na to, że stary kapłan ma gości. Podgórski przypomniał sobie, że faktycznie ksiądz już co najmniej od dwóch miesięcy chwalił się spodziewaną wizytą dalekiego pociotka, młodego kleryka z Warszawy. Prawdopodobnie to on wreszcie zawitał w ich skromnej wsi.

Policjant stał chwilę, przestępując z nogi na nogę na zimnie. Rozważał, czy nie należałoby się w tej sytuacji wycofać. Nie wypadało nachodzić księdza, jeżeli ten kogoś właśnie przyjmował. Z drugiej strony Daniel doszedł aż tutaj w taki mróz, przez opustoszałą wieś.

Ostatecznie Podgórski postanowił zapukać do pomalowanych na brązowo drzwi plebanii. Chwilę później na progu pojawiła się gosposia księdza, pani Solicka, najlepsza przyjaciółka matki Daniela. Podgórskiego zawsze zadziwiały fioletowe włosy pani Solickiej. Marek Zaręba wytłumaczył mu tonem obeznanego z tematem męża fryzjerki, że są po prostu źle pofarbowane. Oszczędzała na przyjściu do Eweliny, więc ma, co chciała, dodał z rozbawieniem młodszy kolega, kiedy o tym rozmawiali któregoś dnia. Dla Daniela kwestia farbowania włosów pozostawała czarną magią.

– Danielek! – przywitała go pani Solicka radośnie. – Tak późno?! Maria nie dzwoniła, że będziesz! Czemu nie przyjechałeś samochodem? Taka ciemnica, zimno!

– Chciałem się przejść, ciociu – odparł Podgórski niechętnie.

Nigdy jakoś nie zdołał polubić przyjaciółki matki.

– No tak, no tak. Trochę ruchu dobrze człowiekowi robi – mrugnęła do niego pani Solicka, poklepując go znacząco po brzuchu. – Nieprawdaż?

Policjant zdusił w sobie złośliwy komentarz na temat jej własnej figury. Wiedział, że jeżeli chce coś załatwić, musi działać profesjonalnie. Krytykowanie powabów gospodyni na pewno tu nie pomoże.

– Przyszedłem do księdza Józefa – przybrał najbardziej służbowy ton, na jaki było go stać w tym zimnie. – Mam ważną sprawę.

Na cmentarzu za kościołem krakały gawrony. Całe ich stado wzbiło się do lotu. Szum ich skrzydeł unosił się w powietrzu jeszcze długo po tym, jak zniknęły w oddali.

– Józek ma teraz gościa. Przyjechał do niego młody ksiądz. Daleki kuzyn, czy coś. Przyjechał na odpoczynek. Chorowity jest biedaczek. Nasze wiejskie powietrze na pewno dobrze mu zrobi. Podobno miał jakieś kłopoty u siebie w parafii. Wiadomo, jak to w stolicy – stwierdziła pani Solicka tonem ekspertki do spraw niebezpieczeństw czyhających na bezbronnych księży w wielkich miastach. – My tu pomożemy mu z pewnością. Wesoły chłopak z niego, nie powiem. Naszemu Józkowi też przyda się kompania młodych. Wy tu wszyscy za rzadko zaglądacie. Zdecydowanie za rzadko. Piotruś spadł nam jak z nieba. Chociaż miał przyjechać już dawno, ale latem jakoś się nie złożyło i…

Wyglądało na to, że pani Solicka może ciągnąć swoją opowieść jeszcze długo. Daniel zaczynał się niecierpliwić. Policzki piekły go z zimna.

– Mogę wejść? – uciął w końcu. Czuł, że palce zaczynają mu się zmieniać w sople lodu. – Trochę zimno tak stać na dworze.

– Och, oczywiście, oczywiście. Że też nie pomyślałam. Gdzie ja mam głowę! Ja to jestem rozgrzana, bo przygotowuję kolację. Chciałam zrobić im coś dobrego. Józek ostatnio trochę za bardzo schudł. Tak na starość chyba chudnie. Piotruś też nie wygląda najlepiej. Ale już ja się nimi zajmę. Nie ma obawy.

Pani Solicka otworzyła drzwi szerzej, wpuszczając Daniela do środka. Z ulgą zamknął za sobą zimę. W porównaniu z temperaturą, która panowała na dworze, wnętrze domu wydawało się nagrzane do czerwoności. Nie przeszkadzało mu to jednak. Dosyć miał już przenikliwego zimna. Potarł dłonie o siebie, żeby szybko je rozgrzać.

– Jóózek! Jóóóózek! – krzyknęła tymczasem pani Solicka. – Przyszedł Daniel. Syn Marii!

Nie doczekali się żadnej reakcji.

– Nic nie słyszy… – rzuciła pani Solicka tonem wyjaśnienia. – I ja tak muszę dreptać po tym domu tam i z powrotem, tam i z powrotem… nie wiem, jak to na moje kolana wpłynie… Ale na pewno nie najlepiej. Tego jestem najzupełniej pewna. Słuchaj, a tak w ogóle to miałam z tobą porozmawiać o tej całej Wierze i jej sklepie. Tego tak nie można zostawić…

– Ciociu, jestem tu w sprawie wypadku.

– No tak, no tak. To może przy innej okazji. Pamiętaj, że muszę z tobą o tym porozmawiać. W końcu wy policjanci możecie coś chyba zaradzić. To niepoważne, żeby jakaś Ruska prowadziła sklep u nas… a wiesz przecież, jak ona wygląda.

Podgórski poszedł za Solicką do salonu. Starał się ignorować rwący potok jej słów. W pokoju było jeszcze cieplej niż w korytarzu. Daniel zauważył ogień płonący na poczerniałym od sadzy kominku. Ksiądz Józef rzadko decydował się go rozpalać. Przyjazd młodego krewnego musiał najprawdopodobniej zostać uznany za szczególną okazję. Inaczej pani Solicka nie pozwoliłaby na taką ekstrawagancję. Bała się, że może z tego wyniknąć pożar. Opowiadała o tym kilka razy Marii, Danielowi zresztą też.

Płomienie sprawiały, że staroświeckie wnętrze salonu wyglądało miło i przytulnie. Mróz za oknem nie wydawał się już taki straszny. W głębokim fotelu przed paleniskiem siedział proboszcz parafii Lipowa. Ksiądz Józef był powszechnie szanowanym, dobrotliwym starszym panem. Nikt właściwie nie wiedział, ile dokładnie ma lat. Niektórzy podejrzewali, że przeżył ponad dziewięćdziesiąt, ale z jego zasuszonej twarzy nie można było wyczytać odpowiedzi.

Kapłan wstał sztywno, opierając się ciężko na poręczy fotela. Młody ksiądz, który mu towarzyszył, podbiegł szybko i z szacunkiem pomógł gospodarzowi.

– Daniel? – staruszek poprawił okulary, żeby lepiej widzieć gościa. Mówił głośno, jak każdy niedosłyszący. – Jak miło, kochany chłopcze, że nas odwiedziłeś. Co u Marii? Jak jej zdrowie?

– Dobry wieczór, proszę księdza. – W obecności tego starszego człowieka Daniel zawsze czuł się trochę niepewnie. Jakby ksiądz Józef dzierżył w swoich artretycznych rękach moc całej instytucji Kościoła. – U mamy wszystko w porządku. Przesyła pozdrowienia.

Podgórski był pewien, że gdyby Maria wiedziała o jego wizycie, na pewno nakazałaby mu złożyć uszanowanie w swoim imieniu. Czuł więc, że kłamstwo jest uzasadnione. Starzec skinął głową z aprobatą i usiadł ostrożnie z powrotem w fotelu.

– Dawno cię nie widziałem na mszy – powiedział z westchnieniem.

Daniel zaczerwienił się lekko i wyjąkał kilka zduszonych usprawiedliwień. W ich wsi każdy chodził do kościoła. Czy chciał, czy nie. No może oprócz sklepikarki Wiery. Dla niej pozory chyba się nie liczyły.

– Co tam mamroczesz, chłopcze?

– Mieliśmy... dużo pracy... – wykrztusił Daniel głośniej. – Właśnie w sprawie pracy przychodzę...

– Co powiedziałeś?

– Przychodzę w sprawie służbowej – powtórzył Podgórski powoli i wyraźnie.

– Och, praca! Praca niech chwilę poczeka. Poznaj,

proszę, Piotra – stary ksiądz Józef wskazał na swojego towarzysza. Młodszy kleryk był mniej więcej w wieku Daniela. – Piotr przyjechał do mnie odpocząć trochę od trudów strzeżenia swojej trzódki.

– Witam – dłoń młodego księdza była sucha, a uścisk nieco sztywny. Przyjezdny rzeczywiście wyglądał nie najlepiej. Jego twarz była zapadnięta, a ubranie wisiało na nim, jakby ostatnio bardzo schudł. – Jestem Podgórski. Młodszy aspirant Daniel Podgórski. Kieruję tutejszym komisariatem.

– Miło mi poznać – odparł uprzejmie kapłan.

Przyglądał się Danielowi ciekawie. Podgórski uznał, że gość sprawia dość miłe wrażenie.

– Przychodzę do księdza z pewną sprawą – zaczął raz jeszcze policjant, wyjmując z kieszeni zdjęcie potrąconej zakonnicy. – Ksiądz pewnie wie, że niestety dzisiaj u nas w Lipowie wydarzyła się bardzo smutna…

Nie skończył. Drzwi salonu otworzyły się nagle i pojawiła się w nich pani Solicka. Gosposia wkroczyła do pokoju z tacą pełną słodkich specjałów.

– Przyniosłam pyszny makowiec – oznajmiła. – Właśnie upiekłam. Świeżuteńki. Mam też herbatę. Zimą bardzo ważne jest, żeby pić herbatę! Ja i Maria zawsze to powtarzamy. Powinniście iść za naszym przykładem. Mądrość pokoleń… Najlepiej pić herbatę z cytryną i miodem. Jak się ktoś zimą przeziębi, to koniec.

Pani Solicka postawiła tacę na stoliku obok fotela wiekowego księdza Józefa. Poprawiła swoją fioletową fryzurę i rozdała wszystkim talerzyki. Z miną nieznoszącą sprzeciwu nałożyła każdemu po grubym kawałku ciasta. Żaden z mężczyzn nie odważył się odmówić.

Zapadła cisza. Stary ksiądz Józef przeżuwał głośno, z trudem gryząc co twardsze fragmenty.

– Gienia mnie tutaj rozpieszcza, jak widzisz – powiedział w końcu z pełnymi ustami. Trudno było zrozumieć, co mówi. – Tak więc z czym przychodzisz, chłopcze? Co?

– Dzisiaj w naszej wsi ktoś potrącił siostrę zakonną – powiedział raz jeszcze Daniel. Zaczynał mieć wrażenie, że nigdy nie uda mu się przejść do sedna sprawy. – Pomyślałem, że może ksiądz mógłby ją dla mnie zidentyfikować. Wyglądało na to, że przyjechała do nas pekaesem z Brodnicy. Tym o dziesiątej piętnaście, który zatrzymuje się kawałek za wsią. Pomyślałem, że może przyjechała do księdza.

– Nie oczekiwałem nikogo, prawda, Gieniu?

Pani Solicka pokręciła głową.

– Przynajmniej ja nic o tym nie wiem, ale co ja tu znaczę! Jestem w końcu tylko gosposią. Mnie nikt o nic nie pyta. Nikt mnie nie informuje.

Ksiądz Józef założył grube okulary. Jego twarz nie drgnęła nawet, kiedy spojrzał na makabryczną fotografię zabitej zakonnicy. Zrobił znak krzyża nad twarzą zmarłej. Jego pokryta wątrobowymi plamami starcza dłoń drżała nieznacznie. Pani Solicka próbowała zobaczyć coś z miejsca, w którym stała.

– Nie znam, niestety, tej siostry, Danielu. Takie nieszczęście – powiedział w końcu staruszek. – Coraz więcej tych wypadków samochodowych. W jaką stronę ten świat idzie?

Nikt nie odpowiedział. Pytanie zawisło w gorącym powietrzu pokoju i unosiło się tam przez chwilę. Ksiądz podał zdjęcie swojemu towarzyszowi. Ksiądz Piotr spojrzał na nie przelotnie. Jego twarz stężała w wyrazie głębokiego szoku.

– To niemożliwe – wyjąkał z niedowierzaniem. – To absolutnie niemożliwe – powtórzył, przyglądając się dokładniej fotografii. – Nic z tego nie rozumiem.

Weronika i Blanka dotarły w końcu do rezydencji Seniora Kojarskiego. Ślizgając się po zmrożonym śniegu, wspięły się po schodach ganku i stanęły przed rzeźbionymi drzwiami z drewna. Zdobiła je mozaika skomplikowanych wzorów roślinnych i zwierzęcych. Weronika nie mogła oderwać od nich oczu. Blanka dała jej chwilę na podziwianie niesamowitego kunsztu stolarza, który je wykonał.

– Piękne! – pochwaliła w końcu Weronika.

Blanka skinęła głową z aprobatą. Jej blond włosy lśniły w świetle wiszącej na ganku latarni.

– Te drzwi były robione na zamówienie. Są całkiem nowe, mimo że wyglądają na stare. – Gospodyni sprawiała wrażenie dumnej ze swoich wyjaśnień. – To taki styl!

Weronika uniosła brwi. Co ty nie powiesz, zaśmiała się w myślach.

– Wejdź, proszę – zaprosiła Blanka, przepuszczając gościa.

Drzwi otwierały się na wielki hol z czarno-białą posadzką z eleganckich kafli. Przestronne pomieszczenie wydawało się wręcz stworzone do organizowania balów uświetnionych dziewiętnastowiecznymi tańcami. Weronika widziała oczami wyobraźni pary wirujące w takt wesołej muzyki. Kobiety w krynolinach, mężczyźni w eleganckich frakach. Lokaje roznoszący kieliszki musującego szampana.

W głębi znajdowały się szerokie schody prowadzące na piętro. Poręcz nawiązywała zdobieniami do pięknych drzwi zewnętrznych.

Układ pomieszczenia wydawał się dziwnie znajomy. Weronika nie mogła oprzeć się wrażeniu, że rezydencja Seniora Kojarskiego wygląda jak kopia jej dworku. Oczywiście o wiele większa i ozdobiona najdroższymi ornamentami.

Na spotkanie gościa wyszli wszyscy członkowie rodziny Kojarskich, ale nikt z nich nie okazywał szczególnego zadowolenia z jej wizyty. Wszyscy ubrani byli w wytworne wieczorowe stroje. Weronika poczuła się niezręcznie w swoim czarnym swetrze i dżinsach pamiętających lepsze czasy. Poprawiła nerwowo kurtkę.

– To mój mąż, Ryszard Senior Kojarski – powiedziała Blanka, wskazując na starszego mężczyznę. Wymówiła jego imię, jakby to był najwspanialszy tytuł szlachecki. – Ale jego już przecież znasz!

Senior Kojarski chwycił rękę Weroniki władczym gestem człowieka przyzwyczajonego do posłuchu i symbolicznie zbliżył ją do ust. Miał farbowane na czarno włosy zaczesane na rysującą się na czubku głowy łysinę. Pomarańczowy odcień skóry sugerował, że lubi korzystać z solarium albo innej formy sztucznego opalania. Jego wygląd kontrastował z szytym na miarę eleganckim grafitowym garniturem, który włożył tego wieczoru.

– Radka też już znasz. – Blanka wskazała na stojącego za ojcem Juniora Kojarskiego.

Mężczyzna skinął lekko głową, nie zaszczycając Weroniki dalszymi przywitaniami.

– To moja żona – oznajmił tylko krótko, przedstawiając gościowi ostatnią domowniczkę.

– Róża Kojarska – powiedziała kobieta, poprawiając obcięte na pazia czarne włosy.

Przywodziła na myśl przerażająco chudą Kleopatrę. Czarna wieczorowa sukienka wisiała na jej ramionach jak na kościstym wieszaku. Głęboki dekolt odsłaniał wyraźnie widoczne pod bladą skórą obojczyki.

– Skoro wszystkich już znasz, to ja się teraz pójdę szybko przebrać – zawołała wesoło Blanka.

Ruszyła w kierunku schodów, kręcąc zalotnie biodrami. Weronika została sama z trójką Kojarskich. Senior i Junior wpatrywali się w nią z nieskrywaną wrogością. Tylko wychudzona twarz Róży zdradzała odrobinę przychylnej ciekawości. Weronika czuła się co najmniej niezręcznie.

– Macie państwo wspaniały dom – powiedziała w końcu, żeby przerwać nieprzyjemną ciszę. Musiała jakoś przebrnąć przez najbliższą godzinę. Potem będzie mogła wyjść pod jakimś pretekstem. – Jestem pod wrażeniem.

Nikt nie odpowiedział.

– Byliśmy nawet w gazecie! – wykrzyknęła Blanka z góry.

Weronika spojrzała w tamtym kierunku zdziwiona. Gospodyni chyba nie odeszła zbyt daleko. Słychać było odgłos rozpinanego suwaka różowego kombinezonu. Junior Kojarski poruszył się niespokojnie. Senior pozostał niewzruszony.

– Prawda, Rysiu?! – zawołała do męża Blanka, schodząc po schodach. Teraz miała na sobie czerwoną obcisłą sukienkę z głębokim dekoltem. Na jej szyi błyszczał diamentowy naszyjnik. – Co, kotku?

Senior Kojarski spiorunował ją wzrokiem.

– Ile razy ci mówiłem, żebyś mnie tak nie nazywała?! – zapytał głośno i wyraźnie, jakby przemawiał do małego dziecka.

Blanka zdezorientowana spojrzała na Juniora, jakby w poszukiwaniu pomocy. Młodszy Kojarski ostentacyjnie odwrócił głowę, unikając jej wzroku.

– No cóż... zapraszamy do stołu – powiedział do Weroniki z niesmakiem. – Przejdźmy do jadalni.

Wskazał kierunek ręką. Obcasy Blanki stukały po posadzce.

– Słyszałam, że macie syna? – zagaiła Weronika, kiedy razem z kościstą Różą zostały w tyle grupy.

– Tak – kobieta wyraźnie się ożywiła. W jej oczach pojawiły się iskierki entuzjazmu, a na bladą twarz wystąpił rumieniec. – Nazywa się Kostek. W tym roku skończy sześć lat.

– Kochanie, nie zanudzaj naszego gościa rodzinną sagą – odezwał się z przodu jej mąż. – Nie po to tu przyszła.

Weronika nie mogła oprzeć się wrażeniu, że urocze słowo „kochanie" zabrzmiało w ustach Juniora jak najgorsza obelga.

– Ależ nie, to bardzo ciekawe. Chętnie usłyszę więcej – odpowiedziała mu dobitnie Weronika. Nie zamierzała pozwolić przyjacielowi byłego męża na przejęcie inicjatywy. – Co mówiłaś, Różo?

– Nie mam nic więcej do powiedzenia – odparła spokojnie koścista kobieta.

Junior Kojarski uśmiechnął się z satysfakcją. Weronika poczuła do niego nieprzepartą odrazę i jedyne, na co miała obecnie ochotę, to wyjść i zatrzasnąć za sobą pięknie rzeźbione drzwi wejściowe. Trzeba było jednak dbać o dobre stosunki międzysąsiedzkie. Będzie musiała wytrzymać jeszcze trochę.

Senior Kojarski otworzył przed nimi drzwi jadalni i gestem zaprosił Weronikę do ustawionego pośrodku stołu. Jeżeli hol nadawał się do tańczenia, to jadalnia była prawdziwą salą balową. Pomieszczenie było przytłaczająco ogromne. Z lewej strony znajdowało się olbrzymie palenisko z różowego marmuru. Ogień tańczył po grubych polanach. Z drugiej strony sali, nieco na uboczu, stała szeroka kanapa, jakby stworzona do odpoczynku po posiłku. Nie było więcej mebli, co potęgowało wrażenie, że pokój jest gigantyczny.

Obaj mężczyźni, ojciec i syn, zasiedli do suto zastawionego stołu i zaczęli jeść, nie czekając na panie.

– Kiedy masz zamiar wrócić do Warszawy? – zapytał Senior pomiędzy kęsami krwistego mięsiwa. W jego głosie nie pojawiła się ani jedna cieplejsza nuta. – Mam swoje plany, więc chciałbym wiedzieć.

– Nie wiem. Może za kilka dni – odparł równie zimno syn. – Sam chciałeś, żebym przyjechał, więc teraz nie narzekaj, że jestem. Nie prosiłem o ten niezwykły zaszczyt. Chyba jesteś tu zadowolony. N a p r o w i n c j i. Sam na sam z Blanką i Różą.

– Firma cię potrzebuje. Nie byłoby dobrze, gdybyś zasiedział się za długo – odparł Senior, nie zważając na jadowite słowa syna. – Właśnie, skoro o firmie mowa. Słyszałem, że masz jakieś kłopoty?

Junior Kojarski zakrztusił się winem.

– To źle słyszałeś.

Senior spojrzał na syna wymownie. Ja nie popełniam takich błędów, mówiły jego oczy.

– Co ty tam wiesz! – w głosie Juniora pojawiła się defensywna nuta. – Siedzisz tu na wsi, więc co możesz wiedzieć?

– Kochanie, masz jakieś problemy w firmie? – zapytała Róża znad pustego talerza. – Nic nie mówiłeś.

Aż do tego momentu mężczyźni zdawali się zapominać o reszcie towarzystwa przy stole. Obaj spojrzeli na wychudzoną kobietę morderczo. W tym domu mężczyznom się nie przerywa. W tej jednej kwestii ojciec i syn zdawali się trzymać wspólny front. Róża wzruszyła ramionami i wróciła do wpatrywania się w talerz.

– Wspaniałe są te ziemniaczki z sosem. Róża, powinnaś spróbować – słodkim głosem doradziła Blanka. – Naprawdę!

Róża Kojarska odłożyła widelec z głośnym brzękiem. Wstała bez słowa i z demonstracyjnym namaszczeniem wyszła z jadalni. Ani jeden włos z jej fryzury Kleopatry nie opuścił swojego starannie wyznaczonego stanowiska.

– Przecież ja chciałam jej tylko pomóc – stwierdziła Blanka płaczliwie. – A ona od razu tak!

– Moja żona miewa humory – wyjaśnił zirytowany Junior Kojarski i zajął się krojeniem swojego mięsa. Jego palce kurczowo zaciskały się na sztućcach. Na ten widok Senior zaśmiał się pod nosem szyderczo.

Weronika patrzyła na rozgrywający się przy stole spektakl zdziwiona. Takiego zachowania raczej się nie spodziewała po rodzinie Kojarskich. Miała wrażenie, jakby trafiła nagle na strony kiepskiej powieści.

– Chciałabyś kawałek mięsa? – zaproponowała spokojnie Blanka, jakby przed chwilą nic wielkiego się nie stało. – Jest równie dobre jak ziemniaczki.

– Jestem wegetarianką – wyjaśniła Weronika.

Po tym wyznaniu Blanka jakby zupełnie straciła zainteresowanie swoim gościem. Podniosła się i usiadła na zwolnionym przez Różę krześle, tuż obok Juniora Kojarskiego. Wyglądało na to, że stara się wyeksponować głęboki dekolt.

– Blanka, co ty robisz? – wzdrygnął się mężczyzna. Nie mógł sobie jednak odmówić przelotnego spojrzenia na odsłonięte piersi macochy.

Blanka popatrzyła na niego zdziwiona jego niechęcią. Weronika zauważyła, że Senior przygląda się zmaganiom syna i żony z rozbawieniem.

– Panuj nad nią – rzucił do ojca Junior. – Blanka to twoja żona. Powinieneś mieć jakąś kontrolę nad tym, co ona wyczynia.

– Wcześniej ci nie przeszkadzała, to teraz sobie z nią radź. – Stary zaśmiał się rubasznie.

W oczach Blanki na moment błysnęła „ta druga", kobieta o smutnym głosie, ale może Weronice tylko się zdawało. Nie była pewna.

Zapadło krępujące milczenie.

– Zamierzam remontować starą stajnię – odezwała się bez związku Nowakowska. Była gościem, i to na niej spoczywał obowiązek rozładowania sytuacji niezobowiązującą rozmową.

– Doprawdy? – Junior Kojarski nawet na nią nie spojrzał. Ręce trochę mu drżały i nie mógł odkroić kawałka mięsa.

– Rysiu, może wypożyczymy Weronice tego naszego

Tomka Szulca. Przecież sama nie da rady nosić desek, czy co się tam robi podczas remontu. Tomek to nasz człowiek do wszystkiego – dodała Blanka tonem wyjaśnienia. – Dobrze, że powiedziałaś, Wercia! Nie zostawimy cię z tym wszystkim! Kotku, musimy jej pożyczyć naszego Tomka!

Senior Kojarski machnął ręką w geście, który mógł oznaczać cokolwiek.

– Tak, tak. Rano wyślę go do pani. – Weronika miała wrażenie, że stary zrobi wszystko, byle tylko jego atrakcyjna żona wreszcie zamilkła. – Rzeczywiście trudno, żeby kobieta sama wbijała gwoździe.

Weronika już miała wyjaśnić, że sobie poradzi, ale pomyślała o ogromie pracy, jaki ją czekał w starym domu i stajni. Pomoc rzeczywiście by się przydała, a musiała przyznać sama przed sobą, że nie ma kogo poprosić o wsparcie. Na pewno nie zamierzała zwracać się do byłego męża. Mariusz byłby ostatnią osobą, do której by zadzwoniła.

– Byłabym bardzo zobowiązana – przyznała w końcu. – Ale nie mam jak panu zapłacić – zdecydowała się na grę w otwarte karty. Większość jej funduszy pochłonęło kupno działki i dworku z przylegającą zabudową.

– Daj spokój, kochana. Wiemy przecież, że jesteś biedna. Nie musisz nam płacić. – Blanka zaśmiała się perliście. Jej spojrzenie pod długimi rzęsami wydawało się badawcze. – Taka pomoc sąsiedzka. Nic wielkiego.

Nagle zerwała się od stołu, wylewając na obrus trochę wina.

– Dosyć tego smęcenia. Chodź, pokażę ci resztę domu!

Chwyciła Weronikę za ramię. Jej palce były zaskakująco silne. Nie pasowało to do jej drobnej sylwetki. Poszły schodami na górę, zostawiając panów w jadalni.

Zdawało się, że gospodyni wcale nie miała zamiaru oprowadzać Weroniki po domu, tylko zmierzała gdzieś w konkretnym celu. Blanka szła szybkim krokiem, aż zatrzymała się przed zamkniętymi drzwiami w połowie długiego korytarza na piętrze. Kiedy otwierała drzwi, na jej ustach pojawił się przelotny uśmiech.

– Och, tu jesteś, Róża! – zawołała w udawanym zaskoczeniu.

Róża Kojarska siedziała na grubym dywanie pośrodku pokoju. Bawiła się z małym chłopcem.

– Kostek – rzuciła do synka wychudzona Kleopatra. – Co się mówi?

Chłopiec wstał posłusznie.

– Dzień dobry – powiedział niewyraźnie i spojrzał pytająco na matkę. Skinęła głową z aprobatą, więc chłopiec usiadł z powrotem na dywanie zadowolony z siebie.

– Przyszłyśmy trochę sobie z wami posiedzieć – rzuciła beztrosko Blanka. – Znudziło się nam przy stole. Niech mężczyźni gadają o interesach, a my się tu zajmiemy dziewczyńskimi sprawami, co?

Róża wpatrywała się w swoje kościste dłonie, pozostawiając jej pytanie bez odpowiedzi. Blanka pociągnęła Weronikę do środka. Jej paznokcie boleśnie wbijały się w skórę. Wełniany sweter nie był wystarczającą ochroną. Weronika uwolniła się szybko z uścisku i usiadła na dywanie obok Kostka.

– Ale masz fajne zabawki – powiedziała do dziecka.

– A pani ma ładne włosy – odwzajemnił komplement.

Róża spojrzała na syna z zadowoleniem. W jej oczach pojawiła się miękkość.

– Dziękuję. Ale z ciebie mały dżentelmen.

Chłopczyk spojrzał na Weronikę, jakby nie zrozumiał.

– Dżentelmen to ktoś taki jak tatuś – wytłumaczyła chłopcu matka.

Kostek skinął głową, chociaż nadal zdawał się niepewny, czy go pochwalono, czy wręcz przeciwnie.

– Słyszałyście o tym wypadku? – zagaiła rozmowę Róża, poprawiając grzywkę Kleopatry. – Na *naszym-lipowie* są nawet zdjęcia. Nie wygląda to dobrze.

– Nie powinnaś czytać tych bzdur – zganiła ją Blanka. – Weronika, słyszałaś coś o tym?

Nowakowska pokręciła przecząco głową.

– Co to jest *nasze-lipowo*?

– To taka strona internetowa, właściwie blog – wyjaśniła Róża z nieoczekiwanym zapałem. – Są tam wszystkie informacje o naszej wsi. Można powiedzieć, że to zwykłe plotki. Czytam to czasem dla relaksu. Poczekaj, zaraz ci pokażę. Potem będziesz mogła sama sobie to znaleźć w domu i przejrzeć. Są tam naprawdę ciekawe rzeczy.

Wstała z dywanu i podeszła do leżącego na parapecie laptopa.

– To wszystko jest bardzo tajemnicze. Nie wiadomo, kto pisze tego bloga, ale jest tam wszystko o wszystkich – tłumaczyła Róża dalej, włączając komputer. – O tu, zobaczcie, zdjęcie tej przejechanej zakonnicy.

Blanka i Weronika podeszły, żeby spojrzeć na ekran. Fotografia była przerażająca. „Kara Boska" – głosił podpis krwistoczerwonymi literami.

Blanka Kojarska wpatrywała się w zdjęcie jak zahipnotyzowana.

ROZDZIAŁ 4

Lipowo. Środa, 16 stycznia 2013, rano

Starszy sierżant Marek Zaręba utrzymywał równe tempo. Czuł przyjemne ciepło rozchodzące się po całym ciele. Mięśnie miał dobrze rozgrzane. Mróz trochę zelżał, a przez noc napadało świeżego śniegu. Buty zapadały się w nim miękko. Uwielbiał tak biegać rano przez zimowy las. Nie chodziło tylko o sposób na zachowanie kondycji i zdrowia. Traktował to bardziej jako chwile całkowitego wyciszenia. Właściwie to o niczym szczególnym wówczas nie myślał. Słuchał tylko swojego miarowego oddechu i rytmicznych uderzeń stóp o ziemię. Ogarniał go wówczas niemal mistyczny spokój, chociaż pewnie nigdy by się przed nikim nie przyznał, że myśli o bieganiu w tych kategoriach.

Tego ranka młody policjant biegł swoją ulubioną trasą wokół jeziora Strażym. Turyści, którzy zjeżdżali tu latem z wielkich miast, pewnie uważali, że dróżka jest malownicza. Wiła się to w górę, to w dół wzdłuż wysokiego brzegu. Wokół rozciągał się majestatyczny widok na spokojną taflę wody. Dla niego jednak była to po prostu ścieżka. Od urodzenia mieszkał w Lipowie i cuda natury trochę mu się opatrzyły. Był oczywiście dumny ze swoich okolic, ale to nie znaczyło, że miał popadać w nadmuchiwany zachwyt. Raczej twardo stąpał po ziemi. Musiał. Kiedy w osiemnaste urodziny Ewelina zakomunikowała mu, że wpadli, musiał przejść błyskawiczny kurs dorastania. Pamiętał, jak tamtego wieczoru przyszedł pobiegać właśnie tu, na tę ścieżkę. Musiał to wszystko w spokoju przemyśleć. W końcu, spocony od szaleńczego biegu, doszedł do wniosku, że chce stanąć na wysokości zadania. Dzisiaj, z perspektywy czasu, wyglądało na to, że chyba mu się udało. Ich córka skończyła już dziesięć lat i Marek miał cichą nadzieję, że był dla niej lepszym ojcem niż ten, którego sam zapamiętał z dzieciństwa.

Wybiegł na drogę prowadzącą skrajem lasu. Zwolnił trochę, pozwalając mięśniom odpocząć. Mimo zimna czuł spływający po plecach pot. To był dobry trening. Droga ciągnęła się wzdłuż ogołoconej teraz z liści ściany drzew. Po lewej stronie rozpościerała się ogromna posiadłość Kojarskich. W wiosce mówiło się o niej „dwór". Jemu osobiście dom niezbyt przypadł do gustu. Za duży. Ogrzanie takiego monstrum to pewnie koszmarne pieniądze. Wolał zbierać na remont zakładu fryzjerskiego Eweliny. Chociaż gdyby był taki bogaty jak ten cały Senior Kojarski, jego żona w ogóle nie musiałaby pracować. Zasługiwała na to. Już dosyć namyła się głów.

Ponownie przyspieszył kroku. Czuł, jak serce dostosowuje się do nowego rytmu. Uspokoił oddech i poddał się uczuciu radości. Wydawało się, że nikogo nie ma w pobliżu, więc zamknął oczy i biegł na oślep po prostej drodze. Czuł się jak dziecko, które właśnie wymyśliło nową, doskonałą zabawę. Zabawę, której na pewno nie pochwaliłoby żadne z dorosłych. Rozłożył ręce na boki, jakby leciał.

Niespodziewanie poczuł uderzenie. Wpadł na kogoś. Otworzył szybko oczy, przeklinając się w duchu za idiotyczny pomysł.

– Przepraszam! Bardzo przepraszam!

Przed nim na ziemi, przewrócony impetem biegacza, leżał młody ksiądz z kijkami do nordic walkingu w dłoniach. Na jego twarzy malował się wyraz skrajnego zdumienia.

– Strasznie księdza przepraszam – powtórzył Marek Zaręba zmieszany. – Biegłem i nie wiem, co mnie napadło, ale zamknąłem oczy i widocznie wtedy ksiądz wyszedł na drogę.

– Nic się nie stało – ksiądz wstał z trudem, opierając się na kijkach. Otrzepał czarną kurtkę ze śniegu. – Jestem Piotr.

– Marek Zaręba – przedstawił się młody policjant. Nadal czuł się trochę niezręcznie. – Pracuję na posterunku we wsi.

– Aha. Wczoraj rozmawiałem z jednym z was – wyjaśnił ksiądz. – Zapomniałem nazwiska… chyba jest tam u was szefem.

– Pewnie mówi ksiądz o Danielu Podgórskim – odparł zdziwiony Marek. Daniel nie mówił, że ma zamiar rozmawiać z księdzem. – Taki bardzo wysoki, trochę przy kości?

– Tak, tak. Ale proszę, mów mi na ty, jesteśmy pewnie w tym samym wieku, nie ma co być takim formalnym. To, że noszę koloratkę, nie oznacza, że jestem z innej planety – zaśmiał się ksiądz serdecznie. – U mnie w parafii wszyscy mówią mi po imieniu.

– Jasne. – Marek Zaręba uznał, że nie będzie wypytywać się o wizytę Daniela w kościele. Szef wszystko pewnie wyjaśni w swoim czasie. Głupio by było wypaść na niedoinformowanego już na początku znajomości. – Przyjechałeś do naszego księdza Józefa?

Marek trochę dziwnie się czuł, mówiąc po imieniu do młodego kapłana. W Lipowie nikt, oprócz pani Solickiej, która jako opiekunka plebanii miała szczególne przywileje, nie mówił do starego księdza Józefa inaczej niż „proszę księdza". Po prostu nie wypadało.

– Tak. Józef to mój daleki krewny – wyjaśnił ksiądz Piotr. – Przyjechałem tu do was trochę odpocząć. U mnie w parafii dużo się ostatnio dzieje... Właściwie to u nas cały czas coś się dzieje. Trudno o leniwy dzień. Miałem nadzieję, że trochę się od tego wszystkiego oderwę. No, ale widzę, że niestety wydarzenia przyjechały za mną.

– Mówisz pewnie o zakonnicy? – Marek nie wiedział, czy może rozmawiać z księdzem na temat śledztwa. Z drugiej strony wszyscy przecież wiedzieli o wczorajszym wypadku. – O tej, którą przejechano?

– Tak. – Ksiądz Piotr smutno pokiwał głową. – Znałem ją.

Dziś rano czuła się wyjątkowo dobrze. Mimo wczorajszej przygnębiającej wizyty w dziwacznym domu sąsiadów Weronika miała wrażenie, że wreszcie opadł z niej ciężar rozwodu. Ze zdziwieniem odkryła, że nagle może myśleć o tym bez zbędnych emocji. Czuła się wręcz lekko.

Normalnie zadowalała się jogurtem z müsli, ale dzisiaj postanowiła zrobić sobie wyjątkowe śniadanie. Dziś był szczególny dzień, więc chciała to uczcić. Zdecydowała się przygotować jajecznicę ze szczypiorkiem. Nie była dobrą kucharką, ale miała nadzieję, że z tą potrawą da sobie radę. Znalazła patelnię w jednym z nierozpakowanych pudeł i z zapałem zabrała się do roboty.

Nagle usłyszała mocne pukanie do drzwi. Igor zaczął wesoło szczekać. Uwielbiał gości. Weronika na wszelki wypadek wyłączyła gaz, już nieraz udało jej się coś przypalić. Wyjrzała przez kuchenne okno. Próbowała zobaczyć, kto czeka na ganku, ale nikogo nie dostrzegła. Gość był poza zasięgiem jej wzroku.

Otworzyła drzwi i powoli wyjrzała na zewnątrz. Na ganku stał opalony mężczyzna, którego spotkała wczoraj rano w sklepie u Wiery. „Chłopak ze dworu, człowiek do wszystkiego", tak go chyba wtedy nazwała sklepikarka. Ubrany był w niebieską puchową kurtkę i robocze bojówki.

– Dzień dobry – przywitała się grzecznie Weronika.

Mężczyzna zdjął czapkę na powitanie i zaczął niezręcznie miąć ją w dłoniach. Zaskoczyło ją to, ponieważ nie wyglądał na wstydliwego. Jego włosy były koloru pszenicy. Miał kilkudniowy zarost i zawadiackie spojrzenie. Weronika musiała przyznać sama przed sobą, że od razu jej się spodobał. Stanowił całkowite przeciwieństwo jej eksmęża, który zawsze był gładko ogolony i do bólu elegancki.

– Jestem Tomek Szulc. Przyszedłem zobaczyć, co jest do zrobienia – wyjaśnił przybysz. – Kojarscy mówili mi, że chodzi o remont stajni.

– Tak! – ucieszyła się Weronika. Ogarnęła ją euforia. Tomek rzeczywiście wyglądał na złotą rączkę. Może jednak uda się wszystko przyszykować na czas. Lancelot miał przyjechać już w sobotę. – Dziękuję, że pan przyszedł. Boję się, że sama sobie nie poradzę.

– Nie ma problemu, naprawdę.

Stali przez chwilę w otwartych drzwiach.

– Może mi pani pokaże, co i jak? – zaśmiał się Tomek.

– Ach, no tak – zreflektowała się Weronika. – Chodźmy do stajni. Jest za domem.

– Widziałem – uśmiechnął się. – Przyszedłem na skróty przez las, więc przechodziłem obok. Pozwoliłem sobie już trochę obejrzeć budynek z zewnątrz.

Weronika zaczęła szybko wkładać czapkę, żeby ukryć rumieniec. Strasznie nie lubiła w sobie tej przejrzystości. Jeżeli tylko mężczyzna wydawał jej się choć trochę atrakcyjny, od razu się rumieniła. Źle się z tym czuła, ale nie umiała nad tym zapanować. Mariusz wielokrotnie żartował, że od razu wie, kto jest jego potencjalnym rywalem. Co nie przeszkadzało mu uważać, że w rzeczywistości nie ma sobie równych. Weronika nie mogła teraz uwierzyć, że ta buta wydawała jej się kiedyś tak pociągająca.

Tomek ruszył za nią w kierunku stajni. Znajdowała się tuż pod ścianą lasu. Drzewa wyciągały do niej swoje sękate ramiona, ale ciągle nie mogły jej dosięgnąć. Weronika dowiedziała się z dokumentacji, którą dostała podczas kupna, że stajnię wybudowano nieco później niż dom. Mimo to była chyba w gorszym stanie. Tynk w wielu miejscach odpadał, a w głównej części budynku przydałby się remont zapadniętego dachu. Na razie jednak Lancelot będzie musiał się tym zadowolić.

– W czasach świetności mogło się tu zmieścić ponad

dwadzieścia koni – wyjaśniła. – Ja na razie potrzebuję przynajmniej jednego boksu, dla mojego konia.

W przyszłości Weronika planowała rozbudować stajnię i wynajmować boksy właścicielom koni z pobliskich miast. Latem mogłaby też organizować lekcje jazdy dla klientów ośrodków wczasowych nad jeziorem. Nawet nie zauważyła, kiedy opowiedziała Tomkowi o swoich planach.

– Mam nadzieję, że to będzie dobry biznes – zakończyła opowieść zawstydzona swoją otwartością. Nie znali się przecież w ogóle.

– Jest sporo do zrobienia – odpowiedział, rozglądając się wokoło.

W jego głosie pobrzmiewała teraz lekka nutka niepewności. Weszli do środka. Wewnątrz stajnie również nie wyglądały za dobrze. Ściany działowe boksów ledwo się trzymały. Grube deski dawno przegniły. Właściwie wszystko nadawało się do wymiany.

– To prawda, jest sporo do zrobienia. Niedługo przywiozą z Warszawy mojego Lancelota. Nie przemyślałam tego – przyznała się Weronika. Czuła się głupio. Była pewna, że rumieniec powrócił na jej policzki. – Wydawało mi się, że jest mniej pracy. Oprócz boksu przydałby się też padok, żebym mogła go wypuszczać... nie wiem, czy zdążymy z tym wszystkim. Nie chcę panu zabierać za dużo czasu.

– Proszę się nie martwić. Damy radę. Na pewno. – Tomek Szulc rzucił jej kolejny czarujący uśmiech. – Mam teraz trochę pracy we dworze, ale postaram się wpadać do pani codziennie, żeby coś tam pogrzebać. Skoro na razie jest do przygotowania tylko jeden boks i padok, nie ma powodu do obaw. Szybko mi pójdzie.

– To by było wspaniale. Wszystko tu jest otwarte, tak że może pan przyjść nawet, jakby mnie nie było. Nie wiem, jak panu dziękować.

– Nie ma sprawy, naprawdę. W końcu to moja praca. – Puścił do niej oko. Weronika nie była pewna, czy to próba podrywu. Byli z Mariuszem małżeństwem przez pięć lat, więc dawno z nikim nie flirtowała. Jak to mawiała jej przyjaciółka Magda, Weronika wypadła z obiegu. – Myślę, że zacznę od razu. Najpierw zrobię boks. Trzeba pozbijać deski, bo te przegrody trochę się posypały. Nie chcemy przecież, żeby pani koń się zranił ani nic z tych rzeczy.

Zaczął przyglądać się z uwagą ściankom działowym boksów.

– Sama się pani będzie zajmować koniem?

– Tak. To nie problem przy jednym zwierzaku. Poza tym mam trochę doświadczenia.

– Nigdy nie pracowałem w stajni, ale jestem ze wsi. – Tomek zdjął kurtkę i podwinął rękawy, mimo że w stajni było zimno. Weronika zerknęła przelotnie na jego muskularne przedramiona. – Trochę się na tym znam.

– Jest pan z Lipowa? – zapytała, żeby nie myśleć o jego wyglądzie. Dopiero co się rozwiodłam, skarciła się w duchu. Sprawy damsko-męskie powinnam zostawić za sobą. Daleko za sobą.

– Nie – pokręcił głową. – Jestem z okolic Torunia, ale też z takiej małej wioski.

– Pewnie jadł pan dużo pierników w dzieciństwie – zażartowała Weronika sztywno.

Beznadziejny dowcip, westchnęła w duchu. Nigdy nie umiała prowadzić błyskotliwej rozmowy, zwłaszcza kiedy za bardzo się starała. Tomek zaśmiał się mimo to. Chyba chciał być miły.

– Sporo. To prawda.

– No cóż, nie będę przeszkadzać – stwierdziła Weronika zawstydzona i czym prędzej skierowała się do wyjścia.

– Proszę się nie martwić – powtórzył Tomek Szulc. – Myślę, że może już nawet dziś skończę naprawiać boks. Jeżeli na razie jest potrzebny tylko jeden. Potem zrobię padok.

Weronika podziękowała raz jeszcze i wyszła z powrotem na mróz.

Czterej policjanci i Maria zgromadzili się w pokoju konferencyjnym, który, trzeba przyznać, najczęściej pełnił funkcję jadalni. Teraz mieli jednak poważniejsze zadanie na głowie niż jedzenie. Rozpoczynał się drugi dzień śledztwa w sprawie potrąconej przez kogoś zakonnicy.

Młodszy aspirant Daniel Podgórski odchrząknął znacząco i rozmowy ucichły natychmiast. Byli w piątkę, ponieważ uznał, że Maria też powinna uczestniczyć w odprawie. Formalnie była jedynie pracownicą biurową, ale doskonale wiedział, że matka miewa świetne pomysły. Może i tym razem wymyśli coś błyskotliwego.

Spojrzał po twarzach kolegów. W oczach młodego Marka Zaręby malowało się wyczekiwanie, wąsaty Janusz Rosół był jak zwykle apatyczny, a Paweł Kamiński trzymał się za głowę, jakby miał ciężką migrenę. W bladym świetle dnia twarz Pawła wydawała się teraz chorobliwie blada. Generalnie ich mała grupa nie przedstawiała się zbyt imponująco. Ale pozory przecież mogą mylić, pocieszył się Daniel w duchu.

– Zdaje się, że mamy już pewien przełom – zaczął Podgórski. – Wczoraj wieczorem odwiedziłem księdza Józefa. Okazało się, że jest u niego w gościnie inny ksiądz.

– Stary Józek napierdalał o tej wizycie chyba od kwietnia. Nie rozumiem, co nam to daje?

W głosie Pawła słychać było wyraźną niechęć. Zapowiadał się kolejny dzień złego humoru. Daniel zastanawiał się, czy właściwie ma ochotę dłużej to znosić. Bohaterski ojciec czy nie, Paweł działał mu na nerwy. Chwilami chciał, żeby Kamiński został przeniesiony gdzieś daleko od Lipowa, a może nawet, dla pewności, gdzieś za granicę.

– Jeżeli pozwolisz mi dokończyć, to powiem, co nam to daje. – Daniel nie mógł pohamować irytacji w głosie. Odchrząknął i kontynuował: – Ten młody ksiądz ma na imię Piotr i przyjechał na jakieś leczenie. Czy może po prostu odpoczywać. Nie mówili o szczegółach, a ja na razie nie pytałem. Rzeczywiście wygląda nie najlepiej. W każdym razie, co najważniejsze, kiedy pokazałem im zdjęcie, od razu rozpoznał zakonnicę.

– Tak – wtrącił Marek Zaręba. – Podobno była z jego parafii.

Daniel Podgórski spojrzał na młodszego kolegę zdziwiony. Zaręba wyglądał na zadowolonego z efektu zaskoczenia, który wywołał.

– Wpadłem na niego dziś w lesie – dodał Marek tonem wyjaśnienia. – Dlatego wiem.

Daniel kiwnął głową.

– Ksiądz zidentyfikował zmarłą jako siostrę Monikę z parafii w Warszawie. Wypadek miał miejsce wczoraj, a my znamy już tożsamość ofiary. Mimo że nie miała przy sobie żadnych dokumentów. Uważam, że to jest spory postęp. Teraz trzeba już tylko znaleźć sprawcę.

– Chyba nie musimy zbyt daleko szukać – przerwał znowu Paweł Kamiński lekko zachrypniętym głosem. – Najprostsze rozwiązanie jest zawsze najlepsze. Tak mówił mój ojciec, a sami wiecie, że on znał się na tych sprawach. Gadałeś już ze swoim synem, Janusz? Co? Gadałeś?

– Co sugerujesz? – Janusz Rosół spojrzał na Pawła gniewnie i pochylił się ku niemu przez stół.

Daniel znowu poczuł od Rosoła alkohol. Zaczynał się bać, że kolega ma z tym problem. W ich wsi zdarzało się to niestety dość często.

– To nie byłby pierwszy raz, kiedy twój popieprzony synalek coś przeskrobał. Tylko tyle. Nic więcej nie mówię. Sami wyciągnijcie wnioski – zaśmiał się Paweł, bujając się na krześle. – Do tego należy do bandy Ziętarskiego. Jeśli o mnie chodzi, to podejrzewam, że rozprowadza prochy w szkołach w Brodnicy. Zapamiętajcie, kurwa, moje słowa.

– Skup się lepiej na sobie! – krzyknął Janusz Rosół, zrywając się gniewnie z krzesła. Od dawna nie był tak ożywiony. – Bartek nie ma z tym wszystkim nic wspólnego. I na pewno nie sprzedaje żadnych narkotyków! Nie pozwolę obrażać mojej rodziny!

Daniel Podgórski westchnął. Przepychanki słowne do niczego dobrego ich nie doprowadzą.

– Panowie – powiedział uspokajająco, zanim Kamiński miał szansę coś dodać. – Musimy się skupić na bieżącej sprawie. Przeanalizujmy po kolei fakty, zamiast się niepotrzebnie emocjonować.

Rosół usiadł skrzywiony, nie patrząc na Kamińskiego. Paweł zaśmiał się tylko szyderczo w odpowiedzi.

– Podsumowując – kontynuował rozważania Daniel. – Mamy zakonnicę, siostrę Monikę. Kobieta została przejechana niedaleko przystanku autobusowego. Zastanówmy się, czy możemy coś z tego wywnioskować. Potem będziemy posuwać się naprzód krok za krokiem.

Podgórski już wcześniej postanowił podejść do tego wypadku, jakby mieli do czynienia ze sprawą kryminalną, ponieważ coś cały czas mu mówiło, że nie było to zwykłe potrącenie. Miejsce popełnienia przestępstwa prawie zawsze miało znaczenie i mogło stać się punktem wyjścia do dalszych rozważań.

Kamiński przewrócił oczami niezadowolony.

– Po co nam takie idiotyczne pieprzenie – mruknął teatralnym szeptem. – To tylko strata czasu.

– Możliwe, że przyjechała pekaesem. Szła w kierunku wsi, kiedy z tyłu nadjechał samochód – analizował Marek Zaręba, nie zważając na kolegę. Młody policjant jako jedyny wydawał się skupiony na sprawie. Może czuł się odpowiedzialny, ponieważ wypadek miał miejsce w jego dzielnicy. – Ktoś stracił panowanie nad kierownicą i w nią uderzył?

Podgórski pokiwał głową.

– Dokładnie. Na razie nie mamy powodów podejrzewać celowej zbrodni. Jeżeli założymy, że to wszystko stało się niechcący, tak jak mówi Młody, skupianie się na osobie zakonnicy niewiele nam da. Jeżeli to był przypadek, to najprawdopodobniej nie jest ona w ogóle powiązana ze sprawcą. To nam utrudni zadanie, bo nie mamy pierwszego punktu zaczepienia. Mimo wszystko uważam, że powinniśmy przesłuchać tego księdza z Warszawy. Lepiej, żebyśmy nie zaniedbali żadnego tropu już na początku śledztwa. Ksiądz Piotr obiecał, że przyjdzie tu koło dziesiątej. – Daniel zerknął na zegarek. – Czyli będzie za jakieś piętnaście minut. Nie wiem, czy rozmowa z nim coś nam da. Wczoraj twierdził, że nie wie, czemu zakonnica mogła przyjechać do Lipowa. Wydawał się pewny swego.

– Mimo wszystko możemy chyba założyć, że w jakiejś sprawie do niego – zasugerował Marek Zaręba. – Po co inaczej by tu miała przyjeżdżać? To nie ma sensu. Zwłaszcza że byli z jednej parafii.

Marek wstał i nalał sobie trochę wody z butelki.

– No i znowu się z tobą zgadzam, Młody – przyznał Podgórski. – Pierwsze wytłumaczenie, które się nasuwa, to że przyjechała do Piotra. Nie możemy jednak niczego z góry zakładać. Równie dobrze mogła znać tu jeszcze kogoś innego. Trzeba będzie to sprawdzić.

– Pieprzenie. Podejrzewam, że wszyscy widzieli jej zdjęcie na *naszym-lipowie* – wtrącił Paweł Kamiński. – Jeżeli ktoś inny by ją znał, już by się do nas zgłosił. Albo zgłosiłby się ktoś inny, kto słyszał, że ktoś tam ją znał. Sami wiecie, jak to u nas jest.

– Niekoniecznie. Ludzie mogą na przykład myśleć, że to nie ma znaczenia. Często tak jest. Sam dobrze wiesz.

– Sam przed chwilą mówiłeś, że to nie ma znaczenia – zadrwił znowu Kamiński. – Zresztą tu się z tobą zgadzam, bo tak naprawdę nieważne, kim była ta siostrzyczka. Na moje, przejechał ją ktoś stąd. Wszyscy znacie moje zdanie, kto to konkretnie mógł być. W każdym razie to był pieprzony przypadek albo głupawy dowcip. Nie musimy nagle badać jej przeszłości do piątego pokolenia. Strata pieprzonego czasu. I pieniędzy podatników. Ja się pytam, kurwa, po co tracić czas i pieniądze? Na moje, to powinniśmy po prostu poprzyglądać się samochodom i zobaczyć, czy nie ma gdzieś jakiegoś śladu po zderzeniu. Proponuję zacząć od samochodu Janusza.

Rosół rzucił Pawłowi mordercze spojrzenie.

– Czemu w takim razie po prostu nie zadzwoniła? – odezwała się po raz pierwszy tego ranka Maria Podgórska.

Na jej twarzy malowało się skupienie. Wpatrywała się w blat stołu, jakby nie zważała na to, co właściwie dzieje się w pokoju. Wszyscy spojrzeli na nią zdziwieni.

– Co masz na myśli, mamo?

– Czemu po prostu nie zadzwoniła? – powtórzyła pytanie Maria. – No, gdybym miała sprawę, na przykład do kogoś w Brodnicy. No weźmy na przykład do Zośki Helskiej. To taka moja znajoma – dodała tonem wyjaśnienia. – Pamiętasz ją, Danielku? To ta, która ma tego starego jamnika. Taki siwy calutki.

– Tak, tak – uciął Podgórski. – I?

– No to gdybym miała do niej sprawę, tobym po prostu do niej zadzwoniła, i tyle. Nie jechałabym do niej przez pół Polski.

– Mamo, Brodnica jest piętnaście kilometrów stąd.

– Wiem przecież, synku. Chodzi mi o samą zasadę. Rozmawiałam z Gienią Solicką. Mówiła, że ten ksiądz Piotr przyjechał z Warszawy. To jest pół Polski stąd. Czemu zakonnica nie zadzwoniła do niego, że jedzie? Albo po prostu nie przedyskutowała sprawy przez telefon? Dla mnie to dziwne. Nie rozumiem, po co tu jechała. Dla osoby w jej wieku to nie jest takie łatwe jak dla was młodych.

Poprawiła siwiejące włosy.

– Na razie nie możemy nawet założyć, że jechała do niego. Już o tym mówiliśmy.

– Ja myślę, że pani Maria ma rację – poparł kobietę Marek Zaręba. – Zresztą Paweł też ma rację, że każdy by nam powiedział, gdyby wiedział, że jechała do niego. Wszyscy w wiosce tylko o tym mówią. Nikt by nie ukrywał, że miała być jego gościem. Chyba że miałby coś na sumieniu. Trzeba będzie koniecznie przycisnąć Piotra! Może nie powiedział wszystkiego.

Słowo „przycisnąć" Zaręba wymówił z wyraźną lubością. Daniel uśmiechnął się w duchu.

– Tak zrobimy – powiedział. – Młody, wypadek zdarzył się w twojej dzielnicy, więc pogadamy z nim we dwóch. Będziemy też musieli porozmawiać z Eweliną.

– Jak to? Ewelinka jest podejrzana? – zaperzył się Zaręba.

Jego dobry humor zniknął w jednej chwili.

– Nie, oczywiście, że nie jest – zapewnił go Daniel Podgórski. – Ale przecież to ona znalazła ciało i musimy spisać jej zeznania. Wszystko musi być dobrze udokumentowane. Prokurator Czarnecki był w tej sprawie nieugięty. My się tym zajmujemy, ale musimy zrobić to wszystko porządnie.

– Moim skromnym zdaniem trzeba pogadać z dzieciakami z wioski. Jestem pewien, że to któreś z nich. Mieliśmy już tu taki przypadek – zaczął znowu Paweł, jakby nie dopuszczał do siebie innego rozwiązania. Wydawało się, że czerpie radość ze zdenerwowania Rosoła, ale Janusz tym razem mruknął coś tylko pod nosem, nie reagując na kolejną zaczepkę. Zapasy jego energii chyba się wyczerpały. – To jest cholernie prosta sprawa. Tak jak mówiłem. Pogadamy z małolatami, sprawdzimy samochody i mamy winnego zaraz jak na dłoni. Kurwa, że też muszę strzępić język bez potrzeby.

– To oczywiście też zrobimy – pojednawczo orzekł Daniel. – Przygotowałem już listę mieszkańców i rozdzieliłem ją na cztery. Każdy z nas ma z kim rozmawiać. Od tego zaczniemy. Musimy sprawdzić, czy ktoś coś widział i czy ktoś może zna powód przyjazdu siostry Moniki do Lipowa. Przy okazji możecie się też poprzyglądać samochodom.

Rozdał wydrukowane listy nazwisk każdemu z policjantów. Dom autora bloga *nasze-lipowo* przypisał sobie. Nie zaszkodzi delikatnie i dyskretnie wybadać, czy bloger wie coś na temat sprawy. Bez wzbudzania niepotrzebnych podejrzeń mieszkańców wsi i pozostałych policjantów.

– Czekamy jeszcze na wyniki obdukcji. Może sekcja przyniesie jakieś dodatkowe wskazówki. Podobno mają zadzwonić z wynikami w ciągu kilku dni. Zobaczymy. Najlepiej, gdyby można było jednoznacznie stwierdzić, jaki samochód potrącił zakonnicę. Nigdy nie wiadomo, co technicy znajdą na ciele. To by nam pomogło zawęzić krąg poszukiwań.

– Dla mnie nadal jest dziwne, że ona tak po prostu tutaj przyjechała – powiedziała w zamyśleniu Maria. – Bez powodu. Nic nie dzieje się tak po prostu, bez powodu!

– Pani Mario, z całym szacunkiem, ale nie demonizowałbym – odparł Paweł Kamiński. – Mamy tu śmiesznie prosty przypadek, więc po co komplikować sprawę niepotrzebnie? Co to kogo obchodzi, po co ona przyjechała? Przyjechała, kurwa, i tyle. To któryś z naszych dzieciaków. Nie wskazuję na nikogo, ale co? Nie ma tu dużego ruchu. Przyznacie sami. Raczej nie przejeżdża tamtędy nikt obcy. Wszyscy raczej wybierają główną szosę na Brodnicę, a nie przedzierają się przez las. Z tego wynika, że to ktoś od nas. Zapamiętajcie moje słowa. Tylko miejscowi tamtędy jeżdżą.

Daniel znowu westchnął.

– Bartek nic nikomu nie zrobił – wydusił z siebie Janusz Rosół.

– Widziałem tego twojego Bartusia. Wczoraj wieczorem! Kręcił się po wsi z kilkoma innymi typkami. Nie wiadomo, co robili. Też mi rodzinna kolacyjka. Tak się chwaliłeś, i co? Pieprzenie. Zwykłe, kurwa, pieprzenie.

– A ty co robiłeś? – odparował Janusz Rosół z niespodziewaną determinacją. – Wczoraj w nocy, w taki mróz, na dworze, we wsi? Co ty robiłeś, zamiast siedzieć z rodziną w domu? Będzie mi tu wykłady robił! Masz piątkę dzieci, to się nimi zajmuj!

Kamiński zaśmiał się tylko nieprzyjemnie.

– Paweł ma trochę racji – przerwał im Marek Zaręba. – Chodzi mi o to, że rzeczywiście nie ma u nas zbyt dużego ruchu. Ja też spodziewałbym się raczej miejscowego samochodu przy tym akurat wjeździe do wioski. Obcy z reguły wjeżdżają z drugiej strony.

– No dobrze. Myślę, że zaczniemy od rozmowy z księdzem Piotrem, potem każdy przepyta swoją grupę osób ze wsi. Jeżeli ktoś coś widział, to będziemy mieli punkt zaczepienia – podsumował Daniel. – Potem będziemy szli dalej. To do roboty!

– Wreszcie porządna policyjna robota – ucieszył się Marek Zaręba i ruszył, ściskając swoją listę w dłoni. – Przygotuję ten pusty gabinet na przesłuchanie księdza Piotra. Wreszcie się nam do czegoś przyda ten dodatkowy pokój.

Janusz Rosół wstał bez słowa i skierował się do wyjścia, nie patrząc na wciąż rozpartego na krześle Pawła. Maria poszła do swojego biurka w recepcji ciągle zamyślona.

Daniel Podgórski i Paweł Kamiński zostali sami. Może nastał dobry moment na kilka słów na temat pożycia małżeńskiego kolegi.

– Paweł – zatrzymał go Daniel, kiedy Kamiński wstał i zasunął za sobą krzesło. – Co jest z tobą i Grażynką?

– A co ma być? Tylko nie mów, że stara miłość nie rdzewieje i moja żonka nadal ci mąci w głowie? – zaśmiał się Kamiński. – Trochę na to za późno, bo, kurwa, ona teraz jest moja.

– Wszystko w porządku? – naciskał Daniel, ignorując zaczepkę. – Między wami?

Podgórski czuł się niezręcznie. Siniak na twarzy kobiety nie musiał oznaczać od razu, że mąż ją bił. Mogło być przecież wiele innych przyczyn. Poza tym Daniel nie widział dokładnie. Było ciemno. Może to w ogóle nie był siniak. Grażyna chybaby mu powiedziała, gdyby coś się działo. Nie był już pewny, co ma właściwie zrobić. Nagle pożałował, że w ogóle zagadnął o to Pawła.

– A co ma być nie w porządku? – zapytał Kamiński otwarcie.

– Nie wiem… – wycofał się Daniel. Postanowił, że

wróci do tematu kiedy indziej. Może porozmawia najpierw z Grażyną. – Byłem po ciebie wczoraj wieczorem. Chciałem, żebyś poszedł ze mną na przesłuchanie do kościoła. Nie zastałem cię, więc się zastanawiałem, gdzie byłeś. Tylko tyle.

– Wyszedłem, szefie – zarechotał Kamiński. – Chyba nie jesteś moim świętej pamięci tatusiem, żebym ci się musiał spowiadać z tego, gdzie chodzę? Śmiać się chce. Teraz pozwolisz, że skupię się na poważnych sprawach i pójdę pracować. Ktoś to, kurwa, musi robić.

Bartek Rosół zgasił papierosa czubkiem buta. Dymiący się jeszcze niedopałek zniknął w brudnym śniegu, ale chłopak nadal czuł w ustach nieprzyjemny posmak nikotyny. W gruncie rzeczy wcale nie lubił palić. Splunął i spojrzał niezdecydowany na ceglany budynek swojego liceum w Brodnicy. Nie wiedział, czy ma ochotę iść na zajęcia. Właściwie to od trzech dni formalnie trwały ferie zimowe. Ich województwo zaczęło odpoczynek jako pierwsze w całym kraju. Jeden z nauczycieli wymyślił jednak dodatkowe lekcje dla tych, którzy nie wyjeżdżają. Miał to być rodzaj korepetycji przed maturą. Bartek czuł się słaby z matematyki, więc w przypływie dobrych chęci i niecodziennego pracoholizmu uznał, że warto pójść. Na prawdziwe korepetycje przecież nie miał szans. Policyjna pensja ojca starczała na tyle co nic.

Chociaż może to już i tak nie miało sensu, pomyślał Bartek, grzebiąc butem w śniegu. Przygotowania do matury i cała reszta. Po tym wszystkim, co się zdarzyło wczoraj, nie wiedział już, czy cokolwiek ma jeszcze jakikolwiek sens.

Niby był już w ostatniej klasie. Gdyby wytrzymał jeszcze pół roku, byłby wolny, ze świadectwem dojrzałości w kieszeni. Mógłby wtedy zrobić, co mu się żywnie spodoba. Kłopot polegał na tym, że chłopak nie do końca wiedział, co by to właściwie miało być. Za dużo niewiadomych.

Z braku konkretnej decyzji co do czekających go lekcji i życia w ogólności zapalił kolejnego papierosa i zaciągnął się głęboko. Dym wypełnił mu płuca.

– Dasz jednego? – zagadnęła go niska dziewczyna.

Nie zauważył nawet, kiedy podeszła. Kojarzył ją z autobusu, więc musiała mieszkać gdzieś w okolicach Lipowa. W każdym razie na pewno nie tu. Znałby ją. Kiedy o tym myślał, przypomniał sobie mgliście, że była córką jednego z nauczycieli. Chyba tego od polaka. Może od histy. Patrzyła na niego wyczekująco wielkimi oczami.

– Takie jak ty chyba nie powinny palić – zbył ją Bartek.

Nie miał ochoty się dzielić. W paczce zostały mu już tylko dwa papierosy. Za dużo ostatnio palił. Trzeba będzie trochę pooszczędzać.

– Takie jak ja? – nie zrozumiała.

– Małolaty – wyjaśnił Bartek znudzony. – Takie jak ty małolaty.

– Skąd wiesz, ile mam lat? – oburzyła się dziewczyna. – Może jestem starsza od ciebie!

– Taaa. Jasne – zaśmiał się Bartek głośno. – Nie pal, bo nie urośniesz. I tak jesteś niska.

– Ty palisz i jakoś urosłeś.

– Ja to ja.

Nagle zauważył, że przez szkolne boisko idzie w ich stronę Ziętar ze swoją świtą sługusów. Bezmyślne twarze ubrali w zacięte miny. Sam Ziętar również nie wyglądał na zadowolonego. Nie przedstawiało się to najlepiej. Przynajmniej dla Bartka.

– Zmywaj się lepiej, mała – rzucił do dziewczyny.

– Dasz tę fajkę czy nie? – nie ustępowała.

– Masz – podał jej papierosa. – Ale spływaj już. Jestem zajęty.

– Dzięki. Jestem Majka Bilska, jakby co – rzuciła i poszła w kierunku miasta.

Patrzył za nią przez chwilę. Chyba też nie miała ochoty iść do szkoły, a może w ogóle nie po to przyjechała do Brodnicy. Kto ją tam wie. Wydawało mu się, że kręciła swoim małym tyłeczkiem specjalnie dla niego. Działało.

– Twoja lalunia?

Głos Ziętara był jak zwykle nieco zbyt wysoki. Może pakować w swojej domowej siłowni, ile da radę, ale z piskliwym głosikiem nic nie zrobi, zaśmiał się w duchu Bartek. Oczywiście nigdy by się nie odważył zrobić tego na głos. Przynajmniej nie wtedy, kiedy Ziętar był w okolicy.

Przyboczni osiłka zarechotali głupawo. Bartek Rosół westchnął ciężko. Nie mógł zrozumieć, czemu kiedyś tak bardzo chciał należeć do paczki Ziętara. Cóż, chciał, to ma. Teraz było już za późno na zastanawianie się.

– To jakaś laska ze szkoły – wyjaśnił z udawaną nonszalancją. Najważniejsze to nie pokazać, że się boi. – Chciała szluga, to dałem.

– Te, twój stary i inne psy wypytują na wiosce – twarz Ziętara znalazła się tuż przy głowie Bartka. Jego oddech był nieświeży i nieprzyjemny. Pachniał cebulą i kiełbasą, jakby przed chwilą jadł. Bliskość sprawiła, że Bartek poczuł się jeszcze bardziej nieswojo. – Nie. Podoba. Mi. Się. To. Dociera do tego tępego łba czy nie?

Chwycił Bartka za kurtkę. Chłopak poddał się temu bezwolnie. Uznał, że na razie lepiej było się nie stawiać.

– Nie obchodzi mnie, co zrobisz. Ale koniec wypytywania, bo gorzko pożałujesz! Zrozumiano? To jest złe dla moich interesów. Niekorzystny market się robi.

– Ale przecież oni nie o ciebie pytają. Chyba że przejechałeś wczoraj tę starą – rzucił Bartek odważnie. Zabrzmiało to bardziej zaczepnie, niż planował.

Ziętar otworzył szeroko oczy zaskoczony.

– Chłopaki, czy ja dobrze słyszałem? Ja jemu dupę ratuję, a ten mi tak odpłaca – zwrócił się do swojej gwardii. – Tak to chyba wygląda.

Skinął na Łysego, który był najwyższy ze wszystkich. Dryblas podszedł, niespiesznie podwijając rękawy kurtki. Bartek próbował się wyrwać, ale Ziętar trzymał go mocno, dopóki Łysy nie skończył.

Bartek Rosół leżał chwilę na ziemi, krztusząc się. W ustach czuł krew, a całe ciało wydawało się jakby zdrętwiałe. Był pewien, że czucie wróci, ale wtedy akurat będzie tego żałował.

– Towar opyliłeś? – rzucił Ziętar tonem przyjacielskiej pogawędki, jakby nic się przed chwilą nie stało. – Opyliłeś czy nie? No powiedz Ziętarowi.

Bartek z wysiłkiem skinął głową.

– Zuch chłopak. – Ziętar poklepał go lekko po ramieniu. – Teraz są te pieprzone ferie. Zastój w interesie, ale niedługo i tak dam ci więcej. Tak że się szykuj. Komuś będziesz musiał sprzedać, nie obchodzi mnie komu. Jakoś sobie dasz radę. Chłopaki, wracamy na wioskę. Srać mi się chce.

Ruszyli ulicą w kierunku samochodu. Cała piątka z trudem zmieściła się do niewielkiego fiata Łysego. Bartek nie mógł się powstrzymać, żeby się nie uśmiechnąć. Zaraz tego pożałował. Bolała go cała twarz. Chyba już zaczęła puchnąć. Spróbował unieść się z ziemi. Nie szło to najlepiej.

Minęła go jakaś staruszka. Popatrzyła na niego zniesmaczona.

– Może byś mi, kurwa, pomogła, a nie się gapisz? – warknął Bartek.

Kobieta uciekła szybkim krokiem, ślizgając się po oblodzonym chodniku.

Nagle zobaczył, że od strony miasta wraca Maja Bilska. W ręku trzymała siatkę. Widocznie poszła tylko do sklepu za rogiem zrobić zakupy. Postawił kołnierz kurtki. Nie chciał, żeby widziała jego twarz. Dziewczyna podeszła do niego z uśmiechem.

– Co się tak szczerzysz? – burknął Bartek. Chciał ją jak najszybciej spławić. – Co tu w ogóle robisz?! Są ferie. Powinnaś siedzieć w domu!

– Zawsze taki jesteś? – zainteresowała się Majka. W jej głosie pobrzmiewał ton badacza zainteresowanego jakimś szczególnym przypadkiem. Chyba dopiero teraz zauważyła, w jakim jest stanie. – Ej, co się stało? Kto ci to zrobił?

– Nie twój pieprzony interes. Spływaj.

Niewzruszona jego reakcją wyciągnęła z kieszeni kurtki chusteczki do nosa i zaczęła wycierać krew z jego obolałej twarzy.

– Może zadzwonię po policję? – zapytała rzeczowo.

– Chyba nie wiesz, kim jestem – zaśmiał się Bartek Rosół gorzko.

– Ależ wiem doskonale – odpowiedziała Maja Bilska, patrząc mu w oczy. – Widziałam, co zrobiłeś.

Maria Podgórska zajrzała do gabinetu syna.

– Danielku, przyszedł ten ksiądz Piotr na rozmowę. Jest z Markiem w pokoju przesłuchań.

A więc mieli już nawet pokój przesłuchań, przeszło Danielowi przez myśl. To był jakiś postęp.

– Już idę – odpowiedział. – Dziękuję, mamo.

Kiedy Podgórski wszedł do gabinetu przerobionego na pokój przesłuchań, młody Marek Zaręba i ksiądz Piotr pogrążeni byli w rozmowie o zaletach nordic walkingu, biegania i generalnie uprawiania różnych rodzajów sportu. Wyglądało na to, że dobrze się rozumieją.

– Przepraszam, że przeszkadzam – zażartował Daniel. – Dzień dobry, proszę księdza.

– Ależ proszę mi mówić na ty – zaproponował znowu Piotr.

Uścisnęli sobie dłonie.

– No dobrze, zacznijmy. Będziemy nagrywać. Musimy mieć to wszystko do dokumentacji – wyjaśnił krótko Podgórski. – Mam nadzieję, że ci to nie przeszkadza, Piotrze?

– Nie, skądże – uśmiechnął się ksiądz. – Bylebym nie musiał potem słuchać swojego głosu. Nie podoba mi się, jak brzmi w nagraniach.

Daniel Podgórski włączył dyktafon i wyrecytował datę, godzinę i miejsce przesłuchania. Wymienił również wszystkie obecne osoby. Najwyższy czas zaczynać.

– Jaki był charakter twoich relacji z ofiarą? – zapytał Daniel oficjalnym tonem, mimo że właściwie znał już odpowiedź. – Znałeś ją?

– Tak, to siostra Monika. Była z mojej parafii w Warszawie, na Ursynowie.

– Rozumiem, że w takim razie znaliście się dość dobrze?

– Można tak powiedzieć. Pracowaliśmy też razem czasami w naszym przykościelnym ośrodku pomocy dla dzieci z rodzin patologicznych. Mimo to nie byliśmy jakoś szczególnie blisko. Nie łączyła nas przyjaźń. Byliśmy bardziej jak koledzy z pracy. Oczywiście nasza praca jest szczególna.

– Możesz nam coś powiedzieć o siostrze Monice? – poprosił Daniel.

– Wydaje mi się, że pochodziła z Warszawy albo z okolic. Nie wiem dokładnie, kiedy wstąpiła do zakonu. Na pewno otrzymała powołanie wcześniej niż ja. W końcu była te kilka lat starsza. – Piotr uśmiechnął się znacząco. – Kiedy zająłem miejsce w naszej parafii, ona już tam była od dawna. To pewne. Co jeszcze? Była przykładną katoliczką. Bardzo angażowała się w sprawy naszego ośrodka pomocy. Nic więcej o niej nie wiem. Przykro mi.

– Jest u was w parafii ktoś, z kim może była bliżej? – Podgórski szukał dobrego słowa. – Ktoś, kto mógłby nam udzielić bardziej szczegółowych informacji?

– Stawiałbym na siostrę Annę, która, można śmiało powiedzieć, zarządza naszą wspólnotą. I to twardą ręką. – Młody ksiądz Piotr zaśmiał się serdecznie. – Nawet proboszcz przed nią drży, chociaż siostra Anna jest małą niepozorną starszą panią.

Podgórski skinął Markowi, żeby zapisał informację.

– Czy wiesz, czemu siostra Monika przyjechała do Lipowa? – kontynuował przesłuchanie Daniel.

Ksiądz wzruszył nieznacznie chudymi ramionami.

– Przyznam się, że nie wiem. Na waszym miejscu pewnie zgadywałbym, że to do mnie miała jakąś sprawę. Ale ja nie mam pojęcia, co by to mogło być! Pytałem siostry Anny, kiedy rozmawialiśmy przez telefon wczoraj wieczorem. Ona też nie wiedziała. Ja i siostra Monika nie znaliśmy się dobrze, więc tym bardziej wydaje mi się dziwne, żeby jechała do mnie aż z Warszawy. Z drugiej strony, po co inaczej by tu była? Nic z tego nie rozumiem. Zupełnie nic.

Kapłan spojrzał na policjantów pytająco, jakby mieli gotowe rozwiązanie tej zagadki.

– Jeżeli nie jechała do ciebie, to może sprowadziły ją jakieś sprawy prywatne? – zasugerował Marek Zaręba, gryząc skuwkę od długopisu. – Może miała tu rodzinę albo przyjaciół? Wiesz coś na ten temat?

Ksiądz Piotr pokręcił przecząco głową.

– Nie. Też o tym myślałem. Zapytałem nawet wczoraj siostrę Annę. Powiedziała mi, że z tego, co wie, nikt z rodziny siostry Moniki już nie żyje. Więc ta możliwość odpada. Wychodzi więc na to, że to my, mam na myśli naszą parafię, zajmiemy się pochówkiem ciała – dodał ksiądz. – Skoro już o tym mówimy, kiedy będzie można je odebrać?

– To nie zależy od nas – wyjaśnił Daniel Podgórski. – W takich wypadkach lekarz sądowy musi najpierw obejrzeć zwłoki. On zdecyduje, kiedy można je zabrać.

– Rozumiem. Wiecie, gdzie mnie szukać. Zajmę się wszystkim, kiedy przyjdzie czas.

Daniel skinął głową na znak zgody.

– Wspominałeś kilka razy, że w twojej parafii dużo się ostatnio działo. Czy to może mieć jakiś związek ze śmiercią siostry Moniki?

– Raczej nie. Przynajmniej ja nie widzę związku. Mamy po prostu trochę zawirowań. Sprawy kościelne, że tak powiem. Żadnych gangsterów czy przestępców – wyjaśnił ksiądz Piotr ze śmiechem. – Muszę przyznać, że byłem zmęczony tym wszystkim i po ludzku postanowiłem trochę od tego uciec. Pomyślałem, że tydzień czy dwa urlopu nie zaszkodzi wiernym, a ja odpocznę. W końcu też jestem człowiekiem z krwi i kości. Miałem przyjechać w czasie wakacji, ale tak się złożyło, że latem nie mogłem. Czasem każdy potrzebuje odpoczynku – usprawiedliwił się raz jeszcze.

Siedzieli chwilę w milczeniu, jakby kontemplując tę myśl. Dyktafon szumiał ledwo słyszalnie. W oddali za oknem zapiał kogut, mimo że dzień już dawno się zaczął.

– Nic ci nie przychodzi do głowy? Coś, co mogłoby mieć związek z tą sprawą? Może być cokolwiek. Potrzebujemy jakiegoś punktu zaczepienia.

– Zupełnie nic, niestety. Dużo o tym myślałem wczoraj wieczorem. Nie mogłem spać. Nie po tym, jak zobaczyłem to zdjęcie! Nie rozumiem, jak ktoś mógł ją potrącić i tak po prostu zostawić na jezdni. Jakby była zwykłym śmieciem. Co się dzieje z tym światem? Co się dzieje? Przeraża mnie to. Co się dzieje z tym światem? – powtórzył.

Pytanie zawisło w powietrzu bez odpowiedzi.

– Zostaw nam, proszę, adres twojej parafii i numer kontaktowy. Może będziemy musieli porozmawiać z siostrą Anną.

– Nie chciałbym, żebyście niepotrzebnie ją niepokoili. Jest już dość wiekowa.

– Nie martw się. Zrobimy to tylko w ostateczności. Na razie skupiamy się na innych wątkach.

Daniel Podgórski skarcił się w duchu. Nie powinien był tego powiedzieć. Za dużo zdradzał.

Ksiądz skinął głową w podziękowaniu.

– Siostra Anna nie zasłużyła na to. Śmierć siostry Moniki sama w sobie jest już straszna. Rozmowy z policją mogłyby ją tylko niepotrzebnie zdenerwować.

ROZDZIAŁ 5

Lipowo. Środa, 16 stycznia 2013, po południu

Wokół było tak cicho, że każdy odgłos niósł się daleko. Słyszała wyraźnie stukanie młotka dochodzące z budynku stajni. Tomek naprawiał ścianki działowe boksów. Echo wyolbrzymiało uderzenia, aż Weronicc wydało się, że słyszy nie wbijanie gwoździ, ale dalekie werble jakiegoś wojska wzywające żołnierzy do walki. Igor na nic nie zwracał uwagi i spał, lekko pochrapując.

Do południa udało jej się uporządkować i do końca oczyścić zakurzone meble na parterze. Poprzestawiała je i od razu wszystko wyglądało inaczej. Była bardzo zadowolona z efektu. Dom wreszcie zaczynał przypominać jej własne miejsce na ziemi. Rozradowana stwierdziła, że właściwie nie potrzebuje już żadnych nowych sprzętów. Kiedy mieszkała z mężem, nie musiała martwić się o wydatki, ale teraz liczył się każdy grosz. Każda, nawet najmniejsza, oszczędność sprawiała, że była o krok bliżej do uruchomienia wymarzonej stajni.

Na dole pozostało jej tylko rozpakowanie książek. Wszystkie nadal leżały poupychane w kartonach. Planowała ustawić je w gabinecie, na półkach wielkiej staromodnej biblioteki. Mimo że drewniany mebel zajmował całą ścianę, nie wydawał się przytłaczający.

Weronika uwielbiała książki. Nie tylko dlatego, że można je było czytać. Według niej były pięknymi przedmiotami. Od dawna marzyła o ścianie pełnej książek. W ich domu w Warszawie nie miała na to szans. Mariusz wolał nowoczesne wnętrza o prostej formie. A nie przeładowane niepotrzebnymi dodatkami klitki, jak często mawiał. Do tych niepotrzebnych dodatków zaliczał również książki. Teraz koniec z tym, uznała Weronika, uśmiechając się szeroko. Wszystko będzie miała urządzone tak, jak j e j się podoba.

Pukanie do drzwi przerwało jej rozważania.

– Otwarte, panie Tomku! – krzyknęła głośno. Miała nadzieję, że usłyszał. Poprawiła włosy automatycznym ruchem. – Niech pan wejdzie. Jestem w gabinecie.

Ku jej zdziwieniu w drzwiach pojawił się nie Tomek Szulc, ale jakiś wysoki mężczyzna z krótką brodą. Miał nieco pucołowatą twarz i dobrotliwe przyjazne spojrzenie. Dopiero po chwili zauważyła, że w dłoniach trzyma policyjną czapkę.

– Przepraszam, że tak wchodzę – wydawał się trochę speszony jej zdziwieniem. – Młodszy aspirant Daniel Podgórski z komisariatu w Lipowie.

Weronika odłożyła książki, które trzymała w rękach, i otrzepała dłonie z kurzu.

– Weronika Nowakowska – przedstawiła się. Była wysoka, ale musiała zadzierać głowę, żeby spojrzeć policjantowi w oczy. Rzadko spotykała mężczyzn dużo wyższych od siebie. – Myślałam, że to pan Tomek. Pomaga mi w stajni.

– Bardzo przepraszam, że tak panią nachodzę bez zapowiedzi – powtórzył Daniel Podgórski. – Przychodzę w sprawie wypadku, który miał miejsce u nas w Lipowie wczoraj w godzinach rannych. Nie wiem, czy pani o tym słyszała?

– Chodzi o potrąconą zakonnicę? Wczoraj byłam na kolacji u państwa Kojarskich i była o tym mowa. Widziałam też zdjęcia na stronie internetowej.

– Tak, chodzi właśnie o to. Mam do pani kilka pytań. To rutynowe przesłuchanie – uspokoił ją policjant. – Jesteśmy w trakcie rozmów ze wszystkimi mieszkańcami Lipowa.

Weronika uśmiechnęła się w duchu. Podgórski nie mógł przecież wiedzieć, że przez ostatnie pięć lat dzieliła życie ze śledczym z policji kryminalnej w Komendzie Głównej w Warszawie. Była więc przyzwyczajona do rozmów z policjantami. Nie robiły na niej wrażenia.

– Oczywiście. Niech pan usiądzie. – Wskazała wielkie krzesło przy biurku. – Będzie panu przeszkadzało, jeżeli zajmę się książkami? Strasznie mi zależy, żeby już tu wszystko uporządkować. Chciałabym się poczuć jak w domu – dodała tonem wyjaśnienia. – A tak to ciągle jestem na walizkach.

– Może pani pomogę? – zaproponował Daniel Podgórski nagle. W jego głosie pobrzmiewała nuta zaskoczenia, jakby sam się zdziwił, że coś takiego powiedział. – Jest pani ostatnia na mojej liście rozmówców. I tak miałem już wracać do domu. Razem szybciej pójdzie, a przy okazji porozmawiamy o tej sprawie.

– Będzie mi bardzo miło. Dziękuję!

Wzruszyło ją, że zaproponował jej pomoc. Odwróciła głowę, żeby nie zauważył, że w jej oczach pojawiły się łzy.

Ostatnio bardzo łatwo ulegała emocjom. Za łatwo. Chyba przez ten rozwód i wkroczenie w zupełnie nowe życie.

– Czy coś się stało? – zaniepokoił się Daniel.

Nagle wybuchnęła niekontrolowanym płaczem. Łzy spływały jej po twarzy, a ona nie mogła nad tym zapanować. Emocje zbierały się w niej od dawna i znalazły upust właśnie w tej najmniej odpowiedniej chwili. Policjant nieporadnie starał się ją pocieszać.

– Przepraszam pana, już się uspokajam. Po prostu ostatnio dużo się dzieje w moim życiu i nie wytrzymałam. Pewnie pan myśli, że jestem totalną histeryczką – zaśmiała się Weronika, ocierając łzy. – Przepraszam.

– Niech pani nie żartuje. Wiem, że pani przechodzi… trudny czas – zająknął się. – U nas w wiosce wszyscy o wszystkich wszystko wiedzą. Przepraszam, że tak się wtrącam. Po prostu pani Wiera mówiła… zresztą nieważne. Zrobię pani herbaty. Moja mama zawsze powtarza, że herbata jest dobra na wszystko.

Daniel zaśmiał się wesoło i poszedł do kuchni, jakby doskonale znał rozkład domu. Weronika słyszała, jak przygotowuje herbatę. Te zwyczajne odgłosy świadczące o obecności drugiej osoby w domu były przyjemnie uspokajające. Wkrótce wrócił z dwoma kubkami parującej herbaty. Igor przyczłapał za nim zaspany. Nie wydawał się zaskoczony, że mają gości.

– Pięknego ma pani psa – pochwalił Podgórski, podając Weronice herbatę. Podrapał Igora po karku. Pies machnął leniwie ogonem. – Znalazłem go w kuchni.

– Tak, lubi tam spać.

Herbata miała przyjemnie słodki smak.

– Znam dobrze ten dom – zaczął Daniel Podgórski lekkim tonem.

– Naprawdę?

– Mieszkam od urodzenia w Lipowie – wyjaśnił Daniel. – Kiedy byłem mały, bawiliśmy się tu z kolegami. Dom od dawna stał pusty.

– Nie był zamknięty? Można było tak po prostu wejść do środka?

– Był zamknięty – zaśmiał się policjant. – Ale nam zawsze udawało się jakoś tu dostać. Mój tato potem za nami biegał, a jak nas złapał, to zabierał na komisariat. Było dużo śmiechu.

– Pana ojciec też był policjantem?

– Tak. Razem z ojcem mojego kolegi z posterunku. Wtedy było ich tu tylko trzech – wyjaśnił Daniel, popijając herbatę. – Teraz jest nas czterech. Ja, Marek Zaręba, Paweł Kamiński i Janusz Rosół.

– Pana tata jest pewnie dumny, że syn poszedł w jego ślady – uśmiechnęła się.

Dobrze jej się rozmawiało z tym mężczyzną. Nie emanował jakąś brutalną męską atrakcyjnością, która zawsze tak ją przyciągała. Było w nim jakieś uspokajające ciepło i obietnica stałości.

– Mój ojciec nie żyje – wyjaśnił krótko Daniel.

– Och, przykro mi – zawstydziła się Weronika. – Nie wiedziałam. Przepraszam…

– Nic się nie stało – uspokoił ją. – To dawne dzieje.

Siedzieli przez chwilę w milczeniu.

– No i co my tu mamy? – zapytał Podgórski po chwili, chwytając pudło z książkami.

Wyglądało na to, że woli nie drążyć tematu ojca policjanta.

– To głównie kryminały. Uwielbiam je.

– Ja też. U nas trudno jest coś dostać, więc zamawiam głównie przez Internet. Proszę nie mówić tego moim kolegom, i tak już mają dużo powodów do żartów – zaśmiał się Daniel lekko.

– A co, nie wolno panu czytać?

– Nie tutaj. W Lipowie zajmujemy się tylko „praktycznymi rzeczami" – zaśmiał się znowu, robiąc palcami znak cudzysłowu. – O! Tych Skandynawów też mam. Ciekawe, jacy tam są ludzie, na północy. Nigdy nie byłem w Szwecji ani nigdzie. Właściwie to nie byłem nawet za granicą. Pani dużo podróżuje?

– Kiedyś… z byłym mężem… ale w Skandynawii też nie byłam. Przyznam się, że chciałabym pojechać.

– Ja też.

Rozpakowali pierwsze pudło książek.

– Widziała pani coś wczoraj? Coś niepokojącego? – Daniel wrócił do celu wizyty. – Mówię oczywiście o sprawie przejechanej zakonnicy.

Nie miał ochoty przepytywać Weroniki. Nie teraz. Trzeba było to jednak zrobić.

– Zupełnie nic! – odparła Nowakowska. – Czuję się jak w jednej z tych książek kryminalnych. Chciałabym coś wiedzieć, ale niestety. Nie przechodziłam tamtędy nawet. Byłam w sklepie u Wiery, ale przyszłam na skróty od strony pola. W sklepie spotkałam tylko Tomka Szulca, a potem pana kolegę z komisariatu. Musicie mieć ciekawą pracę.

Zawsze zazdrościła Mariuszowi. W głębi duszy zawsze chciała rozwiązać jakąś sprawę kryminalną. Mąż często pozwalał jej przeglądać dokumentację i opowiadał o sprawach, które prowadził. To akurat w nim lubiła.

– Właściwie to raczej nic się u nas nie dzieje. To pierwszy taki wypadek. To znaczy, pierwszy tak poważny wypadek. Do tej pory było kilka potrąceń, ale żadna ofiara nie zmarła. Najczęściej wypadki się nasilają, kiedy w czasie wakacji przyjeżdżają do nas turyści.

– Widziałam zdjęcia przejechanej, kiedy byłam wczoraj u Kojarskich – powtórzyła Weronika. – Pokazywali mi na jakiejś stronie o Lipowie. Straszny widok. – Wzdrygnęła się.

– *Nasze-lipowo*, tak… lokalna strona z plotkami.

– Człowiek widzi takie sceny na filmach, ale wiedząc, że to prawdziwa krew…

Mariusz nigdy nie pokazywał jej zdjęć ofiar. I chyba miał rację. Od wczorajszego wieczoru Weronika nie mogła zapomnieć twarzy martwej zakonnicy. Stawała jej przed oczami w najmniej odpowiednich momentach.

– Nic pani nie przychodzi do głowy? – spróbował Podgórski jeszcze raz. – W tej sprawie?

– Nie. Naprawdę nic nie widziałam, żadnych podejrzanych ludzi, zakrwawionego samochodu. Nic. Chciałabym pomóc, ale niestety nic nie wiem.

Opróżniali kolejne pudła, ustawiając książki na półkach. Razem praca rzeczywiście szła znacznie szybciej. Rozmowa zeszła na inne tory. Weronika czuła się przyjemnie rozluźniona.

– Ale ma pani tych książek! – zagwizdał policjant, kiedy

zapełnili już całą bibliotekę. – Przy tym moja własna kolekcja wygląda bardzo skromnie!

Weronika uśmiechnęła się, dumna z komplementu.

– Proszę mi mówić po imieniu, w końcu zna już pan wszystkie moje sekrety – zażartowała.

– Daniel.

– Weronika.

– No nic. Będę już ruszał do domu. Jeżeli będziesz kiedyś jeszcze potrzebowała pomocy przy domu, to jestem – zaoferował się Podgórski.

– Dzięki. Od kiedy przyjechałam do Lipowa, ludzie wydają się znacznie milsi.

– A co? W Warszawie nie oferują pomocy?

– Pomagają, pomagają. Ale tu jest jakoś inaczej. No, nie wiem. – Uśmiechnęła się. – Po prostu chyba byłam zmęczona wielkim miastem.

– A ja za nim tęsknię. Byłem w Warszawie na szkoleniu. Spodobało mi się – dodał Daniel. – No nic, tu jest moja wizytówka. Jakbyś coś sobie jednak przypomniała na temat tej zakonnicy, to dzwoń.

– W porządku. Jeszcze raz dziękuję za pomoc. I przepraszam za ten wybuch na początku! Strasznie mi głupio.

– Nie ma problemu. – Daniel Podgórski uśmiechnął się szeroko.

Pogłaskał Igora i ruszył do wyjścia.

Patrzyła, jak oddalał się w mrok. Zamknęła drzwi dopiero, kiedy zniknął w czerni zimowej nocy. Nie było już słychać stukania młotka. Widocznie Tomek skończył pracę na dziś.

Poszła do gabinetu, by jeszcze raz popatrzeć na swój zbiór książek. Nagle ogarnęło ją uczucie, że jednak o czymś zapomniała, kiedy rozmawiali z policjantem o wypadku. Nie było to nic konkretnego, raczej męczące wrażenie, że jakiś szczegół mógł być ważny dla sprawy. Nie dawało jej to spokoju.

– Ewka, potrzebuję twojej natychmiastowej pomocy! – Julka przyłożyła do twarzy dwa sweterki. – W którym mi lepiej?

– W różowym. – Ewa Rosół malowała usta błyszczykiem. Dziś nie miała ochoty na swoją ulubioną czerwoną szminkę. – Myślisz, że taki dekolt wystarczy?

Poprawiła bluzkę wprawnym ruchem. Jej biust wyglądał imponująco. Julka przyglądała mu się zazdrośnie. Sama była praktycznie płaska jak deska.

– Dla tego twojego mężczyzny? – Julka westchnęła tęsknie.

– A dla kogo! – Ewka przytaknęła niedbale. – Jest dorosły.

Ewka Rosół doskonale wiedziała, że przyjaciółka zazdrości jej starszego kochanka. I tak właśnie powinno być, pomyślała zadowolona. W końcu nie każda piętnastolatka mogła się pochwalić, że robiła t o z dorosłym facetem. Chłopaki z klasy to zupełnie nie to samo.

Nawet taki Ziętar był przy tym niczym. Julka kręciła z nim od jakiegoś roku. Ewka na początku zazdrościła koleżance, w końcu Ziętar i jego przyboczna gwardia praktycznie trzymali w garści całą wieś, ale potem znalazła sobie swojego Mężczyznę. Ziętar miał chyba ze dwadzieścia pięć lat, więc nie było opcji, żeby miał takie doświadczenie jak jej kochanek. Zresztą Ziętar to półmózg, podsumowała swoje rozważania Ewka, patrząc na Julkę z politowaniem. Czuła się lepsza od koleżanki. O wiele lepsza. Była kobietą wyrafinowaną. Wy-ra-fi-no-wa-na. Uwielbiała to słowo. Sprawdziła w Internecie, co oznacza. Okazało się, że opisywało ją wprost idealnie.

– Chyba jest nieźle. Co prawda gdybyś miała takie cycki jak ja, toby lepiej wyglądało. – Julka chyba wyczuła, co myślała o niej przyjaciółka. – Ostatnio jest moda na mały biust.

– Chyba wśród małolatów – zadrwiła Ewka Rosół. – Dorośli mężczyźni lubią odpowiednią wielkość. Mój Mężczyzna zafunduje mi operację, żebym miała takie cyce jak z tamtego filmu, który oglądaliśmy ostatnio.

Julka otworzyła szeroko oczy. Chyba jej nie uwierzyła.

– Ściemniasz – zawyrokowała. – Wiesz, ile to kosztuje?

Ewka wzruszyła ramionami. O tej operacji skłamała. Fakt. Ale film naprawdę oglądali. Potem zrobili to tak samo. Bolało ją, ale postanowiła nie narzekać. Przecież była teraz wyrafinowaną kobietą. A wyrafinowane kobiety robiły to ze swoimi mężczyznami. Od tyłu.

– A właśnie – dodała Julka, wkładając różowy sweterek. – Był dziś u nas twój stary.

– Po co?

– Wypytywał moich starych o ten wypadek z tamtą zakonnicą. Ten, co oglądałyśmy zdjęcia na *naszym-lipowie*, pamiętasz?

– No i? – zniecierpliwiła się Ewka. Nudziła ją ta rozmowa. Chciała już iść do Mężczyzny. – Co mnie to?

– W ogóle to wszyscy z komisariatu łazili i wypytywali każdego po kolei. Twój stary też pytał, czy moi starzy coś widzieli i w ogóle.

– Ciebie też pytał?

Julka przytaknęła.

– No.

– Powiedziałaś mu coś?

– Co ty! Zresztą ja nie gadam z psami – Julka powtórzyła ulubione powiedzenie swojego chłopaka. – Ziętar tego nie lubi. Poza tym Ziętar mówił, że pogada sobie z twoim braciszkiem, żeby coś zrobił z tym wypytywaniem. Trzeba trzymać trochę tego waszego starego na wodzy, bo co się będzie tak wszędzie panoszył. W Lipowie to Ziętar ma najwięcej do powiedzenia. Nie psy.

Ewa Rosół znowu wzruszyła ramionami. Nuda. Julka zawsze powtarzała to, co mówił Ziętar. Nie miała własnego zdania.

Ewka nałożyła więcej mascary. Jej spojrzenie miało być przecież uwodzicielskie. Tuszu do rzęs nigdy nie mogło być za dużo. Takie było jej zdanie. Kto mówił inaczej, nie znał się na sztuce makijażu. Zupełnie!

– Nie mówiłam Ziętarowi, ale ja coś tam widziałam – powiedziała powoli Julka.

– Ale że co? Co widziałaś?

– Bo poszłam do lasu. Chciałam zrobić sobie zdjęcie na fejsa. Takie wiesz, zimowe. W śniegu i w ogóle. Wszystko wzięłam. Wiesz. Tamtą coolerską kurtkę i czapkę.

– Poszłaś beze mnie?! – syknęła Ewka. – Miałyśmy sobie nawzajem zrobić sesję!

– No zrobimy, po prostu wiesz…

– Chciałaś być pierwsza, tak? – Ewka była wściekła. To ona chciała pierwsza zamieścić te zdjęcia. Cholera!

Teraz z kolei Julka wzruszyła ramionami.

– Rozłożyłam się tam ze wszystkim i robiłam sobie zdjęcia. Sama. Super wyszły – pochwaliła się zadowolona z efektu swoich słów. – I coś tam widziałam. Taki był dosyć duży samochód. Taki wiesz, terenowy, jak czasem turyści przyjeżdżają. Oo, coś takiego, jak mają ci Kojarscy ze dworu.

– Oni mają dużo samochodów. Więcej mascary?

– Wystarczy. Chodzi mi o ten taki duży, czarny. Włożysz tę mini z cekinami?

Ewka schowała kosmetyki do torebki.

– Tak. Dzisiaj jest specjalny dzień. Już prawie dwa miesiące jesteśmy razem. Ja i mój Mężczyzna.

– Nieee, to już? – nie dowierzała Julka. – Myślisz, że coś dla ciebie szykuje?

Ewka zamiast odpowiedzi uśmiechnęła się z wyższością. Julka spojrzała na nią, jakby właśnie podjęła decyzję.

– Widziałam też, kto prowadził ten samochód – powiedziała.

Na jej twarzy malowała się złośliwa satysfakcja.

– Kto? – zainteresowała się Ewka. – Widziałaś, jak ktoś potrącił starą?

– Bartek kierował – wyrzuciła z siebie Julka.

– Co?! Mój brat? Mój brat przejechał zakonnicę?

Ewka nie wiedziała, co o tym myśleć. Nie żeby specjalnie żałowała tej kobiety. I tak była stara. Z drugiej strony, gdyby ktoś się dowiedział, Bartek miałby poważne problemy. A brat, jakikolwiek by był, to jednak przecież rodzina. Latem potrącił turystkę. Mogło mu się znowu przydarzyć. Nie zdziwiłaby się.

– Powiedziałaś mojemu ojcu? – zapytała Ewka ostrożnie.

– No co ty! Już mówiłam, że z psami nie gadam – oburzyła się przyjaciółka. – Słowa mu nie pisnęłam.

– A Ziętar wie?

Julka milczała.

Zapalił kubańskie cygaro. Wspaniale smakowało. Powoli wypuścił dym z płuc. Przywiózł ze sobą całe pudełko, tak na wszelki wypadek. Nie były tanie, ale pieniądze się tu nie liczyły. Junior Kojarski wiedział, że przyjdzie czas, kiedy mu się przydadzą w tej zabitej dechami dziurze.

Rozsiadł się wygodnie w fotelu w pokoju bilardowym. Skóra obicia trzeszczała przyjemnie, kiedy się poruszał. Lubił ten pokój, ale mimo wszystko miał już zdecydowanie dość tego domu. Był tu ledwie półtora dnia, a już chciał wracać do miasta. Tym bardziej że poznał ostatnio pewną bardzo interesującą panią. Tutaj Róża nie dawała mu spokoju. Nie mógł już znieść tej swojej męczącej kościstej żony i jej ciągłego gadania o bachorze. Zgoda, to był jego syn, ale miał lepsze sprawy na głowie. Dzieci to damska domena. A Junior był przecież stuprocentowym mężczyzną.

Całe to spotkanie rodzinne, które zarządził Senior, było jakimś idiotyzmem od początku do końca. Do ojca w najmniejszym stopniu nie pasowało organizowanie rodzinnych obiadków. Junior był pewien, że za tym musiało coś stać. Musiał być jakiś powód.

Poza tym, jakby zmartwień było mało, nie wiedział, jak się pozbyć Blanki. Stawała się coraz bardziej nachalna. W ogóle się nie kryła z ich związkiem. Właściwie lepiej powiedzieć: byłym związkiem. Nie miał przecież zamiaru tego kontynuować! Ocierała się o niego, chwytała go za rękę w nieodpowiednich momentach. Róża może była koścista i nudna, ale na pewno nie była głupia. Mimo wszystko nie czuł się najlepiej, kiedy żona musiała patrzeć na popisy Blanki. Bądź co bądź była jego żoną i, jak na razie, nie spisywała się najgorzej. Siedziała tu na wsi i nie przeszkadzała mu w warszawskim życiu. To było najważniejsze.

Poza tym znał Różę lepiej niż inni. Potrafiła wyglądać na znękaną, ale w rzeczywistości była twarda. Chociaż pewnie nikt by w to nie uwierzył. Na tym polegała cała sztuczka. Bał się, że może na razie ignorować jego romans, ale jednocześnie w tajemnicy szykować coś, co go pogrąży. Junior Kojarski uznał, że czas zacząć szykować okopy, żeby go przypadkiem nie zaskoczyła.

Blanka stanowiła problem nie tylko ze względu na Różę. Problemem mógł okazać się również ojciec. Wydawało się, że Seniora nie obchodziła już cycata żonka, ale jednak! Gotów jeszcze zacząć drążyć. A drążenie było teraz ostatnią rzeczą, której Junior Kojarski potrzebował. Nie teraz, kiedy jest o krok od sukcesu. Stary z tym swoim idiotycznym tupecikiem miał mimo wszystko w rękach rodzinną fortunę. Ciągle. A pieniądze się zawsze przydadzą. Zwłaszcza w tej chwili. Problemy Juniora były przejściowe, ale potrzebował wsparcia starego, dopóki nie stanie na nogi.

Przejechał ręką po policzku. Na szczęce pojawił się już wieczorny zarost. Junior podszedł do lusterka, które wisiało w kącie. Wziął brzytwę i zaczął się powoli golić. Lubił mieć gładką twarz i był zdania, że tylko brzytwą człowiek może się ogolić perfekcyjnie. Oczywiście tylko jeśli ktoś miał wprawną rękę. To nie było narzędzie dla małych chłopców, tylko dla stuprocentowych mężczyzn.

Maria Podgórska zaczęła przygotowywać się do wyłączenia komputera. Stanowiło to pewnego rodzaju rytuał na koniec dnia pracy lipowskiego komisariatu. W ten sposób chciała oswoić przerażającą maszynę. Za każdym razem z niepokojem czekała, dopóki ekran całkiem nie zgaśnie.

Odetchnęła z ulgą, kiedy czerń zastąpiła niebieską tapetę Windowsa. Kolejny raz się udało. Daniela jeszcze nie było. Wyglądało na to, że dziś już nie wróci na posterunek. Zauważyła, że pozostali policjanci też już zbierają się do wyjścia.

– Jak wam poszło przepytywanie ludzi? – zagadnęła ich Maria. – Rozmawialiście już ze wszystkimi?

– Właściwie nic nie mamy, pani Mario. – Młody Marek Zaręba wyglądał na przygnębionego. Chłopak chyba oczekiwał szybszego przełomu. Maria wiedziała z doświadczenia, że czasem trzeba cierpliwie poczekać. W końcu wypadek wydarzył się nieco ponad dobę temu. – Z tego, co się dowiedzieliśmy, nikt nie zapraszał do siebie tej zakonnicy. Nikt też nie znał siostry Moniki. No, oczywiście oprócz Piotra. Nikt nic nie widział. Czyli tak naprawdę nic nie mamy.

– Nie martw się, ktoś zawsze coś wie. To tylko kwestia czasu, kiedy połączy ze sobą fakty – pocieszyła go Maria Podgórska z dobrotliwym uśmiechem. Jej świętej pamięci mąż wiele razy przychodził do domu tak samo zawiedziony, a potem okazywało się, że jednak znajdował się wyczekiwany świadek. – W pracy policjanta liczy się przede wszystkim cierpliwość. Niemożliwe, żeby w Lipowie zdarzyło się coś niezauważonego przez nikogo. Sam przecież wiesz, jak u nas jest.

Marek pokiwał głową.

– Chyba racja, pani Mario, ale ja byłem i u Sokólskiej, i u Drewniakowej. I żadna nic nie wie. Ewelina też dziś rozmawiała z klientkami i żadna nic nie wie. Nic!

– Twoja żonka to pierwsza plotkara Lipowa. Jeżeli ona nic nie wie, to nikt nic nie wie – zaśmiał się Paweł Kamiński. – Na moje, to taka praca. Fryzjerki zawsze paplają.

– Nie zaczynaj, Paweł. – W głosie Marka Zaręby zabrzmiała groźba.

Janusz Rosół podniósł na chwilę głowę znad papierów, jakby chciał pokazać, że wspiera młodszego kolegę.

– Co mi tam. Pieprzę to wszystko – burknął Kamiński pod nosem. – Dobra, ja już wychodzę. Nie zamierzam sterczeć tu ani chwili dłużej. Harowałem cały dzień. Człowiekowi należy się pieprzona chwila spokoju.

To powiedziawszy, policjant chwycił grubą kurtkę.

– Co tak się dzisiaj spieszysz, Pawełku? – zainteresowała się Maria.

– Spieszę się, pani Mario, bo mam kilka spraw o s o b i s t y c h na głowie – oznajmił Kamiński.

Jego ton sugerował, że nikt nie powinien wtrącać się do jego życia. Zapiął kurtkę szybkim ruchem i wyszedł, trzaskając drzwiami.

– Czy ja powiedziałam coś złego?

Marek Zaręba wymownie uniósł brwi i westchnął ciężko. Janusz Rosół jak zwykle nic nie powiedział.

Zapalam dodatkową lampę. Dużo światła. Potrzebuję dużo światła, żeby wszystko dokładnie widzieć. Nie dlatego, że boję się ciemności. Wcale nie dlatego.

Już nie. Już od dawna nie! Już od dawna nie boję się ciemności. Może troszeczkę, czasami, przyznaję się. Kiedy dokończę moje dzieło, strach będzie jeszcze mniejszy. To mi da siłę. Już niedługo.

Ostrze jest gotowe!

Idealnie czyste i ostre. Tak jak zaplanowane. Już niedługo go użyję. Przepełnia mnie radość oczekiwania. Nie mam już żadnych wątpliwości. Racja jest po mojej stronie. Każdy by to przyznał. To, co planuję, jest uzasadnione, jak najbardziej! Każdy by to przyznał. Każdy by to przyznał!

Tak powinno być. Czuję się jak gąsienica, która wkrótce się przepoczwarzy w cudowną istotę. Przepiękne kolory ukrytych dotychczas skrzydeł błysną, rozjaśniając szarość monotonnych dni. Zajmę miejsce Motylka. Stanę się Motylkiem.

Nareszcie.

Sama jej śmierć mi jednak nie wystarczy, liczy się też strach. To będzie prawdziwa kara. Przygotowuję ofiarę już od pewnego czasu. Cierpliwość to teraz moja główna cecha.

Teraz ofiara na pewno dobrze już wie, że jest zagrożona. Rozgląda się wokół jak spłoszona sarna, ale nadal nie może zauważyć swojego oprawcy. Jeszcze nie teraz. Zrozumie wszystko w swoim czasie.

– Ale wtedy będzie już zzza późno – mówię z satysfakcją do siebie.

Cicho. Tak, żeby nikt mnie nie usłyszał.

Chowam ostrze ostrożnie.

Czuję przenikające moje ciało podniecenie. Polowanie ma się rozpocząć wkrótce i czuję już niemal zapach krwi ofiary.

Gaszę dodatkowe światło. Czas położyć się spać. Codziennie o tej samej porze. On dobrze mnie tego nauczył.

Muszę wypocząć, zanim się zacznie.

ROZDZIAŁ 6

Warszawa 1951

Witali gości w holu rezydencji. Marianna nigdy nie lubiła tego pomieszczenia. Było zdecydowanie za duże. Obce. Wszyscy przyglądali się jej bacznie i wcale nie próbowali tego ukrywać. Młoda żona doktora stała się niemałą sensacją wśród warszawskiej elity. Marianna starała się podołać zadaniu, ale czuła, że mąż jest zawiedziony. Co jakiś czas rzucał jej chmurne spojrzenie. Nie była pewna, co właściwie robi źle.

– A więc to p a n i usidliła Zygmunta? – zagadnęła ją żona ordynatora szpitala. – Nieźle się pani ustawiła, nie ma co. Ale czy zdaje sobie pani sprawę, jak mu pani szkodzi? Człowiek z jego pozycją i… p a n i?

Kobieta pokręciła głową z niesmakiem. Marianna spojrzała na męża, szukając pociechy, ale był zajęty rozmową z ordynatorem. Mężczyźni zdawali się zapominać o tym, że towarzyszą im żony.

– Nie rozumiem, co pani ma na myśli – odpowiedziała Marianna nieśmiało. – Jesteśmy ze sobą bardzo szczęśliwi.

Kobieta zaśmiała się tylko złośliwie w odpowiedzi.

– Pyskata jesteś, co? Słyszałeś to, Zygmuncie? – zwróciła się do mężczyzny ordynatorowa. – Słyszałeś, jak twoja żona się do mnie odzywa?

– Zapraszam do stołu – powiedział Zygmunt zamiast odpowiedzi, spoglądając z irytacją na Mariannę.

Ordynator odszedł, pociągając żonę za sobą.

– Staraj się nie mówić zbyt wiele – syknął Zygmunt, kiedy zostali sami. – To są wykształceni ludzie! Nie przywykli do obcowania z kimś takim jak ty.

– Jak ja? – zapytała Marianna naiwnie, szeroko otwierając błękitne oczy.

– Tak! Jak ty – burknął. – Słyszałem, jak odpowiedziałaś pani ordynatorowej. Nie waż się więcej robić nic takiego! Nie rozumiesz, że jej mąż jest ważnym człowiekiem? To on decyduje o mojej karierze. On ma iść na emeryturę i ja być może zajmę jego miejsce. Chyba że przedtem t y wszystko zniszczysz. Chcesz tego?

Minęła ich żona chirurga ubrana w czerwoną wieczorową suknię. Zygmunt skinął do niej głową na powitanie. Odpowiedziała mu uprzejmie, ale na Mariannę nawet nie spojrzała.

– Jesteś nieodpowiednio ubrana – skarcił żonę Zygmunt. – Kto to widział!

Spojrzała na siebie w wielkim lustrze, które wisiało na przeciwległej ścianie. Nie rozumiała jego irytacji. Włożyła przecież swoją najlepszą sukienkę. Powiększającego się brzuszka już nie mogła co prawda ukryć, ale wydawało jej się, że wygląda elegancko. Tak jak przystoi żonie lekarza.

– Idź się natychmiast przebrać – rozkazał.

– Ale goście… Powinnam ci chyba towarzyszyć.

– Nie gadaj tyle, tylko idź – mruknął Zygmunt przez zaciśnięte zęby, uśmiechając się jednocześnie do kolejnych przychodzących. – Natychmiast.

Zaczerwieniła się.

– Najlepiej nie schodź już więcej – zdecydował nagle. – Wystarczy mi tego dobrego na dzisiaj. Wszyscy się ze mnie śmieją za plecami.

Mariannie zbierało się na płacz. Poczuła, że dziecko kopnęło mocno. Przeczuwała, że to będzie chłopiec. Dotknęła brzucha uspokajająco. Wszystko w porządku, syneczku.

– Na co czekasz? – zbeształ ją mąż nieprzyjemnie.

– Już idę. Przepraszam, kochanie.

– I siedź u siebie – przypomniał jej Zygmunt. – Możesz wyjść dopiero, kiedy skończymy.

Marianna spuściła wzrok i ruszyła na górę. Miał rację. Nie pasowała do warszawskiej elity. Była z małej wioski i edukację zakończyła na szkole podstawowej. Przez większość czasu nie rozumiała, o czym mówią ci wszyscy elegancko ubrani panowie.

Zamknęła się w swojej sypialni i zaczęła płakać. Głosy przyjęcia w salonie nie dochodziły do jej samotni. Nie czuła się dobrze w tym domu. Matka miała rację, kiedy mówiła jej, że ślub z zamożnym doktorem to zły pomysł. Powinna wiedzieć, że to się dobrze nie skończy.

Zajrzała do szafy, gdzie zaczęła już gromadzić ubranka dla dziecka. Miała nadzieję, że kiedy syn przyjdzie na świat, wszystko się jakoś ułoży.

ROZDZIAŁ 7

Lipowo. Czwartek, 17 stycznia 2013, rano

Nowy dzień zaczął się prawdziwą śnieżną nawałnicą. Przez okno wydawało się, że śnieg pada nie tylko z góry, ale też zacina poziomo. Róża Kojarska westchnęła z niezadowoleniem. Nie lubiła zimy. Włożyła dwa swetry i rajstopy. Zerknęła szybko na swoje odbicie, żeby sprawdzić, czy fryzura Kleopatry jest dobrze ułożona. Reszty ciała wolała dzisiaj nie oglądać.

Wyszła cicho ze swojego pokoju. Od dawna nie spali z Juniorem w jednym łóżku. Teraz nie dzielili już nawet wspólnej sypialni. Wszystko to wina jednej jedynej osoby. Blanki.

Przeszła do pokoju synka.

– Ruszamy na wyprawę – wyjaśniła mu.

Ubrała chłopca najcieplej, jak mogła. Nie chciała, żeby Kostek zmarzł. Byli gotowi.

Trochę bała się jechać samochodem w taką śnieżycę, ale zamówiła już ciasto w cukierni w Brodnicy i bardzo chciała je sama odebrać. To miała być niespodzianka dla teścia i teściowej. Róża chciała przygotować tak wspaniałe przyjęcie z okazji pięciolecia ich małżeństwa, żeby… No, wszystko miało być dopięte na ostatni guzik. Koniec kropka.

Róża Kojarska wyjrzała jeszcze raz przez okno. Zobaczyła tylko białą ścianę śniegu. Lasu w ogóle nie było widać. Szare niebo zdawało się zlewać z nawałnicą. Wzdrygnęła się. Nienawidziła takiej pogody. Do Brodnicy było jakieś piętnaście kilometrów. Uznała więc, że jakoś da radę. Główna szosa powinna być już odśnieżona.

Uznała, że najlepiej będzie wziąć samochód Juniora. Dzisiaj potężny terenowy land rover męża będzie jak znalazł. Zresztą jedzie do Brodnicy po to ciasto właściwie tylko dlatego, żeby ratować ich wspólną sytuację. Musi wziąć sprawy w swoje ręce. Na męża nie może tu liczyć. Junior nie ma w ogóle wyczucia w tych kwestiach. Nie zorientował się na pewno, co się święci.

Włożyła kurtkę i ubrała synka. Po namyśle okręciła też szyję długim szalem. Nie ma co się oszukiwać, jeżeli Junior się dowie, że wzięła jego samochód, będzie wściekły. Uważał, że kobieta nie powinna prowadzić tak dużego auta. Jakby brak członka między nogami sprawiał, że trzeba zadowolić się czymś malutkim, zaśmiała się Róża w duchu. Brała land rovera już kilka razy, a Junior nawet nie zauważył.

Pożyczenie sobie auta nie było zbyt trudne. Wszystkie samochody stały bowiem w jednym wielkim garażu, a kluczyki od każdego wisiały w szafce na ścianie w domu. Wystarczyło przejść obok, wyjąć odpowiedni kluczyk i wsiąść do wybranego samochodu. W samym garażu nie trzeba się już było martwić o zachowanie ciszy czy o jakiekolwiek pozory. Znajdował się na tyłach rezydencji i domownicy nie mogli słyszeć, co się tam dzieje. Nikt z rodziny nie miał szans zauważyć, że wyjechała.

Róża zeszła powoli po schodach. Stąpała, jak najciszej umiała. Kostek naśladował jej ostrożne ruchy, jakby rozumiał sytuację. Wydawało się, że Senior, Junior i Blanka jeszcze śpią. Przynajmniej wszędzie było cicho. Nie było słychać nawet krzątania się służącej. Róża ostrożnie zajrzała do szafki na klucze. Kluczyków od land rovera discovery tam nie było. Widocznie zostały w stacyjce, pomyślała. Poza tym w garażu była skrzynka z kluczykami zapasowymi od wszystkich samochodów. Możliwe, że ktoś omyłkowo wrzucił tam kluczyki po ostatniej jeździe. Czasami tak się zdarzało. Przy takim śniegu pewnie wszyscy domownicy brali ten samochód. Miała nadzieję, że przynajmniej bak jest pełny. Nie miała czasu jechać na stację benzynową, i tak była już spóźniona po odbiór ciasta.

Nacisnęła klamkę. Drzwi do garażu cichutko skrzypnęły. Nie szkodzi. Róża Kojarska nie martwiła się już, że ktoś ją usłyszy. Teraz była za daleko. Zapaliła światło i zaskoczona zobaczyła, że land rovera nie ma.

Młodszy aspirant Daniel Podgórski siedział przy biurku w swoim gabinecie w komisariacie. Przeglądał zapiski z wczorajszych przesłuchań mieszkańców Lipowa, które przygotowali dla niego pozostali policjanci. Niestety nie było tego wiele. Daniel westchnął zawiedziony. Jego własne rozmowy z mieszkańcami wsi, a w szczególności z osobą, którą podejrzewał o pisanie bloga *nasze-lipowo*, również nic nie przyniosły. Tego właśnie Podgórski się obawiał, ale mimo wszystko w głębi ducha miał nadzieję. Nie wiedział dokładnie, czego oczekiwał, ale na razie nie mieli zupełnie nic.

Poza tym trudno mu było skupić się na pracy. Jego myśli cały czas odpływały w kierunku wczorajszego popołudnia, które spędził na pomaganiu Weronice Nowakowskiej. Zrobiła na nim duże wrażenie. Jej uroda była oryginalna, nie tak oczywista jak większości kobiet, które znał. Ale nie tylko o to chodziło. Nie pamiętał, kiedy ostatnio spędził tak miło popołudnie. Musiał przyznać, wbrew sobie, że czuł się jak zakochany nastolatek. Tego tylko mu teraz brakowało. Musiał przecież skupić się na śledztwie, a nie tracić czas na głupawe zaloty. Zresztą ona przecież była przyzwyczajona do innych mężczyzn. Daniel podejrzewał, że standardem dla niej byli obyci w świecie biznesmeni, którzy spędzają wieczory nad lampką drogiego wina. W krawacie i garniturze na idealnie wyrzeźbionym ciele. On był tylko małomiasteczkowym policjantem bez faktycznych perspektyw. Nie ma co sobie robić nadziei. Trzeba skupić się na pracy. Ale łatwiej powiedzieć, niż zrobić, stwierdził Daniel w duchu, znowu ciężko wzdychając.

Usilnie starał się zapomnieć o niebieskich oczach i rudych włosach Weroniki, kiedy rozdzwonił się telefon. Daniel odebrał szybko, wracając do rzeczywistości. Dzwonił Zbigniew Koterski, lekarz sądowy, który zdążył już przeprowadzić obdukcję przejechanej zakonnicy.

– Macie szczęście – stwierdził patolog po przedstawieniu się. – Mamy tu teraz prawdziwy najazd studentów praktykantów. Wszystko nam idzie trzy razy szybciej niż zwykle. Tyle jest rąk do pomocy. Zrobiliśmy sekcję waszej zakonnicy w rekordowym czasie. Zaraz przefaksuję wam raport.

– Mógłby pan streścić go w kilku słowach? – poprosił Podgórski.

Nie miał zbyt dużo do czynienia z takimi raportami i chciał przedyskutować na bieżąco wyniki autopsji z patologiem.

– Nie ma problemu. – Koterski zaśmiał się ze zrozumieniem. – Muszę powiedzieć, że ta sprawa bardzo mnie zainteresowała. Rzadko trafiają do mnie na stół siostry zakonne. Mógłbym policzyć takie przypadki na palcach jednej ręki. Sama natura ich zawodu sprawia, że nie oczekujemy żadnej gwałtownej śmierci, prawda? Raczej spokojnego odejścia ze starości. Z drugiej strony wypadki samochodowe mogą zdarzyć się przecież każdemu. Dwie sprawy wydały mi się jednak dość niecodzienne. No, właściwie to trzy.

Daniel usiadł wygodniej. Być może wreszcie mieli przełom, na który tak czekał. Przygotował sobie kartkę i długopis. Raport co prawda miał do nich wkrótce dojść, ale Daniel wolał mieć możliwość notowania.

– Proszę mówić – zachęcił lekarza.

– Po pierwsze, interesujący jest sam charakter obrażeń – zaczął tamten.

– Wyglądało na to, że zakonnica została potrącona przez samochód. Znalazł pan coś innego? – zdziwił się Daniel.

– Widział pan kiedyś osobę potrąconą przez auto? – zapytał lekarz sądowy zamiast odpowiedzi.

– Tak, oczywiście. – Podgórski skinął głową, chociaż

rozmówca nie mógł go zobaczyć. – Niestety zdarzyło się to kilka razy nawet tu u nas, wtedy jednak wiedzieliśmy, kto jest sprawcą i…

– Proszę się dobrze zastanowić i przypomnieć sobie, jak wyglądała zakonnica – przerwał policjantowi patolog. – Teraz niech pan porówna to z tym, co pan pamięta na temat innych potrąconych osób, które widział pan podczas swojej kariery. Ma pan to przed oczami?

Daniel w jednej chwili przypomniał sobie wątpliwości, które go ogarnęły, kiedy po raz pierwszy zobaczył ciało zakonnicy. Dopiero teraz zrozumiał, co nie dawało mu spokoju przez ten cały czas.

– Wydaje mi się, że nie byli aż tak… – Podgórski nie mógł znaleźć odpowiedniego słowa. – Wydaje mi się, że nie byli aż tak r a n n i. To znaczy, nie znam się na tym aż tak dobrze, ale wydawało mi się, że na ciele zakonnicy było więcej obrażeń niż normalnie.

– Dokładnie. Zakonnica miała o wiele więcej obrażeń niż normalnie w przypadku potrącenia. Tak jak pan mówi. Nieprzyjemny widok, nawet jeżeli na co dzień się obcuje ze zwłokami. Oczywiście obrażenia w wypadkach samochodowych i przy potrąceniach mogą być bardzo różne. W zależności od rodzaju pojazdu, jego prędkości, kierunku poruszania się pieszego i różnych innych czynników. Trzeba na przykład pamiętać, że już nawet przy tak małej prędkości jak pięćdziesiąt kilometrów na godzinę urazy, których doznaje pieszy potrącony przez auto, mogą prowadzić do śmierci. Ale to wszystko na pewno pan wie.

– Mniej więcej – potwierdził Podgórski.

– Analizując uszkodzenia tkanek miękkich, stawów i kości poszkodowanej osoby, mogę z dość dużą dozą pewności odtworzyć przebieg takich wypadków. Mamy teraz też dobre programy komputerowe, które mogą tworzyć całe symulacje wydarzenia. Jest o wiele łatwiej niż za dawnych czasów – entuzjazmował się lekarz sądowy. – Otóż po dokonaniu sekcji zwłok naszej ofiary mogę z całą pewnością stwierdzić, że to nie było zwykłe potrącenie. Zaryzykowałbym raczej twierdzenie, że było to m o r d e r s t w o.

Daniel uniósł brwi ze zdziwienia. Od początku czuł, że ta sprawa ma drugie dno, ale teraz, kiedy ktoś oficjalnie to potwierdził, był naprawdę zaskoczony.

– Co pan ma na myśli?

– Dokładnie to, co powiedziałem. To było morderstwo. Trochę się nad tym napracowaliśmy. Początkowo założyliśmy, jak zazwyczaj w takich przypadkach, że ktoś stracił panowanie nad kierownicą i potrącił starszą panią. Obrażenia ciała wskazują jednak na coś zupełnie innego.

Patolog zamilkł na chwilę, jakby dla większego efektu. Daniel Podgórski czekał niecierpliwie na dalszy ciąg.

– Obrażenia ciała wskazują na to, że kiedy samochód najechał na zakonnicę, kobieta leżała na plecach na ziemi – poinformował lekarz sądowy. – Nie została potrącona z tyłu, z przodu ani z boku, jak można by się tego spodziewać w przypadku standardowego potrącenia. Ona l e ż a ł a, kiedy to się stało.

– Czy zakonnica jeszcze wtedy żyła?

– Prawdopodobnie tak.

– Może straciła przytomność z jakiegoś powodu?

– zgadywał Daniel Podgórski. – Potem ktoś nie zauważył leżącej i na nią najechał.

– Mogłoby tak być, gdyby nie fakt, że samochód przejechał po niej kilka razy – wyjaśnił lekarz sądowy. – Między innymi dlatego mamy do czynienia z tak dużym stopniem uszkodzenia ciała. Nie jestem policjantem i moim zadaniem jest tylko wyczytać z ciała zmarłego, co się wydarzyło, ale mnie osobiście wygląda to na działanie jak najbardziej celowe. Jakby ktoś chciał być pewien, że zakonnica nie przeżyje. Nikt nie zasłużył sobie na taką śmierć.

Daniela zaskoczył ton głosu patologa. Zawsze wydawało mu się, że lekarze sądowi powinni być pozbawieni emocji. Zimni jak kostnica, gdzie pracują. Ten najwyraźniej taki nie był.

– Jeden szczegół nie daje mi tu jeszcze spokoju. Chodzi o pewne obrażenia… – dodał lekarz sądowy. – Nie pasuje mi do całego obrazu sytuacji. Wolałbym jednak o tym na razie nie mówić. Muszę to jeszcze przemyśleć na spokojnie. Dam panu znać później. W porządku?

– Dobrze. Czy da się powiedzieć coś na temat samochodu?

– Obrażenia wskazują na to, że samochód musiał być duży i ciężki, ale też bez przesady. Marki oczywiście panu nie podam, ale stawiałbym na auto terenowe lub mniejsze ciężarowe. Opony w każdym razie miały dość dużą szerokość. Coś około dwustu trzydziestu pięciu milimetrów. Ewentualnie trochę więcej.

– Możemy oczekiwać jakichś uszkodzeń na tym samochodzie?

– Nie znalazłem odprysków lakieru na ciele zakonnicy.

Jeżeli auto jest odpowiednio wysoko zawieszone, może się okazać, że nie znajdzie pan na nim żadnych szkód. Na oponach natomiast na pewno będą ślady krwi. Jeżeli sprawca je zmył, trzeba będzie zastosować luminol.

Daniel znowu przytaknął. Zwykłe potrącenie, którego oczekiwali, zmieniało się nagle w morderstwo z premedytacją.

– Mówił pan, że coś jeszcze pana zaskoczyło.

– Tak... cóż. Rozkroiliśmy starszą panią i okazało się, że przez długi czas musiała nadużywać napojów wyskokowych. Jej wątroba jest bardzo wyniszczona chorobą alkoholową. Od pewnego czasu musiała już nie pić, ponieważ część narządów wewnętrznych zregenerowała się do pewnego stopnia. Mimo wszystko takiego stanu nie widuje się raczej u zakonnic.

– Jest pan pewien?

Podgórski był coraz bardziej zaskoczony. Siostry zakonne kojarzyły mu się raczej z ascezą i życiem w czystości, a nie z kieliszkiem.

– Kroiłem w swoim życiu wiele ofiar przepicia, więc tak, jestem całkowicie pewien. Cóż, widać i w klasztorach takie rzeczy się zdarzają – podsumował Koterski. – Dlatego cała ta sprawa wydaje się tym bardziej interesująca. Nic nie jest tu oczywiste. To była prawdziwa gratka dla moich studentów. Poza tym jest jeszcze jedna rzecz...

– Jeszcze coś? – wykrzyknął Daniel Podgórski zdumiony.

– Mówiłem już na początku, że zainteresowały mnie trzy rzeczy w tym przypadku. Powiedziałem dopiero o dwóch – przypomniał patolog skrupulatnie. – Trzecia interesująca rzecz to fakt, a to mogę stwierdzić z całą pewnością, że ta kobieta rodziła dzieci.

Ręka Daniela Podgórskiego zamarła nad kartką. Siostra Monika nie wydawała się już wcale taką zwyczajną zakonnicą.

– To można stwierdzić? – wydusił zaskoczony.

– Oczywiście, że tak. Widać to na pierwszy rzut oka, kiedy spojrzy się na miednicę. Ta kobieta bez wątpienia była matką co najmniej jednego dziecka.

Lekarz sądowy jeszcze raz obiecał, że zaraz prześle faksem pełny raport. Podgórski podziękował za rozmowę i obiecał, że będzie informował Koterskiego o postępach w śledztwie.

– Trzymam pana za słowo – zażartował patolog i rozłączył się.

Młodszy aspirant Daniel Podgórski odłożył słuchawkę i spojrzał na swoje zapiski. Takich informacji na pewno się nie spodziewał. Wstał zamyślony, żeby zawołać kolegów na naradę i streścić im najnowsze wiadomości. Będą mieli dużo do przedyskutowania.

Grażyna Kamińska patrzyła na swoje odbicie. Było dziwnie rozmyte i niewyraźne, ponieważ lustro w łazience było już trochę brudne. Wyciągnęła ścierkę z szafki pod zlewem i przetarła je dokładnie. Spojrzała na siebie jeszcze raz. Jej wygląd nie poprawił się wiele. Związała włosy w koński ogon, żeby lepiej widzieć. Siniaków już prawie nie dało się dostrzec. Nałożyła więcej podkładu i ponownie rozpuściła włosy. Westchnęła krytycznie. Twarz, którą widziała w lustrze, zdawała się nie należeć do niej. Zmęczona życiem, wychudzona, szara. Oto kim się stała. Mogła iść ulicą i nikt by jej nie zauważył. Niewidzialna kobieta.

Pomyśleć tylko, że kiedyś wszyscy w wiosce oglądali się za nią z zachwytem. Była piękna. Teraz pozostał tylko gorzki śmiech. Włosy zrobiły się cienkie. Przez te lata zniknął gdzieś gruby słowiański warkocz, który matka zaplotła jej na wesele z Pawłem. Brała ślub z synem lokalnego bohatera, który sam zaczynał właśnie policyjną karierę. Idzie w ślady ojca, mówili wszyscy. Z niego też będzie bohater, powtarzali. Była taka szczęśliwa, zawsze o tym marzyła. Cienka kitka włosów i siniaki na twarzy. Tyle jej zostało z tego szczęścia. Była też prawie pewna, że jeden z zębów ruszał się nieco. Prawdopodobnie wypadnie. Jednego już nie miała. Trzydzieści lat, a zaczynała wyglądać starzej niż własna matka.

Z głębi ich małego domu dobiegały krzyki dwójki najmłodszych dzieci. Była zmęczona. Bardzo zmęczona. Przyłapała się na tym, że żałuje, że trwają ferie. Gdyby był rok szkolny, przynajmniej część dzieci byłaby teraz w szkole. Zganiła się za te myśli. Jaka z niej matka? Powinna kochać swoją rozkoszną gromadkę, ale jakoś nie potrafiła się na to zdobyć. Kiedy na nie patrzyła, widziała tylko j e g o twarz. Były tak bardzo podobne do Pawła. Momentami chciała się po prostu spakować i uciec, zostawiając ich samych sobie. Nigdy jednak nie starczyło jej odwagi. Paweł miał rację, była tchórzem.

Zabrała się do przygotowywania obiadu. Dzieci kłóciły się o coś w pokoju, ale nie zawracały jej głowy. To najważniejsze. Przyzwyczaiły się, że muszą radzić sobie same. Mieszała wodnistą zupę, kiedy nagle ogarnęła ją niespodziewana złość. Czuła, że musi coś zrobić tylko dla siebie, bo inaczej zwariuje. Wyłączyła gaz i zdjęła garnek z kuchenki. Dziś nie będzie czekał na Pawła gotowy obiadek. Nie dziś!

Zdecydowała, że pójdzie do fryzjerki. Może chociaż te słowiańskie włosy da się uratować, nawet jeśliby miała wieczorem dostać za to po głowie. Było jej wszystko jedno. Do bicia i tak zawsze znajdzie się pretekst.

Ubrała dwójkę najmłodszych dzieci. Mimo wszystko lepiej było ich nie zostawiać w domu.

– Chodźcie, wychodzimy – krzyknęła. – Cała reszta, zachowujcie się grzecznie! Jak wrócę, ma być porządek, bo pogadam z tatą! A wiecie, co się wtedy dzieje!

Pociągnęła córeczki za pulchne rączki. Chyba boleśnie, bo obie pisnęły płaczliwie. Musiała się uspokoić. Odetchnęła głęboko kilka razy. Włożyła klucz do zamka. Ręka drżała jej z emocji i nie mogła go przekręcić. Znów zaczerpnęła powietrza i wypuściła je powoli. Spokojnie. Bała się, że jeżeli poczeka jeszcze chociaż chwilę, zabraknie jej odwagi i wróci do gotowania obiadu dla męża.

W końcu udało się. Zamek szczęknął, Grażyna odetchnęła z ulgą. Teraz nie było już odwrotu. Włożyła rękę do kieszeni, sprawdzając, czy są tam pieniądze. Te kilka banknotów, które udało jej się ukryć w starej puszce po ciastkach. Paweł nigdy by jej nie dał pieniędzy na fryzjera.

Ruszyła w kierunku salonu „U Eweliny". Doskonale wiedziała, gdzie on jest, chociaż nigdy tam nie wchodziła. Nie odważyła się. Nie wiedziała, jak to wszystko funkcjonuje. Czy trzeba się umawiać, czy można zwyczajnie przyjść. Wszystko jedno. Dziś po prostu musi się udać. Ewelina powiedziała kiedyś, że zawsze na nią czeka. Dziś nadszedł ten dzień.

Wiera postanowiła otworzyć sklep dopiero po południu. Powiesiła na drzwiach kartkę z napisem „Obecnie zamknięte. Zapraszam kiedy indziej" i zaciągnęła zasłony w oknach. Nie chciała, żeby ktoś zaglądał do środka. Poszła na zaplecze, gdzie znajdowały się strome schody prowadzące do jej mieszkania na górze. Wdrapała się po nich z trudem. Była zmęczona, ale musiała najpierw zrobić coś ze spódnicą. Potem przyjdzie czas na odpoczynek.

Spojrzała na materiał krytycznie. Spódnica nie nadawała się już chyba do niczego. Od wczoraj próbowała ją doprać wszystkimi sposobami, jakie znała, ale krew uparcie nie schodziła. Chyba że tylko tak jej się wydawało.

Spojrzała na materiał jeszcze raz. Uważnie. Spódnica miała już swoje lata. Mówiąc wprost, była bardzo stara, ale Wiera miała do niej sentyment. Pamiętała jak dziś, że to w nią była ubrana te trzydzieści kilka lat temu, kiedy poznała Łukasza. Nie mogła się jej tak po prostu pozbyć. Byłoby to jak porzucenie całego pięknego okresu jej życia.

Zebrała włosy w gruby kok na karku i podwinęła rękawy. Spróbuje jeszcze raz wyprać spódnicę ręcznie. Może pójdzie lepiej niż w pralce. Te nowe wynalazki często są zawodne.

Nalała wody do miski. Była to dobra stara miednica, którą Wiera dostała od matki, kiedy była młoda. Matka pochodziła z Ukrainy, wyrecytowała w myślach sklepikarka. Wiera urodziła się już w Polsce. Mimo to całe życie tęskniła za stepami, o których śpiewała jej matka. Sama nie miała nigdy szansy zaśpiewać tych pieśni swojemu dziecku. Westchnęła. Trzymała swojego jedynego syna tylko przez kilka chwil, tuż po porodzie. Nie patrzyła na niego nawet. Kołysała go tylko w drżących z nieoczekiwanych emocji rękach. Potem wzięła go tamta kobieta. Wtedy wydawało się, że to będzie najlepsze wyjście, że w ten sposób zapewni mu lepsze życie. Teraz nie była już pewna, czy dobrze zrobiła.

Tarła spódnicę z całych sił, a woda robiła się coraz bardziej czerwona.

Młodszy aspirant Daniel Podgórski czekał niecierpliwie, aż wszyscy policjanci zjawią się w ich salce konferencyjnej. Ostatnia przyszła Maria. W rękach trzymała talerz z równo pokrojonymi kawałkami ciasta. Postawiła go na stole i zachęcająco skinęła głową, zapraszając ich do częstowania się. Zachowywała się jak zwykle, ale Danielowi wydawało się, że matka jest czymś zmartwiona. Podgórski postanowił, że później z nią porozmawia i sprawdzi, co się dzieje. Na razie jednak musiał podzielić się z kolegami nowymi wiadomościami w sprawie siostry Moniki. Praca przede wszystkim.

– Przed chwilą rozmawiałem z lekarzem sądowym – zaczął. Był pewien, że żaden z kolegów nie spodziewa się tego, co za chwilę usłyszy. – Zrobili już sekcję zwłok ofiary.

Wszystkie oczy skierowane były na niego wyczekująco. Streścił pokrótce to, co powiedział mu patolog. Z każdym kolejnym słowem twarze kolegów wyrażały coraz większe zdumienie. Nawet Janusz Rosół, który zwykle siedział apatycznie z boku, wyglądał na zaciekawionego.

Kiedy Daniel skończył referować odkrycia patologa, Paweł Kamiński zagwizdał znacząco.

– Niezła imprezowiczka z tej naszej siostrzyczki. – Zaśmiał się. – Pijaczka i dodatkowo miała dziecko z nieprawego łoża. Kurwa, no nieźle!

– Skąd możemy wiedzieć, że z nieprawego? – zapytała spokojnie Maria.

– No to może z księdzem dobrodziejem miała to dziecko. Albo to było niepokalane poczęcie.

Paweł Kamiński śmiał się głośno ze swojego żartu. Nikt mu nie zawtórował.

– Równie dobrze mogła kiedyś mieć męża – kontynuowała Maria niewzruszona. – Takie rzeczy się przecież zdarzają.

– Jeżeli już, to chyba na odwrót – zakpił znowu Kamiński. – Najpierw jest zakonnicą, a potem spotyka chłopa i występuje z zakonu. Nie słyszałem nigdy, żeby kobieta, która zaznała męskości, dobrowolnie z tego zrezygnowała. Pieprzenie.

– Mało jeszcze wiesz o życiu, Pawełku – stwierdziła spokojnie Maria Podgórska.

Wzięła jego talerz i nałożyła mu kolejny kawałek ciasta. Kamiński wydawał się zbity z tropu brakiem jakiejkolwiek reakcji z jej strony. Lubił irytować ludzi, a kiedy to nie działało, nie wiedział, jak się zachować.

Daniel Podgórski wykorzystał moment spokoju, żeby podsumować sytuację.

– Więc tak w skrócie: wiemy, że siostra Monika w przeszłości nadużywała alkoholu i urodziła przynajmniej jedno dziecko. Mieszkała w parafii w Warszawie, gdzie dała się poznać jako przykładna córka Kościoła i działaczka ośrodka pomocy dla młodzieży. We wtorek przyjechała tutaj, do Lipowa. Na razie nie wiemy dlaczego. Ksiądz Piotr zaprzecza, że do niego, a nikt inny jej nie zapraszał. Przynajmniej nikt się do tego nie przyznał podczas naszych przesłuchań. W każdym razie we wtorek rano zakonnica zostaje zamordowana poprzez kilkakrotne przejechanie samochodem. Wygląda na to, że zabójca chciał być pewny, że kobieta nie przeżyje.

– Czyli właściwie odpada możliwość, że została potrącona nieumyślnie? – zastanawiał się głośno młody Marek Zaręba. – Że to był przypadek?

– Na to teraz wygląda. Bo wydaje się raczej mało prawdopodobne, żeby ktoś wpadł w poślizg, niechcący ją potrącił, a potem nagle zdecydował się kilka razy na nią najechać. Rozmawiałem z kryminalistykami. W śniegu widać było ślady opon, mimo że większość zadeptaliśmy. Następnym razem musimy bardziej uważać – upomniał ich Daniel. – W każdym razie wstępnie zgadzają się z tym, co odkrył patolog. Ślady opon wskazują na kilkakrotne przejechanie po ciele. Pamiętajmy też, że siostra Monika leżała już w tym czasie na ziemi. Patolog twierdzi, że prawdopodobnie jeszcze wówczas żyła. Jest w związku z tym wiele pytań. Dlaczego leżała na ziemi? Dlaczego właśnie taka śmierć? Czy sposób, w jaki ją zabito, to jakaś wiadomość? Pamiętajcie, że ciało było zniszczone, ale twarz pozostała prawie nienaruszona. Nasuwa się więc takie samo pytanie, czy to ma jakieś znaczenie? Wracamy też do naszych poprzednich rozważań, czy miejsce popełnienia przestępstwa ma znaczenie? Czy miała zginąć właśnie tam?

Pytania, pytania, pytania. Ale niestety mało odpowiedzi, uznał Podgórski w duchu.

Marek Zaręba podniósł rękę, jakby wyrywał się do odpowiedzi w szkolnej ławce.

– Młody, masz jakiś pomysł? – zapytał Daniel, rozbawiony tym widokiem.

– Uderzają mnie dwie sprawy – wyjaśnił Zaręba pełnym ekscytacji głosem. – Pierwsza rzecz, twarz nie była zniszczona, więc mogliśmy łatwo zidentyfikować zakonnicę. Druga rzecz, zakonnica została porzucona niedaleko wjazdu do wsi. Po tej stronie nie ma może dużego ruchu, ale można założyć, że szybko ktoś ją znajdzie.

– Dojdziesz kiedyś do końca tej rozkosznej opowiastki, Młody? – zakpił Paweł Kamiński.

Marek rzucił mu szybkie spojrzenie.

– Według mnie, gdyby ktoś chciał utrudnić nam pracę, porzuciłby ciało w bardziej dyskretnym miejscu albo przejechałby również po twarzy. Mógł ją przecież zupełnie zmiażdżyć. Wtedy właściwie nie moglibyśmy jej zidentyfikować.

– Albo zajęłoby nam to dużo więcej czasu – zgodził się Daniel. – Czyli sprawca albo nie bał się, że szybko odkryjemy, kim była ofiara, albo po prostu nie dokończył tego, co zaczął. Być może ktoś mu przeszkodził albo z innych względów nie miał już czasu. Może zauważył, że Ewelina nadchodzi?

– Ewelina nikogo nie widziała – zaprzeczył Marek Zaręba. – Żadnego samochodu ani nic. Nikogo obcego.

– Właśnie dlatego będziemy musieli porozmawiać z nią dokładniej. Czasami nie zdajemy sobie sprawy, że coś jednak zauważyliśmy. Poza tym znalezienie ciała musiało być wielkim wstrząsem, być może z czasem Ewelina przypomni sobie coś więcej. – Daniel Podgórski sięgnął po kolejny kawałek ciasta. Emocje sprawiły, że poczuł się głodny jak wilk. – Spróbujmy zastanowić się nad motywem. Ktoś zabił siostrę Monikę. Wiemy teraz, że zrobił to z premedytacją. Inaczej tego nazwać się nie da. Sprawca musiał mieć jakiś powód.

– Widać, że stara zalazła komuś za skórę – wtrącił się znowu Paweł Kamiński.

– Rzeczywiście wygląda to jak krwawa zemsta – zgodził się młody Marek Zaręba. – Z tym muszę się zgodzić.

– A co ty o tym myślisz, Janusz?

Rosół podkręcał wąsa i wyglądał przez okno zamyślony. Dotychczas przysłuchiwał się tylko zagorzałej dyskusji kolegów. Odchrząknął teraz i napił się herbaty. Dziś wydawał się całkiem trzeźwy, ucieszył się w duchu Daniel. Może problemy były tylko przejściowe.

– Zawsze jest też możliwość, że zakonnica była świadkiem jakiegoś przestępstwa albo usłyszała coś, co nie było przeznaczone dla jej uszu, i musiała zginąć, żeby nie zdradzić tajemnicy.

Wszyscy spojrzeli na Rosoła zaskoczeni. Była to jego najdłuższa wypowiedź od kilku dni. Poza tym do tej pory nikt nie brał takiej możliwości pod uwagę. Brzmiało to sensownie.

– Może właśnie w tej sprawie jechała do księdza Piotra – podchwyciła rozemocjonowana Maria. – Może nie mogła o tej sprawie powiedzieć przez telefon i dlatego tu przyjechała! To by wyjaśniało, czemu ksiądz Piotr nie wiedział nic na temat jej przyjazdu! Ani on, ani nikt w ich parafii. To była tajemnica! Przyjechała tu w sekrecie.

– Rzeczywiście, Piotr mówił coś o jakichś problemach tam u nich w Warszawie – zawtórował jej młody Marek Zaręba. – Może to jest jednak jakoś powiązane. Zakonnica wykryła przestępstwo i przyjechała tutaj powiedzieć o tym Piotrowi.

– Ale Piotr mówił też, że chodzi tylko o sprawy kościelne, nie zapominajmy o tym – uciął Daniel. – Sugerujecie, że przyjechał do nas ksiądz proboszcz z Warszawy i zabił zakonnicę, żeby nie wydała jego mrocznego sekretu Piotrowi?

– Nie żartuj, Danielku, dobrze wiesz, że ludzie mogą mieć różne sekrety. Nawet ksiądz proboszcz. Nie możemy rezygnować z tego wątku – nie ustępowała Maria. – Poza tym niekoniecznie chodzi o księdza proboszcza. To mógł być ktoś inny.

– Ksiądz Piotr twierdzi, że nie znał jej za dobrze i że rzadko z nią rozmawiał. To przeczy waszej teorii, że siostra Monika przyjechała tu powiadomić go o jakiejś tajemnicy. Dlaczego właśnie jego, skoro nie byli zaprzyjaźnieni? To mnie nie przekonuje.

– Może akurat ta sprawa dotyczyła ich obojga. Nie wiemy tego na razie.

– Dobrze, już dobrze – zgodził się w końcu Daniel. – Młody, ty masz dobre kontakty z Piotrem. Może ci się uda delikatnie wybadać, o jakie dokładniej problemy w tej warszawskiej parafii chodziło. Musisz być dyskretny. Nie chcę, żebyś zdradzał Piotrowi zbyt dużo szczegółów sprawy. Myślę, że lepiej by było na razie nie ujawniać informacji, że zakonnica została zamordowana.

Wszyscy przytaknęli na znak zgody.

– Jeszcze nie dzwoniłem do tej siostry Anny z parafii w Warszawie – kontynuował Podgórski. – Będę musiał to zrobić. Chyba trzeba jednak pogrzebać trochę w przeszłości zabitej zakonnicy. Zarówno bliższej, jak i dalszej. Ofiara musiała się gdzieś przecież zetknąć z zabójcą. Musimy znaleźć ten moment w przeszłości. Tymczasem chciałbym, żebyśmy równolegle szukali samochodu, którego użyto do popełnienia przestępstwa. Janusz, chciałbym, żebyś ty się tym zajął. Szukamy dużego auta. Terenówki albo ciężarówki. Musi być wystarczająco ciężkie i mieć spore koła. Mówimy o rozmiarze opony minimum dwieście trzydzieści pięć. Może są jakieś skradzione samochody, które odpowiadałyby temu opisowi. Trzeba będzie jeszcze popytać mieszkańców, może ktoś taki samochód tu widział. A właśnie, chcielibyście coś dodać na temat dotychczasowych przesłuchań mieszkańców? W waszych raportach nie było za wiele.

– Ja coś chyba mam… – zaczął Marek Zaręba.

Nie zdążył skończyć zdania, kiedy drzwi salki konferencyjnej otworzyły się gwałtownie. Stał w nich Junior Kojarski, syn właściciela dworu. Jego oddech był szybki i świszczący. Wyglądał na wyprowadzonego z równowagi.

Każdego dnia, kiedy Grażyna Kamińska mijała salon fryzjerski w drodze do sklepu, marzyła, że kiedyś wreszcie odważy się i wejdzie do środka. Witryna zakładu ozdobiona była zdjęciami pięknie uczesanych, eleganckich kobiet. Chciała stać się jedną z nich, ale nigdy się jakoś nie składało.

Dziś musi się udać!

Grażyna już z daleka zauważyła, że przed wejściem do salonu Eweliny, na odśnieżonym fragmencie chodnika, stoi czerwony sportowy samochód. Nie znała się na markach i cenach samochodów, ale mercedes wydawał się poza zasięgiem ich lipowskiej fryzjerki. Pewnie w środku była jakaś bogata klientka. Grażyna zacisnęła zęby. Była zawiedziona. Po cichu liczyła, że nikogo nie będzie. Tym razem jednak nie zrezygnuję, postanowiła w duchu. Nie mogę zrezygnować, po prostu nie mogę.

Stała niezdecydowana kilka centymetrów od drzwi. Dzieci zaczęły się bawić, przepychając odgarnięty śnieg z powrotem na chodnik. Nie miała siły na jakąkolwiek reakcję.

Drzwi salonu otworzyły się nagle. Grażyna aż zadrżała wystraszona.

– Cześć, Grażynko! Wejdź do środka! – Ewelina Zaręba wychyliła się na dwór. – Mam otwarte, mimo że nie wywiesiłam kartki. Jestem dziś trochę roztargniona! Nie marznij tak na dworze, chodź do nas.

Fryzjerka była bardzo atrakcyjna. Duży biust, wcięcie w talii, piękne lśniące włosy. Grażyna była pewna, że Paweł jest nią zachwycony. Nic mu to nie da, młody Marek Zaręba nie pozwoliłby tknąć swojej żony nikomu.

– Cześć, kochana – przywitała ją jeszcze raz Ewelina, kiedy Grażyna wreszcie zdecydowała się przestąpić próg salonu. – Dawno cię u mnie nie było. Cieszę się, że znalazłaś czas. Wiem, że jesteś zapracowana z dzieciakami.

Grażyna doceniła te gładkie kłamstwa. Doskonale wiedziała, że fryzjerka chce ją tylko trochę ośmielić. Trzeba przyznać, że to nawet działało. Ewelina miała bardzo miły głos. Mówiła pełnym entuzjazmu, ale jednocześnie uspokajającym tonem. Jakby wiedziała, że Grażyna w środku trzęsie się ze strachu. Kamińska zaczęła się powoli uspokajać. Nawet gniew Pawła nie wydawał się już tak straszny.

Na fotelu przed lustrem siedziała klientka z farbą nałożoną na włosy. Ubranie miała okryte ochronną peleryną. Grażyna od razu rozpoznała piękną żonę miliardera zza lasu, Seniora Kojarskiego. Blondynka trzymała w obu dłoniach kubek parującej kawy. Jej paznokcie były długie i czerwone, jak samochód stojący przed salonem. Grażyna wpatrywała się w nie zazdrośnie, usiłując jednocześnie ukryć swoje zniszczone sprzątaniem dłonie. Była pewna, że ta kobieta nigdy nie sprząta.

Blanka nie zaszczyciła Grażyny nawet jednym spojrzeniem.

– Grażynko, zrobię ci kawy – zaproponowała Ewelina. – Rozgrzejesz się.

– Ja... – wydukała Kamińska niezdecydowana. – Czy miałabyś czas... coś zrobić z moimi włosami... Pewnie nie, widzę, że teraz jest pani... ja...

– Och, właśnie nałożyłyśmy farbę – uspokoiła ją fryzjerka. – W międzyczasie mogę przecież zająć się tobą.

Blanka Kojarska nie wydawała się zachwycona tym pomysłem. Spojrzała na Grażynę pogardliwie. Nadal nie zdecydowała się odezwać. Odstawiła kubek na stolik i zaczęła w skupieniu oglądać swoje paznokcie, jakby szukała skazy, której tam nie było.

– Zawołam twoje dzieciaki, żeby nie siedziały na zimnie. A ty tymczasem się rozgość – zawyrokowała Ewelina mimo niezadowolenia bogatej klientki. – Zaraz zrobimy cię na bóstwo, Grażynko.

Kamińska powoli zdjęła kurtkę. Odważyła się jeszcze raz spojrzeć na blondynkę. Widziała ją już wcześniej. Raz latem nad jeziorem, potem jeszcze kilka razy w wiosce. Wydawała się niesamowita, jak przybyszka z innego, lepszego świata. Szła dumnie wyprostowana, wsparta na ramieniu bogatego męża. Ubrana była w obcisłą sukienkę, która podkreślała atuty jej idealnego ciała. Teraz w salonie, przy świetle jarzeniówki, z farbą do włosów na głowie, Blanka zdawała się nieco mniej niedostępna. Trochę bliższa i jakby mniej doskonała. Grażyna zauważyła nawet, że oczy pani Kojarskiej, mimo perfekcyjnego makijażu, były podkrążone, a kąciki wydatnych pomalowanych na czerwono ust lekko opuszczone. Przyglądając się dalej, zauważyła nawet kilka niewielkich zmarszczek.

Grażyna Kamińska zastygła przestraszona niespodziewanym odkryciem. Im dłużej się przyglądała, tym bardziej twarz blondynki zaczynała niepokojąco przypominać jej własne udręczone odbicie. Blanka wyczuła chyba intensywne spojrzenie Grażyny, bo zerknęła nagle w jej stronę i ich oczy na chwilę się spotkały. Żonie Pawła wydawało się, że blondynka również rozpoznała siebie w jej oczach. Na twarzy Blanki pojawił się na chwilę niepokój, jakby przestraszyła się, że została rozpoznana. Trwało to tylko kilka sekund i Kamińska nie była pewna, czy nie wyobraziła sobie tego wszystkiego.

Dzieci wbiegły do salonu szaleńczym pędem, śmiejąc się głośno. Chwila minęła.

– Ależ one wyrosły – stwierdziła Ewelina Zaręba. – Ale

ten czas płynie. Moja Andżelika jeszcze niedawno była taka mała, a już ma dziesięć lat!

Blanka Kojarska odwróciła wzrok i uśmiechnęła się do dzieci.

– A kim jest ta pani? – zapytała młodsza z dziewczynek, wskazując na blondynkę.

– Ola, nie wolno pokazywać palcem – skarciła ją Grażyna. Spojrzała niepewnie w kierunku Kojarskiej.

Blanka uśmiechnęła się szeroko do dziewczynki.

– Ja jestem Blanka – powiedziała słodkim głosem. – Chcesz posiedzieć u mnie na kolanach?

Ola pokiwała głową zachwycona. Wskoczyła na kolana nieznajomej bez żadnego lęku. Grażyna zazdrościła córeczce tej odwagi. Kojarska roześmiała się perliście.

– Ma pani wspaniałą córeczkę – odezwała się, ale znowu unikała patrzenia na Grażynę.

– Dziękuję. A pani ma dzieci? – odważyła się zapytać Kamińska. Temat dzieci był jej bliski. Rozmawiała o nich codziennie.

– Niestety nie mam. Staramy się z mężem, ale chyba… ja nie mogę mieć dzieci – odparła Blanka. Jej głos był teraz bez wyrazu. Słodycz zniknęła.

Tymczasem Ewelina założyła Grażynie pelerynę.

– Co robimy? – zapytała, odgarniając jej włosy z czoła.

Siniak ukazał się w całej okazałości. Światło jarzeniówki uwydatniło jego fioletowy kolor ukryty do tej pory pod podkładem. W salonie na chwilę zapadła cisza. Nawet dziewczynki przerwały zabawę okrągłymi szczotkami. Grażyna spuściła wzrok zawstydzona, kiedy obie kobiety wpatrywały się w plamę na czole.

– Spadłam ze schodów – wydukała Kamińska, rumieniąc się.

Chyba żadna z nich jej nie uwierzyła. Blanka wpatrywała się w nią intensywnie. Jej twarz wykrzywił przelotny grymas, który zniknął równie szybko, jak się pojawił. Kobieta odwróciła się nagle, jakby Grażyna miała jakąś zaraźliwą chorobę, której tamta próbowała za wszelką cenę uniknąć.

– Pani Ewelino, myślę, że już czas zmywać mi farbę – powiedziała Kojarska ostro.

Fryzjerka spojrzała na Grażynę przepraszająco i szepnęła, że zaraz do niej wróci.

– Myślę, że pofarbujemy ci włosy na bardziej złocisty kolor, Grażynko. Będzie pięknie – przekonywała Ewelina, zmywając farbę z głowy blondynki.

Blanka Kojarska siedziała z zaciśniętymi ustami, dopóki fryzjerka nie wysuszyła jej włosów do końca. Kiedy bladozłote pukle były już suche, zerwała się z fotela bez słowa. Rzuciła pieniądze na kontuar i wyszła, nie czekając, aż Ewelina wyda jej resztę. Wskoczyła do czerwonego mercedesa i ruszyła, dodając za dużo gazu. Koła kręciły się przez chwilę rozpaczliwie, nie mogąc złapać przyczepności. Samochód wyrwał do przodu dopiero po chwili.

Grażyna wpatrywała się w odjeżdżający pojazd.

– Nie przejmuj się, Grażynko. Ta cała Blanka miewa swoje humory. Zajmuję się nią już od jakiegoś czasu i widziałam niejedno – skomentowała Ewelina Zaręba uspokajająco. – No nic, nieważne. Zrobimy cię na bóstwo. Sama siebie nie poznasz!

ROZDZIAŁ 8

Lipowo i Brodnica. Czwartek, 17 stycznia 2013, po południu

Pani Barczewska poprawiła okulary w szylkretowej oprawce. Stała przed półką z kawą z zafrasowaną miną. Nie wyobrażała sobie dnia bez wypicia co najmniej czterech filiżanek. Ten nowy młody lekarz twierdził, że to nie do końca zdrowe, ale co on tam wie. Kiedy chodziła do starego Romleckiego, o niczym takim nie było w ogóle mowy. Nie miała najmniejszego zamiaru zmieniać swoich zwyczajów tylko dlatego, że jakiś młodzik z nowomodnej szkoły tak każe. Co to to nie! W jej wieku już nie pora na zmiany. Uważała, że zmiany mogą człowieka zabić znacznie łatwiej niż kilka filiżanek kawy.

Odkąd w Brodnicy wybudowali supermarket, zakupy stały się o wiele łatwiejsze. Wszystko można było znaleźć pod jednym dachem. Kilka koleżanek narzekało, że to niedobrze, że małe sklepy przy rynku zginą. Barczewskiej było wszystko jedno. Ona przecież nie prowadziła sklepu przy rynku. Niech inni się martwią.

Poza tym w supermarkecie było bardzo dużo rodzajów kawy. Spojrzała z uznaniem na regał. Prawdziwy raj na ziemi. Tym razem zdecydowała się na nieco droższy gatunek. Po podróży zasłużyła na coś dobrego. Do tego postanowiła dokupić te pyszne maślane ciasteczka, które wystawiono tuż przy półce z kawą. Pracownicy tego sklepu byli bardzo zapobiegliwi, pomyślała z zadowoleniem.

Rozejrzała się. Jej mąż jak zwykle został gdzieś w tyle. Jak można z nim robić zakupy, skoro nigdy nie nadąża za nią z wózkiem. Musi gdzieś włożyć wybrane produkty. Nie będzie ich przecież nosiła w rękach! W tym wieku nie powinna się przemęczać.

– Zbyszku, podejdź no tu z wózkiem! – zawołała do męża zirytowana. – Znowu gdzieś się zagapiłeś. Ile mogę czekać?! Nie możemy robić zakupów przez sto lat! Z tamtego działu niczego nie potrzebujemy, to po co tam sterczysz?!

Barczewski podszedł posłusznie. Wiedział, że z żoną nie ma sensu dyskutować. Włożyła pudełko kawy do wózka, trzymając się przy tym za plecy. Pobolewały ją ostatnio.

Poszli powoli w kierunku kasy. Całe szczęście były małe kolejki. Nie to co latem, kiedy zjeżdżali się turyści nad okoliczne jeziora. Mieszkali w ośrodkach wczasowych albo w wynajętych kwaterach, ale na zakupy przyjeżdżali do Brodnicy. Wypełniali wózki po brzegi, a potem jeszcze godzinami płacili za pomocą kart kredytowych. Barczewska nie cierpiała turystów. Niech siedzą tam, gdzie mieszkają. U nich tylko się panoszą i śmiecą.

– Płacą państwo pięćdziesiąt złotych i osiemdziesiąt dziewięć groszy – zakomunikowała kasjerka uprzejmie.

Zbyszek wyjął portfel i podał kasjerce stuzłotowy banknot.

– Chwileczkę, ja mam końcówkę – przerwała mu żona.

Po co ma nosić ciężkie monety, skoro może je teraz wydać w kasie. Bilon był dla niej zdecydowanie zbyt ciężki. Zaczęła powoli wyliczać osiemdziesiąt dziewięć groszy. Lepiej się nie pomylić. Kasjerka na pewno by ją oszukała.

Mężczyzna, który stał za nimi w kolejce, odchrząknął zirytowany.

– Co się pan tak spieszysz? Nie widzisz pan, że jestem zajęta liczeniem? – ofuknęła go Barczewska.

Ta młodzież była teraz taka niewychowana. Za jej czasów było zupełnie inaczej. Z tego wszystkiego tylko się pomyliła. Teraz musi zacząć liczenie od początku.

Policjanci spojrzeli na zdenerwowanego Juniora Kojarskiego. Dyszał z niepohamowanej wściekłości, rozglądając się nerwowo.

– Panie Kojarski, czy coś się stało? – zapytała zaskoczona Maria. – Wygląda pan na bardzo wzburzonego!

Junior prychnął z wściekłości.

– Skradziono mi samochód! Oto co się stało! – wykrzyknął. Pluł śliną na boki. Paweł Kamiński, który siedział najbliżej, odsunął się zniesmaczony. – To ma być spokojna wieś?! Pieprzę taki spokój! Człowiek myśli, że jego samochód jest tu bezpieczny, a okazuje się, że już lepiej by było zostawić go w Warszawie. Kurwa!

Maria wzdrygnęła się, słysząc przekleństwo.

– Proszę się uspokoić i opowiedzieć wszystko po kolei – poprosił Daniel Podgórski rzeczowo.

Junior Kojarski spojrzał na niego dziko. Aż gotował się ze złości.

– Ja mam się uspokoić?! Siedzisz sobie tu na tej swojej grubej dupie i gadasz, a mnie ukradli wóz!!! Też mi policja!!! W tej zasranej wsi nic nie funkcjonuje jak należy. Policja!!! Śmiechu warte, nie policja!

Maria zebrała swoje rzeczy i wyszła z pokoju. Nie lubiła takich wybuchów.

– O ile się nie mylę, ma pan kilka samochodów. Proszę powiedzieć, który panu skradziono – zapytał zimno Daniel Podgórski. – Przypominam również, że znajduje się pan na posterunku policji. Obowiązują tu pewne normy zachowania.

– M ó j samochód mi skradziono. Land rovera mi zajebali. Land rover discovery – głos Kojarskiego przeszedł w nieprzyjemny falset. Kolejne przekleństwo zabrzmiało dziwnie w ustach mężczyzny ubranego w elegancki płaszcz. – Z garażu mi zniknął. Masz pojęcie, człowieku, ile takie cacko kosztuje? Masz pojęcie?!

– Wyobrażam sobie – odpowiedział zdawkowo Podgórski.

Spojrzał przelotnie na kolegów. Wszyscy chyba pomyśleli o tym samym. Land rover. Duży terenowy samochód. Duże, szerokie opony.

– Żądam, żeby natychmiast rozpoczęto poszukiwania! – Junior Kojarski uderzył pięścią w ścianę. – Sprowadźcie tu policję z miasta, bo wy raczej się nie nadajecie.

– Niech pan się opanuje, panie Kojarski. Ostrzegam pana po raz ostatni – spokojnie odparł Daniel. Zaczynał już mieć powoli dość tych krzyków. – Proszę nam powiedzieć, kiedy odkrył pan kradzież.

– Żona chciała rano podjechać do miasta – mężczyzna złagodził nieco ton. – Samochodu nie było. Powiedziała mi o tym dopiero chwilę temu. Pomyśleć, że ukradli akurat mój samochód. Garaż jest pełen sportowych wozów, a oni wzięli mój. Tak naprawdę jest przecież niepozorny.

Podgórski miał wrażenie, że mężczyzna rozpłacze się zaraz jak małe dziecko, któremu odebrano ulubioną zabawkę.

– W porządku. Pawle, mógłbyś zapisywać wszystkie informacje – Daniel zwrócił się do Kamińskiego. Miał nadzieję, że formalne podejście do sprawy uspokoi trochę roztrzęsionego gościa. Kamiński wyjął notes i długopis z niezwykłym u niego posłuszeństwem. – Może zechce pan usiąść z nami. Będzie łatwiej ustalić wszystkie fakty.

Junior Kojarski usiadł niechętnie przy stole.

– Po pierwsze, czy były ślady włamania do garażu?

– Nie – powiedział Kojarski. – Garaż był zamknięty od wewnątrz. Nie wchodziliśmy tam, odkąd przyjechałem w poniedziałek z Warszawy. Dopiero dzisiaj zauważyłem, że samochodu nie ma. To znaczy, moja żona zauważyła. Już mówiłem! Nie wiem nawet, od kiedy go nie ma! Niech to szlag trafi!!! Nic nie wiem. Wiem natomiast, że wy macie go odzyskać! Jeszcze go nawet do końca nie spłaciłem! Cholera!

Rozglądał się nieprzytomnym wzrokiem po pokoju. Jego spojrzenie padło na zdjęcie potrąconej zakonnicy leżące na stole wśród papierów. Wzdrygnął się na ten widok.

– Czy istnieje możliwość, że samochód wziął ktoś z domowników i nie odstawił na miejsce? – Daniel zebrał zdjęcia zabitej i schował je do teczki. – To samochód terenowy, w takim śniegu pewnie łatwiej się nim jeździ niż zwykłą osobówką.

– Każdy z domowników mógł go wziąć – zgodził się spokojniejszym tonem Junior Kojarski. – Kluczyki trzymamy w szafce.

Daniel zauważył, że w głosie Juniora pojawiła się nuta niezdecydowania. Na jego twarzy zagościł dziwny wyraz, jakby Kojarski uświadomił sobie nagle coś nieprzyjemnego.

– Wie pan co? Zapomnijmy o wszystkim – powiedział mężczyzna niespodziewanie miłym tonem. Próbował chyba załagodzić sytuację. – Przepraszam, że się tak uniosłem. Jestem ostatnio trochę przemęczony. Niepotrzebnie tak zareagowałem. To wszystko drobiazg. Jeszcze porozmawiam z rodziną. Ma pan rację, że ktoś z nich mógł go pożyczyć i zaparkować gdzie indziej. Że też sam na to nie wpadłem! To głupie z mojej strony – uderzył się w czoło demonstracyjnie. – Chyba za dużo ostatnio pracuję, naprawdę głupia sprawa. Zrobiłem się strasznie roztargniony. Nie przeszkadzajcie sobie. Dziękuję za pomoc.

– To zgłasza pan tę kradzież czy nie? – zniecierpliwił się Paweł Kamiński. Nadal trzymał długopis i notes, gotowy do zapisania zeznań.

– Mam sytuację pod kontrolą – powtórzył pewniejszym tonem Junior Kojarski. – Na razie nie będę niczego zgłaszał. Proszę się nie kłopotać. Sam się tym zajmę. Straszna głupota z mojej strony. Bardzo panom dziękuję. Do widzenia.

Wstał od stołu i wyszedł szybko, zostawiając za sobą woń drogiej wody kolońskiej.

– Land rover? – zapytał Paweł Kamiński, unosząc znacząco brwi. – Co o tym myślicie?

Nikt mu nie odpowiedział.

Weronika zabrała się do porządkowania piętra. Z parterem poszło dość sprawnie, więc do zrobienia została tylko góra. Wszystko powoli nabierało kształtów i wyglądało coraz bardziej tak, jak to sobie wymarzyła. Na piętrze odkryła kolejne wspaniałe meble. Czuła się, jakby wygrała los na loterii. Kiedy zdecydowała się na kupno tego domu, była pogrążona w takim żalu po rozpadzie małżeństwa z Mariuszem, że nawet nie miała siły dokładnie go oglądać. Mówiąc szczerze, zobaczyła tylko kilka zdjęć. Kojarscy twierdzili co prawda, że dom jest w pełni umeblowany, ale spodziewała się raczej bezwartościowych rupieci. Tymczasem otaczały ją przepiękne antyki. Sprzęty czekały tylko na odrobinę pracy, żeby znowu zalśnić w pełnej krasie. I to mogła im dać. Uwielbiała renowację mebli. Rok temu kupiła książkę na ten temat i później próbowała swoich sił w Warszawie. Szybko okazało się, że mężowi nie odpowiadał ten styl, więc musiała porzucić nowe hobby. Czas spróbować od nowa.

Usłyszała uderzenia młotka. Wyjrzała przez okno sypialni i zobaczyła, że Tomek Szulc zbija drągi, żeby ogrodzić padok dla Lancelota. Widocznie przyszedł i bez przywitania zaczął pracę. Lancelot miał przyjechać już pojutrze, w sobotę. Weronika odetchnęła z ulgą. Wyglądało na to, że wszystko będzie gotowe na czas. Tomek spadł jej jak z nieba. Będzie go też musiała później poprosić, żeby zrobił coś z tym niedziałającym ogrzewaniem.

Nagle ogarnęły ją wyrzuty sumienia, że Tomek Szulc pracuje bez żadnego wynagrodzenia z jej strony. Zeszła do kuchni niezdecydowana. Nie płaciła mu, ale mogła go chociaż nakarmić. Taki był chyba zwyczaj w podobnych sytuacjach, zwłaszcza na wsi. Tak jej się przynajmniej wydawało.

Otworzyła lodówkę. Za najodpowiedniejsze uznała ciasto, które kupiła ostatnim razem u Wiery. Trudno było w to uwierzyć, ale było to jeszcze przed wypadkiem z zakonnicą. Ciasto miało więc już dwa dni, ale chyba ciągle nadawało się do podania. Powąchała je niepewnie. Pachniało całkiem nieźle. Pokroiła placek na kawałki i wyłożyła na talerzyk. Uśmiechnęła się zadowolona. Może jednak nie taka zła z niej gospodyni.

Narzuciła płaszcz i wyszła na ganek. Śnieg sypał nieprzerwanie. Jak tak dalej pójdzie, drogi chyba staną się nieprzejezdne, pomyślała Weronika. Już nie mówiąc o polnej dróżce, która prowadziła do jej dworku. Jej samochód stał na razie w dobudówce, czekając na lepsze czasy. Jak dotąd nie miała na szczęście potrzeby go ruszać.

– Panie Tomku – zawołała. – Pomyślałam, że może ma pan ochotę na przerwę. Mam ciasto. Mogę zrobić herbatę. Ogrzałby się pan.

– Chętnie. Dziękuję bardzo. To miło z pani strony – powiedział Tomek Szulc, odkładając narzędzia. – Już prawie skończyłem. Mówiłem, że nie ma co się martwić. Będziemy gotowi przed przyjazdem pani konia.

Jego uśmiech sprawił, że Weronika ponownie się zaczerwieniła. Czuła się, jakby znowu była samotną nastolatką o patykowatych nogach, która została zaszczycona spojrzeniem najprzystojniejszego chłopaka w klasie.

Wzdrygnęła się. Jej myśli poszybowały w stronę wczorajszego wieczoru z tym miłym policjantem. Przy nim wcale nie czuła się spięta. To była nowość.

Tomek Szulc ruszył w stronę domu. Otrzepał buty ze śniegu i otworzył przed nią drzwi szarmanckim gestem.

– Panie przodem – powiedział zachęcająco.

Jego cichy głęboki głos sprawił, że wbrew sobie zachichotała dziewczęco.

– Wydaje się pani troszeczkę spięta – zauważył, pomagając jej zdjąć kurtkę. Zachowywał się tak, jakby to on zaprosił ją do siebie.

– Nie, dlaczego? – skłamała Weronika.

– Pięknie się pani rumieni. – Tomek delikatnie dotknął jej policzka.

Weronika uśmiechnęła się nerwowo.

– Zapraszam do kuchni – szepnęła. – Przygotowałam podwieczorek.

Wszędzie było pełno śniegu. To skandal, że odśnieżanie w Brodnicy szło tak opornie! Gdyby zdrowie jej na to pozwalało, pani Barczewska sama chwyciłaby za szuflę i usunęła zwały śniegu. Z jej bolącymi stawami nie było to jednak możliwe. Mogła natomiast zająć się koordynacją prac. Znała się na tym doskonale. Chrząknęła zadowolona z siebie.

Zatrzymali się na czerwonym świetle. Obserwowała, jak kierowca starego malucha próbuje zaparkować na chodniku. Na szczęście oni mają swoje miejsce parkingowe, westchnęła Barczewska w duchu, nie muszą się tak męczyć jak ten biedak. Już ona o to zadbała. Zbyszek odśnieżył je, zanim wyjechali, więc istniała szansa, że nadal będzie można na nie wjechać bez problemu. Ostatnie cztery dni spędzili u córki w Bydgoszczy, ale pani Barczewska była pewna, że miejsce na nich czeka. Była zbyt ważną działaczką w spółdzielni, żeby ktoś odważył się je zająć.

– Zbyszku, nie jedź tak szybko! Jest bardzo ślisko – pouczyła męża. – Trzeba ci trochę wyprostować to oparcie. Źle siedzisz. Ból pleców murowany! Sam się o to prosisz. Co ty byś zrobił beze mnie? Jesteś jak dziecko we mgle!

Mąż poprawił siedzenie w milczeniu. Ostatnio coraz mniej się odzywał. Będzie musiała zwrócić mu na to uwagę. Teraz skupiła się jednak na drodze. Kto lepiej wszystkiego dopilnuje niż ona? Przebijali się powoli przez zaśnieżone ulice. Odetchnęła z ulgą dopiero, kiedy w oddali pojawił się ich blok.

– To skandaliczne, że nie odśnieżają tych dróg dokładniej! – wykrzyknęła, kiedy koła ich samochodu zagrzebały się częściowo w śniegu przy wjeździe na drogę wewnętrzną.

– Kochanie, przecież cały czas pada – spróbował jej mąż. – To nie ich wina.

Rozbujał samochód i wyjechał ostrożnie z zaspy.

– Nie ich wina, nie ich wina! Jesteś zbyt pobłażliwy, Zbyszku. Nawet, powiedziałabym, łatwowierny! Nikomu się nie chce pracować, i tyle. Takie czasy! – oburzyła się Barczewska. Ogarniała ją coraz większa irytacja. Chciała już być w domu i napić się kawy. – Ja tam nie wiem, ale porozmawiam w spółdzielni o tej sprawie. Powiem im, co o tym myślę. Żeby człowiek nie mógł wjechać na własne osiedle! Do czego to dochodzi!

Rozglądała się ciekawie dookoła. Sąsiedzi planowali zakup nowego auta. Paluchowa chwaliła się tym strasznie przez telefon. Dobrze by było zobaczyć ten ich nowy nabytek i wyrobić sobie własne zdanie. W końcu Barczewska nie najgorzej znała się na samochodach.

– Czy nasze miejsce nie jest zajęte? – zapytał nagle mąż. Był zdziwiony.

– Niemożliwe! – krzyczała Barczewska rozdrażniona. – No, jak Boga kocham, ktoś zajął nasze miejsce!

Zakupy w bagażniku, ona zmęczona po podróży, a tu ich miejsce zajęte! Wystarczyło wyjechać na kilka dni, a już ktoś wprowadza nowe zwyczaje. Od początku mówiła, że powinni z tą wizytą poczekać do lata, a przynajmniej do wiosny. Albo Alina mogła przyjechać do nich.

– Co tu się wyrabia?! To skandal!

Wyskoczyła z samochodu, trzaskając drzwiami. Mąż śmiał się cicho, patrząc, jak kobieta biega zdenerwowana wokół wielkiego land rovera. Wreszcie ktoś odważył się zająć święte miejsce jego żony. Śmiał się nadal, parkując dwa miejsca dalej. O tej porze nie było problemów ze znalezieniem wolnego stanowiska. Właściwie to w ich okolicy nigdy nie było z tym problemu.

– Co ty robisz, Zbyszku?! Czemu tam parkujesz? Tu jest nasze miejsce! Ja tego nie odpuszczę! Tu jest nasze miejsce, i tyle! – Barczewska była cała czerwona na twarzy. – I to jakiś warszawiak! Przyjeżdżają tu tacy i się panoszą. Czemu się śmiejesz, Zbyszku?! Powiedziałam coś śmiesznego?

Mąż szybko zdusił chichot. To był najlepszy dzień w jego życiu, ale mimo wszystko wolał nie ryzykować.

– Marek, wychodzisz gdzieś jeszcze? – zawołała Ewelina z sypialni.

Leżała na łóżku z zieloną maseczką na twarzy i nie pozwalała mu wejść. Nie chciała, żeby ją zobaczył w tym stanie.

– Tak, mam jeszcze jedną sprawę do załatwienia. Idę na plebanię, do tego młodego księdza. Muszę go trochę przepytać – wyjaśnił młody policjant przez drzwi. – Będę pewnie za jakąś godzinę. Piotr już na mnie czeka.

– W porządku – odkrzyknęła fryzjerka.

Młody Marek Zaręba zdecydował, że weźmie Piotra na małą przebieżkę i wtedy sobie porozmawiają. Ksiądz lubił sport, więc Markowi wydało się to lepszym pomysłem niż kolejne formalne przesłuchanie na komendzie. Miał nadzieję, że ksiądz się bardziej otworzy.

Ruszył lekkim truchtem w kierunku kościoła. Cały czas czuł, że powinien był powiedzieć Danielowi, czego dowiedział się od Malinowskiego podczas przesłuchań mieszkańców. Już miał to zrobić, kiedy do komisariatu wkroczył Kojarski. Teraz ta sprawa będzie musiała poczekać do rana.

Przebył trasę do plebanii w ciągu zaledwie kilku minut. Nie było daleko. Ksiądz Piotr czekał już na niego, rozciągając mięśnie przed wysiłkiem. Ubrany był w sportowy strój i tylko niezawodna koloratka zdradzała jego powołanie.

– Jest tyle śniegu, że możemy pobiegać po polach za cmentarzem. Wszystko będzie widać – zaproponował Marek Zaręba. – Pokażę ci niezłą trasę, bo widziałem, że raczej trzymasz się lasu.

– Tak – przyznał Piotr. – Nie znam jeszcze zbyt dobrze terenu.

Ruszyli dalej truchtem, rozmawiając niezobowiązująco. Okazało się, że naprawdę dobrze się rozumieją. Kiedy skręcili na polną drogę za cmentarzem, Marek zwiększył tempo. Ksiądz bez trudu dotrzymywał mu kroku.

W końcu młody policjant zdecydował, że czas skierować rozmowę na właściwe tory.

– Mówiłeś, że macie sporo problemów u was w parafii – zagadnął. Chciał, żeby wypadło to naturalnie.

– Trochę, tak – wyglądało na to, że ksiądz Piotr nie zauważył nic dziwnego w tym pytaniu. – Ale to nic wielkiego. Chodzi o rozbudowę naszego kościoła i fundusze na nią. Jak to zwykle bywa, nie mamy za dużo pieniędzy. I za każdym razem okazuje się, że trzeba ich jeszcze i jeszcze. Na szczęście słyszałem, że nasze problemy są już rozwiązane.

– Zdobyliście fundusze?

– Tak. Anonimowy darczyńca – wyjaśnił ksiądz. Jego oddech zmieniał się w parę. – To się czasem zdarza. Bóg nas wspiera poprzez działania naszych wiernych.

– Myślisz, że siostra Monika bardzo się przejmowała tą sprawą? – spróbował znowu Marek. – Brakiem pieniędzy i w ogóle…

– Co masz na myśli? – w głosie księdza pojawiła się nutka podejrzliwości.

– Zastanawiałem się, czy to możliwe, że przyjechała tu, żeby porozmawiać z tobą o pieniądzach albo o czymś, co gdzieś usłyszała na ten temat – zaryzykował Marek Zaręba.

Nie brzmiało to najlepiej, ale nie mógł nic lepszego wymyślić.

– Raczej nie sądzę. Mówiłem już, że prawie z nią nie rozmawiałem. Nie wiem, czemu miałaby przyjeżdżać, żeby rozmawiać o czymkolwiek akurat ze mną. A już najmniej o pieniądzach na budowę kościoła. Ona się tym w ogóle nie zajmowała, przynajmniej z tego, co wiem. To ja i kilku innych księży szukaliśmy sponsorów. Ostatecznie znalazł się darczyńca, jak już powiedziałem. Dzwoniła do mnie siostra Anna w tej sprawie. Kłopoty się skończyły i mogę odetchnąć z ulgą.

– Może siostra Monika kogoś znalazła, kogoś z pieniędzmi? – zasugerował znowu Marek, chociaż czuł, że w ten sposób do niczego nie dojdzie. – I chciała ci o tym powiedzieć?

– W tej sytuacji porozmawiałaby z kimś na miejscu. Nie tylko ja się tym zajmowałem. Po co miałaby tu przyjeżdżać?!

Dobiegli do rozstaju polnych dróg i zawrócili.

– Co powiesz na wyścig – zaproponował ksiądz Piotr ze śmiechem. – Kto pierwszy do cmentarza. Miej tylko dla mnie trochę litości.

Ruszyli pędem.

Senior Kojarski zaczesał włosy na łysinę i przyjrzał się sobie w lustrze. Zapalił górne światło, żeby lepiej widzieć. Wyglądał naprawdę nieźle. Nie tylko „jak na swój wiek". Opalenizna robiła swoje. Odmładzała go o kilka dziesięciolecі. Co najmniej! Obiektywnie patrząc, nie dałby sobie więcej niż trzydzieści lat.

Tak więc twarz prezentowała się doskonale. Zauważył jednak ostatnio z niemałym przerażeniem, że jego ciało nie jest już tak jędrne jak kiedyś. Skóra była miejscami wiotka i obwisła. Nie szkodzi. Miał tyle pieniędzy, że jeżeli zechce, będzie mógł to i tamto poprawić. Operacje są przecież dla ludzi. Nie wstydził się tego, że gładką twarz zawdzięczał pewnemu znanemu chirurgowi. Blance też zafundował co nieco, musiała być przecież reprezentacyjna. I taka też właśnie była. Seksowna, ale głupia. Póki mieszkali w mieście i zarządzał aktywnie swoją firmą, nie stanowiło to problemu. Przyjemnie pokazać się z takim króliczkiem u boku na kolacjach biznesowych. Teraz jednak przestało mu to wystarczać. Usunął się w cień i większość czasu spędzał w Lipowie. Tutaj głupia żona była tylko utrapieniem.

Poza tym widział w oczach tej blond cizi niesmak. Zwłaszcza kiedy zdejmował ubranie, żeby mogła zrobić to, czego od niej oczekiwał. Nie była zachwycona tym, co widziała.

– A sama nie dała mi nawet dziecka – mruknął pogardliwie Senior Kojarski, poprawiając fryzurę raz jeszcze.

Wiedział, że nie w nim tkwi problem. Trudno, stało się. Blanka nie jest mu już potrzebna. Wkrótce trzeba będzie się jej pozbyć.

Młodszy aspirant Daniel Podgórski zgasił światła w komisariacie. Był całkiem zadowolony z minionego dnia. Czwartek okazał się zdecydowanie bardziej owocny niż środa. Można było powiedzieć, że sprawa posunęła się odrobinę do przodu. Mieli kilka tropów. Był zmęczony, ale jednocześnie pełen energii. Dużo też myślał o wczorajszym wieczorze z Weroniką. Czuł się z nią dobrze, mimo że dopiero się poznali.

Może warto spróbować, zastanawiał się, pogwizdując cicho. Nie wiedział, co miałby właściwie zrobić. W końcu uznał, że najlepiej będzie wpaść z odwiedzinami. Nie był jednak pewien, czy wypadało zjawić się tak po prostu, bez zapowiedzi. Rozważał przez chwilę możliwe usprawiedliwienia. Wszystko wydawało się bez sensu. W końcu zdecydował się pójść do sklepu Wiery i kupić czekoladki. To będzie chyba dobry prezent. Przynajmniej nie przyjdzie z pustymi rękami.

Na szczęście światła w sklepie były zapalone, czyli Wiera jednak zdecydowała się w końcu otworzyć. Maria mówiła, że rano długo miała zamknięte. Nie było w tym nic dziwnego, sklepikarka często tak robiła. Mimo to matka uparcie twierdziła, że Wiera wygląda na chorą. Przy okazji mógł to sprawdzić. Swoją drogą Maria też wydawała się czymś zmartwiona. Przypomniał sobie, że miał z nią o tym porozmawiać. Może uda mu się wieczorem, kiedy wróci do domu.

Wszedł do sklepu witany dźwiękiem dzwonka. Nie było żadnych klientów. Wiera siedziała za ladą, w zamyśleniu robiąc na drutach. Jej palce zwinnie manewrowały włóczką.

– Dobry wieczór, pani Wiero – przywitał się grzecznie Daniel. – Chciałem kupić bombonierkę na prezent. Miałaby pani coś takiego?

Sklepikarka skinęła tylko głową. Jak zwykle była rozczochrana, a jej długie czarne włosy sterczały na wszystkie strony. Rzeczywiście wyglądała trochę jak wiedźma. Dziś jednak zrezygnowała ze swojej nieodłącznej długiej spódnicy, więc efekt nie był już ten sam.

– A dla kogo to szykujesz niespodziankę, Danielku? Jeśli można wiedzieć, hm?

Mimo początkowego zamyślenia Wiera okazała się ciekawska jak zwykle. Podgórski uznał, że raczej nie jest chora.

– No więc… – zaczął.

Nie był pewien, czy chce zdradzać swoje zamiary. Znając Wierę, za chwilę powie o tym wszystkim mieszkańcom wsi.

– Dla mojej Weroniki, co? – zgadła bez trudu sklepikarka. – Piękna z niej dziewczyna, prawda?

Daniel przytaknął nieśmiało.

– Mam coś specjalnego. – Sklepikarka podała mu pudełko czekoladek. Było w ładnym złotym opakowaniu. – Na pewno będą jej smakowały. Zobaczysz!

Wyciągnął pieniądze. Pokręciła głową. Kilka kosmyków potarganych włosów spadło jej na czoło.

– To na mój koszt. Spędźcie miło wieczór, dzieciaki.

– Dziękuję bardzo, pani Wiero. Ale nie mogę przyjąć takiego prezentu. Zapłacę. – Zdecydowanym ruchem położył pieniądze na ladzie.

Wiera bez słowa zgarnęła pieniądze do kasy.

– Jak chcesz, jak chcesz… – wymruczała i pogrążyła się znowu w zamyśleniu. Automatycznie wzięła druty i jej dłonie podjęły swój taniec.

Daniel Podgórski wyszedł ze sklepu, starannie zamykając drzwi. Wokół zapadła już wczesna zimowa noc. Śnieg nareszcie przestał padać. Policjant ruszył raźno pod górę w kierunku domu Nowakowskiej. Kiedy już podjął decyzję, że pójdzie do Weroniki, poczuł się lekko. Przecież nic w tym złego, że dwoje dorosłych ludzi ma się ku sobie. Nie musiał się z tym specjalnie ukrywać. To nie jest przecież powód do wstydu. Za zakrętem pojawił się stary dworek. W oknach paliły się światła. Nie było zasłon, więc dokładnie widział wnętrze domu.

Zauważył, że Weronika siedzi przy stole w jadalni. Towarzyszył jej jakiś mężczyzna. Z daleka wydawało mu się, że to Tomek Szulc, który pomagał we dworze u Kojarskich. Para rozmawiała z ożywieniem. Nagle mężczyzna pochylił się ku Weronice i pocałował ją prosto w usta.

Daniel zatrzymał się na środku polnej drogi, wpatrując się w całującą się w oddali parę. Odwrócił się powoli, ściskając w rękach pudełko czekoladek. Ruszył z powrotem zaśnieżoną drogą, potykając się o zaspy. W dole mignęły światła ostatniego tego dnia pekaesu z Brodnicy. Autobus sunął powoli, pozostawiając po sobie gryzący zapach spalin.

Podgórski zatrzymał się porażony nagłą myślą. Nie miał doświadczenia w sprawach kryminalnych, ale nie mógł sobie darować, że nie przyszło mu to do głowy wcześniej. Może ten wieczór nie był jednak stracony. Przynajmniej na gruncie zawodowym.

Przyspieszył kroku.

Ten dzień uważam za zdecydowanie udany. Udało mi się dostarczyć kolejny list. A nie było to wcale takie łatwe. Przecież nie można było dopuścić, żeby ktoś widział, że to ja podchodzę do skrzynki na listy. W razie czego trzeba było mieć naprawdę dobry powód. Trzeba było wszystko zaplanować w najdrobniejszych szczegółach. Ja umiem to zrobić.

Plan, plan, plan.

To najważniejsze.

Sama treść listu też była satysfakcjonująca. Wymagała oczywiście sporo pracy, ale się udało. Miało to wyglądać pozornie błaho i niegroźnie. Jeżeli zdarzyłoby się, że list przeczyta ktoś inny, trzeba było mieć pewność, że moje intencje nie będą zbyt oczywiste. Dla ofiary wszystko będzie jednak jasne. Czuję już jej strach, zwiększający się z każdym przeczytanym słowem. Listy pomogły mi oznajmić, że już tu jestem i czekam tylko na odpowiedni moment, żeby zaatakować.

Każdy kolejny list był krótszy od poprzedniego. Tak jak coraz mniej czasu miała ofiara na ucieczkę. Kiedy na kartce będzie już tylko jedno słowo, przyjdzie czas na śmierć. I ofiara dobrze o tym wie.

Śmieję się z czystej, niczym niezmąconej radości. Czuję, że zasługuję na nagrodę. Ja będę Motylkiem.

Ja, ja, ja!

Ja będę Motylkiem.

Nareszcie.

ROZDZIAŁ 9

Lipowo. Piątek, 18 stycznia 2013, rano

Młody Marek Zaręba otworzył oczy i od razu zorientował się, że jest późno. Nieśmiałe światło zimowego dnia wypełniało cały pokój przyjemnym ciepłem. Wyciągnął rękę, żeby zobaczyć, która godzina. Ze zdziwieniem odkrył, że już po ósmej.

Wczorajszy wieczorny wyścig z księdzem Piotrem zrobił swoje. Marek czuł, że dał z siebie wszystko. Mięśnie nadal boleśnie pulsowały. Nie miał najmniejszej ochoty się spieszyć, mimo że był już spóźniony do pracy.

Łóżko obok niego było puste. Do tej pory to on zawsze wstawał pierwszy i pędził trenować w lesie, kiedy jego żona i córka jeszcze smacznie spały. Tym razem to Andżelika wpadła triumfalnie do sypialni rodziców. Wskoczyła na łóżko, niemal przyprawiając go o zawał.

– Pierwsza! Pierwsza wstałam! – zawołała radośnie. Sprężyny trzeszczały, kiedy skakała po łóżku. – Przegrałeś, tatusiu!!! Kupujesz mi tamtą książkę o Hannah Montanie!!! Był zakład!

Marek Zaręba jak przez mgłę pamiętał, że rzeczywiście kiedyś założył się z córką o to, że Andżelika nigdy nie wstanie wcześniej niż on. Jak do tej pory się udawało. Dziewczynka była śpiochem i mimo marzeń o książce na temat swojej idolki wolała się wyspać.

– Dobrze, już dobrze! Pamiętam przecież! – zaśmiał się młody policjant, rzucając w córkę poduszką. – Jak będę w Brodnicy, to ci kupię. Teraz tata musi się spieszyć. I tak już się spóźnię do pracy. Zresztą ty, moja panno, też chyba się gdzieś spieszysz, co? O której zaczynasz szkołę?

– Nie zaczynam – odparła Andżelika, krzywiąc się. Odrzuciła poduszkę w jego stronę. – Przecież są ferie!

– Ano tak. Racja.

– Będziesz pamiętał o tej książce? – drążyła dziewczynka.

– Jasne – obiecał jej Marek.

Chwycił Andżelikę i przerzucił ją sobie przez ramię. Śmiała się jak zwykle, aż się cała trzęsła. Marek Zaręba westchnął cicho. Ciekaw był, kiedy córka uzna, że takie zabawy są dla dzieciaków. Wolałby, żeby ten moment nigdy nie nadszedł, ale Andżelika miała już dziesięć lat, więc pewnie nie zostało mu zbyt wiele czasu. Musiał to zrozumieć. Dobrze pamiętał, jak całkiem niedawno sam buntował się przeciwko rodzicom.

Wbiegł z córką do kuchni. Ewelina piła poranną kawę. Jak zwykle miała pełny makijaż i perfekcyjną fryzurę. I tak o każdej porze dnia i nocy, westchnął Marek w duchu. Nawet tuż po obudzeniu Ewelina najpierw biegła szybko poprawić makijaż, a dopiero potem pozwalała mu się dotknąć. Zaręba podejrzewał, że fryzjerka postawiła sobie za cel, żeby nawet on nigdy nie zobaczył, jak wygląda nieumalowana. Podobało mu się, że ma atrakcyjną i zadbaną żonę. To jasne. Czasami jednak skrycie marzył, żeby zobaczyć jej własną, prawdziwą twarz.

Postawił Andżelikę na ziemi. Tupnęła nogą żartobliwie. Ewelina zaśmiała się na ten widok.

– Czemu mnie nie obudziłaś? – powiedział do żony.

– Spałeś tak słodko. Chciałam, żebyś odpoczął.

– No i odpocząłem, ale Daniel mnie zabije – zaśmiał się Marek. – Mamy odprawę w sprawie tej zakonnicy. A właśnie, byłbym zapomniał. Daniel prosił mnie, żebyś przyszła po południu na komisariat. Chciał z tobą porozmawiać o tym… wszystkim. Masz jakieś klientki? Czy będziesz mogła wpaść na chwilę?

– Dam radę, ale przecież wszystko ci już powiedziałam. Nic nowego nie wymyślę.

– Wiem, ale takie są procedury. Powinnaś zostać oficjalnie przesłuchana – wytłumaczył żonie, robiąc sobie kanapkę. – Najlepiej z nagraniem i tak dalej. Potem to wszystko trafi do raportu. Musimy mieć pełną dokumentację. Poza tym może coś jeszcze sobie przypomnisz. Daniel twierdzi, że tak bywa.

– Marek… – zaczęła Ewelina.

Nagle wydała się spięta. Nerwowo poprawiła włosy.

– No? – wyrzucił z siebie pomiędzy kęsami kanapki.

– Muszę z tobą potem pogadać, okej?

Wyglądało na to, że to coś poważnego. Zaręba spojrzał na nią zaniepokojony i odłożył niedojedzoną kanapkę na talerz.

– Skarbie, co się stało?!

Ewelina nie odpowiedziała, bawiąc się dalej włosami.

Nagle zaświtała mu pewna myśl. Kiedy ostatnio mówiła do niego takim tonem, mieli po osiemnaście lat i kilka tygodni wcześniej kochali się bez zabezpieczenia. Pamiętał, że zaczynała się wiosna. Śpiewały ptaki. Nie zastanawiali się nad konsekwencjami. Byli młodzi i beztroscy.

Wziął kanapkę z talerza automatycznym ruchem. Myśli pędziły w jego głowie rwącym nurtem. Właściwie to uwielbiał bycie ojcem. Wielu jego kolegów traktowało to jako uwiązanie, on jakoś o tym nie myślał w tych kategoriach. Andżelika nigdy nie była dla niego ciężarem. Wręcz przeciwnie. Sprawiała, że czuł przepełniającą go siłę. Nie zaszkodziłoby mieć jeszcze syna, rozważał. Nie planowali tego, ale przecież nie byli już nastolatkami. Może trafią się jakieś nadgodziny. Zwłaszcza teraz przy tym śledztwie. Będzie mógł dodatkowo zarobić. Zakład Eweliny też dobrze prosperował. Z pieniędzmi nie powinno być problemu. Poradzą sobie.

– Skarbie, jesteś w ciąży?

– Nie... – Ewelina uśmiechnęła się przelotnie. – Chciałam z tobą porozmawiać o czymś innym. Ale to później, teraz nie masz czasu. Chciałabym, żebyśmy to zrobili na spokojnie.

Pocałowała go i wyszła do pracy. Marek Zaręba pospiesznie włożył mundur i również wybiegł z domu. Teraz już naprawdę musiał się spieszyć. Czuł się trochę zawiedziony. Przez chwilę był pewien, że ich rodzina się powiększy.

Tomek Szulc wyszedł spod prysznica. Krople ciepłej jeszcze wody spływały po jego rozgrzanym ciele. Czuł się przyjemnie świeżo. Przejechał ręką po szczęce. Kilkudniowy zarost zachrzęścił pod palcami. To jest to, co podobno podoba się kobietom, pomyślał. Chyba rzeczywiście, bo trzeba przyznać, że z Weroniką dobrze mu szło. Nic w tym dziwnego, w końcu ze swoimi jasnymi blond włosami wyglądał jak młody skandynawski bóg.

– Thor, bóg piorunów – powiedział do siebie zadowolony.

Przetarł ręcznikiem zaparowane lustro. Oglądał z przyjemnością swoje umięśnione ciało. Był z niego dumny. Ciężko nad nim pracował, ale teraz były efekty. Weronika aż śliniła się na jego widok. Co prawda wolał na razie skupić się na Blance Kojarskiej, tak przecież zaplanował. Z drugiej strony mały skok w bok chyba nie zaszkodzi. Żonglował tymi myślami na próbę. Weronika Nowakowska, Blanka Kojarska, Weronika Nowakowska, Blanka Kojarska.

Blanka.

Niestety żona szefa, przynajmniej jak na razie, nie ulegała jego wdziękom. Dziwne. Była chyba zbyt skupiona na Juniorze Kojarskim.

– Wszystko w swoim czasie – stwierdził Tomek Szulc, wycierając się.

Czuł, że jest już o krok od sukcesu. Mógł przysiąc, że tamtego wtorkowego ranka, kiedy pomagał Blance wsiąść do samochodu, spojrzała na niego pożądliwie.

Młodszy aspirant Daniel Podgórski nie mógł się pozbyć nieprzyjemnego uczucia, że zachowuje się jak uczniak. Znał Weronikę raptem od środy, a zaczynał się właśnie piątek. Po krótkich obliczeniach Daniel uznał, że można powiedzieć, iż znają się dwa dni. Żeby być jeszcze bardziej precyzyjnym, właściwie spędzili ze sobą tylko jedno miłe popołudnie. Miała prawo całować się, z kim chciała. Ba, mogła nawet spędzić z Tomkiem noc. Podgórskiemu nic do tego. Nie była przecież jego żoną. Nie była nawet jego dziewczyną. Mimo wszystko trochę szkoda, że tak to wyszło…

– Szefie, coś ty dzisiaj taki markotny? – zawołał Marek Zaręba od drzwi, wyrywając Daniela z zamyślenia.

Młody policjant spóźnił się dzisiaj odrobinę. Kiedy wkroczył do salki konferencyjnej, gdzie wszyscy na niego czekali, twarz miał zaczerwienioną od szybkiego marszu.

– Młody, a ty czemu spóźniasz się do pracy, jeśli można wiedzieć? – odpowiedział pytaniem Podgórski. Zabrzmiało to ostrzej, niż planował, ale nie miał ochoty rozmawiać przy wszystkich o tym, co go trapiło. Może później, kiedy zostaną z Zarębą sami. – Wszyscy tu na ciebie czekamy.

– No dobrze, już dobrze. Przepraszam – powiedział Marek, zdejmując czapkę. – Zaspałem, bo wczoraj wieczorem rozmawiałem jeszcze z księdzem.

Rzucił kurtkę na oparcie jednego z krzeseł.

– Zaczniemy wreszcie? Nie mam ochoty tracić pieprzonego czasu – zniecierpliwił się Paweł Kamiński. Wydawał się jeszcze bardziej podenerwowany niż zwykle. Zerkał wściekle spod oka na Marka. – Gdybym to ja się spóźnił, nawet byście, kurwa, nie czekali! Nie traćmy czasu!

– To może ja zacznę, bo mam kilka spraw – rzucił szybko Zaręba. – Po pierwsze, wczoraj nie zdążyłem wam powiedzieć, co mi powiedział Albert Malinowski, kiedy przepytywałem mieszkańców. Myślę, że to może być ważne. Po drugie, chcę wam zreferować rozmowę z księdzem Piotrem. Brzmi w porządku, Paweł? Czy to strata pieprzonego czasu?

– No więc co ten twój stary Malinowski miał do powiedzenia? – zapytał Kamiński szyderczo.

Janusz Rosół sapnął cicho pod wąsem. Wyglądał na zadowolonego, że dziś Kamiński nie czepia się jego syna, tylko dla odmiany skupia się na Marku. Daniel westchnął kolejny raz. Zachowanie Pawła zaczynało negatywnie wpływać na pracę ich niewielkiego zespołu.

– Ktoś ma niezły humorek z rana, co? – zaśmiał się Marek Zaręba, zerkając na Pawła.

– Chłopaki, może przejdziemy do rzeczy? Kłótnie to jest dopiero strata czasu – wtrącił się Daniel Podgórski. – Niech Młody powie, czego się dowiedział.

– Malinowski poszedł do lasu... – zaczął Marek.

– Pewnie znowu nielegalnie wycinał drzewo – wtrącił Paweł Kamiński. – Powinniśmy mu za to dać jakiś pieprzony mandat czy coś. Dziwi mnie, że Edek Gostyński to toleruje. Jako leśniczy ze swojej strony też powinien coś zrobić. Nie tylko my. Nie obchodzi mnie, że staruch Malinowski nie ma pracy. Inni jakoś nie kradną drewna z lasu. Ja nie kradnę, a mam piątkę dzieci do wykarmienia. Dlaczego Malinowski ma być, kurwa, pieprzonym wyjątkiem, co? Może ja też zacznę wycinać drzewa. Oszczędzę przynajmniej na opale.

– Daj spokój, Paweł. Albert Malinowski nie ma nikogo – usprawiedliwił staruszka Janusz Rosół. – Nie ma do kogo pójść po pomoc. Nie ma nawet rodziny. Te kilka polan, które sobie wytnie, naprawdę nikomu nie zaszkodzi.

– Staruch nam się, kurwa, w twarz śmieje, i tyle – nie

ustępował Kamiński. – Ale róbcie, jak chcecie. Mnie, kurwa, i tak nikt nie słucha.

Maria podała im ciasto, nie patrząc na Pawła. Zdążyła się już trochę przyzwyczaić, ale nadal przeszkadzały jej przekleństwa Kamińskiego. Wokół rozszedł się smakowity zapach pieczonego jabłka z cynamonem. Wszyscy obserwowali, jak kobieta kroi wypiek na duże kawałki.

– Prawdopodobnie wycinał drzewo, to prawda – Marek Zaręba wrócił do rozpoczętego wątku. – Twierdził oczywiście, że był na spacerze w lesie, a ja nie naciskałem go za bardzo. Uznałem, że nie ma to znaczenia dla naszej sprawy. Chyba ważniejsze było to, co zobaczył.

– No więc co takiego zobaczył nasz rozkoszny staruszek? – zapytał Paweł Kamiński z ustami pełnymi szarlotki. – Powiesz wreszcie, Młody?

– Mówi, że widział zakonnicę, jak szła od strony głównej szosy. Było to około ósmej rano.

Na chwilę zapadła cisza. Dotychczas podejrzewali, że kobieta przybyła do Lipowa znacznie później. Wszystkim wydało się oczywiste, że przyjechała autobusem o 10.15.

– To znaczy, że była tu jeszcze przed pierwszym pekaesem – podsumował cicho Janusz Rosół, podkręcając wąsy.

– Dokładnie o tym samym pomyślałem wczoraj wieczorem – zgodził się Daniel Podgórski, nie wdając się w szczegóły. – Zimą autobusy z Brodnicy przyjeżdżają do nas rzadko. Przynajmniej z tej strony wsi.

To była prawda. Autobusy zwiększały częstotliwość kursowania w miesiącach letnich, kiedy przyjeżdżali do Lipowa turyści. Zimą, jeżeli ktoś z miejscowych chciał dostać się do Brodnicy, musiał pójść do przystanku po drugiej stronie wsi, przy głównej szosie. Tam autobusy zatrzymywały się dużo częściej.

Podgórski podszedł do wiszącej na ścianie białej tablicy i zapisał markerem przedziały czasowe. Chciał mieć pewność, że wszyscy wszystko rozumieją.

- 8.00 Malinowski widzi zakonnicę w lesie (???)
- 10.15 pierwszy autobus z tej strony wsi
- Około 10.30 Ewelina znajduje ciało zakonnicy

– Pierwszy autobus z tej strony wsi przyjeżdża o dziesiątej piętnaście. Czyli dziesięć minut przed tym, jak Ewelina znalazła ciało – Daniel kontynuował swój wywód, wskazując markerem kolejne punkty. – Początkowo założyliśmy, że zakonnica przyjechała właśnie tym autobusem. To by oznaczało, że siostra Monika zginęła w ciągu kwadransa, który minął od przyjazdu pekaesu do przyjścia Eweliny o wpół do jedenastej. Dzwoniłem dziś rano do patologa, żeby to potwierdzić. Nie może określić dokładnej godziny śmierci ofiary ze względu na to, że są ujemne temperatury. Jest jednak pewien, że leżała tam dłużej niż piętnaście minut. To z kolei oznacza, że Malinowski może mówić prawdę, zakonnica musiała być tu wcześniej niż o dziesiątej piętnaście. W takim razie pojawia się pytanie, jak się tu dostała, skoro nie przyjechała tym autobusem?

Podgórski był zły na siebie. Powinni byli od razu to sprawdzić. Ale przecież nikt nie przypuszczał, że może to mieć jakiekolwiek znaczenie.

– Poczekajcie, nadal coś się nie zgadza! – krzyknął

młody Marek Zaręba podekscytowany. – Przecież Ewelina znalazła ciało około wpół do jedenastej, tak?

– No, tak – Daniel Podgórski skinął potakująco głową.

– Patolog mówi, że zakonnica musiała tam leżeć dłużej niż kwadrans, tak? – kontynuował Zaręba, coraz bardziej zaaferowany. – Ale jeżeli leżała tam dłużej, to czemu nie zawiadomił nas kierowca pekaesu? Musiała już tam przecież leżeć, kiedy przejeżdżał o dziesiątej piętnaście. Tak po prostu ją minął?

Wszystkie oczy skierowały się na Marka. Tego też nie wzięli pod uwagę.

– Trzeba koniecznie skontaktować się z kierowcą autobusu – zdenerwował się Daniel. Powinni byli pomyśleć o tym dużo wcześniej. To był rzeczywiście głupi błąd. – Janusz, ty się tym zajmiesz. Wiem, że kogoś tam znasz, prawda?

Rosół kiwnął głową, jak zwykle oszczędny w słowach. Grzebał łyżeczką w szarlotce, ale nie zjadł ani kawałka.

– Malinowski mówi, że widział zakonnicę koło ósmej. Żywą. Oznacza to, że mamy dwie i pół godziny przedziału czasowego. Właśnie w tym czasie została zabita – zastanawiał się dalej głośno Podgórski. – Nie podoba mi się to. Trudno uwierzyć, żeby przez dwie i pół godziny nikt tamtędy nie przechodził ani nie przejeżdżał. Ktoś przecież musiał coś widzieć. Cokolwiek. Ktokolwiek!

– Może ciało zostało podrzucone? – zasugerował Paweł Kamiński. On też wydawał się zainteresowany. Przynajmniej na tyle, żeby zapomnieć o zwyczajowym szyderstwie. – No wiecie, zabito ją gdzie indziej i tylko porzucono ciało tam, gdzie je znaleźliśmy.

Daniel spojrzał na kolegę zdziwiony, ostatnio rzadko miewał konstruktywne propozycje.

– Teoretycznie mogłoby tak być – przyznał. – Kryminalistycy potwierdzają jednak, że została przejechana tam na drodze, czyli ta opcja nam odpada.

– A możemy wierzyć Malinowskiemu? – zapytał ponownie Paweł Kamiński. – Może stary kłamie i wcale jej nie widział. Albo widział, ale później. Różnie to może być z tym pieprzonym staruchem.

– Czemu miałby kłamać? Popełnia wykroczenie, wycinając te drzewa. Najłatwiej byłoby mu nic nie mówić i nie zdradzać, że w ogóle był w lesie – stwierdził młody Marek Zaręba. – Rozmawiając o tym ze mną, właściwie przyznaje się do winy. Po co miałby to robić? Nie widzę sensu.

Daniel Podgórski pokiwał głową na znak, że się z nim zgadza. Kamiński wzruszył tylko ramionami, jakby jego Zaręba nie przekonał.

– Najłatwiej byłoby założyć, że została zabita niedługo po tym, jak zobaczył ją Malinowski. – Daniel w zamyśleniu podrapał się po brodzie. – Jeżeli stało się to później, na przykład bliżej dziesiątej, mielibyśmy kolejne pytanie: co robiła w lesie przez dwie godziny? Od przyjazdu do śmierci.

Nałożył sobie kolejny kawałek ciasta. Maria spojrzała na syna z aprobatą.

– No dobrze. Spójrzmy na to z innej strony. Jak jeszcze mogła dostać się do wsi? Zapominamy o autobusie o dziesiątej piętnaście.

– Samochodem?

– A co, jeżeli siostra Monika przyjechała autobusem? Ale nie tym, który wjeżdża do nas do wsi, tylko tym, który zatrzymuje się przy głównej szosie. Zakonnica wysiada i idzie na piechotę do Lipowa… ile by to mogło zająć?

– Mówisz o szosie na Olsztyn? – upewnił się Marek Zaręba. – Myślę, że to na piechotę maksimum pół godziny przez las. Nie więcej.

Podgórski skinął głową. Podobnie szacował ten czas.

– Mamo, mogłabyś sprawdzić rozkład autobusów przy głównej szosie? Musimy sprawdzić, czy jest tam jakikolwiek pekaes, który mieściłby się w naszym przedziale czasowym. Jeżeli Malinowski widział siostrę Monikę koło ósmej, to potrzebowalibyśmy jakiegoś autobusu o siódmej trzydzieści albo coś koło tego.

Maria wstała z trudem i poszła do komputera. Na szczęście był już włączony. Daniel niemal słyszał, jak matka odetchnęła z ulgą. Siedzieli w milczeniu, czekając na jej powrót.

– Jest tam autobus o siódmej czterdzieści – zakomunikowała Maria, wracając.

– To by się zgadzało. Zależnie od tempa marszu zakonnica mogłaby tu być już kilka minut po ósmej, tak jak twierdzi Malinowski. No dobrze, załóżmy teraz, że siostra Monika nie umarła od razu. Co mogła robić w lesie od momentu przyjazdu do śmierci?

– Może się z kimś spotkała? – głos Janusza Rosoła był zachrypnięty. Wąsaty policjant odchrząknął, żeby oczyścić gardło. – Może jednak miała rodzinę w tych stronach?

– Może spotkała się z zabójcą – zaproponował z kolei Marek Zaręba. – Rozmawiali, potem ta osoba straciła nad sobą panowanie i przejechała zakonnicę. Albo inaczej! Zabójca już wcześniej wszystko zaplanował i czekał na siostrę Monikę.

Daniel pokiwał głową. To zaczęło składać się w sensowną całość.

– Musimy chyba przyjrzeć się bliżej temu świrusowi Juniorowi Kojarskiemu – rzucił Paweł Kamiński. W jego głosie pobrzmiewała niezachwiana pewność. – Wpierdolił się tu wczoraj i wrzeszczał o tym samochodzie. Land rover chyba jest wystarczająco duży, żeby tak urządzić siostrzyczkę. Najprawdopodobniej miał z nią tam w lesie schadzkę. Nie ma co wymyślać niestworzonych historii, bo sprawa jest prosta. Kurwa, mamy winnego na wyciągnięcie ręki!

– Co masz na myśli, mówiąc: schadzkę? – zapytała Maria powoli. – Ona mogłaby być jego matką. Była tylko trochę młodsza niż ja.

Paweł Kamiński wzruszył ramionami.

– Poza tym wydawało się, że on nie wiedział, że jego samochód zniknął – kontynuowała Maria. – Chybaby nie przychodził do nas, gdyby to on ją przejechał?

– Nie możemy tego zakładać, mamo. Różnie mogło być. Może na przykład chciał odsunąć od siebie podejrzenia. Mimo wszystko dobrze by było przyjrzeć się temu land roverowi. O ile wiadomo, gdzie on jest. Paweł, ty zajmiesz się tym wątkiem – zadecydował Daniel. – Skoro jesteś tym tak bardzo zainteresowany. Chcę, żebyś zlokalizował land rovera Kojarskich.

Paweł Kamiński skinął głową. Tym zadaniem mógł się zająć. To miało sens.

– Nadal obstawiam pieprzonego synalka Janusza, ale

jak to nie on, to na pewno Junior Kojarski. Dla mnie to podejrzany numer dwa. Tak że dobra, mogę się tym zająć.

Janusz Rosół poruszył się niespokojnie. Ręce drżały mu lekko.

– Młody, jak poszła rozmowa z księdzem Piotrem, bo o tym też miałeś przecież mówić? – zapytał Podgórski. – Dowiedziałeś się więcej na temat kłopotów w ich parafii?

Nadal nie można było odrzucić koncepcji, że zakonnica była świadkiem jakiegoś przestępstwa i z tego powodu ktoś postanowił ją wyeliminować.

– Ksiądz Piotr wciąż się upiera, że zakonnica nie przyjechała do niego. To się nie zmieniło – wyjaśnił Marek Zaręba. – W każdym razie problemy w parafii dotyczyły pieniędzy. Rozbudowują kościół i szukali sponsorów. W końcu znaleźli anonimowego darczyńcę i na tym się ponoć kłopoty skończyły.

– Pieniądze zawsze są dobrym motywem – stwierdził Daniel Podgórski. – Może mamy do czynienia z praniem brudnych pieniędzy albo innymi przekrętami finansowymi. Może zakonnica się o tym dowiedziała? Tylko nadal pozostaje pytanie, czemu miałaby przyjechać z tym tutaj.

– Ksiądz Piotr co prawda przyznaje, że to on zajmował się szukaniem sponsorów, ale twierdzi, że to niemożliwe, aby siostra Monika przyjechała właśnie do niego z jakimiś informacjami na ten temat. Uważa, że raczej porozmawiałaby z kimś na miejscu.

– Może nie miała z kim? – zaproponowała Maria. – Może ktoś tam był w to zamieszany i stwierdziła, ze najbezpieczniej będzie przyjechać i powiadomić osobiście księdza Piotra. Ktoś się o tym dowiedział i ją zabił, zanim do niego dotarła.

– Ten ktoś musiałby ją śledzić przez całą trasę z Warszawy. Skąd miałby wiedzieć, że będzie akurat o tej porze, w tym dokładnie miejscu?

– A może to księżulo Piotr ukradł samochód świrusa i przejechał siostrzyczkę, bo miała na niego haka? – zaśmiał się głośno Paweł Kamiński. – To by było jeszcze lepsze rozwiązanie.

– Ksiądz Piotr jej nie przejechał – powiedziała twardo Maria. Była oburzona. Daniel doskonale wiedział, jak bardzo raziły ją wszelkie dowcipy na temat Kościoła. Była bardzo religijna. – Pomijając wszystko, był już w tym czasie w naszej parafii. Przyjechał dzień wcześniej, w poniedziałek wieczorem. Gienia Solicka mi mówiła. Czyli ksiądz Piotr jest poza podejrzeniami. Przestań żartować z poważnych spraw, Pawełku. To nie uchodzi!

– Myślę, że powinniśmy bliżej się przyjrzeć siostrze Monice – stwierdził Daniel powoli. – Jakikolwiek byłby motyw, to ona, jako ofiara, jest tu postacią kluczową. Myślę, że jutro pojadę do jej parafii w Warszawie. Porozmawiam z nimi, zwłaszcza z tą siostrą Anną, która tam wszystkim zarządza, i trochę się rozejrzę. Zobaczymy, co z tego wyjdzie.

Wszyscy spojrzeli na niego zdziwieni.

– W sobotę?!

– Nie mam planów na weekend. Z chęcią przejadę się do Warszawy, a przy okazji może śledztwo ruszy trochę do przodu.

– Będziesz jechał w taką pogodę? – zmartwiła się Maria.

– Drogi na pewno są nieprzejezdne. Tak łatwo o wypadek! Nie możesz po prostu tam zadzwonić?

– Myślę, że najlepiej porozmawiać osobiście, na żywo. W ten sposób więcej się dowiem. Poza tym chciałbym zobaczyć, jak się tam sprawy mają. Do jutra na pewno odśnieżą, mamo – uspokoił Marię Podgórski. – Podsumowując: Paweł, ty zajmiesz się kwestią samochodu Juniora Kojarskiego. Sprawdzisz land rovera i ewentualnie spróbujesz ustalić, czy to nim przejechano zakonnicę. Jeżeli okaże się, że nie, poszukasz innych możliwości. Może są jakieś skradzione samochody terenowe w okolicy, albo ciężarowe.

– Mam, kurwa, pracować w weekend? – oburzył się Kamiński.

– Czasem nie ma wyjścia. Zresztą dzień się jeszcze nie skończył, prawda? – powiedział Daniel tonem nieznoszącym sprzeciwu. – Młody, chciałbym, żebyś ty delikatnie sprawdził całą rodzinę Kojarskich. Gdzie było każde z nich we wtorek rano. Trzeba będzie sprawdzić, czy każdy ma alibi. W końcu wszyscy mieli łatwy dostęp do samochodu. Jeżeli to właśnie land rover był… narzędziem zbrodni. Na razie nie wygląda na to, żeby mieli jakieś powiązania z siostrą Moniką, ale nigdy nic nie wiadomo. Trzeba to sprawdzić.

– Jasne – zawołał Marek Zaręba. – Tylko dziś wieczorem jest dyskoteka w remizie i…

Wyglądało na to, że nagle wszyscy stracili zapał do pracy.

– Myślę, że dasz radę być na tej dyskotece i jutro po południu przejść się do Kojarskich, Młody. Chyba każdemu przydadzą się nadgodziny, więc nie narzekajcie tak strasznie. Janusz, ty sprawdź kierowców pekaesów. Trzeba popytać, czy ktoś wiózł zakonnicę. Może uda ci się porozmawiać z kierowcą tego autobusu, który zatrzymuje się przy głównej szosie o siódmej czterdzieści. Dobrze by było potwierdzić, że właśnie w ten sposób tu przyjechała. Może zapamiętał zakonnicę. Poza tym porozmawiaj z kierowcą autobusu, który przyjeżdża do nas przez las o dziesiątej piętnaście. O tej porze siostra Monika musiała już tam leżeć. Kiedy mijał to miejsce, powinien był ją zauważyć. Jeżeli jej nie było, nasz przedział czasowy zmniejsza się do piętnastu minut! Ja z kolei zajmę się wątkiem warszawskim i spróbuję dowiedzieć się więcej o przeszłości zakonnicy. Zabieramy się do pracy.

Bartek Rosół obudził się nagle z niespokojnego snu. Leżał przez chwilę bez ruchu. Czuł się skacowany. Niepotrzebnie tyle wczoraj wypił, ale inaczej przecież nie wypadało. Wyszedłby na mięczaka. Poza tym chciał zapomnieć, a uchlanie się w trupa wydawało się najlepszym sposobem. Teraz, jakby ból głowy nie wystarczał, nadal czuł się obolały po wczorajszej bójce z przybocznymi Ziętara.

Spróbował wstać, ale go zemdliło. Zrezygnował. Najlepiej będzie jeszcze chwilę odpocząć. Spojrzał na zegar wiszący naprzeciwko łóżka. Wskazówki przesuwały się powoli. Skupił wzrok na tarczy. Była dwunasta w południe. Ojciec go nie obudził. Może uznał, że da mu się wyspać. Są przecież ferie. Ale bardziej prawdopodobne było, pomyślał chłopak, że wolał tego po prostu nie robić. Na wszelki wypadek.

Bartek miał wrażenie, że aż za łatwo wypracował sobie respekt, o którym tak dużo mówili koledzy. Ojciec się go zwyczajnie bał. Jaki pożytek z takiego rodzica, przebiegło mu przez myśl. Ojciec, który boi się syna. Nie powinno tak być, zdecydował chłopak, zamykając ponownie oczy.

Właściwie to Rosół z tymi swoimi żałosnymi wąsami był pośmiewiskiem całej wsi. Ewka z kolei puszczała się na lewo i prawo. Ktoś musiał coś zrobić, żeby ich nazwisko się liczyło w Lipowie. W tej sytuacji padło na Bartka. Do pewnego czasu dobrze mu nawet szło, ale teraz czuł się pokonany. Zawiódł. Mógł chlać litrami, jak ojciec, ale i tak nie wymaże tego, co zrobił. A może raczej tego, czego nie zrobił. Myśli pędziły po obolałej głowie z zawrotną prędkością. Nie nadążał za nimi.

Drzwi pokoju uchyliły się powoli. Bartek niechętnie otworzył oczy. W szparze pojawiła się głowa Ewki. Zauważył, że pofarbowała włosy. W naturalnym odcieniu wyglądała lepiej, zdecydował w duchu, próbując wydostać się z kłębowiska niechcianych myśli.

– Śpisz? – zapytała cichutko, jakby mimo wszystko nie chciała go obudzić.

Wsunęła się zwinnie do pokoju przez szparę w uchylonych drzwiach.

– A co ty tu robisz? Nie poszłaś na podryw? Ferie się marnują.

Chciał, żeby jego ton zabrzmiał szyderczo, ale był zbyt zmęczony. W rezultacie wyszło raczej żałośnie. Siostra nie wykorzystała jednak okazji, żeby z niego zakpić. Wydawała się przygaszona. Materac zakołysał się nieprzyjemnie, kiedy usiadła obok niego na łóżku. Znowu zrobiło mu się niedobrze.

– Bartek... – zaczęła Ewka niepewnie. – Tęsknisz czasem za mamą?

Zdziwił się, że zaczęła o tym mówić. Właściwie nigdy przedtem nie rozmawiali o mamie. Próbował kilka razy, ale Ewka twierdziła, że jej w ogóle nie pamięta. Podejrzewał, że kłamała. On pamiętał doskonale.

Spojrzał na siostrę zaskoczony. Wszystko w jej postawie było inne niż zazwyczaj. Nagle stała się zwykłą piętnastolatką. W różowej koszuli nocnej wyglądała nawet na młodszą. Bartek poczuł nagłą chęć, by ją przytulić. Pierdoły, skarcił się w duchu.

– To jak? Tęsknisz?

Milczał. Nie miał teraz ochoty rozmawiać o mamie. Za późno. Teraz to był już rozdział zamknięty. Nie było jej i już. Trzeba było sobie radzić samemu. Nawet mając ojca, który był totalnie posrany.

– Bartek... przejechałeś tę starą? – szepnęła Ewka. – Tę zakonnicę.

Myślał, że się przesłyszał.

– Ewka, co ty pierdolisz?

– Julka mówiła, że cię widziała i powiedziała Ziętarowi. On ci to zrobił? – wskazała na jego podbite oko. – Boli?

– Nie chce mi się teraz gadać, okej? Głowa mnie napierdala i chce mi się rzygać.

– Odpowiedz! – krzyknęła siostra. – Przejechałeś zakonnicę czy nie? Chcę wiedzieć! Chcę wiedzieć, czy mój brat jest mordercą!

Wydawało się, że jej głos wierci mu dziurę w czaszce. Bartek uniósł się lekko na łokciu.

– Nie przejechałem starej. Wystarczy ci? – warknął. – Teraz zostaw mnie w spokoju.

W jego głosie brzmiała pewność, ale w rzeczywistości czuł się brudny. Cały czas miał przed oczami leżącą na ziemi zakonnicę. Wszędzie dookoła krew. Widział dokładnie każdą, nawet najmniejszą kroplę. Wydawało mu się, że kobieta jeszcze się rusza, kiedy ściskał w ręce garść banknotów.

Czy mógł jej jeszcze pomóc? Czy mógł jej jeszcze pomóc? Czy mógł jej jeszcze pomóc?

Pierdoły, powtórzył w myślach. Stara już nie żyła. Na pewno! Czy aby na pewno? Pozwolił jej umrzeć za pięćset złotych? Pytania kłębiły mu się w głowie. Nie był pewien, czy chce znać na nie odpowiedź. *Jedź już! Zabieraj stąd samochód, albo nie dostaniesz pieniędzy*. Rozkaz nadal obijał się po obolałej czaszce Bartka. Słowa zostaną tam chyba na zawsze. Nigdy ich nie wymaże. Wepchnął pieniądze do kieszeni i odjechał, zostawiając zabitą w chmurze jej własnej krwi.

– To kto? – naciskała siostra. – Kto ją przejechał, skoro nie ty?

– Skąd mam niby wiedzieć?

Przyglądała mu się z uporem. Chyba wyczuła wahanie w jego głosie.

– Dobrze wiesz, kto to zrobił! – upierała się Ewka. – Wiem, kiedy kłamiesz. Znam cię doskonale!

– Ja tylko zawiozłem samochód do Brodnicy. Nie przejechałem starej – powtórzył jeszcze raz Bartek, jakby sam siebie upewniał. W końcu to nie on ją zabił. Już nie żyła, kiedy dostał pieniądze. Już nie żyła! Nic nie mógł dla niej zrobić. – Dostałem za to hajs, i tyle. Pięćset zeta. Niezły zarobek. Łatwy szmal.

– Kto ci dał?

– Nie jestem kapusiem.

Ewka kiwnęła głową, jakby zrozumiała, że brat nie zdradzi jej więcej.

– Masz trochę towaru? – zapytała z nadzieją.

– Nie mam. Zresztą jesteś na to za młoda. Spierdalaj.

Wyszła, trzaskając drzwiami. Opadł na posłanie i zakrył uszy poduszką. *Jedź już! Zabieraj stąd samochód, albo nie dostaniesz pieniędzy*. Słyszał to cały czas. Czy mógł jej jeszcze pomóc?

ROZDZIAŁ 10

Warszawa 1951

Marianna miała wrażenie, że niewyobrażalny ból trwa już od wielu, wielu godzin. Krzyczała, ale to nie pomagało. Krótkie okresy przerwy nie przynosiły wcale oczekiwanej ulgi. Starała się myśleć o tym, co będzie potem, o radości, która ją czeka, ale nie mogła. Teraźniejszość zwyciężała nad obietnicami przyszłości. Cierpienie było zbyt wielkie. Pomagała siostrze urodzić trójkę dzieci, ale nic nie mogło jej przygotować na to, co teraz przechodziła.

Bolesne skurcze stawały się coraz częstsze. Wiedziała już, że wkrótce będzie po wszystkim, ale poczuła wszechogarniające zmęczenie.

– Nie dam rady – szepnęła do siebie.

– Proszę przestać marudzić – strofowała ją położna, gruba kobieta w białym, wykrochmalonym czepku. – Niech da mi wykonywać moją pracę. Kto to widział tak się nad sobą rozczulać! I to żona doktora. Każda przez to przechodzi i żadna nie marudzi. Gdyby pan Zygmunt tu był, nie byłby zadowolony. Oj, na pewno nie byłby zadowolony.

– Przepraszam – wyjąkała Marianna bezsilnie. Nie chciała zawieść męża. – Już nie będę, obiecuję.

Nagle coś się zmieniło. Miała wrażenie, że jej ciało za chwilę zostanie rozerwane na strzępy. Położna zajrzała jej między nogi. Dziewczyna była zbyt zmęczona, żeby czuć wstyd, chociaż najintymniejsze części jej ciała były odsłonięte.

– Teraz niech prze – rozkazała pielęgniarka donośnym głosem. – No niech wreszcie prze, bo nigdy stąd nie wyjdziemy. Dalej! Rzadko mam do czynienia z takim mazgajem jak pani. I to żona doktora, kto by pomyślał. Powinna rodzić jak z podręcznika, a nie narzekać.

Mariannie pot spływał po czole. Kilka słonych kropel wpadło jej do ust. Parła z całej siły, zaciskając dłonie w pięści. Jej ciało rozciągało się do granic wytrzymałości. Płakała, przeklinając w duchu, aż usłyszała kwilenie dziecka. Wtedy czas jakby się zatrzymał i ogarnął ją spokój.

Udało się.

– To chłopiec – stwierdziła położna zasadniczym tonem. – Wygląda na to, że wszystko z nim w porządku.

Marianna rozpłakała się, ale tym razem były to słodkie łzy szczęścia. Położna spojrzała na nią niechętnie. Nie lubiła, kiedy matki zbytnio się rozczulały.

– Zygmunt będzie taki szczęśliwy – powiedziała Marianna przez łzy. – Mogę go potrzymać? Mogę potrzymać mojego synka?

– Oczywiście, że nie. Śmieszne! Mam szczegółowe instrukcje od pana Zygmunta. To, że go tutaj nie ma, nie oznacza, że pani będzie o czymkolwiek decydowała sama. Proszę sobie za dużo nie wyobrażać.

Marianna otarła łzy. Zygmunt na pewno wiedział, co robi. Był przecież światowej sławy lekarzem, a ona tylko zwykłą wiejską dziewczyną, która przyjechała do miasta w poszukiwaniu szczęścia. No i przecież je znalazła, przekonywała samą siebie, powstrzymując łkanie. Miała bogatego, sławnego męża, a teraz urodziła zdrowego syna. Nie mogła chcieć niczego więcej.

– Zabieram go teraz – stwierdziła położna. – Będzie się pani musiała jakoś ogarnąć. Nie może pani tak wyglądać. Nie kobieta z pani pozycją. Na wsi to było dopuszczalne, ale nie tutaj. Na razie jednak muszę podać pani lekarstwo. Wkrótce pani po nim zaśnie i będzie po wszystkim.

Pielęgniarka wyjęła strzykawkę i napełniła ją jakimś przezroczystym płynem. Synek płakał rozpaczliwie zawinięty w kocyk. Marianna nie poczuła nawet ukłucia igły. Cała jej uwaga skupiona była na życiu, które właśnie wydała na świat.

– Dobrze – stwierdziła położna z aprobatą. – Teraz zabieram dziecko.

Marianna z bólem patrzyła, jak otyła kobieta wynosi z pokoju jej synka. Tak bardzo pragnęła potrzymać go w ramionach chociaż przez krótką chwilę. Słyszała przez ściany jego płacz. Chciała pędzić mu na ratunek, ale nie mogła się ruszyć. Lekarstwo rozchodziło się po jej żyłach coraz szybciej. Jej ciało robiło się ciężkie. Coraz cięższe. Nie mogła unieść ani rąk, ani nóg, chociaż próbowała z całych sił.

Opanował ją strach. Wierzyła jednak Zygmuntowi. On przecież wiedział, co jest najlepsze dla niej i dla ich synka. Mieli już nawet wybrane imię. Jakub, po ojcu Zygmunta.

Będą tacy szczęśliwi.

ROZDZIAŁ 11

Lipowo. Piątek, 18 stycznia 2013, po południu

Przesłuchanie Eweliny Zaręby niewiele przyniosło. Nie dowiedzieli się właściwie niczego nowego. Fryzjerka poszła rozprostować nogi do lasu i z powrotem, jak to miała w zwyczaju. Zauważyła ciało i rzuciła się biegiem z powrotem do wioski. Była mniej więcej dziesiąta trzydzieści. Dobrze pamiętała, ponieważ miała klientkę zapisaną na jedenastą. W międzyczasie spotkała Wierę, która szła w stronę lasu. Razem zawiadomiły policję. Ewelina nie widziała nikogo obcego. Nikogo znajomego, oprócz Wiery, zresztą też nie widziała.

Było piątkowe popołudnie, trzeci dzień śledztwa, i młodszy aspirant Daniel Podgórski zaczynał odczuwać zmęczenie. Słuchał nagrania z przesłuchania Eweliny już drugi raz, ale niczego nie mógł się tam dopatrzyć. Wyjrzał za okno zrezygnowany. Powoli zapadał wczesny zimowy zmierzch.

Marek Zaręba zapukał cicho do gabinetu Daniela i wszedł do środka, nie czekając na pozwolenie.

– Co tam słychać, szefie? Co ty taki dziś nie w sosie?

– zapytał młody policjant, siadając na krześle dla interesantów. Zachwiało się, skrzypiąc głośno. Daniel od dawna miał już je wymienić. Marek wstał szybko, jakby się obawiał, że mebel się pod nim załamie. – Kiedyś ktoś się zabije na tym krześle! Trzeba je podkleić. No, ale nieważne. Daniel, mów, co się dzieje.

– Wszystko okej. Tylko głowa mnie boli – wykręcił się znowu Podgórski. – Poza tym ta sprawa mnie męczy. Chciałbym, żeby nastąpił jakiś przełom. Inaczej pewnie Brodnica odbierze nam śledztwo. Może faktycznie powinni się tym zajmować kryminalni? Już sam nie wiem.

– Damy radę. Zresztą prokurator Czarnecki jest chyba po naszej stronie, a to od niego zależy, komu zlecą prowadzenie postępowania – pocieszył go Marek Zaręba. – Słuchaj, idziesz dziś na dyskotekę do remizy?

– Raczej nie. Nie mam za bardzo ochoty. Pójdę do domu i odpocznę.

W samotności, dodał w duchu Podgórski.

– No co ty, Daniel! Wszyscy będą. Musisz przyjść. Popijemy trochę. Potańczymy. Mógłbyś zaprosić tę warszawiankę. – Marek mrugnął porozumiewawczo. – Kto wie, co z tego wyjdzie!

– Ona już ma z kim iść – odparł chłodno Daniel. Nie chciał wracać do wczorajszego rozczarowania.

Marek spojrzał na niego z zainteresowaniem.

– Z kim? Nic nie słyszałem.

– I tak już za dużo plotek w Lipowie. Nie chcę o tym gadać.

– Dobra, nic straconego. Przyjdź i tak. Mamy na pęczki ładnych dziewczyn do tańca i innych swawoli – zażartował młody Zaręba. – Musisz tam być.

– Ty już zająłeś najładniejszą dziewczynę – zaśmiał się Daniel. Marek uśmiechnął się z zadowoleniem. Lubił, jak chwalono Ewelinę. – Więc nie mam nawet co przychodzić.

– Nie gadaj bzdur, Daniel. To do zobaczenia w remizie, tak?

Podgórski skinął głową.

Młody ksiądz Piotr włożył wygodne buty do trekkingu i ciepłe spodnie. Planował znowu pochodzić po lesie. Najpierw postanowił jednak pójść do sklepu. Potrzebował leku na ból głowy. Czuł, że tym razem sam marsz nie wystarczy, żeby nękająca go migrena zniknęła.

Cicho zamknął za sobą drzwi plebanii. Wolał uniknąć spotkania z panią Solicką. Nie chciał teraz słuchać jej gadania. Ruszył szybkim krokiem przez wioskę. Odkąd dowiedział się o wypadku, myślał o siostrze Monice prawie cały czas. Dobrze wiedział, czemu przyjechała do Lipowa, ale policji na pewno nie będzie w to mieszał. Każdy ma prawo do swoich sekretów. Tajemnice siostry Moniki powinny odejść wraz z nią.

Wszedł do sklepu. Była tam ta ruda długonoga kobieta, która podobno budowała stajnię. Słyszał o niej od kilku osób. Rozmawiały ze sklepikarką w najlepsze. Wiera mogła być w wieku jego matki, ale wyglądało na to, że mimo dzielących je lat kobiety dobrze się dogadują. Tajemnica damskiej przyjaźni była dla niego nadal niezgłębiona i pewnie tak pozostanie.

– Witam dobrodzieja – rzuciła na jego widok sklepikarka.

Wiera od początku wydawała mu się dziwna. Pretensjonalna ze swoimi osobliwymi wyrażeniami. Nie przypominał sobie, żeby go ktoś kiedykolwiek nazwał dobrodziejem. Cóż, zawsze musi być ten pierwszy raz, pomyślał ksiądz Piotr z rozbawieniem.

– Co potrzeba? Co podać?

– Coś na ból głowy, jeśli pani ma.

Ksiądz Piotr zadbał o to, żeby jego ton był odpowiednio zbolały. Starsze kobiety lubiły się nim opiekować. Migrena powoli ustępowała. Właściwie nie potrzebował już leku, ale słowo się rzekło. Przyda się następnym razem.

Wiera podała mu pudełko.

– Jest bez recepty – powiedziała bez sensu, jakby nie było to oczywiste. Skinął głową. – Próbuję namówić moją przyjaciółkę na tańce dziś w remizie, ale ona nie ma ochoty. Może ksiądz chociaż przyjdzie. Wy młodzi powinniście się bawić, a nie siedzieć w samotności. Nawet jak się ma powołanie od Pana Boga. Będzie się ksiądz umartwiał, jak przyjdzie post.

– Zobaczymy – uśmiechnął się Piotr. – Może przyjdę.

– Niech ksiądz uważa z Wierą – ostrzegła go ruda kobieta.

Zaśmiały się obie. Sklepikarka spakowała zakupy i podała Weronice. Dziewczyna chwyciła swoje siatki i ruszyła do wyjścia.

– Pomogę pani – zaproponował ksiądz Piotr natychmiast. – Zamierzam się przejść po lesie, więc idziemy w tę samą stronę. Przyda mi się trochę dodatkowych ćwiczeń, bo pani Solicka na plebanii stanowczo za dobrze mnie karmi.

Przyjęła jego pomoc z wdzięcznością. Wziął większość toreb i ruszyli. Wspinali się niespiesznie polną drogą w stronę jej domu, który stał na wzgórzu przy samym lesie.

– Dziś bez psa? – zagaił młody ksiądz.

Weronika spojrzała na niego zdziwiona.

– Wie ksiądz, że mam psa?

– Widziałem panią kiedyś w lesie na spacerze – wyjaśnił Piotr. – Piękny zwierzak.

– Dziękuję. – Weronika wyglądała na dumną. – Ale obrońca z niego marny. Raczej chowa się za mną.

Szli chwilę w milczeniu. Słychać było tylko ich kroki w głębokim śniegu. Piotr przełożył siatki do drugiej ręki.

– Słyszałam, że ksiądz też jest z Warszawy. Z której parafii?

– Na Ursynowie. Jest tam taki kościół z cegły, nie wiem, czy zna pani tamte okolice?

– Nawet bardzo dobrze. Jaki ten świat mały! – wykrzyknęła Weronika zaskoczona. – Mieszkam… to znaczy mieszkałam, całkiem niedaleko. Może kiedyś minęliśmy się nawet na ulicy. Często spacerowałam tam z psem.

Pod kościołem otworzono uroczy park z fontanną. Latem Igor uwielbiał obserwować bawiące się w niej dzieci. Sam nigdy nie miał odwagi zanurzyć się w tryskającej wesoło wodzie.

– No proszę. Czyli można powiedzieć, że jesteśmy sąsiadami!

– To prawda – zaśmiała się Nowakowska. Wyglądało na to, że się rozluźniła. – Ksiądz przyjechał do rodziny?

– Tak. Muszę trochę podreperować zdrowie. Ale proszę mi mówić po imieniu. Jestem Piotr – przedstawił się.

– Dziwnie się czuję, jak tak wszyscy tylko „proszę księdza" i „proszę księdza". Jestem też po prostu człowiekiem. Nie tylko księdzem.

Stanęli przed jej domem. Pies szczekał wesoło za drzwiami, czując, że jego pani jest już blisko.

– Dziękuję za pomoc – powiedziała Weronika serdecznie, ale nie zaprosiła Piotra do środka.

Poczekał, aż zamknie za sobą drzwi, i ruszył do lasu na swoją wędrówkę. Zrobiło się ciemno. Nie przeszkadzało mu to, ponieważ znał już trasę doskonale.

Junior Kojarski obracał w dłoniach szarą kopertę. Była zaadresowana do Blanki. „Szanowna pani Blanka Kojarska" – napisano. W tej sytuacji nie mogło być raczej mowy o pomyłce. Obejrzał kopertę jeszcze raz. Staranne ręczne pismo. Nad literą „i" kółeczko zamiast zwykłej kropki. Nad adresem ich rezydencji szesnaście równo przyklejonych znaczków. Junior Kojarski dawno nie był na poczcie, ale wydało mu się to dosyć dziwne. List nie był ciężki, więc ktoś chyba znacznie przepłacił.

Policzył znaczki jeszcze raz. Nie pomylił się. Szesnaście znaczków, każdy za złoty sześćdziesiąt. Dopiero teraz zauważył, że nie było na nich stempla pocztowego. Musiało to oznaczać, że przesyłki nie przyniósł listonosz. Kojarski jeszcze raz dokładnie obejrzał kopertę. Wyglądało na to, że ktoś przykleił znaczki, ale potem wrzucił list do skrzynki samodzielnie, jakby obawiał się, że urząd pocztowy go zawiedzie. To nie miało sensu, ale ludzie często robili dziwne rzeczy, uznał.

Zapalił papierosa, żeby lepiej mu się myślało. Cygara lepiej zostawić na poważniejszą okazję. Teoretycznie powinien oddać list tej idiotce. Z drugiej strony kto wie, co jest w środku. Junior miał chyba prawo to sprawdzić. W końcu Blanka była żoną jego ojca. Może na przykład miała kochanka. Zgoda, tak właściwie to on był jej kochankiem. Z naciskiem na był, dodał Junior w myślach. I praktycznie chciał już skończyć tę niewygodną sytuację. Nie oznaczało to jednak, żeby ktoś miał mu przyprawiać rogi. Nawet kochanka. Logika była dosyć pokrętna, sam musiał to przyznać. Nie szkodzi.

Położył list na stole bilardowym i poszedł do barku. Nalał sobie szklankę whisky. W końcu był już wieczór. Szara koperta odcinała się jaskrawo na tle ciemnozielonego obicia stołu. Wypił trochę alkoholu i wziął ją znowu do ręki. Była taka lekka. Te szesnaście znaczków zdawało się ważyć więcej niż sama przesyłka. Wypił kolejny łyk ciągle niezdecydowany.

W końcu ciekawość okazała się nie do opanowania. Junior Kojarski szybkim ruchem otworzył kopertę. Teraz już nie mógł się wycofać. Za późno. W środku znalazł jedną białą kartkę rozmiaru A4. Nic niezwykłego, zaśmiał się trochę zawiedziony. Przez chwilę poddał się atmosferze tajemnicy i wyobraził sobie, że w środku znajdzie coś dziwnego albo przerażającego. Nic bardziej mylnego. Była tam jedynie zwykła biała kartka. Na środku ktoś napisał jedno słowo.

„Motylek".

To samo wyraźne, okrągłe pismo co na kopercie. Wyglądało na to, że ktoś użył flamastra. Tusz przebijał nieznacznie na drugą stronę kartki.

– Motylek – przeczytał Junior Kojarski na głos.

Nic z tego nie rozumiał. Co to miało oznaczać? Czy to jakiś kod? Zaszyfrowane miejsce spotkania? Nieważne, uznał w końcu. W każdym razie tego listu Blanka nie dostanie. Podpalił kartkę i wrzucił ją do kominka. W tym domu prawie w każdym pokoju było staromodne palenisko. Teraz akurat rozrzutność ojca się przydała. Patrzył, jak list pochłaniają żarłoczne płomienie.

Weronika Nowakowska siedziała na łóżku z grubą książką w ręku. Włączyła tylko małą lampkę na stoliku nocnym. Żarówka świeciła ciepłym żółtym światłem, a wokół panowała ciemność. Czytała najnowszy kryminał swojej ulubionej autorki, ale nie mogła się skupić na tekście. W ostatnich dniach zbyt dużo się wydarzyło. Dotknęła ust palcami. Nie wiedziała, co myśleć o wczorajszym wieczorze. Rozmawiała z Tomkiem Szulcem, a on nagle ją pocałował. Jest przystojny, to prawda, przyznała w duchu. Mimo wszystko nie wiedziała, czy już jest gotowa na nowy związek. Powiedziała mu to uprzejmie. Wydawało się, że zrozumiał.

Zamknęła książkę. A był przecież jeszcze Daniel Podgórski. Policjant zdawał się zupełnym przeciwieństwem jej byłego męża i Tomka. Z drugiej strony podobno mężczyznom zawsze i tak chodzi tylko o jedno i to samo. Romantyczna miłość nie istnieje. Rozwód powinien był ją tego dobrze nauczyć.

Igor spojrzał na swoją panią, jakby wiedział, o czym myśli.

– Już zwłaszcza ty nie jesteś romantykiem. – Weronika podrapała psa za uchem.

Nagle Igor uniósł łeb zaniepokojony. Chwilę później rozległo się mocne pukanie do drzwi. Weronika zadrżała przestraszona. Nie spodziewała się nikogo o tej porze. Wyjrzała ostrożnie przez okno sypialni. Przed wejściem stał Tomek Szulc. Chyba wyczuł jej wzrok, bo spojrzał w górę i pomachał do niej zachęcająco.

Zeszła szybko na dół i otworzyła drzwi.

– Przyszedłem zabrać cię na dyskotekę do remizy – powiedział zamiast powitania. – Nie możesz mieszkać na wsi i nie uczestniczyć w słynnych lipowskich dyskotekach. Mieszkańcy by ci tego nie wybaczyli. Jesteś tu główną atrakcją. Nie możesz ich zawieść.

– Czy ty się nigdy nie poddajesz? – zaśmiała się Weronika.

Musiała przyznać sama przed sobą, że jego zainteresowanie jej schlebiało.

– Nigdy – powiedział z udawaną powagą Tomek Szulc. – Jestem bardzo uparty. I zawsze wszystko pamiętam. Na przykład obietnicę, że kiedyś może gdzieś ze mną wyjdziesz. No i proszę, akurat nadarza się świetna okazja.

Zaśmiała się.

– Ja coś takiego obiecałam? Nie przypominam sobie!

– Ubieraj się i idziemy – uciął Tomek ze swoim czarującym uśmiechem. – Poczekam w kuchni. Nie musisz się spieszyć. Zdaje się, że zabawa będzie trwała do rana.

Odkąd pamiętała, zawsze kiedy się czymś martwiła, zajmowała się gotowaniem. Miała to chyba po mamie. Halina robiła dokładnie to samo. Tym razem Maria Podgórska planowała zrobić szarlotkę z kruszonką. To była jej specjalność. Daniel uwielbiał jej ciasta, więc i to na pewno chętnie zje. Przynajmniej był jakiś pożytek ze zmartwień.

Maria założyła biały fartuch i zaczęła szybko rozrabiać ciasto. Nie chciała, żeby zrobiło się zbyt twarde. Jej ruchy były pewne. Gotować mogła nawet z zamkniętymi oczami.

Słyszała, jak Daniel krząta się w swoim mieszkanku na dole. Pewnie przygotowywał się do wyjścia na potańcówkę w remizie. Uśmiechnęła się. Bardzo się cieszyła, że mieszkają tak blisko siebie. Być może była odrobinę nadopiekuńcza, ale tak bardzo kochała swojego syna, że każda myśl o rozstaniu napawała ją lękiem. Żałowała, że Roman nie dożył sukcesu Daniela. Szef komisariatu. Mąż byłby taki dumny.

Ciasto powoli nabierało kształtu. Oddzieliła część, którą chciała przeznaczyć na kruszonkę, a resztę umieściła w lodówce. Musiało się trochę schłodzić, zanim włoży je do tortownicy. Usiadła przy kuchennym stole i westchnęła. Męczyła się już od kilku dni.

– Czy coś, co ktoś powiedział w sekrecie, może zostać zdradzone? Nawet synowi? – zastanawiała się Maria Podgórska na głos.

Czasem pomagało jej to zebrać myśli. Miała też wrażenie, że w ten sposób rozmawia z Romanem. Brakowało jej męża, zwłaszcza w takich sytuacjach. On zawsze wiedział, co robić.

Wytarła ręce z mąki. To wszystko rzeczywiście mogło mieć związek ze śledztwem. Zwłaszcza jeżeli okaże się, że to land roverem przejechano zakonnicę. Z drugiej strony to wcale nie musiało być powiązane. Może warto jeszcze chwilę poczekać. Zobaczyć, jak się sprawy rozwiną. Ostatnią rzeczą, jaką chciałaby zrobić, było niepotrzebnie zdradzić sekret osoby, która jej zaufała.

Ciasto schłodziło się już wystarczająco. Zaczęła smarować blachę tłuszczem. Słyszała, że Daniel zamyka drzwi swojego mieszkania. Wyjrzała przez okno. Szedł już w kierunku remizy. Została sama.

W remizie Ochotniczej Straży Pożarnej w Lipowie rzeczywiście zebrała się chyba cała wieś. Weronika zauważyła ze zdziwieniem, że nawet rodzina Kojarskich zaszczyciła zabawę swoją obecnością. Muzykę słychać było już z daleka, a dyskotekowe światła rozjaśniały zimową noc kolorowymi błyskami. Przed budynkiem ustawiły się grupki palaczy z butelkami piwa w dłoniach. Tomek Szulc pozdrowił kilka osób.

W środku tłum ludzi podrygiwał w takt popularnej popowej piosenki. Weronika nie pamiętała jej tytułu. Tomek zaproponował, że pójdzie po coś do picia, i nie czekając na jej odpowiedź, zniknął wśród wirujących par. Weronika, pozostawiona sama sobie, stanęła w kącie pod ścianą. Nie lubiła takich zgromadzeń. Miała wrażenie, że wszyscy na nią patrzą i ją oceniają. Jej były mąż zawsze mówił, żeby nie przesadzała, ale tutaj rzeczywiście tak było. Aż do pojawienia się kolejnej była przecież lokalną atrakcją.

Rozejrzała się niepewnie, unikając patrzenia ludziom w oczy. W głębi na parkiecie dostrzegła księdza Piotra tańczącego ze starszą kobietą. Tancerka miała fioletowe włosy i wyraz rozmarzenia na pulchnej twarzy. Stanowili przedziwną parę. Weronika uśmiechnęła się na ich widok rozbawiona. Początkowe napięcie stopniowo mijało.

– Weronika! Cześć. – Daniel Podgórski podszedł do niej, zostawiając grupkę kolegów. Nie mieli na sobie mundurów, ale podejrzewała, że to policjanci. Przez te lata małżeństwa z Mariuszem nauczyła się ich rozpoznawać. Było coś w ich postawie i zachowaniu, co zawsze nieomylnie zdradzało ich zawód. – Nie wiedziałem, że przyjdziesz. To miła niespodzianka.

– Szczerze mówiąc, nie planowałam przychodzić… ale jakoś tak wyszło. – Nagle Weronika zapragnęła, żeby Tomek wcale nie wracał. Lepiej by było, gdyby został przy barze. Hormony, wszystkiemu winne hormony, powtarzała sobie w głowie. – Jeszcze nigdy nie byłam na takiej… zabawie. Jest… wesoło.

– Ja też z reguły nie chodzę, ale znajomi mnie wyciągnęli – usprawiedliwił się Daniel z uśmiechem. – Normalnie słucham trochę innej muzyki.

Ledwo go słyszała w tym hałasie. Zaczęła się nowa piosenka. Tańczący krzyknęli radośnie, rozpoznając pierwsze nuty kolejnego przeboju. Daniel powiedział coś, ale go nie usłyszała. Wrzawa była zbyt duża. Pokazała na ucho, kręcąc głową. Uśmiechnął się i pochylił ku niej.

– Chodź, przedstawię cię wszystkim – zaproponował Podgórski. Ich twarze były teraz bardzo blisko. Nagle miała wrażenie, że są w tej sali tylko we dwoje. – Nie znasz jeszcze pewnie zbyt dużo osób we wsi.

– Wiera nade mną pracuje – odkrzyknęła Weronika.

Nie była pewna, czy usłyszał. Wziął ją za rękę i pociągnął w stronę swoich znajomych. Przedstawił jej kolejno swoich kolegów. Marek, Janusz, Paweł, Marek, Janusz, Paweł, powtarzała sobie w myślach, żeby nie zapomnieć.

Tak jak odgadła, byli policjantami. Marek Zaręba i Paweł Kamiński przyszli z żonami. Fryzjerkę już kiedyś spotkała w sklepie u Wiery. Grażyny natomiast nigdy jeszcze nie widziała. Kobieta wyglądała na nieco zalęknioną.

– My już się kiedyś spotkaliśmy – przypomniał jej najmłodszy z mężczyzn wesoło. Marek Zaręba, pomyślała. – W sklepie u Wiery. Nie wiem, czy pamiętasz?!

Marek miał zaczerwienione policzki i wyglądał na lekko wstawionego. Podtrzymywał starszego policjanta, który mógł się poszczycić najbujniejszymi wąsami, jakie Weronika kiedykolwiek widziała.

– As..pr..nt Rosół, Janusz – wybełkotał wąsacz. Ledwo trzymał się na nogach. – Poolycjaaaa.

– Janusz troszkę za dobrze się bawi – wyjaśnił ze śmiechem Zaręba.

– Słyszałam, że planujesz otworzyć u nas stajnię, kotku. Ja nigdy nie jeździłam na koniu – zagadnęła Ewelina Zaręba.

Fryzjerka była dużo niższa niż Weronika, nawet w szpilkach. Kołysała zmysłowo biodrami w rytm muzyki. Marek pocałował ją w policzek, zataczając się lekko. Ewelina odepchnęła go żartobliwie.

– Nie przejmuj się nimi – powiedziała do Weroniki. – Tak wygląda nasza lipowska policja po godzinach.

– Musimy odreagować pieprzone stressssy – odezwał się Paweł Kamiński. – No, Grażka, idziemy trochę pofikać? Troszeczkę, co?

Grażyna ruszyła za nim niechętnie na parkiet. Daniel otworzył usta, jakby chciał coś powiedzieć. W końcu jednak zrezygnował.

– Mojego konia mają przywieźć jutro – powiedziała Weronika w stronę Eweliny. – Będziesz mogła spróbować pojeździć, jeśli chcesz.

– Nie wiem, czy się odważę. Marek, może ty…

– Jestem najlepszym jeźdźcem w okolicy. – Młody policjant wypiął dumnie pierś. Mówił niewyraźnie. Wszyscy się zaśmiali. – No co? Mój wuj ma dwa konie! Od dziecka jeździłem…

– Naprawdę? – zainteresowała się Weronika.

– To takie raczej pociągowe konie… – wyjaśniła fryzjerka, przekrzykując muzykę. – Daniela nie masz nawet co namawiać. On tylko pracuje i pracuje. Nawet jutro będzie jechał do Warszawy służbowo. Mimo że to sobota. Byś się trochę wyluzował, Daniel! Weekend, a ty będziesz jechał. Moim zdaniem to przesada.

– Jedziesz do Warszawy? – podchwyciła Weronika. – Nie mogłabym się z tobą zabrać? Tylko w jedną stronę. Mój koń strasznie nie lubi podróży. Lepiej bym się czuła, gdybym jechała z tym przewoźnikiem.

– Nie ma problemu – uśmiechnął się policjant. – Ale chciałem wyjechać dość wcześnie. Chcę wrócić po południu do Lipowa.

Nagle z tłumu wyłonił się Tomek Szulc, niosąc dwie butelki. Spojrzał z irytacją na Daniela. Policjant przewyższał go o dobre dziesięć centymetrów.

– Witam władzę – zwrócił się Tomek do grupy policjantów. W jego głosie pobrzmiewała nieskrywana ironia.

Janusz Rosół zatoczył się w kierunku nowo przybyłego. Daniel podtrzymał kolegę, ratując go przed niechybnym upadkiem.

– As..pr..nt Rosół, Janusz – przedstawił się znowu bełkotliwie najstarszy z policjantów.

Tomek spojrzał na niego z odrazą.

– Zajęliście się widzę moją partnerką. Na was zawsze można liczyć – stwierdził szyderczo. – Władza nigdy nie zawiedzie.

– Przyjadę po ciebie o wpół do ósmej – rzucił Daniel w kierunku Weroniki. – Januszowi chyba wystarczy zabawy na dziś. Odstawię go do domu.

Zarzucił sobie rękę kolegi na ramię i wyprowadził Rosoła z remizy, nie mówiąc nic więcej. Pijany policjant protestował głośno. Weronika miała nadzieję, że Daniel obejrzy się na nią w drzwiach, ale tego nie zrobił.

Nagle zapragnęła być w domu z psem. Chyba nie była jeszcze gotowa wrócić do damsko-męskiego świata.

Zabawa w remizie trwała dłużej, niż można było przypuszczać. Jestem już w domu, ale jest bardzo późno. Zdecydowanie za późno. O tej porze muszę już dawno być w łóżku. Za to powinna być kara.

Kara, kara, kara.

Z drugiej strony nie można było nie pójść. Ktoś mógłby nabrać niepotrzebnych podejrzeń. Trzeba dmuchać na zimne. Najważniejszy jest przecież plan. Biorąc to wszystko pod uwagę, może tym razem uda się jednak uniknąć kary.

Umiem idealnie wmieszać się w tłum. Dziś na dyskotece było tak samo. Bawi mnie to, że ludzie na mnie patrzą i żadne z nich nie umie rozpoznać mojej prawdziwej natury. Nikt nie rozpoznawał, że moje istnienie ma wyższy cel, że mam do spełnienia misję. Wystarczy tańczyć do tej samej muzyki, pić ten sam alkohol. Wtedy ludzie akceptują cię bez zastrzeżeń. To łatwe. Trzeba tylko nabrać trochę wprawy. Mnie się to udało.

Świat lekko kołysze się wokół mnie. Na przyszłość muszę się bardziej kontrolować. Plan nie dopuszczał przecież żadnych słabości. Słabości prowadzą bowiem do pomyłek. Pomyłek zaś trzeba wystrzegać się jak ognia. Jestem już prawie u celu. Nie mogę przegrać, będąc na ostatniej prostej. Tym bardziej że nikt przecież tak naprawdę nie ma ze mną szans w tym wyścigu.

Obserwowanie ofiary w tłumie tańczących było wspaniałe. Bicie jej przerażonego serca było dobrze słyszalne, pomimo muzyki i głosów wokoło.

Tu-dum, tu-dum, tu-dum.

Była tam, ale mnie nie widziała. Zastanawiam się, czy przeczytała już mój ostatni list. Mam nadzieję, że tak. Widzę oczami wyobraźni, jak otwiera kopertę, a jej twarz zmienia się w przerażoną maskę.

To już bardzo niedługo. Ostatni znaczek został przyklejony. Ostatnie słowo napisane.

Teraz trzeba się wyciszyć przed ostatecznym ciosem. Jeszcze dzień, może dwa.

Potem koniec.

Rozwinę kolorowe skrzydła. Będę Motylkiem. Ja!

ROZDZIAŁ 12

Lipowo, Brodnica i Warszawa.
Sobota, 19 stycznia 2013, rano

Weronika Nowakowska obudziła się nieco za późno, więc ubierała się w biegu. Na szczęście Wiera zgodziła się przyjść w ciągu dnia i wyprowadzić Igora. Pies chyba wiedział, że jego pani wyjeżdża gdzieś na dłużej, bo siedział smutny w kącie kuchni. Pogłaskała go, obiecując, że niedługo wróci. Nie była to do końca prawda, ale wydawał się trochę pokrzepiony jej słowami.

Punktualnie o siódmej trzydzieści usłyszała pukanie do drzwi. Włożyła szybko czapkę i kurtkę. Rzuciła ostatnie słowa pocieszenia Igorowi. Pies zwinął się już w kłębek. Zamierzał chyba przespać jej nieobecność.

Daniel Podgórski uśmiechnął się na powitanie, kiedy otworzyła drzwi.

– Przyniosłem prowiant – powiedział, pokazując papierową torebkę. – Nie wiem, czy jadłaś śniadanie. Jest dość wcześnie.

– Nie zdążyłam – przyznała Weronika.

Chwyciła ochoczo paczuszkę. W środku znalazła kilka świeżych bułeczek. Były jeszcze ciepłe i pięknie pachniały.

– Moja mama je piecze. Są bardzo dobre, spróbuj – zachęcił policjant z uśmiechem.

– Tym przyjechałeś? – powiedziała Weronika z pełnymi ustami. Bułeczki rzeczywiście były pyszne.

Przed jej domem stało stare sportowe subaru. Było jaskrawoniebieskie i miało kontrastująco złote felgi. Zaśmiała się wesoło. Policjanci mieli chyba słabość do szybkich samochodów. Mariusz powiedział jej kiedyś w tajemnicy, że wieczorami ścigają się z kolegami po mieście. To tyle, jeżeli chodzi o ograniczenie prędkości w Warszawie. Najwyraźniej tu było podobnie.

– Nie podoba ci się? – Daniel wyglądał na zawiedzionego.

– Nie… tylko po prostu myślałam, że… no nie wiem.

– Że przyjadę starym radiowozem? – zaśmiał się Podgórski. – Nasz poczciwy polonez też by dał radę do Warszawy, ale dzisiaj wolę jechać własnym. Przyda mu się trochę ruchu.

– Jakoś nie spodziewałam się, że jeździsz takim samochodem – uśmiechnęła się Weronika.

– To subaru impreza – wyjaśnił Daniel.

– Wiem. – Weronika znowu się roześmiała. Nasłuchała się niezliczonych wykładów na temat motoryzacji od męża i jego kolegów. – Poznałam.

– Ponad dwieście koni – chwalił się Daniel dalej. – Co prawda rocznik dziewięćdziesiąt osiem, ale ciągle daje radę. Napęd na cztery koła jest jak znalazł w taką pogodę. A jakim samochodem miałbym jeździć, skoro nie spodziewałaś się tego?

– Nie wiem. – Nie chciała go urazić, ale wyobrażała go sobie raczej w jakimś statecznym rodzinnym aucie, które by się zbytnio nie wyróżniało. Pomyłka. – Jeździsz na jakieś rajdy czy coś?

– Czasami. No i czasami ścigamy się trochę z Młodym, to znaczy z Markiem Zarębą – przyznał Daniel Podgórski. – Ale nie mów nikomu. Oficjalnie nie jeżdżę szybciej niż pięćdziesiąt na godzinę.

Weronika uśmiechnęła się szeroko. Wolała go nie pytać, czy posiada również motocykl. Przerobiła już to wszystko z mężem.

Podgórski otworzył jej drzwi pasażera i zaprosił do środka. Ruszyli. Samochód bez problemu poradził sobie z zaśnieżoną polną drogą prowadzącą do jej domu i wkrótce wyjechali na szosę. Śnieg przestał już padać, ale drogi nadal były pokryte grubą warstwą białego puchu. Daniel okazał się bardzo dobrym kierowcą, więc wkrótce Weronika się rozluźniła i przestała myśleć o niebezpieczeństwach zimowej jazdy. Rozmawiali o wszystkim i o niczym, jak pierwszego wieczoru, starannie unikając tematu wczorajszej dyskoteki. Miała nadzieję, że powie jej coś na temat śledztwa. Przyzwyczaiła się już uczestniczyć w ten sposób w pracy Mariusza. Brakowało jej tego.

– Znasz dobrze Kojarskich? – zagadnął w końcu Podgórski ku jej źle ukrywanemu zadowoleniu.

– Niezbyt. Właściwie to byłam u nich tylko raz. Na kolacji we wtorek. No i oczywiście rozmawiałam z nimi przy zakupie domu. Znam trochę Juniora Kojarskiego, bo jest znajomym mojego byłego męża.

– Co o nich myślisz?

– Myślę, że w tej rodzinie nikt nie jest tym, kim się wydaje.

Aspirant Janusz Rosół obudził się wczesnym rankiem. Nadal miał na sobie wczorajsze ubranie. Było nieprzyjemnie przepocone. Bolała go głowa. Jak przez mgłę pamiętał, że Daniel odprowadził go do domu i położył na łóżku. Janusz nie wstydził się tego. Każdy ma prawo dobrze się bawić. Nawet on. W domu panowała cisza, ale nie spodziewał się niczego innego. Po wczorajszej dyskotece w remizie wszyscy mieli prawo się wyspać.

Wstał niespiesznie z łóżka. Nie miał żadnych planów na dzisiaj. Jego dzieci nie chciały go znać, a on sam nie miał praktycznie żadnych przyjaciół, tylko kolegów z komisariatu. Oni się jednak nie liczyli. Każdy miał przecież swoje życie i swoją rodzinę. Nie mógł od nich wymagać opieki nad sobą. Weekendy spędzał więc samotnie.

Umył się i ogolił. Wyrównał wąsy. Niedługo trzeba będzie je odrobinę skrócić. Twarz miał bladą, a oczy podkrążone i przekrwione. Nie wyglądał najlepiej. Na śniadanie nie miał wcale ochoty. Równie dobrze mógł pójść do pracy. Dzisiaj będzie spokojnie, wszyscy mieli coś do roboty. Janusz postanowił podzwonić w sprawie tych autobusów. Miał to zrobić już wczoraj, ale jakoś się nie złożyło. Lepiej późno niż wcale. Może gdyby trafił się przełom, dzieci byłyby wreszcie z niego dumne. Potrzebował trochę uznania. Zwłaszcza z ich strony.

Wolnym krokiem dotarł do komisariatu. Zamknął za sobą drzwi na klucz i usiadł ciężko przy biurku. Zasłonił żaluzje, ponieważ światło nieprzyjemnie raziło go w oczy.

Na szczęście nikogo nie było. Nie miał najmniejszej ochoty gadać z żadnym z kolegów. Nie teraz.

Od razu wziął się do pracy. Uzyskanie telefonów do wszystkich interesujących go kierowców poszło szybciej, niż się spodziewał. Postanowił zacząć od kierowcy autobusu, który zapewne przywiózł tu zakonnicę. Mężczyzna odebrał dopiero po długiej chwili. Sądząc po głosie, dopiero się przebudził.

– Z tej strony aspirant Janusz Rosół z komisariatu policji w Lipowie – przedstawił się głośno i wyraźnie wąsaty policjant. Chciał, żeby do zaspanego mężczyzny na pewno dotarło, że sprawa jest poważna. – Dzwonię w sprawie wypadku, który miał miejsce w ten wtorek, to jest piętnastego stycznia.

– Jaki wypadek? O czym pan mówi? – wybełkotał niewyraźnie tamten. – Która godzina? Człowieku, ja cały tydzień wstaję przed piątą, a pan mnie budzisz tak wcześnie? Jedyny dzień, kiedy mogę się wyspać. Ludzie!

– Proszę pana, radzę współpracować. Mówimy o bardzo poważnej sprawie. O przestępstwie – nagle Janusz poczuł, że zaczyna się dobrze bawić. Ból głowy powoli znikał, ustępując miejsca ekscytacji.

Wziął do ręki przenośną słuchawkę telefonu i poszedł do pokoju socjalnego nastawić kawę. Był sam. Mógł wykorzystać całą przestrzeń.

– Dobrze, już dobrze. Przecież będę współpracował – w głosie kierowcy pojawiła się nuta niepewności. – Mówił pan o wtorku, tak?

– Dokładnie. Czy odbywał pan ranny kurs?

– Oczywiście. We wtorki zawsze pracuję od rana, ale ja nic nie wiem – dodał mężczyzna szybko. – Nic a nic.

– Spokojnie. Przecież o nic pana jeszcze nie zapytałem.

W elektrycznym czajniku zagotowała się już woda. Janusz Rosół nasypał do kubka rozpuszczalnej kawy i zalał ją wrzątkiem. Po namyśle sięgnął głębiej do szafki. Paweł Kamiński ukrył tam kiedyś butelkę wódki na czarną godzinę. Rosół miał nadzieję, że jeszcze tam jest. Daniel by się wściekł, gdyby się o tym dowiedział. Chłopak naprawdę miał powołanie. Rosół dolał trochę alkoholu do kawy. W końcu była sobota.

– To pytaj pan wreszcie – zniecierpliwił się kierowca. Wyglądało na to, że chce skończyć rozmowę jak najszybciej. – O co właściwie chodzi?

– O której dojechał pan na przystanek na wysokości ośrodka UMK nad jeziorem Bachotek?

– Według rozkładu mam tam być o siódmej czterdzieści. Nie pamiętam teraz, jak było w ten wtorek, o który panu chodzi, ale zwykle jestem na czas. Mogłem tam być kilka minut wcześniej lub później. Zimą różnie bywa. Chyba pan rozumie – bronił się kierowca. – Czemu pan pyta?

– Co pan taki zdenerwowany? – Rosół zaczął odczuwać przypływ dziwnej energii. Nie był sobą. Nie wiedział, czy to dobrze, czy źle.

– Nie jestem zdenerwowany. Nic nie zrobiłem. Niech mi pan wreszcie powie, do czego pan zmierza, do cholery!

– Wzywam pana do zaprzestania używania takiego słownictwa. – Rosół upił łyk kawy. Była niedobra, ale nie przeszkadzało mu to teraz. Czuł się coraz lepiej. Wypełniała go energia.

Kierowca nie odpowiedział. Słychać było tylko jego ciężki oddech.

– Czy przypomina pan sobie zakonnicę, która wysiadła na tym przystanku? – przeszedł do rzeczy Rosół. Nie miał czasu na zbędne pogaduszki.

– Tak. Była jedyną osobą, która tam wtedy wysiadła. Pamiętam to, bo się zdziwiłem. Zimą o tej porze niewiele osób tam wysiada. Do tego zakonnica. Latem to co innego. Turyści podjeżdżają pod ośrodek wczasowy. Jest wtedy duży ruch.

– Jak się zachowywała zakonnica? – przerwał mu Janusz. – Zauważył pan coś szczególnego?

– Nie, raczej nie – kierowca wyraźnie się uspokajał. – Zachowywała się całkiem zwyczajnie.

– Miała jakieś bagaże? Torbę podróżną? Cokolwiek?

– Nie jestem pewien. Na pewno nie miała walizki, jeżeli o to chodzi. Możliwe, że miała torebkę. Taką, jak wszystkie kobiety noszą. Zakonnice chyba też? Nie zwróciłem uwagi.

Przy ciele zabitej policjanci nie znaleźli żadnego bagażu ani dokumentów. Kierowca twierdził zaś, że siostra Monika mogła mieć ze sobą torebkę. Rosół zanotował w myślach, żeby o tym pamiętać. Możliwe, że zabójca zabrał jej rzeczy. Szkoda, że kierowca nie pamiętał więcej szczegółów.

– No dobrze – odchrząknął w końcu policjant. – Co zakonnica zrobiła potem, przypomina pan sobie może?

– Poszła tą drogą przez las w kierunku ośrodka. Pamiętam, że się zdziwiłem, bo nie wiedziałem, że ośrodek działa zimą. No, ale są przecież ferie. To może działa. Ja tam nie wiem.

– Nie przypomina pan sobie nic więcej? – upewnił się Janusz Rosół. Kierowca zaprzeczył. – No dobrze, dziękuję za rozmowę. Być może będę się jeszcze kontaktował.

Rosół nacisnął przycisk rozłączania rozmowy i rozsiadł się wygodnie. Wypił jeszcze trochę kawy. Na razie udało mu się potwierdzić, że zakonnica rzeczywiście ruszyła z przystanku przy głównej szosie około 7.40 we wtorek rano. Szła drogą przez las w kierunku Lipowa. Było tak, jak podejrzewali, i stary Malinowski faktycznie mógł ją widzieć koło ósmej, tak jak zeznał Markowi Zarębie podczas przesłuchań.

Teraz Rosół miał zamiar zadzwonić do drugiego kierowcy. Znał Roberta dość dobrze. Dawno temu zdarzało im się pójść razem na ryby. Kierowca mieszkał w Zbicznie, kilka kilometrów od ich wsi. To on zazwyczaj przyjeżdżał autobusem o 10.15, żeby przywieźć podróżnych z Brodnicy do Lipowa. Jego trasa prowadziła akurat obok miejsca, gdzie znaleziono ciało siostry Moniki. Fryzjerka znalazła zakonnicę o 10.30. Jeżeli Robert nie widział zabitej, musiało to oznaczać, że zakonnica została zamordowana w ciągu kwadransa, pomiędzy 10.15 a 10.30, inaczej Robert musiałby ją mijać.

Kolega odebrał po pierwszym sygnale. Słychać było dźwięk silnika, więc wyglądało na to, że właśnie jest w pracy. Rosół spojrzał na zegarek. Dziewiąta.

– No cześć, Januszku! Kopę lat! – krzyknął mężczyzna jowialnie. – Już miałem wykasować twój numer z komórki!

– Cześć – zaczął Rosół. Nagle poczuł się senny. Cała energia zniknęła tak szybko, jak się pojawiła. – Słuchaj, Robercik, mam sprawę.

– No to strzelaj. Zgaduję, że chodzi o tę zakonnicę? Widziałem na *naszym-lipowie*.

– No, właśnie o tę sprawę chodzi. Czy wtedy we wtorek jechałeś tamtą drogą? Zwykle jesteś u nas o dziesiątej piętnaście.

– Poczekaj, kiedy to było? – zastanawiał się głośno kierowca.

Janusz Rosół usłyszał ciche trąbienie w tle.

– Piętnastego, w ostatni wtorek – przypomniał policjant.

– A, rzeczywiście. Pamiętam – stwierdził kierowca. – Piętnastego ten kurs był akurat skasowany. Jechałem trasą przez las, ale nie skręciłem do was. Musiałem zastąpić kolegę na trasie, bo autobus mu siadł.

– Czyli że w ogóle do nas nie wjeżdżałeś? – upewnił się Rosół, gładząc się po wąsach.

– Nie tym razem. Czekaj, to przecież tam znaleziono zakonnicę! No, no. Gdybym przejeżdżał, to ja bym był tam pierwszy. No, może następnym razem się uda. – Kierowca zaśmiał się wesoło. – Przepraszam, może nie powinienem z tego żartować.

– Ale mówisz, że jechałeś prosto przez las. – Janusz zignorował komentarz kolegi. – Może widziałeś tam cokolwiek, nie wiem, dziwnego? Coś, czego byś się normalnie nie spodziewał?

– A wiesz, że tak? – powiedział Robert w zamyśleniu. – Wtedy się nad tym nie zastanawiałem, ale teraz to wydaje się trochę dziwne, jak tak o tym rozmawiamy.

Janusz Rosół chwycił długopis i pierwszy lepszy kawałek papieru. Obrócił kartkę. Jakaś faktura. Nie szkodzi. Znowu poczuł podniecenie, jakie dawno go nie ogarniało w pracy. Słuchał kolegi rozemocjonowany. To wszystko robiło się coraz bardziej interesujące.

Pani Barczewska odłożyła telefon ze złością. Upiła łyk gorącej kawy, żeby się trochę uspokoić. Gdyby ktoś postawił samochód na jej miejscu tylko na chwilę, toby mogła jeszcze zrozumieć, ale na tak długo? Rano wyszła sprawdzić i land rover stał tam nadal. Skandal! Zwyczajny skandal!

Rozmawiała już ze wszystkimi ważniejszymi działaczami spółdzielni mieszkaniowej. Każdy z nich twierdził, że nie może jej w żaden sposób pomóc, ponieważ formalnie miejsca parkingowe nie przynależały do konkretnych osób i każdy mógł zaparkować, gdzie chciał. Wszyscy jej rozmówcy byli oczywiście bardzo zaskoczeni, żeby nie powiedzieć zszokowani, że ktoś zrobił jej coś takiego. Nikt też nie wiedział, kto mógł zaparkować na jej miejscu.

– To skandal! – powtórzyła kilka razy Barczewska, wpatrując się nienawistnie w słuchawkę telefonu. – Po pierwsze, nikt nie powinien był tam parkować. Po drugie, nikt nie chce mi pomóc. Zwyczajny skandal!

Nikt jej nie odpowiedział. Mąż zamknął się w swoim pokoju pod pretekstem naprawy zepsutej lampy. Wiedziała, że on również nie ma ochoty jej pomóc. To było do niego niepodobne. Będzie musiała z nim o tym porozmawiać, jak tylko załatwi sprawę samochodu. Mąż powinien wspierać żonę w każdej sytuacji. Tym bardziej że teraz walczyła o jego sprawę, nie o swoją. W końcu to on musiał parkować.

Chwyciła za telefon. Czas zwrócić się do wyższej instancji. Wykręciła numer na policję.

Siostra Anna z warszawskiej parafii postawiła przed Danielem Podgórskim kubek parującej herbaty. Była miłą staruszką o pulchnej dobrotliwej twarzy. Nosiła duże okulary i przypominała Podgórskiemu jego zmarłą przed kilku laty babcię. Usiedli w niewielkim pokoju, który był jej biurem. Dookoła panował chaos, którego by się po tej staruszce nie spodziewał. Wszędzie leżały porozrzucane papiery, książki i ulotki dotyczące życia kościoła i działalności przykościelnego ośrodka pomocy dla młodzieży.

– Przepraszam za bałagan – powiedziała siostra Anna na wstępie, chociaż wcale nie wydawała się zażenowana panującym wokół chaosem. – Jakoś nigdy nie mam czasu posprzątać. Zajmuję się organizacją pracy tej parafii, a sama nie umiem zorganizować swojego biurka! Taki paradoks.

Uśmiechnęła się szeroko. Właściwie jej twarz wydawała się stworzona do okazywania wszelkiego rodzaju radości. Policjant nie mógł jej sobie wyobrazić smutnej.

– Teraz, z wiekiem, coraz gorzej ze wszystkim nadążam – mówiła dalej siostra Anna. – Dlatego panuje tu taki rozgardiasz. Jest nas tu kilka sióstr. Pomagamy księżom prowadzić parafię i działamy w ośrodku dla młodzieży. Można powiedzieć, że ja zajmuję się wszystkimi sprawami organizacyjnymi, od spraw finansowych po porządki. Przede mną była siostra Scholastyka. Niestety umarła biedaczka osiem lat temu. Ja przejęłam po niej tę „fuchę". Staram się jej dorównać, ale to nie jest łatwe!

Zaśmiała się znowu.

– Czy siostra dobrze znała siostrę Monikę? – zapytał Daniel na początek.

– Jak siostra siostrę, tak. Była u nas od dość dawna. Kilka lat dłużej niż ja. Przedtem byłam w Łodzi.

– Co mogłaby siostra o niej powiedzieć?

– No cóż, wydaje mi się, że siostra Monika była nieco młodsza ode mnie – zaczęła uśmiechnięta zakonnica. – U nas była jakieś piętnaście, może szesnaście lat. Tak jak mówiłam, przyszła wcześniej niż ja. Była bardzo zaangażowana w działalność na rzecz młodzieży z trudnych domów. Prowadzimy tu taką organizację przykościelną.

– Proszę wybaczyć pytanie, ale czy siostra Monika miała kłopoty z alkoholem?

Zakonnica spojrzała na policjanta zaskoczona.

– Nigdy czegoś takiego nie widziałam. U nas zawsze żyła we wstrzemięźliwości i czystości. O tym mogę zaświadczyć. Dlaczego pan pyta?

– Czy siostra Monika miała jakąś rodzinę? – zapytał Daniel zamiast odpowiedzi. Nie miał zamiaru zdradzać, co odkrył patolog sądowy.

– Z tego, co wiem, nie miała nikogo. Nigdy nikt jej nie odwiedzał. Ona też nigdy nigdzie nie jeździła. Można powiedzieć, że to my i nasi parafianie byliśmy jej rodziną.

Podgórskiemu zaczynało się robić gorąco. Zerknął tęsknie w kierunku zamkniętego okna, ale siostra Anna zdawała się tego nie zauważać. Chyba nigdy nie wietrzyła w swoim gabinecie.

– Czy wspominała cokolwiek o dziecku?

– Co pan ma na myśli?

Podgórski zastanawiał się przez chwilę, ile może zdradzić siostrze Annie. Sekcja zwłok wykazała, że zmarła zakonnica rodziła co najmniej raz.

– Czy jest możliwe, że przed wstąpieniem do zakonu siostra Monika urodziła dziecko?

Siostra Anna patrzyła na policjanta szeroko otwartymi oczami.

– Oczywiście, takie rzeczy się zdarzają – powiedziała w końcu. – Ale siostra Monika? Nigdy nie wydawała się zainteresowana mężczyznami. Była całkowicie oddana służbie Bogu. W tym znajdowała zaspokojenie. Nie zwierzała mi się, ale trudno mi sobie wyobrazić, żeby miała dziecko. Musiałaby przecież utrzymywać z nim kontakt. No, chyba że umarło, zanim Monika przyjęła święcenia. Dlaczego pan pyta o takie dziwne rzeczy?

Daniel czuł, że zaczyna się pocić. Mimo to napił się gorącej herbaty. Była bardzo słodka, a tego teraz potrzebował.

– Dołożyłam miodu do herbaty – wyjaśniła zakonnica, uważnie mu się przyglądając. – To dobry sposób, żeby się nie przeziębić, jak na dworze taka zawierucha.

Tak, tak. Gdzie on to słyszał?

– Czyli nie wie siostra nic na temat żadnych dzieci ani innych członków rodziny? – podsumował Podgórski dla pewności.

– Nie. Jeżeli chodzi o pogrzeb, to my się tym zajmiemy. Ksiądz Piotruś pewnie już o tym mówił. Szczęście w nieszczęściu, że on jest tam u was na miejscu.

– Tak, rozmawialiśmy już o tym – potwierdził policjant. – Czy mogłaby mi siostra podać dane siostry Moniki? Z tego, co się orientuję, przy przyjmowaniu święceń przybiera się nowe imię?

– To prawda. Na przykład ja przyjęłam imię po świętej Annie Sprawiedliwej, która była matką Marii z Nazaretu. Czyli matki Jezusa Chrystusa. Święta Anna jest między innymi patronką piekarzy, a mój świętej pamięci ojciec tym właśnie się zajmował. Od najmłodszych lat to była moja ulubiona święta! Młodzi powiedzieliby teraz, że była moją idolką.

Siostra Anna zaśmiała się serdecznie.

– Rozumiem. Jak się nazywała siostra Monika przed wstąpieniem do zakonu? – zapytał Daniel Podgórski raz jeszcze.

– To bardzo dziwne, ale nie wiem. Sama jestem zaskoczona. Tak po prawdzie nigdy się nad tym nie zastanawiałam. Tu w kościele używamy naszych imion ze święcenia. Zawsze była dla mnie po prostu siostrą Moniką. Strasznie mi teraz głupio! W końcu powinnam wiedzieć takie rzeczy, skoro tu zarządzam. Na swoje usprawiedliwienie mam tylko, że przyjmowała ją jeszcze siostra Scholastyka. Czyli moja poprzedniczka. Już chyba wspominałam. Ona na pewno by wiedziała. Tylko że umarła, biedaczka.

Podgórski skinął głową ze zrozumieniem.

– Może macie tu jakiś rejestr, gdzie to nazwisko byłoby zapisane? To dosyć ważne dla naszego śledztwa.

– Oczywiście! – wykrzyknęła siostra Anna, śmiejąc się głośno. – Głuptas ze mnie! Już sprawdzam. Siostra Scholastyka na pewno wszystko dokładnie zapisała. Była znana ze skrupulatności. Tylko to może trochę zająć! Zanim znajdę odpowiedni rocznik.

– Czy mógłbym w tym czasie porozmawiać z innymi mieszkańcami plebanii i pracownikami ośrodka pomocy? Może oni coś wiedzieli.

– Ależ oczywiście! Jak najbardziej – powiedziała zakonnica z szerokim uśmiechem. – Wszyscy bardzo chcemy pomóc. Przejęliśmy się strasznie tym wypadkiem.

Rozmowy ze wszystkimi osobami, które mogły znać zmarłą, zajęły Danielowi ponad dwie godziny. Czuł się zmęczony i zrezygnowany. Siostra Monika okazała się postacią bardzo tajemniczą. Wszyscy powtarzali, jak bardzo zaangażowana była w pomoc młodzieży w ośrodku pomocy i jak bardzo przykładną katoliczką była, nikt jednak nie umiał powiedzieć nic na temat jej życia przed przyjęciem święceń. Nikt również nie wiedział nic na temat ewentualnej rodziny. Daniel zajrzał też do pokoju, który zajmowała zakonnica. Tam także nie znalazł nic interesującego.

Wrócił do gabinetu siostry Anny zmęczony i pokonany. Miał nadzieję, że przynajmniej nazwisko zmarłej zakonnicy pomoże w ruszeniu śledztwa z martwego punktu, w którym obecnie utknęło.

– Nie wiem doprawdy, co powiedzieć – zaczęła staruszka. – Naprawdę nic z tego nie rozumiem.

– Co ma siostra na myśli?

– Moja poprzedniczka, siostra Scholastyka, była przecież taka skrupulatna!

Daniel Podgórski potarł zmęczone oczy. Nie zapowiadało się to dobrze.

– Przejrzałam wszystkie rejestry! – wykrzyknęła siostra Anna. – Pomagała mi nawet młoda Elwira, bo bałam się, że może ja coś przeoczyłam! Siostry Moniki nie było w żadnym naszym rejestrze. Jest tak, jakby tu w ogóle nie mieszkała. Nigdy. A przecież była u nas kilkanaście lat. Czegoś takiego jeszcze nie widziałam! To niesamowite.

– Jak to możliwe? – zapytał Daniel rozgoryczony.

– Tak jak już mówiłam. Ja jej nie przyjmowałam, tylko moja poprzedniczka, siostra Scholastyka. Jak objęłam to stanowisko, to nie zaglądałam do starych rejestrów. Nie było po co. Dopisywałam tylko nowe osoby. Bardzo mi przykro, ale w żaden sposób nie umiem pomóc. Nie znam świeckiego nazwiska siostry Moniki.

– No dobrze, zostawmy to na razie. Słyszałem, że mieliście przejściowe kłopoty finansowe związane z rozbudową kościoła – zagaił Daniel. Postanowił, że ustaleniem świeckiej tożsamości siostry Moniki zajmie się później. Teraz chciał sprawdzić ewentualny motyw zabójstwa. – Ksiądz Piotr wspominał, że znalazł się już sponsor.

– Tak – w głosie siostry Anny pojawiła się ostrożność. – Mamy już darczyńcę.

– Czy siostra Monika zajmowała się tą sprawą?

– W ogóle nie miała z tym związku. Dlaczego pan pyta? Nie powinniśmy skupić się na tym, kto ją przejechał?

– Chciałbym mieć pełny obraz sytuacji – wyjaśnił policjant uspokajająco.

– Ksiądz Piotruś mówił, że została potrącona przez samochód – powiedziała znowu zakonnica. – Nie rozumiem, jak sytuacja w naszej parafii miałaby być związana z jej śmiercią.

– To prawda, została potrącona – przyznał Podgórski. Nie chciał zdradzać nic więcej. Ani tej rumianej zakonnicy, ani Piotrowi. – Ale musimy badać różne wątki. To nasza praca.

– Rozumiem, ale jaki to wszystko ma związek z przeszłością Moniki i z rozbudową naszego kościoła? To jest dla mnie niejasne.

– Czy wie siostra, dlaczego Monika pojechała do Lipowa? – odpowiedział pytaniem na pytanie policjant. Znowu.

Otarł kropelki potu z czoła. W tym pokoju było mu zdecydowanie za gorąco. Miał za sobą przesłuchanie kilkunastu osób i nie mógł się już skupić na rozmowie.

– Szczerze mówiąc, nie wiedziałam nawet, że wyjechała z Warszawy – wyjaśniła siostra Anna przepraszająco. – Rano pożegnaliśmy Piotrusia, a potem już jej nie widziałam. Nie było jej na obiedzie, ale myślałam, że zdecydowała się zostać u siebie. Wieczorem z kolei ja wyszłam. Pomagałam w domu spokojnej starości. Wróciłam bardzo późno, więc nie wiedziałam, czy siostra Monika była na kolacji.

Daniel Podgórski milczał. Wiedział z doświadczenia, że czasem ta taktyka powoduje, że rozmówca czuje się zmuszony coś powiedzieć. Czekał na więcej informacji. Staruszka znowu dolała mu herbaty z porcelanowego dzbanka.

– Popytałam potem i wychodzi na to, że właściwie nikt jej nie widział już od południa – kontynuowała siostra Anna. – Dziwne, że nie zabrała się z Piotrusiem, skoro chciała jechać w to samo miejsce.

Znowu zamilkła. Narzuciła na ramiona brązowy sweter.

– Nikt z nas nie wie, czemu tam pojechała. – Zakonnica wydawała się zasmucona. Jej promienny uśmiech zniknął na chwilę. – Gdyby tylko ze mną porozmawiała… Może miała jakiś problem… Nie wiem, czy sobie wybaczę, że nic nie zrobiłam.

– To nie wina siostry – uspokoił ją Daniel Podgórski. – Skąd siostra mogła wiedzieć, że jej wyjazd tak się skończy? Nikt nie mógł tego przewidzieć.

Zakonnica nie wyglądała na przekonaną.

– Mówi siostra, że Monika mogła mieć jakiś problem… – podchwycił policjant.

– Mogło tak być, skoro odeszła tak bez słowa. Tak założyłam. Oczywiście patrząc z perspektywy czasu i wiedząc, co się stało. Nic przedtem nie zauważyłam. Zachowywała się normalnie. Oczywiście aż do momentu tego tajemniczego wyjazdu.

– Może martwiła się kłopotami finansowymi parafii – zasugerował ostrożnie policjant. Nie był jeszcze gotowy całkowicie zrezygnować z wątku finansowego.

– Raczej nie. Wiedziała o naszych kłopotach, ale w ogóle się tym nie interesowała. Była skupiona na posłudze Bogu. Zresztą nie wiem, czy możemy nawet mówić o k ł o p o t a c h finansowych. Tak po prawdzie to to nie było nic wielkiego. Gdybyśmy nie dostali tych pieniędzy, po prostu wstrzymalibyśmy się z remontem dzwonnicy do następnego roku. Zależało nam, żeby kościół dobrze się prezentował, ale prace remontowe nie były aż tak konieczne, żeby niepotrzebnie rozpaczać.

– Czy mógłbym mimo wszystko przejrzeć księgi rachunkowe?

Siostra Anna skinęła głową bez słowa. Wróciła po chwili z grubymi skoroszytami.

– Niech pan sobie usiądzie w kancelarii. Tam będzie miał pan spokój. Proszę mnie zawołać, kiedy pan skończy.

– Dziękuję.

Podgórski utknął na kolejne kilkadziesiąt minut w morzu liczb. Wyglądało na to, że w kwestii finansów siostra Anna mówi prawdę. Daniel nie znalazł nic podejrzanego. Jeżeli zajdzie taka potrzeba, poprosi o sprawdzenie rachunków jakiegoś specjalistę. Na razie wszystko wydawało się w porządku.

– Dziękuję za pomoc – powiedział na pożegnanie, oddając zakonnicy księgi rachunkowe. – W razie czego będę jeszcze z siostrą w kontakcie, dobrze?

– Oczywiście – westchnęła siostra Anna. – Tak mi szkoda biednej Moniki! Taka okropna śmierć! Czuję się naprawdę winna, że temu jakoś nie zapobiegłam.

– To nie wina siostry – uspokoił ją raz jeszcze Daniel Podgórski.

Spotkanie z siostrą Anną zakończyło się zaproszeniem na obiad. Podgórski wymówił się, tłumacząc, że ma jeszcze kilka spraw do załatwienia w mieście. Potrzebował czasu, żeby to wszystko przemyśleć.

Aspirant Janusz Rosół był podekscytowany tym, czego się dowiedział od Roberta, kierowcy autobusu, który miał przyjechać do Lipowa o 10.15. Tamtego dnia Robercik nie przejeżdżał co prawda obok miejsca, gdzie leżały zwłoki, ale nieco dalej zauważył coś dziwnego. Rosół nie miał wątpliwości, że to ma związek ze sprawą. Dzwonił kilka razy do Daniela, żeby poinformować go o wszystkim, ale szef miał wyłączony telefon i dotychczas nie oddzwonił. Widocznie był zajęty w tej całej Warszawie.

W tej sytuacji Janusz postanowił wrócić do domu na obiad. Nie jadł nic od wczoraj i mimo emocji towarzyszących dzisiejszym odkryciom zaczął wreszcie odczuwać głód.

Wszedł do domu, podśpiewując cicho. Czuł się dzisiaj jak zupełnie inna osoba i nie wiedział, czemu to właściwie zawdzięcza. Bartek siedział na kanapie w salonie. Telewizor był włączony, ale chłopak zdawał się nie zwracać uwagi na migające na ekranie obrazki.

– Czy coś się stało? – zapytał Rosół niepewnie.

Bartek odburknął coś niezrozumiale. Policjant wolał nie prosić, żeby syn powtórzył. Chłopak i bez tego nie wyglądał dobrze. Lepiej było nie wszczynać kłótni. Nie mieli ostatnio zbyt dobrego kontaktu, mówiąc oględnie, ale mimo wszystko Bartek był jego synem. Janusz widział w jego oczach coś, czego do końca nie rozumiał. Miał wrażenie, że coś chłopaka gryzie.

Usiadł obok niego na kanapie. Uznał, że należy działać powoli i z wyczuciem.

– Co oglądasz? – zapytał ostrożnie.

– Nic. – Bartek wpatrywał się w ekran.

Chłopak unikał patrzenia na ojca, ale też nie prowokował kłótni jak zazwyczaj. Rosół potraktował to jako zachętę. Odetchnął głęboko i spróbował jeszcze raz:

– Mogę się dołączyć?

Janusz miał wrażenie, że teraz jest dobry moment na pojednanie. Rozpierająca go nowa energia dodawała mu pewności siebie.

Bartek nie odpowiedział.

Oglądali w ciszy jakiś program na temat kupowania samochodów. Janusz nie znał się na tym. Żałował teraz, że nie słuchał lepiej Marka i Daniela. Oni mogli godzinami rozmawiać o samochodach. Może to była właśnie droga do serca jego syna?

– Myślisz, że powinniśmy wymienić naszego starego opla? – zagaił, idąc tym tropem.

– Jakbyś miał kasę. – Bartek zaśmiał się szyderczo.

Janusz nie wiedział, jaki zrobił błąd, ale moment szansy chyba minął bezpowrotnie. – Po co pierdolisz o kupnie nowego samochodu, skoro i tak cię, kurwa, nie stać?

– Nasza astra chyba nie jest taka zła? – spróbował Janusz. Wiedział jednak, że jest już za późno.

– Żartujesz chyba – zaśmiał się znowu Bartek. – Odsuń się, bo cuchniesz wódą.

– Nie obrażaj mnie – powiedział Rosół powoli.

– Jakbyś tyle nie chlał, tobyś tak nie jebał. – Syn spojrzał na niego wyzywająco.

– Nie obrażaj mnie – powtórzył policjant.

Rosół poczuł, że powoli traci panowanie nad wypełniającą go energią. To nie mogło się dobrze skończyć. Wpatrywali się w siebie nawzajem, więc żaden nie zauważył, że do pokoju weszła Ewa. Wydawała się smutna. Nie miała makijażu, więc jej twarz wyglądała niewinnie. Janusz spojrzał na nią z rozczuleniem. Jego mała córeczka. Zła energia zniknęła gdzieś na chwilę.

– Muszę z wami pogadać – ogłosiła Ewa. – Teraz.

Zabrzmiało to poważnie. Obaj spojrzeli na nią zdziwieni. Bartek poruszył się niespokojnie.

– Oczywiście, córeczko – zachęcił Janusz. Nie mógł uwierzyć, że to się dzieje naprawdę. Byli we trójkę. Mieli rozmawiać, jak zwyczajna rodzina. Wyłączył telewizor szybkim ruchem. Nie chciał, żeby coś im przeszkodziło. – Siadaj z nami.

Dziewczyna nie ruszyła się jednak z miejsca.

– Jestem w ciąży – powiedziała cicho i wybuchnęła niepohamowanym płaczem.

Rosołowi zakręciło się w głowie. Przez chwilę nie wiedział, co się dzieje. Niespodziewanie Bartek wstał z kanapy i podszedł do siostry. Objął ją i zaczął ją delikatnie kołysać, jakby była dzieckiem. Tak robiła Bożena, kiedy byli mali. Ciałem Ewy wstrząsały łkania.

– Kto jest ojcem?! Kto jest ojcem, do kurwy nędzy? – wrzasnął policjant.

Bartek spojrzał na ojca zaskoczony. Janusz sam był wstrząśnięty swoim wybuchem. Owładnęła nim niekontrolowana energia, jakby zrzucił z ramion kajdany apatii, która dotychczas go więziła.

Dziewczyna nie odpowiadała. Płakała nadal w objęciach brata.

– Czy chociaż wiesz, kto jest ojcem?! – powtórzył Rosół zdenerwowany.

– Tato, daj spokój – powiedział cicho Bartek.

Jego ton nagle stał się zupełnie inny. Znowu był jego małym synkiem. Janusz Rosół nie mógł powstrzymać łez. Złość minęła tak szybko, jak się pojawiła.

– Co my teraz zrobimy? – zapytał cicho, jakby to Bartek był jego ojcem.

– Poradzimy sobie – odpowiedział twardo chłopak.

ROZDZIAŁ 13

Warszawa 1964 rok

Jakub oglądał zdjęcie matki ukryty pod puchową pierzyną w swoim pokoju na piętrze. Zdawał sobie sprawę, że nie była to zbyt bezpieczna kryjówka, ale nie mógł się powstrzymać, żeby nie spojrzeć kilka razy na fotografię. Miał ją od niedawna. Leżała zapomniana w starym albumie. Gdyby ojciec o niej wiedział, na pewno by ją zniszczył. Najmniejsze wspomnienie o żonie powodowało, że wpadał w szał.

Chłopiec przyglądał się zachłannie kobiecie na zdjęciu. Matka wydawała mu się bardzo piękna. Najpiękniejsza. Fotografia była czarno-biała, ale jedna ze służących powiedziała mu w sekrecie, że jej oczy miały piękny niebieski kolor, a włosy były koloru zboża. Dotykał ich w nadziei, że poczuje ich miękkość przez powłokę papieru.

Jakub nigdy nie poznał matki, ale zawsze za nią tęsknił. Nie rozumiał, jak mogła wybrać Zygmunta na ojca dla niego. Nie rozumiał też, jak mogła go zostawić. Czuł, że gdyby nie umarła wtedy podczas porodu, dzisiaj jego życie byłoby zupełnie inne.

Usłyszał ciężkie kroki na schodach. Ojciec. Schował fotografię głęboko pod materac. Ojciec nie mógł jej znaleźć. To była tajemnica Jakuba.

Drzwi otworzyły się gwałtownie.

– Co ty robisz? – krzyknął ojciec. – Wyłaź stamtąd natychmiast. Co ty wyprawiasz pod tą kołdrą? Chyba nie grzeszyłeś, co? Co tam chowasz?

– Odddd-po-po-czy-czy-czy-wam – wyjąkał Jakub.

Nienawidził tego, ale nie mógł powstrzymać jąkania, kiedy ojciec się zbliżał.

– Zawiodłeś mnie, jąkało. – Mężczyzna zaśmiał się szyderczo. – Nie wolno grzeszyć! Jesteś synem lekarza. Ludzie mnie poważają. Co by powiedzieli, gdyby dowiedzieli się, jakiego mam syna, co? Wiesz, że nie mam wyboru? Wiesz to, prawda?

Jakub skinął powoli głową, kiedy ojciec zaczął rozpinać pasek spodni. Starał się myśleć o matce i o zdjęciu schowanym głęboko przed mężczyzną, którego nienawidził. Ból przeszywał jego ciało, ale nie mógł dosięgnąć jego myśli.

– Wychodzę do pacjentki – oznajmił ojciec, kiedy było po wszystkim.

Jakub nie odpowiedział. Patrzył tylko ojcu prosto w oczy. Wiedział, że tamten tego nienawidzi.

– Co się tak gapisz? – krzyknął. Wściekłość wykrzywiła mu twarz. – Oczy masz tak samo wstrętne jak twoja matka.

Uderzył syna w twarz z całej siły.

– Teraz do nauki. Jeżeli chcesz kiedyś zostać lekarzem, nie możesz tracić czasu na bzdety. Mam wpływy, ale nie załatwię ci wszystkiego. Nie możesz tylko ciągle liczyć na mnie. Bądź mężczyzną.

Jakub wcale nie chciał zostać lekarzem. Chciał zostać lepidopterologiem, czyli naukowcem zajmującym się motylami. Kochał motyle. Były najpiękniejszymi stworzeniami na ziemi. Jego matka była jak najcudowniejszy z nich. Delikatne skrzydełka poniosły ją przedwcześnie do nieba. Jego Motylka.

Jakub wiedział jednak, że tego ojcu powiedzieć nie może. Rok temu, kiedy raz o tym wspomniał, ojciec pobił go tak mocno, że Jakub nie mógł chodzić przez miesiąc. Teraz miał trzynaście lat i wiedział już, czego nie powinien mówić.

M u s i a ł zostać lekarzem, jak ojciec. To była być może jedyna droga, żeby wydostać się z tego domu. Ojciec miał już plany wobec niego i nie chciał słyszeć o żadnych innych pomysłach.

ROZDZIAŁ 14

Lipowo. Sobota, 19 stycznia 2013, po południu

Młody Marek Zaręba był w największym salonie, jaki kiedykolwiek w życiu widział. Rozglądał się dookoła z szeroko otwartymi oczami. Takiego luksusu, wręcz przepychu, nie mógł sobie nawet wyobrazić. Ogarnęła go pewność, że kanapa, na której siedział, była droższa niż jego samochód. Na ścianach wisiały wielkie obrazy. Zaręba nie znał się na sztuce, ale podejrzewał, że były bardzo drogie. W każdym razie ramy na pewno nie były tanie. Jego kuzyn zajmował się oprawianiem obrazów i kiedyś mówił mu, jakie są ceny w tym biznesie.

Policjant usiadł wygodniej na miękkiej sofie. W salonie zgromadzili się wszyscy domownicy, oprócz Blanki, żony gospodarza. Senior Kojarski poinformował Marka, że żona przebywa u siebie w sypialni z bólem głowy.

– Podobają się panu moje obrazy? – w tonie gospodarza zabrzmiała pogarda.

Spojrzał z wyższością na młodego policjanta. Zdecydowanie nie ukrywał swoich uczuć.

– Nie znam się na sztuce. – Zaręba postanowił

dostosować się do oczekiwań wobec siebie. Miał grać nieobytego w świecie policjanta idiotę. W porządku, może to i była dobra taktyka. – Ale kilka kwadratów to i ja mógłbym namalować. To nie wydaje się zbyt trudne!

Senior Kojarski uniósł tylko brwi z niedowierzaniem. Marek Zaręba był pewien, że mężczyzna farbuje włosy. Wokół linii czoła pojawił się już delikatny siwy odrost. Wyglądało na to, że Senior nie umiał pogodzić się z upływem lat.

Policjant odchrząknął. Czas przejść do sprawy, w której tu przyszedł.

– Wiedzą państwo zapewne, że w naszej wsi potrącono we wtorek zakonnicę – zaczął. – Obecnie wiemy, że najprawdopodobniej sprawca jechał samochodem terenowym. Na przykład takim, jaki jest w państwa posiadaniu. Mam na myśli land rovera discovery należącego do pana Juniora Kojarskiego.

Przeczytał numer rejestracyjny z kartki.

– Co pan tu insynuuje? – zapienił się Junior. – Mówiłem już, że panuję nad sytuacją z moim samochodem. Nie widzę sensu dalszej rozmowy.

Róża Kojarska zerknęła w stronę męża przelotnie. Poprawiła czarne włosy kościstą dłonią. Marek Zaręba nie mógł oprzeć się wrażeniu, że jej zachowanie wygląda nieco teatralnie.

– Niczego nie insy… insynuuję – zająknął się policjant.

Junior Kojarski zaśmiał się, jakby miał do czynienia z największym imbecylem w okolicy. Marek zaczynał się irytować, mimo że na początku granie roli wiejskiego idioty go bawiło. Miał ochotę zapalić papierosa. Czuł, że to by go trochę uspokoiło. Od kilku tygodni próbował rzucić. Był prawie u celu.

– Czy mógłbym obejrzeć państwa samochód, skoro jest pan pewien, że sprawca nim nie jechał? – Zaręba próbował obrać profesjonalny, rzeczowy ton. – To chyba nie powinien być problem.

– Czyli *insynuuje* pan – Senior Kojarski wypowiedział to słowo powoli, jakby chciał, żeby Marek dobrze zrozumiał – panie władzo, że to ktoś z nas przejechał zakonnicę? Mogę się dowiedzieć, w jakim celu mielibyśmy to robić?

– Czy mógłbym zobaczyć samochód? – zapytał Marek Zaręba jeszcze raz. – Skoro są państwo pewni, że to nikt stąd, dlaczego nie mogę zajrzeć do garażu?

– A ma pan nakaz? – odpowiedział spokojnie Senior Kojarski.

Na twarzy starego malowała się pewność siebie człowieka, który poradzi sobie w każdej sytuacji.

– Jeżeli będzie potrzebny, to z przyjemnością go dostarczę. – Marek starał się uspokoić, ale Kojarski miał nad nim zdecydowaną przewagę. – Myślałem, że może zechcą państwo ze mną normalnie współpracować i nie będzie to potrzebne.

– Żeby kręcić się po moim garażu, będzie pan potrzebował nakazu. Na razie raczej nikt go panu nie da – zaśmiał się Senior. – Żeby dostać taki nakaz, musiałby pan mieć na czym oprzeć te swoje *podejrzenia*. Na razie nie ma pan żadnych podstaw, żeby nas nachodzić. Prokurator tego nie kupi.

– Dobrze – skapitulował młody policjant. Był zły

na siebie. Daniel na pewno spodziewał się po nim znacznie więcej. – Skoro odmawiają państwo pokazania mi auta, to może zechcą chociaż państwo powiedzieć mi, gdzie byli wszyscy członkowie rodziny we wtorek w godzinach rannych?

– Wszyscy byliśmy w domu – odezwała się pojednawczym tonem żona Juniora, Róża. – Mąż przyjechał do nas z Warszawy w weekend. Czyli tydzień temu. Mamy taki zjazd rodzinny. Wkrótce jest piąta rocznica ślubu teścia z Blanką. Mieliśmy urządzić uroczystość, ja zamówiłam ciasto...

– Dosyć – uciszył ją Junior Kojarski. Zamilkła posłusznie, ale jej wychudzona twarz przybrała zawzięty wyraz. – Jak pan widzi, każde z nas ma alibi, czy jak chce pan to nazwać. Myślę, że rozmowa już jest skończona. Proszę nie zajmować naszego czasu. Nie po to płacę niemałe podatki, żeby mnie bezczelnie nachodzono.

– Czy mogę jeszcze porozmawiać z panią Blanką Kojarską? – Marek miał nadzieję, że rozmowa sam na sam z żoną gospodarza da mu więcej niż dotychczasowe słowne przepychanki z resztą rodziny.

Ojciec i syn spojrzeli po sobie, jakby wspólnie rozważali jego prośbę.

– Jest u siebie – powiedział w końcu Senior Kojarski i zaśmiał się nieprzyjemnie. – Życzę powodzenia. Potem proszę już nas nie nachodzić. Nie życzę sobie, żeby mi przeszkadzano. Jestem człowiekiem schorowanym. Chcę mieć możliwość odpoczynku w moim azylu. Zapracowałem sobie na to przez całe życie.

– Zaprowadzę pana – zaproponowała Róża Kojarska.

Marek Zaręba poszedł za nią na piętro. Przez całą drogę nie odezwała się ani słowem.

– To tutaj – rzuciła tylko, kiedy dotarli na miejsce, i oddaliła się pospiesznie. Policjant patrzył za nią ze zdziwieniem.

Westchnął zrezygnowany. Sądził, że Blanka okaże się bardziej rozmowna. Miał już kiedyś okazję się o tym przekonać. Westchnął znowu. Być może to był błąd i nie powinien tu przychodzić. Może powinien był wspomnieć Danielowi, co łączyło go kiedyś z Blanką... Ale wtedy Podgórski wysłałby do Kojarskich Pawła albo Janusza. Może to by było bardziej profesjonalne, ale Marek nie chciał tracić możliwości uczestniczenia w tym śledztwie. Teraz było już za późno na wątpliwości.

Zaręba zapukał do drzwi sypialni Blanki Kojarskiej. Z pokoju rozległa się ledwo dosłyszalna odpowiedź. Wszedł ostrożnie.

– Starszy sierżant Marek Zaręba z posterunku policji w Lipowie – przedstawił się, chociaż ona doskonale wiedziała, kim jest. Marek chciał, żeby wszystko odbyło się profesjonalnie. Porozmawia z nią i wyjdzie. Po prostu. Rzeczowy ton był w takim wypadku niezbędny.

W sypialni unosił się silny zapach słodkich perfum. Blanka leżała na łóżku w czerwonym satynowym szlafroku. Wydawało mu się, że w jej wielkich oczach widzi łzy.

– Och, dzień dobry, Marku – szepnęła zmysłowym głosem. – To takie miłe, że przyszedłeś. Dawno nie rozmawialiśmy.

Zaręba spojrzał ukradkiem na jej dekolt. Poły szlafroka rozchyliły się lekko. Widział zagłębienie pomiędzy jej dużymi, pełnymi piersiami. Nie mógł przestać patrzeć w to miejsce. Dostrzegła to chyba, bo po jej twarzy przemknął uśmiech udawanego zawstydzenia. Przejechała powoli palcami po nagiej skórze. Umiała to dobrze rozegrać. Marek doskonale o tym wiedział. Jakieś cztery lata temu dał się nabrać. Żałował tego błędu do tej pory. Całe szczęście nikt nigdy się nie dowiedział.

– Przyszedłem porozmawiać o wypadku, który miał miejsce we wtorek – powiedział twardo i przełknął ślinę. Słodkie perfumy zaczynały go niemal dusić. – Czyli piętnastego stycznia.

– Ach, tak. – Blanka zrobiła smutną minę. – Miałam nadzieję, że jesteś tu ze względu na n a s.

– Nie ma żadnych nas – rzucił ostro Marek Zaręba. – To jest skończona historia. I to już od dawna.

– Doprawdy? – Ton Blanki nie był już słodki i uwodzicielski. Stał się rzeczowy i ostry, jakby negocjowała umowę biznesową. – Czy twoja żona i szef są tego samego zdania? Zwłaszcza teraz, kiedy przyszedłeś tu porozmawiać ze mną o sprawie? Czy śledczy powinien pozostawać w bliższych stosunkach z jednym ze świadków? A może nawet jestem podejrzana, co? No, jak uważasz, Marku, co by powiedział pan prokurator? Co by powiedziała Ewelina?

Markowi serce zaczęło bić szybciej. Myślał gorączkowo. Nie mógł pozwolić, żeby to się wydało. Ewelina nigdy by mu nie wybaczyła. Te cztery lata temu to był błąd. Głupota. Jego małżeństwo zdawało się przeżywać kryzys, a on jak najgorszy idiota znalazł ukojenie w ramionach Blanki. Nie myślał o tym od tej pory. Starał się zapomnieć i dobrze mu szło. Aż do teraz.

– Co masz na myśli? – zapytał powoli Zaręba.

Blanka wstała i podeszła do niego, uśmiechając się przebiegle. Pochyliła się w jego stronę i pocałowała go w usta. Zesztywniał.

– Ja pomagam tobie, a ty pomagasz mnie – szepnęła mu do ucha. – Inaczej to może skończyć się dla ciebie nie najlepiej. Wiesz przecież, że umiem być twarda, kiedy trzeba.

Wbrew obawom Weroniki podróż z Warszawy przebiegła nadspodziewanie dobrze. Mimo to odetchnęła z ulgą, kiedy wreszcie zapłaciła przewoźnikowi i wprowadziła Lancelota do boksu w starej stajni. Koń wydawał się usatysfakcjonowany swoim nowym lokum. Obwąchał całość i zabrał się do jedzenia siana.

Tomek Szulc nie zawiódł. Przywiózł dla niej siano i słomę ze wsi, tak jak obiecał. Czekały ułożone w boksie obok. Na belkach słomy zauważyła białą kartkę papieru. Wyglądało na to, że mężczyzna zostawił jej list.

Wzięła kartkę do ręki i przeczytała. „Smacznego, Lancelot". Pod spodem narysowana była ona, Lancelot i Igor. Obok Tomek dopisał: „Brakuje tylko mnie. Zadzwoń". Nie mogła się nie uśmiechnąć. Numer telefonu przeczytała tyle razy, że znała go już chyba na pamięć.

Poklepała konia po szyi. Igor kręcił się dookoła, łapiąc zapach Lancelota. Dawno nie widział konia. Weronika rzadko zabierała go ze sobą do stajni, nawet kiedy mieszkali jeszcze w mieście. Właściciele stajni nie życzyli sobie biegających wokół psów.

– Zadzwonić czy nie? – rzuciła Weronika do swoich pupili, ściskając liścik od Tomka w spoconej z emocji dłoni.

Czuła ciężar telefonu w kieszeni spodni. Tomek był przystojny, pomagał jej ze stajnią… ale…

– Chyba się zakochałam – poinformowała Lancelota i Igora. Obaj zastrzygli uszami.

Dała koniowi kostkę cukru. Normalnie tego nie robiła, ale pierwszego dnia w nowym miejscu można przecież uczynić wyjątek.

– Ale ja jestem głupia – westchnęła Weronika. – Nigdy się niczego nie nauczę.

Kiedy młodszy aspirant Daniel Podgórski przejeżdżał przez Brodnicę w drodze powrotnej z Warszawy, zapadł już wieczór. Spokój tego małego miasta sprawił, że wbrew sobie poczuł ulgę, iż zostawił już za sobą zatłoczone ulice stolicy. Zmrożony śnieg błyszczał w świetle ulicznych latarni tysiącami kryształków.

Policjant był bardzo głodny i zmęczony trasą, więc zatrzymał się na kolację w McDonaldzie na północnych obrzeżach miasta. Zamówił jedzenie i usiadł przy stoliku. Restauracja była prawie pusta. Chyba nikt nie miał ochoty wychodzić z domu w taką pogodę.

Mimo że była sobota, Podgórski postanowił wezwać kolegów na naradę, żeby omówić nowe wątki w sprawie. Po kolei wysłał im wiadomość o spotkaniu. Podejrzewał, że nie będą zadowoleni. Skończył jeść i ruszył w dalszą drogę z nową energią. Kiedy dotarł do komisariatu, nikogo jeszcze nie było. Włączył światła i nalał sobie do kubka wody, czekając na pozostałych.

Pierwszy zjawił się zirytowany Paweł Kamiński. Głośno narzekał, że traci „pieprzony” wolny dzień. Daniel patrzył na kolegę z niechęcią. Nie mógł zrozumieć, gdzie podział się dawny Paweł, z którym spędził większość dzieciństwa. Ich ojcowie byli najlepszymi przyjaciółmi i sąsiadami. W końcu obaj zginęli na służbie. Od tego zdarzenia minęło już wiele lat, ale być może kolega nadal nie pogodził się ze stratą ojca. Daniel wolał to wytłumaczenie niż przyznanie, że dawnego Pawła już nie ma.

Janusz Rosół i Marek Zaręba przybyli w odstępie kilku minut. Obaj wyglądali inaczej niż zwykle. W oczach Janusza pojawił się nowy blask. Mężczyzna wydawał się pełen energii, jak nigdy dotąd. Marek za to był wyraźnie nieswój. Daniel postanowił, że po odprawie porozmawia o tym z Zarębą. Czuł się w pewien sposób odpowiedzialny za młodszego kolegę, mimo że nie dzieliło ich przecież wiele lat.

– Mam wieści! – zawołał od progu Rosół.

Usiedli w pokoju socjalnym. Janusz zaczął chodzić wokół stołu szybkim krokiem. Taki wigor nie pasował do niego zupełnie. Wszyscy patrzyli na niego wyczekująco. Mieli nadzieję, że to nienaturalne podniecenie oznacza jakieś ważne informacje w sprawie zamordowanej zakonnicy.

– Zacznę od ważniejszej kwestii – oznajmił Rosół.

– Śmiało – zachęcił go Daniel Podgórski.

– Będę dziadkiem – powiedział z dumą Janusz, podkręcając wąsa.

Policjanci spojrzeli na niego zaskoczeni. Chociaż wyglądał dużo starzej, Rosół miał przecież niecałe czterdzieści lat i nastoletnie dopiero dzieci.

– Bartek wsadził fiuta nie tam, gdzie trzeba? – zapytał ostrożnie Paweł Kamiński.

Zniknął gdzieś jego zwykły szyderczy ton. Podszedł do szafki i wyjął butelkę wody. Napił się dużymi haustami, głośno przełykając.

– Nie, to Ewunia będzie mamą. – Rosół uśmiechnął się czule.

Kamiński zakrztusił się wodą.

– Chyba jest dość młoda… – powiedział z trudem.

Odstawił głośno butelkę na stół. Kilka kropli rozprysnęło się po blacie.

– Też początkowo się zdenerwowałem. Muszę przyznać, że nadal mam ochotę sprać skórę temu, kto to zrobił. I zrobię to, jak tylko się dowiem, kto jest winny – zapowiedział groźnie Janusz Rosół. Jego twarz na moment wykrzywił grymas, który zaraz ustąpił miejsca uśmiechowi błogiej radości. – Ale teraz… myślę, że to coś wspaniałego. Nowe życie, które wyda na świat moja córka. Cud!

– Cóż, gratulacje – powiedział Daniel z wahaniem.

Podgórski nie był pewien, co o tym sądzić. Jeżeli dobrze pamiętał, Ewa miała piętnaście lat. Sama była jeszcze dzieckiem. Daniel żałował, że nie ma z nimi Marii. Ona wiedziałaby, co zrobić w tej sytuacji. Powinien był ją zawiadomić o odprawie.

– Dziękuję, dziękuję – entuzjazmował się Rosół. – Będzie wspaniale. Czuję to!

– Nie lepiej jakoś sobie… z tym poradzić? – zasugerował znowu Paweł Kamiński.

Daniel wyczuł w jego głosie lekkie drżenie. Spojrzał na niego zdziwiony. Żaden z kolegów nie zachowywał się tego wieczoru jak zazwyczaj. Nie poznawał ich.

– I to mówisz ty, który masz piątkę dzieci? Ojciec piątki

dzieci sugeruje mi, żebym załatwił córce aborcję!!! Dobre! – zaśmiał się Rosół szczerze. – Zresztą to w ogóle nie wchodzi w rachubę. Moja córka urodzi, i tyle. Nie rozważam nawet aborcji.

– A kto jest szczęśliwym tatusiem? – zapytał przygaszony dziś Marek Zaręba.

– No właśnie przecież mówię, że nie wiem. Jak się dowiem, to lepiej niech ucieka jak najdalej. W Lipowie nie ma miejsca dla niego i dla mnie.

– Ewa jest nieletnia. Chyba powinniśmy zbadać tę sprawę – kontynuował Marek.

– Zbadać tę sprawę? Ewa ma opiekuna. Nie życzę sobie, żebyś nazywał ją „sprawą" – powiedział twardo Rosół. – Poradzimy sobie.

W jego spokojnych zazwyczaj oczach pojawiła się dzikość. Wyglądał zdecydowanie inaczej niż wczoraj. Daniel położył mu uspokajająco rękę na ramieniu.

– No, już dobrze – powiedział. Chyba najlepiej było zmienić temat. – Janusz, widziałem, że dzwoniłeś kilka razy. Dowiedziałeś się czegoś na temat zakonnicy?

– A tak – zreflektował się Rosół. Poprawił koszulę i usiadł ciężko przy stole. – Rozmawiałem z obydwoma kierowcami. Ten, który jeździ główną szosą na Olsztyn, potwierdził, że wiózł zakonnicę i że wysiadła na przystanku obok ośrodka UMK około siódmej czterdzieści. Tak jak podejrzewaliśmy. Zapytałem też, czy miała jakiś bagaż. Wydało mi się to logiczne, że powinna coś ze sobą mieć. Nie podróżuje się przecież tak daleko zupełnie bez niczego. Bądź co bądź z Warszawy do Lipowa jest jakieś dwieście kilometrów.

Daniel skinął głową z aprobatą.

– I co powiedział kierowca?

– Kierowca zapamiętał, że nie miała na pewno żadnej walizki ani większego bagażu. Nie jest pewny co do torebki, ale założył, że ją miała.

Głos Rosoła stał się rzeczowy, ale kiedy obrócił się w kierunku Daniela, Podgórskiemu wydało się, że znowu czuje od kolegi alkohol. To mogło wyjaśniać jego dziwne zachowanie.

– Przy ciele nie znaleźliśmy torebki. Nie było też żadnych dokumentów.

– Też o tym pomyślałem – stwierdził Rosół. – To właśnie jest dziwne.

– Jeżeli kierowca się nie myli i zakonnica miała ze sobą torebkę, może to oznaczać, że zabójca ją zabrał. Mamy więc kolejne pytanie, dlaczego miałby to robić?

– Może chciał utrudnić pieprzoną identyfikację – zasugerował Paweł Kamiński. Znowu zaczął pić łapczywie wodę, rozlewając ją na boki. – Kurwa, to proste.

– To możliwe, ale czemu w takim razie nie przejechał po twarzy? – zastanawiał się Daniel. – Nie zrobił tego i w ten sposób, nawet mimo braku dokumentów, mogliśmy ją łatwo zidentyfikować. To wszystko się nie zgadza.

– Już o tym rozmawialiśmy. Może nie zdążył przejechać po twarzy.

– Ale torebkę zdążył zabrać?

– A może był po prostu niedoświadczony? Nie wiedział, jak się do tego zabrać? – burza mózgów ożywiła nieco cichego dziś Marka Zarębę. – Chciał zabić, ale nie wiedział, w jaki sposób pracuje policja, więc zabrał tylko dokumenty?

– Trzeba się będzie trochę rozejrzeć. Jest szansa, że morderca porzucił gdzieś tę torbę. Zadzwonię do Edka Gostyńskiego, w końcu jako leśniczy cały czas chodzi po lesie. Może odnajdzie gdzieś tę torebkę – zastanawiał się dalej Daniel. – Janusz, a co powiedział drugi kierowca?

Twarz Rosoła wyrażała zaskoczenie. Wyglądało na to, że na chwilę się wyłączył, a jego myśli pobiegły zupełnie innym torem. Przejechał ręką po twarzy, otwierając szeroko oczy.

– Janusz, co powiedział drugi kierowca? – spytał jeszcze raz Daniel Podgórski.

– Ano właśnie. Byłbym zapomniał o najważniejszym. – Rosół znowu wstał i zaczął niespokojnie chodzić wokół stołu. – Po pierwsze, to w ogóle tamtędy nie jechał we wtorek rano. Miał zmianę trasy, bo coś się stało z innym autobusem. Pojechał prosto przez las zamiast niego. Do nas wcale nie skręcał.

– Czyli, popraw mnie, jeśli coś źle zrozumiałem: nawet jeżeli siostra Monika leżała tam na drodze od ósmej, to on nie mógł jej widzieć? – upewnił się Podgórski. – Po prostu nie jechał tą trasą, tak?

Janusz przytaknął.

– Czyli nasz przedział czasowy to nadal dwie i pół godziny. Od ósmej, kiedy widział ją Malinowski, do dziesiątej trzydzieści, kiedy znalazła ją Ewelina – podsumował Daniel. – Ciekawe, czy zabójca wiedział, że autobus nie będzie tamtędy jechał tego dnia? Mógł to specjalnie zaplanować. Tak, żeby mieć jak najwięcej czasu.

Marek Zaręba też sięgnął po wodę.

– Raczej nie mógł o tym wiedzieć, bo ta zmiana była nieplanowana. Tak mówił Robercik. To był przypadek, że tamtędy nie jechał – wyjaśnił Janusz Rosół niecierpliwie. – Nieważne. W każdym razie Robert zauważył coś ciekawego, jadąc przez las. Cały czas chcę wam o tym powiedzieć, a wy mi przerywacie!

Marek i Daniel spojrzeli po sobie zaskoczeni wybuchem kolegi.

– Dalej za zakrętem stał na poboczu samochód, a Wiera go czyściła – kontynuował podniecony Rosół. – Samochód wystawał na jezdnię, więc Robert mówił, że musiał go ominąć. Dlatego zwrócił uwagę na to auto. Ktoś kiepsko zaparkował.

– Co masz na myśli, mówiąc „czyściła"? – zainteresował się Paweł Kamiński.

– No, Robert mieszka w Zbicznie, więc czasem, jak jedzie przez Lipowo do domu, to robi u Wiery zakupy. Zna ją. Nie miał w ogóle wątpliwości, że to ona.

– Nie pytam, czy jest pewien, że to Wiera, tylko co miał na myśli, mówiąc, że „czyściła" samochód! Kurwa, to chyba nie takie trudne do zrozumienia, co?

– No, Wiera ma tę swoją długą czarną spódnicę, wiecie, o czym mówię? – upewnił się Janusz Rosół. – Robercikowi wydawało się, że właśnie tę spódnicę miała w rękach i polerowała nią samochód. Wydało mu się to trochę dziwne. Pośrodku lasu i tak dalej.

– Skąd wiedział, że to właśnie spódnica? – drążył Kamiński. Jego twarz zaczynała odzyskiwać kolory, a do głosu znowu wdarła się szydercza nuta.

– Nie wiem. Powtarzam tylko, co mi powiedział! To chyba nie jest akurat takie ważne, co?!

– Dobrze, powoli – uspokoił ich Daniel. Czuł pulsowanie w skroniach. – Czy kierowca widział na samochodzie krew?

– Też o to spytałem – pochwalił się Rosół. – Robertowi wydawało się, że nic na samochodzie nie było, ale nie widział dokładnie. Skupiał się na drodze. Warunki nie były łatwe. Mówił tylko, że zatrąbił do Wiery, ale ona nie zareagowała. Jakby była bardzo zajęta.

– Dobrze. A zauważył może, jaki to był konkretnie samochód? Wiera przecież nie ma żadnego pojazdu oprócz skutera.

– To jest właśnie najlepsze – zaśmiał się Rosół. Miał czerwone z emocji policzki. Podszedł do okna i uchylił szybę. Do pokoju wdarł się mroźny powiew zimowego powietrza. – Otóż Robercikowi wydawało się, że to był land rover discovery Kojarskich.

– Jest pewien? To przecież mógł być dowolny terenowy samochód.

– Daj spokój, Daniel – odezwał się Marek Zaręba. – Każdy, kto mieszka w okolicy, zna te ich samochody. To chyba nie może być przypadek, że akurat samochód Juniora stał tak blisko miejsca zbrodni.

– O której Robert widział to wszystko?

– Twierdził, że mogło być koło dziesiątej. – Janusz usiadł na parapecie, wdychając zimowe powietrze. – Nie patrzył na zegarek, ale był prawie pewien, że nie było później niż kilka minut po dziesiątej.

– Czyli Wiera była wtedy w lesie? – zapytał z niedowierzaniem Daniel. Nie rozumiał, czemu nie zgłosiła się do nich albo nie powiedziała im o tym, kiedy w środę przepytywali wszystkich mieszkańców.

Rosół przytaknął. Marek Zaręba i Paweł Kamiński siedzieli w milczeniu. Każdy wydawał się pogrążony w myślach.

– Cóż, musimy ją jutro zaprosić na posterunek – zdecydował Podgórski. – Niedziela niedzielą, ale trzeba koniecznie z nią porozmawiać. Wygląda na to, że nie powiedziała nam wszystkiego. Naprawdę trudno mi uwierzyć, żeby to była ona... i to w samochodzie Juniora Kojarskiego. Skąd by go miała?

– Mówię tylko, co widział Robercik.

– Okej. Nawet jeżeli nie ona to zrobiła, bardzo prawdopodobne, że widziała ciało wcześniej niż Ewelina. Żeby dojść do samochodu, musiała przecież minąć zakonnicę. Chyba że szła na przełaj przez las. Jeżeli jest niewinna, dlaczego nas o wszystkim nie zawiadomiła?

Nikt nie odpowiedział.

– A co w Warszawie? – zapytał po chwili Janusz Rosół.

Podgórski spojrzał z niepokojem na Marka. Normalnie to najmłodszy z policjantów zadałby to pytanie. Zdecydowanie coś było nie w porządku.

Rosół patrzył na Podgórskiego wyczekująco. Daniel westchnął. Niechętnie streścił kolegom rozmowę z siostrą Anną i innymi mieszkańcami warszawskiej parafii. Wobec zeznań kierowcy autobusu cała wyprawa do Warszawy wydała się nagle bezsensowna. Może to i lepiej, skoro właściwie niczego się nie dowiedziałem na temat siostry Moniki, uznał Daniel w duchu. Z drugiej strony myśl, że Wiera mogła być zamieszana w to zabójstwo, nie była wcale przyjemna.

– No i co myślicie? – zakończył opowieść Podgórski.

– Czyli właściwie nadal nic nie wiemy o siostrze Monice – wydusił w końcu Marek Zaręba, chociaż widać było, że myślami jest gdzie indziej.

– Niestety.

– Co z tym zrobimy?

– Na razie nie mamy żadnego punktu zaczepienia, jeżeli chodzi o jej osobę. To bardzo dziwne, ale tak jest. Nikt w parafii nie zna jej świeckiego imienia i nazwiska.

– Siostrzyczka, kurwa, chyba coś ukrywała! – wtrącił się Paweł. – Ale to tylko moje zdanie.

– Możliwe. W każdym razie jeszcze dziś wieczorem skontaktuję się z wydawcami gazet – wyjaśnił Daniel. – Opublikujemy ogłoszenie ze zdjęciem zmarłej w dziennikach o zasięgu krajowym. Może ktoś ją rozpozna i się odezwie. Ktoś przecież musiał ją znać.

Pozostali policjanci pokiwali głowami.

– Wątek finansowy to też chyba ślepa uliczka – mówił dalej Podgórski. – Nie znalazłem nic interesującego w ich księgach. Myślę, że skupimy się na razie na wyjaśnieniu wszystkiego z Wierą i na samochodzie. Paweł, masz coś?

– Jeszcze nie – prychnął defensywnie Kamiński. – Jest pieprzona sobota.

Daniel skinął głową. Nie miał teraz ochoty na kłótnie.

– Młody, a jak tobie poszło u Kojarskich?

– Nijak – odparł niechętnie Marek Zaręba. – Twierdzą, że cała rodzina była we wtorek rano w domu i nikt nie używał land rovera. Można się było tego spodziewać. Co mieli innego powiedzieć?

– Okej. Mówili coś więcej? Cokolwiek?

– Nie – odpowiedział Marek szybko. Zbyt szybko. – Raczej nie byli skłonni do współpracy. Alibi zapewniają sobie nawzajem. Tyle.

– No dobrze. Kończymy na dzisiaj – skapitulował Daniel. Wyglądało na to, że wszyscy są zmęczeni i nie mają ochoty na kontynuowanie dyskusji. Chyba nic więcej dziś nie wymyślą. – Ja za chwilę skontaktuję się z gazetami w sprawie tego ogłoszenia ze zdjęciem siostry Moniki. Jutro z rana porozmawiamy z Wierą. Nadal nie mogę uwierzyć, żeby to ona zabiła zakonnicę. Jakkolwiek by było, sklepikarka na pewno wie więcej, niż nam powiedziała, i musimy to sprawdzić. Z tym do poniedziałku czekać nie możemy. Paweł, chciałbym, żebyś mi jutro pomógł z przesłuchaniem Wiery. Resztę omówimy na odprawie w poniedziałek rano. Janusz i Marek, wy macie jutro wolne, bo dziś się nieźle napracowaliście.

Marek Zaręba zerwał się z krzesła, jakby musiał natychmiast wyjść.

– Młody – zatrzymał go Podgórski. – Poczekaj chwilę, mam do ciebie jeszcze jedną sprawę. Już tak poza pracą.

Zaręba zatrzymał się z ociąganiem. Daniel poczekał, aż pozostali wyjdą. Zamknął okno i odwrócił się do Marka.

– Wszystko okej? – zapytał wprost. – Mam wrażenie, że coś się stało. Wydajesz się trochę zmartwiony.

– Tak, tak. Wszystko w najlepszym porządku – rzucił Zaręba, nie patrząc szefowi w oczy. – Do poniedziałku.

Daniel Podgórski wiedział, że chłopak kłamie, ale pozwolił mu wyjść bez dalszych tłumaczeń. Wróci do tego przy innej okazji. Miał tylko nadzieję, że to nic poważnego.

Kojarscy pojawili się na kolacji w komplecie. Senior siedział u szczytu stołu i patrzył na zebranych z niesmakiem. Byli jego rodziną, ale właściwie to nikogo z nich nawet nie lubił. Co więcej, był praktycznie pewien, że uczucie to jest odwzajemnione. Mimo wszystko, przebiegło mu przez myśl, jako nestor rodu nie powinien chyba oddawać pieniędzy obcym.

Wszyscy patrzyli na niego wyczekująco. Uśmiechnął się do siebie. Chyba nadszedł czas, żeby wyjaśnić im sytuację.

– Chciałem, żebyśmy się tu zebrali, nie tylko ze względu na piątą rocznicę ślubu mojego i Blanki – zaczął.

Postarał się, żeby jego głos przybrał odpowiedni ton. Spojrzał przelotnie na żonę. Wpatrywała się w niego wielkimi oczami. Żałował decyzji, którą podjął pięć lat temu, ale teraz już nie było odwrotu.

– Spodziewałem się tego – odparł Junior Kojarski niedbale. – To nie w twoim stylu urządzać rodzinne obiadki bez żadnego celu.

– Synu, ranisz starego ojca. – Senior zaśmiał się zimno.

Nie obchodziło go, co myśli ten gówniarz. Jeszcze utrze mu nosa. Junior na pewno nie dostanie ani grosza. Niech sobie sam radzi z długami, których narobił. Senior uśmiechnął się przebiegle. Chłopakowi wydawało się, że ojciec nic o tym wszystkim nie wie i jego pozycja jest pewna. Nic bardziej mylnego.

– Co jeszcze przygotowałeś dla nas, kochanie? – zaszczebiotała Blanka. – Jestem taka ciekawa.

Jej spuchnięte od wypełniaczy usta rozszerzyły się w uśmiechu. Chirurg dobrze się spisał, były idealnie pełne.

Może nie była do końca straconą inwestycją, uznał Senior Kojarski w duchu.

– Zamierzam spisać testament – oznajmił zadowolony z siebie. Na pewno nie spodziewali się tego, co miał zamiar zaraz powiedzieć.

Róża odłożyła widelec z głośnym stuknięciem. Po co go w ogóle brała do tej swojej kościstej ręki, skoro i tak nic nie je, przemknęło Seniorowi przez myśl.

Teraz wszyscy skupili się tylko na nim. Tak powinno być zawsze, uznał Senior Kojarski z zadowoleniem.

– Pieniądze dostanie tylko jedna osoba – stwierdził.

Junior zachłysnął się winem, które popijał dotychczas z udawaną nonszalancją. Rzucił nienawistne spojrzenie w kierunku Blanki. Wczoraj byli kochankami, dziś już jej nienawidzi. Senior aż zatarł ręce z zadowolenia. Uwielbiał napuszczać ludzi na siebie. Takie małe hobby znudzonego życiem na prowincji starego biznesmena.

– Kto dostanie pieniądze?

Róża również spojrzała przelotnie na Blankę. Przez chwilę nie była już zastraszoną przez męża wychudzoną kurą domową, ale lwicą broniącą swojego młodego. Bez pieniędzy Seniora jej synek zostanie z niczym, a do tego przecież nie może dopuścić. To wszystko coraz bardziej podobało się staremu Kojarskiemu.

– Mam nadzieję, że dostanie je ten, komu się należą – powiedziała żona syna przez zaciśnięte zęby.

– Zobaczymy, zobaczymy – zaśmiał się Senior zadowolony.

To była zdecydowanie udana kolacja.

– Daniel! Strasznie się cieszę, że już jesteś!

Maria czekała na progu jego mieszkania w suterenie. W rękach zaciskała półmisek okręcony sreberkiem. Pewnie przyniosła mu ciasto. Daniel poczuł wyrzuty sumienia, że nie zadzwonił do niej przez cały dzień. Na pewno się martwiła.

– Musiałem jeszcze omówić z chłopakami wszystkie nowe wątki – wyjaśnił Podgórski przepraszającym tonem. – Powinienem był zadzwonić. Wiem, mamo.

– Muszę z tobą porozmawiać – wyrzuciła z siebie Maria.

Wyglądała na wzburzoną.

– Oczywiście. Wejdźmy do mnie – zaproponował policjant.

Usiedli razem na kanapie przed telewizorem. Maria nadal kurczowo ściskała półmisek. Nie zwróciła nawet uwagi na lekki bałagan, którego tak przecież nie lubiła.

– Mamo, co się stało? – zmartwił się Daniel. – Wyjaśnij wszystko po kolei. Na pewno coś wspólnie poradzimy.

– Nie wiem, czy dobrze robię – zaczęła niepewnie Maria. – Powiedziano mi to w sekrecie. Sekretów nie powinno się przecież zdradzać. Czuję się rozdarta. Zupełnie nie wiem, co robić!

– W porządku, mamo. Przecież mnie znasz. Wiesz, że nikomu nie zdradzę tego, co mi powiesz w sekrecie – obiecał Podgórski uspokajająco.

Westchnął, jak najciszej umiał. Czuł się zbyt zmęczony na tę rozmowę. Martwił się o matkę, ale miał za sobą ciężki dzień. Marzył tylko o tym, żeby się wreszcie wygodnie położyć i odpocząć.

– Wiem, syneczku... no, tylko nie wiem nawet, czy to ma jakiś związek z tym wszystkim. Pewnie nie ma i dlatego się waham. – Maria mówiła nieco chaotycznie. Na razie nic z tego nie rozumiał.

– Mamo, wiem, że coś cię niepokoi od kilku dni. Zauważyłem, że jesteś zmartwiona – powiedział Daniel spokojnie, chociaż zaczynał powoli tracić cierpliwość. – Powiedz mi po prostu. Będzie ci łatwiej.

– Ten Junior Kojarski i jego samochód... to mi dało do myślenia. Bo Wiera mi powiedziała, że to ona jest matką Juniora – wyrzuciła z siebie Maria.

– Chwileczkę, jak to? – nie dowierzał Daniel. Wydawało mu się, że źle usłyszał. – Wiera jest matką Juniora Kojarskiego? Jak to możliwe?

– No tak... dawno temu... Ona pracowała u Seniora. Była biedna. Nie miała jak utrzymać dziecka. Górnik, ojciec dziecka, też był biedny. Pani Kojarska, znaczy poprzednia żona Seniora, nie Blanka – wyjaśniła Maria, plącząc się nieco. Wyglądało na to, że zdradzenie sekretu sprawiło jej ulgę. Głos miała już spokojniejszy. – No więc poprzednia pani Kojarska zdecydowała się adoptować Juniora. Ale biologiczną matką jest Wiera.

Zmęczenie ustąpiło. Daniel wziął matkę za rękę. Nie wiedział, jak zareaguje na to, co miał jej powiedzieć.

– Mamo... Wiera była widziana na miejscu przestępstwa przy samochodzie Juniora...

Maria zakryła ręką usta w przerażeniu.

– Myślisz, że to ona? – wyjąkała. – Nie wierzę...

– Nie wiem, mamo. Jutro musimy zabrać ją na komisariat.

Zaczniemy od zwykłej rozmowy. Mam nadzieję, że wszystko to da się jakoś wyjaśnić.

– Myślisz, że ona i Junior razem zabili zakonnicę? – powtórzyła pytanie Maria. Miała łzy w oczach. – Czemu? Danielku, czemu ona miałaby to zrobić?

– Naprawdę, nie wiem – odparł Podgórski, biorąc kawałek ciasta.

ROZDZIAŁ 15

Lipowo. Niedziela, 20 stycznia 2013, rano

Paweł Kamiński obudził się wściekły. Jeśli się nad tym zastanowić, ostatnio nie bywał chyba w innym nastroju. Zawsze był mniej lub bardziej wściekły. Doszedł do wniosku, że nic dziwnego. Życie nie potoczyło się tak, jak to sobie zaplanował. Westchnął ciężko nad swoim losem. Był przecież stworzony do czegoś znacznie lepszego.

Zrzucił puchową pierzynę gwałtownym ruchem. Spadła na ziemię z ledwo dosłyszalnym szelestem. Nie uspokoiło go to. Potrzebował czegoś więcej, żeby się rozładować. Jego wzrok padł na Grażynę, śpiącą obok niego.

– Co się tak wylegujesz? – policjant szarpnął gniewnie ramię żony. – Chyba mam prawo oczekiwać pieprzonego śniadania?! Całymi dniami tylko wypoczywasz, kiedy ja sobie flaki wypruwam w pracy. Przydałabyś się do czegoś! Pieniądze jeszcze wydałaś na fryzjerkę. Jakbyśmy byli jakimiś pierdolonymi, kurwa, bogaczami! Jak będziesz zarabiała, to będziesz wydawała. A tak to ja decyduję!

Grażyna otworzyła oczy wyrwana ze snu. Wydawała się zdezorientowana.

– Śniadanie mi, kurwa, przygotuj! – krzyknął policjant jeszcze raz. – Doszło do ciebie?

Pchnął ją mocno. Wyskoczyła z łóżka jak rażona piorunem i pobiegła do kuchni. Kiedyś płakała, teraz po prostu zaciskała zęby. Denerwowało go to. Zmuszała go, żeby iść dalej i dalej, a przecież on wcale tego nie chciał. Gdyby zapłakała chociaż raz, mógłby przestać, a tak musiał brnąć w to bez końca. To była jej wina, uznał Paweł w duchu. Zasługiwał na kogoś lepszego niż ona. Zdecydowanie.

Teraz jeszcze ta historia z tą małą, z Ewką. Zabezpieczał się przecież, a może nie… może ostatnio pozwolił sobie na więcej? Ta myśl wracała natrętnie, mimo że próbował się jej pozbyć gdzieś w zakamarkach umysłu. Miał nadzieję, że dziewczyna będzie potrafiła trzymać język za zębami. Nie wyglądałoby to dobrze, gdyby wszyscy się dowiedzieli, że to on jest szczęśliwym tatusiem. Dziewczyna była nieletnia. Miała piętnaście lat, chociaż wyglądała na więcej, każdy by to przyznał. Może i ona go wykorzystała, myślał dalej Paweł, tak jak Grażyna. Zdecydowanie nie miał szczęścia do kobiet.

Pech chciał, że mała była nieletnia, pomyślał Kamiński znowu. Nie chodziło o to, że bał się Daniela albo kogokolwiek z komisariatu. Zastanawiał się raczej, co będzie, jak dowie się cała wieś. Gdzie wtedy pójdzie? Jaka będzie jego pozycja? Najgorsze, że mogą go zmusić, żeby dawał pieniądze na bachora. Nie miał na to najmniejszej ochoty. Wystarczyła mu jego własna piątka. A mogli go przecież nawet zmusić sądownie do płacenia alimentów.

– Kurwa! – krzyknął Paweł Kamiński na całe gardło przerażony tą myślą.

Nie chciał tłumić w sobie emocji. To by było niezdrowe.

Na razie było tylko jego słowo przeciwko słowu dziewczyny, pomyślał Paweł, uspokajając się trochę. Kto uwierzy małolacie? On przecież jest policjantem. Synem bohatera. Kiedyś nie byłoby sprawy, ale w tych czasach... Kto wie, co powiedziałby sędzia.

Może powinien zapłacić, rozważał dalej. Kupić mały prezencik. Może nawet powinien załatwić jej skrobankę. Znał pewnego gościa w Brodnicy, który na pewno by się tego podjął. Musi pogadać z Ewką. Przecież w tym wieku na pewno nie chce dzieciaka. Zepsułby jej figurę i tak dalej. Paweł usiadł na łóżku zadowolony z siebie. Nie było źle. Jak nie będzie chciała, to i tak ją przekona. Co ona ma do gadania?

Nagle rozległ się dzwonek telefonu. Szukał komórki w pościeli i w ubraniu. W końcu znalazł ją pod łóżkiem. Musiała się tam zsunąć w nocy.

– Halo? – krzyknął Kamiński do telefonu. Miał nadzieję, że rozmówca się jeszcze nie rozłączył. Jeżeli to zrobił, cały pośpiech poszedłby na marne. Zaklął w duchu. – Halo?!

– Paweł? – zapytał dzwoniący.

Głos wydawał się Kamińskiemu znajomy, ale w całym tym pośpiechu nie zdążył sprawdzić, kto dzwoni.

– A kto ma być, kurwa?! – mruknął zirytowany. Nienawidził takich pytań. – Kto miałby odebrać mój telefon? Święty Mikołaj?

– Tak kolegę witasz? – zaśmiał się rozmówca. – Tu Łukasz.

Łukasz Liszowski pracował w drogówce w Brodnicy. Niezły kumpel. Kilka razy byli we dwóch na dziwkach. Dobre czasy, zaśmiał się Paweł w duchu. Bardzo dobre.

– No cześć, Łukaszku, nie poznałem cię w pierwszej chwili – zarechotał Kamiński. Usiadł ciężko na łóżku i podrapał się po brzuchu. – Co dla mnie masz?

– Spodoba ci się – zapewnił go kolega. – Mamy ten wózek, którego szukacie.

– Land rovera tych milionerów?

Paweł nie mógł uwierzyć w swoje szczęście. Wstał i zaczął szybko wkładać spodnie.

– Dokładnie. Land rover discovery na warszawskich tablicach. Jakaś upierdliwa baba wydzwaniała, że jej zajął miejsce parkingowe. W końcu szef nie wytrzymał i kazał go odholować, mimo że tak naprawdę nie powinniśmy. Stał dobrze zaparkowany, i tyle. Żadnego łamania przepisów. Miejsce nie należy nawet do baby ani go nie wynajmuje. Ale dzwoniła dzień i noc. Wiesz, jak jest – zaśmiał się Liszowski.

Kamiński mu zawtórował.

– Mam to w domu! – wyjaśnił.

– Stara ciągle marudzi? – śmiał się dalej Łukasz.

– Jak zwykle.

– W każdym razie wiesz, o co chodzi. No i tak sobie pomyślałem, jak zobaczyłem, że Daniel umieścił zapytanie na temat tego samochodu, że najpierw do ciebie przedzwonię. Po co od razu szefa w to mieszać, nie?

– Dobrze zrobiłeś, naprawdę dobrze zrobiłeś. Dzięki, stary!

– Jesteś mi winny flaszeczkę – upomniał się Liszowski. – Nic za darmo w tym parszywym świecie, co?

– Jasna sprawa. Jadę obejrzeć ten wózek. Co tam, może się nim nawet przejedziemy! Nie ma co marnować okazji! Zawsze miałem ochotę coś takiego wypróbować. Jakoś nie było okazji. Potem zajmiemy się zbieraniem dowodów, czy co tam jeszcze. Jesteś na miejscu?

– Jasne. Przyjeżdżaj.

Daniel chciał, żeby Paweł Kamiński był obecny na przesłuchaniu Wiery, ale to może przecież poczekać. Paweł skończył się ubierać i wyszedł bez słowa z domu. Śniadanie zje w mieście. Wsiadając do samochodu, wysłał szefowi wiadomość, że go nie będzie. Tyle jeszcze mógł dla Daniela zrobić.

Ewelina obudziła Marka delikatnym pocałunkiem w usta. Przez chwilę myślał, że znowu czuje lubieżne silikonowe wargi Blanki. Śniła mu się tej nocy. Kąsała go dotkliwie, aż cały był zalany krwią, jak zmarła zakonnica. Wzdrygnął się. Żona pogłaskała go po głowie i dotknęła czoła, jakby sprawdzała, czy nie ma gorączki.

– Co ty ostatnio tak długo śpisz, kochanie? My obie już wstałyśmy, a ty ciągle się wylegujesz – powiedziała łagodnie. – Wszystko w porządku? Dobrze się czujesz? Wydaje mi się, że jesteś jakiś taki rozpalony.

Nie mógł spojrzeć jej w oczy. Nie po tym, co się stało cztery lata temu. Przez wczorajszą rozmowę z Blanką wszystko odżyło. Kojarska wyraźnie mu groziła. Czuł, że będzie musiał jakoś w końcu załatwić tę sprawę, ale potrzebował czasu do namysłu.

Poderwał się z łóżka i zrzucił podkoszulek, w którym zazwyczaj spał. Był mokry od potu.

– Muszę iść potrenować – wyjaśnił. Udawał, że szuka dresu do biegania. – Zaspałem.

Ewelina patrzyła na niego zatroskana. Jej twarz jak zwykle była już perfekcyjnie umalowana. Chciała być atrakcyjna. Dla niego. Na tę myśl zrobiło mu się słabo. Co by zrobiła, gdyby się dowiedziała, że kilka lat temu ją zdradził? Poczuł, że pot znowu występuje mu na twarz. Wyszedł szybko na korytarz, zostawiając ją samą.

– Marek, coś się stało? – zapytała znowu fryzjerka, wychodząc za nim z sypialni. – Powiedziałam coś nie tak?

Ewelina tak dobrze go znała. Ale czy na pewno? Czy on znał samego siebie? Teraz nie był już wcale pewien. Mężczyzna, którym chciał być, mężczyzna, za którego uchodził w Lipowie, nigdy nie zdradziłby żony. Nawet wtedy, kiedy cztery lata temu prawie się rozstali. Teraz Blanka zaczynała stawiać żądania. Myślał naiwnie, że ona także wolała zapomnieć o tamtej głupocie, ale teraz okazało się, że umiała wykorzystać sytuację.

– Nic się nie stało – odpowiedział Marek zdawkowo. Zabrzmiało to, jakby był obrażony na żonę, a powinno być przecież na odwrót. – Przepraszam. Po prostu zaspałem i jestem zły na siebie. Muszę dziś solidnie potrenować.

Ewelina chyba mu nie uwierzyła, ale nie powiedziała nic więcej. Był jej za to wdzięczny. Nie dałby rady teraz rozmawiać. Musiał to wszystko przemyśleć. Narzucił kurtkę i wyszedł na dwór.

Biegł przez las, jak najszybciej mógł. Dzisiaj nie zawracał sobie głowy rozgrzewką. Chciał pędzić, aż nogi odmówią mu posłuszeństwa. Chciał zrobić cokolwiek, byle nie musieć radzić sobie z tym, co się kiedyś stało, i z konsekwencjami, jakie to mogło mieć teraz. Nic nie pomagało. Nie mógł przestać o tym myśleć. Przed oczami stawał mu każdy szczegół, o którym wolałby zapomnieć.

Kiedy dotarł do dzikiej plaży po drugiej stronie jeziora, usiadł na ziemi wyczerpany. Nie zważał na zimno i śnieg. Jego znużonym ciałem wstrząsały lekkie dreszcze. Całe życie, które tak starannie wybudował, mogło się zawalić. Ewelina mu nie wybaczy, jego mała Andżelika go znienawidzi. Mogą go nawet czekać konsekwencje w pracy. Przez jedną chwilę słabości i długi język Blanki Kojarskiej. Musi coś z tym zrobić. Musi jakoś rozwiązać tę sprawę, zanim straci wszystko, co kocha. Był gotów zrobić wszystko, absolutnie wszystko, żeby jego rodzina nie dowiedziała się o zdradzie.

Młodszy aspirant Daniel Podgórski był już z Wierą w komisariacie, kiedy Paweł Kamiński zawiadomił go, że ma niecierpiącą zwłoki sprawę. Podgórski nie do końca w to wierzył, ale w pewnym sensie mu ulżyło. Nie chciał narażać kobiety na docinki Kamińskiego. Z drugiej strony nie chciał przesłuchiwać podejrzanej sam, zadzwonił więc do Marka, ale młody policjant nie odbierał. Pozostało tylko zawiadomienie Janusza Rosoła i czekanie.

Rosół zjawił się dokładnie po kwadransie. Nie był ubrany w mundur, tylko w znoszoną flanelową koszulę w kratę. W jego oczach nadal widać było niezdrowy błysk, ale Daniel nie wyczuł już alkoholu.

– Dzięki, że przyszedłeś, Janusz. Wiem, że miałeś mieć dziś wolne. Wliczę ci to w nadgodziny – obiecał Podgórski. – Nie będziesz stratny.

– Nie ma o czym mówić – rzucił Rosół, idąc w kierunku

pustego biura, które teraz stało się pokojem przesłuchań. Znowu nie zachowywał się tak jak zwykle. – Zabieramy się do działania!!!

Wiera siedziała zgarbiona na drewnianym krześle. Daniel pozwolił jej zabrać druty i włóczkę. Robiła chyba sweter. Pracowała w skupieniu, a z jej twarzy nie dało się nic wyczytać. Wydawała się pusta, jak maska. Policjanci stali chwilę, patrząc na nią w milczeniu. Ciszę przerywało tylko stukanie metalowych drutów.

W końcu Podgórski włączył dyktafon, żeby nagrać przesłuchanie. Podał datę i godzinę. Później wymienił wszystkie obecne osoby i wyjaśnił cel przesłuchania. Formalnościom stało się zadość.

– Pani Wiero – zaczął policjant niechętnie. Nadal nie mógł uwierzyć, że sklepikarka może być jakkolwiek związana z tą sprawą. Przysunął sobie krzesło i usiadł obok niej. Nie chciał, żeby czuła się atakowana. – Musimy z panią porozmawiać na temat wtorku, piętnastego stycznia. Chyba nie powiedziała nam pani wszystkiego o tym, co się działo. Prawda?

– Chyba nie powiedziałam? – rzuciła sklepikarka, nie podnosząc oczu znad robótki. – To jesteś pewien czy nie?

Daniel spojrzał na Wierę zdezorientowany. Zapewne zauważyła, że nie zrozumiał, ponieważ zerknęła na niego przelotnie.

– Mówisz „chyba" – wyjaśniła beznamiętnie, wracając do pracy. – Więc pytam, czy jesteś pewien, czy nie? Że nie powiedziałam wam wszystkiego.

Daniel Podgórski westchnął ciężko. Nie chciał jej tu trzymać. Wiera wydawała się niezdolna do skrzywdzenia kogokolwiek, mimo że połowa wioski nazywała ją przecież wiedźmą. Janusz Rosół patrzył na nią podejrzliwie, ale nic nie mówił.

– Wiem, że czyściła pani samochód pana Juniora Kojarskiego. Było to niedługo po tym, jak zakonnica została potrącona. Prawdopodobnie właśnie tym konkretnym samochodem. Tyle wiem. Można także podejrzewać, że robiła to pani, by usunąć z samochodu krew ofiary.

Daniel przerwał na chwilę, żeby zaczerpnąć powietrza. Twarz Wiery drgnęła nieznacznie.

– Wiem też, że właściciel samochodu, pan Junior Kojarski, jest pani synem – dodał Podgórski cicho. Janusz spojrzał na niego zdziwiony. Daniel przeklął w duchu. Powinien był powiedzieć koledze wcześniej, jak się sprawy mają. – Tyle właśnie wiem. Czy mogłaby mi pani teraz opowiedzieć, co się naprawdę stało wtedy we wtorek rano?

Wiera milczała, nie przerywając robienia na drutach. Wyglądało na to, że nie ma zamiaru nic więcej powiedzieć.

– Nie wierzę, że pani to zrobiła – szepnął Daniel pod wpływem impulsu, jakby to mogło zachęcić sklepikarkę do wyznania prawdy. – Ale na razie to naprawdę źle wygląda. Proszę nam wszystko opowiedzieć, żebyśmy mogli prowadzić śledztwo dalej.

Sklepikarka milczała, ale powieki drgały jej lekko z nerwów. Daniel postanowił uchwycić się jedynej szansy.

– Zacznijmy powoli – zaproponował. – Co pani robiła rano we wtorek, piętnastego stycznia? Proszę powiedzieć wszystko po kolei.

Nagle Wiera przerwała pracę. Odłożyła powoli druty i robótkę. Wygładziła ubranie delikatnym ruchem i spojrzała

Podgórskiemu prosto w oczy. Zobaczył w nich, że podjęła już jakąś decyzję.

– To ja przejechałam tę zakonnicę – wyznała sklepikarka z mocą, zbliżając usta do leżącego na stole dyktafonu. – To ja przejechałam zakonnicę. Jechałam samochodem. Wpadłam w poślizg i w nią uderzyłam. Spanikowałam. Nie chciałam iść do więzienia. Wyczyściłam samochód. Z wioski nadchodził akurat Bartek Rosół. Uznałam to za dobrą okazję, żeby pozbyć się dowodów. Zapłaciłam mu, żeby zawiózł samochód do Brodnicy. Chciałam go ukryć, żeby nikt go nie powiązał ze mną. Potem wróciłam do sklepu i otworzyłam jak zwykle. Tak to się właśnie odbyło. Sprawa rozwiązana. Możecie dać sobie spokój z dalszym szukaniem.

Janusz Rosół otworzył szeroko oczy.

– Zapłaciła pani mojemu Bartkowi? – zapytał groźnie. Na jego twarzy malował się gniew. – Wplątała go pani w morderstwo? Mojego syna?

– Pani Wiero, czy pani wie, co pani właśnie zrobiła? – wtrącił szybko Daniel.

– Tak, oczywiście, że wiem. Przyznałam się do winy. To ja przejechałam zakonnicę – powtórzyła Wiera raz jeszcze. Mówiła głośno i wyraźnie. – Jeżeli nie wierzycie, wystarczy zapytać Bartka. Potwierdzi, że dostał ode mnie pieniądze. Będzie wam też mógł powiedzieć, gdzie zostawił samochód. Ja tego nie wiem.

– Zaraz go o to wszystko zapytamy. – Daniel dał znak Januszowi, żeby sprowadził syna.

Rosół wyszedł pospiesznie z pokoju.

Kiedy sklepikarka i Daniel zostali sami, Wiera znowu zabrała się do robienia na drutach. Podgórski próbował zebrać myśli. Po pewnym czasie doszedł do wniosku, że nic tu do siebie nie pasuje. Czy Wiera kłamała?

– W jaki sposób weszła pani w posiadanie tego samochodu? – zapytał formalnym tonem policjant. Nie można było zapominać, że to przesłuchanie. – Jak to się stało, że prowadziła pani samochód pana Juniora Kojarskiego?

– Czy to ważne? – zapytała cicho Wiera. – Masz winnego, Danielku. Sprawa zakończona. Po co drążysz to wszystko niepotrzebnie?

– Pani Wiero, to ja zdecyduję, kiedy śledztwo będzie zakończone – odparł Podgórski zdecydowanym głosem. – Proszę odpowiedzieć na moje pytanie.

Sklepikarka westchnęła głośno.

– Poszłam do Kojarskich. Senior Kojarski dał mi samochód jako zadośćuczynienie. Miałam nie zdradzać Juniorowi, że jest moim synem – recytowała Wiera bez zająknięcia, jakby przygotowywała to wyjaśnienie od dawna. A może było prawdziwe? – Nie zna pan Seniora, ale on lubi decydować o tym, co się kiedy dzieje. Nie chciał, żebym to ja zdradziła Juniorowi, jaka jest prawda. Dalej wszystko było tak, jak powiedziałam wcześniej. Jest zima. Nie znałam tego samochodu. Zakonnica szła prawie środkiem jezdni i stało się. Potrąciłam ją.

Zanim Daniel zdążył cokolwiek powiedzieć, drzwi się otworzyły i do pokoju wkroczył Janusz Rosół z synem. Bartek wydawał się zdezorientowany. Spojrzał na Wierę pytająco. Ta skinęła mu tylko głową bez słowa.

– Do pokoju wchodzą aspirant Janusz Rosół i świadek Bartosz Rosół – powiedział Podgórski do dyktafonu.

Powinni byli przesłuchać ich oddzielnie, ale teraz było już za późno. Popełnili już tyle błędów, że kolejny nie sprawiał już chyba różnicy, uznał Daniel zrezygnowany.

– Czy to prawda, że pani Wiera zapłaciła ci za odwiezienie samochodu marki Land Rover Discovery do Brodnicy? – zwrócił się do chłopaka. – Dnia piętnastego stycznia rano. Mówimy o ostatnim wtorku.

Bartek Rosół wpatrywał się w Wierę, jakby nie wiedział, co ma zrobić. Nie przypominał tego chuligana, którego Daniel spotykał w wiosce. Wyglądał raczej jak mały przestraszony chłopiec. Chyba to, co się ostatnio działo w jego życiu, zupełnie go przytłoczyło.

Wiera jeszcze raz skinęła głową w kierunku chłopaka.

– Już dobrze, powiedz prawdę – szepnęła uspokajająco. – Oni i tak już wiedzą. Powiedziałam im. Teraz twoja kolej. Wszystko będzie dobrze. Zobaczysz.

– Odpowiedz na pytanie, Bartek! – krzyknął Janusz Rosół do syna. – Nie czas na jakieś uniki. To poważna sprawa, jakbyś nie wiedział. Nie mogę uwierzyć, że do czegoś takiego w ogóle doszło!!!

– Tak, dostałem pięćset zeta za odwiezienie samochodu – wydusił w końcu Bartek. Zrobił nieokreślony ruch ręką. – O n a chyba jeszcze żyła…

Chłopak powiedział to tak cicho, że Daniel nie był pewien, czy dobrze usłyszał.

– Co powiedziałeś? – zapytał ostro Janusz Rosół.

– Ona chyba się jeszcze ruszała… ja jej nie pomogłem… ja… ja wziąłem pieniądze i odjechałem… ona… patrzyła na mnie… a ja jej nie pomogłem…

Szczęka drżała mu z tłumionych emocji.

– Spokojnie, Bartek – wyszeptała znowu Wiera. – Ona już n i e ż y ł a. Już nic nie dało się zrobić. To nie twoja wina. To naprawdę nie twoja wina. Ona już nie żyła.

– Widziałeś zwłoki? – zapytał znowu Rosół. – I nic nie powiedziałeś?! Przez ten cały czas? Od wtorku do niedzieli miałeś kilka dni! Nie rozumiesz, jak poważna jest sytuacja? Mówimy tu o morderstwie. To nie przelewki.

Chłopak spuścił głowę. Wyłamywał nerwowo place w stawach. Daniel Podgórski wzdrygnął się na ten dźwięk.

– Janusz, chyba musisz nas na razie zostawić – wtrącił szybko Daniel. Nie mógł dopuścić, żeby to dalej tak wyglądało. – Bartek jest twoim synem, nie możesz go przesłuchiwać. Porozmawiam z nim sam.

Rosół wyszedł niechętnie, patrząc cały czas na syna przenikliwie. Bartek nie podniósł nawet głowy. Wyglądało, jakby zapadł się w sobie. Chłopak bił się, przeklinał, robił też pewnie wiele gorszych rzeczy, ale nie był przygotowany na oglądanie śmierci. Daniel poklepał go uspokajająco po ramieniu.

– Możesz teraz powiedzieć, jak to było? – zachęcił.

– Przyszedłem… myślałem, że zdążę na pekaes… ja miałem… jechałem do szkoły do Brodnicy. Miały być dodatkowe lekcje. W tym roku mam maturę.

Bartek zamilkł, wpatrując się w swoje paznokcie. Podgórski zauważył, że były poobgryzane prawie do ciała.

– Co było dalej?

– Pani Wiera stała przy samochodzie. Zmywała krew. Dała mi pieniądze, żebym zawiózł go do miasta… ja potrzebowałem kasy… ja…

– Spokojnie, Bartek. – Daniel poczuł się jak starzec.

Wiera patrzyła w ścianę, już się nie odzywała. – Czy ten samochód to był land rover discovery państwa Kojarskich?

Chłopak przytaknął ledwo dostrzegalnie.

– Jesteś zupełnie pewien? – Daniel musiał mieć tę odpowiedź na taśmie.

– Tak.

– Gdzie dokładnie zostawiłeś samochód?

Bartek wyjaśnił, gdzie zaparkował land rovera. Młodszy aspirant Daniel Podgórski zapisał informację, zerkając w stronę Wiery. Nie patrzyła na niego, a jej twarz znowu zmieniła się w maskę. Policjant miał wrażenie, że sklepikarka nie mówi prawdy. Niestety dowody, zeznanie świadka w osobie Bartka Rosoła i wreszcie słowa samej Wiery wskazywały bezsprzecznie na winę sklepikarki. Podgórski nie miał wyjścia. Musiał zawiadomić prokuratora, który na pewno zdecyduje się skierować Wierę do tymczasowego aresztu. Przynajmniej do wyjaśnienia wszystkich wątpliwości.

Junior Kojarski zamknął za sobą drzwi pokoju bilardowego z namaszczeniem godnym lepszej sprawy. Odkąd przyjechał do posiadłości ojca, większość czasu spędzał właśnie tu. Wyciągnął z teczki przenośny komputer. Zapalił cygaro i włączył laptop. Miał zamiar przejrzeć stronę *nasze-lipowo*. Odkąd Róża pokazała mu tego bloga, zaglądał tam co jakiś czas. Nie lubił plotek, ale bawił go histeryczny styl autora doprawiony licznymi wykrzyknikami. Chciał się rozluźnić i zapomnieć na chwilę o wczorajszej rozmowie podczas kolacji. Czuł przez skórę, że ojciec chce zabrać mu pieniądze.

Pierwszym, co zobaczył, kiedy strona się wczytała, było zdjęcie lokalnej sklepikarki wsiadającej do radiowozu. Nazywała się chyba Wiera. Poznał ją, ponieważ kilka razy zatrzymał się w jej sklepie po jakieś drobne produkty. Otaczała ją grupa umundurowanych policjantów. Ona sama wpatrywała się dziko w obiektyw. Czarne potargane włosy tańczyły wokół jej twarzy.

Dziś w naszej wsi odbyło się NAJPRAWDZIWSZE aresztowanie! Radiowozy odwiozły Wierę, naszą sklepikarkę, do aresztu!!! Pod zarzutem spowodowania śmierci zakonnicy, o której już tu było!!!!!!!!!!!! Wiera przyznała się do winy!!!!!

Z pewnego źródła wiemy, że Wiera nie jest tylko zwykłą sklepikarką!!! Oj, nie! Jest matką naszego milionera Juniora Kojarskiego!!! Spodziewalibyście się tego? Bo ja nie! To właśnie jadąc jego samochodem, przejechała nieszczęsną służkę Bożą.

PS. Ci, którzy boją się, że nie będzie gdzie robić zakupów, niech śpią spokojnie!!! Wiemy, że pani Solicka postanowiła znowu otworzyć sklepik pod kościołem, którego nam tak bardzo brakowało od lata, kiedy to właścicielka zdecydowała się zawiesić jego działalność!!! Nie ma tego złego, co by na dobre nie wyszło!!!

Junior Kojarski przeczytał wpis chyba sto razy. „Jest matką naszego lokalnego milionera Juniora Kojarskiego", powtarzał w duchu. Zgasił cygaro szybkim ruchem.

– To niemożliwe – powiedział do siebie cicho.

Jego matka nazywała się przecież Stefania Kojarska. Pochodziła z bogatej rodziny, a urodziła go w wieku dwudziestu ośmiu lat. Umarła sześć lat temu, no, może sześć i pół, a potem ojciec ożenił się z Blanką. Jego matką nie mogła być rozczochrana wiedźma Wiera. Jego matką była ubrana w markowy kostium, nieco zagubiona elegancka kobieta, która umarła po przedawkowaniu środków nasennych i alkoholu. Wszystko to jest jakąś koszmarną pomyłką, uznał Junior.

Podszedł do barku i drżącą ręką nalał sobie wódki. Wypił wszystko jednym haustem, krzywiąc się jednocześnie.

– Muszę się uspokoić – powiedział do siebie. – Trzeba działać roztropnie.

Junior Kojarski był doświadczonym biznesmenem, więc i w tej sytuacji sobie poradzi. Musi tylko mieć dobry plan.

ROZDZIAŁ 16

Warszawa 1970 rok

Powietrze było ciepłe i przyjemne, przesycone wspaniałymi, na wpół zapomnianymi zapachami. A może tak naprawdę nigdy ich nie czuł. Jakub mógł otwierać okno tylko wówczas, gdy ojciec był z niego zadowolony, a to zdarzało się bardzo, bardzo rzadko. Dopiero kiedy skończył osiemnaście lat, dostał pozwolenie na spacery po ogrodzie. Jutro natomiast miał być wielki dzień. Skończy dziewiętnaście lat i po raz pierwszy będzie mógł wyjść na ulicę. Czuł ekscytację pomieszaną z lękiem przed nieznanym. Wyjście na ulicę oznaczało upragnioną wolność.

Przysiadł na drewnianej ławeczce z podręcznikiem anatomii w rękach. Przez metalowe sztachety zdobionego ogrodzenia obserwował ludzi spieszących w różnych kierunkach. Patrzył zafascynowany na ich twarze. Każdy był inny, jak na ilustracjach w książkach i w telewizji. Dotychczas znał tylko dwie osoby, kucharkę i służącą, które pracowały w ich domu od zawsze. No i ojca. Jego twarz znał aż nazbyt dobrze.

Jakub dotknął drżącą ręką zdjęcia matki ukrytego w kieszonce na piersi. Bał się. Jutro miał rozpocząć studia. Przez te wszystkie lata marzył tylko o tym, że opuści znienawidzony budynek, który stał się jego więzieniem. Kiedy jednak nadszedł wreszcie ten dzień, poczuł wszechogarniający lęk.

Ojciec wyszedł z domu, opierając się na drewnianej zdobionej lasce.

– Jesteś gotowy – stwierdził zimno. – Doskonale cię wszystkiego nauczyłem. Oczekuję, że będziesz najlepszym studentem na roku. Nie możesz mnie zawieść. Rozumiesz?

– Ttt-ak, ojcze-cze – odparł Jakub, ponieważ doskonale wiedział, czego od niego oczekiwano.

– Któregoś dnia będziesz mi wdzięczny za wszystko, co dla ciebie zrobiłem – kontynuował lekarz, siadając obok syna na drewnianej ławeczce. – Zobaczysz. W dzisiejszym świecie trzeba mieć solidne podstawy, które bierze się z domu rodzinnego.

W ostatnim roku lekarz bardzo się postarzał. Jego twarz poorana była zmarszczkami, a dłonie pokryły plamy wątrobowe. Jakub nie był pewien, jak powinien wyglądać mężczyzna w wieku jego ojca. Całą swoją wiedzę o życiu czerpał bowiem z książek.

– Świat na zewnątrz nie jest wcale taki wspaniały, sam zobaczysz. Zatęsknisz za mną – zakończył Zygmunt i odszedł w stronę domu, nie mówiąc nic więcej.

Jakub patrzył, jak ojciec idzie sztywnym krokiem. Odwrócił wzrok dopiero, kiedy tamten wszedł do budynku. Zaskoczony zauważył, że na ławce obok niego leży klucz. Zwykły mały miedziany klucz. Chłopak od razu wiedział, że to klucz od furtki. Nawet kucharka ani służąca takiego nie miały. Tylko ojciec. A teraz także on.

Wziął ostrożnie niepozorny kluczyk do ręki. Mógł teraz przekroczyć furtkę i odejść. Byłby wolny już dziś. Nie musi wcale czekać do jutra. Patrzył na ludzi spacerujących po chodniku za płotem. Byli nieświadomi walki, którą toczył sam ze sobą. Dla nich był tylko zwykłym chłopcem, który siedzi z książką na drewnianej ławce.

Wstał i podszedł do płotu.

– Piękny dzień, co? – rzucił do niego jakiś przechodzień i poszedł dalej.

Jego głos miał dziwne brzmienie. Był jakby chropowaty i o wiele niższy niż głos ojca.

– Tak – odpowiedział cicho Jakub.

To była jego pierwsza rozmowa z obcym człowiekiem. Był pewien, że zapamięta te słowa i ten głos do końca życia. „Piękny dzień, co?”. Jutro będzie wolny.

Włożył klucz do kieszeni i wrócił do domu.

ROZDZIAŁ 17

Lipowo i Brodnica. Niedziela,
20 stycznia 2013, po południu

Weronika wypuściła Lancelota na padok. Koń ruszył biegiem szczęśliwy, że jest na powietrzu. Galopował chwilę, brykając wesoło. Wkrótce znudził się zabawą i zaczął rozkopywać kopytem śnieg. Był to znak, że przyszedł czas na tarzanie. Lancelot położył się ostrożnie w śniegu i zaczął stękać z zadowoleniem. Weronika patrzyła na niego rozbawiona. Jak wspaniale było go tu mieć.

Wróciła niechętnie do domu. Na dworze było bardzo przyjemnie, mimo zimna, ale chciała skończyć sprzątanie domu. Rozpakowała już prawie wszystkie paczki na górze. Pracy było niewiele, ale nie miała na nią wcale ochoty. Co chwila wyglądała na padok, żeby popatrzeć na spacerującego Lancelota. Koń zastrzygł uchem i wpatrywał się w las ciekawie. Widocznie zauważył sarnę. Weronika wiedziała, że żyje ich tu sporo. Nagle zapragnęła jak najszybciej osiodłać Lancelota i przejechać się po lesie. Igor mógłby biec obok, jemu też przydałby się ruch.

Walczyła chwilę ze sobą, ale pokusa okazała się zbyt silna. Przebrała się w bryczesy i zbiegła po schodach. Włożyła ciepłe zimowe buty do jazdy konnej i wyszła na mróz. Igor pędził za nią, przeczuwając zbliżający się spacer.

Zaprowadziła konia z powrotem do stajni i wyczyściła. Wydawał się podekscytowany. Nie jeździła już na nim ponad dwa tygodnie, więc przepełniała go energia. Zarżał cicho na widok siodła i ogłowia. Założyła mu jeszcze długie ochraniacze, żeby nie zranił się przypadkowo w nogi. Byli gotowi.

– Jedziemy! – zarządziła z końskiego grzbietu.

Igor ruszył przodem, machając radośnie ogonem. Lancelot był pobudzony i rwał się do biegu. Chciała dać mu chwilę na rozgrzanie, żeby uniknąć niepotrzebnej kontuzji, więc zaczęli od spokojnego stępa. Koń podnosił wysoko nogi w głębokim puszystym śniegu i rozglądał się ciekawie. Kiedy wyjechali na szeroki leśny trakt, dała mu sygnał do galopu. Poczuła przepełniającą ją radość. Od prędkości napłynęły jej łzy do oczu. Koń bryknął rozbawiony. Poklepała go po szyi uspokajająco.

Zwolnili dopiero przy leśnym strumieniu za Polaną Czarownic. Szli jakiś czas wzdłuż jego biegu. Nurt był wartki, a woda szemrała przyjemnie. Weronika miała ochotę zatrzymać się i zanurzyć w niej rękę, ale woda musiała być teraz lodowata, więc szybko zrezygnowała z tego pomysłu. Igor wszedł do strumienia, nie zważając na zimno. W końcu jednak nawet on skapitulował.

Weronika rozejrzała się dookoła. Nie była tu od czasu ostatniego spaceru, kiedy spotkała Blankę Kojarską. To było bardzo niedaleko stąd. Nagle zrozumiała, co ją tak męczyło, kiedy rozmawiała z Danielem po raz pierwszy.

Zatrzymała konia i przyjrzała się zaśnieżonej drodze w skupieniu. Blanka powiedziała wtedy, że przyszła z domu, ale im więcej Weronika o tym myślała, tym bardziej była pewna, że Kojarska nadeszła z drugiej strony. Nie zwróciła wówczas na to uwagi, ale Blanka przyszła dokładnie tą ścieżką, którą Weronika teraz jechała.

Ruszyła dalej. Była bardzo ciekawa, dokąd zaprowadzi ją droga i czy ewentualne kłamstwo Kojarskiej miało jakieś znaczenie.

Wkrótce koń zaczął się denerwować. Weronika usłyszała przejeżdżający samochód. Koń uskoczył spłoszony. Poklepała go po szyi, szepcząc kojące słowa. Lancelot uspokoił się i ruszył do przodu. Igor też wolał trzymać się blisko. Ku zaskoczeniu Weroniki za ścianą drzew ukazała się świeżo odśnieżona szosa.

Maria Podgórska zrobiła Danielowi zupę. Specjalnie przygotowała jego ulubiony krem z dyni. Zupa była delikatnie słodka. Pachniała kminkiem i imbirem. Nic nie pomogło. Policjant mieszał w talerzu bez apetytu. Siedział w zamyśleniu, aż potrawa zupełnie wystygła. Maria westchnęła zmartwiona. W lodówce miała jeszcze swoją tajną broń: sernik na zimno z truskawkami. Postawiła przed synem ciasto. Kiedy był jeszcze małym chłopcem, lubił zaczynać od galaretki z wierzchu. Kłócili się o to często, ale ostatecznie zawsze mu pozwalała.

– Synku, powinieneś coś zjeść – zachęciła Maria zmartwiona. To było do niego niepodobne, zawsze przecież miał apetyt. – Wiem, że przeżywasz tę sprawę z Wierą. Ja też. Nikt się nie spodziewał, że to ona. Przecież była taka miła.

– Mamo, ja nie wierzę, że ona to zrobiła – odpowiedział Daniel Podgórski zdecydowanym tonem. – Powiem więcej, ja w i e m, że ona tego nie zrobiła.

– Tak, Danielku. – Wzruszyła ją pewność syna. – Jesteś takim dobrym człowiekiem. Nie znasz w ogóle przemocy…

Policjant spojrzał na nią i gniewnie odsunął talerz z ciastem.

– Mamo, daj spokój – po raz pierwszy od dawna zdenerwował się na nią. Jego głos był nieprzyjemnie ostry. Brzmiał nieznajomo i obco. Maria zastygła bez ruchu. – Nie rób ze mnie jakiegoś… przestań mnie traktować, jakbym wciąż miał osiem lat. Skończyłem szkołę policyjną. Jestem szefem komisariatu. Widziałem kilka rzeczy w życiu… poza tym przestań wciskać mi te swoje ciasta. Nie widzisz, że wyglądam jak tuczone prosię? Daj mi żyć. Niedługo będę miał trzydzieści pięć lat, a mieszkam tu nadal z tobą… Tak dalej być nie może.

Maria Podgórska stała pośrodku kuchni zdezorientowana. Szczęka zaczęła jej drgać z tłumionej rozpaczy. Czuła, że zaraz się rozpłacze. Bez słowa zabrała talerz z ciastem.

– Przepraszam, mamo. Poniosło mnie trochę, przepraszam – uspokoił się Daniel. – Po prostu nie jestem przekonany, że Wiera to zrobiła, i tyle. Nie chodzi o to, że nie mogę w to uwierzyć, bo uważam ją za spokojną, czułą istotę bez skazy. Myślę, że mogłaby być do tego zdolna, ale że nie jest winna akurat tej zbrodni. Wydaje mi się, że ona kogoś kryje. Najprawdopodobniej Juniora Kojarskiego, skoro jest jej synem. W każdym razie z jakiegoś powodu kłamie.

Maria nadal stała bez ruchu. Daniel Podgórski westchnął i wyciągnął do niej rękę.

– Mamo, czy mogę dostać kawałek tego pysznego sernika? Uwielbiam go. Sama wiesz.

– Ależ oczywiście, synku – ożywiła się Maria. Znowu miała przed sobą swojego Danielka.

Na wszelki wypadek Podgórski wziął dwa kawałki ciasta. Potem będzie się martwił o wagę. Teraz chciał porozmawiać z matką. Usiadła przy stole już zupełnie spokojna.

– Opowiedz wszystko od początku – zarządziła Maria rzeczowo. – Razem na pewno coś wymyślimy.

Majka Bilska ubrała się ciepło. Nie należała do dziewczyn, którym zależy na wspaniałym wyglądzie kosztem zdrowia. W taki mróz wolała włożyć grubą kurtkę i wielką czapkę, a szyję okręcić wełnianym szalikiem. Nawet jeśli z tego powodu wyglądała raczej jak bałwan, a nie smukła modelka.

Najpierw chciała pójść do Lipowa na skróty przez las, ale zrobiło się już prawie całkiem ciemno i wolała nie ryzykować. Szosą było dalej, ale przynajmniej wydawało się bezpieczniej. Musiała pogadać z Bartkiem. Czuła, że nie powinna go tak z tym wszystkim zostawiać.

Szła szybkim krokiem. W ciemności każdy dźwięk zdawał się zwiastować niebezpieczeństwo. Nagle usłyszała trąbienie. Wzdrygnęła się przestraszona. O tej porze, w dodatku zimą, niewiele samochodów tędy przejeżdżało, więc nie spodziewała się klaksonu.

Majka odwróciła się ostrożnie. Nie chciała pokazać, że obleciał ją strach. Odetchnęła, kiedy zobaczyła, że trąbi do niej fryzjerka z Lipowa. Wiedziała, że kobieta nazywa się Ewelina Zaręba. Jechała nisko zawieszoną niebieską hondą męża. Majka znała ten samochód. Widziała, jak ci dwaj policjanci ścigali się na pustej szosie którejś nocy. Pewnie myśleli, że nikt ich nie widzi. Majka uśmiechnęła się do siebie.

– Cześć, kochana, idziesz do Lipowa? Może cię podwiozę? – zaproponowała Ewelina.

Fryzjerka była drobniutka, niski samochód dobrze do niej pasował. Majka szybko wskoczyła do środka. Od razu otoczyło ją przyjemne ciepło. Przyłożyła zmarznięte ręce do kratki nawiewu.

– Dziękuję pani – powiedziała grzecznie.

– Nie ma problemu, kochanie. Ale co tak sama po nocy chodzisz?! – zagadnęła ją Ewelina. – To nie jest bezpieczne. Nie wiadomo, kto będzie tędy jechał. Musisz bardziej uważać.

Ewelina wyglądała na taką, która ciągle musi mówić. Chyba każda fryzjerka taka jest, stwierdziła w duchu dziewczyna. Przynajmniej te, które znała. Sama zresztą zastanawiała się, czy nie pójść do szkoły fryzjerskiej. Zawód jak każdy inny. Mogło coś z tego wyjść, ponieważ u nich we wsi nie było salonu fryzjerskiego. Czyli nie miałaby konkurencji! Trzeba było jeździć albo do Lipowa, albo dalej do Brodnicy. Ojciec nie chciał o tym oczywiście słyszeć. Wyobrażał sobie córkę jako lekarza, naukowca albo przynajmniej nauczyciela, jak on. Z jego punktu widzenia brak studiów nie wchodził w grę. Na razie Majka wolała się nie kłócić. Później zrobi, jak będzie chciała. Jak zwykle.

– Muszę pogadać z chłopakiem – wyjaśniła fryzjerce.

Bartek Rosół nie był do końca jej chłopakiem, ale czemu miałby nie być, pomyślała dziewczyna.

– Nie mogłaś do niego zadzwonić? Pozwolił ci iść samej po nocy? Chyba lepiej by było, żeby to on cię odwiedzał, jak jest tak ciemno.

– A pani co tak sama jeździ? – odcięła się Majka. – Przecież to niebezpieczne.

Kobieta milczała chwilę, jakby rozważała, ile może zdradzić. Majka spojrzała na nią z zainteresowaniem. Miała nadzieję, że coś się za tym kryje. Znała się na tym.

– Pojechałam do Brodnicy po prezent dla męża – oświadczyła w końcu Ewelina Zaręba. – Ostatnio dużo pracuje i jest jakiś nieswój.

Majka czekała. Wydawało się, że fryzjerka ma zamiar powiedzieć coś więcej, ale w końcu się rozmyśliła. Dojechały do skrzyżowania w Lipowie.

– Tu mnie pani może wysadzić – rzuciła dziewczyna. – Dzięki za podwózkę.

Wysiadła z samochodu, delikatnie zatrzaskując drzwi. Schyliła się, udając, że zawiązuje sznurowadło. Była pewna, że Ewelina przygląda się, do którego pójdzie domu. Widać było, że jest ciekawska. Majka poczekała, aż tamta odjedzie. Nie da jej tej satysfakcji. Dziewczyna zachichotała. Fryzjerka będzie się teraz musiała głowić, kto jest chłopakiem Majki. Dopiero kiedy honda zniknęła za zakrętem, ruszyła w kierunku domu Rosołów.

Zapukała mocno do drzwi. Nie lubiła używać dzwonków. Otworzył starszy wąsacz. Majka wiedziała, żc to ojciec

Bartka, ten policjant. Mężczyzna oparł się o futrynę. Po jego twarzy widać było, że nie spodziewał się gości.

– Tak? – zapytał zdziwiony.

– Przyszłam do Bartka. Musimy pogadać. A tak przy okazji, jestem jego dziewczyną – wszystko to powiedziała na jednym wydechu. Majka była z siebie dumna. Dobrze to brzmiało.

– Ty też jesteś w ciąży? – zapytał policjant bez związku.

Widać było, że trzyma się na nogach tylko siłą woli. Dopiero teraz poczuła, że śmierdziało od niego alkoholem.

Nagle w drzwiach stanął Bartek. Na jego twarzy malowała się wściekłość pomieszana ze wstydem.

– Majka? Co ty tu, kurwa, robisz?

Wrogi ton nie mógł jej zmylić. Wiedziała, że cieszy się na jej widok. Uśmiechnęła się do niego słodko. Potrafiła być zalotna, kiedy tego chciała. Ćwiczyła długo, aż uzyskała perfekcyjną mieszankę uwodzicielstwa i niewinności. Teraz umiała przywołać ten wyraz twarzy nawet bez podglądania w lustrze. Była pewna, że jej się udało.

– Czy twoja dziewczyna też jest w ciąży? – wybełkotał jego ojciec. – Będziemy mieli wspaniałą rodzinę! Tak się cieszę! Naprawdę.

– Zamknij się, tato – rozkazał Bartek. – Czego chcesz, Majka?

– Mogę wejść? – zapytała błagalnie. Mogła go przecież wziąć na litość. To zawsze działało. – Zimno mi. Przyszłam tu aż z Jajkowa.

– Szłaś tak daleko? – na chwilę ton Bartka złagodniał.

Przepuścił ją w drzwiach. Weszła do środka zadowolona z siebie. Tym lub innym sposobem zawsze udawało jej się dojść do celu. W dużym pokoju siedziała przykryta kocem Ewka. Miała spuchniętą od płaczu twarz. Majka pokiwała głową ze zrozumieniem. Wszystko stawało się jasne. Wyjęła telefon i ukradkiem zrobiła Ewie zdjęcie. Zerknęła w kierunku pozostałych. Chyba nikt nie zauważył. Bartek był zajęty układaniem ojca na kanapie.

– Mówiłaś coś? – zapytał chłopak, podchodząc do niej. Szybko schowała telefon. – Chodź do mojego pokoju. Tam możemy spokojnie pogadać, bo tu się raczej nie da.

Wskazał ręką swoją rodzinę na kanapie. Wydawał się zawstydzony. Skinęła głową. I tak wolała porozmawiać z nim w cztery oczy. To, co miała do powiedzenia, było zbyt ważne, żeby ktoś im przerywał.

Bartek zamknął za nimi drzwi.

– No to czego chcesz? Gadaj szybko i się zmywaj.

– Zabrali Wierę – stwierdziła Majka.

Bartek przewrócił oczami. Nie wiedziała, jak zacząć, i chyba nie wyszło za dobrze.

– Wiem przecież… – mruknął chłopak. – Spytam jeszcze raz, bo chyba nie dociera do ciebie. Co cię to, kurwa, obchodzi? Nie twoja sprawa!

– Bądź może dla mnie trochę milszy… – zirytowała się Majka. – Przyszłam ci pomóc, a ty mi tak odpłacasz.

Miała go już trochę dosyć. Jego krzyki wcale nie były przyjemne.

– Niby jak pomóc? Niby w czym? Nie potrzebuję twojej pomocy.

– Wiem, że lubisz Wierę. Romansowanie ze starszymi to chyba u was rodzinne – zaśmiała się Majka.

Chciała go trochę ukarać. W jego oczach zobaczyła, że trafiła w czuły punkt. Zanim zdążyła się ruszyć, uderzył ją mocno w twarz. Ruch był szybki i precyzyjny. Policzek palił ją żywym ogniem.

Bartek patrzył przez chwilę na swoją dłoń, jakby nie należała do niego.

– Przepraszam… ja… – zaczął się jąkać. – Ja nie chciałem…

Majka wstała i wyszła z pokoju. Tego było za wiele. Jeżeli tak miał ją traktować, to nie chciała być jego dziewczyną. Co to to nie! Jeszcze wymyśli sposób, żeby go ukarać. Kobiet nie można traktować w ten sposób!

– Damski bokser! – krzyknęła na pożegnanie, trzaskając drzwiami wyjściowymi. Odbiły się z hukiem od framugi.

– Poczekaj! – zawołał za nią. Wybiegł boso na dwór.

Nie odwróciła się nawet. Teraz już mu nie powie, że Wiera jest niewinna. Nie powie mu, że doskonale widziała, kto przejechał zakonnicę. I to kilka razy. O nie. Teraz już mu tego nie powie.

Zbliżał się niedzielny wieczór. Było już co prawda późno, ale młodszy aspirant Daniel Podgórski nie chciał czekać do poniedziałku ze sprawdzeniem land rovera, którego Bartek odstawił do Brodnicy. Mogły tam być ślady, które pomogą znaleźć rozwiązanie zagadki śmierci siostry Moniki. Daniel chciał udowodnić, że Wiera, wbrew jej własnym zeznaniom, jest niewinna. To prawdziwy zabójca musiał zostać ukarany.

Zadzwonił do Marka Zaręby. Kolega przez cały dzień nie odbierał, więc Daniel nie spodziewał się sukcesu i tym razem.

– No cześć – usłyszał w słuchawce ku swojemu zaskoczeniu.

Podgórski wyjaśnił pokrótce Markowi, czego dowiedział się podczas przesłuchania Wiery.

– Młody, jadę do Brodnicy obejrzeć samochód Juniora Kojarskiego – zakończył. – Pomyślałem, że może chciałbyś pojechać ze mną.

– Okej – zgodził się Zaręba, ale w jego głosie nie było entuzjazmu.

– Będę u ciebie za chwilę. Już ruszam.

– Okej – powtórzył Zaręba apatycznie.

Daniel podjechał pod dom kolegi po kilku minutach. Marek stał na zewnątrz i palił papierosa. Cisnął niedopałek w śnieg i wsiadł do środka, zatrzaskując za sobą drzwi. Nie zażartował jak zwykle na temat subaru szefa.

– Myślałem, że rzuciłeś palenie – zagadnął Daniel. Nie był to może najlepszy początek, ale zawsze jakiś.

– Jak widać nie – odburknął Marek i wbił oczy w drogę przed samochodem.

– Co tam u Eweliny i Andżeliki? – spróbował jeszcze raz Podgórski.

To zawsze był bezpieczny temat. Młody policjant lubił mówić o córce i żonie. Tym razem jednak Zaręba jakby jeszcze bardziej zamknął się w sobie. Jechali w nieprzyjemnym milczeniu. Daniel pozwolił sobie na kilka kontrolowanych poślizgów i zwiększenie prędkości, ale nawet to nie udobruchało kolegi. Marek siedział zgarbiony i bawił się pogniecioną paczką papierosów.

– Młody, co się dzieje? – Daniel stwierdził, że chyba najlepiej było zagrać w otwarte karty. – Nie mów, że nic.

Przecież widzę, że coś się stało! Chyba mnie możesz powiedzieć.

Zaręba jakby przez chwilę się wahał. Przejechał ręką po policzku. Podgórski zauważył, że jest nieogolony. To nie było do niego podobne. Zawsze miał gładką twarz i żartował z brody Daniela. Kolejny stały punkt w ich przyjaźni.

– Ja... – zaczął Marek, ale po chwili ucichł i zacisnął usta. – Jestem trochę zmęczony, to wszystko.

Nie dało się już nic więcej z niego wyciągnąć. Jechali w milczeniu aż do samej Brodnicy. Daniel zatrzymał się pod wskazanym przez Bartka Rosoła adresem. Rozglądali się wokół, ale wyglądało na to, że land rovera tam nie było.

– Szlag by to trafił – zdenerwował się Daniel. – Miał stać właśnie tutaj. Tak twierdził Bartek.

Zajrzał jeszcze raz do notatek. Bartek opisał dokładnie, gdzie zostawił auto, ale teraz na wskazanym przez chłopaka miejscu parkingowym stał inny pojazd. Pracował przy nim starszy mężczyzna.

– Przepraszam – zagadnął go Daniel Podgórski. – Szukam land rovera discovery, który podobno miał być tu zaparkowany. Nie wie pan, co się z nim stało?

– To się pan spóźniłeś – rzucił tamten z wyraźną uciechą. – Rano zabrała go policja. Jeżeli to pana samochód, to radzę z dobrego serca uciekać. Moja żona nie da panu żyć, jak pana zobaczy. Zmykaj pan, jeśli życie miłe.

Daniel zapomniał, że nie ma na sobie munduru. Był przyzwyczajony do myśli, że jest policjantem, i wydawało mu się, że każdy musi o tym wiedzieć.

– Dziękuję panu – pożegnał się i odjechał bez dalszych

wyjaśnień. Trzeba będzie zadzwonić do kolegów z Brodnicy, żeby dowiedzieć się czegoś więcej.

Marek chciał chyba uniknąć dalszej rozmowy, ponieważ od razu chwycił za telefon i wykręcił numer brodnickiej policji.

– Nie uwierzysz – odezwał się Zaręba po skończeniu rozmowy. Na chwilę zniknęła gdzieś apatia i wrócił dawny Marek. – Daniel, mówię ci, po prostu w to nie uwierzysz!

– Co się stało, Młody?

Podgórski włączył się do ruchu na głównej drodze.

– Paweł odebrał samochód rano. Potem jeździł nim po okolicy z jakimś kolesiem z drogówki i spowodował wypadek. To znaczy może nie wypadek. Wjechał w mur. Cały przód jest skasowany!

Daniel przeklął głośno. Wolał nie myśleć o konsekwencjach działań kolegi.

– To już przesada. Nawet jak na Pawła! – powiedział, kręcąc głową z niedowierzaniem.

– Jest teraz w szpitalu, ale podobno nic mu się nie stało – zakończył Marek. – Junior Kojarski na pewno ucieszy się jak cholera.

Daniel zawrócił na światłach. Pojechali w kierunku szpitala.

Blanka Kojarska zmyła makijaż przy toaletce w swojej sypialni. Bez korektora cienie pod oczami zrobiły się bardzo widoczne. Przejechała po nich palcem, jakby miały zniknąć pod wpływem samego tylko dotyku. Patrzyła na swoją twarz w milczeniu. Nienawidziła tych wielkich sztucznych ust. Wyglądała przez nie karykaturalnie. Przy następnym zabiegu będzie musiała poprosić, żeby je trochę zmniejszyli. Wklepała okrężnymi ruchami krem regenerujący. Skóra zrobiła się przyjemnie miękka, a uczucie ściągnięcia zniknęło.

Dłonie trochę jej drżały, kiedy brała listy do ręki. Popatrzyła na piętnaście szarych kopert ze wstrętem. Chciała je zniszczyć, ale coś ją cały czas powstrzymywało. Może poczucie winy? Ale teraz był wreszcie dobry moment. Podeszła do kominka i wrzuciła listy do ognia. Od wtorku nie dostała już żadnego nowego. Miała nadzieję, że teraz to wszystko się skończy. Najwyższy czas odetchnąć z ulgą i o wszystkim zapomnieć.

Wydawało jej się, że dobrze rozegrała sprawę z Markiem Zarębą. Dobrze było mieć po swojej stronie policjanta. Tak na wszelki wypadek.

Gdzieś w oddali trzasnęły zamykane drzwi. Spojrzała na zegarek. Była dwudziesta druga. W sam raz na wieczorny spacer. Dotleni się i wreszcie będzie mogła spać spokojnie.

CZĘŚĆ DRUGA

ROZDZIAŁ 18

Lipowo i Brodnica. Poniedziałek, 21 stycznia 2013

Weronika Nowakowska cały wczorajszy dzień próbowała dodzwonić się do Daniela Podgórskiego. Bardzo chciała mu powiedzieć o tym, co sobie przypomniała na temat wtorkowego spotkania z Blanką Kojarską. Zresztą, nie było co ukrywać, Weronika chciała też po prostu usłyszeć jego głos. Telefon Daniela był jednak ciągle albo zajęty, albo wyłączony. Zostawiła nawet wiadomość, że musi z nim pilnie porozmawiać, ale dotychczas nie oddzwonił. Zaczęła podejrzewać, że policjant zwyczajnie jej unika. Postanowiła, że jeżeli nadal nie będzie odpowiadał, pójdzie na komisariat i powie mu o wszystkim osobiście.

Pokrzepiona podjętą decyzją zasnęła, ale przez całą noc dręczyły ją koszmary. Zakrwawiona zakonnica goniła ją po lesie. Poły habitu trzepotały na wietrze jak skrzydła gigantycznego drapieżnego ptaka. Weronika biegła na oślep przez las, aż zostawiła zjawę daleko za sobą. Kiedy już myślała, że udało jej się uciec, na swojej drodze zobaczyła Blankę Kojarską. Kobieta czekała na nią z krzywym uśmiechem na wielkich ustach.

– Jesteś już – powiedziała głosem byłego męża Weroniki. – Czekałam na ciebie. Przyszłam z domu. Z domu. Z domu. Z domu.

Weronika obudziła się nagle. Oddychała ciężko i była cała spocona. Leżała chwilę, próbując dojść do siebie. Wokół panowała przyjemna cisza. Odetchnęła z ulgą. Nie było żadnego niebezpieczeństwa. Wszystko to był tylko makabryczny sen. Spojrzała na zegarek. Szósta. Weronika czuła, że już nie zaśnie, ale nadal wydawało się za wcześnie, żeby dzwonić, i za wcześnie, żeby iść na policję w Lipowie. Musi wytrzymać jeszcze chociaż dwie godziny.

Wstała z łóżka i ubrała się szybko. Igor przeciągał się sennie. On przynajmniej nie miał kłopotów z odpoczynkiem. Ożywił się dopiero, kiedy zeszli do kuchni na śniadanie. Weronika, wbrew swoim zwyczajom, uległa jego prośbom i dała mu kawałek swojej kanapki. Patrzyła z roztargnieniem, jak chleb znika w psim pysku.

Czuła, że musi się czymś zająć. Bezczynne czekanie nie wchodziło w grę. Postanowiła wypuścić Lancelota na padok i wybrać się na spacer po lesie. Weźmie telefon i stamtąd spróbuje zadzwonić. Jeśli Daniel nie będzie odbierał, pójdzie od razu na posterunek. Razem z Igorem. Pies będzie jej wsparciem moralnym.

– Szkoda, że nie umiesz mówić, Igor. Mógłbyś potwierdzić moją wersję wydarzeń – powiedziała Weronika do psa. Szli po ubitym śniegu w kierunku stajni. – Chociaż ty wyglądałeś na zakochanego w Blance, więc pewnie byś jej nie wydał. Nawet gdyby się okazało, że to ona zabiła zakonnicę. Na razie nadal nie możemy mieć pewności. Może to było tylko niewinne kłamstwo. A może to w ogóle nie było żadne kłamstwo, tylko po prostu tak jej się powiedziało. Może to mnie się coś pomieszało. Może, może, może. Za dużo tych „może".

Drzwi stajni zaskrzypiały na mrozie. W środku było zdecydowanie cieplej, ale nie wystarczająco. Lancelot wyglądał na porządnie zmarzniętego. Gdyby było więcej koni, nagrzałyby pomieszczenie bez trudu. Weronika okryła konia grubą derką. Na razie będzie musiał się tym zadowolić. Trzeba będzie szybko znaleźć mu kompana, ponieważ, pomijając zimno, konie nie lubią być same. Wystarczyłaby nawet koza. Na drugiego rumaka na razie nie było jej stać.

Weronika nakarmiła Lancelota i wyprowadziła go na zewnątrz. Zaczął rozkopywać śnieg w poszukiwaniu ukrytych pod nim przysmaków. Włoski na pysku pokryte miał szronem. Igor przez chwilę próbował zachęcić konia do zabawy, ale tamten wolał skupić się na poważniejszych sprawach. Zrezygnowany pies spojrzał na swoją panią wyczekująco.

– No dobrze, idziemy na spacerek – zawyrokowała Weronika.

To było magiczne słowo. „Spacerek". Pies zaczął skakać szaleńczo i szczekać. Ruszyli przez las. Weronika trzymała w pogotowiu smycz, w razie gdyby znowu mieli trafić na brodatego leśniczego. Tego ranka zupełnie nie miała ochoty na jałowe dyskusje o bezsensownych przepisach. Na szczęście nigdzie nie było go widać. Może jeszcze nie wstał, a może właśnie zajmował się inną częścią lasu.

Weronika wybrała ścieżkę do Polany Czarownic. Chciała jeszcze raz stanąć w miejscu, gdzie we wtorek spotkała

Blankę Kojarską, i sprawdzić, czy się nie myli. Może wtedy z grzbietu Lancelota wszystko wyglądało inaczej, rozważała. Tak naprawdę była jednak pewna swoich racji. Poza tym wszystko do siebie pasowało. Blanka miała przecież dostęp do samochodu. Mogła go wziąć bez problemu i przejechać zakonnicę.

Mróz szczypał Weronikę w twarz, mimo ciepłych rękawiczek palce miała skostniałe. Schowała dłonie do rękawów, żeby zapewnić im dodatkowe ciepło. Dzień był wyjątkowo piękny, ale znów bardzo mroźny. Weronika nie mogła się już doczekać wiosny, kiedy śnieg i zimno staną się tylko wspomnieniem.

Nagle Igor nadstawił uszu. Wydawał się zdenerwowany. Węszył niespokojnie dookoła.

– Co się dzieje, Igor? Igor!!!

Pies wyrwał do przodu. Wbiegł na polanę, powarkując groźnie. Weronika ruszyła za nim, jak najszybciej mogła, ale buty grzęzły jej w śniegu. W końcu zdyszana wyszła spomiędzy drzew na okrągłą polanę.

Wtedy ją zobaczyła.

Leżała na śniegu jak na puchowej pierzynie. Rozpuszczone włosy wyglądały jak anielska aureola wokół bladej twarzy. Krew była wszędzie dookoła, ale Weronika w pierwszej chwili jej nie dostrzegła. Widziała tylko twarz. Szeroko otwarte oczy zdawały się patrzeć na wszystkie strony jednocześnie. Usta były rozchylone, jakby w niemym krzyku. Twarz ludzka, ale jednocześnie zupełnie inna.

– Igor – z ust Weroniki wydobył się tylko chrapliwy szept.

Pies krążył wokół ciała, powarkując, ale nie podchodził.

Próbowała wydobyć telefon z kieszeni kurtki, ale ręce za bardzo jej drżały. Telefon upadł na śnieg. Weronika podniosła go z trudem. Zdjęła rękawiczkę ze skostniałej dłoni i w końcu udało jej się wybrać numer.

Grażyna Kamińska spała tej nocy na starej kanapie w salonie. Była twarda i niewygodna, ale kobieta wolała nie wchodzić do sypialni. Paweł wrócił wczoraj wieczorem ze szpitala. Przywieźli go koledzy z komisariatu. Wszedł do domu i bez słowa zamknął się w pokoju. Daniel Podgórski wyjaśnił jej, co się stało. Paweł oczywiście był wściekły. Nie wiedziała dokładnie na kogo, ale była pewna, że na wszystkich, tylko nie na siebie.

Paweł obudził się dość wcześnie i krzyknął przez drzwi, że dziś nikt nie ma prawa wyjść z domu. Grażyna wolała się nie spierać. Miała dość bicia. Mąż na razie został zawieszony w pracy, ale było tylko kwestią czasu, kiedy wyciągnięte zostaną wobec niego bardziej surowe konsekwencje. Bała się, że doprowadzi to do katastrofy.

Przygotowała mu śniadanie i postawiła na tacy przed zamkniętą sypialnią. Nie wychodził z pokoju od wczoraj, więc w końcu na pewno zgłodnieje. Dzieci nauczyły się nie zbliżać do ojca, kiedy był w takim stanie. Bawiły się cicho u siebie. Grażyna westchnęła z ulgą.

W pierwszej chwili nie usłyszała pukania do drzwi. Było bardzo ciche. To musiała być Irena z domu obok. Grażyna wiedziała, że u sąsiadów również często dochodziło do przemocy. Sąsiadka zdawała sobie więc sprawę, jak ważne jest zachowanie ciszy. Trzeba było być tak cicho, żeby innym się wydawało, że nie ma cię w pobliżu. To była ich zasada.

Grażyna uchyliła nieznacznie drzwi. Stanowiło to ich prywatny kod, który powstał bez specjalnych ustaleń. Drzwi otwierały szeroko tylko wtedy, kiedy w domu nie było mężów. Jakby mówiły w ten sposób „droga wolna, jest bezpiecznie". Żadna z nich nigdy nie powiedziałaby tego na głos. Oznaczałoby to przyznanie się, a tego nie mogły przecież zrobić. Nawet przed sobą nawzajem.

– Wiem, że Paweł jest – szepnęła krótko Irena. – Słyszałam, co się stało.

Grażyna mieszkała tu całe życie i nie zaskakiwała jej już szybkość, z jaką rozchodziły się wiadomości. Patrzyła wyczekująco na sąsiadkę. Musiała mieć ważną sprawę.

– Wiem, że Paweł jest – powtórzyła tamta. – Ale na *naszym-lipowie* pojawiło się coś, co powinnaś zobaczyć. I to prędko.

Kiedy ktoś zaczął pisać bloga na temat ich wioski, większość mieszkańców zainteresowała się Internetem. Przynajmniej kobiety. Nawet te, które przedtem ledwo umiały obsługiwać komputer, teraz odwiedzały stronę codziennie w nadziei na nowe plotki. Do tej właśnie grupy należała Irena Gierot.

W spojrzeniu sąsiadki widać było naleganie, więc Grażyna ubrała się cicho i zamknęła za sobą drzwi. Nikt się nie zorientuje, że wyszła. Za chwilę będzie z powrotem.

Młodszy aspirant Daniel Podgórski patrzył, jak technicy kryminalni zabierają ciało. Przyjechali od razu. Tym razem był z nimi także lekarz sądowy Zbigniew Koterski. Nikt nie miał najmniejszych wątpliwości, że mają do czynienia z zabójstwem. Nie tym razem. Kiedy Weronika Nowakowska zadzwoniła i drżącym głosem powiedziała mu, co odkryła w lesie, wszystko potoczyło się bardzo sprawnie. Maria zawiadomiła Brodnicę, a oni z Markiem Zarębą ruszyli do lasu. Janusz Rosół został w komisariacie, żeby zabrać na miejsce ekipę z miasta. Paweł Kamiński na razie nie brał udziału w całej akcji, ponieważ został zawieszony za zniszczenie ewentualnych dowodów.

Daniel nie pamiętał, żeby kiedykolwiek dotarł tak szybko na tę polanę pośrodku brzozowego młodniaka. Nie chodził tam szczególnie często. Ostatni raz był chyba latem, kiedy jeszcze śnieg nie wydawał się niczym więcej niż wytworem wyobraźni.

Zastali Weronikę skuloną na skraju polany. Trzymała kurczowo swojego psa za obrożę. Oboje drżeli. Podgórski nie pamiętał nawet, kiedy do niej podbiegł i objął ją uspokajająco. Marek Zaręba chyba zrozumiał, że na razie musi działać sam, więc nie oglądając się na nich, poszedł obejrzeć ciało Blanki Kojarskiej.

Z tego odległego punktu na polanie Daniel mógł dostrzec tylko dużo krwi na śniegu. Potem, kiedy podszedł do ciała, zobaczył, że zostało brutalnie pocięte. Nigdy jeszcze czegoś takiego nie widział. Tylko twarz pozostała nietknięta. Przypomniał sobie, jak zaledwie tydzień wcześniej stał nad ciałem zabitej zakonnicy. Tak niedaleko, najwyżej kilometr stąd. Jej twarz również była nienaruszona. Tamten moment wydawał się teraz odległy o całe wieki.

Lekarz sądowy skinął głową przyzwalająco. Skończył już oględziny ciała na miejscu i technicy mogli wynieść na noszach zabezpieczone zwłoki.

– Duży tu macie ruch w tym biznesie – zażartował patolog.

Kiedy rozmawiali przez telefon, Daniel zupełnie inaczej wyobrażał sobie tego człowieka. Przed oczami stawał mu raczej wysoki, chudy, niemal zasuszony naukowiec o siwych cienkich włosach. Przed nim zaś stał niski grubasek o wesołych oczach i bujnej kasztanowej czuprynie.

– Nie mija tydzień, a ja dostaję od was drugie ciało – zaśmiał się lekarz. Uderzał rękami o nogi. Chyba chciał się w ten sposób ogrzać. – Nieźle…

Daniel Podgórski skinął tylko głową w odpowiedzi. Wszystko to wydawało się nierealne. Dwie zbrodnie w ich cichej spokojnej wiosce. Zobaczył, że na polanie zjawiła się Maria z termosem i kocem. Okryła ramiona Weroniki i zaproponowała jej herbatę. Mama była jak zwykle zaradna i niezawodna. Podgórski zauważył również, że Marek Zaręba i Janusz Rosół odchodzą w kierunku domu Kojarskich. Ktoś musiał poinformować rodzinę o tragedii. I powiedzieć o tymczasowym zakazie opuszczania okolicy. Najbliżsi automatycznie stawali się podejrzanymi numer jeden. Była to standardowa, i zazwyczaj trafna, procedura.

– I tak miałem do pana dzwonić – kontynuował lekarz sądowy. – Przypomina pan sobie obrażenia, o których nie chciałem mówić wcześniej? Na ciele tej przejechanej zakonnicy.

– Tak. Wie pan już, co to jest?

– Na żebrach i mostku zauważyłem niewielkie nacięcia. Powinienem był od razu rozpoznać, co to jest. Prawdziwa głupota z mojej strony. – Patolog klepnął się w pierś, jakby przyznawał się do winy. – Na swoje usprawiedliwienie mogę tylko dodać, że pozostałe obrażenia i cała sceneria wydarzenia zaciemniły mi obraz sytuacji.

– Co ma pan na myśli?

– Zakonnica została parę razy dźgnięta nożem w klatkę piersiową. Stąd właśnie ślady na mostku i żebrach. Prawdopodobnie ktoś chciał ją w ten sposób zabić. Nie udało mu się jednak, bo kiedy przejechano po niej samochodem, kobieta nadal żyła. Krew była pompowana. Tutaj – lekarz sądowy wskazał na polanę, z której właśnie wynoszono ciało Blanki Kojarskiej – tutaj też widziałem ślady noża.

– Myśli pan, że mówimy o tym samym zabójcy?

– Na razie nic nie myślę, muszę przeprowadzić autopsję. Spróbuję porównać obrażenia. Sądzę, że ta sprawa dostanie priorytet – kontynuował lekarz. – Więc będzie się pan mógł spodziewać raportu już wkrótce.

– Nie wiem, czy ja będę się tym ciągle zajmował. Pewnie przydzielą kogoś z Brodnicy. Z policji kryminalnej. My tu raczej nie mamy doświadczenia w takich przypadkach – wyjaśnił Daniel, chociaż patolog na pewno dobrze zdawał sobie z tego sprawę.

– Prokurator Czarnecki ma dobre mniemanie o panu – pocieszył Daniela Koterski. Chyba usłyszał nutę zawodu w głosie policjanta. – Rozmawiałem z nim ostatnio, kiedy przesyłałem mu raport z obdukcji. Chwalił pana. Mówił, że jego zdaniem pan się tutaj marnuje.

Daniel Podgórski skinął głową. Komplement powinien go ucieszyć. Zawsze przecież marzył o czymś takim. Teraz jednak, na czerwonej od krwi polanie, poczuł, że to wszystko ich przerosło. Paweł Kamiński niszczący dowody, aresztowanie sklepikarki Wiery, Marek Zaręba, który wydawał się czymś załamany, i wreszcie Janusz Rosół z nastoletnią ciężarną córką. Pośrodku tego on, wiejski policjant o aspiracjach zbyt wysokich jak na swoje możliwości. Teraz miał na swoim terenie dwa morderstwa. Trzeba uważać, czego sobie człowiek życzy. Lipowo nie było już spokojną ostoją w niebezpiecznym świecie. Zło przyszło i do nich.

– No dobrze, ja już jadę. Prześlę panu raport, nawet jeśli ktoś inny zajmie się sprawą. Pewnie będzie pan ciekaw. Nie powinienem tego robić, ale jakoś pana polubiłem – stwierdził wesoło patolog, poklepując Daniela po ramieniu. Spojrzał na policjanta. – Ależ pan wyrósł! Chłop jak dąb, jak to mówią. Chyba ma pan ze dwa metry!

– Metr dziewięćdziesiąt osiem – odparł odruchowo Daniel. Odpowiadał na to pytanie niezliczoną ilość razy. Jego wzrost, wcześniej czy później, zawsze budził zainteresowanie. – Dziękuję bardzo za pomoc.

– Mógłbym sobie pożyczyć z dziesięć centymetrów od pana – zażartował znowu lekarz. – Ta pana dziewczyna też wysoka. Żeby tylko dzieci pana nie przerosły! Na koszykarzy będą się nadawać, albo może lepiej na siatkarzy. U nas to bardziej popularne!

Daniel postanowił nie prostować kwestii jego związku z Weroniką. Cała ta zwyczajna rozmowa wydawała się nie na miejscu, obok strumienia, którym ciągle jeszcze płynęła krew ofiary.

Patolog pomachał mu wesoło ręką i zniknął między drzewami. Widocznie był przyzwyczajony do takich widoków w swojej pracy. Wyglądało na to, że cała sytuacja nie zrobiła na nim najmniejszego wrażenia. Wszyscy powoli odchodzili, tylko Daniel nadal patrzył na plamy krwi na białym śniegu. Takiej czerwieni nie widział jeszcze nigdy.

Nagle zadzwonił telefon.

– Młodszy aspirant Daniel Podgórski – odebrał, nie patrząc na wyświetlacz.

– Mówi Jacek Czarnecki z Brodnicy. – Prokurator odchrząknął, jakby miał lekką chrypę. – Chciałbym z tobą porozmawiać na temat śmierci Blanki Kojarskiej. Czy możesz przyjechać do mnie do Brodnicy?

– Oczywiście. Mogę być w każdej chwili.

– Chciałbym, żebyśmy spotkali się na rynku, nie w biurze. Muszę z tobą porozmawiać w bardziej prywatnym otoczeniu, że tak się wyrażę. Potrzebna jest dyskrecja, więc proszę nie mówić nikomu o naszym spotkaniu, tylko przyjechać.

– Oczywiście – powtórzył Daniel Podgórski zdziwiony.

Grażyna Kamińska pospiesznie weszła do domu sąsiadki. Nie chciała, żeby Paweł zobaczył ją przypadkiem przez okno.

W domu sąsiadów wydawało się pusto.

– Romek jest w pracy – pospieszyła z wyjaśnieniami Irena. W jej głosie pobrzmiewała lekka duma. – Pracuje.

– To wspaniale – powiedziała z uznaniem Grażyna. Roman Gierot większość życia spędził na zasiłku dla bezrobotnych.

– Pewnie nie utrzyma się za długo. – Irena Gierot wzruszyła niedbale ramionami. – Ale przynajmniej przez kilka dni jest spokój. Akurat mam wolne, więc dobrze się złożyło. A dzieciaki u dziadków. Mam dom dla siebie.

Grażyna spojrzała na sąsiadkę z zazdrością. Ona też marzyła o spokoju i czasie, który mogłaby poświęcić tylko sobie. Z piątką dzieci i mężem zawieszonym w obowiązkach policjanta coś takiego wydawało się niemożliwością.

Irena Gierot zaprowadziła ją do pokoju dzieci, gdzie stał staromodny komputer. Bez słowa wskazała na monitor. Migał na nim kolorowy wygaszacz ekranu. Grażyna usiadła na krześle przy biurku. Było dla niej nieco za niskie, więc przez chwilę szukała dobrej pozycji. Wcale nie miała ochoty zaglądać na stronę *nasze-lipowo*. Bała się tego, co może tam zobaczyć.

– Przeczytaj – ponagliła ją sąsiadka. Poruszyła myszką.

Grażyna niepewnie spojrzała na monitor. Najpierw zobaczyła zdjęcie. Przedstawiało zapłakaną nastolatkę. O ile mogła się zorientować, była to Ewa, córka Janusza Rosoła. Bez zwyczajowego wyzywającego stroju i makijażu wyglądała na swoje piętnaście lat. Podpis pod zdjęciem brzmiał: „Kara Boska". Autor bloga chyba nie miał pomysłu na nowe nagłówki. Grażyna pamiętała, że fotografia zabitej zakonnicy była opatrzona tym samym tytułem.

Zjechała kursorem w dół i przeczytała:

Rację mieli ci, którzy radzili wprowadzić wychowanie seksualne do szkół!!! Oj, mieli rację! Chociaż czy pomogłoby to naszej lokalnej KUREWCE? Nie zgadniecie! Policjant, być może już teraz BYŁY policjant, Paweł Kamiński, zrobił dziecko Ewie Rosół!!!!

Jak wszyscy wiemy, Ewka jest córką innego policjanta z naszej wsi, Janusza Rosoła. Nie musimy dodawać, że Ewka ma 15 lat. CO TERAZ ZROBIĄ KOCHANKOWIE?!?!?!?!

Grażyna wstała bez słowa. „Co teraz zrobią kochankowie?”. Miała wrażenie, że wielkie litery zastosowane przez autora tekstu krzyczały do niej z ekranu. „Co teraz zrobią kochankowie?!”. Czemu nikt nie zapyta, co teraz zrobi o n a? Co teraz zrobi Grażyna Kamińska?

– Grażyna? – zapytała niepewnie sąsiadka. – Wszystko w porządku?

– Nic nie jest w porządku – odparła stłumionym głosem Kamińska.

– To tylko strona internetowa, to niekoniecznie musi być prawda – pocieszyła ją Irena.

– Od dawna podejrzewałam, że Paweł mnie zdradza. Wiem o jego wyjazdach do Brodnicy, ale nie sądziłam, że… – nie dokończyła. – Dzięki za informację. Dość już mam tego wszystkiego.

Grażyna ruszyła zdecydowanym krokiem do swojego domu, zostawiając sąsiadkę samą. Otworzyła z trzaskiem drzwi. Już nie starała się być cicho. Już się nie bała. Nic więcej nie mógł jej zrobić. Wyciągnęła z hukiem walizkę z szafy i zaczęła pakować rzeczy.

– Co ty robisz, do kurwy nędzy?! – w drzwiach pojawił się Paweł. Ciągle miał na sobie pognieciony mundur, a jego oczy były przekrwione.

Nie odpowiedziała. Postanowiła, że już nigdy się do niego nie odezwie.

– Odpowiadaj! – wrzasnął mąż, uderzając ręką o framugę drzwi.

Grażyna wrzucała ubrania do walizki jak popadnie. Nie zawracała sobie głowy składaniem ich w równą kostkę. To było łatwe, wystarczyło udawać, że Pawła wcale tu nie ma.

– Dzieci, pakujcie się – zawołała w kierunku ich pokoju. Cała piątka pojawiła się w drzwiach zdezorientowana. – Nie patrzcie tak, tylko pakujcie się szybko! No już!

– Co ty sobie wyobrażasz? – powiedział Paweł bardzo powoli. W jego głosie zabrzmiała groźba.

Nadal pakowała torbę bez słowa. Jego tu wcale nie ma. Jest sama z dziećmi. Jego tu nie ma!

– Dokąd idziemy, mamo? – zapytał najstarszy syn.

– Jedziemy do babci, do Brodnicy – wyjaśniła Grażyna. – Pomieszkamy tam trochę. Będzie fajnie.

Ukryła drżenie głosu, szeleszcząc pakunkami. Nie mogła dać się sprowokować. Nie da Pawłowi tej satysfakcji, obiecała sobie w duchu. Zresztą jego przecież tu nie ma. Nie ma go. Nie ma go.

– Co ty sobie wyobrażasz, kurwo jedna?! – ryknął Paweł Kamiński rozwścieczony.

Pchnął ją na ścianę. Zatoczyła się i straciła równowagę. Upadła z głośnym hukiem, pociągając za sobą deskę do prasowania i żelazko. Dzieci skuliły się w kącie zalęknione.

– Nigdzie nie jedziesz! – krzyczał dalej policjant. Strużka śliny wypłynęła mu z ust. Grażyna zaśmiała się na ten widok. Nic jej nie mógł już zrobić.

Kopnął ją z całej siły. Nadal nie płakała. Kopał bez przerwy, a ona tylko się śmiała. Nic jej już nie może zrobić. Nic jej już nie może zrobić. W końcu przerwał na chwilę zmęczony. Dyszał ciężko, wpatrując się w nią dziko.

Nagle Grażyna usłyszała, że drzwi się otwierają. Poczuła powiew zimna z dworu. Ktoś wszedł do pokoju. Szumiało jej w głowie od uderzeń, więc nie była pewna, czy to sen, czy jawa. Czuła krew w ustach, kiedy jak przez mgłę widziała kotłujących się na podłodze mężczyzn. Obraz rozmywał się powoli.

– Widziałem właśnie bardzo interesującą informację na *naszym-lipowie*. Świeżutka, pojawiła się dosłownie moment temu – stwierdził Janusz Rosół z pozornym spokojem. – Masz pięć minut na to, żeby się zmyć z Lipowa. Inaczej cię zabiję!

Grażyna próbowała przyjrzeć się mężczyźnie dokładniej. Nie mogła uwierzyć, że to Janusz. Nadal jednak widziała podwójnie i nieostro.

– Jeżeli będziesz się trzymał z dala, nie wniesiemy oskarżenia – dodał Rosół. – Przypominam, że Ewunia jest nieletnia. Więc chyba nie chcesz, żeby ktoś się o tym dowiedział, co, Pawełku?

– Spierdalaj stąd – poparł Rosoła drugi głos.

Grażyna Kamińska nie była już pewna, kto to. Wydawało jej się, że Paweł wstał chwiejnie i ruszył do drzwi. Potem jej powieki zrobiły się zbyt ciężkie. Pozwoliła im opaść i z ulgą zamknęła oczy. Wokół zrobiło się ciemno i cicho.

Zemdlała.

Ewka Rosół spojrzała na siebie w lustrze. Z przerażeniem zauważyła, że bez makijażu wygląda gorzej niż tragicznie. Chwyciła szybko kosmetyczkę i wysypała wszystko na pralkę. Trzeba było działać natychmiast. W kilka minut nałożyła podkład, róż, tusz do rzęs i pomadkę. Niezbędne minimum każdej eleganckiej kobiety, jak zawsze powtarzała. To musi na razie wystarczyć. Ma ważną rzecz do załatwienia, więc nie może wyglądać źle.

Wymknęła się z domu i pobiegła przez wieś do Julki. Kilka osób dziwnie na nią patrzyło. Było jej to obojętne.

I tak zawsze ją obgadywali. Weszła do domu przyjaciółki bez pukania. Ziętar już tam siedział. Palił papierosa, zaciągając się głęboko. Spojrzał na nią pożądliwie, kiedy stanęła w progu.

– A więc wpadłaś z Kamińskim, co? – zarechotał osiłek na powitanie.

– Skąd wiesz, że z nim? – zdziwiła się Ewka.

Nie mówiła Julce, kto jest ojcem bachora. Spojrzała na przyjaciółkę, która siedziała cicho w kącie. Ta wzruszyła tylko ramionami.

– W necie widziałem – zaśmiał się znowu Ziętar. – I teraz chcesz, żeby wujcio Ziętar zajął się twoim małym problemikiem, co?

Wskazał jej, żeby usiadła obok niego na fotelu. Było mało miejsca, więc usiadła mu od razu na kolanach. Wiedziała, że tego od niej oczekiwał. Skinął głową z aprobatą. Dobrze wiedziała, jak postępować z takimi jak on.

– Znam jednego doktorka w Brodnicy, który się podejmie. Czysta sprawa, ale trzeba mieć hajs – kontynuował osiłek. – Nie będzie ci tego robił w stodole czy inne takie. O nie. Ziętar nie da skrzywdzić swojej foczki.

Julka wzdrygnęła się. Ewka rzuciła jej szybkie spojrzenie. Chciała dać koleżance do zrozumienia, że potem o tym pogadają. W końcu Ziętar był chłopakiem Julki.

– To jak, hajsik masz?

– Niecały – przyznała Ewka niechętnie.

Wiedziała, gdzie ojciec trzyma pieniądze. Wzięła wszystko, co znalazła. Miała też trochę swoich oszczędności. Mimo to nie udało jej się zebrać całej kwoty.

– Nie szkodzi, nie szkodzi. Chętnie pomogę ci w tym

małym, tycim, tycim problemiku. Ale nie za darmo, oj nie. – Osiłek znowu zarechotał obleśnie. – Ziętar musi coś z tego mieć. Matka Teresa to ja nie jestem.

Ewce zrobiło się niedobrze. Śmierdziało mu z ust. Zaciągnął się i dmuchnął jej dymem prosto w twarz. Zakaszlała głośno. Pokazał znacząco na swój rozporek.

– Najpierw muszę się pozbyć bachora – powiedziała twardo. Nie chciała, żeby ją oszukał.

– Ja decyduję, co jest najpierw. – Z jego głosu zniknęła udawana słodycz. – Ale może być, pójdę ci na rękę. Niech już będzie. W ramach spłaty kredytu będziesz mnie obsługiwała przez najbliższy miesiąc. Kiedy tylko mnie najdzie ochota. Dawaj kasę, którą masz, i jedziemy.

– Teraz? – zapytała Ewka z niedowierzaniem.

Nie myślała, że wszystko pójdzie tak szybko. Dotknęła brzucha. Nic nie poczuła. Słyszała wiele razy, że można wyczuć kopanie dziecka. Może jeszcze było za małe.

– A co myślałaś? Że kiedy? Zawsze możesz poczekać dziewięć miesięcy i samo wyskoczy, twój wybór.

Śmiał się nadal, kiedy prowadził ją do samochodu. Biegła, żeby za nim nadążyć.

Młodszy aspirant Daniel Podgórski zaparkował niedaleko Baszty w Brodnicy. Umówił się z prokuratorem Jackiem Czarneckim w kawiarence niedaleko rynku. Nie bardzo rozumiał, dlaczego prokurator nie chciał spotkać się w Komendzie Powiatowej Policji. Przez telefon wszystko to brzmiało dość tajemniczo. Podgórski nie bardzo też wiedział, czego właściwie spodziewać się po tym spotkaniu. Czarnecki był bliskim przyjacielem ojca Daniela, ale po śmierci taty Podgórski praktycznie nie widywał prokuratora. Początkowo Maria chciała się chyba odciąć od wszelkich kontaktów z policjantami. To się potem zmieniło, ale relacje z Czarneckim nigdy się nie odnowiły. Daniel kilka razy z nim współpracował, ale nic poza tym. Nie spotykali się na gruncie prywatnym.

Daniel Podgórski wszedł do kawiarni, z ulgą zostawiając za sobą mroźne powietrze zimowego popołudnia. Od razu zauważył prokuratora. Jacek Czarnecki był otyłym mężczyzną z sumiastymi wąsami, którymi nie pogardziłby nawet Janusz Rosół. Jego potężne ciało z trudem mieściło się w tanim brązowym garniturze.

Na krześle obok prokuratora siedziała drobna kobieta. Miała obcięte na jeżyka siwe włosy i kanciastą, pomarszczoną twarz. Ubrana była w skórzaną marynarkę odsłaniającą przedramiona. Daniel przyglądał się przez chwilę jej rękom. Były całkowicie pokryte wyblakłymi już tatuażami. Trudno było nawet rozróżnić, co kiedyś przedstawiały.

Daniel Podgórski doskonale wiedział, kim była ta kobieta. Słynna komisarz Klementyna Kopp. Z jej aparycją trudno było ją z kimkolwiek pomylić. Kobieta z jednej strony mogła pochwalić się imponującą liczbą rozwiązanych spraw, z drugiej – mało który policjant z Brodnicy i okolic chciał z nią współpracować.

– Danielu, tutaj jesteśmy! – zawołał do policjanta prokurator Czarnecki.

Podgórski zbliżył się ostrożnie.

– Siadaj, Danielu – zaprosił prokurator, odsuwając dla policjanta krzesło. – To pani komisarz z policji kryminalnej naszej Komendy Powiatowej.

Kobieta wyciągnęła do Podgórskiego wytatuowaną rękę i uścisnęła mocno jego dłoń. Boleśnie. W Brodnicy krążyły o niej legendy. Jedni twierdzili, że młodość spędziła po drugiej stronie barykady, w przestępczym półświatku. Inni utrzymywali, że nie była do końca normalna. Daniel zastanawiał się, ile z tego wszystkiego było prawdą.

Chciał czy nie chciał, wyglądało na to, że będzie miał okazję sam się przekonać.

– Klementyna – przedstawiła się krótko komisarz Kopp.

Na jej twarzy nie było ani śladu makijażu. Brwi prawie w ogóle nie miała, co nadawało jej nieco egzotyczny wygląd.

– Daniel – odparł Podgórski.

– Mamy trochę do obgadania, ale najpierw zamówmy – zaproponował prokurator i przywołał kelnerkę gestem pulchnej dłoni.

Prokurator Czarnecki zamówił kawę i kawałek tortu bezowego. Daniel poszedł za jego przykładem. Nie chciał teraz zagłębiać się w kartę dań. Klementyna Kopp wyciągnęła z czarnego plecaka butelkę gazowanego napoju i zaczęła go powoli sączyć małymi łyczkami. Kelnerka rzuciła jej niechętne spojrzenie.

– Trzeba zamówić u nas – powiedziała cicho, ale znacząco.

Klementyna Kopp zignorowała ją zupełnie, więc dziewczyna poddała się w końcu i poszła przynieść zamówienia pozostałych osób.

– Mają tu naprawdę pyszny tort bezowy – stwierdził Czarnecki, kiedy kelnerka przyniosła talerzyki z ciastem. – Zwykle zamawiam minimum dwa kawałki. Na taki wygląd muszę pracować bez przerwy.

Poklepał się z zadowoleniem po wydatnym brzuchu.

– Smakuje?

– Tak, tak. Bardzo dobry tort – przyznał Daniel, chociaż ciasto wydawało mu się nieco zbyt słodkie.

– Czytałem twój raport ze sprawy zakonnicy. – Prokurator uśmiechnął się z błogością, pochłaniając ostatni kęs pierwszego kawałka tortu. – Szybko się spisaliście. Przyznam, że na to po cichu liczyłem. Niektórzy mogliby powiedzieć, że nie powinienem był powierzać tej sprawy w całości tobie, ale okazało się, że się nie pomyliłem.

– Panie prokuratorze... – zaczął Daniel.

Policjant czuł się trochę onieśmielony obecnością komisarz Kopp, ale uważał, że za wszelką cenę musi opowiedzieć o swoich wątpliwościach na temat winy sklepikarki Wiery.

– Mów mi, proszę, po imieniu, jestem Jacek. Przecież znam cię od dzieciństwa. Byłeś, o, taki malutki – prokurator Czarnecki wykonał nieokreślony gest pulchnymi rękami – kiedy cię pierwszy raz widziałem. Ojciec byłby z ciebie dumny, Danielu. Chcę, żebyś o tym wiedział. Myślę, że z czasem będziesz mógł dołączyć do policji kryminalnej w Komendzie Powiatowej, tu u nas, w Brodnicy.

– Dziękuję... – Podgórski skinął głową zawstydzony. Zerknął przelotnie na komisarz Kopp. Jej twarz nie wyrażała żadnych uczuć. – Co prawda Wiera przyznała się do zabicia siostry Marii, ale ja nie jestem do końca przekonany o jej winie. Prawdę mówiąc, wiele rzeczy na to wskazuje... Ale... Nie wiem, można to nazwać intuicją... Wiem, że nie mam w tych sprawach dużego doświadczenia, ale...

Daniel nie wiedział, jak dobrze wyrazić to, co ma na myśli.

– Stop. Czekaj. W takim razie kto? – zainteresowała się krótkowłosa pani komisarz. Mówiła z prędkością karabinu maszynowego, łącząc niektóre słowa niezrozumiale. Daniel wpatrywał się w jej wytatuowane ramiona. Przyciągały go jak magnes. – Masz jakiś pomysł, kto inny może być sprawcą?

– No właśnie – dodał prokurator.

Jacek Czarnecki zaczął już jeść drugi kawałek swojego tortu. Sumiaste wąsy poruszały się rytmicznie, kiedy przeżuwał ciasto.

Podgórski odchrząknął, żeby dodać sobie otuchy.

– Doszedłem do pewnych wniosków, ale potrzebuję jeszcze trochę czasu – wyjaśnił. – Nie chcę rzucać bezpodstawnych oskarżeń. Wydaje mi się, że Wiera kogoś osłania albo myśli, że osłania. Twierdzi na przykład, że przejechała zakonnicę, bo straciła panowanie nad kierownicą. Tymczasem lekarz sądowy orzekł, że siostra Monika najpierw została dźgnięta nożem, a potem dopiero przejechana. I to kilkakrotnie. Wygląda na to, że sklepikarka o tym wszystkim zwyczajnie nie wie.

Podgórski spojrzał na prokuratora i komisarz Klementynę Kopp.

– Poza tym dość naciągane wydaje mi się jej wyjaśnienie, jak to się stało, że w ogóle prowadziła ten samochód – dodał policjant po chwili. – Wiera twierdzi, że dostała auto od Seniora Kojarskiego w zamian za milczenie. Okazało się wprawdzie, że właściciel land rovera, Junior Kojarski, jest jej biologicznym synem, ale to wszystko nadal do siebie nie pasuje. Wiem, że na razie brzmi to dosyć chaotycznie, ale zapewniam, że ja i moi koledzy z komisariatu w Lipowie znajdziemy sprawcę. Jeżeli… jeżeli dostaniemy jeszcze szansę.

Prokurator Czarnecki pokiwał w zamyśleniu głową.

– W porządku – zdecydował w końcu. – Masz tyle czasu, ile potrzeba, chłopcze. Wierzę w ciebie. Ze względu na twojego ojca.

Daniel skinął głową w podziękowaniu. Ulżyło mu, poszło łatwiej, niż myślał.

– Co do tego drugiego morderstwa, mówię o Blance Kojarskiej – prokurator przeżuwał w zamyśleniu kolejny kęs ciasta. – Powiem wprost, że są naciski z góry. Dlatego wolałem spotkać się na neutralnym gruncie. Tutaj.

Daniel Podgórski spojrzał na mężczyznę z nowym zainteresowaniem. Prokurator rozejrzał się dookoła, jakby obawiał się, że ktoś go podsłucha. Pozostali klienci kawiarni zdawali się jednak zajęci swoimi sprawami.

– Właściwie od razu, kiedy ekipa techników przyjechała do was po ciało Blanki Kojarskiej, dostałem telefon. Są naciski, żebym jak najszybciej zamknął dochodzenie. Szybkie znalezienie winnego, nieważne kogo, i koniec. Szlus. Tak miałoby to wyglądać.

Komisarz Klementyna Kopp pokiwała głową, ale nic nie powiedziała. Wyglądało na to, że prokurator przedstawił jej sytuację już wcześniej.

– Tak więc naciskają na mnie, a muszę ci powiedzieć, że prawdopodobnie stoją za tym duże pieniądze – kontynuował prokurator Czarnecki. – A ja nie lubię, żeby mnie do czegokolwiek zmuszano. Nie chcę też, żeby prawo zmieniało się w farsę. Dlatego nie zamierzam się ugiąć i chcę, żeby zawisł za to prawdziwy winny. Kimkolwiek się okaże. Nawet jeżeli ma pozycję i pieniądze.

Prokurator napił się kawy z porcelanowej filiżanki. W jego grubych palcach wyglądała na maleńką.

– Zrobimy tak – kontynuował. – Zamierzam w całości zlecić prowadzenie postępowania wstępnego w sprawie śmierci Blanki Kojarskiej tobie i obecnej tu pani komisarz. Powiem od razu, że masz szczęście, Danielu. Klementyna jest najlepszą policjantką kryminalną, jaką znam. Przy okazji popracujecie jeszcze nad śmiercią tej zakonnicy, jeśli starczy czasu. Ja jestem już za stary, żeby działać w terenie, więc pracę odwalicie wy, a raportować będziecie do mnie. Wszyscy zadowoleni. Dobrze to brzmi? Co ty na to, Danielu?

Prokurator Jacek Czarnecki wpatrywał się w policjanta z wyczekiwaniem. Podgórski zerknął w stronę Klementyny Kopp. Odwzajemniła jego spojrzenie spokojnie. Jej pomarszczona twarz pozostała bez wyrazu. Czy ich mały komisariat podoła sławnej pani komisarz? Nagle Daniel poczuł, że dość ma ciągłego marzenia o czymś niemożliwym. Oto pojawiła się właśnie szansa pracy, o jakiej zawsze skrycie marzył. Nie chciał oczywiście śmierci Blanki Kojarskiej, ale skoro już do niej doszło, to on mógł doprowadzić przed sąd winnego.

– Oczywiście, podejmę się prowadzenia tej sprawy – powiedział w końcu. – Dziękuję za zaufanie. Postaram się wywiązać z zadania jak najlepiej.

Prokurator Czarnecki uśmiechnął się pod wąsem z aprobatą.

– Dobrze. Bardzo się cieszę. Tego się spodziewałem.

– Zerknął na zegarek. – Muszę już iść, Danielu. Pamiętaj o regularnych raportach.

Prokurator wstał, z trudem podnosząc ciężar ogromnego ciała.

– Pozdrów mamę – rzucił na pożegnanie i wyszedł.

– Okej. No dobrze. My się widzimy jutro – oznajmiła komisarz Klementyna Kopp nieznoszącym sprzeciwu tonem. – Przyjadę do was rano.

Wstała z lekkością, jakiej Daniel nie spodziewałby się u osoby w jej wieku. Narzuciła plecak na ramię i okręciła szyję olbrzymim szalikiem.

– W porządku – powiedział Daniel Podgórski do jej oddalających się pleców.

Ziętar odwiózł Ewkę Rosół pod sam dom. Wysiadła z trudem z samochodu. Czuła się bardzo zmęczona, mimo że zabieg poszedł zaskakująco szybko. Zdecydowanie szybciej, niż się spodziewała. Ogarnęła ją ulga, ale poza tym czuła coś jeszcze. Nie umiała tego sprecyzować. Było tak, jakby problem zniknął, ale zamiast niego została niepokojąca pustka.

– Pamiętaj, że mnie obsługujesz przez miesiąc! Założyłem za ciebie – przypomniał jej osiłek cicho. Nie naciskał. Nawet on widział, że nie czas na to.

Ewka poszła do domu bez słowa. Zdjęła buty i kurtkę. Jej ruchy były sztywne i mechaniczne. Ojciec i brat siedzieli we dwóch w salonie. Starała się przejść niezauważona. Nie chciała rozmawiać z żadnym z nich. Nic by nie zrozumieli.

– Gdzie byłaś?! – zapytał ojciec. Chyba znowu wypił.

Poszła bez słowa do pokoju i położyła się na łóżku. Chciała być teraz sama. Po chwili usłyszała, że drzwi się otwierają. Nie odwróciła głowy, ale wiedziała, że to Bartek.

– Jak się czujesz? – zapytał brat łagodnie.

– Nie będę już miała dziecka – poinformowała go. Zamknęła oczy. Nie chciała go widzieć. Nie chciała *nikogo* widzieć. – Załatwiłam to. O kasę nie musicie się martwić.

– Ewa…

– Chcę zostać sama – przerwała mu ostro.

– Okej – odpowiedział Bartek cicho. – Pogadam z ojcem, nie martw się. Załatwię to.

– Okej – mruknęła. Nic nie czuła.

Wyszedł z pokoju, delikatnie zamykając drzwi.

Wieczorem zrobiło się jeszcze zimniej. Powietrze wydawało się zamrożone. Nie poruszał nim najlżejszy podmuch wiatru. Młodszy aspirant Daniel Podgórski zatrzymał samochód przed swoim domem, ale przez dłuższą chwilę nie wysiadał. Wydarzenia tego dnia stawały mu po kolei przed oczami. Znalezienie ciała zabitej Blanki Kojarskiej, przerażona Weronika w jego ramionach, rozmowa z prokuratorem Czarneckim i włączenie do śledztwa policji kryminalnej z Brodnicy w osobie komisarz Klementyny Kopp. Oparł głowę o zagłówek i przymknął oczy. Czekały go pracowite tygodnie, skoro zgodził się poprowadzić to śledztwo w całości. Wątpliwości zostawił już za sobą. Postanowił pozytywnie patrzeć w przyszłość.

Wysiadł powoli z subaru i zamknął drzwi. U mamy zapalone były prawie wszystkie światła. Pewnie czekała na niego od dawna. Znowu nie miał czasu do niej zadzwonić. Postanowił teraz wpaść na chwilę i porozmawiać. Nie chciał, żeby czuła się odrzucona.

Wszedł po schodach werandy i zapukał mocno do drzwi. Metalowa poręcz była lodowata. Miał wrażenie, że skóra dłoni do niej przymarza.

Maria otworzyła, zanim zdążył nacisnąć klamkę.

– Usłyszałyśmy cię – wyjaśniła matka radośnie.

Daniel spojrzał na nią pytająco. Nie wiedział, że spodziewała się gości. Był zmęczony i nie miał ochoty na rozmowy z panią Solicką lub innymi przyjaciółkami matki.

– Ja tylko na chwilę – powiedział na wszelki wypadek. – Dopiero przyjechałem.

– Zaprosiłam Weronikę – wyjaśniła matka, nie słuchając go. – Po tym wszystkim pomyślałam, że nie powinna być sama. Wróciłyśmy do niej wprowadzić konia do stajni i przyszłyśmy potem tu. No i czekałyśmy na ciebie.

Weronika Nowakowska wyszła z kuchni, uśmiechając się nieśmiało. Miała na sobie jego czerwony sweter. Był na nią o wiele za duży.

– Niezły sweter! – zażartował Daniel. Zmęczenie gdzieś nagle zniknęło.

Weronika wydawała się zawstydzona.

– Nie chciałam, żeby jej było zimno. Zresztą i tak nie nosisz tego swetra – wtrąciła się Maria. – Poza tym byłeś tak zajęty, że nie miałyśmy nawet jak zapytać cię o zgodę. Pół dnia siedziałeś w Brodnicy!

– Rozmawiałem z prokuratorem, mamo – wyjaśnił krótko Podgórski. – Pracowałem. Nie mogłem tak od razu wrócić do domu. Przecież dobrze o tym wiesz.

– Z którym prokuratorem rozmawiałeś? – chciała wiedzieć Maria. – Z Jackiem Czarneckim?

– Tak.

– Co u niego?

– W porządku. Przesyła pozdrowienia.

Maria skinęła głową z aprobatą.

– Dawno z nim nie rozmawiałam. Niedobrze. Był przecież najlepszym przyjacielem twojego ojca, Danielku. Będę musiała go kiedyś zaprosić. Co uradziliście?

– Czarnecki zdecydował, że to my będziemy zajmować się zabójstwem Kojarskiej.

Maria nie wyglądała na zdziwioną.

– Zawsze w ciebie wierzyłam, synku. Gratulacje. Wreszcie cię doceniają.

– Ale postępowanie wstępne mamy prowadzić we współpracy z policją kryminalną z Brodnicy – wyjaśnił Podgórski. – Jutro przyjeżdża do nas komisarz Klementyna Kopp.

– Słyszałam o niej różne opinie. No, ale teraz się tym nie zajmujmy! Będziemy się martwić jutro – zarządziła Maria. – Przygotowałyśmy kolację. Zjemy i odprowadzisz Weronikę do domu. Na pewno nie będzie sama wracała po nocy. Zwłaszcza jak teraz zrobiło się tu tak niebezpiecznie. W ogóle nie wiem, czy powinnaś wracać do tego domu, kochanie.

– Pani Mario, pozamykam drzwi. To w końcu mój dom… wszystko będzie dobrze – zapewniła ją Weronika. – Poradzę sobie.

Maria nie wydawała się przekonana, ale nie kontynuowała tematu.

– Danielku, ty się spokojnie rozbierz z tej kurtki i przyjdźcie do kuchni. Ja w tym czasie nakryję do stołu.

Maria poszła do kuchni, zostawiając ich samych. Atmosfera w małym przedpokoju wydawała się teraz napięta.

– Jak się czujesz po… tym wszystkim?

– W porządku – odpowiedziała cicho Weronika.

Spojrzała na niego tymi swoimi niebieskimi oczami. Daniel nie wiedział, co powiedzieć. Nie chciał, żeby wypadło to błaho lub głupio.

– Wszystko gotowe! – zawołała Maria z kuchni, ratując go z opresji. Daniel odetchnął z ulgą.

Zjedli kolację, rozmawiając o sprawach Lipowa. Weronika śmiała się z anegdotek, które opowiadała Maria. Wszyscy starannie unikali tematu śmierci Blanki. Za dużo emocji na jeden dzień. Przez cały posiłek Daniel nie mógł oderwać wzroku od rudowłosej warszawianki. Miał nadzieję, że tego nie zauważyła. Nie chciał być zbyt nachalny.

– Chciałabym już wrócić do domu. Bardzo dziękuję za tak ciepłe przyjęcie. Naprawdę tego dzisiaj potrzebowałam – powiedziała w końcu Weronika Nowakowska. – Ale nie chcę wam robić więcej kłopotu. Wrócę sama. To nie tak daleko.

– Nie chcę w ogóle o tym słyszeć! – wykrzyknęła Maria. – Daniel, wystaw ten swój samochód i odwieź Weronikę do domu.

– Mamo, przecież nie pozwolę jej samej wracać. Oczywiście, że ją zawiozę.

Mimo początkowych protestów Weronika w końcu zgodziła się, żeby Podgórski ją odwiózł. Wsiedli do samochodu. Kiedy zostali sami, znowu poczuli się spięci, jakby w powietrzu zawisło pytanie, na które oboje bali się odpowiedzieć. Przez całą drogę milczeli.

Kiedy po kilku minutach znaleźli się przed jej domem, zamknięty w środku Igor zaczął szczekać radośnie. Daniel wyjął kluczyk ze stacyjki. Nie patrzył na Weronikę.

– On zawsze tak szczeka, kiedy wracam. – Zaśmiała się nerwowo. Otworzyła drzwi, ale nie wysiadła. Jej oddech zmieniał się na mrozie w wielkie obłoki pary. – Chciałbyś może wejść na chwilę?

Daniel był zbyt spięty, żeby od razu odpowiedzieć.

– Chętnie – wydusił w końcu drżącym głosem. Przeklinał w duchu swoją nieśmiałość.

Obszedł samochód i pomógł jej wysiąść. Zanim doszli do ganku, trzymał ją już w ramionach. Całowali się chciwie, jakby nigdy jeszcze tego nie robili. Igor szczekał coraz bardziej natarczywie. Weronika zaśmiała się przepraszająco. Otworzyła drzwi i pies wypadł z domu nieprzytomny z radości. Witał ich oboje z taką energią, że niemal przewrócił swoją panią.

– Chodźmy do środka – powiedziała Weronika cicho.

Kiedy zamknęli za sobą drzwi, ona znowu go objęła. Daniel poczuł narastającą falę pożądania. Widział w jej oczach, że czuła to samo. Kochali się najpierw w korytarzu, szybko i agresywnie, potem drugi raz u góry w jej sypialni, powoli i z namaszczeniem. Weronika zasnęła przytulona do jego piersi. Policjant długo słuchał jej spokojnego oddechu.

Tomek Szulc poprawił ostrość lornetki. Widział przez okno, jak ten wysoki policjant w nią wchodzi. Aż przetarł oczy z zaskoczenia. Jak ona mogła to zrobić! Nie mógł w to uwierzyć. Zdecydowanie nie poszło tak, jak zaplanował. Zupełnie nie tak!

Kiedy policjant się rozebrał, Tomkowi zrobiło się niedobrze na sam widok. Rywal powinien schudnąć co najmniej dziesięć kilo, ocenił w duchu. Dotknął swojego wyrzeźbionego brzucha, jakby w obawie, że jego idealne ciało stało się miękkie i tłuste.

Ogarnęła go wściekłość. Przeklął cicho. Nic nie szło tak, jak powinno. Blanki Kojarskiej już nie było. Weronika pieprzyła się z grubym policjantem. Odrzuciła go, a jego się nie odrzucało! Jego się nie odrzucało!

Był przecież perfekcyjny.

A jej należała się kara.

ROZDZIAŁ 19

Warszawa 1981 rok

W restauracji zgromadziła się większość jego znajomych z roku. Powietrze było ciężkie od papierosowego dymu i ludzkich głosów. Nie lubił zgromadzeń, ale Mariola namówiła go, żeby przyszli. Jakub nie mógł jej przecież odmówić.

– Kochani, udało nam się – powiedział Łukasz wesoło, unosząc kieliszek w radosnym toaście. – Jesteśmy lekarzami. Nie jesteśmy już co prawda pierwszej młodości, ale, do licha, jeszcze całe życie przed nami!

– Za nas! – krzyknął Przemek, opróżniając swój kieliszek.

– Za nas! – zawtórowali mu inni.

Jakub mocniej ścisnął rękę Marioli. Uśmiechnęła się do niego uspokajająco. Była taka piękna. Zaopiekowała się nim od pierwszego dnia studiów i pokazała mu świat. Przy niej czuł się bezpiecznie. Miała takie same złote włosy jak jego matka i tak samo niebieskie oczy. Kiedy na nią patrzył, widział Mariannę. Mariola stała się jego Motylkiem zamiast matki.

– No i co teraz z nami będzie? – zażartował Łukasz.

– Jakub ma już pracę na oddziale ginekologicznym – pochwaliła go Mariola.

Jakub skinął głową. Nadal bał się trochę zabierać głos, gdy wokół było tyle ludzi. Najczęściej to ona mówiła za niego. Było mu z tym dobrze. Rozumieli się przecież bez słów.

– Nieźle, stary – pogratulował mu kolega. – Zazdroszczę. Ja chyba będę musiał zostać pediatrą. Nie lubię dzieci, więc nie skaczę z radości.

– Nie skarż się tyle, przynajmniej masz pracę – zaśmiał się Przemek. – Ja dostałem przydział w Bydgoszczy.

Łukasz zagwizdał przeciągle.

– Podobno tam są piękne kobiety! Brat mi mówił. Mieszka tam.

Do sali wszedł wysoki milicjant. Głosy wesołych rozmów na chwilę umilkły.

– Towarzysz Jakub Byczek? – zapytał nowo przybyły. – Który to z panów?

– To jjja – zająknął się Jakub.

Czuł, że pot zaczyna mu spływać po plecach. Mariola pogłaskała go po ręce i szybko się uspokoił. Nic mu nie groziło, kiedy ona była obok. Jego Motylek.

– To ja – poprawił się Jakub mocniejszym głosem. – Czy coś się stało?

– Musimy chwilę porozmawiać – odparł milicjant spokojnie. Jego twarz nie wyrażała żadnych emocji. – Wyjdźmy.

Jakub uśmiechnął się do Marioli i poszedł za funkcjonariuszem.

– Zdarzył się wypadek – wyjaśnił bez ogródek milicjant, kiedy znaleźli się poza restauracją. Na dworze było zimno. Deszcz zacinał popychany przez mroźny listopadowy wiatr. – Pana ojciec nie żyje.

Jakub uśmiechnął się szeroko.

ROZDZIAŁ 20

Lipowo. Wtorek, 22 stycznia 2013, rano

Weronika Nowakowska obudziła się wcześnie. Od czasu, kiedy mieszkała w Lipowie, często jej się to zdarzało. Widziała przez okno padający powoli śnieg. Było jej przyjemnie ciepło. Takie ciepło mogło dać tylko ciało drugiej osoby. Odwróciła się. Daniel spał obok niej głęboko. Na jego twarzy malował się spokój. Uśmiechnęła się błogo.

Wszystko potoczyło się tak szybko, ale niczego nie chciała cofnąć. Nie rozpamiętywała nawet swojego rozwodu. Po raz pierwszy od przyjazdu do Lipowa była wolna od natrętnych myśli na temat byłego męża. Zupełnie jakby wszystkie te nieprzyjemne przeżycia miały ją zaprowadzić do tej właśnie wspaniałej chwili. Było jej przykro, że nie odczuwa większego smutku po śmierci Blanki Kojarskiej, ale nic nie mogła na to poradzić. Rozpierała ją radość i energia. Zaśmiała się cicho sama do siebie. Daniel powoli otworzył oczy.

– Cześć – powiedziała Weronika. Uśmiechnął się w odpowiedzi. Czuła się z nim całkiem swobodnie. Po wczorajszym zdenerwowaniu nie został nawet ślad. – Nie wiedziałam, czy cię budzić…

Daniel przerwał jej pocałunkiem. Szorstki zarost drapał jej twarz. Podniecało ją to. Nie spodziewała się, że policjant będzie tak dobrym kochankiem. Zdawało się, że bezbłędnie zna ścieżki i sekrety kobiecego ciała. Z tej perspektywy seks z jej byłym mężem wydawał się wymuszony i jednostronny. Paradoksalnie, bo przecież to Mariusz był chyba bardziej doświadczony w tych kwestiach. Zważywszy na liczbę jego kochanek, której przecież nawet do końca nie znała. Ogarnęła ją zazdrość o wszystkie kobiety, z którymi był do tej pory Daniel.

Nagle zadzwoniła komórka Podgórskiego. Zignorowali ją, ale po chwili dźwięk dzwonka znowu przerwał ciszę.

– Chyba muszę odebrać... – powiedział policjant, oddychając ciężko.

Weronika skinęła głową.

– Młodszy aspirant Daniel Podgórski, komisariat policji w Lipowie.

Weronice wydawało się, że w słuchawce słyszy głos młodego Marka Zaręby. Daniel zerwał się nagle z łóżka, zerkając na zegarek. Weronika wpatrywała się w jego nagie ciało i znowu poczuła, że chce się z nim kochać. Nie poznawała samej siebie.

– Muszę pędzić. Młody, to znaczy Marek, dzwonił, że Klementyna Kopp ma być za pół godziny. Nie wyglądałoby najlepiej, jakby mnie nie było, kiedy przyjedzie – zaśmiał się Daniel. – Muszę ją oficjalnie przywitać. W końcu jestem tu szefem.

Odprowadziła go do samochodu. Patrzyła, jak powoli znika za zasłoną padającego śniegu, żeby spotkać się z osławioną komisarz z Brodnicy. Daniel opowiedział jej trochę o pani Kopp. Mówił o niepasujących do wieku ani stanowiska tatuażach, ogolonej na jeża głowie i skórzanych kurtkach. Interesujące, ale teraz Weronika miała raczej ochotę poleżeć jeszcze trochę w łóżku i porozmyślać o tym, co się stało pomiędzy nią i Danielem. Po raz pierwszy poczuła radość, że nie musi nigdzie się spieszyć. Miała swój wymarzony dom, wkrótce zajmie się stajnią. Znalazła mężczyznę, który…

Zamykając drzwi, nagle zauważyła nieznaczny ruch wśród krzaków. Kiedy jednak spojrzała w tamtą stronę, wszystko wydawało się na powrót spokojne i ciche. Może jej się przywidziało? Nie mogła się jednak pozbyć uczucia niepokoju. Przed oczami stanęło jej znowu zakrwawione ciało Blanki Kojarskiej.

Spanikowana spojrzała na drogę, ale samochód Daniela był już za daleko, żeby wołać. Weronika rozejrzała się po holu w poszukiwaniu czegoś, co mogłoby posłużyć za prowizoryczną broń. Jej wzrok zatrzymał się na czarnym eleganckim parasolu, który przywiozła ze sobą z Warszawy. Prawdopodobnie należał do męża i wzięła go przez pomyłkę. Stał teraz zapomniany w kącie. Ponieważ nie widziała niczego lepszego, chwyciła go oburącz. Kazała psu zostać w domu i ruszyła ostrożnie w kierunku zagajnika, gdzie wcześniej zauważyła ruch.

– Halo, jest tam kto? – zawołała ostrożnie.

Może wyjaśnienie jest całkiem proste, pomyślała. Nie ma się czego bać. Może ktoś przechodził tamtędy spacerem? Może brodaty leśniczy przycinał gałęzie? Może widziała sarnę? Znowu może, może i może.

– Halo – zawołała raz jeszcze, dochodząc do ściany lasu.

Nikt nie odpowiedział.

Wśród drzew śnieg był wygnieciony, jakby ktoś długo tam stał. Poczuła się niepewnie, mimo że teraz już nikogo tam nie było. Intruz gdzieś sobie poszedł. Odwróciła się. Z ukrytego miejsca wśród drzew widać było doskonale okna jej domu. Ogarnęło ją nieprzyjemne uczucie. To było idealne miejsce do obserwacji.

Nagle wydało jej się, że na kuchennym parapecie coś leży. Zacisnęła w ręce parasol, jakby mógł uchronić ją przed całym złem tego świata. Przeklinała się w duchu, że zamknęła Igora w domu. Był przyjacielski, ale może w sytuacji krytycznej zdobyłby się na obronę swojej pani. Chyba raczej schowałby się za mną, zaśmiała się Weronika w duchu, próbując rozweselić samą siebie.

Ruszyła powoli w stronę domu. Rzeczywiście na kuchennym parapecie coś leżało.

Od wczoraj Ziętar nie czuł się najlepiej. Próbował różnych sposobów na poprawienie sobie nastroju, ale nic jakoś nie chciało zadziałać. Julka już mu się znudziła. Ile można pieprzyć tę samą? Ewka Rosół na razie była poza zasięgiem, ale swoje odbierze, o to się nie martwił. Na płatny seks nie miał ochoty.

Przejechał ręką po głowie. Włosy zaczynały odrastać, trzeba będzie znowu się ogolić. Beknął głośno. Przez chwilę zastanawiał się, czy może powinien trochę poćwiczyć w swojej prywatnej siłowni w garażu. Mięśnie budziły przecież respekt. I on sobie na ten respekt zapracował. Ostatnio zaniedbał się trochę. Ma przybocznych chłopaków do pomocy, więc po co się zbytnio wysilać.

Tak, zdecydowanie nie czuł się najlepiej. Otworzył butelkę piwa o kant stołu. Chyba to mu pomoże. Beknął znowu. Nie chciał dopuścić do siebie myśli, że może to wszystko przez to, co stało się wczoraj z Blanką Kojarską.

Teraz jeszcze pojawiły się plotki, że ma przyjechać jakiś nowy pies z Brodnicy. I to z kryminalnej. Z lokalnymi mógł sobie bez problemu poradzić. Jaki będzie ten z miasta? Po raz pierwszy od dawna Ziętar się bał.

Komisarz Klementyna Kopp z policji kryminalnej Komendy Powiatowej w Brodnicy wyłączyła silnik swojej czarnej skody fabii. Samochód nie był zbyt imponujący, ale go lubiła. Był brzydki, ale się nie psuł. Tak jak ona sama. Brzydka, ale niezawodna. Zerknęła na zegarek na desce rozdzielczej. Było wcześnie, ale nie czuła się zmęczona, mimo że wczoraj położyła się dość późno. Potrzebowała mało snu. Zawsze tak było. W pięćdziesiątej dziewiątej wiośnie życia nic się nie zmieniło.

Budynek komisariatu w Lipowie okazał się wyjątkowo brzydki, można nawet powiedzieć odstręczający. Może to i dobry znak. Przypominał małe jaskrawoniebieskie pudełko przesłodzonych karmelków. Landrynkowy wystrój psuły tylko szczelnie zakratowane okna. Przed samym wejściem rósł rachityczny świerk, który pogłębiał jeszcze wrażenie surrealistycznego zaniedbania. Miała nadzieję, że mundurowi, którzy czekają na nią w środku, dopełnią tego abstrakcyjnego obrazu jak wisienki na torcie. Nie przeszkadzały jej takie wyzwania. Można powiedzieć, że nawet je lubiła.

Narzuciła długi szal i wysiadła z samochodu. Dzień był mroźny, ale nie zamierzała się tym przejmować. Nie uznawała puchowych kurtek. Klementyna Kopp ubierała się tak, jak Klementyna Kopp chciała, a nie tak, jak zmuszała ją do tego pogoda.

Kiedy weszła do komisariatu, drzwi zaskrzypiały przeraźliwie. Uśmiechnęła się na ten dźwięk. Wnętrze budynku nie przedstawiało się lepiej niż fasada. Dobry omen! Dotknęła szczęśliwego tatuażu na nadgarstku. Taki mały rytuał na początek nowego śledztwa.

Przywitała ją niewysoka siwowłosa kobieta o dość przyjemnej powierzchowności. Mogły być równolatkami, ale tamta wyglądała zdecydowanie poważniej. Klementyny Kopp zaś nie obchodziło, jak sama wygląda.

– Pani komisarz Kopp? – upewniła się gospodyni. – Ogromnie się cieszę, że pani bezpiecznie dojechała. W taką pogodę nietrudno o wypadek. Martwiłam się trochę. Nazywam się Maria Podgórska i odpowiadam tu za organizację, można powiedzieć. Zrobić pani ciepłej herbaty? Rozgrzałaby się pani. To bardzo ważne w taką pogodę.

– Nie, dzięki – odparła Klementyna, ściągając szal i skórzaną kurtkę. Podrapała się po wytatuowanym ramieniu. – Zawsze mam ze sobą colę. Nic innego właściwie nie pijam.

Starsza pani spojrzała na nią zmieszana. Poprawiła wyjątkowo nietwarzowy sweterek i źle skrojoną spódnicę w kratę.

– Szef posterunku to mój syn – po chwili konsternacji Maria Podgórska zdecydowała się kontynuować swoją wypowiedź, jakby nic się nie stało. Komisarz Kopp przyzwyczajona była do tego typu reakcji. Nic zaskakującego.

Ludzie nie umieli jej od razu zaszufladkować, więc czuli się zaniepokojeni. Klementyna nie uważała, żeby specjalnie wymykała się schematom. Była po prostu sobą. – Jeszcze go nie ma, ale powinien lada chwila się pojawić. Wie pani, jak to jest z dojazdami w takim śniegu…

– Jasne. Spoko – stwierdziła komisarz Kopp, rozglądając się dookoła. – Wiem, jaka jest sytuacja na drodze.

Klementyna była z reguły punktualna i tego oczekiwała od podwładnych. Nie zdecydowała jeszcze, czy wysoki aspirant zalicza się do tej kategorii. Był dla niej czystą kartą, którą wkrótce zapełni. Prokurator Czarnecki zdawał się go lubić, więc postanowiła dać Podgórskiemu szansę.

– U nas na wsi jest inaczej niż w mieście – wytłumaczyła Maria Podgórska, jakby mówiła do dziecka. – Nie wszystkie drogi są odśnieżane.

– Spoko. Naprawdę.

Tymczasem z pokoju w głębi korytarza wyłoniło się dwóch policjantów. Oznaczenia na mundurach wskazywały, że byli to aspirant i starszy sierżant. Starszy z mężczyzn, aspirant, miał wielkie, krzaczaste wąsiska i przydługie włosy, uczesane na czeskiego piłkarza. Wyglądał, jakby przeniesiono go tu z innej epoki. Młodszy, w stopniu starszego sierżanta, miał szerokie ramiona osoby, która zbyt dużo czasu spędza na siłowni. Nie był zbyt wysoki, więc jego sylwetka wyglądała nieco kwadratowo.

– Aspirant Janusz Rosół – przedstawił się starszy z mundurowych.

Uścisk jego spoconej ręki był niepewny.

– Starszy sierżant Marek Zaręba.

Młody policjant potarł ręką policzek. Miał tam niewielką rankę, jakby golił się w pośpiechu. Klementyna Kopp uśmiechnęła się do siebie. Chyba tutejsza policja nie miała w zwyczaju wstawać z kurami.

Obaj mężczyźni spoglądali na panią komisarz z wyraźną niechęcią. Nie spodziewała się niczego innego. Przerabiała to już wiele razy. Uważali ją za intruza na swoim terenie. Niemile widzianego. Zastanawiała się, czy nie wytatuować sobie tego określenia na obojczykach. Miała tam jeszcze trochę miejsca. „Niemile-widziana". Ładne i praktyczne.

Recepcjonistka Maria Podgórska zaprosiła Klementynę do pokoju w końcu korytarza. Nazwała go „salką konferencyjną", ale wyglądał raczej jak pokój socjalny lub jadalnia. Pośrodku stał dość duży, poplamiony kawą i jedzeniem stół zrobiony z czegoś w rodzaju sklejki. Pod ścianą zaś ustawiono rachityczne szafki. Na jednej z nich stała rdzewiejąca mikrofalówka. Nad nią, na przybrudzonej ścianie, wisiał kiczowaty widoczek z tych stron. Przedstawiał przerysowany zachód słońca.

Klementyna Kopp znowu uśmiechnęła się półgębkiem. Obrazek idealnie pasował do całości. Lubiła takie klimaty.

– Podoba się pani? – zapytała Maria Podgórska. Wyglądało na to, że ona również jest zachwycona malowidłem. Może w nieco inny sposób. – To zachód słońca nad jeziorem Bachotek. Nie wiem, czy pani kiedyś była nad naszym jeziorem! Jest tam cudownie. Zwłaszcza latem.

– Interesujący pejzaż – odparła Klementyna Kopp, spoglądając na zegarek.

Chyba znowu stanął. Zdjęła go z ręki i nakręciła. Należał jeszcze do jej babci. Brzydki i niezawodny. Czyli taki, jak lubiła.

Maria Podgórska postawiła na stole ciasto i trzy kubki herbaty.

– Wczoraj upiekłam – poinformowała Klementynę z dumą, wskazując na ciasto. – Proszę spróbować. Jest o wiele lepsze niż kupne. Takiego pani nawet w najlepszej cukierni nie dostanie. To strucla z ciasta francuskiego z jabłkami. Niedawno znalazłam przepis. I to w Internecie. Ostatnio coraz więcej korzystam z komputera. Upiekłam tę struclę dopiero drugi raz, ale wyszła przepyszna. Sama pani zobaczy. Muszę nieskromnie przyznać, że do pieczenia mam niemały talent.

Ciasto nie wyglądało źle, ale Klementyna nie miała ochoty na słodycze. Zwłaszcza o tak wczesnej porze. Kilka łyków coli załatwi zapotrzebowanie organizmu na cukier. Podgórska wyglądała na bardzo zawiedzioną jej odmową. Sprawę uratowali dwaj mundurowi, którzy nałożyli sobie po dużym kawałku i jedli w milczeniu. Komisarz Kopp jeszcze raz spojrzała na zegarek. Chodził idealnie.

Nagle drzwi komisariatu zaskrzypiały donośnie.

– O, to na pewno mój syn już przyszedł. Przyprowadzę go, bo może nie wie, że tu czekamy.

Maria Podgórska wyszła szybkim krokiem, który zdecydowanie nie pasował do osoby noszącej kraciastą spódnicę. Wkrótce z korytarza dało się słyszeć przytłumione głosy. Widocznie starsza pani referowała przebieg ich dotychczasowego spotkania. Mundurowi nadal przeżuwali ciasto w wymownym milczeniu. Z ich twarzy nie znikał wyraz wrogości.

Wkrótce do pokoju wszedł wysoki mężczyzna, którego Klementyna Kopp poznała wczoraj na spotkaniu z prokuratorem Czarneckim. Gdyby była po tej stronie barykady, wydałby się jej nawet w pewien sposób przystojny. Miał włosy w kolorze ciemny blond i krótko przystrzyżoną brodę.

– Dzień dobry, pani komisarz – przywitał ją Daniel Podgórski. – Przepraszam za spóźnienie.

Uścisnęli sobie dłonie. Dziś Podgórski był chyba nieco mniej onieśmielony niż wczoraj. W końcu znajdował się na swoim terenie.

– Cieszę się na możliwość współpracy z panią – kontynuował Daniel uprzejmie. Mimo wszystko zabrzmiało to dosyć szczerze. – Dużo słyszałem o pani osiągnięciach.

– Spoko. Pewnie w ogóle dużo o mnie słyszeliście, chłopcy. I pewnie niewiele dobrego. Zupełnie nie wiem czemu. Mówię szczerze.

– Pani statystyki rozwiązanych spraw wyglądają imponująco – nie poddawał się Daniel Podgórski.

– Staram się, jak mogę.

Klementyna postanowiła zagrać z nimi w tę grę niezobowiązującej konwersacji, zanim przejdą do konkretów. Mężczyźni często tego potrzebowali. Tak zwana gra wstępna.

– Niech pani nie będzie taka skromna – zaśmiał się wysoki policjant.

– Stop. Ja skromna? Chyba żartujesz – komisarz Klementyna Kopp zaczynała się już niecierpliwić. Gry wstępne nie były dla niej. – Może wprowadzicie mnie w sprawę. Właściwie: s p r a w y. Mamy przejechaną zakonnicę i zadźganą żonę milionera, tak?

– Dokładnie – odparł Podgórski. Nie wydawał się speszony jej bezpośredniością.

– Okej. No dobra. Daniel, czytałam twój raport na temat siostry Moniki. Zgadzam się, że widać w tej sprawie kilka nieścisłości. Możemy nad tym popracować, jeżeli będziemy mieli czas, ale priorytetem jest teraz śmierć Blanki Kojarskiej. Takie mamy instrukcje od prokuratora. Czy będziemy się ich trzymać, to już inna kwestia.

– Zastanawiam się, czy te sprawy nie są w jakiś sposób powiązane – powiedział Daniel Podgórski, nakładając sobie ciasto na talerz.

Pod służbową koszulą widać było, że ma lekko zaokrąglony brzuch. Chyba sobie nie odmawiał przyjemności podniebienia.

– Stop. Czekaj. Jak powiązane? – zapytała pani komisarz. Była ciekawa, czy już coś wymyślił.

Podgórski zebrał kilka okruchów ciasta palcem.

– Rzadko się zdarza, właściwie to lepiej powiedzieć, że nigdy się nie zdarza, żebyśmy mieli tu u nas w Lipowie morderstwo – wyjaśnił krótko. – Już nie mówiąc o dwóch z rzędu. Zakonnica także została przecież zamordowana, jak pewnie pani wie z raportu.

– Klementyna.

– Słucham?

– Tak się nazywam – przypomniała mu rozbawiona komisarz Kopp. – Nie nazywam się p a n i.

Policjant odchrząknął.

– W każdym razie – podjął – myślę, że musi istnieć między tymi sprawami związek. Nie wiem tylko na razie jaki.

– Okej. Dobra. Masz coś więcej? Bo tak, faktycznie mamy dwa morderstwa i mamy wioskę, gdzie coś takiego nigdy się nie dzieje. Kuszące, żeby te dwie śmierci uznać za powiązane. Kuszące i być może nawet prawdziwe. Ale! Nie wyciągajmy przedwczesnych wniosków. Taka nadgorliwość utrudniła niejedno śledztwo.

– Czyli sugeruje pani… sugerujesz, że powinniśmy jednak traktować je oddzielnie?

– Stop. Czekaj. Niczego nie sugeruję, Daniel. Zróbmy tak. Będziemy się im przyglądać równolegle, dopóki nie znajdziemy ewentualnego powiązania, dobrze?

Mundurowi spojrzeli po sobie niezdecydowani. Komisarz Kopp westchnęła. Wyglądało na to, że będzie musiała ich lekko poprowadzić.

– Okej. Na razie może skupimy się na sprawie Blanki Kojarskiej – zaproponowała głośno i wyraźnie. Chciała, żeby mieli czas to przetrawić. – W końcu dlatego tu jestem. Co dotychczas wiadomo?

Daniel Podgórski podwinął rękawy. Jego przedramiona były zaskakująco umięśnione jak na wielbiciela maminych wypieków.

– Ciało Blanki Kojarskiej zostało znalezione w lesie wczoraj rano – zaczął referować szef komisariatu. – Było porzucone na polanie niedaleko rezydencji państwa Kojarskich. Leżało na śniegu. Ofiara była ubrana w ocieplany kombinezon. Sprawca jej nie rozebrał. Z tego, co widziałem, zadał bardzo wiele ran kłutych na całym ciele. Nie mamy jeszcze raportu patologa, ale wydawało mi się, że poderżnięto jej też gardło. Twarz pozostała nienaruszona. W tej kwestii obie zbrodnie są podobne. W obydwu przypadkach sprawca potraktował ciało bardzo brutalnie, ale nie naruszył twarzy.

– Stop. Czekaj – powiedziała Klementyna, podnosząc wytatuowane ręce, jakby kierowała ruchem drogowym. Robiła to nawet na początku swojej kariery, więc znała się na rzeczy. Poza tym samochodowe metafory z reguły dobrze trafiały do mężczyzn. – Chwileczkę. Chwileczkę. Jeżeli chodzi o zakonnicę, mamy dwie kwestie.

– No tak – przyznał Daniel. – Siostra Monika najpierw została dźgnięta kilka razy ostrym narzędziem, prawdopodobnie nożem. Potem zaś sprawca przejechał po niej samochodem. I to kilka razy. Tak to się odbyło.

– Okej. A zastanawialiście się może, czemu tak zrobił?

– Zakonnica nie umarła po ataku nożem – odważył się wtrącić najmłodszy z policjantów, umięśniony Marek Zaręba. – Może chciał ją w ten sposób dobić?

– To niezbyt praktyczny sposób zabijania – zaśmiała się komisarz Kopp. – Czy się mylę? Wyobraź sobie, że chcesz kogoś zamordować. W tej sytuacji potrzebny ci nóż i samochód. Tak zwany zestaw małego mordercy.

Młody starszy sierżant Marek Zaręba spojrzał na nią spod oka. Klementyna pogładziła się po obciętych na jeża włosach z zadowoleniem. Miała nadzieję, że wybudzi ich z tego błogiego snu, w jakim się obecnie znajdowali. Potrzebowała partnerów do działania. Zostawiła ich z tym pytaniem. Na razie.

– Okej. No dobra. Pozostawienie twarzy bez skazy może być pewną zbieżnością. Tu się nawet zgodzę. Ale! Poczekajmy na raport patologa. Pozornie mamy inny, jak to się tam zwało, modus operandi. Ale czy na pewno?

Pamiętajcie, że z reguły sprawca trzyma się jednej metody. Z reguły.

Młody Marek Zaręba i wąsaty Janusz Rosół spojrzeli po sobie.

– Dobrze, idźmy dalej – powiedziała Klementyna. Zdecydowanie potrzebowali więcej czasu, żeby to wszystko dobrze zrozumieć. – Kto znalazł ciało?

– Weronika Nowakowska – poinformował Daniel Podgórski. W jego tonie pojawiło się coś interesującego.

– Będziemy musieli porozmawiać z nią bardziej szczegółowo, co? Okej. Dobra. Więc mamy miejsce zbrodni i osobę, która odkryła zwłoki. Jaka jest sytuacja rodzinna zabitej? Mam na myśli Blankę Kojarską. Może wąsaty pan aspirant mi powie?

Czeski piłkarz Janusz Rosół nie odzywał się dotąd. Chciała go trochę rozruszać.

– Blanka była żoną Seniora Kojarskiego – wyjaśnił automatycznie najstarszy z policjantów. – Była od niego dużo młodsza. Mieszkała we dworze z mężem. Inni domownicy to Junior Kojarski, czyli syn Seniora. On dojeżdża z Warszawy. Na stałe mieszka we dworze jego żona Róża i synek Kostek.

– Okej. Dobra. Ktoś jeszcze mieszka w tym całym d w o r z e? Jakaś obsługa?

– Jest chyba służąca i człowiek do wszystkiego, który nazywa się Tomek Szulc.

Klementyna Kopp wyciągnęła z plecaka butelkę coli i pociągnęła z niej długi łyk.

– No dobrze, idziemy szybko do przodu. To mi się podoba. Okej. Mówiliście, że Blanka Kojarska została zamordowana w lesie blisko domu. Czemu właśnie tam? Czemu akurat tam?

Daniel Podgórski znowu odchrząknął.

– Pani Blanka Kojarska miała w zwyczaju spacerować wieczorami – wyjaśnił krótko. – Wiele osób znało jej trasę. Wystarczyło poczekać w wybranym miejscu, i tyle. Na tej polanie łatwo było się schować.

– Okej. No dobra. Czyli to wiele nam nie daje – powiedziała Klementyna, drapiąc się po szyi w miejscu, gdzie kilka lat temu wytatuowała sobie fragment partytury swojej ulubionej opery. Czuła znajome podekscytowanie towarzyszące nowemu śledztwu. – W tej sytuacji myślę, że będziemy iść podręcznikowo. Zaczniemy od rodziny ofiary. Czyli, o ile dobrze pamiętam, w tej rezydencji mamy Seniora Kojarskiego, Juniora i jego żonę Różę. Trzy osoby podejrzane na początek. Trzeba będzie przesłuchać ich wszystkich po kolei. Musimy zastanowić się nad ewentualnymi motywami i nad tym, czy mają jakieś alibi na dzień morderstwa. – Klementyna Kopp wypiła kolejną porcję napoju. – Potem będziemy rozszerzać naszą sferę działania. Mam nadzieję, że jeszcze dziś dostaniemy raport z autopsji i będziemy wiedzieć, na czym właściwie stoimy. Jeżeli starczy nam czasu, spróbujemy znaleźć ewentualne powiązania z zakonnicą.

– W porządku – zgodził się Daniel Podgórski. W jego głosie ponownie zabrzmiała ostrożna uprzejmość.

Pani komisarz potarła ukradkiem swój szczęśliwy tatuaż. Znowu.

– Myślę, że możemy zacząć od razu – uznała. – Nie ma na co czekać z jechaniem do Kojarskich. Który z was pojedzie ze mną?

– Myślę, że ja i Młody... to znaczy Marek Zaręba – powiedział Podgórski, wskazując na umięśnionego policjanta. – Janusz, ty zostaniesz na posterunku i zajmiesz się bieżącymi sprawami razem z Marią.

Czeski piłkarz Janusz Rosół zgodził się skinieniem głowy. Klementyna uznała, że jego wąsy są imponujące.

– Dobrze. Ruszajmy w takim razie – rzuciła, zgniatając butelkę po coli. – Nie będziemy się zapowiadać.

Zdawało jej się, że przebycie tych kilku kroków zajęło całą wieczność, ale w końcu dotarła do ściany domu. Wszystkie mięśnie miała nieprzyjemnie napięte. Rozejrzała się dookoła nerwowo. Śnieg nadal padał w powolnym tańcu wielkich płatków. Przypomniało jej się, jak kiedyś dawno, chyba jeszcze w szkole, powiedziano jej, że każdy płatek śniegu jest inny.

Odetchnęła, żeby uspokoić bijące zbyt szybko serce. Zamknięty w domu Igor nie szczekał, więc chyba nie było żadnego niebezpieczeństwa, uznała Weronika. Taką miała przynajmniej nadzieję. Mimo to cały czas czuła, że ktoś czai się ukryty między drzewami i ją obserwuje.

Rozejrzała się niepewnie, ściskając swój bezużyteczny parasol. Nikogo nie zobaczyła, więc odważyła się podejść do okna. Na parapecie rzeczywiście coś leżało. Ciepła różowa rękawiczka odbijała się jaskrawym kolorem na tle śnieżnej bieli. Niewiele myśląc, Weronika wzięła rękawiczkę zaskoczona. Była przekonana, że jej tu wcześniej nie było, ale na pewno dało się to jakoś logicznie wytłumaczyć. Może jej zwyczajnie nie zauważyła. I tyle. Ot, cała tajemnica.

Weronika rozejrzała się jeszcze raz, ale nadal nikogo nie widziała. Odetchnęła z ulgą. Już się nie bała. Teraz wydawało się niemożliwe, żeby w czasie, kiedy szła do lasu, ktoś zdążył podrzucić tę rękawiczkę. Trwało to przecież zaledwie kilka minut. Rękawiczka musiała tu leżeć już wcześniej. Być może ktoś ją zgubił.

Zupełnie już uspokojona wróciła do domu z różową rękawiczką w dłoni. Igor wydawał się wniebowzięty.

– A ty poznajesz to, piesku?

Dała mu rękawiczkę do powąchania. Igor zamachał ogonem entuzjastycznie.

– Wielki z ciebie pożytek… – westchnęła Weronika.

Ciepła wełniana rękawiczka wydawała się niegroźna, więc Weronika szybko przestała się martwić. Chyba naczytałam się za dużo kryminałów, zaśmiała się w duchu, skoro byle rękawiczka przyprawia mnie o bicie serca.

Minęli drogowskaz na Zbiczno. Mała czarna skoda komisarz kryminalnej Klementyny Kopp podskoczyła na wyboju ukrytym pod śniegiem. Przez całą drogę w samochodzie panowała cisza. Młodszy aspirant Daniel Podgórski miał wrażenie, że nie zaczęli znajomości najlepiej. Zdawał sobie sprawę, że było w tym dużo winy z ich strony. Wszyscy traktowali panią komisarz z niechęcią, a trzeba było obiektywnie przyznać, że nie zrobiła jeszcze nic, co usprawiedliwiałoby takie podejście. Powinni bardziej się postarać, skoro czeka ich wspólna praca nad dochodzeniem. Antypatie nie pomogą im w znalezieniu sprawcy tych morderstw, uznał Daniel w duchu.

Zjechali na boczną drogę prowadzącą do rezydencji Kojarskich. Brama była szeroko otwarta. Jej kute skrzydła tkwiły uwięzione w wielkich zaspach po obu stronach wjazdu.

– Nie zawracają sobie głowy bezpieczeństwem – skomentował Podgórski zaskoczony.

Spodziewał się raczej elektronicznych zabezpieczeń najnowszej technologii i szczelnie zamkniętej bramy dodatkowo pilnowanej przez doświadczonego strażnika, najlepiej z bronią w ręku. Tymczasem dwór Kojarskich stał przed nimi otworem.

– Kiedy tu byłem ostatnio, też tak to wyglądało – wyjaśnił młody Marek Zaręba z tylnego siedzenia. – Z drugiej strony, jeżeli komuś by zależało, to mógłby się z łatwością przedostać przez ten płot. To nic trudnego.

– Blanka Kojarska i tak zginęła poza domem, więc chyba nie ma to na razie większego znaczenia. Gdyby została zabita we dworze, pewnie musielibyśmy się temu przyjrzeć bliżej.

Podjechali brukowanym drobną kostką podjazdem aż pod samo wejście do rezydencji. Koła samochodu podskakiwały rytmicznie na nierównościach. Komisarz Klementyna Kopp zatrzymała fabię obok nieczynnej obecnie fontanny. Wodotrysk przedstawiał wyrzeźbioną w kamieniu kobiecą postać z bukietem polnych kwiatów w dłoniach.

– Czy ta rzeźba przedstawia Blankę Kojarską? – zapytał Daniel. Był coraz bardziej zdziwiony. – Czy tylko mi się wydaje?

Klementyna Kopp przyjrzała się fontannie krytycznie.

– Okej. No dobra. Myślę, że możemy zaczynać – powiedziała z tą swoją manierą karabinu maszynowego. – Fontanna na razie nas nie interesuje.

Pani komisarz okręciła szyję szalem i wysiedli z samochodu. Dotychczas Daniel Podgórski widział dwór Kojarskich tylko z oddali. Z bliska rezydencja robiła wrażenie jeszcze większej i bardziej przeładowanej ozdobnymi detalami. Na otynkowanej na lekko kremowy odcień fasadzie policjant zauważył niezliczoną liczbę kolumienek i płaskorzeźb. Część wielkich okien była zasłonięta grubymi kotarami. Mieszkańcy cenili sobie chyba prywatność.

– Gdybym miał takie wielkie okna, chyba nigdy bym ich nie zasłaniał – mruknął Daniel do siebie. – Szkoda takich widoków!

Nikt mu nie odpowiedział.

Wspięli się po schodkach na szeroki ganek. Kiedy Klementyna zadzwoniła do drzwi, wewnątrz dworu rozległ się donośny gong. Wkrótce usłyszeli szczęk zamków. Drzwi otworzyła ubrana na czarno młoda kobieta. Miała brązowe włosy, gładko zaczesane w wysoko związany koński ogon. Daniel Podgórski przypominał ją sobie mgliście. Na pewno była z okolicy.

– Dzień dobry – przywitała ich uprzejmie. – Pan Senior Kojarski spodziewał się państwa dzisiaj. Zapraszam do środka.

Kiedy weszli, zamknęła za nimi drzwi na wszystkie zamki.

– Pan Kojarski nie lubi, żeby drzwi były otwarte. Muszę je zamykać za każdym razem. W domu jest dużo cennych przedmiotów – wytłumaczyła służąca przepraszającym tonem. – Wezmę państwa okrycia. Prosiłabym o wytarcie butów, dopiero wymyłam podłogę na dole.

Daniel i Marek zdjęli kurtki. Służąca spojrzała wyczekująco na komisarz Kopp, ale Klementyna nie zdecydowała się powierzyć jej swojego skórzanego żakietu. Pokojówka nie wydawała się zaskoczona takim zachowaniem. W tym domu widziała pewnie wiele.

– Pan Senior Kojarski pracuje w swoim gabinecie – poinformowała ich, kiedy odwiesiła płaszcze policjantów. – Zaprowadzę państwa.

– Spoko. Ale! Najpierw chcielibyśmy zobaczyć pokój zmarłej pani Kojarskiej – przerwała jej Klementyna Kopp. – Potem porozmawiamy z tym całym Seniorem. Tego pewnie też mógł się spodziewać, co?

– Jak najbardziej. Nie ma problemu – przytaknęła pokojówka. – Pan Senior Kojarski rzeczywiście powiedział, że się tego również spodziewa. Kiedy tylko dowiedzieliśmy się, że pani Blanka nie żyje, pan Senior Kojarski kazał zamknąć jej sypialnię na klucz. Klucz dał mnie, jako osobie bezstronnej. Mój szef chciał, żeby wszystko poszło gładko. Do pokoju raczej nikt nie wchodził. Przynajmniej ja nic o tym nie wiem.

Zaprowadziła ich na piętro. Rezydencja wydała się Danielowi bardzo cicha. Nie słychać było żadnych typowo domowych odgłosów rozmów, szumu telewizora czy radia, nawet kapania wody z kranu. Sprawiało to wrażenie, jakby dwór został opuszczony. Podgórski zastanawiał się, czy zawsze panuje tu taka atmosfera, czy też budynek tonie obecnie w żałobie po śmierci pani domu.

Drzwi do sypialni Blanki Kojarskiej rzeczywiście były zamknięte na klucz. Podgórski przyjrzał się zamkowi. Nie wydawał się zbyt trudny do sforsowania. Mogli mieć tylko nadzieję, że nikt tego nie zrobił i że zastaną wszystko tak, jak zostawiła to ofiara. Wszyscy policjanci liczyli chyba, że znajdą w pomieszczeniu jakiś trop, który wskazałby mordercę, a przynajmniej powiedział im trochę więcej o samej zabitej.

– Okej. No dobra. Wielkie dzięki – rzuciła Klementyna Kopp do pokojówki. – Teraz poczekaj na zewnątrz, okej?

Służąca skinęła głową i cofnęła się posłusznie. Nie wyglądała na zawiedzioną.

Pani Komisarz wyciągnęła z plecaka trzy pary rękawiczek i ochraniaczy na buty.

– Okej. Właściwie to powinniśmy wezwać tu techników, zanim wejdziemy, ale lubię sama wszystko najpierw zobaczyć. Na spokojnie – wyjaśniła Klementyna, podwijając rękawy. Spłowiałe tatuaże ukazały się w całej okazałości. – Takie małe odstępstwo od reguł. Ale! Nie ruszajcie za dużo. Technicy i tak mnie niezbyt lubią. Nie dawajmy im więcej powodów do narzekania, co? Okej, to zaczynamy. Nie liczę na zbyt wiele, ale nigdy nie wiadomo.

Rozeszli się po pokoju. Był urządzony z podobnym przepychem jak reszta domostwa. Ściany zdobiły gipsowe sztukaterie, a w oknach wisiały pozłacane zasłony. Po prawej stronie ustawiono olbrzymie łoże z dekoracyjnym baldachimem. Przy ścianie zaś pyszniła się biała lakierowana toaletka z wielkim wypolerowanym lustrem. Daniel zdecydował się zacząć od niej.

Toaletka zastawiona była różnego rodzaju kosmetykami w kolorowych buteleczkach. Wśród nich policjant zauważył sporo opakowań z lekami. Leżały porozrzucane nieporządnie. Część z nich była otwarta, jakby ktoś właśnie zażył tabletkę i wyszedł z pokoju tylko na chwilę. Może rzeczywiście tak było, przyszło Podgórskiemu do głowy.

Może Blanka Kojarska myślała, że wróci do swojej sypialni i posprząta to wszystko później.

Daniel przeczytał powoli nazwy leków.

– Przy łóżku też są takie tabletki – odezwał się młody Marek Zaręba, który przeszukiwał stolik nocny. – Dokładnie te same.

– To są leki nasenne – wyjaśniła Klementyna Kopp, która tymczasem przyglądała się marmurowemu kominkowi w głębi pokoju. – Jestem prawie pewna, że są wydawane na receptę.

– Musimy to sprawdzić – zanotował sobie Daniel. – Jeżeli te leki są na receptę, to chyba jest dość dziwne, że Blanka miała ich aż tyle. Większość opakowań na toaletce jest nadal pełna. Nie znam się na tym, ale kiedyś dużo się mówiło o uzależnieniu od leków nasennych.

– Trzeba będzie dyskretnie popytać rodzinę – zgodził się Marek Zaręba. – Blanka mogła mieć je nielegalnie. Szkoda, że nie ma z nami Pawła, on ma różne kontakty. Może by coś wiedział.

Podgórski przytaknął w zamyśleniu. Zastanawiał się, jak wyglądały ostatnie chwile Blanki Kojarskiej w tej sypialni. O czym myślała? Jakie miała plany? Czy wiedziała, że idzie na śmierć? Czy cokolwiek podejrzewała?

– Czekaj! W kominku ostatnio coś spalono – oznajmiła komisarz Klementyna Kopp, wypluwając słowa jak karabin.

Marek wzruszył ramionami, jakby to odkrycie nie zrobiło na nim większego wrażenia.

– Jest zimno, więc pewnie często to robią.

– Okej. Ale! Wygląda mi to na listy. Chyba widzę tu

znaczek pocztowy. – Klementyna ukucnęła przed paleniskiem i przyjrzała się dokładniej. – Trudno stwierdzić. Nie będę tego ruszać, może technikom uda się coś z tego odtworzyć. Zobaczymy.

Daniel Podgórski i Marek Zaręba podeszli zaciekawieni do kominka. Wśród popiołów rzeczywiście widać było kilka zwęglonych strzępków papieru.

– Niewiele tego zostało – westchnął Podgórski zawiedziony.

– Nie zaszkodzi sprawdzić – pocieszyła go Klementyna Kopp.

Daniel skinął głową. Ciągle nie wiedział, co właściwie o niej myśleć. Pani komisarz miała zadziwiającą aparycję i szybkość wymowy karabinu maszynowego, ale dotychczas nie zrobiła nic, co zasługiwałoby na złą sławę, którą się cieszyła wśród policjantów z Brodnicy i okolic.

Obejrzeli resztę pomieszczenia dokładnie, ale poza dużą ilością leków i spalonymi dokumentami nic nie wydawało się szczególnie godne uwagi. Tak jak się spodziewali, szafy wypełnione były po brzegi drogimi ubraniami. Daniel przejrzał zawartość szuflad i zawstydzony zauważył niedbale wrzucone do środka różne fragmenty bielizny. Żadnych nie można było zakwalifikować jako skromnych.

– Nie mamy zbyt wiele. – W głosie Marka Zaręby słychać było cień zawodu. Daniel doskonale go rozumiał.

– Wręcz przeciwnie – nie zgodziła się Klementyna Kopp. – Mamy już od czego zacząć. Na wszystko potrzeba czasu, m ł o d y. Cierpliwość, cierpliwość i jeszcze raz cierpliwość! To jest najważniejsze w pracy śledczego. Nie zawsze trzeba być efektownym, żeby być efektywnym.

Marek Zaręba spojrzał na Daniela, ale Podgórski także nie do końca zrozumiał, co pani komisarz miała właściwie na myśli.

– Okej. No dobra. Teraz przesłuchamy po kolei członków rodziny. Może się jakoś wygadają. Morderca zawsze zostawia za sobą ślady. Teraz naszym zadaniem jest je znaleźć i ułożyć wszystko w całość.

Pani Solicka przygotowywała obiad dla wiekowego księdza Józka i jego młodego gościa, księdza Piotra. Gospodyni plebanii spieszyła się, ponieważ tego dnia miała wyjątkowo dużo na głowie. Kuchnia była zaparowana i nieprzyjemnie duszna. Pani Solicka uchyliła lekko okno, żeby wpuścić trochę świeżego, chłodnego powietrza.

– Wiera aresztowana! Kto by pomyślał, kto by pomyślał – szepnęła do siebie, ocierając pot z czoła. – Chociaż można było się tego spodziewać. Wygląda jak wiedźma i pewnie nią jest. Dzieci można nią straszyć. Poza tym co to za imię? Wiera! W każdym razie nie jest polskie. To na pewno!

Pani Solicka uważała, że reszta świata nie ma wiele do zaoferowania. Zamieszała gorącą zupę gniewnym ruchem. Już kilka razy mówiła staremu Józkowi, żeby wspomniał coś na temat obcych podczas kazania. Na temat obcych, którzy zdecydowanie byli niechciani w ich spokojnej wsi! To Wiera, nikt inny, ściągnęła na nich te wszystkie nieszczęścia! Pani Solicka była o tym przekonana. Ale stary ksiądz powoli dziecinniał i żadne argumenty do niego nie dochodziły. Najwyraźniej dopadła go starcza demencja. Miał kłopoty z czytaniem, nie rozmawiał już tak błyskotliwie jak kiedyś, nawet swojego kuzyna księdza Piotra ledwo poznał. Solicka poważnie się obawiała, że niedługo przyjdzie czas na starego Józka. Ich wsi potrzebny był ktoś młodszy.

– Pomóc? – zapytał ksiądz Piotr, zaglądając do kuchni przez uchylone drzwi.

Pani Solicka zauważyła, że wreszcie miał zdrowo zaróżowione policzki. Widocznie wrócił z jednej z tych swoich przechadzek. Po tych kilku dniach pod jej opieką wyglądał, jej zdaniem, zdecydowanie lepiej. Twarz miał bardziej okrągłą i ubranie nie wisiało już na nim tak bardzo. Uważała to za swój sukces. Wyglądało też na to, że przebolał jakoś śmierć siostry Moniki. Wszystko szło ku dobremu. No, gdyby nie ta nagła śmierć pani Blanki Kojarskiej, dodała Solicka w duchu. Chyba powinno się o tym wspomnieć w kazaniu. Będzie musiała zasugerować to staremu Józkowi. Nie wiadomo, czy przyjdzie mu to do głowy. Sprawy ziemskie coraz mniej go interesowały.

– Och, jak miło! Dziękuję, Piotrusiu. Jakbyś mógł, to popilnuj zupy. Już jest prawie gotowa. Ja nie mam dziś do tego głowy. Jutro otwieram na nowo mój sklep, skoro Wiera jest w areszcie. Mam nadzieję, że odpowie za swoje grzechy! – dodała pani Solicka z oburzeniem.

Spojrzała na młodego księdza przelotnie. Może nie powinna była tego mówić. Nie chciała go przecież obrazić. Nie wiedziała jeszcze, na co może sobie z nim pozwolić.

– Nie powinniśmy chować urazy do bliźniego, ale przyznam się, że i ja bym chciał, żeby odpowiedziała za swój haniebny czyn – przyznał się ksiądz Piotr z przepraszającym uśmiechem. Był takim uroczym młodzieńcem. – Chyba oboje będziemy musieli się wyspowiadać.

– Tak, tak... – Pani Solicka nie miała teraz głowy do rozważań teologicznych. Po tych wszystkich latach pracy na plebanii wątpiła, żeby stary Józek mógł ją jeszcze rozgrzeszyć. – Piotrusiu, czy mógłbyś mi jutro pomóc podczas otwarcia? Latem przyjeżdżają moi synowie, żeby mnie wspierać, a tak to teraz jestem z tym zupełnie sama. Chciałam otworzyć w wielkim stylu. Niech ludzie wiedzą, co tracili, kupując u tej całej Wiery.

– Oczywiście. Z chęcią pomogę – zadeklarował się ksiądz Piotr. – Nie ma problemu.

Pani Solicka uśmiechnęła się z zadowoleniem. Wszystko idzie ku dobremu.

Przesłuchania zaczęli od rozmowy z Seniorem Kojarskim. Mężczyzna wyglądał jak starzec, który za wszelką cenę próbuje zachować umykającą zbyt szybko młodość. Młodszy aspirant Daniel Podgórski podejrzewał, że milioner przeszedł kilka operacji plastycznych, ponieważ jego twarz niebezpiecznie przypominała nienaturalnie gładką, nieruchomą maskę. Na tym tle sztuczna opalenizna wyglądała jeszcze bardziej karykaturalnie.

Senior Kojarski wpuścił ich niechętnie do gabinetu i poprosił, żeby zajęli miejsce na skórzanej sofie. Sam usiadł za wielkim biurkiem z ciemnego drewna. Zamknął ekran nowoczesnego laptopa i zaczął poprawiać ustawienie mosiężnych bibelotów zdobiących blat. Przez chwilę nikt nic nie mówił. Daniel przypatrywał się powolnym ruchom rąk starca jak urzeczony.

W końcu Senior Kojarski spojrzał na nich z góry i odchrząknął.

– Tak więc, jak wszyscy wiemy, moja żona nie żyje – zaczął beznamiętnie. – Nie będę udawał, że ją kochałem. Zawiodę was, jeśli na to liczyliście. Uważam jednak, że nie ma takiej potrzeby. Nie kochałem jej. Przynajmniej j u ż nie. Wszyscy wiedzą, jaka była. Ale, bądź co bądź, była też moją żoną, więc coś jej się z mojej strony należy. W związku z tym chcę wyników. Macie kogoś zamknąć, i to szybko. Potem mogę już o tym przykrym incydencie zapomnieć i żyć spokojnie dalej.

Daniel Podgórski i Marek Zaręba spojrzeli po sobie zaskoczeni.

– Śmierć żony, a właściwie brutalne morderstwo, którego padła ofiarą, nazywa pan „przykrym incydentem"? – wykrztusił młody policjant z oburzeniem.

Gospodarz spojrzał na niego spod wypielęgnowanych brwi. W jego oczach pojawiła się nieskrywana pogarda.

– Rozumiem, że był pan jednym z wielbicieli mojej żony?

Marek zacisnął wargi zirytowany, ale nic nie powiedział.

– Powinienem chyba zatelefonować do prokuratora zajmującego się tą sprawą – stwierdził powoli Senior Kojarski. – Ostatnie, czego mi tu teraz potrzeba, to żeby po domu plątali się wieśniacy i jakaś wytatuowana stara baba. Potrzebuję profesjonalistów.

– Spoko. Zawsze możesz spróbować – rzuciła Klementyna Kopp. – Ale! Chyba zależy nam na czasie, co? Może przejdziemy po prostu do rzeczy i skończymy z tymi bzdetami. Czy nasza grupa śledcza panu odpowiada, czy nie, to nie jest teraz takie ważne.

Wyjęła z plecaka kolejną butelkę coli i upiła spory łyk.

– Jasne, że mi nie odpowiada – wycedził Senior Kojarski przez zęby. – To śmieszne, jak mnie potraktowano. Jestem człowiekiem z określoną pozycją! Moją żonę zamordowano, a prokurator przysyła tu kogoś takiego! To śmieszne, powtarzam raz jeszcze!

– Pani Klementyna Kopp jest bardzo doświadczonym komisarzem śledczym – wtrącił się Daniel Podgórski. Czuł, że nie powinien pozwalać, żeby stary tak traktował kobietę.

– Daniel, doceniam twoją galanterię, ale przejdźmy już do rzeczy – rzuciła pani komisarz, ignorując dobre intencje policjanta.

Senior Kojarski spojrzał na Daniela przenikliwie. Jego usta rozciągnęły się w szyderczym uśmiechu, który na jego nieruchomej twarzy wyglądał jak makabryczny grymas. Podgórski nie zareagował na minę gospodarza. Był w pracy i zamierzał się z niej dobrze wywiązać.

– Powiedział pan, że nie kochał swojej żony – zaczął, rozsiadając się wygodniej na sofie. Skórzane obicie zatrzeszczało pod jego ciężarem. – Może pan w takim razie dokładniej sprecyzować, jakie były relacje między państwem?

– Tak, jakie to oczywiste. Zdaję sobie sprawę, że mąż jest zawsze pierwszym podejrzanym – zaśmiał się Senior. – Nie musi mnie pan pouczać.

– Nic takiego nie robię – odparł spokojnie Daniel. On również potrafił być cierpliwy. – Chciałbym, żeby opowiedział nam pan o swojej relacji z żoną. Innymi słowy, chciałbym, żeby wyjaśnił ją pan dokładniej – powtórzył. – Wówczas będziemy mogli pójść dalej.

Gospodarz wrócił do porządkowania biurka. Bawił się przez chwilę staromodnym kałamarzem. Wyglądało na to, że nie ma zamiaru odpowiedzieć. W końcu jednak westchnął głęboko i zaczął gniewnie:

– A co pan myśli? Widział pan ją przecież. Kiedy ją poznałem, opanowało mnie dzikie pożądanie. Mogę to powiedzieć szczerze. Po prostu m u s i a ł e m ją mieć. A jestem przyzwyczajony, że kiedy czegoś chcę, to to dostaję. Nie uważam, żeby było w tym coś złego. No więc tak też się stało i tym razem. Nic nowego. Podjąłem decyzję o ślubie i oznajmiłem Blance, jak się sprawy mają. Musiałaby być idiotką, żeby nie przyjąć moich oświadczyn. Miała z tego wymierny zysk. W zamian miała wyglądać atrakcyjnie i obsługiwać mnie, jak to żona powinna. Początkowo to mi wystarczało, ale potem się otrząsnąłem. Okazała się głupia, jak jeden z tych jej butów za kilka tysięcy. Męczyła mnie. Bo ona była nie do zniesienia! Potwierdzi to każdy, kto przebywał z nią dłużej niż pół godziny. Jej śmierć spadła mi jak z nieba.

To powiedziawszy, Senior Kojarski wybuchnął głośnym śmiechem. Rechot zmieniał się powoli w chichot, aż w końcu zupełnie ucichł.

– Wreszcie nie mam kłopotu – zakończył starszy mężczyzna. – Co oczywiście nie oznacza, że ja ją zabiłem. Jeżeli tak uważacie, to się grubo mylicie. Tracimy tylko czas.

– Skoro jej obecność przeszkadzała panu tak bardzo – zapytał Daniel – czemu w takim razie nie zdecydował się pan na rozwód? W obecnych czasach nie jest to raczej problem. Nawet u nas na wsi – dodał policjant, starając się zamaskować nieco ironię, która pojawiła się w jego głosie.

– Trochę w nią zainwestowałem, żeby wyglądała tak, jak wyglądała. – Senior Kojarski zaśmiał się znowu lubieżnie. – Mimo wszystko czasem miło było na nią popatrzeć. No i myślałem, że urodzi mi dziecko, ale zdaje się była bezpłodna. To znaczy, zachodziła w ciążę, ale za każdym razem kończyło się poronieniem. Miałem już tego powoli dość. W końcu nie mam już dwudziestu lat, a chciałem zdążyć wychować mojego syna.

– Czyli starali się państwo o dziecko?

Senior spojrzał na Daniela ze złością.

– Głuchy jest pan czy co? Przecież panu powiedziałem. Pieprzyłem ją, a ona nie mogła donosić. – Wulgaryzm zawisł przez moment w powietrzu i unosił się w eleganckim wnętrzu. – Była do niczego nawet w tej kwestii. Właściwie można by ją było wypchać i na nią patrzeć. Do tego by się świetnie nadawała.

Policjanci znów spojrzeli na niego zaskoczeni. Tym razem nawet na nieprzeniknionej zazwyczaj twarzy komisarz Klementyny Kopp pojawił się wyraz lekkiego niedowierzania. Gospodarz chyba zorientował się, że posunął się za daleko, bo dodał po chwili:

– Zresztą mój synalek też coś na ten temat wie. Myślał, że się nie zorientuję. Śmieszne.

– Czy sugeruje pan, że pana syn miał romans z Blanką?

– Tak, mój syn miał romans z Blanką – powtórzył Senior Kojarski głośno i wyraźnie. – Jak cholera, że miał romans.

Jego twarz znowu wykrzywiła się szyderczo.

– Czekaj. Okej. Spokojnie. Próbujemy tylko ustalić fakty – wtrąciła Klementyna niewyraźnie, jak zwykle mówiła za szybko. – Z tego, co zrozumiałam, sam chyba chcesz, żebyśmy jak najprędzej znaleźli winnego. Twoja obecna postawa nam tego nie ułatwia, chłopcze. Nie za bardzo. Chciałabym, żebyś bardziej się postarał, co? Na razie nie idzie nam zbyt efektywnie.

Gospodarz spojrzał na pomarszczoną kobietę spod oka.

– Daniel, przepraszam, że wtrącę się jeszcze na moment. Za chwilę wrócimy do tematu tego romansu, jest bardzo ciekawy – zapewniła komisarz Kopp. – Mam jedno pytanie. Pytanko nawet. Można powiedzieć.

Daniel Podgórski skinął przyzwalająco głową. Doceniał to, że Klementyna Kopp pozwala mu prowadzić przesłuchanie. Przecież to ona znała się na tym lepiej.

– Czy mieliście spisaną intercyzę? – zapytała pani komisarz, wpatrując się w Seniora Kojarskiego intensywnie.

– Co p a n i ma na myśli? – burknął gospodarz niechętnie.

– Okej. Dobra. Uściślijmy troszeczkę. Mam na myśli dokładnie to, co powiedziałam. Czy spisaliście umowę przed zawarciem związku małżeńskiego? Podział majątku, takie sprawy. Normalka. Co się dzieje z pieniędzmi, kiedy przychodzi do rozwodu.

– Co to ma do rzeczy? To moja prywatna sprawa.

– Stop. Czekaj. W tym momencie już nie za bardzo – powiedziała Klementyna Kopp. Wstała i zaczęła spacerować po pokoju. – No dobrze. Postawmy sprawę tak: jak by wyglądał podział majątku w razie rozwodu? Nie radzę kłamać. Przecież i tak możemy to sprawdzić.

– Czyli nadal uważacie, że to ja jestem winny?! – krzyknął ze złością Senior Kojarski. – To jest niedorzeczne. Tak jak myślałem. Raczej nie mam do czynienia z profesjonalistami.

To jakiś skandal. Zamierzam porozmawiać z komendantem powiatowym.

– Spoko. Ale! Wolałabym, żebyś jednak odpowiedział na moje pytanie – nalegała komisarz Kopp. Podeszła do okna. – Spójrzcie tutaj! Piękny masz tu widok. Imponujący labirynt z żywopłotu. Naprawdę! Uwielbiam takie cuda. Ja niestety mogłabym mieć co najwyżej kwiatek w doniczce. Mam niewielkie mieszkanko.

– Dobrze, n i e spisaliśmy intercyzy. Zadowolona? – wyrzucił z siebie Senior Kojarski. Oddychał ciężko. – Gdybyśmy się rozwiedli, mogłaby mnie nieźle oskubać. To chcieliście usłyszeć? Może wreszcie przestaniemy tracić czas na głupstwa.

Klementyna dała znak Danielowi, że nie ma więcej pytań w tej kwestii.

– Może wrócimy w takim razie do tematu romansu pana syna z Blanką… – odezwał się znowu Podgórski.

– Jak panowie, i teraz cała ta wieś, wiecie, Junior nie jest moim synem – sprecyzował Senior Kojarski, uspokajając się trochę. – Jest synem sklepikarki, tej Wiery, i jakiegoś górnika czy marynarza. Już nie pamiętam szczegółów. Gdzieś mam na to dokumenty.

– Czy pan Junior Kojarski wiedział o tym wcześniej?

– Z całą pewnością nie. Wiedziałem tylko ja i moja zmarła żona Stefania – oświadczył Senior. – No i oczywiście Wiera, ale to jasne. Nie rozgłaszaliśmy tego. W moim środowisku w tamtym okresie lepiej było o tym nie mówić. Teraz dopiero adopcje zrobiły się takie modne. Można pokazać, jakie to się ma złote serce. Ale wtedy to było co innego. Więc tak jak mówię, nikt nie wiedział.

– Może pan o tym opowiedzieć? O tym, jak doszło do adopcji.

– A czy to ma związek ze śmiercią mojej żony? – zaatakował znowu milioner.

– Pozwoli pan, że my zdecydujemy, co ma związek, a co nie. Na razie musimy zebrać jak najwięcej faktów – wyjaśnił spokojnie Daniel Podgórski. – No więc jak było z tą adopcją?

Policjant czuł się coraz pewniej. Senior Kojarski westchnął ciężko.

– Trzydzieści kilka lat temu Wiera pracowała u nas w domu. Była służącą czy pomocą domową, czy jak to się nazywa, żeby było poprawnie politycznie. To było chyba jeszcze, kiedy mieszkaliśmy w Krakowie. Zaszła w ciążę. Moja poprzednia żona, Stefania, nie chciała rodzić dzieci, ponieważ bała się o figurę. Z drugiej strony zaczynał ją męczyć tak zwany instynkt macierzyński. Nadarzyła się okazja, więc adoptowaliśmy chłopaka Wiery, czyli Juniora. Potem bardzo długo tej całej Wiery nie widziałem. Szczerze mówiąc, myślałem, że mam ją z głowy. Dobrze jej zapłaciłem, żeby się zgodziła oddać nam dziecko i zniknąć. Myślałem, że ta sprawa jest załatwiona – powtórzył Senior. – Aż tu nagle wprowadzamy się do Lipowa, a po kilku miesiącach ona otwiera sklep we wsi. Nie wierzę w przypadki. Musiała nas śledzić przez cały ten czas. Całe szczęście, że ją zamknęliście. To wariatka. Jestem pewien, że jest niepoczytalna.

Daniel postanowił przejść do zeznań Wiery w sprawie land rovera, które wydawały mu się tak nieprawdopodobne.

– Czy potwierdza pan, że dał sklepikarce samochód

w zamian za milczenie w sprawie Juniora i jego pochodzenia?

– Ona tak powiedziała? To śmieszne! Miałbym dać jej samochód! – zachichotał Senior Kojarski. – Wprost niedorzeczne. Po pierwsze, to auto mojego syna, a po drugie, dostała wystarczająco dużo wtedy. Gdyby teraz zaczęła żądać więcej… Uważam, że szantażystów trzeba traktować ostro. Nie zaszedłbym tu, gdzie jestem, gdybym ulegał próbom zastraszenia. Zresztą teraz jest mi wszystko jedno. Równie dobrze mogła powiedzieć Juniorowi, co chciała. Po co miałbym ją uciszać? Bzdury.

– Czyli nie rozmawiał pan z Wierą ostatnio? – upewnił się Daniel Podgórski.

– Czy ja mówię niewyraźnie? Nie rozmawiałem z nią od jakichś trzydziestu lat. W sklepie u niej też nie kupujemy.

– Dobrze… czy związek pana syna z Blanką trwał długo? – zapytał Daniel Podgórski, wracając do poprzedniego wątku.

– Nie pamiętam dokładnie, kiedy zauważyłem pierwsze oznaki. Na początku Junior był bardzo przeciwny mojemu małżeństwu. Bał się pewnie, że straci część pieniędzy. Po jakimś czasie uległ jednak czarowi mojej małej Blanki blondynki. Nie napracowała się nawet zbyt wiele. W każdym razie wydaje mi się, że mój syn miał jej ostatnio równie dosyć jak ja sam. Wyglądało na to, że próbuje skończyć ten romans. Podejrzewam, że bał się, że w końcu go przyłapię i rzeczywiście przykręcę mu kurek z pieniędzmi. – Stary zaśmiał się na całe gardło. – Przyjemnie było patrzeć, jak się musi z nią użerać. Dostał za swoje. A pieniądze dla niego i tak się przecież skończą. I on o tym dobrze wie.

– Jaki stosunek mieli do Blanki pozostali domownicy? – zapytał Podgórski.

– Junior nieźle wytresował tę swoją Różę, więc ona nie miała nic do powiedzenia. – Senior zaśmiał się znowu. Jego równe zęby błyszczały śnieżną bielą.

– Czy w domu ktoś jeszcze mieszka na stałe?

– Chyba już doskonale pan wie, że mamy pomoc domową, czyli kobietę do wszystkiego. To lokalna dziewczyna, Agnieszka Mróz. Pracuje u nas prawie od początku. To znaczy, od kiedy tu mieszkamy. Mamy też mężczyznę do wszystkiego, który zajmuje się naprawami, ogrodem i wszystkim, co potrzeba. Tomasz jakiś tam… nie pamiętam nazwiska. Chyba Szulc. Jest u nas od pół roku. Przedtem mieliśmy do tej roboty staruszka z Lipowa, ale nie dawał już rady. Pozbyłem się go, jak najszybciej się dało. Śmierdział starością, a tego bardzo nie lubię.

– Stop. Czekaj. Czyli służba mieszka tu na stałe? – upewniła się Klementyna Kopp.

– Oboje mieszkają w domu, tak. Na tyłach obok garażu mają małe apartamenty. Każde dysponuje pokojem, kuchnią i łazienką. Myślę, że nieźle ich urządziłem. Nie chcemy, żeby za bardzo się plątali po naszej części rezydencji, dlatego mieszkają na tyłach. Mają wykonywać swoją pracę, i tyle. Myślę, że mam prawo do odrobiny prywatności.

– Jak się przedstawiały relacje pana żony ze służbą?

– Nic szczególnego. Nie miała z nimi zbyt wiele kontaktu. Raczej niezbędne minimum.

– Dobrze. Z nimi też będziemy chcieli później porozmawiać – poinformował go Daniel Podgórski. – Muszę zadać panu również pytanie dotyczące niedzielnego wieczoru. Proszę powiedzieć nam dokładnie, gdzie pan był?

– Gdzie byłem? Myślałem, że skończyliśmy już rozmowę na temat mojej ewentualnej winy. – Senior Kojarski zaśmiał się znowu nieprzyjemnie. Daniel zauważył, że Marek się wzdrygnął. – Byłem tu, w domu. U siebie w sypialni.

– Czy ktoś może to potwierdzić?

– Nie. Byłem sam.

Daniel Podgórski zanotował tę informację, bardziej dla efektu niż z potrzeby.

– Czy pani Blanka zawsze spacerowała wieczorami? Czy raczej było to coś niezwykłego?

– Nie spała zbyt dobrze. Brała tabletki nasenne, ale nie działały. Z tego powodu często spacerowała przed snem. To jej pomagało zasnąć. Jeżeli chce pan wiedzieć, to tak, wszyscy o tym wiedzieli i praktycznie każdy znał jej trasę. Opowiadała o tym ciągle. Do znudzenia.

Daniel usiadł wygodniej. Zaczynały go boleć plecy.

– Nie zdziwiło pana, że Blanka nie wróciła na noc?

– Nie. Prawdę powiedziawszy, nie wiedziałem nawet, że nie wróciła – wyjaśnił Senior Kojarski. – Od początku naszego małżeństwa spaliśmy w oddzielnych sypialniach. W nocy chcę mieć spokój, żeby dobrze wypocząć. Nocny wypoczynek jest konieczny dla regeneracji organizmu. Poprawia się kondycja skóry. W moim wieku to bardzo ważne. W każdym razie jeżeli chciałem, żeby przyszła, po prostu po nią dzwoniłem.

Daniel wyjął z kieszeni zdjęcie zabitej zakonnicy. Nadal nie znali przecież świeckiej tożsamości siostry Moniki. Wysłał już fotografię do ogólnopolskich dzienników, ale równie dobrze mógł sprawdzić w domu Kojarskich. Nadal był zdania, że te dwie śmierci były jakoś ze sobą związane. Liczył na to, że któreś z Kojarskich ją rozpozna.

– Rozpoznaje pan tę kobietę?

Senior Kojarski założył okulary i przyjrzał się zdjęciu.

– Pierwszy raz widzę – stwierdził. – Czy to nie ta zabita zakonnica? Nadal nawet nie wiecie, kim była? To wszystko jest skandal. Doprawdy!

– Z mojej strony to na razie wszystko – uciął Daniel Podgórski. – Klementyno, chciałabyś o coś jeszcze zapytać?

Komisarz Klementyna Kopp skinęła powoli głową.

– Okej. Tylko jedno małe pytanko – rzuciła jakby od niechcenia. – Czy Blanka dostawała jakieś listy?

Senior Kojarski wyglądał na zaskoczonego.

– Kto jeszcze w tych czasach pisze listy? Nic o tym nie wiem. Jeśli miałbym zgadywać, to nie sądzę, żeby coś dostawała. Niby czemu? Przecież sama do nikogo nie pisywała.

– Spoko.

Klementyna skinęła głową w kierunku Daniela.

– Dziękujemy panu – zakończył Podgórski. – Na razie to wszystko, ale być może będziemy musieli zadać panu później, w toku śledztwa, więcej pytań. Proszę być na to przygotowanym.

– Daleko nie musicie szukać – wyrzucił z siebie Senior Kojarski. Wydawał się wzburzony, ale jego twarz pozostała nienaturalnie nieruchoma. – Morderca jest w tym domu, i ja chcę, żeby został ukarany.

– Czy ma pan kogoś konkretnego na myśli? – zapytał Daniel zdziwiony.

– Żeby pan wiedział, że mam kogoś konkretnego na myśli. Cała ta rozmowa sprawiła, że doszedłem do wniosku, że zabił ją Junior. Nie chcę tracić już więcej czasu na jałowe dyskusje. Wyjaśnienie jest proste, mój synek przestraszył się, że pieniądze dostanie Blanka. W całości. Miałem zamiar spisać testament. Powiedziałem mu o tym. Powiedziałem im wszystkim, jeśli o to chodzi. Róża też przy tym była. Widziałem, jak patrzyli na Blankę. Junior i tak nic nie dostanie – zakończył Senior Kojarski dobitnie. – Wam pozostaje tylko aresztowanie mojego tak zwanego syna. I sprawę mamy zakończoną. Wszyscy zadowoleni.

Otworzył ekran laptopa szybkim ruchem i włączył komputer.

– Jestem zajęty. Proszę mi dłużej nie przeszkadzać. Zajmijcie się lepiej aresztowaniem tego degenerata.

– Spoko. Ale! Wszystko w swoim czasie. Wszystko w swoim czasie – zapewniła go komisarz kryminalna Klementyna Kopp.

Suszarka pracowała głośno, kiedy Ewelina Zaręba w milczeniu modelowała włosy Grażyny Kamińskiej. Kobieta wydawała się jak nowo narodzona. Jej twarz pokrywały siniaki, ale ona bez strachu trzymała głowę w górze. Fryzjerka nie mogła uwierzyć, że znajoma przeszła aż taką przemianę w tak krótkim czasie. Wystarczyło, że jej mąż znalazł się poza granicami Lipowa, żeby Grażyna odetchnęła pełną piersią.

– Chcę wyglądać wspaniale – zarządziła klientka. – Zrób mnie na bóstwo, jak to się mówi. Moje dzieci nie będą już dłużej patrzeć na zaniedbaną matkę. Może nawet mam szansę spotkać jeszcze kogoś...

Umilkła jakby zaskoczona tą możliwością.

– Paweł ledwo… opuścił dom, a ja już myślę o tym – zaśmiała się nerwowo. W jej głosie znowu pojawił się przepraszający ton. – Zastanawiałam się nad tym. Wszystko to – zrobiła nieokreślony ruch ręką w kierunku twarzy – spotkało mnie dlatego, że kiedyś wybrałam nie tego syna bohatera, co trzeba… Gdybym wyszła za Daniela, byłoby inaczej. No cóż, teraz muszę być silna dla dzieci. Czuję, że powinnam zacząć od wyglądu. Jak zrzucę z siebie tę szarość, poczuję się lepiej. Na pewno. Myślałam nawet o tym, żeby poszukać gdzieś pracy. Nie chcę być dłużej zależna finansowo od Pawła. Chcę mieć swoje pieniądze.

Ewelina Zaręba nie odpowiedziała. Cieszyła się z przemiany klientki, ale nie miała dziś ochoty na rozmowę. Martwiła się zachowaniem Marka.

Grażyna chyba zauważyła, że coś jest nie w porządku.

– Czy coś się stało? – zapytała. – Taka jesteś dzisiaj cicha. Tylko ja ciągle mówię o sobie. Powiedz, co tobie leży na sercu?

– Ech, to nic takiego… – wykręciła się Ewelina.

Mimo to miała nadzieję, że Grażyna zacznie się dopytywać. Chciała z kimś porozmawiać o swoich wątpliwościach.

– Daj spokój. Widzę przecież, że coś się dzieje. Ty pomogłaś mnie, więc ja mogę pomóc tobie. Powiedz, co ci leży na sercu.

Fryzjerka wyjęła kabel suszarki z gniazdka i zaczęła się nim bawić w zamyśleniu.

– Nie wiem, co się dzieje z Markiem – przyznała.

Odłożyła suszarkę i usiadła na fotelu obok klientki.

– Co masz na myśli?

– Jest jakiś taki inny niż zawsze. Coś się dzieje. Cały czas wygląda na to, że myślami jest zupełnie gdzie indziej. W ogóle nie spędza czasu z Andżeliką. Nie chce się zbliżyć do mnie. Nie wiem, co się dzieje... ale boję się, że w naszym związku coś się skończyło. Już raz mieliśmy taki problem kilka lat temu. Myślałam wtedy, że dojdzie do rozwodu, ale jakoś udało się nam dograć. Teraz nie chcę nawet myśleć, że ma inną.

– Może jest zestresowany pracą. Przecież teraz tyle się u nas dzieje... najpierw Wiera przejechała zakonnicę, potem to... to morderstwo...

– Może masz rację – westchnęła fryzjerka.

– Pomyśl, że jeszcze kilka dni temu siedziałyśmy tu we trzy z Blanką Kojarską – stwierdziła z niedowierzaniem Grażyna. – A teraz ona nie żyje! Nie mogę w to po prostu uwierzyć. To wszystko jest takie nierealne.

– I podobno została tak brutalnie pocięta. Marek mówił, że wszędzie była krew. Takie rzeczy dzieją się tylko w filmach. Na pewno nie u nas, w Lipowie.

– Wiesz – zaczęła powoli Grażyna. – Wiesz, wydaje mi się, że ją też bili... jak wtedy tu siedziałyśmy, to zobaczyłam to w jej oczach. Ona chyba wiedziała, jak to jest... rozumiała mnie. My ofiary się rozpoznamy. Zawsze.

Grażyna zaśmiała się gorzko.

– Nigdy nie widziałam, żeby coś było nie tak – powiedziała Ewelina. – Przynajmniej nie na twarzy.

– Wiesz, są różne sposoby. Może twarzy jej nie ruszał.

Myślały nad tym chwilę w milczeniu.

– Pieniądze pieniędzmi, ale ludzie są wszędzie tacy

sami – podsumowała Grażyna. W jej głosie pojawił się smutek. – M ę ż c z y ź n i są wszędzie tacy sami.

Junior Kojarski czekał na policjantów w pokoju bilardowym, który mieścił się w obszernej suterenie rezydencji jego ojca. W powietrzu unosił się dym papierosowy, utrudniając oddychanie. Mężczyzna popijał whisky z ciężkiej szklanki. Wyglądał na zdenerwowanego. Włosy miał rozczochrane, a białą koszulę pogniecioną. Bawił się nerwowo czarną bilą.

– Przed chwilą rozmawialiśmy z pana ojcem – poinformował go młodszy aspirant Daniel Podgórski po przywitaniu się. – Teraz chcielibyśmy dowiedzieć się kilku rzeczy od pana.

– Co wam naopowiadał mój ojczulek?! – krzyknął Junior. – Po co mnie niepokoicie?

– Spokojnie – poradziła szybko komisarz Klementyna Kopp. – Nie masz się czego bać… jeśli oczywiście nie jesteś winny. Taki szczególik.

Junior Kojarski wypił alkohol jednym haustem. Twarz wykrzywił mu grymas.

– No to strzelajcie! Jestem gotowy. I zapewniam, że nie pozostanę dłużny tatusiowi.

Klementyna Kopp dała znak Danielowi, żeby zaczął.

– Po pierwsze, musimy ustalić, gdzie pan był w niedzielę wieczorem – powiedział policjant.

– Od razu do rzeczy, co? Byłem tu w domu. U siebie. To znaczy, przez część wieczoru byłem tutaj, w tym pokoju. Sporo czasu tu spędzam ostatnio. – Junior wskazał na barek. – Tak więc najpierw posiedziałem trochę tutaj. Potem poszedłem do sypialni i się położyłem.

– Czy ktoś może to potwierdzić?

– Byłem sam. – Kropla potu spływała Juniorowi po czole. – Byłem cholernie sam i nikt nie może potwierdzić moich słów. Ale ja nie zabiłem Blanki! Dlaczego miałbym to robić? Powiedzcie mi: dlaczego? Bo ja sam nie widzę żadnego powodu. Najmniejszego!

– Pańska żona nie była z panem w sypialni? – zainteresował się Daniel.

– Śpimy oddzielnie.

Junior Kojarski otarł pot z czoła. Jego ruchy były niespokojne i nerwowe. Zakręcił czarną bilą. Potoczyła się po stole bezwładnie i odbiła od ścianki. Młody Marek Zaręba złapał ją, zanim spadła na ziemię.

– Czy znał pan trasę wieczornych wędrówek Blanki? – kontynuował przesłuchanie Podgórski.

– Znałem… oczywiście, że znałem – załkał histerycznie Junior. Policjanci spojrzeli na niego zdumieni. – Każdy znał w tym domu! Nie zdziwiłbym się nawet, jakby cała ta pieprzona wieś znała! Nie jestem jedyną osobą, która wiedziała, gdzie Blanka chodzi! Czemu czepiacie się akurat mnie?

Nalał sobie alkoholu do szklanki. Ręka mu drżała, kiedy odstawiał butelkę.

– Panie Kojarski, proszę postarać się trochę uspokoić… na razie o nic pana przecież nie podejrzewamy. Muszę zadać panu te parę pytań. To normalna procedura podczas postępowania wstępnego.

Junior nie wyglądał na uspokojonego tymi zapewnieniami. Podbródek drżał mu lekko, jakby mężczyzna miał zaraz wybuchnąć płaczem.

– Kilka dni wcześniej, tu na tym stole… ja… ona… myślałem, że jej nienawidzę… Ale żeby ktoś ją zabił… jestem wstrząśnięty… – Junior wyrzucał z siebie słowa nieprzerwanym potokiem. – Cały czas nie mogę w to uwierzyć!

Marek Zaręba podszedł do stojącego na barku syfonu i napełnił drugą szklankę wodą. Podał ją Kojarskiemu. Daniel spojrzał na młodszego kolegę z wdzięcznością. Musieli jakoś wspólnie przez to przebrnąć.

Junior napił się wody łapczywie.

– Może nam pan opowiedzieć o charakterze pańskiego związku z Blanką?

– Co… co… pan ma na myśli? Kocham moją żonę! – wykrzyknął mężczyzna, krztusząc się wodą. – Kocham moją żonę! Tego możecie być pewni. Powtarzam, kocham moją żonę! Róża jest dla mnie wszystkim.

Daniel Podgórski postanowił podejść do tematu ostrożnie. Wyglądało bowiem na to, że Junior Kojarski zupełnie traci nad sobą kontrolę. Mięśnie jego twarzy pulsowały poruszane nerwowymi tikami.

– Pana ojciec poinformował nas, że od pewnego czasu miał pan ze swoją… macochą nieco bliższe relacje.

– Tak. Cholera jasna, tak! Ale już z tym skończyłem. Mówię wam, że skończyłem – zapewnił policjantów Junior. – Skończyłem, jeszcze zanim… zanim ją zabili. Kto to zrobił? Ja tego nie zrobiłem! Musicie mi uwierzyć! To szaleństwo! Jestem spokojnym człowiekiem. Nikogo bym nie skrzywdził. Zajmuję się biznesem. Kocham moją żonę. Nie jestem mordercą.

– Stop. Czekaj. Małe pytanko ode mnie – wtrąciła się

pani komisarz Kopp. – Czy twoja żona, Róża bodajże? Czy Róża wiedziała o tym romansie?

Junior Kojarski oddychał szybko.

– Wszystko spoko, ale musisz się naprawdę wziąć w garść – poradziła Klementyna. – Porozmawiajmy na spokojnie. Nie zmieniajmy tej pogawędki w farsę. Taka prośba ode mnie.

Kojarski rozglądał się po pokoju rozbieganymi oczami, jakby szukał wsparcia wśród pozostałych policjantów.

– Czy Róża wiedziała o twoim romansie z Blanką? – ponowiła pytanie Klementyna.

– Oczywiście, że nie. Skąd miałaby wiedzieć?! Ja i Blanka byliśmy dyskretni. Przynajmniej aż do teraz. Ostatnio Blanka może trochę przesadzała. Ale nikt o tym nie wiedział, zapewniam.

– Pański ojciec wiedział – wtrącił się Daniel Podgórski.

– Róża zajmuje się dzieckiem... tylko tym jest zainteresowana. Od kiedy była w ciąży, nie chciała ze mną uprawiać seksu. Nie zależy jej na tym, a ja mam przecież swoje potrzeby. Chciała mieć dziecko, to jej dałem. Pomyślałem, że czemu nie... Ale potem czułem się odrzucony. Od kiedy jest Kostek, żona tylko nim się zajmuje. Sami rozumiecie, że w tej sytuacji nie miałem wyboru. Blanka była taka atrakcyjna, że mężczyzna po prostu nie mógł się oprzeć jej urokowi. Pan mnie rozumie – rzucił w stronę Marka. – Pan mnie przecież rozumie.

Daniel i Klementyna spojrzeli na młodego policjanta zdziwieni. Marek Zaręba wyglądał, jakby dostał czymś ciężkim po głowie. Odwrócił się szybko, unikając ich wzroku.

– Przecież ją pan widział, kiedy był pan tu ostatnio!

– kontynuował Junior Kojarski. – Wie pan, jak wyglądała. Niech pan nie zaprzecza! Zresztą pan też ją widział – zwrócił się znowu do Daniela. – Wyglądała jak kobieta idealna. Mój ojciec wydał dużo pieniędzy, żeby tak było. Bylibyście zaskoczeni, gdybyście ją widzieli przedtem. Gdzieś może nawet mam zdjęcie.

Zaczął nerwowo przeglądać zawartość barku. Szkło butelek pobrzękiwało cicho.

– Nie wiem, gdzie je schowałem… było tu gdzieś…

Junior znowu zaczął się pocić. Rozglądał się po zebranych nerwowo.

Klementyna Kopp przypatrywała mu się bez najmniejszych emocji. Na jej otoczonych niewielkimi zmarszczkami ustach błąkał się delikatny uśmiech.

– Proszę na razie nie szukać. Możemy zobaczyć je kiedy indziej – uspokoił roztrzęsionego mężczyznę Daniel. – Proszę mi powiedzieć, jak by pan określił relacje pozostałych członków rodziny z Blanką?

– Stary jej nienawidził. Chciał się jej pozbyć! Jak najszybciej.

– Co ma pan na myśli?

Junior wybełkotał coś niezrozumiałego.

– Czemu w takim razie nie wziął z nią rozwodu? – Podgórski powtórzył to samo pytanie, które zadali Seniorowi. Był ciekaw, co sądzi o tym jego syn.

– A co pan myśli, że Blanka by mu na to pozwoliła? Myli się pan w takim razie. Nawet gdyby jej zapłacił największe pieniądze, nie dałaby mu tej satysfakcji. Była zawzięta i waleczna jak mało kto. Ojciec ją wykończył!

Twarz Juniora rozjaśniło zrozumienie.

– Co pan ma na myśli? – zapytał znowu Daniel Podgórski.

– Zabił Blankę! Przecież o tym cały czas rozmawiamy!

Junior Kojarski siedział przez chwilę ze spuszczoną głową, jakby nagle opuściła go cała energia. Wyglądał na wyczerpanego. Strużka gęstej śliny spływała mu po brodzie. Bezwiednie starł ją rękawem koszuli.

– Czy zdawał pan sobie sprawę, że Blanka nie wróciła do domu po spacerze w niedzielę wieczorem?

– Nie. Mówiłem już, że byłem u siebie. Nie rozmawiałem z nikim.

– Nawet z żoną? – upewnił się Daniel raz jeszcze.

– Nie. Już mówiłem. Ona jest zainteresowana tylko dzieckiem. Pozuje na zgnębioną żonkę, ale to nie jest prawda. Jest zimna i… i śliska… była ze mną tylko po to, żebym dał jej dziecko i pieniądze. Miałem być ogierem rozpłodowym i dostarczycielem środków do życia. A teraz Róża zostanie bez grosza tak jak ja. Wiedzieliście, że jestem spłukany?

Daniel i Marek spojrzeli na niego zdziwieni.

– Tak, tak. Kilka nieudanych inwestycji i jestem bliżej dna niż każdy z państwa z tymi waszymi policyjnymi pensyjkami. – Junior Kojarski zaczął się śmiać histerycznie. – A teraz ojczulek mi nic nie da… liczyłem na te pieniądze… Zresztą może to już i tak nie ma znaczenia, skoro tatuś wam zapłacił, żeby mnie przymknąć. Przyda mu się kozioł ofiarny.

– Stop. Czekaj. To powoli znowu zaczyna przypominać farsę. Uwielbiam farsy, ale nie w pracy – poinformowała go Klementyna Kopp. – Zdajesz sobie z tego sprawę?

Skupiamy się i idziemy do przodu. Kończymy z tymi histeriami.

– Kurwa mać! Dajcie mi już wreszcie spokój!

– Czy zdawał pan sobie sprawę, że nie jest biologicznym synem pana Seniora Kojarskiego? – zapytał Daniel Podgórski, żeby zmienić na chwilę temat.

– Dowiedziałem się z pieprzonej strony internetowej z plotkami!!! Ze s t r o n y i n t e r n e t o w e j, uwierzylibyście?! – syknął Junior. – Chyba zasługiwałem na coś więcej. No, po prostu cudownie. Niezła z nas rodzinka.

– Mam jeszcze pytanie dotyczące tego pierwszego wypadku. Chodzi o potrącenie zakonnicy – powiedział Daniel szybko. – Rozpoznaje pan tę kobietę?

Junior zerknął na zdjęcie siostry Moniki. Podgórski przyglądał się jego twarzy, ale nie zauważył żadnej szczególnej reakcji. Kojarski pokręcił głową i oddał policjantowi fotografię.

– Czy wiedział pan, że pana samochód opuścił garaż? Mówimy tu o land roverze discovery.

– Oczywiście, że nie wiedziałem.

– Sklepikarka Wiera utrzymuje, że dostała land rovera od pana ojca.

– Bzdury. Nie wierzę w to... Po pierwsze, to on nie mógł go dać nikomu, bo samochód jest m ó j... po drugie... on miałby dać samochód sklepikarce? Śmiechu warte. To niemożliwe. Stary jest zbyt skąpy.

– Czyli nie wierzy pan w winę matki? – zainteresował się Daniel.

– Proszę jej tak nie nazywać... dla mnie to tylko jakaś zwykła wiejska baba. Co z tego, że mnie urodziła. Czy mnie wychowała? Czy była przy mnie, kiedy dorastałem? Nie jest moją matką. I nie wiem, czy przejechała jakąś zakonnicę. Wszystko mi jedno, szczerze mówiąc. Równie dobrze mogła to być ona.

– W jaki sposób, według pana, Wiera mogła w takim razie wejść w posiadanie pańskiego land rovera discovery?

– Nie wiem… ukradła może. Albo ta nasza służąca, Agnieszka, dała jej kluczyki, albo ten cały Tomek. Wszyscy mogli je wziąć z szafki! A do tego trzymamy zapasowe kluczyki w garażu… to banalne. A wydawało się, że dom jest dobrze zabezpieczony! Moim zdaniem mimo wszystko musiał jej pomagać ktoś ze środka. Prawdopodobnie ktoś ze służby, bo kto inny? Na pewno nie Róża i nie ojciec.

– Czy często pożycza pan samochód?

– Co pan ma na myśli?!

– Czy ktoś nim jeździ oprócz pana? – zapytał raz jeszcze Podgórski. – Na przykład ktoś z rodziny.

Junior Kojarski zaśmiał się głośno.

– Żartuje pan? To śmieszne. To m ó j samochód. Wie pan, ile takie cacko kosztuje?

Daniel Podgórski pamiętał, że mężczyzna zadał to samo pytanie, kiedy zjawił się kilka dni temu na posterunku w Lipowie.

– A czy pańska żona, Róża, nim jeździ?

– Wiem, co pan sugeruje! Na pewno Róża nie potrąciła tej zakonnicy. Moja żona w ogóle rzadko wsiada do samochodu.

– Ale jeżeli wsiada, to czy jeździ wówczas pana samochodem? – nie ustępował Podgórski.

– Czasem, ale zazwyczaj jeździ bmw. Proszę posłuchać,

moja żona nie ma z tym nic wspólnego. Zniszczyliście mi samochód. Jeden z was. Ale nie będę stawiał żadnych żądań. Nie będę szedł do sądu ani nic. Ale proszę zostawić moją żonę w spokoju – powiedział Junior błagalnie. – Tak bardzo ją kocham.

Daniel poczuł, że jest mu żal Juniora Kojarskiego. Jeżeli udawał, to był bardzo przekonujący.

– Nie będziemy już pana dziś więcej niepokoić. Proszę się postarać trochę wypocząć. Być może porozmawiamy jeszcze z panem później.

– A nie pytacie więcej o moją matkę?! – wykrzyknął Junior Kojarski.

Napił się whisky prosto z butelki.

– Ma pan na myśli Wierę? Śledztwo w tej sprawie jest nadal w toku…

– Chodzi o Stefanię Kojarską, moją prawdziwą matkę… może i ją tatuś wykończył…

– Chodzi panu o poprzednią żonę pana Seniora Kojarskiego?

– Tak, o nią. Umarła, a śledztwo zamknięto po kilku dniach. Orzeczono, że przyczyną śmierci było samobójstwo. Ale ja się pytam, co, jeśli to nie było samobójstwo?! Jestem pewien, że mama by się nie zabiła… nie byłaby do tego zdolna.

ROZDZIAŁ 21

Lipowo. Wtorek, 22 stycznia 2013, po południu

Z wolna nadchodził zmierzch. Kolory szarzały. Bartek Rosół słyszał, jak gdzieś wśród chmur zerwało się do lotu stado gawronów. Ich krakanie przepełniało go nieokreślonym niepokojem, jakby ptaki miały zwiastować nieszczęście. Wyjął paczkę papierosów. Został mu tylko jeden. Trzeba będzie dokupić. Zapalił i zaciągnął się głęboko. Ojciec pewnie by się wściekał, gdyby wiedział, że chłopak pali w pokoju. Przedtem Bartek nie przejmowałby się tym zupełnie, ale teraz... z ojcem ostatnio coś się działo. Był na przemian dawnym rozlazłym nieudacznikiem i ogarniętym niekontrolowaną agresją obcym człowiekiem.

Bartek otworzył okno i usiadł na parapecie. Miał ochotę pooddychać świeżym zimowym powietrzem. Wydmuchał dym na zewnątrz. Musiał przyznać, że nie spodziewał się po ojcu takiego gniewu. Gdyby go wtedy nie przytrzymał, kto wie, czy Paweł Kamiński nie byłby kolejną ofiarą Lipowa. W oczach starego pojawiło się coś, czego nigdy wcześniej tam nie było. Bartek musiał użyć całej siły, żeby powstrzymać go przed zabiciem Kamińskiego. Czegoś takiego nie widział jeszcze nigdy, a widział już przecież sporo. Bartek od dawna bardzo chciał, żeby ojciec się zmienił, ale kiedy ta zmiana wreszcie nadeszła, wcale nie był pewien, czy jest zadowolony.

Usiadł wygodniej. Zaczynało mu się robić zimno, ale nie zamknął okna. Narzucił tylko kaptur bluzy na głowę. Przed oczami stanęła mu Majka, która kilka dni temu była tu, w jego królestwie. Uderzył ją, a nigdy jeszcze nie uderzył dziewczyny. Tego w żadnym wypadku nie powinien był zrobić.

Zaciągnął się głęboko. Czuł, jak nikotyna wypełnia jego ciało, komórka za komórką. Miał nadzieję, że szaleństwo ojca nie dotknęło też jego. Może było to genetycznie uwarunkowane. Cały ten gniew, który sam odczuwał, skądś przecież musiał się brać.

Zadrżał z zimna. Wyrzucił peta za okno i zamknął je szybko. Nagle zapragnął przeprosić Majkę. Miał wrażenie, że będzie to rozwiązaniem jego wszystkich dotychczasowych kłopotów. Gdyby tylko mu wybaczyła, może gniew gdzieś zniknie. Może będzie tak jak dawniej, kiedy był młodszy. Miał już dosyć siebie samego. Takiego, jaki był teraz.

Wyszedł z pokoju i szybkim krokiem przemierzył dom. Włożył puchówkę i wyszedł na dwór. Przez chwilę rozważał, czy nie wziąć samochodu ojca, ale zrezygnował. Stara astra pewnie i tak by się rozkraczyła na środku drogi. Przeszła już swoje, była prawie w wieku Bartka. Nie było nawet sensu próbować. Zamiast tego pójdzie do Jajkowa na piechotę. Skoro Majka dała radę, czemu i on miałby tego nie zrobić.

Śnieg padał bez przerwy. Płatki roztapiały się na jego twarzy, pozostawiając nieprzyjemną wilgoć. Pobocze szosy było nieodśnieżone, więc nogi grzęzły mu w głębokich zaspach. Cieszył się, że włożył te nowe żółte trapery. Adidasy już dawno by przemokły w taką pogodę. Oddychał ciężko zmęczony wędrówką w tych warunkach. Postanowił, że w przyszłości będzie mniej palić. Mimo młodego wieku nie był w najlepszej kondycji. Zaśmiał się w duchu ze swoich rozważań.

Założył słuchawki i wkrótce w uszach zadudniła mu muzyka.

Bo ja jestem Bogiem,
uświadom to sobie.
Słyszysz słowa, od których
włos się jeży na głowie.
O rany, rany, rany,
jestem niepokonany.

Paktofonika. Hip-hop. Tylko tego da się słuchać. Podążał za słowami, poruszając nieznacznie ręką. Chciał być kiedyś tak dobry jak Magik.

– Bartek! – jakiś głos z trudem przebił się przez ścianę dźwięków.

Zatrzymał się i zdjął niespiesznie słuchawki. Rozejrzał się, ale nikogo nie zauważył. Było już zupełnie ciemno. Z prawej strony drogi, wśród pól, rozciągał się niewielki lasek, w którym krył się stary niemiecki cmentarzyk. Kiedy Bartek był mały, omijał to miejsce z daleka. Żadne z dzieci nie odważyło się tu bawić. Podobno cmentarzyk był nawiedzony przez duchy zmarłych żołnierzy.

Zadrżał mimo woli.

– Tu jestem – usłyszał znowu.

Teraz ją zauważył. Majka Bilska stała między drzewami. Za jej plecami majaczyły w ciemności sylwetki drewnianych krzyży ku pamięci zmarłych Niemców.

– Co ty tam robisz?! – w głosie Bartka znowu pojawiła się złość. Nie panował nad nią. Stary strach przed tym niewielkim laskiem chyba jeszcze ją wzmocnił. – Chowasz się czy co?!

– Co ci do tego? – odparła Majka obrażona. – A ty po co tu leziesz? Jest późno.

– Do ciebie szedłem, jeżeli już bardzo chcesz wiedzieć – wyjaśnił Bartek. – Co tu robisz sama w nocy?

– Nie twoja sprawa – nadąsała się Majka.

– No, już się nie gniewaj. Przepraszam za to, że cię uderzyłem. Naprawdę – powiedział chłopak cicho. – Dasz się przeprosić?

Majka patrzyła na niego niezdecydowana. Wreszcie wyszła spomiędzy drzew na drogę.

– I tak już wracam do domu, więc możemy przejść się razem. Odprowadzisz mnie – zdecydowała. – Tak jak powinien chłopak odprowadzić dziewczynę do domu.

Bartek spojrzał na nią zdziwiony. Później zajmie się prostowaniem tej sprawy. Małolata chyba sobie ubzdurała, że są razem. Podeszła do niego i wzięła go za rękę. Ze zdziwieniem uświadomił sobie, że wcale mu to nie przeszkadza.

– Dużo tak chodzisz po lesie? – zapytał, kiedy brnęli przez zaspy w kierunku sąsiedniej wsi.

– Sporo. Zwłaszcza w okolicach Lipowa. U was jest więcej ciekawych rzeczy niż u nas w Jajkowie. My mamy tylko ten mały lasek i pola. U was skupiają się wszystkie wydarzenia.

– E tam… u nas też nic się właściwie nie dzieje.

Ostatnią osobą, z którą planowali porozmawiać tego dnia, była Róża, żona Juniora Kojarskiego. Młodszy aspirant Daniel Podgórski czuł się zmęczony i nieprzyjemnie głodny. Od rana nie miał nic w ustach. Marzył już tylko o tym, żeby jak najszybciej skończyć przesłuchania Kojarskich i wrócić do domu.

Róża Kojarska przyjęła ich w swoim apartamencie usytuowanym na najwyższej kondygnacji dworu. Mieszkanie składało się z bawialni i przylegających do niej dwóch pokoi, zapewne sypialni samej kobiety i pokoju jej synka, Kostka.

– No, nieźle się tu pani urządziła – skomentowała komisarz kryminalna Klementyna Kopp.

– Potrzebuję trochę prywatności, więc jestem zadowolona – wyjaśniła Róża, uśmiechając się miło. – Mój mąż często wyjeżdża do Warszawy, bo tam jest główna siedziba firmy. Wtedy ja zostaję tu sama z teściem i jego żoną… to znaczy, jak Blanka żyła. Chciałam mieć namiastkę oddzielnego mieszkania.

Żona Juniora Kojarskiego miała nienaganną fryzurę Kleopatry. Tego dnia ubrała się w przewiewną sukienkę na ramiączkach, która niezbyt do niej pasowała. Róża była niepokojąco chuda. Podgórski zauważył, że spod suchej jak pergamin skóry wystają kości. Wyglądało to dość nieprzyjemnie.

Daniel wzdrygnął się wbrew sobie.

– Możemy usiąść tu przy stole – zaproponowała Róża Kojarska.

Gestem kościstej ręki wskazała na komplet mebli ustawionych przy oknie. Usiedli. Krzesła okazały się twarde i niewygodne. Podgórski w żaden sposób nie mógł znaleźć komfortowej pozycji. Wyglądało na to, że pozostali też mieli z tym problem.

– To mój syn, Kostek – wskazała z dumą na towarzyszące jej jak cień dziecko. Podobieństwo chłopca do Róży było rzeczywiście uderzające.

Kojarska zapaliła cienkiego papierosa. Nikt nic nie mówił. Daniel rozejrzał się po pokoju. W rogu stało wielkie lustro. Gospodyni przeglądała się w nim od czasu do czasu, kiedy myślała, że nikt nie widzi. W pewnym momencie oczy Daniela i Róży spotkały się w lustrzanym odbiciu. Kobieta szybko odwróciła wzrok.

– Kostek, idź się pobawić u siebie – poprosiła synka. Chłopiec posłusznie wyszedł z bawialni. – Jestem gotowa. Możemy zaczynać.

Daniel Podgórski nie mógł się skupić, patrząc na jej wynędzniałe ciało.

– Czy mogłaby nam pani powiedzieć, gdzie pani przebywała w niedzielę wieczorem?

– Ma pan na myśli, gdzie byłam, kiedy zabito moją teściową… to znaczy Blankę?

– Dokładnie.

– Byłam z naszą służącą, Agnieszką. Szyłyśmy trochę. Ostatnio mam takie hobby. Nasza gosposia jest w tym dobra, więc pokazała mi parę wzorów. Interesuję się modą.

Daniel zanotował alibi Róży. Była pierwszą osobą w rodzinie, która takowe posiadała.

– Jak wyglądały pani relacje z Blanką Kojarską?

– Były w porządku. Nie byłyśmy może szczególnie serdecznie do siebie nastawione, ale układało nam się poprawnie. Nie spędzałam z nią zbyt dużo czasu, mimo że obie tu mieszkałyśmy. Można powiedzieć, że dzieliła nas różnica charakterów.

– To znaczy?

– Nie miałyśmy wspólnych zainteresowań – odparła Róża krótko.

Poprawiła ramiączko sukienki. Zsuwało się ciągle, ukazując jej zapadniętą klatkę piersiową.

– Zasugerowano nam, że pani Blanka mogła mieć romans – zaczął powoli Podgórski.

Chciał podejść do tematu najdelikatniej, jak się da. Jednocześnie trzeba się było dowiedzieć, czy Róża zdawała sobie sprawę ze zdrady Juniora.

Róża zgasiła papierosa w ozdobnej popielniczce ustawionej pośrodku stołu. Naczynie po brzegi wypełnione było niedopałkami.

– Doprawdy? – odparła pani Kojarska po chwili. – Właściwie nie byłoby w tym nic dziwnego. Była atrakcyjna i doskonale umiała to wykorzystać. Mężczyźni jedli jej z ręki, jak to się mówi. W pewnym sensie nie zdziwiło mnie, że skończyła w ten sposób.

– Co pani ma na myśli?

– Najpierw mężczyzna ją kochał, a potem nienawidził i chciał się jej pozbyć.

Podgórski pokiwał głową.

– Stop. Czekaj – wtrąciła się Klementyna Kopp. Pani komisarz znowu pozwalała Danielowi prowadzić przesłuchanie. Lubił tę dziwaczną kobietę coraz bardziej. – Masz kogoś konkretnego na myśli, co?

– Widziałam na przykład, jak na nią patrzył Tomek Szulc. To nasz człowiek do wszystkiego, służący. Myślę, że miał nadzieję na coś więcej niż tylko pocałunki w ogrodzie. A może już to dostał? Nie orientuję się.

– Okej. Dobrze. Rozumiem. Kontynuujemy.

Róża Kojarska zapaliła kolejnego papierosa.

– Mówi pani, że Blanka romansowała także z Tomkiem? – chciał wiedzieć Podgórski. To była nowa informacja. Ani Senior, ani Junior o tym nie wspomnieli.

– Jak najbardziej – potwierdziła Róża, poprawiając czarną grzywkę. Wydawała się zadowolona z efektu, jaki wywołały jej słowa.

– Skąd pani o tym wie?

– Moje okna wychodzą na ogród. Często przez nie wyglądam, akurat tam, gdzie Blanka i Tomek spotykali się zazwyczaj. Tomek Szulc jest raczej dobrze zbudowany. Kiedy zaczął u nas pracować, to było chyba w sierpniu, i podlewał rośliny w ogrodzie, bez koszulki… widziałam, jak Blanka dosłownie pożerała go wzrokiem. Lubiła takich mężczyzn.

– Okej. Czyli swoje spostrzeżenia opierasz na obserwacji? – zapytała szybko komisarz kryminalna Kopp.

– Można tak powiedzieć.

Daniel zerknął na Klementynę, ale starsza kobieta nic więcej nie dodała.

– Czy pan Senior Kojarski wiedział o zdradach żony? – zapytał Podgórski.

– Chyba jego musicie o to zapytać – zasugerowała spokojnie Róża Kojarska. – Ze mną nigdy na ten temat nie rozmawiał. Nie jesteśmy aż tak blisko.

– Czy była pani zaskoczona, że pani mąż nie jest synem Seniora Kojarskiego? Przynajmniej nie biologicznym?

– A jak pan myśli? Byłam b a r d z o zaskoczona. Mąż nigdy o tym nie wspominał. Oczywiście dlatego, że nawet o tym nie wiedział. Teść wolał nie dzielić się z nim tą informacją.

Daniel postanowił przejść do sprawdzenia tłumaczeń Wiery.

– Czy wie pani, że Senior Kojarski dał sklepikarce Wierze samochód w zamian za milczenie? Miała nie zdradzić, że jest biologiczną matką Juniora.

– Bzdura – odrzekła Róża Kojarska bez namysłu. – To nonsens.

Daniel skinął głową. Tak jak się spodziewał, nikt z mieszkańców nie potwierdzał wersji sklepikarki. Z jakiegoś powodu Wiera ich oszukiwała.

– Kto zazwyczaj jeździ land roverem pani męża?

– Chyba to oczywiste, że on sam.

– Stop. Czekaj. A ty na przykład jeździłaś tym cacuszkiem? – zapytała Klementyna Kopp. – Zimą chyba napęd na cztery koła był jak znalazł, co?

– Ja? – zdziwiła się Róża Kojarska. – Nie, raczej nie. Czasami, ale rzadko. Mąż nie lubi pożyczać samochodu, więc nie chciałam go niepotrzebnie denerwować. I tak ma dużo stresów w pracy. Junior jest bardzo czuły na punkcie land rovera. Od zawsze chciał go mieć. Takie marzenie z dzieciństwa, które ostatnio udało się zrealizować. Mamy co prawda szczęście być dość majętni, ale zawsze pieniądze szły na coś innego. W końcu zdecydowaliśmy z mężem, że czas, żeby zrobił coś dla siebie, a nie tylko dla rodziny. Tak że sami państwo rozumieją. Zresztą ja mam swoje auto, więc nie ma nawet takiej potrzeby, żebym pożyczała samochód męża.

– A pozostali domownicy? – zapytał młody Marek Zaręba.

Pani Kojarska wzdrygnęła się, jakby całkowicie zapomniała o jego obecności.

– Senior i Blanka? Może czasami. Wszyscy mają dostęp do każdego z aut. Nie zamykamy samochodów przed sobą nawzajem.

– Chciałbym pokazać pani zdjęcie zakonnicy, która została przejechana w zeszły wtorek w naszej wsi. – Daniel wyciągnął fotografię. – Czy ją pani rozpoznaje?

– Widziałam już takie zdjęcia na *naszym-lipowie*. Ale nie, nie znam jej. Czy znowu sugeruje pan, że to któreś z nas ją przejechało?

– Jeszcze jedno pytanie – powiedział Daniel Podgórski zamiast odpowiedzi. – Wieczorne spacery Blanki Kojarskiej.

Róża znowu poprawiła zwiewną sukienkę. Jej ruchy wydawały się teraz bardziej nerwowe.

– Z tego, co wiem, była uzależniona od tabletek nasennych. Cierpiała na bezsenność od dawna i od dawna je brała. Nie działały już tak jak na początku. Od pewnego czasu chodziła na te swoje nocne spacery, żeby się trochę wspomóc. Wspominała kilka razy, że chce zmniejszyć ilość tabletek, które brała. Terapia spacerowa nie była chyba zbyt skuteczna, bo Blanka nadal skarżyła się, że nie może spać.

– Okej. Dobra. A kto, według ciebie, zamordował Blankę? – zapytała Klementyna Kopp wprost.

Róża spojrzała na panią komisarz zaskoczona.

– Nie zastanawiałam się nad tym. Może Tomek Szulc? Gniew kochanka to najbardziej prawdopodobne wyjaśnienie jej śmierci, które teraz przychodzi mi do głowy.

Julka nie mogła dłużej czekać, musiała natychmiast pogadać z Ewką Rosół. Natychmiast! Chyba już doszła do siebie po tej aborcji. Dała jej przecież czas. Zresztą to nie było nic takiego, stwierdziła Julka w duchu.

Pobiegła na skróty przez pole. To nie był dobry pomysł, ponieważ prawie od razu przemoczyła sobie na śniegu buty. Z drugiej strony nie miała wyjścia. Nie chciała natknąć się na Ziętara gdzieś we wsi.

Kiedy dotarła na miejsce, dom Rosołów wydawał się pusty. Mimo to Julka była pewna, że koleżanka ukrywa się w środku. Gdzie indziej miałaby być? Podeszła od razu do okna jej pokoju i zapukała w szybę. Od dawna miały swój kod. Dwa krótkie uderzenia, jedno długie i znów dwa krótkie.

Zastukała. Wydawało jej się, że słyszy wewnątrz jakiś ruch. Czekała, ale zasłona w oknie się nie odsunęła.

– Ewka, to ja! – krzyknęła Julka, dając sobie spokój z kodem. – Otwieraj!

Zaczęła uderzać w szybę pięścią, ale nadal nie było reakcji.

– Otwieraj! – krzyknęła jeszcze raz Julka, nie przestając walić w okno.

– Nie mam ochoty gadać – usłyszała stłumiony głos.

– Ej no, muszę ci coś powiedzieć! Ja też się spotykam z kimś starszym!

– No wiem przecież. Z Ziętarem. To nic nowego.

– Nie chodzi mi o Ziętara – pochwaliła się Julka. Była pewna, że jej słowa zrobiły należyte wrażenie na Ewce. – Ziętar to już przeszłość.

Okno uchyliło się powoli. Julka weszła przez nie z trudem. Ewka Rosół zamknęła za nią i zasłoniła szybko firankę.

– Kręciło się tu kilka osób. Zaglądali do mnie przez okno. To przez *nasze-lipowo*. Jestem teraz jak Jennifer Lopez albo Lady Gaga. Nie mam spokoju – w głosie Ewki zabrzmiała nutka dumy. Julka spojrzała na koleżankę zazdrośnie. – Chyba będę musiała wydać jakieś oświadczenie, że już nie mam dziecka. Ale nie wiem jeszcze na razie, jak to zrobić.

– Co ty, przecież to nielegalne, co zrobiłaś! Nie powinnaś nikomu o tym mówić. Ziętar mógłby mieć przez ciebie kłopoty!!!

– Co cię obchodzi ten obleśny zboczeniec? Sama mówiłaś, że z nim to już koniec.

Julka wzruszyła ramionami. Status związku z Ziętarem: skomplikowane. Oczywiście na fejsie nie mogła tego napisać. Nie chciała, żeby Ziętar przeczytał.

– Jesteś teraz znana – westchnęła Julka zamiast odpowiedzi.

Ewka Rosół przytaknęła zadowolona z siebie.

– Szykuję ubrania na wyjście na wioskę. Jakby mi jeszcze zdjęcia robili na stronę. Wiesz, tak jak było z Jennifer Aniston. Sprawdzali, czy ma wystający brzuch, czy nie. Wszyscy się zastanawiali.

Julka pokiwała głową ze zrozumieniem. Ewka była teraz sławna. Więc część chwały spływała także na nią. Były przecież przyjaciółkami. Najlepszymi! Nie jest tak źle, uznała Julka. Musi się trzymać blisko Ewki, to może jej zdjęcie też się pojawi na *naszym-lipowie*. Tymczasem podjęła już pewne kroki, żeby znaleźć się tam jeszcze szybciej.

– Ale co ty mówiłaś? – zapytała Ewka, łaskawie poświęcając chwilę sprawom koleżanki. – Przed chwilą, jak się dobijałaś do okna.

– Ja też się spotykam z kimś starszym – powtórzyła Julka natychmiast. – No prawie, ale niewiele już brakuje.

– Z kim? – Ewka nie mogła powstrzymać ciekawości.

– Nie powiem. To tajemnica. On nie chce, żebym mówiła. Wiesz, jak to jest... ale nie mów nic Ziętarowi.

– Mówiłaś, że z Ziętarem to już koniec – powtórzyła Ewka.

– Tak, koniec. Ale wiesz, jeszcze mu nie mówiłam, że zrywam.

– Cykasz się? – zaśmiała się przyjaciółka.

– Kogo niby?

– No, Ziętara...

– Nie. Czemu miałabym się bać?

Paweł Kamiński zatrzymał się na kilka nocy u znajomego policjanta z Brodnicy. Łukaszek Liszowski był mu, kurwa, w końcu coś winien za całą tę sprawę z rozbiciem wozu Kojarskich. To przez niego wjechali w ten pieprzony mur, stwierdził w duchu Paweł. Gdyby nie to, nie byłoby całej afery. Mimo wszystko czuł się spokojny. Niemożliwe, żeby mu coś zrobili. Jego ojciec był policyjnym bohaterem, więc pracy raczej nie straci. Mimo tej niewielkiej wpadki był bezpieczny. Zdecydowanie.

Tak, samochodem Kojarskich nie miał co się martwić, ale po bójce z Januszem Rosołem i jego synalkiem wszystko go bolało. Co gorsza czuł się upokorzony. Prawdopodobnie wszyscy z Brodnicy i okolic wiedzieli już o całym zdarzeniu. Prawdopodobnie stał się obiektem drwin, a tego nie mógł znieść. Niech no tylko wyliże rany. On im jeszcze wszystkim pokaże. Na razie trochę poczeka, zaszyje się na jakiś czas. Niech tylko ta pieprzona sprawa troszeczkę przycichnie.

Próbował coś zjeść, ale za bardzo bolała go szczęka. Nie był pewien, czy nie jest złamana. Nie zamierzał jednak iść do szpitala. Tej satysfakcji im nie da, mimo że nieźle go pogruchotali. Musiał przyznać, że tego nie przewidział. Sprawy potoczyły się za szybko. Zdecydowanie za szybko.

– Wychodzimy? – zapytał Łukasz Liszowski. – Czas się trochę zabawić. Znam kilka chętnych pań. Co powiesz, Pawełku?

– Czemu nie? Zawsze to jakaś rozrywka. Możemy iść – zgodził się Paweł Kamiński.

Wstał ciężko z kanapy. Nieźle go pogruchotali, oj, nieźle.

Opuścili rezydencję Kojarskich od razu po rozmowie z kościstą Różą. Nie żegnali się z nikim. Tymczasem na dworze zrobiło się już zupełnie ciemno. Gwiazdy migotały na bezchmurnym niebie. Wsiedli do skody komisarz Klementyny Kopp w milczeniu. Wszyscy byli zmęczeni.

Nagle rozdzwonił się telefon Daniela Podgórskiego. Policjant odebrał, przedstawiając się automatycznie.

– Cześć, Daniel. Z tej strony Edek Gostyński – głos leśniczego przerywany był zakłóceniami. W lesie telefony komórkowe z trudem łapały zasięg. – Jakiś czas temu rozmawialiśmy o tym, że gdzieś w lesie może być porzucona damska torebka…

W słuchawce rozległy się trzaski.

– Tak. – Daniel zapomniał na chwilę o zmęczeniu. Może wreszcie czekał ich przełom w sprawie tajemniczej siostry Moniki. – Znalazłeś coś?

– Tak. Zwykła czarna torebka. Nie znam się na modzie. Była w krzakach całkiem niedaleko szosy. Wpadnę do was i przywiozę ją.

– Słuchaj, Edek. Jesteśmy właśnie całkiem blisko ciebie, bo wyjeżdżamy od Kojarskich. Podjedziemy teraz i odbierzemy torebkę, okej? Jesteś w leśniczówce?

– Tak, ale… – Głos leśniczego zginął znowu w szumach zakłóceń.

– Nie słyszałem, co mówisz! – krzyknął Daniel do telefonu.

Wjechali na główną szosę, zostawiając za sobą jasno oświetlony dwór. Podgórski wskazał Klementynie Kopp, gdzie ma jechać.

– Będziemy za kilka minut – powiedział policjant.

– No dobrze – zgodził się leśniczy Gostyński. – Będę czekał.

Zjechali z szosy na żwirową drogę prowadzącą do leśniczówki. Opony małej skody skakały po wyboistej nawierzchni. Daniel czuł narastające podniecenie. Zdawał sobie sprawę, że zabójca zapewne przeszukał torebkę siostry Moniki, ale być może był nieuważny i zostawił po sobie jakiś ślad.

– Może nam się wreszcie poszczęści – powiedział młody Marek Zaręba z tylnego siedzenia.

Zatrzymali się przed leśniczówką. Był to dość duży budynek z wielkich drewnianych bali ustawionych na betonowej podmurówce. Z komina unosił się siwy dym. Brodaty leśniczy Edward Gostyński stał na progu swojego domu, trzymając w rękach czarne zawiniątko.

Podeszli do niego we trójkę. Mróz palił ich w twarze.

– Witam – powiedział leśniczy, ściskając po kolei wszystkie dłonie. Miał dość niski, przyjemny głos.

– Klementyna Kopp – przedstawiła się pani komisarz, nie czekając na pomoc Daniela i Marka.

Wewnątrz leśniczówki coś upadło.

– Kot – powiedział leśniczy przepraszająco. – Błąkał się po lesie, więc go przygarnąłem. Latem będzie dobry na myszy.

Policjanci pokiwali głowami ze zrozumieniem. W Lipowie wiele osób miało kłopoty z polnymi myszami.

– Okej. No dobra. Gdzie ta torebka? – zapytała Klementyna, przechodząc do rzeczy z właściwą sobie szybkością. – Dużo w niej ruszałeś?

– Nie. Pomyślałem, że nie powinienem nawet zaglądać do środka. Oglądam filmy sensacyjne, jak każdy. Zdaję sobie sprawę, że mógłbym zatrzeć ślady. Dotykałem jej tylko z zewnątrz. Chociaż trudno było się powstrzymać. – Leśniczy zaśmiał się krótko.

– Spoko. Cywile po prostu często o tym zapominają. Poczekajcie moment. – Pani komisarz ruszyła zdecydowanym krokiem do skody. Wyciągnęła plecak z bagażnika i przyniosła dużą plastikową torbę na dowody i rękawiczki.

– Nie jest pani zimno w takiej cienkiej kurtce? – zapytał Gostyński, zerkając na jej skórzany żakiet i odsłonięte wytatuowane ręce.

– A tobie nie jest zbyt ciepło z tą wielką brodą?

Rozbawiony leśniczy zerknął porozumiewawczo na Daniela i Marka. Podgórski odwzajemnił uśmiech i wzruszył ramionami.

– Nie narzekam – stwierdził Gostyński.

– Spoko. Zajrzymy sobie teraz do środka – zdecydowała komisarz Kopp i włożyła gumowe rękawiczki. – Zobaczymy, co tu mamy ciekawego.

– Nie musimy wysłać jej do laboratorium? – zapytał ostrożnie młody Marek Zaręba.

– Okej. Jasne, że wyślemy. Ale! W swoim czasie, w swoim czasie. Już mówiłam, że lubię sama najpierw zobaczyć, co i jak.

Klementyna kucnęła i położyła torebkę na betonowym ganku leśniczówki. Zaczęła przeszukiwać jej zawartość gwałtownymi ruchami. Mężczyźni przyglądali jej się w skupieniu. Chusteczki do nosa, paczka miętowych cukierków i portfel. Komisarz Kopp chwyciła go i zajrzała do środka. Poza kilkoma dziesięciozłotowymi banknotami była tam tylko niewielka karteczka wyrwana zapewne z notesu.

– Iza Cieślak – przeczytała Klementyna. – Mówi wam to coś?

– Pierwsze słyszę – odparł Marek Zaręba.

Daniel Podgórski i leśniczy Gostyński pokiwali głowami, potwierdzając słowa Marka.

– Spoko. Pewnie nie jest stąd. Dobra, zajmiemy się tym później. Dokumentów w każdym razie żadnych nie ma. Null.

Daniel Podgórski westchnął zawiedziony.

– Ale zawsze mamy jakiś punkt zaczepienia – powiedział, mając na myśli nazwisko z portfela. Iza Cieślak. To był pierwszy konkret w sprawie siostry Moniki. – Dzięki za pomoc, Edek.

Leśniczy skinął głową.

– Jedźcie ostrożnie – powiedział, wskazując na żwirową drogę prowadzącą z powrotem do szosy. – Pod tym śniegiem nie widać dziur. Jak przyjdzie wiosna, będę musiał wyrównać nawierzchnię.

Klementyna Kopp zapakowała torebkę do worka na dowody i ruszyła bez pożegnania do samochodu.

– Dziwna babka – skomentował Gostyński.

– Nie jest źle – zapewnił go Daniel Podgórski. – Dajemy radę.

Myję się dokładnie. Dwa razy, tak jak mnie nauczył ojciec. Ciało mam zaróżowione od ciepłej wody i mydła. Czuję się bardzo dobrze. Delektuję się wręcz tym uczuciem. Pozwalam sobie na to przez te kilka chwil. Na dłużej nie mogę stracić czujności. Opanowanie jest najważniejsze, ponieważ jeszcze nie wszystko skończone. Nie chcę pozostawić niczego losowi.

Rozpiera mnie duma. Trzeba było czekać tak długo, trzeba było dojrzeć do tej decyzji. Potrzebna była też odpowiednia oprawa dla jej ciała. Musiało być biało. Biel była kluczowa.

Uśmiecham się szeroko. Udało się. Blanka nadeszła ścieżką w tę zimową noc, tak jak zwykle. Potem wszystko poszło łatwo. Ostrze spełniło pokładane w nim nadzieje.

Czy ja teraz jestem Motylkiem? Jestem Motylkiem?!

Karcę się w duchu za te myśli. Jeszcze nie czas na triumf. Muszę doprowadzić sprawy do końca. Sprawić, żeby każdy wątek znalazł swoje zakończenie. Wszystko musi być zrobione perfekcyjnie.

Wycieram się dokładnie ręcznikiem. Na pewno nikt mnie nie rozszyfruje. Gram swoją rolę idealnie. Nikt nie jest w tym lepszy ode mnie. Całe życie szlifuję tę umiejętność.

– Ile jeszcze mam czekać?!

– Już idę – odpowiadam szybko przez drzwi łazienki. – Już wychodzę.

Wieczorem mam zamiar zajrzeć na „nasze-lipowo". Mam nadzieję, że moje dzieło zostało tam dokładnie opisane. Chcę się nim pochwalić. Jeżeli mi się nie spodoba, może nawet porozmawiam sobie bliżej z autorem. Doskonale wiem, kto to, w przeciwieństwie do pozostałych. W całym ciele czuję delikatne mrowienie na samą myśl. Odbieranie życia paradoksalnie dodaje mi siły.

– Nie – mówię cicho do siebie.

Nie mogę stracić panowania. Muszę postępować dokładnie według planu. Nie mogę zrobić najmniejszego błędu. Tego mogę potem gorzko pożałować.

Wychodzę z łazienki.

– Nareszcie! Ile można czekać! Mój Motylek nie kazałby mi tak długo czekać!

– Zaraz się wszystkim zajmę – obiecuję, mimo że mięśnie drżą mi z tłumionej wściekłości.

Motylka już nie ma. To ja jestem Motylkiem!

Ja. Ja. Ja. Ja. Ja.

Mimo że zapadła już noc, na dworze nadal wydawało się jasno. Była pełnia i światło wielkiego okrągłego księżyca odbijało się w białym śniegu. Weronika Nowakowska patrzyła, jak Lancelot galopuje po padoku. Pomimo swojej wielkości poruszał się z niezwykłą gracją. Igor poszczekiwał zadziornie, ale trzymał się blisko swojej pani. Koń kilka razy próbował go kopnąć. Nie lubił, kiedy pies za bardzo się zbliżał.

Weronika Nowakowska odwróciła się w stronę domu. Zostawiła zapalone światła i zauważyła teraz, że z zewnątrz widać dokładnie, co dzieje się w środku. Ponownie ogarnęło ją to samo nieprzyjemne uczucie co rano. Ktoś z łatwością mógł ją obserwować. Znowu pomyślała o różowej rękawiczce. Przed oczami stanęła jej Blanka Kojarska w swoim różowym kombinezonie. Możliwe, że blondynka przez pomyłkę zostawiła tu rękawiczki, jeszcze zanim… zanim to wszystko się stało. To wydawało się prawdopodobne, próbowała się pocieszyć Weronika. Nie mogła się jednak pozbyć wrażenia, że rękawiczka pojawiła się tu dopiero dzisiaj rano. Nie w r a ż e n i a, raczej całkowitej pewności.

Zauważyła, że jeden z drągów w ogrodzeniu padoku poluzował się lekko. Będzie musiała poprosić kogoś o pomoc. Tomka Szulca nie widziała już więcej od tamtego wieczoru w remizie. Wyglądało na to, że zrezygnował ze starań o nią. Może dlatego, że nie oddzwoniła w odpowiedzi na jego liścik? Weronika miała wyrzuty sumienia. Nie chciała, żeby Tomek poczuł się wykorzystany. Nie chciała, żeby przez nią cierpiał.

Nagle Igor nastawił uszu. Ona też usłyszała, że zbliża się jakiś samochód. Serce zabiło jej szybciej. Bardzo chciała, żeby to był Daniel. Rzeczywiście po chwili zza zakrętu wyłoniło się błękitne subaru.

Podgórski wysiadł z samochodu. Wyglądał na zmęczonego. Przywitali się nieśmiało. Weronika nie była pewna, co się zmieniło od rana, ale znowu bała się trochę okazywać mu czułość. Nie chciała, żeby to wszystko skończyło się tak jak z Mariuszem.

– Przygotowałam kolację – pochwaliła się, próbując odzyskać rezon.

– To wspaniale. Umieram z głodu.

Zaprowadzili Lancelota do stajni i wrócili do domu.

Podała mu rozgotowany nieco makaron i tylko odrobinę przypalony sos. Policjant zrewanżował się, wtajemniczając ją w dotychczasowe postępy śledztwa. Smaku jedzenia nie skomentował.

– Zostaniesz na noc? – zapytała, kiedy zmyli już naczynia.

– Niestety dziś nie mogę – powiedział Daniel, uśmiechając się smutno. – Muszę pojechać do domu i trochę jeszcze popracować. Klementyna narzuca niezłe tempo. Chciałbym dobrze przed nią wypaść. Od tego sporo zależy.

– Jasne, rozumiem – stwierdziła Weronika, udając nonszalancję. Nic jej to przecież nie obchodzi, prawda? Wcale nie jest zakochana. – Teraz macie trudny okres.

Pożegnali się na ganku. Daniel pocałował ją czule, wyszeptał krótkie przepraszam i chwilę później widziała już tylko światła stopu oddalającego się subaru.

Zaklęła cicho. To przecież nic nie znaczy, prawda? Daniel musi pracować. Mimo usilnych starań i tak poczuła się porzucona. Odrobinę. Weszła do domu i zamknęła za sobą drzwi. Zadrżała z zimna. Będzie musiała w końcu zrobić coś z tym humorzastym ogrzewaniem. Może nawet uruchomi stare kominki.

Patrzył na dom Weroniki przez lornetkę. Musiał znaleźć nowy punkt obserwacyjny. Bał się, że w poprzednim miejscu zostanie zauważony. Najwyraźniej znalazła rękawiczkę, którą tak sprytnie rano podrzucił. Może to było dziecinne, ale spodobał mu się ten pomysł.

Spakował rzeczy. Na dziś już wystarczy. Ruszył przez las. Śnieg ciągle padał. Uśmiechnął się zadowolony. Śnieg był jego sprzymierzeńcem. Zacierał wszystkie ślady.

Komisarz Klementyna Kopp wróciła do pustego domu. Zamknęła drzwi i rzuciła stary plecak na podłogę w mikroskopijnym przedpokoju. Nie chciało jej się nawet zapalać światła. Ruszyła przez ciemne mieszkanie do kuchni. Tu też pusto.

Przez cały dzień miała głupią nadzieję, że Teresa będzie na nią czekała. Widocznie Klementyna była jednak „niemile-widziana". Tak jak zawsze. Mówi się trudno.

Nagrzała wody w starym przybrudzonym czajniku elektrycznym i zrobiła sobie zupkę instant. Niezbyt zdrowo, fakt. Ale kogo by to obchodziło. Na pewno nie ją. Była za stara, żeby przejmować się takimi rzeczami.

Rozebrała się i poszła pod prysznic. Jej ciało już dawno straciło jędrność. Tatuaże, które miała od wieków, wyblakły. Twarz naznaczyły linie zmarszczek. Spoko. Zawsze miała jeszcze pracę.

Wieczór uznała za młody, więc zdecydowała się pojechać na komendę. Przydałoby się oddać technikom do sprawdzenia torebkę zakonnicy. Policjantom z Lipowa nadal nie udało się ustalić świeckiej tożsamości siostry Moniki. Klementyna Kopp po cichu liczyła na to, że technicy będą mogli wyodrębnić odciski palców zakonnicy. Jeżeli znaleźliby je w bazie danych, byliby w domu. Dziwiła się, że Daniel Podgórski nie sprawdził dotychczas odcisków palców zakonnicy. Na pewno mógłby sporo znaleźć w jej pokoju w Warszawie. Klementyna postanowiła jednak darować Podgórskiemu wykłady na ten temat. To by było bez sensu. W swoim czasie zorientuje się, że popełnił błąd.

Na odciski palców zabójcy nie bardzo liczyła. Zwykle ludzie zdawali sobie sprawę, że jeżeli nie chcą trafić do więzienia zbyt szybko, warto korzystać z rękawiczek. Ale! Zobaczymy, od czasu do czasu trafiał się jakiś idiota. Przy okazji Klementyna chciała też sprawdzić nazwisko znalezione w portfelu zakonnicy. Iza Cieślak.

Zarzuciła plecak na ramię i ruszyła do Komendy Powiatowej na piechotę. Na ulicę Zamkową miała niedaleko. W powietrzu poczuła cieplejsze powiewy. Być może jutro czeka ich nawet odwilż. Jej ciężkie podkute buty rozchlapywały topniejący od soli śnieg.

Weszła do Komendy Powiatowej pewnym krokiem. Nikt jej o nic nie pytał. Wszyscy przecież ją znali. O tej porze w budynku byli tylko pechowcy, którzy pełnili nocny dyżur. Dała sobie spokój z witaniem się. Kolejna gra wstępna, na którą w najmniejszym stopniu nie miała ochoty. Wysłała technikom torebkę siostry Moniki oraz instrukcje na temat tego, na czym w pierwszej kolejności powinni się skupić. Załatwiwszy tę sprawę, usiadła od razu przy swoim biurku. Wokół panowała cisza. Klementyna bardzo lubiła Komendę Powiatową o tej porze.

Włączyła komputer i wpisała nazwisko z torebki zakonnicy do systemu.

Izabela Cieślak, urodzona 14 kwietnia 1998 roku, zamieszkała przy ulicy Pięciolinii w Warszawie. Matka Aneta Cieślak, ojciec Cezary Cieślak.

Komisarz Kopp postukała jeszcze chwilę w klawiaturę. Ojciec Izy notowany był za drobne kradzieże. Wyglądało też na to, że jest częstym gościem izby wytrzeźwień. Matka również była notowana. Za rozbój i pijaństwo. Niezła rodzinka.

Klementyna włączyła mapę i wpisała adres dziewczyny do wyszukiwarki. Interesujące. Piętnastoletnia Izabela Cieślak mieszkała pięćset metrów od ursynowskiej parafii, w której działała tajemnicza siostra Monika. Komisarz Kopp jeszcze raz przejrzała raport, który dostała wcześniej od Daniela Podgórskiego.

Interesujące.

ROZDZIAŁ 22

Warszawa 1981 rok

Jakub czekał na nią przed ołtarzem ubrany w elegancki prążkowany garnitur. Śluby kościelne nie były teraz popularne, ale Mariola uparła się i dopięła swego. Jak zwykle. Nigdy nie zrażały jej trudności. Była tak inna niż on. Najpiękniejsza, najwspanialsza kobieta na świecie. Jego Motylek.

W kościele nie było niemal nikogo. Nie chciał tłumów, chociaż prawie w ogóle już się nie bał. Nie były mu po prostu potrzebne. Najbliżsi przyjaciele i rodzina Marioli zmieścili się w dwóch pierwszych rzędach. Ich głosy odbijały się echem w pustej przestrzeni kościoła.

Z jego strony nie było nikogo.

Ksiądz rozpoczął mszę. Jakub recytował oczekiwane formułki automatycznie. Nie zastanawiał się, co mówi. Patrzył tylko na Mariolę i czuł, jakby byli tam jedynie oni, we dwoje. Była jego szczęściem, sensem jego istnienia. Bez niej byłby nikim.

Nigdy nie pozwolę cię skrzywdzić – obiecał Marioli w duchu, patrząc prosto w jej fiołkowe oczy. – Mój Motylku, bez względu na wszystko będziesz szczęśliwa. Obiecuję na ten kościół i na moje własne życie.

Ten, kto ośmieliłby się ją zranić, zostanie jego największym wrogiem. Jakub wiedział, że dla Marioli mógłby nawet zabić.

W jej oczach pojawiły się łzy wzruszenia, kiedy przysięgała mu miłość aż do śmierci. Teraz była jego żoną. Przepełniło go szczęście. Nie znał dotąd tego uczucia. Przez chwilę był nieco zdezorientowany, ale w jej twarzy odnalazł tylko spokój. Wszystko będzie dobrze, zdawała się mówić do niego.

Jeszcze przed ślubem postanowili, że sprzedadzą dom ojca i zamieszkają gdzie indziej. Nie mógł tam przecież wrócić. Nie po tym wszystkim. Już nigdy. Nigdy! To było jego więzienie. Tak długo!

Zachował tylko stary klucz od furtki. Miał być symbolem. Nosił go na srebrnym łańcuszku na szyi. Jeżeli Mariola da mu syna, chłopiec nigdy nie będzie cierpiał tak jak on. Zapewni mu wspaniałe dzieciństwo.

Goście zaczęli wstawać. Msza dobiegała końca. Na wszystkich twarzach widział szerokie uśmiechy. Ojciec Marioli skinął głową z aprobatą. Wydawał się miłym człowiekiem. Tak innym niż Zygmunt.

Pieniędzy ze sprzedaży domu wystarczyło aż nadto, rozważał Jakub, kiedy powoli szli przez nawę kościoła. Nie wiedział nawet, że jego rodzina była tak bogata. Cieszył się, ponieważ nie chciał, żeby kiedykolwiek Marioli czegoś zabrakło. Jego praktyka ginekologiczna również szła doskonale. Nie mogło być lepiej, powtarzał sobie w duchu. Nie mogło być lepiej.

Kiedy wychodzili z kościoła, śpiewały ptaki. Teraz wszystko będzie wspaniale.

Nie mogło być lepiej.

Nie mogło być lepiej.

ROZDZIAŁ 23

Lipowo i Olsztyn. Środa, 23 stycznia 2013, rano

Środa rano przywitała ich znacznym ociepleniem. Powietrze wydawało się niemal wiosenne. Przyjemnie było odetchnąć wreszcie pełną piersią. Młodszy aspirant Daniel Podgórski szedł do pracy raźnym krokiem. Spędził wczoraj miły wieczór z Weroniką, znaleźli kolejny trop w sprawie śmierci siostry Moniki, a współpraca z osławioną, a może raczej n i e s ł a w n ą, panią komisarz Klementyną Kopp układała się całkiem znośnie. Daniel miał nadzieję, że dzisiejszy dzień przyniesie jeszcze więcej dobrego.

Klementyna czekała na niego przed budynkiem komisariatu. Popijała napój gazowany owinięta w swój nieodłączny wielki szal.

– Cześć – powiedziała do Podgórskiego.

– Dzień dobry.

– Będzie trzeba się przejechać do Warszawy – rzuciła bez zbędnych wstępów. – Okej?

Daniel spojrzał na nią zdziwiony. Wyjaśniła mu lakonicznie, kim okazała się Iza Cieślak.

– Myślisz, że była podopieczną siostry Moniki

w przykościelnym ośrodku pomocy dla młodzieży? – zapytał policjant. Brzmiało to sensownie. – Dzisiaj mamy pozostałe przesłuchania. Może pojedziemy jutro?

Komisarz Kopp nie zaszczyciła go odpowiedzią. Zgniotła butelkę po coli i wrzuciła ją do śmietnika przed wejściem do budynku. Daniel wzruszył ramionami rozbawiony. Klementyna miewała swoje humory.

Kiedy weszli do salki konferencyjnej, młody Marek Zaręba i wąsaty Janusz Rosół dyskutowali właśnie o łaskawszej nieco pogodzie. Każdy miał nadzieję, że wielkie zwały śniegu wkrótce stopnieją.

– Kto chce ciasta? – zapytała Maria.

Jak zwykle znalazło się sporo chętnych. I jak zwykle tylko komisarz Kopp odmówiła sobie tej przyjemności.

– Pracowałem trochę w nocy – zaczął Daniel Podgórski. – Przygotowałem małe podsumowanie wczorajszych rozmów z Kojarskimi. Może teraz łatwiej nam będzie się nad tym wszystkim zastanowić.

Rozdał skserowane materiały. Klementyna Kopp ciekawie zerknęła na swój egzemplarz.

– Dajcie znać, jak skończycie czytać – poprosił Daniel.

Senior Kojarski – mąż zabitej Blanki

Alibi na noc śmierci Blanki: mówi, że był u siebie (nikt nie może tego potwierdzić).

Motyw: Chciał się rozstać z żoną (Junior sugeruje, że Blanka nie zgodziłaby się na rozwód, brak intercyzy). Senior wiedział także o romansie syna z Blanką.

Relacje Seniora z Blanką: przyznaje, że nie kochał już swojej żony, a ona zawiodła go, bo nie urodziła mu dziecka.

Uwagi:

- „kupił" od Wiery możliwość adopcji jej biologicznego syna, Juniora Kojarskiego, zrobił to pod naciskiem poprzedniej żony, Stefanii
- uważa, że to jego syn, Junior Kojarski, zabił Blankę
- syn oskarża Seniora o zabicie byłej żony (Stefanii Kojarskiej).

Junior Kojarski – syn Seniora

Alibi na noc śmierci Blanki: był sam, u siebie (nikt nie może tego potwierdzić).

Motyw:

- Junior bał się, że ojciec przepisze wszystkie pieniądze Blance, a nie jemu (tak przynajmniej sugeruje Senior)
- chęć zakończenia romansu z Blanką.

Relacje Juniora z Blanką: początkowo romans, potem chciał go zakończyć.

Uwagi:

- aż nienaturalnie zestresowany całą sytuacją
- kłopoty finansowe
- oskarża żonę, Różę, o to, że obecnie nie jest nim zainteresowana
- oskarża ojca o zabicie poprzedniej żony, Stefanii, którą Junior uważa za swoją „właściwą" matkę
- nie jest biologicznym synem Seniora Kojarskiego.

Róża Kojarska – żona Juniora

Alibi na noc śmierci Blanki: twierdzi, że spędziła wieczór na szyciu (razem ze służącą Agnieszką).

Motyw:

- wiedziała o romansie męża?
- Junior twierdzi, że ważne są dla niej tylko pieniądze i synek Kostek. Mogła się obawiać, że pieniądze Seniora Kojarskiego przypadną tylko Blance.

Relacje Róży z Blanką: ona sama określiła je jako poprawne.

Uwagi:

- zaburzenia odżywiania???
- Sugeruje, że Blankę zabił jakiś mężczyzna – na przykład Tomek Szulc.

– To nic wielkiego, ale chciałem, żebyśmy mieli jakiś punkt zaczepienia – wyjaśnił Podgórski, kiedy zauważył, że wszyscy przeczytali jego krótkie sprawozdanie.

Komisarz Klementyna Kopp skinęła głową.

– Okej. Całkiem niezłe, ale zobaczymy, czy to w ogóle się nam przyda. Nie ma tu nic nowego.

– Jasne. No nic, w każdym razie, moim zdaniem, powinniśmy też zwrócić uwagę na kilka faktów – kontynuował Podgórski niezrażony. – Po pierwsze, wiemy, że właściwie wszyscy znali zwyczaje Blanki. Chodzi mi o to, że cała rodzina Kojarskich wiedziała, że Blanka przed snem spaceruje. Junior Kojarski zasugerował nawet, że wiedzieli o tym nie tylko domownicy, ale również ludzie z wioski.

– To akurat może być prawda – wtrącił się młody Marek Zaręba. – Ewelina… to moja żona… ona jest u nas w Lipowie fryzjerką – wyjaśnił Klementynie. – Otóż Ewelina wiedziała o tym na pewno. Mogła komuś wspomnieć przy jakiejś okazji. Zresztą sama Blanka chyba też się z tym nie kryła.

Daniel prawie czekał na komentarz Pawła Kamińskiego na temat Eweliny i jej skłonności do plotkowania. Ze zdziwieniem stwierdził, że brakuje mu Pawła, mimo że kolega zawsze tak go irytował. Kamiński, mimo swoich wad, był przecież częścią ich małego zespołu.

– Kolejną interesującą kwestią jest to, że n i k t nie zauważył, że Blanka nie wróciła do domu w nocy – mówił dalej Podgórski, porzucając rozważania na temat Pawła Kamińskiego. – W rezydencji Kojarskich wszyscy mają oddzielne sypialnie.

– To bardzo smutne – odezwała się nieoczekiwanie Maria. – Tak jakby żyli oddzielnie, chociaż mieszkają pod jednym dachem. W rodzinie nie powinno tak być. Powinni byli zauważyć, że ona nie wróciła! To straszne!

– Nie przeżywaj tego aż tak bardzo. Każdy ma taki los, na jaki sobie zasłużył – powiedziała Klementyna Kopp, jakby stwierdzała coś oczywistego. – Takie małe pytanko. Czy to właściwie ma dla nas jakiekolwiek znaczenie?

– Co masz na myśli? – zapytał Marek Zaręba.

– Dokładnie to, co powiedziałam. Czy zabójca o tym wiedział i na to liczył?

– Mnie się wydaje, że to nie miało znaczenia. Ciało Blanki było zmasakrowane nożem. Dosłownie – obruszył się Marek Zaręba. – Nie było szansy, że ktoś ją uratuje. Więc w tym sensie to nie ma znaczenia.

– Stop. Czekaj. To, co mówisz, jest oczywiście prawdą. Jasne. Ale! Morderca mógł za to założyć, że ciało Blanki zostanie odnalezione dopiero następnego dnia – stwierdziła

Klementyna Kopp, wypluwając słowa jak naboje. Podrapała się po krótko ostrzyżonej głowie. – Czy to miało dla niego lub dla niej jakieś znaczenie? Na razie nie wiemy.

– To prawda. Następna rzecz. Znaleźliśmy w sypialni Blanki dużo leków. – Daniel zerknął na kartkę, żeby przeczytać ich nazwy. – Janusz, chciałbym, żebyś porozmawiał z jej lekarzem i ustalił, czy przepisywał jej te tabletki nasenne. Wydaje się to mało prawdopodobne, skoro tyle tego było. Chciałbym też, żebyś dowiedział się czegoś na temat samych leków. Czy mogą powodować uzależnienie? Czy mają skutki uboczne? Nie wiemy na razie, czy ma to jakiś związek ze śmiercią Blanki, ale powinniśmy to sprawdzić. Jeżeli nie dostawała ich od lekarza, to skąd je miała?

– Pewnie z jakiegoś nielegalnego źródła – stwierdził Marek Zaręba, wzruszając ramionami. – To chyba oczywiste.

– M ł o d y, tak do ciebie mówią, co? – upewniła się komisarz Kopp. – Znacie tu kogoś, kto się tym zajmuje?

– Sprawdzimy to – obiecał Marek.

– Czemu Blanka cierpiała na bezsenność? – zainteresowała się Maria. Nałożyła sobie ciasta i jadła je z apetytem. – Taka młoda dziewczyna, a już takie problemy? To raczej spotyka nas, starszych.

Klementyna zrobiła nieokreślony ruch ręką.

– Ja wolę na to patrzeć jako na niewielką potrzebę snu – wyjaśniła. – Ale! Spójrzmy na to w sposób naukowy. Czasami bezsenność może być spowodowana dużym stresem lub nawet depresją. Oczywiście takie problemy nie pojawiają się znikąd. Musiał być jakiś czynnik krytyczny. To może być związane z jej śmiercią, a może też nie być! Ot co.

– Może po prostu była nieszczęśliwa w domu – zasugerował niepewnie Janusz Rosół, który siedział zapomniany w kącie pokoju.

Daniel spojrzał na kolegę przelotnie.

– Może tak być. Może też miała stresy spowodowane czymś innym? – głośno zastanawiał się Podgórski. – A może stało się coś zupełnie innego. Coś, co wyprowadziło ją z równowagi? Coś, co miało miejsce ostatnio.

– Na przykład przejechanie tej zakonnicy? – wtrącił cicho Janusz.

Przez chwilę panowała cisza, jakby wszyscy rozważali tę myśl.

– Nie zapominajmy, co zeznała Róża Kojarska. Powiedziała, że Blanka przyjmowała te leki od dawna – nie zgodził się w końcu Marek Zaręba. – Więc to chyba nie może być to.

– Na razie nie mamy żadnych dowodów na to, że Blanka przejechała siostrę Monikę – stwierdził powoli Daniel. Musiał przyznać, że coś takiego nie przyszło mu wcześniej do głowy. – Ale oczywiście jest to jakaś możliwość.

Mimo braku oczywistych powiązań Podgórski nadal nie chciał całkiem porzucić myśli, że obie sprawy jakoś się łączą. Takie przeczucie, które cały czas nie mogło znaleźć realnego potwierdzenia. Było jak irytujące swędzenie w miejscu, do którego nie można dosięgnąć.

– No dobrze. Przejdźmy do kolejnej sprawy. Wczoraj późnym wieczorem miałem telefon od szefa techników kryminalnych – poinformował ich Daniel. – Klementyna, z tobą też rozmawiali?

Pani komisarz skinęła niedbale głową, ale nic nie powiedziała.

– Przeszukali dokładnie samochód Juniora Kojarskiego – wyjaśnił Podgórski pozostałym. – Interesujące, że na kierownicy były tylko odciski palców Bartka Rosoła, który, na prośbę Wiery, zawiózł land rovera do Brodnicy. Oprócz tego znaleziono odciski Pawła Kamińskiego. Wszyscy pamiętamy jego wybryk. Innych odcisków n i e b y ł o.

– Kierownicę wytarto? – zainteresował się Marek. W jego głosie pobrzmiewała ekscytacja.

Daniel odetchnął z ulgą. Najmłodszy z policjantów znowu zaczął przypominać dawnego siebie. Cokolwiek wyprowadziło go wcześniej z równowagi, chyba już minęło.

– Można tak podejrzewać, Młody. Czyli komuś zależało, żeby jego obecność w samochodzie na pewno nie została zauważona. Oczywiście zrobiono także badanie luminolem na obecność krwi.

– Przecież land rover był rozbity? – zdziwiła się Maria.

– Tak, mamo, ale to nie przeszkadza w badaniu. Nadal bez problemu można sprawdzić, czy była na nim krew.

– I co, była?

– Tak – przytaknął Podgórski. – Była na oponach, podwoziu i dolnej części przedniego zderzaka. Została częściowo usunięta przez Wierę, a częściowo zmyta przez śnieg podczas drogi do Brodnicy, ale luminol jest niezawodny. Śladowe ilości krwi wykryto także na drążku zmiany biegów. Samochód zostanie jeszcze dokładniej zbadany, a próbki krwi zakonnicy zostaną porównane z tym, co znaleziono na samochodzie. Zajmie to trochę czasu, niestety. Jak z torebką?

– Torebki jeszcze nie zbadali – odparła komisarz Kopp.

– Chłopaki potrzebują więcej czasu. Dajmy im żyć. Torebkę uzyskaliśmy dopiero wczoraj.

– Blanka miała łatwy dostęp do land rovera – powiedział znowu Janusz Rosół, wracając do swojej poprzedniej teorii. Chyba spodobał mu się pomysł, że to pani Kojarska z jakiegoś powodu przejechała tajemniczą siostrę Monikę.

– Załóżmy przez chwilę, że to rzeczywiście Blanka przejechała zakonnicę – zgodził się Daniel, spoglądając przelotnie na Klementynę Kopp. Pani komisarz skinęła głową przyzwalająco. – Zabija siostrę Monikę, a kilka dni później sama ginie. Dlaczego? Jaki jest między nimi związek? Czego nie widzimy?

Zapadło milczenie przerywane jedynie odgłosami jedzenia. Maria wskazała na ciasto i podniosła pytająco brwi. Podgórski przez moment walczył ze sobą, ale w końcu nałożył sobie kolejną porcję maminego wypieku.

– Jest jeszcze jedna rzecz – przypomniał. – Spalone w kominku papiery, które zauważyła Klementyna.

– Może Blanka po prostu chciała się pozbyć niepotrzebnych kartek – zasugerował młody Marek Zaręba. On też nałożył sobie dokładkę ciasta. – Może nie ma w tym żadnej szczególnej tajemnicy?

– Gdybyś chciał się pozbyć niepotrzebnego papieru, to co byś zrobił? – zapytała Maria. – Mnie to nie pasuje. Mogła po prostu je wyrzucić. Ja bym spaliła tylko coś, co bym koniecznie chciała ukryć.

– Stop. Czekaj. Technicy przebadają pokój. Zobaczymy, co powiedzą na temat tych papierów. Czekam na telefon od nich – wyjaśniła Klementyna. – Ale! Dopiero zrobili samochód, więc dajcie im żyć. Nie liczę na wiele, bo wszystko było bardzo zwęglone. Znaczki pocztowe mogą sugerować, że to były jakieś listy. Przynajmniej koperty.

– Senior Kojarski twierdził, że Blanka nie dostawała listów – przypomniał Marek. W jego głosie znowu słychać było wątpliwości.

Klementyna Kopp uśmiechnęła się półgębkiem. Jej nieumalowaną twarz pokryła sieć drobnych zmarszczek.

– To, że on tak twierdził, nic nie znaczy, m ł o d y. Chyba powinieneś zdawać sobie z tego sprawę. Nie jesteś już w szkole policyjnej. Działasz w terenie.

– Po co miałby kłamać w tej sprawie? – nie ustępował Marek Zaręba, ignorując nutę złośliwości w głosie pani komisarz.

– Może sam do niej pisał? – zasugerowała Maria Podgórska rzeczowo. – Może to były anonimy, żeby ją nastraszyć. Sami mówicie, że nie chciała mu dać rozwodu. Mógł zaplanować coś takiego, żeby ją zmusić do podpisania dokumentów.

Przez chwilę zastanawiali się nad tym pomysłem.

– Mamy też sporo wzajemnych oskarżeń – przypomniał Daniel, zmieniając temat. – Interesujące jest to, co powiedział Junior Kojarski o swojej matce. Mam na myśli poprzednią żonę Seniora, Stefanię. Powiedział, że jej śmierć mogła być nie tym, na co wyglądała. Może przydałoby się sprawdzić ten wątek. W końcu mamy dwie martwe żony, kilka lat temu Stefanię i teraz Blankę.

Marek energicznie pokiwał głową.

– Młody, chciałbym, żebyś to sprawdził – poprosił Podgórski. – Nie możemy wykluczyć Seniora Kojarskiego. Jego zachowanie wydaje mi się raczej dziwne. Prokurator

Czarnecki sugerował, że ktoś próbuje zamknąć śledztwo. Ktoś z pieniędzmi. Nie mówił wprost, że chodzi o Seniora, ale on jako jedyny dysponuje gigantycznym majątkiem. Tak więc Marek chcę, żebyś zerknął trochę w przeszłość Kojarskiego. Sprawdźmy, czy ma coś na sumieniu. Przyjrzyj się sprawie śmierci jego pierwszej żony.

Zaręba znowu skinął głową z entuzjazmem.

– Patrzę tak na tę kartkę, którą nam dałeś, Danielku – odezwała się znowu Maria. – I dochodzę do wniosku, że właściwie wszyscy Kojarscy mieli motyw, żeby zabić tę biedną dziewczynę. To wydaje się dosyć niepokojące.

Pani komisarz Kopp pokiwała głową.

– Maria, masz rację. Też na to zwróciłam uwagę. Dzisiaj będziemy jeszcze rozmawiać ze służącą Agnieszką i z tym pomocnikiem, Tomkiem. Daniel, pojedziemy chyba we dwoje, co? Zobaczymy, co oni mają do powiedzenia.

– Jasne. Pokojówka musi potwierdzić alibi Róży Kojarskiej. Z kolei Róża wskazała na Tomka jako potencjalnego winnego. Może być interesująco.

Komisarz Kopp podwinęła rękawy, ukazując stare tatuaże. Tworzyły zawiłą mapę na jej przedramieniu.

– Zrobiłam niewielki research i Tomek Szulc to jest interesująca postać – stwierdziła lakonicznie.

– To znaczy?

Klementyna nie odpowiedziała, tylko teatralnie wzruszyła ramionami. Daniel Podgórski westchnął znacząco. Chyba przyjdzie mu trochę poczekać na odpowiedź.

– Musimy też wziąć pod uwagę, że zabójca może być kimś obcym. Dotychczas nie braliśmy pod uwagę takiej możliwości.

– To zadanie wydaje się niemożliwe – zmartwiła się Maria. – Tyle ludzi! Przecież my nie znajdziemy winnego…

– Stop. Nie traćmy wiary. Wcześniej czy później każdy zabójca popełnia błąd. Każdy – powiedziała Klementyna Kopp, gubiąc niektóre głoski. – Ten prawdopodobnie też nie jest wyjątkiem. Nie mamy jeszcze wyników sekcji. Czekamy na to, co powiedzą technicy. Na to wszystko potrzeba czasu, a my dopiero zaczęliśmy. Praca śledczego nie zawsze jest ekscytująca. Czasami trzeba się po prostu uzbroić w cierpliwość.

– Chciałbym jeszcze wrócić do sprawy siostry Moniki – odezwał się Daniel Podgórski. – Żadne z Kojarskich jej nie rozpoznało. A przynajmniej tak twierdzą. Nie zauważyłem nic podejrzanego w ich reakcji na jej zdjęcie. Nasze ogłoszenie w gazetach zostało ponowione, ale nadal nikt się nie zgłasza. Chciałbym już coś wiedzieć na jej temat. W każdym razie ja i komisarz Kopp pojedziemy do Warszawy.

– Znowu? – jęknęła Maria.

– Tak. Prawdopodobnie jutro. Chcemy porozmawiać z Izą Cieślak. Zabita zakonnica zapisała sobie jej nazwisko na kartce. Dobrze by było znaleźć powód. Może przy okazji dowiemy się wreszcie czegoś o siostrze Monice. Najwyższy czas!

– Ale żeby znowu jechać tak daleko, Danielku?

Daniel Podgórski zignorował wątpliwość matki.

– Jeżeli chodzi o land rovera – kontynuował – wszyscy, łącznie z samym Seniorem Kojarskim, twierdzą, że niemożliwe, aby Wiera dostała samochód od Seniora. Czemu sklepikarka w takim razie kłamała? I wreszcie najważniejsze. Jeżeli to nie Wiera zabiła zakonnicę, to kto? I w jaki sposób sklepikarka jest z tym wszystkim związana? Wiemy, że to było zabójstwo z premedytacją. Ktoś najpierw ugodził siostrę Monikę nożem, a potem przejechał po niej kilka razy. Wiera o tym nie wiedziała. Myślę, że muszę jeszcze z nią o tym porozmawiać.

Klementyna Kopp skinęła głową.

– Prokurator Czarnecki pewnie zwolni ją z aresztu – powiedziała. – Na razie nie ma twardych dowodów, że to ona. Zwłaszcza jeśli ta wasza Wiera zmieni zeznania.

– To by było wspaniale – ucieszyła się Maria. – Od początku nie wierzyłam, że to ona.

– Ale jeżeli nie ona, to kto? – zapytał raz jeszcze Daniel. – Kolejne pytanie: czy Wiera w i e, kto jest zabójcą?

Podgórski westchnął ciężko.

– Dobrze, czyli podsumowując, ja i Klementyna jedziemy teraz do Kojarskich porozmawiać z Tomkiem i służącą Agnieszką – dokończył. – Potem ja porozmawiam z Wierą. W międzyczasie Janusz sprawdzi lekarza Blanki Kojarskiej i kwestię tabletek nasennych, a Marek przyjrzy się przeszłości Seniora Kojarskiego, głównie pod kątem śmierci jego poprzedniej żony. Czekamy też na wyniki sekcji zwłok Blanki, badania sypialni Blanki i torebki należącej do siostry Moniki. Jutro jedziemy do Warszawy porozmawiać z Izą Cieślak...

– Stop. Czekaj. Mam jeszcze małe pytanie – przerwała mu komisarz Kopp. – W twoich raportach pojawiała się co jakiś czas strona *nasze-lipowo*. O co z tym chodzi?

– Właściwie to nic szczególnego. W pewnym momencie ktoś zaczął prowadzić tego bloga, a wszyscy mieszkańcy naszej wsi są właściwie od niego uzależnieni. Nikt nie wie, kto go pisze. – Daniel odchrząknął cicho. To nie była do końca prawda, ponieważ Podgórski miał w tej kwestii swoje podejrzenia. – Nasza sprawa też się tam pojawiła. Było zdjęcie zakonnicy, ale poza tym… Uznałem, że na razie nie ma potrzeby przyglądać się autorowi. Przynajmniej dopóki nie zamieszcza na stronie nic istotnego z naszego punktu widzenia. W razie czego możemy go łatwo zlokalizować.

Komisarz Klementyna Kopp mruknęła coś niezrozumiałego w odpowiedzi.

Osiłek Ziętar wzdrygnął się nerwowo. Wszystko niemożliwie go swędziało. W kilku miejscach podrapał się już nawet do krwi. Zaczynał podejrzewać, że ta dziwka Julka go zdradza, a przynajmniej taki ma zamiar. Znudziła mu się, ale to nie znaczy, że pozwoli, żeby mu doprawiano rogi.

Dziwił się, że ktokolwiek w Lipowie odważył się z nim w ten sposób zadrzeć. No nic, tym zajmie się później, zakończył swoje rozważania. Najlepiej w towarzystwie chłopaków, żeby wyglądało to profesjonalniej. Przy odpowiedniej perswazji Julka wyśpiewa, z kim się pieprzyła, a potem on się tym odpowiednio zajmie. O nią też się zatroszczy. Pożałuje, że spojrzała na kogokolwiek innego. P o ż a ł u j e.

Na razie jednak musiał zająć się czymś zgoła innym. Drapał się po przedramieniu, aż poczuł krew. Sucha skóra ustępowała z łatwością. Koniecznie musiał gdzieś to wszystko schować. Nie było bezpiecznie mieć to ze sobą.

Jeżeli policja przyszłaby go sprawdzić, możliwe, że poszedłby za to siedzieć. Nawet bardzo prawdopodobne. Żaden adwokat by go nie wybronił.

Nie ma co się narażać. Wszystko schowa i przeczeka. Jakoś się ułoży. Jakoś to będzie.

Tym razem podjechali pod dwór Kojarskich starym radiowozem, który należał do komisariatu policji w Lipowie. Od pewnego czasu policyjne samochody wymieniano na nowe, ale ich na razie to ominęło i nadal dysponowali tylko wysłużonym polonezem.

– Brzydki, ale niezawodny – mruknęła Klementyna Kopp, wsiadając do starego radiowozu.

Młodszy aspirant Daniel Podgórski wolał nie pytać, co konkretnie miała na myśli pani komisarz. Ich auta zdecydowanie nie można było nazwać niezawodnym.

Zatrzymali się przy tej samej fontannie co za pierwszym razem. Policjant miał wrażenie, że widzi, jak śnieg wokół topnieje. Zapukali do zdobionych drzwi. Tak jak poprzednio otworzyła im służąca Agnieszka Mróz. Dzisiaj miała rozpuszczone włosy i wyglądała bardzo ładnie.

Nagle Podgórski przypomniał sobie, że jest wnuczką brata starego księdza Józefa. Widywał ją przecież wielokrotnie na plebanii. Tutaj, ubrana w czarny uniform, wyglądała jednak zupełnie inaczej. Zanim przyjęła pracę u Kojarskich, mieszkała w Zbicznie, uświadomił sobie Daniel.

– Przepraszam, nie poznałem cię wczoraj, Agnieszko – wyjaśnił Podgórski na jej widok. – Powinienem był się zorientować, że to ty.

– Nie ma problemu – uśmiechnęła się pokojówka. Jej

ton stał się mniej oficjalny. – Tak coś podejrzewałam. Ludzi najczęściej kojarzymy z miejscem. Tak mi się wydaje. My się raczej widywaliśmy zawsze, kiedy byłam u wujka Józka. No ale nic, i tak przyjechaliście na próżno. Kojarskich nie ma.

Daniel spojrzał na nią zdezorientowany.

– A gdzie są? Przecież mieli nie wyjeżdżać.

– Pojechali tylko do Brodnicy – stwierdziła pokojówka z nieskrywaną radością. – Cała rozkoszna rodzinka. Mam dom dla siebie do popołudnia.

– Spoko. Może to nawet lepiej, że ich nie ma – wtrąciła się komisarz Klementyna Kopp. – I tak mieliśmy porozmawiać z t o b ą.

Służąca nie wydawała się zdziwiona.

– Chodźmy w takim razie do salonu. Tam będzie nam wygodniej. Przynieść coś do picia albo do jedzenia? – zaproponowała, jakby gościła ich we własnym domu.

Daniel Podgórski zdecydował się na filiżankę kawy z mlekiem, a Klementyna jak zwykle odmówiła, zadowalając się swoimi zapasami napojów gazowanych.

– Okej. Dobrze – zaczęła komisarz kryminalna Kopp, kiedy służąca wróciła. – Co myślisz o tych całych Kojarskich?

– Szczerze? – zapytała pokojówka z uśmiechem. – Czy raczej się trochę pohamować?

– Spoko, jesteś wśród swoich!

Agnieszka Mróz wzruszyła ramionami.

– Pracuję tu tylko dlatego, że mi dobrze płacą. Nigdzie w okolicy nie zarobiłabym tyle co tu. To jest fakt. Ale cała rodzinka jest, jak by to powiedzieć… No, najlepiej chyba wprost. To wszystko, co się tu dzieje, jest nie-nor-mal-ne. Nie wiem, czy wszyscy bogaci tacy są, ale ci tu... – Dziewczyna pokręciła głową z dezaprobatą. – Senior wygląda jak jakiś dziwak. Blankę też zmuszał do operacji plastycznych. Bez sensu. W tym samym czasie Junior i Blanka szaleją w najlepsze. Różyczka o wszystkim wie, ale nic nie mówi. Co tu jeszcze dodać? Właściwie nikt nikogo nie lubi. Jeszcze teraz okazuje się, że Junior nie jest wcale prawdziwym synem Seniora. Istna telenowela. Nie muszę już oglądać telewizji. Mam to codziennie w pracy.

Upiła łyk ze swojej filiżanki, ciągle kręcąc głową zniesmaczona.

– Agnieszko, gdzie byłaś w niedzielę w nocy? – zapytał Daniel Podgórski, odnosząc się do momentu, kiedy zginęła Blanka.

– Jestem podejrzana? – odparła pokojówka spokojnie. Nie wyglądała na przestraszoną. W jej głosie pobrzmiewała raczej ciekawość. – Naprawdę?

– Pytamy o to wszystkich – wyjaśnił policjant.

Służąca spojrzała na niego z rozbawieniem. Zdawała się pewna siebie.

– Po południu zajmowałam się domem, a wieczorem szyłam z Różą Kojarską. Wymyśliła sobie nowe hobby. Teraz chce być krawcową. Na tych jej kościach wszystko całkiem nieźle wygląda, więc może to niezły pomysł.

– Do której pracowałyście?

– Może do północy. Coś koło tego.

– A potem?

– Byłam z Tomkiem. Mieszkamy obok siebie, z tyłu domu. Ostatnio... no trochę się do siebie zbliżyliśmy.

Daniel zakrztusił się kawą. Była gorzka i niesmaczna. Kaszlał przez chwilę. Wyglądało na to, że w tym domu wszyscy ze sobą romansują. Agnieszka Mróz zaśmiała się perliście.

– Masz na myśli, że byliście parą? – zapytał Podgórski dla uściślenia faktów.

– Jak najbardziej. Zdecydowanie j e s t e ś m y parą. I resztę tamtej nocy spędziliśmy razem, jak zwykle.

– No dobrze. Wróćmy do Blanki Kojarskiej. Czy zauważyłaś może, żeby zachowywała się ostatnio inaczej niż zwykle?

Agnieszka zastanawiała się przez moment. W końcu znowu wzruszyła ramionami niedbale.

– No, trochę tak – przyznała. – Jak tak o tym teraz myślę.

– Proszę, powiedz nam coś więcej – zachęcił ją Daniel.

– No bo strasznie była nachalna wobec Juniora. Bardziej niż wcześniej. On już chciał skończyć ten romans, a ona mu nie pozwalała. Chyba nie mogła się pogodzić z tym, że ją ktoś zostawi. Wydawało jej się chyba, że nie ma atrakcyjniejszej kobiety niż ona.

– Okej. No dobra. A wiesz może, czy Blanka Kojarska dostawała ostatnio jakieś listy? – zapytała komisarz Kopp. – Może z kimś korespondowała?

– Chyba coś tam dostawała. Czasami widziałam ją z kopertami. Pewnie to były znowu jakieś zamówienia. Ona kupowała strasznie dużo kosmetyków, więc przysyłali jej ulotki na temat nowych środków do pielęgnacji ciała i takie rzeczy – wyjaśniła służąca. – Czasami dawała mi swoje stare kremy. One były jeszcze dobre, ale Blanka kupowała ciągle nowe. Przeciw zmarszczkom, nawilżające, regenerujące, odmładzające. Takie, które miały być najlepsze. Aż do kolejnej ulotki. Panicznie bała się zestarzeć. Całą swoją siłę czerpała z tego, że była atrakcyjna. Może to dziwnie zabrzmi, ale w pewien sposób dobrze dla niej, że umarła tak młodo. Nie wyobrażam jej sobie jako starej kobiety. Może to było samobójstwo? To by mogło pasować.

Daniel Podgórski nie odpowiedział. Nie chciał zdradzać na razie żadnych szczegółów. Wątpił jednak szczerze, żeby Blanka Kojarska najpierw pocięła okrutnie swoje ciało, a potem sama poderżnęła sobie gardło. Wszystko to pośrodku leśnej polany, w ciemną zimową noc.

– Mam jeszcze jedno pytanie. – Wyciągnął zdjęcie siostry Moniki. – Czy widziałaś kiedykolwiek tę kobietę?

– To ta przejechana zakonnica, tak? Widziałam na *naszym-lipowie*, ale tak na żywo to nigdy.

– Rozumiem, a pamiętasz może, czy rano, kiedy przejechano tę zakonnicę, wszyscy Kojarscy byli w domu? Czy może ktoś na przykład wyszedł?

– Czyli to nie Wiera zrobiła? – zapytała bystro służąca. Oczy błyszczały jej z zaciekawienia.

– Co masz na myśli?

– Na *naszym-lipowie* napisano, że przyznała się do winy, ale skoro wypytujecie o Kojarskich, to pewnie jednak nie ona?

– Trwa śledztwo – uciął młodszy aspirant Daniel Podgórski. – To przypominasz sobie tamten ranek?

– Jasne, że pamiętam, ale nie mam pojęcia, czy Kojarscy byli w domu, czy nie. Ja miałam wtedy wolne. Musicie zapytać Tomka. On wtedy pracował.

Daniel spojrzał pytająco na Klementynę. Komisarz Kopp skinęła głową z aprobatą.

– Na razie nie mamy do ciebie więcej pytań – zakończył przesłuchanie policjant. – Mogłabyś zawołać Tomka Szulca?

Marek Zaręba uznał, że najlepiej będzie porozmawiać na żywo z osobą, która parę lat temu prowadziła dochodzenie w sprawie śmierci poprzedniej żony Seniora Kojarskiego, Stefanii. Przez telefon mogło mu umknąć coś ważnego. Zgadzał się w tej kwestii z Danielem.

Wsiadł do swojej hondy prelude. Odkąd Blanka nie żyła, czuł się o wiele lepiej. Jeśli nikomu wcześniej nie powiedziała, jego błąd sprzed kilku lat nie miał szans wyjść na jaw. Marek włączył radio. Czekało go jakieś sto kilometrów trasy, więc chciał się zrelaksować przy muzyce. Samochód wypełniła popularna popowa piosenka. Zmienił stację. Miał ochotę posłuchać czegoś mocniejszego. Nie mógł znaleźć niczego, co by mu odpowiadało, więc zaczął przeglądać schowek w poszukiwaniu płyt. Nastawił swoją ulubioną.

Wyjechali na wakacje wszyscy nasi podopieczni,
gdy nie ma w domu dzieci, to jesteśmy niegrzeczni.

Marek uśmiechnął się z rozbawieniem. On i Ewelina uwielbiali tę piosenkę Kultu. Nawet Andżelika, mimo że sama była dzieckiem, dobrze się przy niej bawiła.

Marek cieszył się na czekające go zadanie. To była wreszcie prawdziwa policyjna robota. Stefania, poprzednia żona Seniora, umarła, kiedy państwo Kojarscy mieszkali w Olsztynie. Z tego, co młody policjant zdołał się zorientować, często się przeprowadzali. Kraków, Warszawa, Wrocław, Olsztyn, Toruń. To tylko nieliczne miasta, w których mieszkali.

Marek Zaręba całe życie spędził w Lipowie, nie licząc szkoły policyjnej. Nie wyobrażał sobie życia nigdzie indziej. Nie ciągnęło go do wielkiego miasta, tak jak Daniela. Lubił uczucie, że przynależy do tej ich małej wioski, jakakolwiek by była. Myśl, że Andżelika miałaby sama chodzić do szkoły ulicami miasta, napawała go lękiem. Ile niebezpieczeństw mogło tam czyhać!

Paweł Kamiński był już po rozmowie z brodnickim zwierzchnictwem. Wszystko przebiegło tak gładko, jak się spodziewał. Ojciec bohater się przydał. Syn bohatera przecież także musiał być człowiekiem bez skazy. Zasugerowano mu, że na ten drobny incydent z samochodem Kojarskich zostanie przymknięte oko. Tak będzie dla wszystkich najlepiej, zwłaszcza że właściciel pojazdu nie wniósł oficjalnego oskarżenia. Paweł będzie mógł wrócić na posterunek w Lipowie, ale awans na pewno się przesunie.

Na razie dostał kilka dni niepłatnego urlopu. Pewnie po to, żeby nastroje trochę się uspokoiły. Dobre i to. Paweł sam musiał przyznać, że wybuch Janusza Rosoła go zaskoczył. Bardziej by się spodziewał czegoś takiego po jego synalku, ale widać nie docenił pieprzonego Januszka. Może jeszcze będą z niego ludzie.

Sam czuł się już trochę lepiej. Odpocznie kilka dni i wróci do Lipowa. Z dość pewnego źródła dowiedział się, że Ewka Rosół sama zajęła się sprawą dzieciaka. Może jej nawet coś tam kopsnie, zdecydował Paweł w duchu. Skrobanka tania nie była, to fakt. Zwłaszcza dla małolaty. W każdym razie musi z tym skończyć. Dziwki to było jedno, a Ewka to było co innego. Niepotrzebnie brał to sobie na kark. Teraz tylko ma kłopoty.

Dzwonił kilka razy do Grażyny. Żona nie odbierała. Postanowił kupić jej kwiaty i bombonierkę. Wcześniej działało. Przecież on już się zmienił! Tak jej powie. Musi mu uwierzyć. Przecież to prawda. Był synem bohatera. To dla niej zaszczyt być żoną kogoś takiego.

Lekarz, który zajmował się Blanką Kojarską, przyjmował w Brodnicy i teoretycznie Janusz Rosół powinien był chyba podjechać do miasta. Zastanawiał się nad tym przez chwilę. Daniel nie sprecyzował, czego dokładnie oczekuje, więc Janusz ostatecznie postanowił, że wystarczy sam telefon. Nie chciał wyjeżdżać z Lipowa, nawet na krótko. Nie teraz, kiedy w jego rodzinie tyle się działo. Chciał być blisko, żeby w razie potrzeby podjąć odpowiednie kroki. Na przykład gdyby wrócił Paweł Kamiński.

Ewunia prawdopodobnie dokonała aborcji, tak przynajmniej zrozumiał z mętnych opowieści Bartka. Rosół nie wiedział jeszcze, co o tym myśleć. Zdecydowanie za dużo miał teraz na głowie. Z drugiej strony zaczynał czuć, że żyje. Wypełniała go jakaś dziwna energia. W głębi czuł, że nie zaprowadzi go ona do niczego dobrego, ale na razie chciał ją jak najlepiej wykorzystać.

Rozsiadł się wygodnie przy biurku i wybrał numer lekarza Blanki Kojarskiej. Za pierwszym razem było zajęte. Rosół odłożył słuchawkę z trzaskiem. Za oknem śniegu było coraz mniej. To dobry znak. Wydawało mu się nawet, że słyszy śpiew wiosennych ptaków. Uspokoiło go to nieco.

Spróbował jeszcze raz. Tym razem nie musiał czekać długo.

– Gabinet doktora Sielskiego, w czym mogę pomóc? – odezwał się przyjemny głos młodej recepcjonistki.

Janusz wyobraził ją sobie, jak siedzi za biurkiem z ustami rozciągniętymi w sztucznym uśmiechu.

– Przy telefonie aspirant Janusz Rosół z komisariatu policji w Lipowie – przedstawił się sztywno. Miał nadzieję, że chłodny profesjonalny ton wywrze na recepcjonistce odpowiednie wrażenie.

– Dzień dobry – powiedziała tylko, zupełnie niewzruszona jego staraniami. W jej tonie nadal pobrzmiewał uśmiech. Wyglądało na to, że jest na stałe przyklejony do twarzy. – W czym mogę panu pomóc?

– Chciałbym rozmawiać z doktorem Sielskim. To bardzo ważna sprawa – podkreślił Janusz Rosół. – Sprawa dotyczy morderstwa, więc sama pani rozumie, że to nie przelewki.

Za oknem tańczyły promienie słońca. Nagle Janusz zapragnął wyjść na dwór i nacieszyć się nieoczekiwaną odwilżą.

– Bardzo mi przykro, ale doktor Sielski przyjmuje teraz pacjenta. Nie może podejść. Czy chciałby się pan umówić na wizytę?

– Nie chcę się, kurwa, umówić na wizytę. Chcę z nim porozmawiać o sprawie. T e r a z.

Janusz znowu poczuł, że nie kontroluje swojej nowej energii. Nie powinien był przeklinać. Spojrzał spłoszony w kierunku drzwi, ale na szczęście były zamknięte. Miał nadzieję, że Maria nic nie usłyszała. Czasami potrafiła być wścibska. Nie chciał, żeby powiedziała synowi. Kto wie, jak on się zachowa, kiedy mają na karku tę facetkę z Brodnicy.

Rosół odetchnął powoli, żeby się uspokoić.

Dziewczyna z recepcji doktora Sielskiego milczała zaskoczona. Jej uśmiech chyba wreszcie zniknął. Janusz miał nadzieję, że nie będzie już działała na autopilocie, tylko włączy samodzielne myślenie.

– Przepraszam, że się uniosłem – zdecydował, że przeprosiny to może najlepsze wyjście z sytuacji. – Musi pani jednak zrozumieć, że mamy tu do czynienia z brutalnym zabójstwem. To jest kwestia życia i śmierci. Proszę poprosić doktora do telefonu. Nie zajmę dużo czasu. Obiecuję.

– W porządku – odpowiedziała dziewczyna, lecz z jej głosu zniknęła poprzednia wyuczona uprzejmość. – Zaraz pana połączę, ale mógłby pan być grzeczniejszy. Nie zaszkodziłoby.

Janusz Rosół przez chwilę przysłuchiwał się uroczej melodyjce, która pewnie, przynajmniej według niektórych, miała na celu umilić pacjentom oczekiwanie na połączenie. Melodia była dziwnie znajoma, ale nie mógł sobie przypomnieć, gdzie ją słyszał. Zirytowało go to. Poprawił nerwowo wąsy.

– Słucham? – w końcu w słuchawce rozległ się tubalny bas doktora Sielskiego.

Rosół przedstawił się i krótko wyjaśnił powód swojego telefonu.

– Musi pan zrozumieć, panie ekhm... władzo...

– Aspirancie Rosół – przerwał odruchowo Janusz.

– No tak, panie aspirancie Rosół, przepraszam – poprawił się lekarz. – Musi pan zrozumieć, panie aspirancie, że obowiązuje mnie tajemnica lekarska. Nie mogę panu powiedzieć, jakie leki przepisywałem pani Kojarskiej. Teoretycznie nie powinienem w ogóle panu mówić, że ona jest moją pacjentką.

– B y ł a. Była pana pacjentką. Czy pan nie rozumie, że mówimy o morderstwie? – Janusz czuł, że energia znowu się w nim gromadzi. Odetchnął raz jeszcze, żeby ją powstrzymać, póki nie będzie za późno. – Wiemy od jej męża, że był pan jej lekarzem. Pan Senior Kojarski kazał panu wszystko nam powiedzieć.

Było to kłamstwo, ale Rosół miał nadzieję, że zadziała. W rzeczywistości nie miał nawet pewności, czy Senior wie, że policja kontaktuje się z lekarzem żony. Z drugiej strony powinno mu przecież zależeć na szybkim odnalezieniu sprawcy.

– Musi mi pan przywieźć pisemną zgodę albo nakaz – zagrzmiał doktor.

Brzmiało to, jakby był śpiewakiem operowym. Janusz nigdy nie był w operze, ale tak to sobie właśnie wyobrażał. Głęboki, dudniący bas i dobra dykcja. Skoro doktor nie łyknął przynęty, policjant zdecydował się na inną strategię.

– W pokoju denatki znaleźliśmy bardzo dużo opakowań po następujących lekach – wyciągnął kartkę z zapiskami i przeczytał ich nazwy. – Czy potwierdza pan, że są to leki na receptę?

– Tak – zawahał się lekarz. – Mogę wiedzieć, do czego pan zmierza?

– Jak w takim razie, według pana, denatka znalazła się w posiadaniu znacznej ilości leków na receptę? – odpowiedział pytaniem Rosół. – Na moje, można przypuszczać, że dostała je od swojego lekarza, którym, jak wiemy, był pan.

– Nie mogę… – zaczął Sielski nerwowo.

– Tak, rozumiem… nie może pan potwierdzić ani zaprzeczyć, że był pan jej lekarzem – dokończył za niego Janusz. – Czy tak?

Nowa energia sprawiała, że Rosół coraz bardziej się rozkręcał. Czuł się jak detektyw z amerykańskiego filmu akcji. Wyprostował się na swoim zniszczonym fotelu. Czas było go wymienić. Staroć nie pasował już do niego.

– Dobrze, wygrał pan – poddał się doktor. – Byłem jej lekarzem, przyznaję.

– Doskonale – uśmiechnął się Rosół zadowolony z siebie. Świetnie sobie poradził z tym konowałem. – Skoro tak dobrze nam idzie, to może teraz mi pan powie, czy przepisywał jej pan te leki?

– Przepisywałem jej tylko jeden z nich. – Lekarz wymienił nazwę. Janusz zapisał ją szybko. – Cierpiała na bezsenność, a ten lek doskonale ułatwia zasypianie.

– A pozostałe tabletki także jej pan zalecił?

– Ja nic o tym nie wiem – zastrzegł szybko lekarz. – Musiał je przepisać ktoś inny. Albo kupiła je nielegalnie.

– Coś takiego jest możliwe? – zainteresował się Janusz.

– Pan żartuje? – W głosie lekarza pojawiło się zdezorientowanie.

– Dobrze. – Rosół zignorował jego komentarz. – Przejdźmy dalej. Czy te leki mogą powodować uzależnienie?

– Zdecydowanie tak. Nie powinno się ich stosować przez dłuższy czas.

– Ale świadkowie twierdzą, że pani Blanka Kojarska była uzależniona i brała te leki od dawna.

– To prawda – westchnął lekarz. – Próbowaliśmy zmniejszyć dawki, ale widocznie ona znalazła sposób, żeby jednak to ominąć. Skoro mówi pan, że miała te leki u siebie. Walka z uzależnieniem bywa bardzo trudna.

– Z czego wynikała bezsenność u pani Kojarskiej?

– Bezsenność często towarzyszy stanom lękowym i depresji. Te leki zmniejszają lęk. Trzeba jednak uważać, bo jak pan już wie, uzależniają. Poza tym mogą pojawić się różne działania niepożądane w przypadku zbyt długiego stosowania.

– Ma pan na myśli działania niepożądane o p r ó c z uzależnienia?

– Uzależnienie zawsze wiąże się z niekorzystnym wpływem danej substancji na organizm – wyjaśnił cierpliwie lekarz. – Ale ja mówię o sprawach praktycznych, jak na przykład to, że nie powinno się prowadzić pojazdów po zażyciu danego leku. Upośledzają sprawność psychofizyczną.

– Ale pani Kojarska prowadziła przecież samochód – wtrącił Rosół.

– Starałem się ją od tego odwieść, ale mnie nie słuchała. Nie mogłem jej tego przecież zakazać – usprawiedliwił się nerwowo doktor Sielski. – Jestem tylko lekarzem. Wielokrotnie jej powtarzałem, żeby nie prowadziła samochodu.

To nie moja wina. Czy ona zginęła w wypadku samochodowym?

– Mówiłem już panu, że została zamordowana.

– Aha. To doprawdy straszne – powiedział lekarz. – Bardzo mi przykro.

Ulga w jego głosie była jednak wyraźnie słyszalna.

– Jakie mogą być jeszcze skutki uboczne stosowania tych leków? – dopytywał się dalej Rosół.

Temat wydawał się interesujący.

– Podkreślam, że skutki uboczne nie zawsze muszą się pojawiać – przypomniał doktor.

– Doskonale to rozumiem. Proszę je wymienić mimo wszystko.

– Mogą na przykład wystąpić koszmarne sny, agresja i ogólne rozdrażnienie. Pacjent nie może spać, a jak już zaśnie, to śnią mu się najgorsze rzeczy, jakie może sobie wyobrazić. Mogą też występować halucynacje i, tak jak mówiłem, zawroty głowy, zaburzenia pamięci, słabość mięśni czy problemy z oddychaniem. Takie rzeczy.

– Mówi pan o tym tak spokojnie?! – oburzył się Janusz. Znowu nie panował nad energią. – I takie specyfiki wy przepisujecie ludziom?! To jest skandal! A człowiek wierzy lekarzom!

– Niech pan porozmawia z osobą, która od dawna cierpi na bezsenność. Zobaczymy, co panu powie. Poza tym nie jest powiedziane, że wystąpią niekorzystne objawy. To jest możliwe, ale nie musi mieć miejsca. Mówię o tym tylko dlatego, że pan pytał.

– Gadanie!

– Chce pan jeszcze o coś spytać? – zniecierpliwił się

Sielski. – Proszę pamiętać, że spieszę się do pacjenta. Poza tym nie za bardzo rozumiem, po co mnie pan o to wszystko wypytuje. Te informacje może pan znaleźć na ulotce, a nawet w Internecie. Wystarczy wpisać w wyszukiwarce nazwy leków. Tracę tylko czas. Jaki to ma związek z zabójstwem?

– Na razie wystarczy – uciął Janusz Rosół. – Możliwe, że będę się jeszcze kontaktował.

Lekarz odłożył pospiesznie słuchawkę. Nie pożegnał się.

– Dziękuję za pomoc – powiedział Janusz cicho, ale słyszał już tylko sygnał telefonu.

Nie wiedział, czy rękawiczka wystarczy. Podrzucił ją bardzo sprytnie i widział, że Weronika znalazła przedmiot. Nie wiedział natomiast, czy powiedziała o tym policji. Zdecydowanie trzeba ją było ukarać, uznał, nawet za pomocą tak zwyczajnego przedmiotu. Strach mógł być doskonałą karą.

Niech się boi. Przez chwilę rozkoszował się tą myślą. Niech się boi.

Służąca Kojarskich Agnieszka Mróz wyszła z pokoju, zamykając za sobą cicho drzwi. Młodszy aspirant Daniel Podgórski i komisarz kryminalna Klementyna Kopp czekali na przyjście Tomka Szulca. Był ostatnim z domowników, z którym jeszcze nie rozmawiali.

Klementyna popijała colę w milczeniu. Nie była dziś zbyt rozmowna.

Wkrótce w drzwiach pojawił się Tomek, człowiek do wszystkiego, jak go powszechnie nazywano. Miał na sobie obcisłą koszulkę, która podkreślała jego starannie wyrzeźbione ciało. Danielowi wydawało się, że mężczyźnie zależy na tym, by policjanci zauważyli jego urodę.

– Proszę usiąść. – Podgórski wskazał fotel obok kanapy, na której siedzieli z Klementyną.

Tomek Szulc zerknął na Daniela z niesmakiem. Wbrew sobie Podgórski poczuł się nieswojo. Poprawił koszulę i wyprostował się w nadziei, że będzie wyglądać na nieco bardziej zadbanego. Szczególnie w problematycznej sferze brzucha.

– Podejrzewacie mnie? – zapytał od razu Tomek.

– Hola, hola. Może nie wybiegajmy zbyt daleko naprzód, co? – powiedział Daniel. Zabrzmiało to ostrzej, niż planował.

– Po co w takim razie całe to przesłuchanie?

– Może zaczniemy po kolei. Gdybyś był łaskaw opowiedzieć nam o swoich miłosnych podbojach w tym domu? – zagadnęła Klementyna tonem zwyczajnej rozmowy. – Co?

– Co pani ma na myśli? – zapytał mężczyzna.

Komisarz Kopp zakręciła butelkę napoju i spojrzała przenikliwie na Tomka. Ten odwzajemnił spojrzenie. Chciał chyba sprawiać wrażenie rozluźnionego, ale jedna powieka drżała mu nieznacznie. Niewielka rysa na fasadzie spokoju.

– Okej. Dobra. Powiem tak, miałam okazję zapoznać się z twoim interesującym życiorysem. Znam dobrze takich jak ty, wiesz?

Daniel spojrzał na Klementynę zaskoczony. Wspominała już wcześniej, że wie coś na temat Tomka, ale Daniel nadal nie wiedział, do czego właściwie zmierzała.

Podgórskiego ogarnęła nagła fala irytacji. Był już pewien, że ich współpraca z komisarz Kopp zaczyna układać się coraz lepiej, a tymczasem Klementyna nie uznała za stosowne podzielić się z nim informacjami.

– Tak więc chciałabym usłyszeć konkrety – ponagliła Tomka pani komisarz Kopp.

Daniel znowu spojrzał zdziwiony na Klementynę.

– Nie wiem, o czym pani mówi – żachnął się Tomek.

– Świętym ciebie raczej nazwać nie można, co? Zaraz! To się chyba nazywa prześladowanie i próba gwałtu – stwierdziła Klementyna Kopp, przybierając zamyślony wyraz twarzy. – Podejrzewam, że właśnie takie zarzuty usłyszałeś w sądzie. Czy może się mylę, co?

– Zostałem oczyszczony – burknął Tomek przez zaciśnięte zęby. – Jestem niewinny.

– No nie wiem, nie wiem. Zależy, jak na to spojrzeć. Ja bym raczej powiedziała, że odbyłeś karę. Ale! Wróćmy do mojego pytania. Wiemy już, że wdałeś się w bliskie relacje z uroczą pokojówką Agnieszką. Próbowałeś też szczęścia z panią Blanką Kojarską, tak?

– Nie tylko z nimi... – odezwał się powoli Daniel Podgórski.

Klementyna zerknęła na niego przelotnie. Tym razem to ona była zaskoczona.

– Wszystkie tego chciały! Żadna mi się nie oprze! – krzyknął Tomek Szulc. Fasada spokoju zupełnie runęła. Zastąpił ją uśmiech pełen zadowolenia z siebie. – Żadna mi się nie oprze. Nawet ta cizia Weronika.

– Okej. Dobra. Rozumiem, że macie wspólne zainteresowania w osobie pięknej Weroniki – powiedziała

Klementyna niezbyt zaciekawiona tematem. – Ale! Pytam jeszcze raz, jaki jest twój udział w tej sprawie, co?

– Chcecie mnie w to wrobić! Doskonale wiem, jaki jest wasz plan! Ale ja winny nie jestem – odszczeknął się Tomek. Zrobił się czerwony na twarzy. – O ile pamiętam, to wolny kraj. Każda z tych babek przyszła do mnie sama. Nic nie musiałem właściwie robić. Blondyny Kojarskiej nie zabiłem. Nie wrobicie mnie! Już swoje odsiedziałem. Zastanówcie się! To wszystko jest na moją niekorzyść! Zabili ją, więc nie będę miał kasy. Czemu ja miałbym ją zabijać?! Była mi potrzebna żywa. Nie wrobicie mnie!

Komisarz Kopp spojrzała na Tomka spod oka i dała znak Danielowi, żeby to on kontynuował przesłuchanie.

– Postaraj się przypomnieć sobie noc, kiedy zamordowano panią Blankę Kojarską – poprosił Daniel, wciągając brzuch jeszcze bardziej. – To było trzy dni temu, w niedzielę. Widziałeś coś niepokojącego?

– Nic nie widziałem! Byłem u siebie w pokoju z Agnieszką. Pieprzyłem ją, jeżeli chcecie koniecznie wiedzieć. To znaczy najpierw raczyłem ją czułymi słówkami, a potem przeszedłem do rzeczy. To zawsze, kurwa, działa.

– Proszę powstrzymać się od używania wulgaryzmów – poinstruował Tomka Daniel.

Mężczyzna wzruszył niedbale ramionami.

Podgórski zerknął do notatek. Chwilę temu Agnieszka Mróz potwierdziła zeznanie Róży, mówiąc, że do północy siedziała z żoną Juniora. Miały być zajęte szyciem.

– O której to było mniej więcej? Dasz radę sobie przypomnieć?

– Może tak od ósmej byliśmy razem. Skończyłem robotę i miałem ochotę na małe co nieco.

Podgórski zerknął w stronę Klementyny. Zeznania Tomka i Agnieszki różniły się.

– Czyli byliście razem od ósmej, a potem położyliście się spać? – upewnił się Daniel.

– Kurwa, no przecież już powiedziałem!

– Stop. Czekaj. Radziłabym z całego serca zeznawać zgodnie z prawdą. Zważywszy na twoją niezbyt klarowną sytuację.

– Przecież zeznaję zgodnie z prawdą. Czego jeszcze chcecie? Możecie zapytać Agnieszkę. Ona wszystko potwierdzi.

Klementyna Kopp mruknęła coś pod nosem. Tomek zerknął w kierunku Daniela Podgórskiego pytająco. Daniel odchrząknął, on też nie zrozumiał, co powiedziała pani komisarz.

– A wtedy, kiedy przejechano zakonnicę? To był wtorek rano, pamiętasz? – zapytał policjant. – Może wtedy widziałeś coś dziwnego?

– Przecież już macie winną. Widziałem na *naszym-lipowie*.

– Chciałbym, żebyś się dobrze zastanowił – dodał Podgórski.

Wyglądało na to, że Tomek Szulc rzeczywiście przez chwilę rozważa pytanie policjanta.

– Wiem tylko, że to Blanka brała rano samochód – powiedział w końcu mężczyzna. – Tego jestem na stówę pewien.

– Blanka brała land rovera discovery pana Juniora

Kojarskiego? – upewnił się Daniel. Może jednak teoria Janusza Rosoła, że to Blanka przejechała siostrę Monikę, okaże się prawdziwa.

Tomek skinął głową z namaszczeniem.

– Tak. Pamiętam, bo pomogłem jej wsiąść. W tym wozie jest taki dość wysoki próg, chciałem być szarmancki. Przygotowywałem już grunt. Pamiętam, jak Blanka na mnie spojrzała. Z pożądaniem – rozmarzył się mężczyzna. – Brakowało już tylko kilku dni do pełnego sukcesu. Miałem nadzieję na drogie podarunki. Bogata kochanka bardzo się przydaje. Zwłaszcza taka, która jest niedowartościowana przez swojego mężczyznę.

– O której to było? – zapytał Daniel podekscytowany.

– Co było o której?

– O której pomagałeś pani Kojarskiej wsiąść do samochodu we wtorek?

– Nie wiem. Mogła być ósma, a może dziewiąta... w każdym razie na pewno to było rano. Pamiętam. Potem miałem kilka rzeczy do zrobienia.

– Powiedziała, gdzie jedzie?

– Nie. Chociaż... – Tomek się zawahał. – Coś tam mówiła. Chyba że musi załatwić kilka spraw. Ale nie pamiętam, czy wspominała dokładnie co. Nie za bardzo mnie to wtedy interesowało, mówiąc szczerze. Sami widzicie!

– Widziałeś, żeby odwiozła samochód z powrotem do domu?

– Nie, tego nie widziałem. Widziałem ją potem, jak rozmawiała z Weroniką w lesie. Ja odśnieżałem w ogrodzie. Nie wiem, o czym gadały, ale gadały. Potem przyszedł Junior Kojarski. I tak gawędzili we trójkę. Naprawdę uroczo.

Zaśmiał się.

– Nie wiem, o czym rozmawiali, bo było za daleko – powtórzył Tomek, jakby był tym faktem zawiedziony.

Daniel zanotował w pamięci, że musi porozmawiać o tym z Weroniką. Czyżby to jednak Blanka przejechała zakonnicę? Ale dlaczego? Nic tu do siebie nie pasowało. Miał nadzieję, że Wiera zdecyduje się mówić i przynajmniej część zagadek się wyjaśni.

Maria Podgórska została w komisariacie sama z Januszem Rosołem. Było cicho i spokojnie, tak jak najbardziej lubiła. Słychać było tylko delikatny szum wiatraka przy suficie. Pracował mimo zimy na dworze. Na posterunku nie było dobrej cyrkulacji powietrza, więc zawsze go włączała.

Zastanawiała się, czy udałoby się jej wymknąć na chwilę. Telefony jak na razie nie dzwoniły, a Janusz chybaby nie zauważył. Obliczyła, że nie będzie jej najwyżej godzinę. Oferta, którą otrzymała, była bardzo kusząca, a ona potrzebowała pieniędzy. Wiedziała, że Daniel by jej dał, ale nie chciała go prosić. Czuła się winna, ale nie miała wyjścia. W końcu to tylko rozmowa. Tylko rozmowa, pocieszyła się w duchu.

Ubrała się, jak najdyskretniej umiała, i wyszła cicho z komisariatu. Starała się iść normalnym krokiem. Nie chciała wyglądać na podejrzaną. Obejrzała się za siebie, jakby spodziewała się zobaczyć Janusza Rosoła w oknie komisariatu, patrzącego na nią z potępieniem. Okna były jednak puste, jak oczy w niebieskiej fasadzie budynku. Rosoła nie było nigdzie widać.

Maria przyspieszyła kroku. Musiała jak najszybciej dotrzeć na miejsce spotkania.

Podróż do Olsztyna trwała dłużej, niż Marek Zaręba początkowo przypuszczał. Nie wszędzie odśnieżono szosy, a w jednym miejscu próbował pojechać na skróty, co ostatecznie zakończyło się koniecznością zawrócenia i nadłożeniem drogi.

Kiedy wreszcie dojechał na miejsce, przed drzwiami olsztyńskiego komisariatu czekał już na niego Jan Mielczarek, który prawie sześć lat temu zajmował się dochodzeniem w sprawie śmierci pani Stefanii Kojarskiej, poprzedniej żony Seniora. Mielczarek okazał się niski i przysadzisty. Jego włosy były całkiem siwe, mimo że twarz wydawała się ciągle dość młoda. Możliwe, że osiwiał przedwcześnie. Marek coś o tym słyszał.

– Witam. Starszy sierżant Marek Zaręba – przedstawił się młody policjant i uścisnęli sobie dłonie. – Przyjechałem z komisariatu w Lipowie. Dziękuję, że zgodził się pan poświęcić mi czas.

– Nie ma problemu. Może się przejdziemy? Pogoda dopisuje, a ja już mam dosyć siedzenia na dzisiaj. Byłbym zobowiązany.

Marek również czuł się zdrętwiały po podróży, więc chętnie przystał na propozycję Mielczarka. Ruszyli niespiesznym krokiem ulicą.

– Mam tu dla pana skserowane akta tej starej sprawy.

Policjant podał Zarębie cienką teczkę.

– Nie ma tego wiele, jak pan widzi. Dochodzenie zamknęliśmy dość szybko – wyjaśnił. – Można powiedzieć nawet, że b a r d z o szybko.

– Dlaczego? – zainteresował się Zaręba.

– Z kilku względów. Po pierwsze, wszystko wskazywało na samobójstwo. Po drugie, pan Senior Kojarski nie życzył sobie, żeby mu za długo przeszkadzano. Podejrzewam, że zapłacił komu trzeba, żeby sprawy potoczyły się trochę szybciej, niż to byłoby normalnie. – Mielczarek odchrząknął, jakby zorientował się, że zdradził zbyt wiele. – To było kilka lat temu, więc myślę, że mogę już o tym mówić otwarcie. Nie będę panu jednak zdradzać żadnych nazwisk. Mówię to raczej jak kolega koledze. Mam nadzieję, że pan to rozumie.

Marek skinął głową. Nie miał zamiaru robić nikomu kłopotów. Jan Mielczarek wydawał się nieco uspokojony obietnicą dyskrecji.

– A w jaki sposób zginęła pani Kojarska?

– Przedawkowała środki nasenne. Według lekarza sądowego zmieszała je jeszcze z alkoholem. Świadkowie twierdzili, że była od tych tabletek uzależniona. Tak że… no to było prawdopodobne, tak powiem.

– Pamięta pan, jakie to były leki?

– Wszystko jest w raporcie. Przyznam się, że nie mam głowy do takich rzeczy. Teraz mam tyle roboty, że czasem zapominam, jak sam się nazywam – zażartował olsztynianin.

Marek Zaręba uśmiechnął się ze zrozumieniem i szybko przekartkował raport. Nazwy leków wydawały się znajome, ale nie był teraz pewien, czy te same znajdowały się w pokoju Blanki.

– Czy to pan Senior Kojarski poinformował was o tym, że jego żona była uzależniona?

– Chyba nie on. Raczej to był syn – stwierdził Mielczarek po namyśle. – O ile pamiętam, nazywali go Junior Kojarski. Senior wspominał, że żona brała leki nasenne, ale nie mówił o uzależnieniu. Przynajmniej nie otwarcie. Syn był bardziej skory do zwierzeń.

– Wszystko wyglądało czysto? Czy mieliście jakiekolwiek podejrzenia, że to mogło nie być samobójstwo?

– Raczej nie mieliśmy żadnych podejrzeń. Wyglądało na to, że pani Stefania wzięła za dużo tabletek i popiła je alkoholem. Podobno miała stany depresyjne i skłonności do tego typu zachowań. Może zrobiła to celowo, a może tak się stało przez przypadek. Lekarz sądowy też nie zauważył nic podejrzanego. Mam na myśli, że nie było żadnych niezidentyfikowanych śladów na ciele ani nic takiego.

– Zostawiła list? – zainteresował się Marek.

– Wiem, do czego pan zmierza. Rzeczywiście większość samobójców zostawia listy pożegnalne. Są nawet na ten temat jakieś badania czy wyliczenia, ale też nie musi tak być. Niekoniecznie samobójca musi zostawić list – powiedział Jan. Brzmiało to, jakby powtarzał cudze słowa. – I właśnie pani Stefania Kojarska go nie zostawiła. Dlatego też myślę, że raczej to był przypadek. Pamiętam, że lekarz sądowy mówił wtedy, że tego leku nie powinno się mieszać z alkoholem, bo wzmacnia jego działanie. Cóż, ona to zrobiła i stało się.

– Ale nie było podejrzane, że Senior Kojarski... zapłacił?

Mielczarek spojrzał na Marka spod oka i przyspieszył nieco kroku. Zaręba zorientował się, że popełnił nietakt, ale było już za późno, żeby cofnąć te słowa.

– Nie zapłacił m n i e. Nie wiem, czy w ogóle zapłacił. Mówiłem tylko o swoich podejrzeniach – wycofał się Mielczarek. – Zwierzchnictwo mi zasugerowało, że powinienem szybko zamknąć sprawę, orzekając samobójstwo. Mimo wszystko to wyglądało na czystą sprawę, więc nie miałem obiekcji. Nie potrzeba nam było dodatkowej biurokracji.

– A istniała jakakolwiek możliwość, że ktoś jej… pomógł?

– Zawsze jest taka możliwość – przyznał siwy policjant. – Tu jest dość dobra, a przy tym tania, restauracja. Nie chciałby pan wstąpić? Zgłodniałem, a potem nie będę miał czasu na obiad.

Mielczarek wskazał na lokal po drugiej stronie ulicy. Markowi zaburczało w brzuchu. Ostatnio mało jadł. To oraz stres spowodowało, że wszystkie ubrania wydawały się teraz za luźne. Nagle poczuł wielki głód, więc chętnie przystał na propozycję. Weszli do środka. Aromaty, które się tam unosiły, sprawiły, że Zaręba nie mógł się już skupić na niczym innym.

Zamówili jedzenie u niziutkiej kelnerki z włosami splecionymi w dwa grube warkocze.

– Tak jak mówiłem – kontynuował Jan Mielczarek, kiedy czekali na swoje dania. – Zawsze jest możliwość, że ktoś pani Stefanii Kojarskiej pomógł. Mógł na przykład podać jej dodatkową porcję leku… nie wiem, na przykład w jedzeniu lub piciu. Potem ona wzięła swoją zwyczajową dawkę i popiła alkoholem. I nieszczęście gotowe.

– Mąż nie zauważył, żeby działo się coś złego? Że źle się czuła?

– Nie. Mieli oddzielne sypialnie – wyjaśnił Jan. – Więc

znaleziono ją dopiero rano. Właściwie nie rano, ale w południe. Nie miała zwyczaju wstawać zbyt wcześnie. W związku z tym nikt się nie przejął, że nie przyszła na śniadanie.

Kelnerka postawiła przed nimi talerze parującej zupy, uśmiechając się miło. Marek był zachwycony. Dawno nie jadł tak dobrej pomidorowej. Najlepszą przyrządzała jego babcia, ale ta była prawie tak samo smaczna.

– Mówiłem, że dobrze tu gotują – skomentował Jan Mielczarek.

Marek tylko mruknął w odpowiedzi, niemal wlewając w siebie zawartość talerza.

– Kto znalazł ofiarę? – zapytał z pełnymi ustami.

– Syn. To znaczy Junior Kojarski. Kiedy matka długo nie schodziła, Junior w końcu zapukał do jej drzwi. Senior chyba nie chciał jej przeszkadzać. Przynajmniej tak mówił.

– I to nie było podejrzane?

– Ta rodzina raczej nie jest zbyt serdeczna, jak już pan pewnie zauważył. Odniosłem wtedy wrażenie, że po prostu nie interesował się za bardzo żoną. Nie spędzali ze sobą zbyt dużo czasu. Podobno miał na oku pewną młodą osobę.

Marek odłożył łyżkę i westchnął z lubością. Pierwszy głód został zaspokojony, więc mógł poświęcić więcej uwagi rozmowie.

– Pamięta pan, jak się nazywała ta osoba? – zapytał zaciekawiony, chociaż był pewien, że zna odpowiedź.

– Kobieta nazywała się chyba Blanka. Nazwiska w tej chwili sobie nie przypomnę – uśmiechnął się Mielczarek. – Urocza dziewczyna z niej była, pamiętam do tej pory. Ale… jak mówiłem, ludzie trochę plotkowali, więc założyłem, że Senior Kojarski nie był już zainteresowany żoną i po prostu nie miał ochoty jej widzieć. Dlatego nie on zajrzał do pokoju, tylko syn.

– Pamięta pan, kto był wtedy w domu? Oprócz Seniora i Juniora Kojarskich?

– Była jeszcze żona Juniora. Jak ona się nazywała? Miała taką fryzurę jak Kleopatra. O, już wiem. Róża Kojarska. Była chyba w ciąży. Tak mi się wydaje.

– Tak, rzeczywiście. Teraz mają synka.

Kelnerka zabrała talerze po zupie i przyniosła drugie danie. Cały czas uśmiechała się promiennie. Marek Zaręba odwrócił wzrok i wbił widelec w kotlet. Posiłek był tradycyjny i prosty, ale jemu smakował jak najlepsza uczta. Dawno nie najadł się tak dobrze.

Zapłacili i ruszyli z powrotem w stronę komisariatu. Droga powrotna wydawała się krótsza. W kilka minut znaleźli się obok hondy Marka.

– Dziękuję jeszcze raz – powiedział Marek Zaręba i uścisnęli sobie dłonie na pożegnanie.

– Nie ma problemu. Mam nadzieję, że jakoś pomogłem.

– Nawet bardzo. Dziękuję.

– Podejrzewacie Seniora Kojarskiego? – zapytał jeszcze tamten.

– Powiem tak: nie wykluczamy go.

– Ostrożna odpowiedź. – Mielczarek skinął głową. – Niech pan pamięta, żeby wziąć fakturę na benzynę. Niech panu nie każą płacić z własnej kieszeni. Aż tyle nie zarabiamy.

ROZDZIAŁ 24

Lipowo. Środa, 23 stycznia 2013, po południu

Weronika Nowakowska czyściła Lancelota gumowym zgrzebłem. Nie było to łatwe zadanie, ponieważ koń, mimo trwającej nadal zimy, zaczął gubić sierść. Długie zimowe włosy wychodziły garściami, a pod spodem widać już było nową lśniącą pokrywę o intensywnym grafitowym kolorze. Dziewczyna wzięła kolejną szczotkę.

– Nie za wcześnie na zmianę ubranka? – zapytała konia. – Jeszcze jest zima!

Lancelot parsknął i niezrażony wrócił do przeżuwania siana. Weronika użyła metalowego zgrzebła, żeby wyczyścić szczotkę. Czuła, że całą twarz ma już w końskiej sierści. Jeden włos przykleił się jej do ust. Zdjęła rękawiczki, żeby go usunąć. Igor wszedł do boksu i rozłożył się na grubej warstwie słomy.

– Nie za dobrze wam? – zaśmiała się Nowakowska i wróciła do czyszczenia Lancelota.

Cały wczorajszy wieczór rozmyślała o swojej relacji z Danielem, teraz miała ochotę na przejażdżkę po lesie, żeby oczyścić umysł z niepotrzebnych lęków. Póki leżał śnieg, nie musiała się martwić, że podłoże jest zbyt twarde. Jak zarobi, będzie musiała pomyśleć o wybudowaniu krytej ujeżdżalni. W polskich warunkach była praktycznie niezbędna zimą.

Założyła koniowi ogłowie i osiodłała go. Zerkał na nią kątem oka niezadowolony. Zdecydowanie bardziej podobało mu się leniwe podjadanie siana. Igor zrozumiał, że czeka go przebieżka obok konia, więc zerwał się i zaczął machać radośnie ogonem. Weronika dosiadła konia i ruszyli w las.

Tym razem pojechała w drugą stronę niż ostatnio. Minie dużo czasu, zanim będzie chciała wrócić na Polanę Czarownic po tym, jak znalazła tam zamordowaną sąsiadkę. Myśli Weroniki znowu zaczęły biec w stronę Blanki Kojarskiej. Po pierwsze, była już teraz całkiem pewna, że blondynka przyszła od strony drogi, a nie z domu, tak jak twierdziła podczas ich pierwszej rozmowy. Mówiąc precyzyjniej, przyszła dokładnie z tamtego miejsca, gdzie potrącono zakonnicę. Po drugie, Weronika była też przekonana o niewinności sklepikarki, mimo że sama Wiera przyznała się do potrącenia siostry Moniki.

Nowakowska skróciła wodze. Lancelot postawił uszy gotowy do biegu. Ruszyli kłusem, ale nie zwracała zbytnio uwagi na drogę. Musiała się zastanowić. Z jej rozważań wynikało, że to Blanka przejechała zakonnicę. Pozostawało pytanie, czy teraz miało to jakieś znaczenie, skoro nie żyła. Ma to znaczenie dla Wiery, pomyślała Weronika, kłusując przez las. Nie mogę pozwolić, żeby zamknęli ją w więzieniu za coś, czego nie zrobiła.

Wiedziała jednak, że musi mieć coś bardziej konkretnego niż tylko przypuszczenia. Była pewna, że żaden z policjantów nie zwróci uwagi na jej przeczucia i kobiecą intuicję. Musi mieć solidne fakty. Przytrzymała konia i przeszła do stępa, żeby wszystko jeszcze raz dokładnie przemyśleć.

Według niej Blanka Kojarska od początku zachowywała się dziwnie. Nie znały się zbyt dobrze, to prawda, ale wszystko, co mówiła, całe jej zachowanie, nie było normalne. A przynajmniej nie było standardowe. Weronika przypomniała sobie dziwne zmiany nastroju Blanki. Co ona takiego jeszcze mówiła? Weronika nie mogła sobie teraz przypomnieć, o czym rozmawiały wówczas w lesie. Czuła, że gdzieś tam czai się rozwiązanie, a przynajmniej jedna ze wskazówek.

Lancelot poślizgnął się na topniejącym śniegu. Przez chwilę Weronika myślała, że przewróci się razem z koniem, ale udało mu się złapać równowagę. Serce biło jej szybko. Koniowi też. Poklepała go uspokajająco po szyi. Ta przejażdżka nie była chyba jednak najlepszym pomysłem. Zawrócili na rozstaju dróg. Igor nie wydawał się z tego zadowolony. Chciał jeszcze pobiegać. Jego złota sierść stała się brunatna od błota.

Jadąc powoli przez las, Weronika rozmyślała dalej. Przypomniała sobie wieczór, który spędziła u Kojarskich, kiedy to Róża pokazała im stronę *nasze-lipowo*. Gdy teraz o tym myślała, wydawało jej się, że Blanka Kojarska rozpoznała wtedy twarz zakonnicy. W związku z tym były dwie ewentualności, uznała Weronika. Albo Blanka rozpoznała zakonnicę, ponieważ kilka godzin temu ją przejechała, albo z jakiegoś powodu znały się wcześniej. Może jedno i drugie? Z tego, co powiedział jej Daniel, policja nadal nie znała świeckiej tożsamości siostry Moniki. Czy te dwie kobiety miały ze sobą coś wspólnego?

Zbliżali się z powrotem do domu. Czerwona omszała dachówka, pokrywająca dach jej starego dworku, widoczna już była między drzewami. Przypomniało jej to o różowej rękawiczce. Im więcej się nad tym zastanawiała, tym bardziej ogarniało ją nieprzyjemne uczucie, że wie, do kogo należała. Bardzo nie chciała o tym myśleć. Być może Blanka zostawiła ją tam przypadkowo, kiedy była tu ostatnio. Nie wydawało się to jednak zbyt prawdopodobne. Minęło kilka dni i dawno już ktoś zauważyłby zgubę.

Druga możliwość była bardzo nieprzyjemna. Bardzo nieprzyjemna.

Weronika zadrżała.

Wiera siedziała na metalowym krześle w pokoju przesłuchań Komendy Powiatowej Policji w Brodnicy. Młodszy aspirant Daniel Podgórski zauważył, że po raz pierwszy od dawna sklepikarka ma gładko uczesane włosy. To zupełnie zmieniało jej wygląd. Niemal jej nie poznawał. Egzotyczna uroda wyblakła. Nie była już wiedźmą, tylko zwykłą zmęczoną starszą kobietą.

W aktach, które dali mu koledzy z Brodnicy, zapisano, że podejrzana nazywa się naprawdę Alicja Kowalska. Magia i tajemnica otaczająca postać sklepikarki gdzieś zniknęły. Wiera Rosłońska to był mit. Alicja Kowalska nie miała ukraińskich korzeni, jak lubiła opowiadać. Jej rodzice pochodzili z Katowic. Matka nazywała się Dorota, a ojciec Przemysław. Żadne z nich nie było karane ani nie wsławiło się niczym szczególnym. Sama Alicja miała na swoim koncie kilka przewinień z czasów młodości, ale nie było to nic poważnego.

Daniel zamknął akta z westchnieniem. Czuł się zdezorientowany i w jakiś sposób rozczarowany. Nie był już wcale pewien, czy powinien ufać tej kobiecie.

– Jak się pani czuje, pani Wiero? – zapytał mimo to uprzejmie. Postanowił trzymać się imienia, które z jakiegoś powodu wybrała.

– Daj spokój, Danielku – powiedziała sklepikarka zrezygnowanym, wyblakłym głosem. – Dobrze wiesz, że tak się nie nazywam. Możemy równie dobrze spojrzeć prawdzie w oczy.

– Zawsze tak do pani mówiłem. Jestem przyzwyczajony, ale mogę nazywać panią, jak pani woli. To nie problem – uspokoił ją Podgórski. Chciał, żeby się rozluźniła.

Skinęła głową.

– W takim razie mów do mnie Wiera. Tak długo używałam tego imienia, że już sama praktycznie uwierzyłam, że jest moje.

– Pani Wiero, proszę powiedzieć mi prawdę – poprosił Daniel. – Jak to było z tą zakonnicą tydzień temu?

– Już mówiłam – powiedziała Wiera twardo. – To ja…

– Wiemy, że pan Senior Kojarski nie dał pani land rovera – przerwał jej Daniel. Żaden z przesłuchiwanych świadków nie potwierdził wersji sklepikarki w sprawie samochodu. Podgórski od początku czuł, że Wiera nie powiedziała prawdy. Musiał jednak formalnie to udowodnić. – Tak więc oszukała mnie pani w tej kwestii. Chciałbym wiedzieć dlaczego?

Sklepikarka siedziała w milczeniu z zaciśniętymi mocno ustami. Wyglądały jak wąska czerwona kreska na bladej ziemistej twarzy. Danielowi Podgórskiemu było jej żal, ale był tam, żeby dowiedzieć się prawdy. Nie mógł się rozczulać. Musiał działać.

– Wiemy też, że pani syn ma alibi na czas przejechania zakonnicy – stwierdził powoli.

Zdecydował się na niewielkie oszustwo, ponieważ podejrzewał, że sklepikarka kłamie, żeby chronić Juniora. Chciał zabrać jej ten powód do kłamstw. Nikt z rodziny Kojarskich nie miał tak naprawdę alibi na interesujący ich czas. Stwierdzenie, że wszyscy przebywali w domu, było praktycznie bez znaczenia, zważywszy na charakter ich relacji. Żyli właściwie oddzielnie i żadne nie wiedziało, co robi drugie. Każdy z członków rodziny Kojarskich mógł opuścić rezydencję niezauważony w dowolnym momencie.

Sklepikarka spojrzała na policjanta ostro.

– Pani Wiero, proszę mówić prawdę – powiedział Daniel spokojnie. Nie chciał zbytnio naciskać, żeby nie zamknęła się w sobie i nie schowała znowu za ścianą niepotrzebnych oszustw. – Potrzebujemy pani pomocy, żeby ukarać r z e c z y w i s t e g o sprawcę. Proszę powiedzieć, jak było.

Wiera wahała się przez chwilę. Daniel patrzył na nią przyjaźnie. Czas dłużył się niemiłosiernie, kiedy toczyli tę milczącą walkę na spojrzenia.

– No dobrze – odezwała się w końcu sklepikarka. – Powiem, jak było, skoro mój syn jest niewinny.

Daniel Podgórski uśmiechnął się do niej zachęcająco. Miał nadzieję, że teraz usłyszy prawdziwą wersję wydarzeń i będą mogli posunąć się dalej w poszukiwaniach zabójcy siostry Moniki.

– Poszłam do lasu jak zwykle. Samochód stał porzucony

na poboczu. Zakonnica leżała kawałek dalej. Wciąż ją widzę...

Zamilkła. Wydawało się, że już nic więcej nie powie. Zasłoniła rękami oczy, jakby chciała wymazać obraz zabitej.

– Czy przynieść może szklankę wody? – zaproponował policjant. – Pani Wiero?

Pokręciła przecząco głową.

– Niech pani mówi dalej – poprosił Daniel cicho.

– Od razu rozpoznałam samochód Juniora. Widziałam przecież, jak nim jeździł. I to wiele razy. Myślałam, że przejechał tę kobietę. Podejrzewałam, że uciekł potem przez las do domu i zostawił samochód porzucony. Każdemu mogło się to zdarzyć. Moment paniki i człowiek robi coś nieprzemyślanego, prawda?

Jej oczy zaszkliły się od tłumionych łez.

– Nie chciałam, żeby mój syn został zamknięty w więzieniu, więc zabrałam się do czyszczenia samochodu. Chciałam usunąć krew. Była na dużej części zderzaka z przodu. Chwilę później pojawił się Bartek Rosół. Chyba szedł na autobus, tak wtedy pomyślałam... Postanowiłam to wykorzystać. Wiem, że nie powinnam była go mieszać do tej sprawy, jest przecież taki młody, ale wtedy nie myślałam racjonalnie. Zapłaciłam mu, żeby zawiózł samochód do Brodnicy, jak najdalej od miejsca wypadku. Miałam nadzieję, że uda mi się skontaktować z synem, żeby mu powiedzieć, gdzie jest samochód i co dla niego zrobiłam. Chciałam powiedzieć mu, że nie musi się martwić... ale to okazało się niemożliwe. Nie dopuszczali mnie. Moje telefony były odrzucane, a kiedy poszłam do tego ich dworu, Tomkowi kazali mnie nie wpuszczać. Tomek Szulc to miły chłopak, ale musiał robić, co mu kazali. Rozumiem to i nie mam mu tego za złe.

Mimo tych zapewnień w jej głosie pojawiła się gorycz.

– Zrobiłam wiele błędów w życiu, Danielku. Ale najgorszym było oddanie mojego syna Kojarskim.

– Myślała pani, że dobrze robi – pocieszył ją Daniel. – Że w ten sposób zapewni mu pani lepsze życie. To zrozumiałe.

– Bzdury. Nie musisz udawać. Doskonale wiem, co o tym myślisz. Świetnie wiedziałam, że robię źle. Przecież ich znałam. Pracowałam u nich. Byli tacy sami jak teraz. Nie najlepsze środowisko dla dzieci – upierała się Wiera. – Mówiąc szczerze, było mi po prostu wygodniej go oddać. Byłam młoda i nie chciałam sobie zawracać głowy dzieckiem. To były hipisowskie czasy. Chciałam być wolna. Poza tym zapłacili mi. I to sporo. Przez kilka lat nie musiałam się niczym martwić.

Hamowane łzy popłynęły jej wreszcie po twarzy.

– Nie wiesz, Danielku, jak to jest żyć przez tyle lat z wyrzutami sumienia. Teraz chciałam mu zadośćuczynić za to wszystko. Wziąć na siebie jego winę.

– Czyli wycofuje pani swoje poprzednie twierdzenie, że to pani przejechała zakonnicę? – spytał Daniel dla formalności. Chciał mieć to nagrane na taśmie, żeby nikt nie mógł potem mieć wątpliwości.

– Tak. Ja tego nie zrobiłam. A skoro mówisz, że nie zrobił tego mój syn, to nie wiem już kto. Samochód był pusty, kiedy go znalazłam.

Nagle Podgórskiemu przyszło coś do głowy.

– Dziękuję za pomoc, pani Wiero. Myślę, że prokurator

nie będzie chciał dłużej tu pani przetrzymywać. Mam nadzieję, że wkrótce wróci pani do Lipowa. Pusto tam bez pani.

– Pusto tam bez tajemniczej Wiery. Ale czy jest tam miejsce dla zwyczajnej Kowalskiej? – sklepikarka znowu wydawała się rozgoryczona. – Solicka już pewnie otworzyła swój sklep?

– No, można tak powiedzieć – przyznał Daniel Podgórski. – Z tego, co wiem, dzisiaj wieczorem planuje wielkie otwarcie.

– Tak myślałam, tak myślałam.

– Ale pani ma wiernych klientów – próbował ją pocieszyć policjant.

– O mnie się nie martw, Danielku. Wiera zawsze spada na cztery łapy.

Julka była dumna z siebie. Teraz ona też miała starszego kochanka. No, może prawie miała, ale już nad tym pracowała. I to nie byle kogo! Praktycznie równie dobrego jak Ewka, o ile nie lepszego, uznała dziewczyna zadowolona. Ten sam prestiż. Szkoda tylko, że on nie chciał zdradzać się z ich związkiem. Trudno, tajemnica też miała swoje uroki.

Ubrała się najbardziej seksownie, jak umiała. To mu się spodoba. Na pewno. Wymknęła się z domu. Rodzice niczego nie zauważyli. Miała przecież swoje sposoby, nie była już dzieckiem. Mimo że się ociepliło, zadrżała w krótkiej spódniczce i kabaretkach. To nie był najlepszy strój na zimę, ale dla niego było warto pocierpieć. Ruszyła przez mokry śnieg.

Aspirant Janusz Rosół wypił morze kawy z dodatkiem i czuł się niespodziewanie pobudzony. Nieznana energia, którą ostatnio odczuwał, pojawiała się i znikała ni stąd, ni zowąd. Przestało mu to przeszkadzać.

Dzwonił do domu kilka razy, ale żadne z dzieci nie odbierało. Niepokoiło go to troszeczkę, więc poszedł po kolejny kubek kawy. Serce biło mu szybko. Zbyt szybko. Postanowił, że najlepiej będzie, jeśli pójdzie do domu i sprawdzi, co się tam dzieje. Nie był do końca pewny, co zrobi, jeśli na przykład nikogo nie zastanie. Jeżeli o to chodzi, nie wiedział także, co zrobi, jeśli syn i córka tam będą. Tym będzie się jednak martwił później.

Idąc przez korytarz, zauważył, że Marii nigdzie nie ma. Czy to możliwe, że wyszła, nic mu nie mówiąc? To było do niej niepodobne. Powinna była go poinformować, a właściwie zapytać o pozwolenie. Pod nieobecność Daniela Podgórskiego był przecież najwyższym stopniem funkcjonariuszem. Nagle uświadomił sobie, że właściwie zawsze był najwyższy stopniem. Energia zaczęła mu podpowiadać, że to on powinien był zostać szefem komisariatu. To był błąd zrezygnować z tej pozycji. Przecież to on najlepiej się do tego nadawał. Daniel był jeszcze nieopierzony. Nie miał doświadczenia. Żadnego.

Nagle telefon w biurze Podgórskiego rozdzwonił się przeraźliwie. Janusz chwycił się za głowę. Miał wrażenie, że ból rozsadzi mu czaszkę. Na szczęście po chwili dzwonienie wydawało się już jakby mniej natarczywe.

Rosół rozejrzał się ostrożnie. Marii nadal nie było widać. Przy jej stanowisku faks zaczął wypluwać kartki. Telefon nadal dzwonił. Janusz podjął decyzję w jednej chwili. Zdecydowanym ruchem otworzył drzwi i podniósł słuchawkę.

– Słucham! – krzyknął do telefonu tonem, który jemu samemu wydał się władczy.

Tak właśnie powinien brzmieć głos szefa komisariatu.

– Pan Daniel? – mężczyzna po drugiej stronie linii wydawał się zdziwiony.

– Daniela nie ma. Podczas jego nieobecności to ja tu dowodzę – powiedział Rosół hardo. – Z kim rozmawiam?

– Mówi Zbigniew Koterski, lekarz sądowy. Przeprowadziłem już autopsję ciała pani Blanki Kojarskiej. Właśnie przesłałem wam faksem raport. – W głosie patologa nadal brzmiało zdziwienie. – Normalnie rozmawiałem na ten temat z panem Podgórskim. Z kim mam przyjemność?

– To p a n powinien się przedstawić! – rzucił Janusz Rosół z wyrzutem.

Będzie musiał nauczyć tego człowieka manier!

– Przecież przed chwilą to zrobiłem. Nie rozumiem pańskiego zdenerwowania. Z kim właściwie rozmawiam?

Głos Koterskiego wydał się Januszowi wyjątkowo irytujący. Czuł, że znowu traci nad sobą kontrolę. Chyba potrzebował wakacji. Jak tylko ta sprawa się skończy, będzie musiał odpocząć. Może zabierze gdzieś ze sobą dzieciaki. Może nawet gdzieś za granicę. Nigdy tam nie był. Sporo to kosztuje, ale raz się żyje. Uśmiechnął się błogo do swoich planów.

– Słyszy mnie pan? – patolog wydawał się zniecierpliwiony. – Halo? Halo?

Janusz otrząsnął się z zamyślenia. Rzeczywistość wróciła ze zdwojoną siłą. Kolory wydawały się ostre i piękne.

Ziętar mówił, że te tabletki mogą tak działać. Jeżeli miały mu pomóc zerwać z wódą, to tym lepiej, uznał policjant. Brał trochę więcej, niż ten zbir mu kazał. W końcu Ziętar nie był lekarzem, co mógł na ten temat wiedzieć.

– Dobrze już. Dziękuję – burknął Rosół. – Do widzenia.

Odłożył słuchawkę, nie czekając na odpowiedź. Popędził do faksu. Chciał być pierwszym, który przeczyta raport. Chwycił kartki i zagłębił się w lekturze. Nie zauważył nawet, że Maria wróciła do swojego biurka.

– Co tam masz, Januszku? – zapytała.

Wyglądała na zmachaną. Jej ciężki oddech odbijał się echem w jego głowie. Wyglądało na to, że słuch też mu się poprawił. Te tabletki działały cuda.

– To raport patologa na temat śmierci Blanki Kojarskiej.

– Co napisał? – zapytała zaciekawiona.

– Blanka została zabita poprzez poderżnięcie gardła, a wszystkie rany na ciele zadano, kiedy jeszcze żyła. – Wzdrygnął się mimowolnie na myśl o tej kobiecie i ostatnich chwilach jej życia. – Patolog naliczył około pięćdziesięciu ran kłutych i ciętych na całym ciele. Największe rany znajdowały się na plecach, na wysokości łopatek. Odcięto całe płaty skóry. Wszystkie rany zostały zadane ostrym nożem lub podobną bronią. Dopisano tu, że to była inna broń niż ta, którą zabito zakonnicę. Szkoda. Też myślałem, że to jest jakoś powiązane.

– O mój Boże. – Maria usiadła ciężko na krześle. – To nie do pomyślenia. Jak żyję, nigdy nie słyszałam o czymś tak okropnym! Ile ta biedaczka musiała się nacierpieć!

– To nie jest najgorsze, pani Mario. – Rosół nie wiedział,

czy jej o tym mówić. Wbrew sobie czuł się trochę zawstydzony. – Zabójca wbił jej nóż także w pochwę.

Maria zaczerwieniła się lekko.

– Czy ona… czy ona jeszcze żyła, kiedy to zrobiono?

– Lekarz sądowy napisał, że przebieg wydarzeń wyglądał najprawdopodobniej tak, że najpierw zadano rany na ciele, potem poderżnięto gardło, a na końcu wbito nóż. Prawdopodobnie jeszcze żyła. Wszystko to odbyło się na tamtej polanie. Dlatego było tam tyle krwi. Sama pani przecież widziała.

Maria zaniemówiła. Janusz Rosół myślał przez chwilę, że starsza kobieta zemdleje. Jego ożywiony umysł rozważał różne ewentualności. Jakaś jego część chciała pchnąć tę obcą grubą babę na ziemię.

Otrząsnął się. To była pani Maria! Musiał zachować spokój. Odetchnął głęboko. Zadziałało. Czuł się o wiele lepiej.

– Janusz, ty, Danielek i Marek musicie znaleźć tego, kto to zrobił – w jej głosie pojawiła się twarda nuta. – Ten potwór nie może zostać na wolności. Po prostu nie może.

– Oczywiście, że go znajdziemy – zapewnił ją Rosół, chociaż sam nie był pewien, czy to będzie możliwe.

Przekartkował raport. Papier szeleścił nieprzyjemnie. Odłożył go szybko. Maria wzięła raport do ręki i zaczęła przeglądać. Rosół siłą powstrzymał się przed zakryciem uszu.

– Myślisz, że ona się broniła?

– We krwi ofiary były ślady substancji, która nazywa się temazepam. Trochę się już w tym doszkoliłem – pochwalił się Janusz Rosół. Rozmowa z tym lekarzem może nie była jednak stratą czasu. – Jest to składnik środków nasennych. Ofiara mogła być pod ich wpływem. Mogło to spowodować wolniejsze reakcje, więc może dlatego nie broniła się zbyt skutecznie.

Maria pokręciła z niedowierzaniem głową.

– Co się dzieje w tym świecie? – zapytała.

Ewka Rosół była wściekła. Przechadzała się po wiosce i właściwie nikt nie zwracał na nią uwagi. Dno. Dno. Dno. Dno! Tyle przygotowań na nic. Nawet jednego spojrzenia. I jeszcze ta Julka. Z kim ona jest? Co starszy facet mógł w niej właściwie widzieć? Nie miała nawet prawdziwych cycków. Ewka była dumna ze swoich.

Nagle zobaczyła Julkę. Wyglądało na to, że dziewczyna starała się pozostać niezauważona. Przedzierała się przez pole w czarnych kabaretkach. Ewka zaśmiała się z pogardą. Julka wyglądała idiotycznie. Koleżanka w ogóle nie przypominała kobiety wyrafinowanej, takiej jak ona.

– Gdzie ona idzie? – mruknęła Ewka pod nosem. Mimo wszystko pożerała ją ciekawość.

Nagle wszystko stało się jasne. Dziewczyna zatarła ręce. Julka nie chciała jej powiedzieć, kto jest jej kochankiem, ale Ewka i tak się dowie. Ruszyła za koleżanką. Ona też potrafi dobrze się ukrywać.

Komisarz Klementyna Kopp zjadła późny lunch zamknięta w swojej małej skodzie. Była dzisiaj nie w humorze i nie miała ochoty dzielić posiłku z miejscowymi mundurowymi. Jeśli o to chodzi, to w ogóle nie lubiła jeść w towarzystwie. Od dziecka nienawidziła wszelkich świąt i rodzinnych zgromadzeń. Siedzenie przy stole i dyskutowanie zwyczajnie ją nudziło.

Zjadła lekko przesłodzony baton. Strzepnęła okruchy na podłogę samochodu i zadzwoniła do Komendy Powiatowej. Zleciła sprawdzenie billingów telefonu Blanki Kojarskiej. Miała nadzieję, że coś z tego wyniknie. Musiała przyznać, że na razie mieli frustrująco mało. Morderca nie dał im zbyt dużego pola do popisu. Jak na razie nie popełnił błędu. Takie sytuacje nie zdarzały się często. Z reguły mieli do czynienia z morderstwem w afekcie, kiedy ktoś z członków rodziny zabijał innego. Wszystko właściwie było wówczas jasne. Ale ta sprawa? Może stąd właśnie zły humor? A może to przez Teresę? Klementyna wolała się nad tym nie zastanawiać, ale może faktycznie to był już koniec... Teresa.

Nagle rozdzwonił się telefon. Klementyna Kopp wyjęła komórkę z kieszeni i spojrzała na wyświetlacz. Był mały i niezbyt czytelny. Brzydki, ale niezawodny. Z trudem odcyfrowała, że dzwoni szef techników kryminalnych. Chyba będzie musiała sprawić sobie w końcu okulary do czytania. Taka kolej rzeczy.

– No cześć – rzuciła pani komisarz nieco oschle. – Macie już coś na temat torebki?

– Jeszcze nie, pani Kopp – stwierdził technik, wymawiając jej nazwisko w ten szczególny sposób, którego tak nie lubiła. Postanowiła to jednak tym razem przemilczeć.

– Więc?

– Zbadaliśmy dom Kojarskich – poinformował technik. – Chciałem pani przekazać najważniejsze sprawy, zanim wyślę raport.

Czekała. Technik odchrząknął niezdecydowany.

– Mówisz czy nie? Nie mam całego dnia.

– W pokoju pani Blanki Kojarskiej nie było właściwie nic zaskakującego – wyjaśnił pokrótce technik. – Nie wiem, czy to ważne, ale znaleźliśmy tam odciski palców wszystkich domowników oprócz Tomka Szulca. Albo tam w ogóle nie wchodził, albo używał rękawiczek. Odciski palców Róży Kojarskiej były jedynie na toaletce, ale nigdzie indziej. Pozostali domownicy dotykali różnych przedmiotów w różnych częściach pokoju. Najwięcej było odcisków Agnieszki Mróz, czyli tej pokojówki, która pracuje w rezydencji. To raczej zrozumiałe, ponieważ zajmowała się przecież sprzątaniem pokoju. Dotykała praktycznie wszystkiego. Znaleźliśmy również jeden zestaw odcisków palców, który nie należy do nikogo z domowników. W sumie to nic dziwnego. Mógł je zostawić ktokolwiek. Były raczej stare i zatarte. Nie przywiązywałbym do tego zbyt wielkiej wagi.

– Stop. Czekaj. Gdzie znaleźliście te niezidentyfikowane odciski? – Klementyna jeszcze nie wiedziała, czy ten szczegół ma znaczenie. Była jednak zdania, że niczego nie wolno im pomijać.

– Na spodzie klamki na zewnątrz pokoju – poinformował ją technik. – Dość popularne miejsce, że tak się wyrażę. Wiele osób dotyka klamek. Jestem raczej zdziwiony, że jest tam tak mało odcisków.

– Okej. Dobra. A co z papierami z kominka?

Klementyna Kopp zerknęła na zegarek. Niedługo mieli zacząć w lipowskim komisariacie wieczorną odprawę.

– Mogę tylko powiedzieć, że wszystkie te kartki zostały spalone w tym samym czasie. Było tam sporo znaczków pocztowych. Na jednej z kopert pod spodem znalazłem nawet dziesięć. Ten fragment akurat mało się spalił. Pozostałe były właściwie całkowicie zwęglone, więc niewiele mogę powiedzieć, jeśli chodzi o treść. Znaczki sugerują jednak, że to były listy, tak jak pani mówiła, pani Kopp. – Klementyna podejrzewała, że technik specjalnie tak się do niej zwraca, żeby ją zirytować. Mało kto ją lubił. Była przecież „niemile-widziana". – Możliwe, że Blanka sama je pisała, bo nie zauważyłem nigdzie stempli pocztowych. Przynajmniej na tej najlepiej zachowanej kopercie ich nie było. Może nie zdążyła ich wysłać albo z jakiegoś powodu zrezygnowała.

– No dobra. To i tak nieźle. Nie sądziłam, że wiele zdziałacie z tymi listami. Nie wyglądało to najlepiej, kiedy zaglądałam do tego kominka.

– Ale znaleźliśmy jeszcze jedną nadpaloną kartkę, kiedy przeszukiwaliśmy resztę domu. Była w pokoju w suterenie. Tam gdzie stoi stół bilardowy. Jest na niej napisane „Motylek". Nie wiem, czy było więcej treści, bo reszta kartki jest spalona.

– Motylek? – zdziwiła się Klementyna Kopp.

– Tak. Możliwe, że ma to związek ze sprawą, bo znaleźliśmy tam również nadpaloną kopertę. Było na niej szesnaście znaczków.

Pokój w suterenie był królestwem Juniora Kojarskiego. Klementyna Kopp postanowiła, że musi z nim jeszcze porozmawiać. Być może wiedział coś więcej na temat tych listów. Może nawet sam miał z nimi coś wspólnego.

– Okej. Dobra. Jeszcze jedno małe pytanie. A macie coś ciekawego z miejsca zbrodni? Coś nowego?

– Patolog pewnie już zrobił obdukcję Blanki Kojarskiej, ale my nie mamy nic szczególnego. Zbrodni na pewno dokonano na polanie, ale ślady stóp, jeśli w ogóle tam takie były, zostały doszczętnie zadeptane – stwierdził technik oskarżycielsko. – Zanim my tam dotarliśmy, już się tam roiło od ludzi. Chyba nie muszę mówić, że tak nie powinno być, pani Kopp. Miejsce zbrodni musi na nas czekać jak najmniej naruszone. Mogliście zniszczyć ważne dowody.

– Hmm – mruknęła tylko pani komisarz. Nie miała ochoty wchodzić w takie dywagacje ani wyjaśniać, że jej tam wówczas nie było. Technik przecież doskonale o tym wiedział.

– No tak... Mam nadzieję, że doceniacie to, jak szybko działamy w waszej sprawie. Powinniście byli czekać w kolejce. Pospieszyłem się specjalnie dla pani, pani Kopp.

Technik wyraźnie czekał na pochwałę.

Komisarz Kopp przerwała połączenie. Dalsza rozmowa nie miała jej zdaniem sensu.

Owinęła szyję swoim wielkim szalem i wysiadła z samochodu. Przeskoczyła przez kałużę topniejącego śniegu i weszła do budynku komisariatu. Mundurowi już na nią czekali. Recepcjonistka Maria Podgórska znowu podała jakieś ciasto. Może sernik? Wyglądało to na tutejszy zwyczaj. Klementyna nigdy nie nauczyła się piec.

– Rozmawiałam właśnie z technikami – stwierdziła pani komisarz, nie przepraszając za spóźnienie. Streściła w kilku słowach swoją rozmowę.

– Motylek? – zapytał Daniel Podgórski zdziwiony.

– Tak jak powiedziałam – stwierdziła Klementyna Kopp, siadając przy stole. Młody Marek Zaręba odsunął się nieco od niej. Cóż. – W pokoju bilardowym przebywa głównie Junior Kojarski, więc trzeba będzie z nim o tym pomówić.

– W porządku. Przejdźmy w takim razie dalej – zarządził Daniel Podgórski. – Może na początek streszczę pozostałym, czego dowiedzieliśmy się od służącej Agnieszki Mróz i od Tomka Szulca.

Daniel opowiedział w skrócie zeznania pracowników rezydencji.

– Czyli któreś z nich nas oszukało?! – wykrzyknął Marek. – Kto i dlaczego?

– Teoretycznie to Agnieszka Mróz wydaje się wiarygodna – powiedział Podgórski. – Tomek ma przecież kryminalną przeszłość. Jednak, według mnie, to Tomek mówił prawdę w tym wypadku. Przynajmniej ja miałem takie wrażenie. Klementyna, co o tym myślisz?

Komisarz Kopp skinęła głową.

– Jeżeli to Tomek mówił prawdę i pokojówka spędziła z nim cały wieczór – rozważał Marek Zaręba – to nadal nie wiemy, gdzie była Róża Kojarska, kiedy zabito Blankę w niedzielę wieczorem.

– Dokładnie, m ł o d y – zgodziła się Klementyna. – Jeszcze sobie pogadam z Różą. Dziś wieczorem. Lepiej to sprawdzić, niż potem żałować. Nie lubię, jak ktoś mnie oszukuje.

– Mam iść z tobą? – zapytał Daniel Podgórski. W jego głosie słychać było lekkie wahanie.

– Spoko, sama pójdę – odparła pani komisarz.

Pamiętała, że policjant wspominał coś o jakiejś zabawie wieczorem we wsi. Otwarcie sklepu czy inne atrakcje.

Miała ochotę pójść mu trochę na rękę. Niech się chłopak pobawi, póki jest młody.

Twarz Daniela rozświetlił szeroki uśmiech.

– Dzięki. Obiecałem Weronice, że pójdziemy na otwarcie sklepu pani Solickiej – przyznał Podgórski.

Klementyna Kopp wzruszyła ramionami. Trochę mu zazdrościła, że ma z kim iść i gdzie iść. W przeciwieństwie do niej. Teresa...

– Ale do rzeczy – mówił dalej Daniel. – Kolejna sprawa to sam Tomek Szulc. Klementyna ustaliła, że był on już karany za prześladowanie i próbę gwałtu.

– No proszę! To może nam uprościć działanie. Chyba często tak jest, że ktoś taki próbuje znowu? – zapytał Marek Zaręba z entuzjazmem. – Może sprawa jest jednak prosta?

Klementyna otrząsnęła się z zamyślenia. Nie czas na rozpamiętywanie.

– Stop. Czekaj. Może tak być. Ale! Nie wybiegajmy zbyt daleko w przód. Mnie bardziej zainteresowało to, co Tomek Szulc powiedział na temat Blanki. Sugerował, i to niezbyt subtelnie, że to Blanka prowadziła land rovera Kojarskich. Było tak Daniel, co?

– Rzeczywiście tak twierdził – zgodził się Podgórski. – Może te dwie sprawy są rzeczywiście powiązane. Śmierć siostry Moniki i Blanki. Już sam nie wiem, co o tym wszystkim myśleć. Ale dlaczego Blanka Kojarska miałaby zabijać siostrę Monikę? Czemu miałaby dźgnąć ją nożem, a potem po niej kilka razy brutalnie przejechać? Czy spotkały się przypadkiem, czy były w jakiś sposób umówione? Czy coś je łączy?

Daniel Podgórski rozłożył bezradnie ręce. Pytania mnożyły się i mnożyły, a odpowiedzi wręcz przeciwnie. Wszyscy umilkli pogrążeni w myślach.

– Ja też mam interesujące wieści – przerwał ciszę Marek Zaręba i streścił rozmowę z Janem Mielczarkiem, policjantem z Olsztyna.

– Czyli poprzednia żona Seniora również była uzależniona od środków nasennych. Tak jak Blanka? – upewnił się Daniel. – Trochę to dziwne, że obie żony Kojarskiego miały ten sam problem. Ten sam mąż, ten sam problem… W tej sprawie zaczyna być trochę zbyt dużo zbiegów okoliczności i podobieństw. Nie podoba mi się to.

– Po śmierci poprzedniej żony chyba powinien być wyczulony na tym punkcie – wtrąciła się Maria. – Czemu nie reagował, kiedy widział, że kolejna żona bierze te leki? Chyba każdy normalny mąż wpadłby w panikę i próbował to przerwać. Tak mnie się przynajmniej wydaje.

Maria zerknęła ostrożnie na Klementynę Kopp. Pani komisarz napiła się coli z butelki.

– Mimo wszystko mnie też wydaje się to podejrzane – nie poddawał się Marek Zaręba. – Zwłaszcza że żona Seniora umarła, kiedy on już zaczynał kręcić z Blanką. Być może chciał się pozbyć Stefanii, żeby zrobić miejsce dla Blanki? Poza tym wtedy podobno zapłacił za zamknięcie śledztwa i teraz też próbuje zrobić to samo.

Znowu nikt mu nie odpowiedział.

– Janusz, a czego ty się dowiedziałeś o tych lekach nasennych? – zapytał Daniel Podgórski.

Czeski piłkarz Janusz Rosół wzdrygnął się, jakby obudzono go ze snu.

– Właściwie nic takiego. Oprócz tego, że wywołują uzależnienie i całą masę skutków ubocznych – odpowiedział bełkotliwie wzburzony Janusz. Odchrząknął i poprawił wąsy. – Teraz, jak o tym myślę, to ten lekarz mówił, że nie powinno się prowadzić samochodu, jeśli się zażywa te leki... może Blanka zasnęła za kierownicą i jednak przejechała zakonnicę? Mielibyśmy gotowe rozwiązanie pierwszej sprawy.

– To by było możliwe, gdyby zakonnica została przejechana tylko raz – nie zgodził się Daniel. – Nawet gdyby Blanka zasnęła, czemu przejeżdżałaby po siostrze Monice kilkakrotnie? Nie zapominajmy też o tym, że zakonnica najpierw została zraniona nożem.

– Może Blanka była zdenerwowana i zareagowała zbyt silnie? – zapytał Janusz. Wszyscy spojrzeli na niego zdziwieni. Klementyna uśmiechnęła się półgębkiem. – No co? Każdy czasem może stracić kontrolę nad sobą. To normalne. Może zdenerwował ją mąż albo coś. Albo mam lepszy pomysł! Może była zła na Juniora Kojarskiego, że chce ją porzucić. Dlatego wzięła jego samochód i specjalnie przejechała zakonnicę, żeby zrzucić winę na niego?

Rosół uśmiechnął się zadowolony ze swojego pomysłu, ale pozostali nie wyglądali na przekonanych.

– Ale skąd by wiedziała, że siostra Monika akurat będzie tamtędy szła? To nie ma sensu.

– Może nie wiedziała i to był przypadek?! Tak przecież bywa! – krzyknął Janusz.

– Stop. Czekaj. Czyli proponujesz coś takiego: Blanka po prostu wyjechała z domu w nadziei, że uda jej się kogoś przejechać, żeby zrzucić winę na Juniora Kojarskiego? – zapytała komisarz Kopp powoli.

Bardzo się postarała, żeby sarkazm w jej głosie był dobrze słyszalny. Wątpiła, że trafi do Janusza Rosoła w inny sposób. Widziała już nieraz takie oczy jak jego.

– No nie wiem… – wycofał się Rosół. – W każdym razie te leki podobno mogą powodować wzmożoną agresję… Więc może się zdenerwowała, tak jak mówiłem.

– Czy lekarz przepisywał jej te leki? – chciał wiedzieć Daniel.

– Tak… to znaczy jeden tylko. Do reszty się nie przyznaje.

– Czyli nadal musimy ustalić, skąd je miała?

Janusz Rosół skinął głową nieznacznie.

– Mam pewne przypuszczenie… A, no i dostaliśmy raport od patologa – dodał. – Zrobiłem wszystkim kopię.

Janusz rozdał kartki i pokrótce streścił, co było w raporcie. Kiedy skończył, wydawał się dumny z siebie. Wszyscy słuchali jego opowieści przerażeni tym, czego dokonał zabójca.

– Rany na plecach? – szepnęła Klementyna Kopp. – Czy zabrał skórę?

– Jak to?

– Dokładnie to, co mówię. Mówisz, że z pleców, na wysokości łopatek, wycięto skórę i zostały tam dwie ziejące rany. Zastanawiam się, czy sprawca zabrał skórę.

Klementyna przekartkowała szybko raport. Patolog wspominał, że płatów skóry z pleców nie znaleziono na miejscu zbrodni. To się układało w zgrabną całość. Takiego była zdania komisarz Kopp.

– To potworne – wydusił Marek. – Ten facet musi być chory. Normalny człowiek nigdy nic takiego by nie zrobił!

– Stop. Czekaj. Po pierwsze, nie wiemy, czy zabójca jest mężczyzną, czy kobietą. Po drugie, zdefiniuj normalność, m ł o d y. Niewątpliwie to zachowanie było chore, ale nasz sprawca prawdopodobnie wydaje się całkiem zwyczajny. Być może ma rodzinę i normalne życie. Zwróćcie uwagę, że jak na razie nie popełnia błędów. To nie jest niepoczytalny szaleniec. Przynajmniej nie w sensie biegającego z siekierą, obślinionego wariata. W jego głowie wszystko to, co robi, na pewno ma logiczne wytłumaczenie. Nie zapominajmy o tym, co?

– Zgadzam się – powiedział Daniel Podgórski. – Powinniśmy dokładnie przeanalizować to, co zrobił Blance. Może to jest klucz do zrozumienia, kim jest zabójca. Czemu pociął jej ciało, wbił nóż w pochwę i wyciął skórę z pleców? Skoro zrobił to wszystko, dlaczego nie zniszczył twarzy?

– Wygląda na to, że ktoś jej nienawidził i chciał ją ostatecznie ukarać – zasugerował Marek. – Ten nóż w pochwie może symbolizował stosunek seksualny. Wiemy przecież, że Blanka Kojarska prowadziła dość rozwiązłe życie. Z drugiej strony nie znaleziono śladów spermy, więc może jednak nie o to chodziło?

– Okej. Nie znaleziono śladów spermy – przytaknęła komisarz Kopp. Mundurowi za szybko wysnuwali wnioski, a nie widzieli rzeczy bardziej oczywistych. – Ale to nic nie znaczy. Sprawca mógł onanizować się później. Tak czasem bywa, co?

Mężczyźni spojrzeli po sobie nieco zmieszani. Klementyna uśmiechnęła się pod nosem.

– Czyli była karana za to, że często odbywała stosunki? – podchwycił po chwili Marek Zaręba. – Może ktoś chciał ukarać ją za zdradę. Wtedy mógłby to być... Senior, Junior lub Tomek.

– A co myślicie o narzędziu zbrodni? – zapytał Daniel. – Wygląda na to, że mamy dwa różne noże. Jeden, którym dźgnięto siostrę Monikę, zanim ją przejechano, i drugi, którym zadano rany Blance Kojarskiej. Czy to oznacza, że jednak jest dwóch sprawców, czy wręcz przeciwnie, jeden, który gustuje w tej metodzie zabijania, ale dysponuje kilkoma nożami?

Znowu zapadła cisza. Klementyna Kopp wyjęła z plecaka drugi baton i zjadła go, szeleszcząc papierkiem. Maria próbowała znowu zaproponować jej ciasto, ale pani komisarz odmówiła. Nie starała się być przy tym zbyt uprzejma.

– Co u Wiery? – zapytała po chwili nieco zawiedziona Maria, przerywając ciszę.

– W porządku, mamo. Prawdopodobnie prokurator Czarnecki zdecyduje się zwolnić ją z aresztu. Wycofała swoje poprzednie zeznania i teraz nie ma właściwie nic, co wskazywałoby na jej winę. Twierdzi obecnie, że znalazła porzucony w lesie samochód, land rover Juniora Kojarskiego, i chciała pomóc synowi. Brzmi to dość sensownie. W każdym razie na pewno bardziej prawdopodobnie niż jej poprzednia wersja. Czy ktoś ma coś jeszcze do dodania?

Odpowiedziało mu milczenie.

– Myślę, że w takim razie skończymy na dzisiaj – stwierdził Daniel Podgórski, patrząc na kolegów. – Wszyscy są zmęczeni i niczego już chyba nie wymyślimy. Klementyna, ty jeszcze pojedziesz do Kojarskich, tak?

– Spoko. Wyjaśnię sprawę fałszywego alibi Róży Kojarskiej i porozmawiam trochę z Juniorem. Te listy nie dają mi jakoś spokoju.

– W porządku. W takim razie widzimy się jutro.

– A właśnie – wtrąciła się jeszcze Maria. – Cały dzień dzwonili do mnie dziennikarze. Chyba widzieli wszystko na *naszym-lipowie*. O śmierci pani Kojarskiej. Nie wiem, co mam im mówić...

– Stop. Czekaj. Ja się tym zajmę, co? – wtrąciła się Klementyna Kopp. Nie chciała, żeby zajmowało się tym któreś z nich. Z prasą należało rozmawiać bardzo ostrożnie. – Nie wiem, czy nie trzeba będzie zorganizować małej konferencji. Musimy to umiejętnie rozegrać.

Młody ksiądz Piotr witał gości razem z panią Solicką. Gospodyni zdecydowała się urządzić coś w rodzaju przyjęcia dla wszystkich mieszkańców wsi. Ksiądz zauważył z rozbawieniem, że chyba rzeczywiście są wszyscy. Na plebanii, która zmieniła się na ten jeden wieczór w salę zabaw, nie dałoby się szpilki wcisnąć. Mieszkańcy byli chyba spragnieni rozrywki, która przerwałaby zimową nudę.

Ksiądz Piotr roznosił przekąski na wielkich tacach i rozsyłał dookoła uprzejme uśmiechy. W końcu można powiedzieć, że był jednym z gospodarzy przyjęcia, więc taka była jego rola. Stary ksiądz Józef, z racji podeszłego wieku, mało się angażował. Wydawał tylko polecenia ze swojego fotela. Piotr był już tym trochę zmęczony. Czas chyba wracać do Warszawy.

– Cześć, Piotrze – zagadnął go wysoki policjant Daniel Podgórski, z którym rozmawiał już wcześniej. U jego boku stała ruda warszawianka. To naprawdę była kobieta grzechu warta, pomyślał przelotnie ksiądz.

– Witam, Danielu. Miło, że mogliście przyjść – odpowiedział z uśmiechem.

– Świetnie to wszystko zorganizowaliście! – pochwalił Podgórski, rozglądając się dookoła.

– Dziękuję bardzo, ale ja tylko pomagałem. Uznanie należy się pani Solickiej – odparł skromnie Piotr. – Widzę, że się dogadaliście.

Weronika Nowakowska zaczerwieniła się lekko. Było jej z tym do twarzy.

– Można tak powiedzieć – uśmiechnął się Daniel, obejmując ją czule.

Zbliżyła się do nich blada blondynka. Ksiądz Piotr niejasno pamiętał, że jest to żona innego policjanta z Lipowa. Poznał ją podczas potańcówki w remizie.

– Wspaniałe przyjęcie – powiedziała kobieta. – Jestem Grażyna Kamińska. Nie wiem, czy ksiądz mnie pamięta. Byłam u spowiedzi kilka dni temu u księdza, kiedy zastąpił ksiądz na chwilę księdza Józefa.

– Ależ tak. Pamiętam. – Piotr przypomniał sobie jej opowieści. A to ciekawe. – Oczywiście, że panią pamiętam.

– Niech tylko ksiądz pamięta o tajemnicy spowiedzi. – Zachichotała i zatrzepotała krótkimi rzęsami.

Prawdopodobnie była to próba flirtu. Piotr wolał się nad tym nie zastanawiać.

– A właśnie, tak à propos spowiedzi. Czy spowiadałeś może siostrę Monikę? – zapytała nagle Weronika Nowakowska. – Nie mówiła nic, co mogłoby pomóc w rozwiązaniu sprawy jej śmierci?

– Nie mogę tego ujawnić. Tak jak mówi pani Grażyna, obowiązuje mnie przecież tajemnica spowiedzi.

– Czyli ją spowiadałeś? Chyba tyle możesz zdradzić… – Weronika drążyła temat. – Czy mówiła cokolwiek, co można powiązać z jej śmiercią?

– Weronika, to nie jest czas… – upomniał ją cicho Daniel Podgórski.

Policjant uśmiechnął się przepraszająco do Piotra i wziął Nowakowską pod rękę. Oddalili się we dwójkę kawałek, zostawiając go w towarzystwie niechcianej adoratorki. Piotr widział, jak żywo ze sobą rozmawiają. Podejrzewał, że nie tylko o tym, że Weronika wypytywała go tak nachalnie. Słyszał kilka razy słowo „rękawiczka”, ale to przecież nie miało sensu. Rękawiczki raczej nie były powodem do kłótni.

– I co ksiądz myśli? – zapytała Grażyna Kamińska.

Piotr spojrzał na nią zdziwiony. Przez moment całkowicie zapomniał, że tu stoi. Była jakby niewidzialna.

– Mogłaby pani powtórzyć? Jest głośno i nie usłyszałem, co pani powiedziała – skłamał gładko Piotr. Nie chciał jej urazić. Wiedział, że takie kobiety jak ona potrzebują uwagi.

– Czy za wcześnie, żebym szukała innego mężczyzny? Nie kochałam męża już od wielu lat. Tylko bałam się odejść. Teraz już nie czuję tego strachu. Czy mam prawo być z kimś innym? – dopytywała się Grażyna Kamińska gorączkowo.

– Proszę zrobić tak, jak serce dyktuje… – wydusił Piotr i wykręcił się koniecznością doniesienia jedzenia. Czemu to spotyka zawsze jego?

Komisarz kryminalna Klementyna Kopp podjechała pod rezydencję Kojarskich. Znowu. Wyłączyła silnik i westchnęła głęboko. Zgodziła się porozmawiać z Kojarskimi, ale teraz nie miała już na to zbytniej ochoty. Jej myśli cały czas wędrowały nie tam, gdzie trzeba. Z drugiej strony czuła, że powinna załatwić to już dzisiaj. Opatuliła się szalem i wysiadła ze skody zrezygnowana.

Zadzwoniła do drzwi. Długo nikt nie otwierał. Zadzwoniła więc raz jeszcze. Tym razem przytrzymała rękę na dzwonku nieco dłużej. Niech trochę pocierpią, uznała.

Po chwili usłyszała zbliżające się kroki. Zamek w drzwiach szczęknął głośno i w progu pojawiła się Róża Kojarska. Jej niesamowita chudość podobała się Klementynie. Sama skóra i kości. Zalotne i praktyczne.

– Witam! Nie wiedziałam, że jeszcze dziś ktoś od was przyjdzie. Jest trochę późno – powiedziała Róża, znacząco zerkając na zegarek.

– Spoko. Ja krótko sypiam, więc to nie problem.

Pani Kojarska spojrzała na Klementynę dziwnie.

– Właśnie jemy kolację – wyjaśniła. – Sama musiałam wszystko przygotować. Nasza służąca ma dziś wolne popołudnie, więc to na mnie spoczywają obowiązki pani domu.

Róża wydawała się zadowolona z siebie.

– Okej. Wszystko świetnie. Ale! Mamy trochę do pogadania – poinformowała ją Klementyna Kopp. – Zaczniemy od ciebie.

– Nie przypominam sobie, żebyśmy były na ty.

Komisarz Kopp zignorowała ją i weszła do obszernego holu rezydencji Kojarskich. Otrzepała ciężkie podkute buty. Róża zerknęła na nią zniecierpliwiona. W końcu uznała chyba, że i tak nie wygra tej bezsensownej potyczki, więc powiedziała:

– Przejdźmy do gabinetu. Tam będziemy miały spokój. Proszę za mną.

Kiedy były już w pokoju, Róża Kojarska zamknęła dokładnie drzwi. Przekręciła staromodny ozdobny klucz najpierw trzy razy w jedną, potem trzy razy w drugą stronę. Wyjęła klucz z dziurki i zacisnęła go w dłoni. Zamek wyglądał na stary, prawdopodobnie wybrany został przez architekta wnętrz i kupiony w sklepie z antykami, żeby perfekcyjnie pasował do tego pokoju.

– Zaburzenia obsesyjno-kompulsywne, co? – rzuciła komisarz Kopp.

– Sugeruje pani, że jestem nienormalna?

– Przeciwnie. Zresztą zupełnie mnie to nie interesuje – stwierdziła Klementyna, sadowiąc się w fotelu.

Róża Kojarska wpatrywała się w policjantkę niecierpliwie. Komisarz Kopp postanowiła dać jej jeszcze chwilkę. Kobieta musiała chyba dojrzeć do przesłuchania.

– Tak więc o co chodzi, jeżeli mogę spytać – powiedziała w końcu Róża. Jej głos był teraz lodowaty.

– Okej. Dobra. Postawmy sprawę tak. Ostatni raz, kiedy rozmawiałyśmy, chyba nas troszeczkę okłamałaś, co? Mogę wiedzieć dlaczego?

– Co m a s z na myśli?

– Szkoda mojego i twojego czasu na udawanie.

Róża zamilkła. Widać nie była wcale taka zła w te klocki. Komisarz Klementyna Kopp miała już dosyć czekania, więc zdecydowała się zagrać w otwarte karty.

– Gdzie byłaś w niedzielę wieczorem, kiedy zamordowano Blankę?

– Już mówiłam, że byłam z naszą pokojówką Agnieszką. Szyłyśmy. Chyba rozmawialiście już ze służącą. Może potwierdzić to, co mówię.

– Spoko. Rozmawialiśmy, tak, tak. – Klementyna uznała, że przyda się teraz niewielkie kłamstewko. Całkiem niewinne. – Powiedziała, że była z Tomkiem, a on potwierdził jej wersję. Wygląda na to, że nie była w takim razie z tobą.

Róża Kojarska wydawała się zaskoczona. Żyła na jej skroni pulsowała szybko.

– Agnieszka tak powiedziała? – syknęła Kojarska.

Komisarz Kopp spokojnie skinęła głową. Niezłe przedstawienie.

– To może pora powiedzieć, gdzie byłaś naprawdę, co?

Wychudzona kobieta walczyła ze sobą przez moment.

– No dobrze, byłam w Brodnicy – powiedziała w końcu. – Zapłaciłam tej suce, pokojówce, żeby mnie kryła. Nie chciałam, żeby Junior się dowiedział. Chciałabym, żeby pani też zachowała dyskrecję w tej sprawie. To nie ma związku ze śmiercią mojej teściowej.

– Okej. Dobra. Widzę, że robimy postępy. – Klementyna skinęła głową z aprobatą. – To teraz jeszcze powiedz, co robiłaś w naszym pięknym mieście, i dam ci spokój, okej?

Róża odchrząknęła.

– Brałam udział w grze w karty. To takie moje drugie hobby. Przegrałam pewną sumkę. Nie chcę, żeby Junior się dowiedział – powtórzyła raz jeszcze kobieta. – To nie jest najlepszy moment.

– Spoko. Zobaczymy, co da się zrobić. Ktoś to potwierdzi?

Róża Kojarska podała pani komisarz kilka nazwisk. Klementyna wyjęła z plecaka notes i zapisała je na wolnej kartce. Było ich już coraz mniej. Będzie musiała kupić nowy. Niedobrze. Ten dostała od Teresy. Teresa…

– Okej. Chodźmy teraz do reszty szanownej familii.

– Jemy teraz kolację – przypomniała Róża ze złością.

– To uroczo, doprawdy uroczo.

Róża Kojarska jęknęła wymownie i ruszyła do drzwi. Powtórzyła cały proces otwierania i zamykania zamka. W końcu znalazły się z powrotem w ogromnym holu. Twarz Róży była teraz zacięta, jakby zdecydowała, że nigdy więcej nie powie ani słowa. Poprowadziła Klementynę bocznym korytarzem do jadalni. Ta część domu urządzona była z przesadnym przepychem. A to niespodzianka.

– Niezłe obrazy – rzuciła Klementyna tonem pogawędki. – Interesujące. Naprawdę. Gdzie kupiliście?

Róża nie odpowiedziała. Jej milczenie było bardziej wymowne niż jakiekolwiek słowa. Komisarz Kopp wzruszyła ramionami. Starała się być miła, czyż nie?

Weszły do jadalni. Senior i Junior pogrążeni byli w rozmowie. Spojrzeli na nie zaskoczeni.

– Co pani sobie wyobraża, żeby nas nachodzić o tej porze? – warknął Senior, odstawiając z hukiem kieliszek czerwonego wina. – Mam tego serdecznie dosyć. Chyba zaraz wykonam kilka telefonów. To nie może tak wyglądać.

– Okej. Spoko. Ale! Ja tylko na moment, więc może się na razie wstrzymaj. Nie ma co się tak denerwować. Przyszłam porozmawiać w sprawie listów. Zapytam jeszcze raz, czy ktoś z was wie coś na ten temat? Blanka dostawała jakieś listy, tak?

– Już mówiłem, że nie dostawała żadnych listów! – krzyknął Senior. Jego twarz zaczerwieniła się pod sztuczną opalenizną. – Proszę wyjść z mojego domu i wreszcie dać mojej rodzinie spokój.

– To były listy od mordercy? – zainteresował się nagle Junior Kojarski. – To by oznaczało, że żadne z nas nie jest podejrzane. To ktoś z zewnątrz. Ktoś, kto wysłał do niej list!

Senior i Róża spojrzeli na mężczyznę zdezorientowani. Klementyna postanowiła zaczekać na dalsze wyjaśnienia bez wtrącania się.

– Przeczytałem jeden list do Blanki – wyjaśnił Junior szybko.

– Co masz na myśli? – zapytała Róża zbulwersowana, jakby przeglądanie cudzej korespondencji było przestępstwem gorszym niż morderstwo. – Jak to p r z e c z y t a ł e ś list do niej?

– Normalnie. Dostała list. Był w szarej kopercie. Z mnóstwem znaczków, ale bez stempli, więc wywnioskowałem, że ktoś musiał go podrzucić. Widzicie, mnie też nieźle wychodzi dedukcja – stwierdził zadowolony z siebie Junior. – Podrzucenie listu do naszej skrzynki to przecież nic trudnego. Wystarczy podejść do bramy i już. Któryś z mieszkańców wsi mógł to zrobić bez problemu. To znaczy podrzucić list.

– Czemu otworzyłeś list zaadresowany do Blanki? – zapytała jego żona powoli.

– Myślałem… myślałem, że… nieważne. Miałem przeczucie, że to może być coś ważnego – plątał się Junior Kojarski. – W liście nie było właściwie nic. Na kartce ktoś napisał tylko jedno słowo: „Motylek". Nic z tego nie zrozumiałem, więc spaliłem ten list. Chyba niepotrzebnie. Teraz mielibyśmy dowód.

Klementyna Kopp skinęła głową. O tym wszystkim już wiedziała.

– Jak to motylek? Co za motylek?! – wykrzyknął Senior. – Pleciesz jakieś bzdury. Nic z tego nie rozumiem.

– No, tylko tyle napisano. „Motylek" – powtórzył Junior. – Nic więcej. Nie mam pojęcia, co to mogło znaczyć.

– Stop. Czekaj. Na kartce nic więcej nie było napisane? – upewniła się komisarz Kopp. – Tylko to jedno słowo?

– Nic więcej. To wszystko. Najbardziej zdziwiły mnie te znaczki. Było ich szesnaście po złoty sześćdziesiąt. Pamiętam to dokładnie. Wydawało mi się to grubą przesadą. Po co ktoś ich tyle nakleił?

– Spoko. Teraz każde z was napisze mi tu na karteczce słowo „motylek" – powiedziała Klementyna zamiast odpowiedzi. – Ja sobie to potem ładnie sprawdzę u grafologa. Porównam to sobie z listem.

– Jak to? Przecież... – zdziwił się Junior, sięgając po długopis.

– Tak, spaliłeś go. Ale może lepiej powiedzieć, m y ś l a ł e ś, że spaliłeś. Zachował nam się prawie w całości. Dzisiejsza technika umie sprawiać cuda, co?

– To śmieszne – odezwał się znowu Senior Kojarski. – Ale jeżeli to ma pokazać, że jestem niewinny, to dawaj tu ten papier. Cuda z grafologią, oskarżenia na wszystkie strony... To skandal.

– Ja też? – upewniła się Róża.

Klementyna kiwnęła głową.

– Spoko. Dzięki. Już mnie nie ma.

Chwyciła kartkę i wyszła z rezydencji Kojarskich bez pożegnania.

Poprawiam starannie prześcieradło i kładę się na brzuchu. Mam jej skrzydła na plecach. Są niezbyt przyjemne w dotyku, ale chcę tego bardziej niż kiedykolwiek. Nie gaszę światła. Nie chcę, żeby teraz otaczała mnie ciemność. Nie w tej chwili. To jest słabość, wiem, ale chyba mogę sobie na nią teraz pozwolić?

Chcę się uśmiechnąć, ale moje usta pozostają nieruchome. Nic się nie dzieje… Nadal nie jestem Motylkiem.

Szukam w pamięci jakiegoś błędu.

Nic nie znajduję.

Z niechęcią próbuję sobie przypomnieć także to, co on mówił.

Nic z tego nie będzie? Nic z tego nie będzie?

Zdejmuję ostrożnie skrzydła i wkładam je z powrotem do lodówki.

– Gdzie jesteś? – woła bełkotliwie. – Masz tu przyjść natychmiast. Mój Motylek nigdy nie kazałby mi tak długo czekać!

Idę posłusznie. Być może potrzebuję jeszcze kilku dni…

Komisarz kryminalna Klementyna Kopp zdecydowała, że nie będzie jechać do domu. Po co? Tam było pusto i cicho. Klementyna nie miała ochoty słuchać kapiącego w kuchni kranu, którego jakoś nigdy nie miała czasu naprawić. Nie było już Teresy, która by ją o to męczyła. Napraw kran, zmień żarówkę, wynieś śmieci. Tego już nie będzie... Teresa.

Pojechała do pracy. Praca była zawsze... Budynek Komendy Powiatowej Policji w Brodnicy był jak zwykle o tej porze wyludniony. Nic nowego. Kolejna noc w tych murach. Brzydkich, ale niezawodnych. Tak jak sama pani komisarz.

Usiadła przy biurku i napiła się coli. Bolał ją trochę brzuch. Może powinna się ograniczyć? Teresa zawsze jej to powtarzała. Klementyna wzruszyła ramionami. Czas zabrać się do pracy.

Po pierwsze, obdzwoniła osoby, których nazwiska podała jej Róża Kojarska. Klementyna odłożyła słuchawkę nieco zawiedziona. Wyglądało na to, że wychudzona Kleopatra rzeczywiście intensywnie grała w pokera, a nie mordowała swoją teściową. Jeden podejrzany do skreślenia. Przynajmniej roboczo.

Komisarz Kopp wstała niedbale, przewracając przy tym krzesło. Zaklęła cicho. Robiła się coraz bardziej niezdarna.

– Pani tu o tej porze, pani Kopp?

Odwróciła się szybko. Robiła się nie tylko niezdarna, ale chyba też za stara do tej roboty. Kiedyś nikt by jej tak nie podszedł. W korytarzu stał szef techników kryminalnych. Był łysawym mężczyzną o nieokreślonej budowie ciała. Nigdy za bardzo go nie lubiła. Z wzajemnością.

– Spoko – rzuciła Klementyna. Starała się nie podnosić głosu, chociaż źle się czuła z tym, że ją tak przyłapał. – A ty co tu robisz?

Technik spojrzał na nią spod oka.

– Pracuję – odparł w końcu ze śmiechem. – Mam dziś nocny dyżur. Inaczej na pewno by mnie tu nie było. Tego może być pani pewna. Miałem do pani dzwonić jutro, pani Kopp, ale skoro już się spotkaliśmy… Przejrzeliśmy tę torebkę, którą nam pani zostawiła. Wyszedłem z założenia, że na zewnątrz mogą być odciski palców kogokolwiek, więc skupiłem się na wnętrzu. Tam raczej dotykała tylko właścicielka albo osoba, która przeszukiwała torebkę.

Klementyna skinęła głową. To miało sens.

– Okej. I co?

– Tak jak pani podejrzewała, pani Kopp. Był tam właściwie tylko jeden zestaw odcisków. Prawdopodobnie tej zakonnicy. Posunąłem się nawet do tego, że wpuściłem te odciski do naszej bazy danych, ale bez żadnych rezultatów. Wygląda na to, że zakonnica nigdy nie miała pobieranych odcisków.

Komisarz Kopp uderzyła ręką w stół. Miała dosyć tego śledztwa. Miała dosyć wszystkiego… a jutro czekała ją na domiar złego konferencja prasowa w Lipowie. Niemal żałowała, że obdzwoniła tych wszystkich pismaków. Z drugiej strony lepiej było to samemu kontrolować, zanim dziennikarze zwietrzyliby trop samodzielnie. Potem mieli jechać z Danielem Podgórskim do Warszawy, żeby porozmawiać z Izą Cieślak. Czekał ją pracowity dzień, ale może to i lepiej. Nie będzie czasu na myślenie o sprawach, których i tak nie zmieni. Teresa.

Klementyna głośno westchnęła.

– Coś nie tak, pani Kopp?

– Spoko.

ROZDZIAŁ 25

Warszawa 1982 rok

Świat wokół Jakuba stanął. Słyszał swój oddech, głośno i wyraźnie, jakby to był jedyny dźwięk na całej planecie. Wdech, wydech, wdech, wydech. Zadziwiająco spokojnie i miarowo.

Jakby nic się nie stało.

Jakby zupełnie n i c się nie stało.

– Doktorze, dobrze się pan czuje? – zapytała pielęgniarka. Na jej twarzy malowało się zmartwienie. – Doktorze?

Wszędzie dookoła biel. Będzie nienawidził tego koloru do śmierci. Nie słyszał już swojego oddechu. Przestał istnieć. Zanurzył się w bieli ścian i zniknął. Nie było już Jakuba, został tylko biały cień. Upiór nie z tego świata.

– Bardzo mi przykro – powtórzyła pielęgniarka. Miała chyba na imię Helena. Nie pamiętał dokładnie. – Naprawdę bardzo mi przykro. Robiliśmy wszystko, co w naszej mocy, żeby uratować pana żonę.

Znał siostrę Helenę, od kiedy tylko zaczął pracować w tym szpitalu. Zawsze była dla niego miła. Tak jak teraz. Miała przyjemny głos. Kolejny głos do kolekcji. Teraz jednak będzie mu się kojarzył tylko z cierpieniem. Szkoda takiego pięknego głosu.

– Pana żona nie żyje, ale ma pan zdrowego syna – mówiła dalej, pochylając się w jego stronę.

Czuł jej zapach. Przyjemny, kwiatowy. Chyba próbowała go pocieszyć. Nadal nie do końca rozumiał intencje innych ludzi. Miał za mało doświadczenia.

Pielęgniarka patrzyła na niego wyczekująco.

Nie odpowiedział. Nie mógł. Mariola nie żyła, jego Motylek nie żył, a przecież rozmawiali zaledwie kilka godzin temu. Zanim zaczął się poród. Nie chciała, żeby to on był jej lekarzem.

– Jesteś z nami za bardzo związany – tłumaczyła, gładząc się po brzuchu. – Nie chcę, żebyś się denerwował. Wiem, jak to wszystko cię męczy. Ale zobaczysz, że wszystko będzie dobrze. Potem będziemy się z tego tylko śmiali. Jestem w dobrych rękach. Eugeniusz jest najlepszym lekarzem, jakiego znam.

Jakub położył rękę na jej brzuchu. Niedługo mieli być już we trójkę. Ona, on i ich syn. Mieli być rodziną. Tak obiecywała, a on jej uwierzył. Była przecież przyczyną jego istnienia. Mieli być szczęśliwi. Nieskończenie szczęśliwi.

– Jakubie? – głos doktora Żywieckiego wyrwał go z zamyślenia. – Wiem, że jest ci ciężko. Niestety były powikłania i musieliśmy wybierać. Zdecydowaliśmy się ratować dziecko, bo taka była wola Marioli. To ona zdecydowała. Musisz zrozumieć, że kierowała nią miłość do waszego syna. Teraz ty się nim zaopiekujesz w jej imieniu.

Jakub znowu nie odpowiedział. Nie mógł wydobyć głosu. Tak jak kiedyś, kiedy przychodził do niego ojciec.

Wszędzie dookoła tylko biel i cisza. Głosy ludzi zdawały się dobiegać z daleka.

– Czy chciałbyś zobaczyć dziecko?

Jakub nie odpowiedział. Uznali to chyba za zgodę, ponieważ pielęgniarka delikatnie wzięła go za rękę i poprowadziła jak bezwolne stworzenie, którym trzeba się troskliwie zająć.

– Oto twój syn – szepnęła kobieta, wskazując na zawinięte w białe pieluchy dziecko.

Wpatrywał się w nie intensywnie. Miało czerwoną pomarszczoną twarz. Nie widział w nim podobieństwa ani do siebie, ani do Marioli. Było odrażające.

– Mariola wspominała, że chce go nazwać Kacper. Tak mamy wpisać? – zapytała pielęgniarka. – Kacperek?

Nie odpowiedział. Kacper. Teraz już znał jego imię. Nienawiść do tego małego stworzenia wypełniała go po brzegi. Kacper. To on zabił Mariolę. To on zabił Motylka. To on!!! Jakub chciał krzyczeć, ale nadal nie mógł wydobyć głosu.

Przypomniał sobie swoją przysięgę z dnia ślubu. Pamiętał dokładnie, co wtedy myślał, mimo że minął już jakiś czas. Ten, kto ośmieliłby się zranić Mariolę, będzie jego największym wrogiem.

Kacper!

– Czyż mały Kacperek nie jest wspaniały? – zagruchała pielęgniarka. – Taki podobny do tatusia. Musisz być bardzo dumny, Jakubie, prawda?

Miał wrażenie, że dziecko uśmiechnęło się przebiegle. Mnie nie oszukasz, pomyślał Jakub. Ty wstrętny morderco. Przyjdzie czas, że wyrównamy rachunki. Zapłacisz mi za śmierć Marioli, zapłacisz mi za śmierć Motylka!

ROZDZIAŁ 26

Lipowo. Czwartek, 24 stycznia 2013, rano

Młodszy aspirant Daniel Podgórski patrzył na grupę dziennikarzy ściśniętych w niewielkiej salce konferencyjnej lipowskiego komisariatu. Reporterzy ledwo się tam mieścili, mimo że policjanci wynieśli prawie wszystkie meble. Konferencji prasowych do tej pory nigdy w Lipowie nie mieli. Danielowi wydawało się niepojęte, że komisarz Kopp tak szybko wszystko zorganizowała, przecież rozmawiali o tym dopiero wczoraj.

Daniel i Klementyna, jako prowadzący śledztwo, mieli odpowiadać na pytania dziennikarzy. Podgórski włożył na tę okazję świeżo wyprany i dokładnie wyprasowany mundur. Pani komisarz jak zwykle ubrana była w skórzany żakiet odsłaniający wytatuowane ramiona. Chyba niezbyt się przejmowała, co pomyślą o niej inni.

Podgórski rozejrzał się po zebranych. Na ich twarzach malowało się wyczekiwanie, ale i determinacja. Zrobiło mu się duszno. Całe szczęście, że komisarz Kopp była na miejscu. Daniel na pewno nie miałby ochoty rozmawiać z reporterami sam na sam. Liczył na doświadczenie starszej koleżanki. Policjant przymknął oczy, kiedy błysnął niespodziewanie flesz jednego z aparatów. Gwar głosów szczelnie wypełniał małe pomieszczenie.

– Możemy zaczynać – stwierdził Podgórski po przedstawieniu się. Starał się, żeby w jego głosie nie dało się słyszeć zdenerwowania. – Z całą pewnością mają państwo sporo pytań.

Wszyscy dziennikarze zaczęli mówić naraz. Klementyna Kopp spojrzała na Daniela przelotnie. Zauważyła chyba, że Podgórski czuje się zagubiony, bo zręcznie przejęła inicjatywę. Postukała znacząco długopisem w stół. Cisza zapadła prawie natychmiast.

– Okej. Dzięki. Proszę o trochę spokoju i zgłaszanie się po kolei. Inaczej z pewnością nigdzie nie dojdziemy. Proszę o podnoszenie rąk, jak w szkole. Ja będę wyznaczać kolejne osoby. W ten sposób unikniemy niepotrzebnego chaosu. Proste metody często są najlepsze.

Wszystkie ręce uniosły się jak na komendę.

– Okej. To może pani w czerwonym swetrze, tam z tyłu – wskazała Klementyna.

– Czy mamy do czynienia z seryjnym zabójcą? – zapytała dziennikarka. Miała krótkie włosy i przenikliwe spojrzenie. – Wampir z Lipowa?

– Stop. Czekaj. Na razie nic na to nie wskazuje – odpowiedziała komisarz Kopp, jak zwykle wypluwając słowa jak karabin maszynowy.

– Są już przecież dwa morderstwa – upierała się reporterka. – Wiem, że o seryjnym mordercy mówimy dopiero, jeżeli popełni co najmniej trzy przestępstwa. Z drugiej strony mamy przecież do czynienia z niewielką miejscowością, więc procent zabójstw staje się już naprawdę wysoki. Niepokojąco wysoki, można nawet powiedzieć. Moi czytelnicy chcieliby wiedzieć, czy są powody do obaw.

Dziennikarka w czerwonym swetrze patrzyła na Klementynę wyczekująco. Daniel Podgórski miał wrażenie, że kobieta co jakiś czas zerka na niego, odwrócił więc szybko wzrok.

– Na razie nic nie wskazuje na to, żeby obie śmierci były w jakikolwiek sposób powiązane – mruknęła komisarz Kopp. Daniel przytaknął. Przed konferencją ustalili, że nie będą zdradzać prasie zbyt wielu szczegółów. – Proszę pamiętać, że siostra zakonna została potrącona, nie zamordowana. W przeciwieństwie do pani Blanki Kojarskiej. Nie ma najmniejszego sensu mówić o seryjnym mordercy. Nie wiem, czemu pani to sugeruje. Zamordowano dopiero jedną osobę.

Podgórski zauważył, że głos Klementyny powoli się zmienia. Stał się nieco bardziej elegancki i spokojniejszy, jakby pani komisarz weszła w jakąś rolę na czas rozmowy z reporterką.

– D o p i e r o jedną osobę? – obruszyła się dziennikarka. – Czy mam rozumieć, że będzie ich więcej?

– Być może źle się wyraziłam. Nic nie wskazuje na to, żeby miał zginąć ktoś jeszcze – odparła niespodziewanie powoli Klementyna i wskazała kolejną osobę.

– Czyli może pani potwierdzić z całą odpowiedzialnością, że mieszkańcy Lipowa i okolicznych wsi nie mają się czym martwić? – chciał się upewnić czarnowłosy mężczyzna z lewej strony.

– Zdecydowanie nie trzeba wpadać w panikę. Oczywiście należy pamiętać, że niestety zabójca nadal jest na wolności, więc lepiej zachować ostrożność. Radziłabym zamykać drzwi i nie wychodzić samotnie w odludne miejsca. Tyczy się to zwłaszcza pań.

Znowu wszyscy zaczęli się przekrzykiwać.

– Bardzo proszę o ciszę. – Klementyna Kopp znowu stuknęła długopisem w stół. – Pan z prawej.

– Czy są już jacyś podejrzani? – odezwał się kolejny reporter. – Na jakim jesteście etapie?

– Jak państwo dobrze wiedzą, nie mogę zdradzać szczegółów śledztwa. Pani z przodu.

– Jak dokładnie zginęła pani Blanka Kojarska?

– Nie mogę zdradzać szczegółów ze względu na dobro śledztwa – powtórzyła komisarz Kopp. – Zapewniam jednak, że posuwamy się bardzo efektywnie naprzód.

– Ale potwierdza pani, że było to morderstwo z premedytacją?

– Tak, rzeczywiście. Mogę powiedzieć, że było to niezwykle brutalne morderstwo – przytaknęła Klementyna. Tego nie było sensu ukrywać.

– Jak brutalne w skali od jeden do sześć? – zawołał ktoś ze środka sali.

Wszyscy dziennikarze wybuchnęli śmiechem.

– Na tyle brutalne, że nie powinniście z tego kpić – powiedziała zimno Klementyna Kopp.

Krótkowłosa reporterka w czerwonym swetrze znowu uniosła rękę. Pani komisarz skinęła niechętnie głową w jej kierunku.

– Czy jest to normalna procedura, że tego typu morderstwem zajmuje się miejscowa policja? Dlaczego nie wezwano policji kryminalnej z Brodnicy?

– Prokurator wyznaczył do prowadzenia postępowania wstępnego mnie – ucięła komisarz Kopp. – Jestem specjalistką w tego typu sprawach i, jak pani być może wie, pracuję w tutejszej policji kryminalnej. W Komendzie Powiatowej. W związku z tym nie bardzo rozumiem pytanie.

– Tak, zapoznałam się z pani życiorysem. Zresztą wszyscy tu panią znają, pani komisarz, ale proszę powiedzieć szczerze, czy ktoś próbuje wpłynąć na bieg śledztwa?

Zapadła cisza. Wszystkie oczy skierowały się na Klementynę Kopp.

– Nic o tym nie wiem – odparła Klementyna bez najmniejszego wahania.

– Proszę wybaczyć, ale mnie to nie przekonuje. Coś mi się tu bardzo nie podoba. Wiem od mojego informatora, że w grę wchodziły dość duże pieniądze.

Wszyscy dziennikarze wpatrywali się w komisarz Kopp wyczekująco. Na ich twarzach pojawiło się zadowolenie. Temat pieniędzy i prób korupcji zawsze dobrze się sprzedawał.

– Zapewniam panią, pani redaktor, że działamy bezstronnie i profesjonalnie – odpowiedziała w końcu Klementyna, przyjmując nieco zbyt formalny ton. – Wkrótce dokonamy aresztowania winnego. Będzie się mogła pani o tym wówczas przekonać.

– Mówi pani „wkrótce" – drążyła dziennikarka. – Kiedy konkretnie możemy spodziewać się rezultatów? Kiedy będzie to „wkrótce"?

Po salce rozszedł się pomruk aprobaty.

– Pracujemy intensywnie nad kilkoma tropami. Więcej nie mogę powiedzieć ze względu na dobro śledztwa.

– Wiem z mojego źródła, że zakonnica również została zamordowana, a nie tylko potrącona, jak pani usiłuje nam wmówić. Czy to prawda? – dopytywała się krótkowłosa dziennikarka w czerwonym swetrze.

– Na jakiej podstawie pani tak twierdzi? – głos komisarz Kopp nadal był spokojny, ale Daniel widział, że koleżanka tym razem chwilę się zawahała. Nikomu przecież nie zdradzili informacji na temat faktycznej przyczyny śmierci siostry Moniki. – Na jakiej podstawie twierdzi pani, że zakonnica została zamordowana?

– Tak jak już wcześniej mówiłam. Wiem to ze swojego ź r ó d ł a – powiedziała szyderczo reporterka. – Jak pani wie, muszę mieć na uwadze dobro mojego źródła, więc nie zdradzę, kim ono jest. A pan młodszy aspirant Podgórski co nam na to odpowie?

Daniel zerknął na Klementynę pytająco.

– Zakonnica została potrącona przez samochód. To tyle w tej sprawie – ucięła pani komisarz, zanim Podgórski zdążył coś powiedzieć.

– Czy ktoś jeszcze jest w niebezpieczeństwie? – padło kolejne pytanie.

W salce słychać było niespokojne szepty.

– Tak jak już mówiłam, nic na to nie wskazuje, ale jednocześnie nigdy nie możemy tego wykluczyć. Dziękujemy państwu bardzo – zakończyła konferencję Klementyna i dała Danielowi znak, żeby wyszedł z salki razem z nią.

Janusz Rosół i Marek Zaręba zaczęli wyprowadzać dziennikarzy. Reporterzy byli niezadowoleni i niechętnie przesuwali się do wyjścia.

– Prawie nic nam nie powiedzieliście! – krzyknął ktoś oskarżycielsko. – Same banały. Dajcie nam jakieś fakty.

– Dla nas najważniejsze jest dobro śledztwa i bezpieczeństwo mieszkańców tych okolic. Być może później będziemy mogli powiedzieć więcej. Na razie wystarczy. Przypominam, że to nie jest zabawa – rzuciła Klementyna Kopp groźnie.

– Od pierwszego zabójstwa minął już ponad tydzień! Kiedy możemy spodziewać się j a k i c h k o l w i e k rezultatów? – krzyczała nachalna reporterka w czerwonym swetrze. – Wiem, że podejrzana, która przyznała się do winy, ma zostać zwolniona z aresztu. Kto w takim razie potrącił zakonnicę i dlaczego? Czy jest to związane z drugim morderstwem?

– Bez komentarza – rzuciła komisarz Kopp i pospiesznie wyszła z pokoju.

Daniel podążył za nią.

– Okej. No dobra – zwróciła się do niego Klementyna, kiedy znaleźli się poza zasięgiem wścibskich uszu dziennikarzy. W jej głosie pobrzmiewała zapowiedź burzy. – Skąd, do cholery, ta czerwona wszystko wiedziała? Kto z nią gadał? Musiał z nią gadać ktoś od ciebie. Czy wy, kurwa, nie rozumiecie, że nie wolno zdradzać prasie wszystkich szczegółów śledztwa? Kurwa!

Daniel Podgórski poczuł, że wszystkie mięśnie mu tężeją. Nie podobał mu się ten atak.

– Chwileczkę, może jednak trochę spokojniej? – rzucił zimno. – Jestem pewien, że nikt od nas z nimi nie rozmawiał, więc daruj sobie te tony, Klementyna. Mogę ręczyć za mój zespół.

– D o p r a w d y? – w głosie komisarz Kopp słychać było wściekłość. – Kurwa. Myślałam, że da się z wami jakoś współpracować, ale wy nic, kurwa, nie rozumiecie. Za pół godziny spotykamy się na odprawie!

Ruszyła korytarzem, zostawiając Daniela samego.

Ewka Rosół nakładała makijaż. Dzisiaj jedna warstwa podkładu nie wystarczy. Wyskoczyło jej kilka pryszczy na czole. Dno. Dno. Dno. Dno. Nałożyła więcej korektora. Było lepiej, ale nie idealnie. Ktoś zapukał do drzwi.

– Czego? – burknęła.

Nie miała czasu na pogaduszki. A już na pewno nie z ojcem. Frajer z niego.

– To tylko ja.

– Myślałam, że to ojciec. Wchodź. Czego chcesz? Ostatnio taki z ciebie kochany braciszek się zrobił? – szydziła Ewka.

– Chciałem tylko sprawdzić, jak się czujesz po… tym wszystkim… – powiedział nieśmiało Bartek.

– Po skrobance. Możesz mówić wprost, mnie to zwisa – powiedziała Ewka dumna z siebie. Może i była młodsza, ale już więcej wiedziała o życiu niż on. – Mówi się „po skrobance".

– Dobra. Jak, kurwa, sobie chcesz – odparł zirytowany, ale nie podniósł głosu. – Człowiek próbuje być miły, i co? To jak się czujesz po skrobance?

Wzruszyła ramionami. Uniwersalny gest. Może oznaczać wszystko i nic. Tak też się właśnie czuła. Nie umiała tego do końca sprecyzować.

– Poza tym zjedź trochę z ojca – dodał brat. – Nie jest taki zły.

– Bo niby co? Nagle zrobiłeś się też kochanym syneczkiem?!

Ewka zaśmiała się na całe gardło.

– W ogóle nie wiesz, jaki on jest – powiedział spokojnie Bartek.

– Odezwał się ten, co kocha tatusia nad życie.

– Nie doceniłem go – przyznał chłopak, siadając na jej łóżku. – Też powinnaś go lepiej poznać.

– Taaa, jasne. Już pędzę – zapaliła papierosa. – Nie mam chęci. Czaisz?

– Dawaj te szlugi – wyrwał jej paczkę z ręki i papierosa z ust. – Palić mi tu nie będziesz.

– Dobrze, tatusiu – przedrzeźniała go Ewka.

Wstała i ruszyła do drzwi. Nie miała czasu na te rozmowy.

– Gdzie idziesz? – zawołał Bartek.

– Nie twój interes.

– Już idziesz do jakiegoś frajera?

– A co ci do tego? Zresztą olewam to, równie dobrze mogę ci powiedzieć. Nie mam czasu na idiotyczne kłótnie. Idę śledzić Julkę.

Spojrzał na nią zdziwiony.

– Po co?

– Ma nowego kolesia.

– Już nie jest z Ziętarem?

Pokręciła przecząco głową.

– Ziętar o tym wie? – rzucił Bartek z niedowierzaniem.

Znowu pokręciła głową.

– Z kim się spotyka?

Powiedziała mu.

Odprawa rozpoczęła się z opóźnieniem. Ostatni dziennikarze ociągali się z opuszczeniem komisariatu w Lipowie. Potem długo jeszcze stali przed budynkiem, wyczekująco przestępując z nogi na nogę. Co jakiś czas błyskały spóźnione flesze.

Daniel Podgórski był zirytowany i nic nie mógł na to poradzić. Rozumiał zdenerwowanie Klementyny, sam też nie był zadowolony, ale słowa, które padły na korytarzu po konferencji, były zdecydowanie zbyt mocne. Zarówno Marek Zaręba, jak i Janusz Rosół zaprzeczyli, że rozmawiali z prasą, kiedy ich o to zapytał. Podgórski ufał im całkowicie, mimo że Rosół ostatnio zachowywał się nietypowo.

Dziennikarze musieli mieć przeciek z innego źródła. Na pewno nie od nich. Może od prokuratora, zastanawiał się Daniel, przecież w jego biurze też były raporty dotyczące obu zabójstw. Nie wierzył co prawda, że Jacek Czarnecki zdradziłby tak ważne informacje prasie, ale mógł to zrobić jeden z jego pracowników. Nigdy nie wiadomo.

– Wnosimy meble z powrotem? – zapytał Marek Zaręba.

Ich przytulna salka konferencyjna wyglądała jak po przejściu tajfunu.

– Jasne, i tak czekamy na Klementynę.

– Ciekawe, kiedy jaśnie pani się zjawi – odezwał się Janusz Rosół, wnosząc krzesła do salki.

Komisarz Klementyna Kopp wkroczyła do pokoju dopiero, kiedy ustawili już wszystkie meble. Jej twarz miała nieprzyjemny, zacięty wyraz. Spojrzała wściekła na ciasto przygotowane przez Marię. Wyglądało to, jakby chciała zrzucić je ze stołu. Daniel odruchowo przytrzymał półmisek z keksem.

Pani komisarz odetchnęła kilka razy głęboko. Chyba ją to uspokoiło, bo na jej twarz powrócił zwykły neutralny wyraz.

– Okej. No dobra. Ja mam taką propozycję – zaczęła Klementyna, gładząc się po krótko ostrzyżonej głowie. – Nie wracajmy do tego tematu. Ale! To ma się już więcej nie powtórzyć, okej?

Wszyscy wiedzieli, o co chodzi. Nie musiała tłumaczyć.

Daniel postanowił nie drążyć tematu. Nie było warto. Klementyna i tak uznała już zapewne, że to oni są winni przecieku, i nic, co Podgórski by zrobił lub powiedział, nie zmieniłoby jej opinii. Kolejna kłótnia do niczego by nie doprowadziła, uznał policjant. Janusz Rosół uniósł się zdenerwowany. Był chyba innego zdania. Podgórski położył mu uspokajająco rękę na ramieniu.

– Nie warto – szepnął, jak najciszej umiał.

– Suka – rzucił jadowicie Rosół w stronę komisarz Kopp.

– Okej. Byłam wczoraj u Kojarskich – oznajmiła Klementyna, ignorując obraźliwy komentarz policjanta. – Pierwsza sprawa, o której chciałabym mówić, to listy.

Opowiedziała im o znalezionym przez Juniora Kojarskiego liście i jego treści.

– To już wiedzieliśmy – odparł młody Marek Zaręba i spojrzał na komisarz Kopp niechętnie. On chyba też czuł się obrażony oskarżeniami. – Nic nowego.

Klementyna skinęła głową.

– To prawda, sprawa listów jest niczym nowym. W każdym

razie pobrałam próbki pisma od wszystkich członków rodziny. Wczoraj w nocy wysłałam je do grafologa. Nie wiem, czy to coś da, ale warto spróbować.

– Nic nam to nie da – rzucił znowu Marek zaczepnie.

Młody policjant był wyraźnie zły. Daniel dobrze go rozumiał. Też czuł się zaatakowany i obrażony. Starał się jednak zachowywać profesjonalnie, w końcu był szefem komisariatu i nie powinien tracić nad sobą kontroli. Nawet jeżeli było to bardzo trudne. Mimo wszystko postanowił nie stopować Marka.

– Nawet jeżeli napisało to któreś z nich, czy to świadczy o tym, że zabiło? „Nie wyciągajmy zbyt daleko idących wniosków". Ktoś chyba kiedyś powiedział coś takiego.

Przedrzeźnianie dziwacznego tonu Klementyny wyszło Markowi bardzo dobrze. Rosół zarechotał głośno. Daniel też się zaśmiał. Nie mógł się dłużej powstrzymać.

– Spoko, masz rację, młody. Nie wiemy, czy listy były związane ze śmiercią Blanki, ale nie zaszkodzi sprawdzić wszystkich tropów, co? – twarz Klementyny nie wyrażała niczego konkretnego. – Dobra. Jeżeli chodzi o fałszywe alibi, też wszystko już wiem. Potwierdziłam, że Róża Kojarska grała w karty w czasie, kiedy ktoś zamordował Blankę. Na pieniądze. Chyba się jej nie poszczęściło. Zależy jej na tym, żeby ukryć to przed mężem. Nie informowałam Juniora. Nie warto, to ich sprawa. W każdym razie możemy chyba wykluczyć Różę. Poza tym mam też info w sprawie billingów Blanki Kojarskiej.

Komisarz Kopp zamilkła, jakby chciała zbudować większe napięcie. Chyba jej się udało, bo policjanci przypatrywali się jej pilnie.

– Było tam coś interesującego? – zapytał Marek Zaręba od niechcenia. Jego oczy wskazywały jednak na żywe zainteresowanie.

– W niedzielę trzynastego stycznia dzwonił do Blanki Kojarskiej ktoś z warszawskiej parafii, gdzie mieszkała siostra Monika – oznajmiła Klementyna Kopp z namaszczeniem.

– Zakonnica?

– Tego nie wiemy. Ale! Sprawdziłam i chodzi tu o telefon w ośrodku pomocy dla młodzieży. Jest ogólnie dostępny dla wszystkich. Rodzaj takiej, można powiedzieć, wewnętrznej budki telefonicznej, żeby każdy dzieciak mógł zadzwonić, jak przyjdzie potrzeba.

– Zakonnica? – zapytał Marek znowu.

Klementyna spojrzała na policjantów pojednawczo.

– Okej. Ja też uważam, że dzwoniła siostra Monika – przyznała. – Niestety niewiele nam to daje, bo nie wiemy, o czym ewentualnie rozmawiały.

– Mnie dziwi, że nadal nikt nie odpowiedział na nasze ogłoszenie w gazetach – odezwała się Maria. Miała na myśli zapytanie o jakiekolwiek informacje na temat siostry Moniki. – Czy nikt w całej Polsce jej nie znał?

– Stop. Czekaj. Jak właściwie wyglądało to ogłoszenie?

– Osoby posiadające jakiekolwiek informacje na temat kobiety ze zdjęcia, czyli siostry Moniki, proszone są o kontakt. Coś w tym stylu – wyjaśnił Marek. – Dodaliśmy zdjęcie zakonnicy.

– Okej. No dobra. A w jakich gazetach to zamieściliście?

– W dużych dziennikach – wyjaśnił Daniel Podgórski.

– Żeby miały zasięg na całą Polskę. Nie chciałem się ograniczać do Warszawy i naszych okolic. Nigdy nic nie wiadomo.

– Co z brukowcami? – zapytała komisarz Kopp.

– Tam tego jeszcze nie dawaliśmy…

– Może by się przydało, co? Weźcie pod uwagę, że nie znamy zbyt dobrze przeszłości zakonnicy. Wiemy tylko, że kiedy mieszkała w parafii na Ursynowie, dobrze się prowadziła. Ale! Co było wcześniej? Pamiętajcie, że patolog stwierdził, że jej ciało było bardzo wyniszczone. Alkohol. Być może osoby, które ją znały w jej *poprzednim życiu*, nie czytują poważnych dzienników. Warto spróbować, co?

Daniel skinął głową. To był dobry pomysł. Był zły na siebie, że nie pomyślał o tym wcześniej. Kolejny głupi błąd.

– Mamo, ty się tym zajmij, dobrze?

Wydawało mu się, że przez twarz Marii przebiegł lekki grymas, ale w końcu skinęła głową.

– Mam nadzieję, że brukowce nie rozdmuchają tej sprawy do niemożliwości. Chodzi nam tylko o to ogłoszenie. Nie o artykuł na temat zakonnicy. Na razie sprawa nie wygląda różowo – podsumował Daniel Podgórski. – Dobrze by było, gdyby przesłuchanie Izy Cieślak coś nam dało. Marek i Janusz, wy zostajecie z Marią tutaj. Ja i Klementyna jedziemy do Warszawy przesłuchać tę dziewczynkę. Będę pod telefonem. Informujcie mnie, gdyby wyszło coś nowego.

Ewelina Zaręba zrobiła sobie wolny dzień. Andżelika poszła do koleżanki, a Marek był w pracy. Fryzjerka postanowiła przygotować dobry obiad. Ostatnio nie przykładała się do tego za bardzo. Zjedzą, pobędą trochę z Andżeliką, a wieczorem może będą się kochać. Wyglądało na to, że Marek wraca do siebie. Nareszcie. Tak się bała, że ich małżeństwo znowu będzie przechodziło kryzys. Nigdy nie była z innym mężczyzną. Nie wyobrażała sobie tego, mimo że miała wielu adoratorów. Była żoną Marka, i tyle. Kiedy dziesięć lat temu okazało się, że jest w ciąży, wzięli skromny ślub cywilny. Skrycie zawsze marzyła o wielkiej uroczystości z białą strojną suknią. Minęło dziesięć lat. Może teraz będzie na to czas. Andżelika mogłaby sypać za nią kwiatki. Cała wieś przyszłaby do kościoła. Byłoby wspaniale, rozmarzyła się Ewelina.

Włączyła komputer. Naszła ją ochota, żeby obejrzeć nieliczne zdjęcia z ich cywilnej uroczystości. Była ubrana w kremową sukienkę mamy, a ciążowy brzuszek już lekko wystawał. Zaśmiała się, kiedy zobaczyła Marka. Był taki chudziutki i spłoszony. Na policzkach miał wielkie czerwone rumieńce. Był po prostu przerażonym nastolatkiem, który lubił się dobrze bawić i zabalował o jeden raz za dużo. Przez te lata stał się prawdziwym mężczyzną. Była dumna z jego przemiany. Nigdy się na nim nie zawiodła.

Skoro już miała włączony komputer, równie dobrze mogła zajrzeć na *nasze-lipowo*. Plotek nigdy za wiele, zaśmiała się fryzjerka w duchu. Lubiła plotki i wcale się tego nie wstydziła. Strona otworzyła się natychmiast.

Drogi morderco, tym razem zwracam się wprost do ciebie!!!!!!!!!!!!!! (Przepraszam pozostałych czytelników za prywatę!). Otóż, drogi morderco, JA WIEM, kim jesteś. Powiem więcej, mam na to niezbite dowody!!!!!!!!!!!!!!!!!!

– wiem na przykład, co tak starannie ukrywasz w piwnicy! Tak, tak. Jesteś u nas tak długo i myślałeś, że to się nigdy nie wyda? Nic bardziej mylnego.

Pozwalam sobie napisać dla ciebie niewielki poemat, bo naszło mnie natchnienie. Mam nadzieję, że ci się szczególnie spodoba!!! Oto i on:

Siedzisz zagrzebany wśród liści,
Swej wielkiej nienawiści,
Wszyscy cię znają i cenią,
Natury twej nie zmienią!

Prawda, że całkiem ładne? Może mijam się z powołaniem, kto wie, czy nie założę w przyszłości bloga o poezji!!!

No, ale przejdźmy do rzeczy!!! Jeżeli uznam za stosowne, to POMOGĘ policji. Na razie czekaj w NIEPEWNOŚCI!!!!!!!!!!!!!

Nie pozostaniesz bezkarny, jeżeli JA tak nie zechcę.

TY wiesz, że JA wiem. Pamiętaj, że cię obserwuję. I to PILNIE.

Pozdrawiam!

PS. Pozostałych czytelników zapewniam, że szykuję dla was nowe gorące ploteczki. Już wkrótce nowości!!!

Ewelina Zaręba przeczytała wpis dwa razy i drżącą ręką sięgnęła po telefon. Musiała jak najszybciej powiadomić Marka. Z tego nie mogło wyniknąć nic dobrego.

ROZDZIAŁ 27

Lipowo, Warszawa i Brodnica. Czwartek, 24 stycznia 2013, po południu

Młodszy aspirant Daniel Podgórski zatrzymał swoje subaru niedaleko kościoła na warszawskim Ursynowie. Był tu tydzień temu i nic właściwie się nie zmieniło. Komisarz Klementyna Kopp nie zamieniła z nim słowa przez całą trasę. Milczała uparcie, wpatrując się w drogę przed nimi. Daniel nie był pewien, czy było to spowodowane niewyjaśnionym nadal przeciekiem do prasy, o który ich podejrzewała, czy wynikało to z innej przyczyny.

Umówili się na przesłuchanie Izy Cieślak w mieszkaniu jej rodziców. Mieli oni być obecni, ponieważ dziewczynka była nieletnia. Komisarz Kopp wysiadła z samochodu i trzasnęła mocno drzwiczkami. Daniel wzruszył tylko ramionami. Przyzwyczaił się już do jej humorów. Czasami Klementyna była całkiem miła, a kiedy indziej zupełnie nie dało się z nią porozumieć.

Znaleźli adres bez problemu. Iza Cieślak mieszkała w sześciopiętrowym budynku z wielkiej płyty położonym nieco ponad pół kilometra od ursynowskiego kościoła. Daniel wyraźnie słyszał dzwon wybijający równą godzinę.

Podgórski wcisnął klawisz domofonu. Nic się nie stało. Klementyna pociągnęła za klamkę, ale drzwi wejściowe okazały się zamknięte. Stali przez chwilę niezdecydowani. Wkrótce jednak drzwi klatki schodowej otworzyły się i pojawiła się w nich chuderlawa nastolatka z kolczykiem w nosie. Diamencik połyskiwał w świetle żarówki oświetlającej hol.

– Państwo do mnie? – zapytała, patrząc na mundur Daniela.

– Ty jesteś Iza Cieślak? – upewnił się Podgórski.

Dziewczyna pokiwała głową, zerkając na wytatuowane ramiona Klementyny, które wystawały spod przykrótkiego skórzanego żakietu.

– Ojciec znowu się uchlał, a matka nie chce w domu scen. Szczególnie z uczestnictwem policji – wyjaśniła Iza niespodziewanie dojrzałym tonem. – Wyjdźmy na dwór i tam pogadamy.

Daniel zerknął na Klementynę. Chyba nie miała nic przeciwko. Wyciągnęła butelkę coli i napiła się trochę. Dziewczyna zerknęła tęsknie w jej stronę.

– Chcesz łyka? – zapytała nastolatkę.

Iza pokręciła głową.

– To idziemy? – rzuciła pani komisarz, szczelniej okręcając się szalem.

Ruszyli pomiędzy blokami. Okolica wyglądała na spokojną i przyjemną. Pomiędzy domami posadzono wiele drzew. Latem musiało być tu bardzo zielono.

– Ładnie tu u was – zagadnął Daniel, żeby jakoś zacząć.

– Yhy – mruknęła dziewczyna niewyraźnie. Skinęła głową jakiejś kobiecie z wózkiem. – Możemy załatwić to jak najszybciej? Nie chcę być zbyt długo poza domem. Mogę mieć potem problemy.

– Spoko. Znałaś siostrę Monikę? Z tego kościoła tam. – Komisarz Kopp wykonała nieokreślony ruch ręką. – Znałaś, co?

– Yhy.

– W jaki sposób się poznałyście?

– Chodzę do tego ośrodka pomocy, który jest przy kościele. Ona tam pracowała – wyjaśniła dziewczyna zwięźle. Co jakiś czas spoglądała na swój blok. – Chodźmy tam dalej. Nie chcę, żeby ojciec przypadkiem zobaczył przez okno, że gadam z policją.

– Nie powiedziałaś mu o tym, że będziemy? – zapytał Daniel. – Miałaś to zrobić.

– Jasne, że mu nie powiedziałam. Zwariował pan? Gdybym mu powiedziała, tobyśmy nie mogli w ogóle pogadać. Chyba na tym wam zależało, więc niech mi pan tu nie truje.

– Okej. Dobra. Zapominamy o tym – mruknęła pojednawczo Klementyna Kopp. – Słuchaj, chyba słyszałaś, że siostra Monika nie żyje, co?

– Yhy.

Dziewczyna przeczesała włosy. W płatku lewego ucha miała wyjątkowo wielki drewniany kolczyk. Daniel Podgórski przyglądał mu się z zainteresowaniem. Na razie starał się nic nie mówić. Wyglądało na to, że dziewczyna nawiązała lepszy kontakt z komisarz Kopp.

– Lubiłaś ją? – zapytała Klementyna, zerkając z uznaniem na kolczyk Izy.

– Yhy – mruknęła znowu nastolatka.

Przez moment wydawało się, że dziewczyna chciałaby powiedzieć coś więcej. Klementyna Kopp dała jej chwilę czasu.

– Siostra Monika była spoko – wykrztusiła w końcu Iza. – Nie wiem, jak to bez niej teraz będzie. Z tym wszystkim.

– Stop. Czekaj – powiedziała pani komisarz. Jej głos stracił zwyczajową moc karabinu maszynowego. Był teraz niespodziewanie delikatny i łagodny. – Co masz na myśli, mówiąc „z tym wszystkim"?

Nastolatka wzruszyła wiotkimi ramionami.

– Możemy pójść jeszcze kawałek dalej?

Minęli niewielki budynek prywatnej szkoły i sklepik z warzywami. Kilka opatulonych w grube płaszcze kobiet dyskutowało żywo przed drzwiami. Chodnikiem przebiegł mężczyzna z psem nieokreślonej rasy na smyczy.

– Siostra Monika została zabita, tak? – zapytała Iza ze łzami w pomalowanych ciemną kredką oczach. – Inaczej byście mnie tak nie wypytywali, prawda? Boję się, że to przeze mnie.

Klementyna przytuliła ją do siebie. Iza płakała przez chwilę bezgłośnie. W końcu otarła łzy i wyrwała się z objęć policjantki. Odrobina czarnej kredki do oczu rozmazała się jej na policzku.

Podgórski poczuł w kieszeni wibracje telefonu. Na szczęście wyłączył dźwięk. Czuł, że dziewczyna zaraz powie im coś ważnego.

– Co się konkretnie stało? – włączył się do rozmowy. Starał się, żeby jego głos był równie łagodny jak Klementyny. Musieli postępować ostrożnie.

– No bo może chodzi o tego księdza – wydukała Iza Cieślak bardzo cicho. – Nie powinnam jej była o tym wszystkim mówić.

O tym wszystkim. Czyli o czym? Danielowi zaczęło szybciej bić serce. Twarz Klementyny pozostała nieprzenikniona, więc nie wiedział, czy pani komisarz przeżywa to przesłuchanie tak samo jak on.

– Opowiedz nam wszystko po kolei – poprosiła komisarz Kopp.

Dziewczynka wahała się przez chwilę, ale w końcu jakby podjęła decyzję.

– Chodziło o księdza Piotra, który też pracuje w ośrodku – powiedziała drżącym głosem. Danielowi stanęła przed oczami uśmiechnięta twarz młodego kapłana, goszczącego na plebanii w Lipowie. – On mnie zgwałcił.

Na chwilę zapadła cisza. Nastolatka znowu mówiła nienaturalnie dojrzałym tonem osoby, która przedwcześnie musiała dorosnąć.

– Powiedziałam o tym siostrze Monice – kontynuowała swoją opowieść Iza Cieślak. – Ona była taka miła. Ufałam jej. Pomagała wszystkim dziewczynom, które miały problemy z chłopakami albo w domu. Nie zostawiała żadnej w potrzebie. Więc pomyślałam, że się jej przyznam. Nikomu innemu nie mogłabym powiedzieć. Tylko jej. A teraz ona nie żyje. To moja wina…

Po jej twarzy spłynęła pojedyncza łza.

– To nie twoja wina, Izuniu – powiedziała Klementyna ciepło i położyła nastolatce uspokajająco rękę na ramieniu. – Cokolwiek się stało, to na pewno nie jest twoja wina. Mów dalej, dobrze?

Nastolatka znowu założyła włosy za uszy, odsłaniając wielki kolczyk.

– Siostra Monika bardzo się zdenerwowała. Z tego, co wiem, nic takiego się wcześniej nie zdarzyło w naszym ośrodku pomocy. Przynajmniej żadna dziewczyna mi nie mówiła, że trzeba uważać na tego księdza. Siostra Monika powiedziała, że on powinien zostać ukarany, ale ja nie chciałam policji. Już mówiłam, jacy są moi rodzice. Nie za bardzo lubią takich jak wy. Co prawda pani wygląda spoko.

Iza Cieślak spojrzała na Klementynę z uznaniem.

– Więc poprosiłam siostrę Monikę, żebyśmy nic z tym nie robiły. Powiedziałam, że tylko chciałam pogadać i się zwierzyć. Ale ona upierała się, że tego tak nie zostawi. Obiecała mi, że nikomu nie powie, a zwłaszcza policji, i że sama się tym zajmie, a ja mam się niczym nie martwić. Powiedziała, że nie pozwoli, żeby ksiądz Piotr skrzywdził kogoś więcej.

Iza otarła nos rękawem fioletowej kurtki.

– Co masz na myśli, mówiąc, że sama chciała się tym zająć? – zapytał ostrożnie Daniel.

– No on miał akurat gdzieś tam wyjechać. Siostra Monika uznała, że pojedzie za nim i z nim pogada o całej tej sprawie, żeby nie robić tego tu u nas. Chciała mu zabronić wracać. To wszystko przeze mnie! Pojechała tam do niego, a on ją zabił. Gdybym jej nic nie powiedziała, jeszcze by żyła!

– Stop. Izuniu, nic z tego nie jest twoją winą. Pamiętaj o tym zawsze.

Telefon w kieszeni Daniela znowu zawibrował.

Była dumna ze swojego ostatniego wpisu na blogu. Był superświetny! Zabójca na pewno teraz spanikuje. To ona miała wszystkie asy w rękawie, powtarzała sobie rozradowana. Z tymi dowodami to był trochę blef. Miała tylko zdjęcia ofiar, ale dobrze wiedziała, kim jest morderca. On za to nie wiedział, kim jest o n a. Tak jak reszta mieszkańców Lipowa, jeśli o to chodzi. Szef komisariatu Daniel Podgórski chyba się czegoś domyślał, ale, przynajmniej jak na razie, trzymał język za zębami. Cieszyło ją to.

Oczywiście nie zamierzała zawiadamiać policji. O wiele lepiej będzie, jeżeli zamieści rozwiązanie zagadki na *naszym-lipowie*. Chciała być bohaterką. Miała szczęście, że trafiła jej się taka gratka. Była odpowiednią osobą w odpowiednim miejscu i czasie. Z zadowoleniem stwierdziła, że wyprzedziła policję. To ona znała rozwiązanie całej sprawy. Nie oni.

Postanowiła pójść do Lipowa na piechotę. Jak zwykle. Zapadał już wczesny zmierzch, ale dzień i tak był teraz zdecydowanie dłuższy. Zima powoli ustępowała wiośnie. Jeszcze wiele dni minie, zanim trawa się zazieleni, ale widać już było światełko w tunelu, stwierdziła radośnie autorka bloga. Nawet jeżeli to światełko było bardzo odległe.

Nagle poczuła przeszywający ból. Nigdy jeszcze nie doświadczyła niczego tak strasznego. Miała wrażenie, że jej plecy pękną na pół. Próbowała walczyć z całych sił, ale w głębi ducha wiedziała, że jest za późno.

Ostatnią rzeczą, którą zobaczyła, był szeroki uśmiech osoby, która pozbawiła ją życia.

Potem zapadła ciemność.

Maria Podgórska powoli odłożyła słuchawkę. Tym razem chodziło tylko o ogłoszenie w sprawie informacji na temat zakonnicy, ale Maria i tak czuła się brudna. Była przecież zdrajczynią i nic tego nie wymaże. Wokół panowało zamieszanie, ale ona czuła się, jakby była tam sama, za szklaną, dźwiękoszczelną ścianą. Jakby widziała biegającego wokół Marka Zarębę i Janusza Rosoła, ale nie słyszała ich głosów. Czy Danielek kiedykolwiek wybaczy jej to, co zrobiła? Po raz pierwszy nie podzieliła się z nim swoim planem. Była pewna, że by się nie zgodził.

Wymknęła się do toalety. Zamknęła się w kabinie i usiadła na sedesie, nie unosząc spódnicy. Musiała pomyśleć.

– Pani Mario, wszystko w porządku? – usłyszała głos młodego Marka Zaręby. Czy Daniel jej kiedykolwiek wybaczy?

– Tak! Wszystko dobrze, Mareczku – skłamała ze ściśniętym gardłem.

Daniel i Klementyna Kopp pojechali do Warszawy przesłuchać nastolatkę, której nazwisko znaleziono w portfelu zabitej zakonnicy. Maria, Marek i Janusz zostali sami w komisariacie. Myśleli, że to będzie spokojne popołudnie, i oczekiwali powrotu Podgórskiego z nadzieją na przełom. Tymczasem Ewelina poinformowała Marka o wpisie na *naszym-lipowie*. Autor bloga rzucił wyzwanie mordercy. Wszyscy się zgodzili, że z tego nic dobrego nie mogło wyniknąć. Musieli jak najszybciej zareagować.

– Informatyk z Komendy Powiatowej w Brodnicy już ustalił IP komputera, z którego publikowano *nasze-lipowo* – wyjaśnił jej Marek Zaręba przez drzwi toalety. Był zmartwiony, ale w jego głosie pobrzmiewała też ekscytacja.

Podczas nieobecności Daniela Marek musiał sam radzić sobie z zaistniałym kryzysem i wyglądało na to, że mu się to podoba. – Wiemy już, kto pisał tę stronę. W końcu udało mi się też dodzwonić do Daniela. Są już w drodze i niedługo powinni wrócić. Dobrze, że Daniel wziął subaru, a nie naszego poldka. Spotkam się z nimi na miejscu. Pani zostanie z Januszem tutaj. W porządku?

– Tak, oczywiście – odpowiedziała Maria Podgórska przez drzwi kabiny. – Spieszcie się. Nie chcę, żeby znowu coś się stało!

Weronika Nowakowska usiadła przy komputerze w swoim świeżo wysprzątanym gabinecie. Za oknem słyszała kapanie topniejących sopli. Dawało to wrażenie, jakby przyszła już wreszcie upragniona wiosna.

– Złudne nadzieje – powiedziała Weronika do psa. Igor nastawił uszu. – Mamy dopiero styczeń, więc na razie nic z tego!

Zaczynało się już powoli ściemniać, więc Weronika włączyła niewielką lampkę na biurku. Przed południem przeczytała nowy wpis, który ktoś zamieścił na *naszym-lipowie*. Nie dawał jej spokoju. Daniel pojechał do Warszawy na przesłuchanie, więc nie mogła z nim o tym porozmawiać. Zresztą on na pewno by nie chciał, żeby za bardzo mieszała się do śledztwa. Zwłaszcza po tym, jak opowiedziała mu o różowej rękawiczce, którą znalazła na parapecie, i o swoich podejrzeniach z nią związanych. Trochę się tym wszystkim zdenerwował. Weronika uważała to za dobry znak. Chyba mu jednak zależało.

Tak więc Daniel na pewno byłby przeciwny, mimo to Weronika nie zamierzała rezygnować z odrobiny zaangażowania w śledztwo. Czuła się za bardzo wciągnięta w całą sprawę. Przecież znała jedną z ofiar. Może nie były przyjaciółkami, ale to wiele nie zmieniało. Poza tym, musiała sama przed sobą przyznać, zawsze była ciekawska.

Otworzyła stronę *nasze-lipowo* raz jeszcze. Wpis ciągle tam był. Skopiowała go szybko do pliku tekstowego. Na wszelki wypadek. Być może wkrótce policja każe autorowi go usunąć. To było raczej prawdopodobne. Bloger, kimkolwiek był, igrał przecież z ogniem. Twierdził, że doskonale wie, kto jest mordercą. Od tego można było zacząć.

– Załóżmy na chwilę, że autor rzeczywiście wie, o czym mówi – powiedziała Weronika na głos. – Czy dzięki wpisowi można by zgadnąć, kto jest zabójcą?

Zastanawiała się przez chwilę nad treścią wpisu. Autor jak zwykle używał dość specyficznej stylistyki i słownictwa, ale może należało o tym na moment zapomnieć i skupić się na samym przekazie? Weronika wyjęła kartkę papieru i chwyciła długopis. Zamierzała spisywać swoje spostrzeżenia. Tego Daniel nie mógł jej przecież zakazać. Nie mieszała się do policyjnego śledztwa. Prowadziła własne, zupełnie nieszkodliwe dociekania.

– Po pierwsze – powiedziała do siebie. – Mamy do czynienia z jednym mordercą w obu przypadkach. Jedna osoba zabiła zakonnicę i Blankę Kojarską.

Autor bloga zwracał się przecież do jednej tylko osoby. Przez długi czas Nowakowska podejrzewała, że to Blanka Kojarska przejechała zakonnicę z Warszawy, zanim sama została zabita. Teraz trzeba było porzucić tę hipotezę. Przynajmniej jeżeli wierzyć blogerowi.

Weronika upiła łyk gorącej herbaty, którą sobie wcześniej przygotowała. Oparzyła się w język i syknęła z bólu.

– Po drugie, morderca jest chyba mężczyzną – powiedziała przez zęby, odstawiając parujący kubek.

Nie było to jasno powiedziane, ale autor bloga napisał przecież „nie pozostaniesz bezkarny", a nie bezkarna. Może to była tylko kwestia stylistyki i samego słowa „morderca", którego autor bloga użył na początku. Mimo wszystko Weronika była pewna, że nie chodzi o kobietę.

– Po trzecie – stwierdziła, zwracając się do psa i świata w ogólności. – Po trzecie, mamy trzy bardzo interesujące fragmenty wpisu.

Pierwszy z nich stwierdzał, że morderca ukrywa coś w piwnicy. Co to mogło być? Czy autorowi bloga chodziło o broń, która posłużyła do zabicia ofiar? Daniel wspominał, że użyto noża, więc ten pomysł chyba odpadał. Nóż można było przecież schować wszędzie. Najlepiej wśród innych noży, na przykład w kuchni, żeby nie budził podejrzeń. O co innego mogło w takim razie chodzić?

Pozostałe dwa fragmenty, które zainteresowały Weronikę, tyczyły się tożsamości zabójcy. Bloger napisał, że „jesteś u nas długo" i „wszyscy cię znają i cenią". Weronika bawiła się przez chwilę długopisem, zamykając go i otwierając. Według niej ten opis mógł oznaczać tylko jedno. Morderca był w Lipowie od jakiegoś czasu i pełnił określoną funkcję w tej małej społeczności. Być może istotną, a nawet formalną, rozważała dalej. Być może właśnie ze względu na jego funkcję nikt go nie podejrzewał. Kim mógł być?

Otworzyła nowe okno w przeglądarce i znalazła mapę Lipowa. Chciała znaleźć na niej ważne punkty, które może pomogłyby jej ustalić tożsamość mordercy. Powiększyła mapę maksymalnie. Jej wzrok od razu padł na komisariat policji. Poczuła nieprzyjemne mrowienie w palcach. Tak przecież nie mogło być. Westchnęła głośno, starając się zachować bezstronność. Była na tropie i nie mogła pozwolić, żeby uczucia zaślepiały jej osąd. Policjant doskonale odpowiadałby przecież opisowi zamieszczonemu przez blogera.

Innym ważnym punktem na mapie Lipowa był kościół. Weronika dopisała do swojej listy księdza. Po krótkim namyśle zdecydowała się jeszcze umieścić na niej sołtysa. Był przecież w każdej wsi jedną z najważniejszych osobistości.

Policjanci, ksiądz i sołtys. Wszystkie te osoby odpowiadały zamieszczonemu przez autora bloga opisowi mordercy. Lista podejrzanych nie była może długa, ale od czegoś trzeba przecież zacząć. Zadrżała. W domu znowu robiło się zimno, mimo odwilży na dworze. Ogrzewanie działało jak zwykle kapryśnie.

– No dobrze, tylko co ja teraz z tym wszystkim zrobię? – westchnęła Weronika bezradnie.

Oparła się na łokciu i zaczęła nakręcać włosy na palec. Upiła kolejny łyk herbaty. Nie była już taka gorąca. Weronika miała już listę potencjalnych podejrzanych. Na razie nie interesowały jej ich ewentualne motywy. Zamierzała podejść do sprawy od drugiej strony i opierać się wyłącznie na opisie zamieszczonym na blogu. Teraz trzeba było sprawdzić domy osób z listy pod kątem ewentualnych ukrytych w nich tajemnic. Zwłaszcza w piwnicy.

Bartek Rosół nie mógł uwierzyć, że Majka nie przyszła. Przecież mu obiecała, a on czekał niecierpliwie już od kilku godzin. Więc to właśnie nazywają miłością, pomyślał z goryczą. Kiedyś by z tego zakpił, ale i jego trafiło. I, niespodziewanie, czuł się z tym wyjątkowo dobrze. Miał swoje potrzeby, to prawda, ale wszystko w swoim czasie.

– Może nawet dzisiaj – zanucił pod nosem, porządkując pokój.

Nie mogło być bałaganu, jak przyjdzie Majka. Wydawała się na niego napalona, ale wiadomo, że dziewczyny mogą się zniechęcić do każdego, widząc jego używane gacie i popsute resztki jedzenia.

Zaśmiał się. Rozpierała go radość.

Nagle jego komórka zawibrowała. Esemes. Na pewno od Majki. Wymienili już ich kilkanaście. No, może nawet kilkadziesiąt. Nie liczył dokładnie. Miał nadzieję, że ten będzie równie pikantny jak poprzednie.

Spojrzał szybko na wyświetlacz. Majka! Tak jak podejrzewał.

– „Odezwę się kiedy indziej" – przeczytał na głos. – Co to ma być?

Olała go? Poczuł się zraniony, ale jednocześnie to wszystko jakoś mu nie pasowało. Nie po tym, co pisali do siebie wcześniej. Może rodzice zakazali jej przychodzić? Esemes był krótki i zupełnie nie w jej stylu. Może napisał go jej stary, zastanawiał się gniewnie Bartek. Podobno czasem tak robił. Jeżeli znalazł ich poprzednie wiadomości, mógł się wściec.

Bartek Rosół zdecydował się poczekać do jutra. Pójdzie do Jajkowa i pogada z Majką osobiście, żeby wyjaśnić sprawę.

Julka weszła na plebanię niemal ostentacyjnie. Pani Solicka siedziała u siebie w sklepie, a stary ksiądz Józef był ślepy i głuchy jak pień. Nie musiała się obawiać, że ją nakryją. Nie na nich liczyła. Miała natomiast wielką nadzieję, że ten, kto pisze *nasze-lipowo*, ją zobaczy. Stała przez chwilę w drzwiach, czekając na błysk flesza. Nic takiego się jednak nie stało. Widać miała pecha.

Weszła cicho do środka. Ewka mogła sobie mieć swojego policjanta, ale to Julka była z księdzem! No, p r a w i e była, bo faktycznie to jeszcze do niczego nie doszło, ale dziewczyna czuła, że może uda jej się już dziś. Z tego mógł się zrobić gigantyczny skandal. Ucieszyła się na samą myśl o tym.

Jej przecież też należy się sława.

Młodszy aspirant Daniel Podgórski zatrzymał subaru z piskiem opon. Droga z Warszawy zajęła mu rekordowo krótki czas. Mieli dwie rzeczy do zrobienia. Po pierwsze, jak najszybciej zapewnić ochronę autorowi bloga, który w tak nieprzemyślany sposób rzucił wyzwanie zabójcy. Po drugie, musieli zatrzymać i przesłuchać księdza Piotra. Prokurator Czarnecki już wyraził na to zgodę. Zeznanie Izy Cieślak okazało się niezwykle istotne. Ksiądz miał całkiem ważki powód, żeby pozbyć się siostry Moniki. Jego relacje z Blanką Kojarską nie były do końca jasne, ale to będą mogli wyjaśnić podczas przesłuchania. Być może mylili się, sądząc, że to zakonnica dzwoniła do Blanki. Równie dobrze mógł to zrobić ksiądz Piotr. Miał tak samo łatwy dostęp do telefonu w ośrodku pomocy jak siostra Monika.

Młody Marek Zaręba czekał już na nich przed domem Majki Bilskiej, która, tak jak Daniel podejrzewał już od pewnego czasu, okazała się autorką bloga *nasze-lipowo*. Podgórski modlił się w duchu, żeby dziewczyna była w domu, cała i zdrowa. Miał nadzieję, że zabójca nie zdążył jeszcze nic zrobić. Janusz Rosół, który od jakiejś godziny obserwował plebanię, twierdził, że ksiądz przebywa tam nadal. Być może nie było więc jeszcze za późno.

Wszystko wokół wyglądało spokojnie i zadziwiająco normalnie. Nie pasowało to do obecnego nastroju żadnego z policjantów. Komisarz Klementyna Kopp mruczała coś pod nosem niezrozumiale, a Marek Zaręba przestępował niecierpliwie z nogi na nogę.

Dzwonek przy furtce nie działał, więc weszli od razu do ogrodu. Daniel zauważył, że firanka w oknie na parterze poruszyła się nieznacznie. Widocznie ktoś obserwował ich z domu. Rzeczywiście, zanim dotarli do budynku, drzwi otworzyły się szeroko. Na progu pojawił się ojciec Majki. Daniel nie znał go osobiście, ale wiedział, że tamten jest nauczycielem języka polskiego w liceum w Brodnicy.

– Czy coś się stało? – zapytał mężczyzna flegmatycznie. – Skąd takie poruszenie? Policja na sygnale? Pod moim domem?

– Chcielibyśmy porozmawiać z pana córką – zaczął Daniel Podgórski bez zbędnych wyjaśnień. Musiał mieć pewność, że dziewczyna jest bezpieczna.

– Ale czemu, jeśli mogę wiedzieć?

Powolny sposób mówienia nauczyciela irytował Daniela. Chciał natychmiast wiedzieć, czy Majka jest bezpieczna, czy nie. Rozmowa z jej ojcem na razie do niczego nie prowadziła. Podgórski widział, że Marek przeżywa to tak samo jak on. Klementyna Kopp też wydawała się poruszona, mimo że jej twarz nie zdradzała zazwyczaj żadnych emocji.

– Okej. No dobrze. Postawmy sprawy w ten sposób – odezwała się komisarz kryminalna przesadnie głośno i wyraźnie. – Musimy natychmiast porozmawiać z twoją córką.

– Och, jak pięknie pani mówi – pochwalił z uznaniem Bilski. Daniel spojrzał na niego zdziwiony, zapominając na chwilę o sprawie. Nigdy nie określiłby sposobu mówienia Klementyny Kopp jako piękny. Oryginalny, to może tak, ale na pewno nie p i ę k n y. – Wspaniała dykcja! Rzadko się taką tutaj słyszy. Czy jest pani z naszych okolic?

– Urodziłam się w Gdańsku – wyjaśniła komisarz Kopp cierpliwie. – Ale! Musimy porozmawiać z twoją córką. Czy byłbyś tak uprzejmy i ją zawołał?

– Nie mogę tego zrobić – odparł nauczyciel równie ospale jak na początku.

Wyglądało na to, że zupełnie stracił zainteresowanie rozmową.

– Dlaczego? – zapytali Marek i Daniel niemal jednocześnie.

– Mojej córki nie ma w domu, oto dlaczego. Gdyby tu była, chętnie bym ją poprosił.

Policjanci spojrzeli po sobie pełni najgorszych obaw. Ojciec nie wydawał się jednak w najmniejszym stopniu zaniepokojony.

– Czy to już wszystko? – zapytał, chwytając klamkę.

Wyglądało na to, że zamierza zamknąć im drzwi przed nosem.

– Gdzie możemy ją znaleźć? – nie dawał za wygraną Daniel Podgórski. – Gdzie jest Majka?

– Tego niestety panom nie powiem.

– Dlaczego? – zdziwił się Daniel.

– Po prostu sam nie wiem, gdzie jest moja córka. Czy coś się stało? Skąd takie zdenerwowanie u państwa? Czy Maja zrobiła coś złego? Muszę przyznać szczerze, że nie mogę w to uwierzyć. Jest bardzo dobrze wychowana. Doprawdy! Zadbałem o to przecież. Jestem osobą bardzo cenioną w naszej okolicy i chciałem, żeby moja córka godnie mnie reprezentowała.

Bilski spróbował zamknąć drzwi.

– Moglibyśmy wejść? – poprosił Daniel, łapiąc klamkę z drugiej strony. Musi przemówić temu flegmatycznemu mężczyźnie do rozumu!

Bilski spojrzał na Podgórskiego ze złością i wpuścił ich niechętnie do środka. Stanęli w przedpokoju. Wyglądało na to, że gospodarz nie chce zapraszać ich dalej.

– Jak mam rozumieć to najście? – w jego głosie pojawiła się nagle nuta agresji.

Klementyna Kopp raz jeszcze wyjaśniła, z czym przychodzą. Daniel obserwował Bilskiego, ale nadal nie zauważył nawet cienia niepokoju na jego twarzy. Były tam raczej zniecierpliwienie i irytacja.

– Moja córka autorką tego idiotycznego plotkarskiego bloga? To niedorzeczne – oburzył się Bilski. – Nie wiem, co to jest to całe IP, ale mnie to nie interesuje. Słyszą państwo? Nie interesuje mnie to. Moja córka tego nie pisze. Czytali państwo to… to… nie wiem nawet, jak nazwać to c o ś. Błędy, koszmarna stylistyka. Nie, moja córka zdecydowanie

nie mogła popełnić czegoś takiego. Wpajam jej wszelkie reguły języka polskiego od najmłodszych lat. Zawsze była wzorową uczennicą w tej dziedzinie. Pisze piękne eseje. Mówię państwu, że ona tego koszmarka nie pisała. To pomyłka. Cała ta sytuacja brzmi wręcz przezabawnie.

– Czy moglibyśmy mimo wszystko obejrzeć jej komputer? – poprosił Daniel. – To naprawdę bardzo ważne. Proszę to zrozumieć.

Prośba Podgórskiego nie przekonała jednak nauczyciela.

– Oczywiście, że nie! – krzyknął oburzony. – Do tego chyba potrzebny jest państwu nakaz od prokuratora, prawda? Moja córka ma prawo do odrobiny prywatności. Nie zamierzam pozwolić, żebyście bez potrzeby naruszali jej strefę intymną. Nie żyjemy już w państwie policyjnym. Kto to widział!

– Czy pan nie rozumie, że Mai może grozić niebezpieczeństwo? – nie wytrzymał w końcu młody Marek Zaręba.

Daniel spojrzał na kolegę. Jako ojciec Marek nie mógł chyba zrozumieć, jak ten człowiek może tek beztrosko traktować bezpieczeństwo własnej córki.

– Powtarzam państwu: mojej córce nic nie grozi – powiedział głośno i wyraźnie Bilski. – Poza tym przed chwilą napisała do mnie wiadomość tekstową, że wróci pewnie dopiero jutro.

– Możemy zobaczyć tę wiadomość?

– Nie. Oczywiście, że nie. Już mówiłem. Bez nakazu niczego wam nie będę udostępniał.

Policjanci spojrzeli po sobie zmieszani.

– Proszę pana, musi nam pan powiedzieć, gdzie jest Maja. Chcemy z nią tylko p o r o z m a w i a ć – poprosił raz jeszcze Daniel. Czuł, że w jego głosie zaczyna pobrzmiewać desperacja. – O nic jej przecież nie oskarżamy. Chcemy tylko się upewnić, czy wszystko jest w porządku. Nie zależy panu na tym? Przyznam, że nie do końca rozumiem pańską postawę.

– Już ja was znam. Milicja czy policja. Jedno i to samo! – krzyknął znowu ojciec Mai. Poczerwieniał na twarzy. – Jak moja córka mówi, że wróci jutro, to wróci. Nie kwestionuję tego w żaden sposób. Mam do niej pełne zaufanie. Nigdy mnie nie zawiedzie. Jestem pewien.

– Może nie z własnej woli! – krzyknął Marek zdenerwowany. – Nie martwi się pan w ogóle? Jak tak można? Jaki z pana ojciec?

– Pana dykcja natomiast pozostawia naprawdę dużo do życzenia – upomniał Zarębę ojciec Majki. – Musi pan solidnie popracować nad końcówkami wyrazów.

Daniel zdusił chęć potrząśnięcia mężczyzną.

– Stop. Czekaj. Mówisz o wiadomości tekstowej – wtrąciła się szybko Klementyna Kopp. – A próbowałeś do niej zadzwonić?

– Oczywiście, że nie. Maja prosiła, żeby jej nie przeszkadzać. Wiem, że ma swoje sprawy, i jej ufam, jak już wcześniej wspomniałem.

– Nie dziwi pana, że córka znika na noc? – nie wytrzymał znowu Marek Zaręba.

– Nie – odparł tamten krótko. – To się często zdarza. Co kilka dni właściwie. Teraz proszę mnie już zostawić w spokoju. Mnie i moją rodzinę. Nie życzę sobie, żeby mnie dalej niepokojono.

Policjantom nie pozostało nic innego jak się pożegnać.

– Kiedy Maja wróci, bardzo proszę o jak najszybszy kontakt – stwierdził Daniel Podgórski, wychodząc. – Proszę, zostawiam panu wizytówkę. Naprawdę musimy porozmawiać z pana córką. To bardzo, bardzo ważne.

Mężczyzna wziął wizytówkę, zgniótł ją ostentacyjnie w małą kulkę i włożył niedbale do kieszeni.

– Będę miał to na uwadze.

Zatrzasnął drzwi szybkim ruchem.

– Nie do wiary – denerwował się Marek Zaręba.

– Nie wygląda to dobrze – zgodził się Daniel Podgórski. – Zawsze jest szansa, że dziewczyna jest u koleżanki… ale coś mi mówi, że to się źle skończy.

– Na razie i tak nic nie możemy zrobić – rzuciła komisarz Kopp. – W razie czego prokurator wystawi ten jego cholerny nakaz i przeszukamy dom. Teraz szybko jedziemy po księdza Piotra. Nie traćmy czasu.

Weronika zdecydowała, że zacznie od sprawdzenia domu sołtysa. Było już późno, a on mieszkał najbliżej z osób, które miała zapisane na swojej liście podejrzanych. Poza tym nie znała tego mężczyzny i pomyślała, że najłatwiej będzie zacząć właśnie od niego. Bez emocji, neutralnie. Podejrzewanie Daniela i jego kolegów wydawało się na razie poza jej możliwościami.

Zastukała do drzwi, ściskając w rękach butelkę wina. Sołtys otworzył szybko. Był dość pulchny, a z rzadkich włosów sypały mu się drobinki łupieżu.

– Witam – zawołał mężczyzna jowialnie. – Pani Nowakowska spod lasu, prawda?

Weronika przywołała na twarz swój najbardziej uprzejmy, zachęcający uśmiech.

– Tak. Przepraszam, że przeszkadzam tak późno.

– Ależ nie ma problemu. Nie ma problemu! Mojej żony akurat nie ma. Pojechała do matki – wyjaśnił sołtys wyraźnie zawiedziony. – Taka szkoda! Bardzo chciała panią poznać. Potem wydarzyły się te wszystkie okropności i jakoś nie było okazji. Proszę wejść! Zapraszam.

Weronika weszła do domu i rozejrzała się ciekawie. Mieszkanie urządzone było w nieco przesłodzonym stylu, ale sam właściciel wydawał się z niego bardzo dumny.

Przeszli wąskim korytarzem do salonu. Wszędzie ustawiono pełno rozmaitych bibelotów, które w zamierzeniu osoby dekorującej dom miały chyba dodawać mu uroku.

– A skoro mówimy już o tych okropnościach! Ja sam byłem przy tym pierwszym wypadku. Tym z zakonnicą! Widziałem ciało. Na żywo – poinformował ją sołtys z błyskiem entuzjazmu w oku. – Nie da się tego opisać. No, mówię pani!!! Napije się pani kawki albo herbatki?

Przyglądał się jej intensywnie. Weronika poczuła się nagle nieswojo. Byli w tym domu zupełnie sami. Z drugiej strony była przecież zdecydowana odkryć mordercę. Musiała się liczyć z pewnym ryzykiem. Za późno teraz na odwrót. Postanowiła wykorzystać nadarzającą się okazję.

– Proszę się nie kłopotać. Mogłabym tylko skoczyć do toalety? – Miała nadzieję, że ten pretekst pozwoli jej rozejrzeć się trochę po domu. Interesowało ją głównie znalezienie piwnicy. – Zaraz wrócę.

– Oczywiście, oczywiście – powiedział sołtys, przypatrując się jej z nieukrywanym zainteresowaniem.

Weronika wyszła na korytarz. Rozejrzała się szybko. Chciała być pewna, że w domu rzeczywiście nikogo więcej nie ma. Wszędzie panowała niezmącona cisza. Nowakowska zaczęła po kolei otwierać drzwi po lewej stronie długiego korytarza w nadziei, że w końcu trafi na te, które prowadzą do piwnicy.

– Myślałem, że pani idzie do toalety, pani Weroniko – odezwał się sołtys niespodziewanie. – To nie tutaj.

Aresztowanie księdza Piotra poszło sprawnie. Dodatkowym czynnikiem obciążającym duchownego okazała się obecność w jego pokoju nieletniej Julii Ratajskiej. Nie wyglądało co prawda na to, żeby ksiądz cokolwiek zrobił dziewczynce, ale zeznania warszawianki Izy Cieślak na temat molestowania okazały się wystarczające dla prokuratora.

Młody ksiądz Piotr siedział w pokoju przesłuchań Komendy Powiatowej w Brodnicy. Był roztrzęsiony. Ręce drżały mu nieznacznie, a po twarzy płynęły łzy. Komisarz kryminalna Klementyna Kopp spojrzała na kapłana surowo. Nie zamierzała tolerować kogoś takiego jak on. Co to to nie. Gnida. Ksiądz z pewnością będzie musiał odpowiedzieć za molestowanie dziewczynki. Teraz trzeba było udowodnić mu jeszcze morderstwo.

Klementyna wyrecytowała formułkę rozpoczynającą przesłuchanie i zerknęła na prokuratora Czarneckiego. Skinął przyzwalająco głową. Obrońca z urzędu, który reprezentował oskarżonego, również wyraził zgodę na rozpoczęcie rozmowy. Komisarz Kopp uśmiechnęła się nieznacznie. Był najgorszym możliwym obrońcą, jakiego ksiądz Piotr mógł dostać. Zupełnie niedoświadczonym, niemal tuż po studiach. Powinno pójść łatwo.

– Okej. To zaczynajmy – powiedziała pani komisarz. Stwierdziła, że przejdzie od razu do rzeczy. Nie zamierzała niczego owijać w bawełnę. Nie z tą gnidą. – Zgwałciłeś Izabelę Cieślak, lat piętnaście, tak? Według jej zeznań miało to miejsce pod koniec grudnia zeszłego roku na terenie ośrodka pomocy dla młodzieży z rodzin patologicznych. Czy to prawda?

Starała się nadać swojemu głosowi jak najtwardszy ton. Nienawidziła takich mężczyzn. Przed oczami stawało jej własne dzieciństwo. Potarła szczęśliwy tatuaż, żeby się uspokoić.

– Tak – krzyknął ksiądz, pochlipując. – Przepraszam, tak bardzo p r z e p r a s z a m!

Wydawało się, że jego udręczony głos niesie się po całej komendzie.

– Wybacz mi, Panie Boże, bo bardzo zgrzeszyłem! – zawołał ksiądz.

Obrońca starał się go uspokoić, ale młody kapłan uciszył go tylko gestem ręki.

– Chciałbym wszystko wyznać. Dosyć mam ukrywania tego, co zrobiłem. Brzydzę się sobą. Chcę odpowiedzieć za swój czyn. Wykorzystałem tę biedną dziewczynę. To prawda. Panie Boże, tak bardzo przepraszam! Chciałbym cofnąć czas. Gdybym tylko mógł jakoś odkupić swoją winę!

– Stop. Czekaj. Czy siostra Monika o tym wiedziała? – zapytała Klementyna Kopp. – Wiedziała, co?

Ksiądz spojrzał na panią komisarz przez łzy. Jego oczy wyrażały całkowite zdziwienie.

– Nikt o tym nie wiedział – wydusił. – Tylko ja i Iza. Jak ja mogłem to zrobić?! Będzie cierpiała przez całe życie.

I tak nie ma już łatwo. To była chwila. Moje ciało działało jakby samo. Nie mogę sobie tego wybaczyć. Przyjmę każdą pokutę! Zawiodłem ją, Pana Boga i siebie.

Obrońca z urzędu próbował się wtrącić, ale ksiądz znowu go uciszył.

– Spoko – wtrąciła komisarz Kopp. – Ale! Niech wszystko dobrze zrozumiem. Czyli utrzymuje ksiądz, że nie wiedział, czemu siostra Monika przyjechała do Lipowa?

Młody ksiądz Piotr pokręcił głową, ocierając łzy.

– No dobra, w takim razie gdzie byłeś we wtorek piętnastego stycznia w godzinach rannych? Mam na myśli moment, kiedy zabito siostrę Monikę.

Ksiądz nagle zrozumiał, do czego zmierza przesłuchanie. Wciągnął gwałtownie powietrze i objął się ramionami, jakby to mogło mu jakoś pomóc.

– Czy jestem oskarżony o zabicie Moniki? – powiedział zduszonym głosem.

– A jakże. Miałeś doskonały motyw. Chciałeś ją uciszyć, żeby twoje chujowe zagranie z Izą Cieślak nie wyszło na jaw, co? – rzuciła Klementyna Kopp gniewnie. Miała ochotę go uderzyć. Nienawidziła takich jak on. – Okej, no dobra. Podejdźmy do tego na spokojnie. Gdzie byłeś we wtorek rano?

– Byłem na plebanii w Lipowie – ksiądz Piotr zaczynał się powoli uspokajać. – Razem z panią Eugenią Solicką, która jest tam gospodynią, i z księdzem Józefem, moim dalekim krewnym. Przyjechałem wieczorem w poniedziałek. Nie było już czasu na wspólny posiłek. Józef wcześnie się kładzie z powodu podeszłego wieku. Dlatego zjedliśmy razem wspólne śniadanie następnego dnia po przyjeździe.

Dwie osoby mogą potwierdzić, że byłem wówczas z nimi. Nie zabiłem Moniki.

Klementyna westchnęła zirytowana. Wyglądało na to, że ksiądz mówi prawdę. Prokurator dał znak policjantom schowanym za weneckim lustrem pokoju przesłuchań. Mieli na bieżąco sprawdzać prawdziwość słów księdza. Jeżeli pani Solicka i ksiądz Józef potwierdzą to, co mówił Piotr, nie będzie można oskarżyć go o zabicie siostry Moniki.

– Stop. Czekaj! O której zaczęło się to całe wspólne śniadanie? – zapytała komisarz Kopp, czekając na efekty pracy kolegów. – O której usiedliście przy stole?

– Mogło być koło ósmej rano. Może kilka minut wcześniej. Po śniadaniu pomogłem pani Solickiej w zmywaniu. Później siedzieliśmy z księdzem Józefem w bawialni i rozmawialiśmy – wyjaśniał Piotr coraz pewniejszym tonem. – Ja nie zabiłem siostry Moniki. Skrzywdziłem Izę Cieślak i za to chcę odpowiedzieć przed Panem Bogiem, przed nią i przed prawem. Siostry Moniki nie zabiłem. Nie kłamię.

W jego głosie brzmiała całkowita pewność. Klementyna zaklęła w duchu siarczyście. Wbrew sobie zaczynała mu wierzyć.

– Spoko. A jak wytłumaczysz swoją znajomość z Blanką Kojarską?

– Nie znałem nikogo takiego – odparł równie pewnym tonem ksiądz Piotr. – Wiem oczywiście, że ona została zabita. O niczym innym nie mówi się teraz w Lipowie. W każdym razie ja jej nie znałem. Nie osobiście.

– Jak wytłumaczysz w takim razie swój telefon do niej? – zapytała komisarz Kopp. Była to drobna prowokacja. Nie wiedzieli przecież, kto z parafii na Ursynowie dzwonił do Blanki, ale postanowiła zaryzykować. – Dzwoniłeś do niej w poprzednią niedzielę.

– Ja do niej na pewno nie dzwoniłem. Mówię przecież, że jej nie znałem. Kiedy miał miejsce ten telefon? – zapytał ksiądz zaciekawiony.

Klementyna podała mu dokładną datę i godzinę. Zaczynała mieć dość tego przesłuchania. Wydawało się, że złapali nie tę osobę, co trzeba. Ksiądz odpowie za gwałt na dziewczynce, ale to nie Klementyna będzie się tym dalej zajmować. Wyglądało na to, że ich zabójca jest ciągle na wolności.

– Celebrowałem wówczas mszę! – krzyknął ksiądz. – Kilkadziesiąt osób może to potwierdzić! Do nikogo wtedy nie mogłem dzwonić.

Do pokoju wsadził głowę jeden z mundurowych. Prokurator Czarnecki wyszedł za nim z pokoju przesłuchań. Wrócił po chwili i skinął głową w stronę Klementyny Kopp. Ksiądz nie kłamał, rzeczywiście nie mógł zamordować zakonnicy. Nie wyglądało też na to, żeby był w jakikolwiek sposób powiązany z Blanką Kojarską. Pani komisarz westchnęła cicho.

– Spoko. A gdzie byłeś w nocy z dwudziestego na dwudziestego pierwszego stycznia, czyli w ostatnią niedzielę? – zapytała jeszcze na wszelki wypadek Klementyna Kopp, odnosząc się do momentu, kiedy zginęła Blanka Kojarska.

– Również na plebanii. Z tymi samymi osobami.

Komisarz Kopp wstała gwałtownie. Niech prokurator bawi się w kończenie tego przedstawienia, ona już nie miała ochoty tam siedzieć. Księdza przejmie policja z Warszawy, żeby odpowiedział za molestowanie nieletniej. Klementyna, niestety, nadal miała na głowie zabójcę.

Wiera weszła do swojego cichego mieszkania nad sklepem w Lipowie. W środku było nieprzyjemnie duszno. Nikt przecież nie otwierał okien podczas jej nieobecności. Poczuła się samotna. Całe życie budowała obraz silnej, samowystarczalnej kobiety, ale teraz przez chwilę zapragnęła, żeby ktoś się nią zajął.

Nikogo takiego jednak nie miała.

Otworzyła okno i usiadła na parapecie. Wdychała świeże wiejskie powietrze. Czuła, jak tlen wypełnia jej płuca. Tego jej brakowało w celi, w której ją trzymano przez te kilka dni. Dobrze, że wszystko nieźle się skończyło. Dopiero teraz zrozumiała, że wcale nie była gotowa poświęcić się całkowicie dla syna. Junior Kojarski był dla niej ważny, ale może nie aż tak? Chciała żyć dla siebie samej. Tak naprawdę Junior był przecież dla niej obcym człowiekiem. Wiera żyła dla Wiery. Sklepikarka zaśmiała się gorzko. Uczucie osamotnienia prawie minęło.

Włożyła płaszcz i ruszyła na wędrówkę po lesie. Kochała noc wśród drzew i pohukiwanie sów. To był jej żywioł. Poszła na polanę, gdzie znaleziono Blankę. Czuła, że musi jeszcze raz zobaczyć to miejsce. Chciała poczuć jego niepowtarzalną energię.

Śnieg wokół topniał. Księżyc schował się za szarymi chmurami, przez co las wydawał się jeszcze ciemniejszy niż zwykle. Wkroczyła na polanę pewnym krokiem. Zamknęła oczy i wsłuchała się w pulsowanie tego miejsca. Niemal słyszała krzyk, jaki towarzyszył śmierci blondynki.

Nagle bardziej wyczuła, niż usłyszała, ruch po drugiej stronie polany. Spojrzała w tamtą stronę. Wyglądało na to, że mężczyzna również ją zauważył. Jego ciało wydawało się spięte, jakby Wiera go na czymś przyłapała.

– Spodziewałam się ciebie – powiedziała powoli sklepikarka.

Nie czuła strachu.

ROZDZIAŁ 28

Warszawa 1986 rok

Jakub wracał do domu, zataczając się. Pomylił drogę kilka razy, ale w końcu trafił na swoją ulicę. Próbował skupić myśli, ale nie było to łatwe. Stało się. Stracił pracę. Jedyne źródło utrzymania. Co gorsza, odebrali mu też możliwość wykonywania zawodu. Wszystko przez trochę krwi. Trochę krwi i już nigdy nie będzie lekarzem. Jak przez mgłę pamiętał, że Eugeniusz Żywiecki reanimował pacjentkę. Jakub nie był pewien, czy przeżyła. Musiał chyba wtedy odpłynąć.

Zatoczył się na ścianę budynku. Oparł się o nią i stał tak chwilę, oddychając ciężko. Był już prawie w domu. Nie wracał tam od kilku dni. Zżerała go ciekawość, jak poradził sobie potwór. Jakub miał nadzieję, że nie przeżył. To by wiele ułatwiło. Nie miał odwagi go zabić, mimo że kilka razy próbował.

Potwór był na razie silniejszy. Na razie wygrywał.

Z bramy wyszedł sąsiad z czwartego piętra. Prawnik ubrany był jak zwykle w elegancki garnitur i krawat. Kiedyś Jakub sam tak się stroił. Teraz było mu już wszystko jedno.

– Dzieeeeeń dobrrry – wybełkotał w kierunku sąsiada, chociaż nie był właściwie pewien, czy jest dzień, czy noc.

Mężczyzna spojrzał się na niego z politowaniem. Może nawet ze wstrętem. Ostatnio tylko tak na niego patrzono. Od kiedy nie ma Marioli. Bez niej nic nie ma sensu. Dawny Jakub zniknął. Rozpłynął się w szpitalnej bieli tamtej chwili.

W panice sięgnął do kieszeni. Mama nadal tam była. Co prawda nieco już wyblakła. Niedawno dołączył do niej zdjęcie Marioli. W ten sposób jego dwa Motylki nad nim czuwały. Blondwłose i niebieskookie.

– Straciłem pracęęęęęęęęęęęę! – krzyknął rozpaczliwie na całe gardło.

Sąsiad oddalił się pospiesznie. Jego kroki odbijały się echem na pustej ulicy. Jakub pochylił się i zwymiotował. Osunął się na chodnik i siedział tak przez chwilę przygarbiony. Nie miał już siły iść dalej.

– Dobrze się pan czuje, doktorze? – zagadnął dozorca. Wydawało się, że mężczyzna pojawił się znikąd. A może to Jakub trochę przysnął. – Nie może pan tu tak leżeć, przykro mi.

W jego głosie brzmiała autentyczna troska. Może on jeden mógł zrozumieć.

– Jeee-steeeś mmm-oim przyyy-jacielllem? – zapytał Jakub przeciągle.

– Tak, panie doktorze – potwierdził dozorca i pomógł mu wstać. – Nie widziałem pana kilka dni. Gdzie jest mały Kacperek? Martwimy się trochę z żoną. Słyszeliśmy płacz, ale nie chciałem pana niepokoić.

– Nie będę już zaglądał w cipki – stwierdził Jakub tonem

wyjaśnienia. Kariera ginekologa już się przecież skończyła. – Wiesz pan o tym?

– Gdzie jest mały Kacperek? – dopytywał się dozorca, nie zwracając uwagi na wyznanie Jakuba.

Jakub machnął ręką wymijająco. Kacper. Ten obleśny mały morderca miał umrzeć. Taki przynajmniej był plan. Pośrednio. Świat byłby bez niego o wiele lepszy. Pech chciał, że rodzice Marioli zmarli niedługo po ich ślubie. Gdyby nie to, Jakub mógłby podrzucić im syna i więcej na niego nie patrzeć. To by było za mało, poprawił się natychmiast w duchu. Kacpra należało u k a r a ć, a nie zapewnić mu ciepły kącik u kochających dziadków. I to właśnie Jakub, nikt inny, musiał wziąć ten obowiązek na siebie. To o n, i nikt inny, musiał pomścić Mariolę.

– Zaprowadzę pana na górę i sprawdzimy, jak się czuje dziecko, dobrze? – zaproponował dozorca wciąż zaniepokojony.

Wejście po schodach nie było takie proste, ale stara winda nie działała i nie mieli wyjścia. Musieli zatrzymywać się kilka razy, ponieważ nogi Jakuba dziwnie się plątały. Kiedy dotarli na górę, dozorca wyciągnął zapasowy klucz i otworzył drzwi. Na korytarz wypłynęła chmura straszliwego smrodu. Nawet Jakub go poczuł. Miał nadzieję, że się udało.

– Nie wchodzę – oznajmił spokojnie.

– Gdzie jest Kacperek?! – krzyknął dozorca i wbiegł do środka, zasłaniając nos ręką.

– Mam nadzieję, że nie żyje – stwierdził Jakub szczerze i osunął się bezsilnie na ziemię. – Mam nadzieję, że nie żyje!

Chyba znowu przysnął. Kiedy otworzył oczy, był w czystym łóżku, a nie na kamiennej posadzce klatki schodowej. Obok niego leżał Kacper. Chłopiec wpatrywał się w Jakuba wielkimi dziecinnymi oczami.

– Co się gapisz, śmieciu? – burknął. Broda chłopca zatrzęsła się z emocji. – Znowu się zlałeś! Kurwa! Znowu się zlałeś!

Pościel nie była już czysta. Była lepka i okropna. Wypchnął chłopca z łóżka i sam wyskoczył jak najszybciej.

– Co ja powtarzałem?!

– Że nnnnie wolllno! – powiedział cicho Kacper.

Jakub uderzył syna z całej siły.

– Co tu się dzieje? – Do pokoju wpadła jakaś kobieta. – Co pan doktor robi? Co tu się dzieje?

W drzwiach pojawił się teraz także dozorca.

– Nic się nie dzieje – stwierdził Jakub spokojnie. Nie chciał, żeby ktokolwiek wtrącał się w życie jego rodziny. – Gdzie ja jestem?

– Wziąłem pana do nas – wytłumaczył woźny. – Pana mieszkanie… pomyślałem, że to nie jest teraz zbyt przyjemne miejsce. Trzeba będzie posprzątać.

Żona dozorcy przyglądała się Jakubowi z wyraźną dezaprobatą.

– Nie wasza sprawa – krzyknął. – Nie będziecie mi dyktować, co mam robić.

– Panie doktorze, nie sądzi pan, że chłopiec potrzebuje trochę… – zaczął niepewnie dozorca.

– Ja będę decydował, czego potrzebuje, nie wy. To ja jestem lekarzem – warknął Jakub. Czuł, że musi się napić. I to jak najszybciej. – Mam dość tego wszystkiego.

Chwycił syna za rękę i szarpnął. Chłopiec rozpłakał się rozpaczliwie.

– Nie rycz, mazgaju. Matkę zabiłeś, a teraz ryczysz? Trzeba było myśleć o tym wcześniej. Gdyby nie ty, bylibyśmy szczęśliwi. Mariola i ja. Nieskończenie szczęśliwi. A tak co?

Dozorca i jego żona patrzyli na niego z szeroko otwartymi oczami. Nie obchodziło go to.

– Przez niego moja żona nie żyje. To on ją zzzzabbbił – wyjąkał Jakub przez zaciśnięte żeby.

Potem musiał chyba zemdleć.

ROZDZIAŁ 29

Lipowo. Piątek, 25 stycznia 2013, rano

Córki nie było przez całą noc. Alicja Bilska obracała telefon w drżących dłoniach. Kiedy tylko ekran gasł choćby na chwilę, naciskała klawisz, żeby mieć pewność, że nie przegapiła telefonu od Majki. Tysiące razy sprawdzała folder z nieodebranymi połączeniami w nadziei, że Maja jednak dzwoniła. Zwiększyła głośność dzwonka i powiadomień do maksimum. Nadal jednak nie dostała żadnej nowej wiadomości. Nic. Ani telefonu, ani esemesa.

Alicja czuła, że coś jest nie tak, jak powinno. Majka chodziła wprawdzie swoimi drogami, ale Bilska nie podzielała optymizmu Ernesta, że córka poszła na jedną z tych swoich wędrówek. Nie rozumiała, czemu nie przyjął pomocy policji. Podejrzewała, że być może nie chciał przyznać sam przed sobą, że Maja może być w niebezpieczeństwie. Klasyczne wyparcie.

„Nie dzwońcie; jestem zajęta; wrócę jutro".

Alicja Bilska przeczytała tę wiadomość mniej więcej milion razy. Takie przynajmniej miała teraz wrażenie. Oczy piekły ją z niewyspania, jakby pod powiekami miała ostre ziarenka piasku. Była coraz bardziej pewna, że to nie jej córka napisała tę lakoniczną wiadomość. Do tej pory Maja zawsze dzwoniła, jeżeli miała nie wrócić na noc. Nie chciała przecież, żeby się martwili. Nadal pozostawało jednak pytanie: jeśli to nie Maja napisała wiadomość, to kto? Wysłano ją przecież z numeru córki.

Alicja ponownie wykręciła numer Majki. Znowu nic. Słyszała dźwięk wybierania połączenia, ale nie było żadnej odpowiedzi. Po raz kolejny nagrała wiadomość w poczcie głosowej:

– Tu mama, zadzwoń, Majeczko! Bardzo się denerwuję. Kocham cię – głos jej się załamał.

Nie mogła myśleć o tym, że jej córki mogło już nie być. Zaledwie w ciągu dwóch tygodni zginęły w okolicy dwie osoby. Wczoraj wieczorem była u nich policja. Musieli mieć powód do obaw, inaczej by przecież nie przyjechali. Nietrudno było zgadnąć, że podejrzewają najgorsze.

Alicja Bilska podeszła do drzwi pokoju córki. Automatycznie podniosła rękę, żeby zapukać. To było królestwo Mai. Miały umowę, że nie wchodzi się do środka bez pukania. Westchnęła ciężko. Teraz to nie miało już znaczenia. Teraz liczyło się tylko to, żeby jej ukochana córka wróciła bezpiecznie do domu.

Policja twierdziła, że to Maja pisała bloga *nasze-lipowo*. Kluczem do rozwiązania tej sprawy mógł być w takim razie jej komputer, więc jedyne, co przychodziło Bilskiej do głowy, to zajrzeć do peceta Majki. Od czegoś trzeba zacząć, uznała. Nie mogła dłużej czekać, wpatrując się w pusty ekran telefonu.

Okazało się, że komputer Mai chroniony jest hasłem. Można się było tego spodziewać, przecież córka lubiła mieć swoje sekrety. Alicja Bilska spróbowała różnych konfiguracji imienia i daty urodzin. Nic nie działało. W końcu komputer wyświetlił podpowiedź, którą córka wpisała w pamięci urządzenia na wypadek, gdyby zapomniała hasła.

Ona.

Alicja Bilska zaczęła chodzić po pokoju. Ona? Ona. Ona. Kim była tajemnicza ona? Próbowała myśleć jak Majka, jak nastolatka. Kim była „ona"? Aktorka? Piosenkarka? Kto? Bilska poczuła nadchodzącą falę paniki. Wykręciła jeszcze raz numer córki. Znowu bez skutku.

Uderzyła ze złością w klawiaturę. Ernest pojechał do Brodnicy, zostawiając ją z tym wszystkim samą.

– Co ja sobie wyobrażałam? – krzyknęła na całe gardło. Miała wrażenie, że słychać ją w całym województwie. W jej oczach pojawiły się łzy bezsilności. – Że uda mi się włamać do tego komputera?

Ona.

Wpisała desperacko te trzy litery, ocierając łzy. Czasem najprostsze rozwiązanie było właśnie tym właściwym.

Enter.

Ekran zmienił się nagle, ukazując kolorowe zdjęcie jakiegoś popularnego zespołu. Alicja Bilska patrzyła oniemiała na pulpit, który codziennie oglądała jej córka.

– Udało się! – krzyknęła znowu gorączkowo. Czuła, że jej twarz zalewa fala gorąca. – Udało się!

W prawym górnym rogu zobaczyła folder o nazwie „Lipowo". W środku znajdowały się kolejne foldery: „Teksty", „Pomysły", „Zdjęcia". Wyglądało na to, że policja miała jednak rację. To jej córka była autorką strony, którą Alicja czytała z wypiekami na twarzy razem z koleżankami z pracy. Tyle razy zastanawiały się, kto mógł to pisać, a tymczasem strona powstawała pod jej własnym dachem.

Otworzyła folder ze zdjęciami. Jej oczom ukazały się równe rzędy kolorowych miniatur. Powiększyła jedną z nich. Patrzyła na ekran przerażona.

Osiłek Ziętar odłożył słuchawkę. Rozmówca wydawał się zdenerwowany. To było nietypowe. Poza tym praktycznie nigdy nie dzwonił tak wcześnie rano. Jeżeli się nad tym zastanowić, w ogóle rzadko dzwonił. Ostatnio zdarzyło się to chyba tamtego dnia, kiedy umarła Blanka Kojarska.

Dziś znowu była robota do zrobienia. Ziętar niechętnie włożył kurtkę i wyszedł na dwór. Poszedł do starej stodoły, która stała za domem. Tam miał wszystko, czego potrzebował. Dobrze ukryte przed policją i innymi ciekawskimi oczami.

Promienie słońca obudziły młodszego aspiranta Daniela Podgórskiego tuż przed ósmą. Policjant wyskoczył z łóżka. Wyglądało na to, że zapomniał nastawić budzik. Z ulgą przypomniał sobie, że dziś odprawa miała zacząć się dopiero o dziewiątej. Tak się umówili.

Odetchnął. Za oknem odwilż zapanowała na dobre. W wielu miejscach śnieg zupełnie stopniał, ukazując plamy pożółkłej trawy. Wielkie zaspy były teraz tylko wspomnieniem. Czuł się dobrze, mimo obaw o Majkę i niejasnej tęsknoty za Weroniką. W świetle dnia wszystko wyglądało o wiele lepiej. Może jednak nie było się o co martwić.

Zjadł spokojnie śniadanie i postanowił pójść do kiosku po gazetę. Był ciekaw, czy wczorajsza konferencja przyniosła już jakiś odzew. Nie wiedział do końca, jak szybko reaguje prasa. Kiosk stał na rozdrożu obok na wpół wyschniętego stawu. Woda z topniejącego śniegu sprawiała, że sadzawka zmieniała się powoli w grząskie bagno.

– Dzień dobry, panie Danielu – powitała go uprzejmie kioskarka. – Pewnie przyszedł pan po najnowsze wieści. Sporo tam dziś o Lipowie. Kto by pomyślał, że u nas będzie się tyle działo! Zachowam to sobie wszystko na pamiątkę.

– To prawda, że jesteśmy teraz dość popularni. Szkoda tylko, że takie rzeczy musiały się wydarzyć – powiedział Daniel. – Poproszę w takim razie wszystkie gazety, gdzie jest o nas mowa.

Kioskarka zebrała dość duży stosik prasy.

– Zapakować panu w siatkę?

– Tak, dziękuję bardzo. Sporo tego – stwierdził zaskoczony policjant.

– Tak jak mówiłam – uśmiechnęła się kioskarka. – Do widzenia.

Daniel pożegnał się grzecznie i ruszył szybkim krokiem w kierunku komisariatu. Marek Zaręba czekał już na niego w drzwiach. Wyglądał na zaaferowanego.

– Cześć – rzucił młody policjant z podnieceniem. – Widziałeś gazety? Klementynie znowu odbije! Jak nic.

– Jeszcze nie zdążyłem przeczytać. A co się stało?

– Ktoś chyba rzeczywiście się wygadał – wyjaśnił Marek. – Jest tu opisane dosłownie wszystko. Nawet to, czego im wczoraj nie powiedzieliście.

Weszli do budynku i usiedli w pokoju socjalnym.

– Co ty mówisz, Młody? – Daniel zaczął gorączkowo przeglądać pierwszą z brzegu gazetę. – Co napisali?!

Marek Zaręba miał rację. Artykuł przedstawiał po kolei praktycznie wszystkie informacje, które mieli. Również te, których zdecydowali się na razie nie ujawniać prasie.

– Nie rozumiem, kto im udostępnia te wszystkie informacje?! – zdenerwował się Podgórski. – Kto wie, do czego to może doprowadzić!

– Ja nic nie wiem – stwierdził Marek Zaręba defensywnie.

– Młody, przecież nie mówię, że to ty.

– Ja to zrobiłam.

Maria weszła do pokoju tak cicho, że żaden z policjantów jej nie usłyszał.

– Co?! – krzyknęli jednocześnie.

Maria nie odpowiedziała. Wyglądała, jakby zapadła się w sobie.

– Ale dlaczego? – wykrztusił Daniel Podgórski. – Mamo, jak mogłaś zrobić coś takiego? Nie rozumiem!

Nie mógł uwierzyć, że jego matka mogła być źródłem przecieków do prasy. To ona zawsze mówiła o etosie policjanta. To ona była żoną mężczyzny, który dla służby poświęcił życie.

Maria nie zdążyła nic odpowiedzieć, ponieważ rozdzwonił się telefon w recepcji. Wyszła szybko, mrucząc pod nosem, że musi odebrać. Policjanci patrzyli po sobie, nic nie rozumiejąc. Żaden z nich nie mógł uwierzyć w to, co właśnie usłyszał.

Tymczasem do pokoju wkroczył Janusz Rosół. Wyglądało na to, że wrócił do swojej zwykłej cichej osobowości. Przywitał się lekkim skinieniem głowy i podkręcił wąsa.

– Widziałem, że nasza ulubiona pani komisarz już tu idzie – poinformował ich krótko i usiadł apatycznie. – A wam co się stało? Wyglądacie, jakbyście zobaczyli ducha. Coś jest ze mną nie tak?

– Nie, tylko… Potem ci powiem – obiecał Marek. Ktoś nadchodził.

Maria wróciła do pokoju w towarzystwie Klementyny Kopp. Pani komisarz ogoliła włosy prawie do zera. Daniel pomyślał, że teraz wygląda jeszcze bardziej dziwacznie.

– Dzwoniła pani Bilska – wyjaśniła Maria, nie wracając do poprzedniej rozmowy.

Daniel wiedział, że będzie musiał pogadać z matką później, ale nie chciał tego robić w obecności Klementyny. Najważniejsze, żeby Maria nie mówiła już nic więcej prasie, a co się stało, to się nie odstanie.

– Jest przerażona, bo córki nadal nie ma. Matka chce zgłosić zaginięcie – kontynuowała Maria. – Do tego znalazła w jej komputerze folder ze zdjęciami. Były tam między innymi fotografie przedstawiające ciało zakonnicy i Blanki. Wygląda na to, że dziewczynka rzeczywiście wie, kto jest mordercą. Tak jak napisała.

Policjanci bez słowa wstali od stołu. Trzeba było zacząć działać.

Jak najszybciej.

Wiera obudziła się w miękkiej, przyjemnie pachnącej pościeli. Rozejrzała się dookoła. Nie była w swoim domu, ale nie była też w areszcie. Przez chwilę czuła się zdezorientowana, ale wspomnienia poprzedniej nocy zaczęły szybko wracać.

Poszła do lasu, żeby zobaczyć miejsce zbrodni. Czekał tam na nią jej syn, Junior Kojarski. Długo rozmawiali wpatrzeni w ślady krwi, których nie powinno już tam przecież być. A jednak były. Może tylko w jej wyobraźni.

Junior wszystko jej opowiedział, o swoim życiu i o Blance. Wysłuchała go, mimo że miała mieszane uczucia wobec syna. Na koniec zaprosił ją do rezydencji i pozwolił przenocować w luksusowym pokoju gościnnym. Możliwe, że próbował wkupić się w jej łaski. W końcu był jej synem.

Tysiące myśli przebiegało przez jej zmęczoną głowę.

Weronika Nowakowska sprzątała stajnię. Lancelot rżał wesoło na padoku. Jej myśli ciągle wracały do wczorajszej wizyty u sołtysa. Nakrył ją, kiedy próbowała rozejrzeć się po domu i znaleźć piwnicę, więc swojej wyprawy zwiadowczej nie mogła uznać za udaną.

Weronika czuła jednak, że nie może tego tak zostawić. Sołtys zdecydowanie miał w sobie coś dziwnego. To, jak na nią spoglądał tamtego wieczoru, momentami przyprawiało ją o dreszcze. Nie była pewna, czy ma ochotę sama wracać do jego domu. Z drugiej strony chciała przecież odkryć, kto jest mordercą, i z jakiegoś powodu była pewna, że wpis na blogu może ją do tego doprowadzić. Wątpiła jednak, że któryś z policjantów będzie chciał tracić czas na jej podejrzenia, zwłaszcza wobec tak znamienitej postaci jak sołtys Lipowa. Nie miała przecież żadnych konkretnych dowodów przeciwko niemu. Tylko wpis na blogu i swoje rozważania.

Wrzuciła do boksu Lancelota świeże siano. Pachniało przyjemnie, przypominając o odległym ciągle lecie. Weronika wiedziała, że wkrótce będzie musiała spróbować ponownie dostać się do domu sołtysa. Potrzebowała dowodów.

Przed cukierkowobłękitnym budynkiem komisariatu w Lipowie zgromadziło się bardzo dużo ludzi. To jest zaleta małych miejscowości, pomyślała komisarz kryminalna Klementyna Kopp. Wszyscy chcą pomóc. Klementyna pochodziła z dużego miasta i była pewna, że tam nie dałoby się tak spontanicznie zorganizować akcji poszukiwawczej. Tutaj nie było z tym problemu. W ciągu kilkunastu minut duża część mieszkańców wsi przyszła, żeby pomóc. Zjawili się wszyscy, starsi i młodsi.

Klementyna Kopp jeszcze raz rozejrzała się po tłumie. Nie byli to może profesjonaliści, ale wierzyła w ich dobre intencje. Na formalną grupę policyjną trzeba by czekać, poza tym nikt nie zleciłby poszukiwań tak szybko. Majki nie było w końcu tylko jedną noc. Klementyna czuła jednak, że trzeba działać jak najprędzej. Nie było czasu do stracenia.

Chłopak Majki, Bartek Rosół, potwierdził, że dziewczyna miała się z nim spotkać wczoraj po południu. On również, tak jak rodzice dziewczyny, państwo Bilscy, dostał wiadomość tekstową z numeru zaginionej dziewczyny. I on także, tak jak Bilscy, był prawie pewien, że nie Maja do niego napisała. Mogło to oznaczać tylko jedno, zabójca użył telefonu dziewczyny, żeby przynajmniej trochę opóźnić działania policji. No i trzeba przyznać, że mu się udało.

Klementyna miała złe przeczucia co do losu autorki bloga. Mimo najszczerszych chęci nie mogła wykrzesać z siebie ani odrobiny optymizmu. Maja miała w komputerze zdjęcia ciał obu ofiar. Nie znaleziono natomiast żadnych fotografii, które mogłyby przedstawiać mordercę. Czy dziewczyna blefowała? Czy może wykasowała część zdjęć lub też miała je zachowane gdzie indziej? Nie było raczej szansy, żeby to morderca pozbył się dowodów. Musiałby wejść niezauważony do domu Majki, a tam cały czas przebywał ktoś z rodziny. O ile oczywiście mordercą nie był tatuś lub mamusia. Klementyna nie takie rzeczy widziała w swojej karierze.

Pani komisarz wzięła megafon i westchnęła cicho. Na domiar złego dzisiaj był t e n dzień. Teresy nie było i już nie wróci. Tęsknota zaparła jej dech w piersi. Potarła szczęśliwy tatuaż w złudnej nadziei, że to pomoże.

– Okej. No dobra. Będziemy przeszukiwać las i okolicę grupami – wyjaśniła w końcu zebranym. Jej głos szybował daleko wzmocniony przez tubę. – Pierwsza grupa pójdzie pod przewodnictwem pana leśniczego Gostyńskiego, druga pod przewodnictwem Daniela Podgórskiego, trzecia Marka Zaręby, a czwarta pana sołtysa.

Gruby sołtys pokiwał energicznie głową, zadowolony ze swojej roli.

– Okej. Dowódcy każdej grupy powiedzą państwu, jaki teren będziecie przeszukiwać, i wyjaśnią dokładnie, jak to robić. Powiem tylko w skrócie, że chciałabym, żebyście posuwali się równymi szeregami, ustawieni na odległość wyciągniętych rąk od siebie nawzajem. W ten sposób będziemy mieć pewność, że każdy najmniejszy kawałek terenu zostanie sprawdzony. Jeżeli Maja jest... – Klementyna zawahała się na chwilę. Niedobrze było odbierać im nadzieję. Wiedziała to z doświadczenia. – Jeżeli stało się najgorsze, znajdziemy jej ciało. Na razie bądźmy jednak dobrej myśli. Trzeba wierzyć, że dziewczyna jest cała i zdrowa. Każdy dostał gwizdek. Jeżeli ktoś coś znajdzie, niech gwiżdże jak najgłośniej.

To była staromodna metoda, ale nadal się sprawdzała. Brzydka, ale niezawodna. Klementyna Kopp przywiozła gwizdki z Komendy Powiatowej w Brodnicy. Nie pytała nikogo o pozwolenie. Nie obchodziło jej za bardzo, co powie na ten temat komendant. Najwyżej potrącą jej z pensji. Cóż.

Klementyna patrzyła, jak grupa leśniczego i grupa młodego Marka Zaręby oddalają się już w stronę lasów. Sołtys miał pójść polami w kierunku Jajkowa, a Daniel drogą na Zbiczno. Czy ciało dziewczyny leży gdzieś wśród drzew? Czy może zabójca wywiózł je gdzieś daleko i nie mają szans go znaleźć? A może dziewczyna jednak jeszcze żyje?

Lasy wokół Lipowa zajmowały wiele hektarów. Ciało mogło zostać porzucone gdziekolwiek. Komisarz Kopp liczyła na to, że przynajmniej leśniczy dobrze zna te okolice. Marek i Daniel chyba też dobrze się orientowali w tutejszych ostępach. Klementyna postanowiła nie wchodzić im w drogę. Poza tym dziś był t e n dzień. Z tej okazji ogoliła włosy prawie do zera. Było jej zimno w głowę, ale nie zamierzała wkładać czapki. Jej myśli ciągle uciekały do Teresy. Klementyna wyjęła z plecaka butelkę coli. Cukier ją wzmocni. Musi skupić się na pracy.

Kiedy wszystkie grupy poszukiwawcze się oddaliły, wrócili we trójkę na komisariat. Czeski piłkarz Janusz Rosół, recepcjonistka Maria Podgórska i Klementyna. Doborowe towarzystwo.

– Nie rozumiem – powiedziała Maria płaczliwie. – Skąd ten potwór wiedział, że to Maja pisze bloga. Przecież nawet my nie wiedzieliśmy. Potrzeba było do tego informatyka.

– Może to jej ojciec – zastanawiał się Janusz Rosół. Wszyscy komentowali dziwne zachowanie pana Bilskiego. – Mógł przecież wiedzieć, że to jego córka jest autorką *naszego-lipowa*.

– Stop. Czekaj. Wszystko spoko, tylko dlaczego miałby zabijać zakonnicę z Warszawy i Blankę Kojarską?

Nikt nie umiał odpowiedzieć na to pytanie.

Nagle rozdzwoniła się komórka Klementyny. Wyjęła ją szybko z plecaka. Powinna była zmienić ten dzwonek. Przypominał jej tylko niepotrzebnie o Teresie.

– Pani Kopp?

– Klementyna – mruknęła pani komisarz. – Ale! Co dla mnie masz?

– Zlokalizowaliśmy dla pani telefon tej dziewczyny, pani Kopp. Nadal jest włączony.

– Gdzie? – zapytała Klementyna krótko.

Technik zawahał się na moment.

– Wygląda na to, że macie tam dowcipnego chłopaka – powiedział w końcu. – Według współrzędnych telefon znajduje się dokładnie tam, gdzie komisariat w Lipowie.

– Tutaj?

– Dokładnie.

Klementyna rozłączyła się bez pożegnania. Zerwała się z krzesła i wybiegła na korytarz. Morderca rozpoczął z nimi chorą grę i przeszedł do kolejnej rozgrywki. Chciał im pokazać, że jest górą i że się ich nie boi? Drwił z nich? Oznaczało to, że poczuł się silny i bezkarny. To było coś nowego. Dotychczas był przecież ostrożny i opanowany. Nie pozwalał sobie na niepotrzebne przechwałki. Teraz zmienił schemat postępowania. Klementyna miała nadzieję, że w związku z tym wreszcie popełni błąd.

– Okej. Postawmy sprawę jasno – powiedziała komisarz Kopp do Marii i Janusza. – Potrzebuję waszej pomocy. Teraz. Natychmiast.

Wytłumaczyła im, czego szukają. Dzwonienie pod numer telefonu Mai nic nie dawało. Nie słyszeli nigdzie dzwonka, a jednak telefon musiał gdzieś tu być. I musiał być włączony, inaczej nie można by go było przecież zlokalizować.

– Możliwe, że wyłączył dźwięk – mruknął Janusz Rosół.

Wąsaty policjant wydawał się poruszony. Było to jak najbardziej zrozumiałe. Jego syn był przecież chłopakiem zaginionej. Klementyna widziała Bartka Rosoła przelotnie. Wysoki żylasty chłopak. Ledwo mu się wąs na twarz sypnął. Nastolatek wyglądał na wstrząśniętego zaginięciem Mai. Komisarz Kopp doskonale go rozumiała.

– Mam – zawołała triumfalnie Maria Podgórska.

– Stop. Czekaj. Nie dotykaj telefonu. O d c i s k i!

– Bez obaw. – Maria stała obok śmietnika, który znajdował się przy wejściu do budynku komisariatu. Stara nokia Mai leżała na samym wierzchu sterty śmieci. – Myślicie, że podrzucił go teraz? Przed chwilą?

– Spoko. To jest możliwe. Ale! Była tu cała wieś. Poza

tym mógł to równie dobrze zrobić w nocy. Mógł to zrobić w każdej pieprzonej chwili. – Klementynę opanował gniew. Chciała już to załatwić.

Zapakowała ostrożnie telefon do plastikowego woreczka na dowody. Mało prawdopodobne, ale mogło się zdarzyć, że były na nim odciski palców mordercy. Klementyna wątpiła jednak, żeby zabójca przeoczył tak istotny szczegół. Dotychczas nie zdarzył mu się przecież żaden błąd.

Tomek Szulc pakował w pośpiechu swoją niewielką walizkę. Nie będzie już utalentowanym „człowiekiem do wszystkiego". Ten etap się zakończył.

Chciał wziąć tylko najpotrzebniejsze rzeczy i zapaść się pod ziemię. W Lipowie robiło się zdecydowanie za gorąco. Zdecydowanie za gorąco! Słyszał, jak Kojarscy rozmawiali o poszukiwaniach dziewczyny. Zauważył też artykuł w gazecie dotyczący śledztwa. Tego wszystkiego już było za wiele.

Wyszedł ostrożnie na korytarz. Nikogo nie było widać. Wystarczyło przemknąć kawałek, chwycić kluczyki od samochodu, otworzyć garaż i uciec. Jak najdalej.

Nic nie odbyło się według jego pierwotnego planu, myślał, wyjeżdżając z domu, w którym pokładał tyle nadziei. A przecież wszystko tak dokładnie przemyślał. Mimo to sprawy potoczyły się tak, jak się potoczyły. Wcisnął mocno pedał gazu i skręcił w boczną drogę. Trzeba było ominąć wioskę, tam mógł go przecież ktoś zauważyć. Czerwony mercedes Blanki rzucał się w oczy. Mógł wziąć inny samochód, ale czuł, że ten mu się należy.

Był czas na plan B.

- - -

ROZDZIAŁ 30

Warszawa 1990 rok

Eksmitowali ich! Eksmitowali ich z eleganckiego budynku w centrum miasta. Co z tego! I tak Jakub chciał już odejść z tamtego mieszkania. Nic w nim nie zostało z utraconego szczęścia. Wyprzedał każdy jego okruch.

Teraz mieszkali w obskurnej kamienicy po drugiej stronie Wisły. Bardziej pasowała do jego obecnego stanu ducha. Była zaniedbana, zgaszona i porzucona. Zupełnie jak on.

Tak przynajmniej myślał na początku.

Potem poznał sąsiadkę. Była nieco młodsza od niego i także mieszkała sama z dzieckiem. Mieszkali drzwi w drzwi, ale poznali się, kiedy akurat rzygał do rynsztoka. Ona nie była wcale w lepszym stanie. Mimo wszystko czuł, że żadne z nich nie jest takie jak cała reszta tej hałastry ze starej kamienicy. Nie wierzył, że ktokolwiek kiedykolwiek będzie w stanie go zrozumieć, ale Roksana Homczyk dobrze wiedziała, co to czarna, bezdenna rozpacz. Niedawno straciła męża i została sama z córką.

Jakub czuł, że to przeznaczenie ich do siebie zbliżyło.

– Ttt-ato – wyjąkał Kacper.

Jakub spojrzał na chłopca ze złością. Nienawidził go za to jąkanie jeszcze bardziej niż za zamordowanie Marioli. Przypominało mu o tym, jaki sam był w dzieciństwie, a do tego nie chciał wracać. Brzydził się synem. Chłopak był jak obrzydliwy karaluch, którego Jakub ciągle nie miał odwagi zgnieść.

– Ttt-ato?

Nie odpowiedział. Nie miał na to ochoty. Grubas powinien wiedzieć, gdzie jest jego miejsce.

– Ttt-a-tto?

Jakub czuł, że siedzi w mieszkaniu już zbyt długo. Powinien wyjść na dwór rozprostować nogi. Roksana pewnie już na niego czeka. Tak. Myślał, że to ona będzie teraz jego bratnią duszą. Do momentu, kiedy ujrzał jej córkę. Blondwłosy, niebieskooki Motylek. Świat jakby się zatrzymał, kiedy ją zobaczył.

– Ttt-a-tto – zaczął znowu Kacper. – Ssss-przą-ttt-nnął-em ttt-wój pppp-o-kkkk-ój.

– Zamknij się, grubasie! – krzyknął Jakub. – I nie nazywaj mnie tatą. Nie zasługujesz na to. Dla mnie liczy się tylko Motylek. Kiedy wreszcie to zrozumiesz?

Chłopiec rozpłakał się cicho.

– Znowu się zlałeś w nocy?

Kacper przytaknął niechętnie, ocierając łzy.

– Idziemy do pokoju – rozkazał Jakub. – Musisz ponieść karę!

Chłopiec poszedł za nim posłusznie. Jego tłuste ciało trzęsło się przy każdym ruchu.

– Liż! Powiedziałem: liż!

Chłopak już od dawna się nie wyrywał. Jakub nie musiał go nawet przytrzymywać.

– Któregoś dnia mi za to wszystko podziękujesz. Zobaczysz – powiedział, kiedy było już po wszystkim. – Ciesz się, że poświęcam ci tyle czasu. Powinienem był się ciebie pozbyć już dawno temu, ale jestem dobrym człowiekiem. A ty zabiłeś własną matkę, morderco! Gdyby nie ty, ja i Mariola żylibyśmy szczęśliwie. To wszystko przez ciebie. Rozumiesz, co mówię?

Kacper przytaknął.

– Powtórz! – rozkazał Jakub.

Pot spływał mu po czole. Czuł, że musi się napić. Roksana pewnie już tam na niego czeka z otwartą butelką. Ale najważniejszy był Motylek. Tylko to się teraz liczyło.

– Tttt-o www-szy-wszy-stko mmmm-oja-mmmoja wina – wydukał Kacper z trudem.

– Dobrze, bardzo dobrze – stwierdził Jakub z aprobatą.

Chłopak uśmiechnął się szeroko na tę pochwałę.

– Teraz zmykaj do kuchni. Masz wyżreć wszystko – powiedział Jakub niemal przyjaźnie. – Jak coś zostanie, to cię stłukę.

Chciał, żeby syn był tłusty i odrażający.

Nikt nigdy go nie pokocha.

ROZDZIAŁ 31

Lipowo. Piątek, 25 stycznia 2013, po południu

Grażyna Kamińska szła w grupie leśniczego Edka Gostyńskiego. Cieszyła się, ponieważ on najlepiej znał każdy zakamarek lasu. Nie chciała się zgubić. Odczuwała przed tymi leśnymi ostępami jakiś pierwotny respekt. Nie wolno igrać z siłami natury.

Była odwilż, ale Grażyna i tak drżała z zimna. Bała się tego, co mogą znaleźć. Obok niej maszerowała matka zaginionej dziewczyny. Grażyna widziała, że Alicja Bilska ledwo trzyma się na nogach. Jej twarz nic nie wyrażała, wydawała się martwa. To było zdecydowanie gorsze, niż gdyby kobieta płakała i krzyczała. Cisza jej rozpaczy była bardziej przejmująca. Grażyna sama była matką i wolała sobie nie wyobrażać, co przeżywa teraz Bilska. Szukała przecież ciała swojego martwego dziecka. Ta łysa policjantka z Brodnicy zapewniała przez megafon, że nadal jest szansa. Daniel Podgórski i Marek Zaręba, którzy prowadzili dwie inne grupy, też próbowali dodać wszystkim otuchy, ale Grażyna znała dobrze ten ton. Żadne z nich nie wierzyło, że znajdą Maję żywą.

Grażyna rozejrzała się, ale nigdzie nie zauważyła ojca Majki. Być może nauczyciel był w innej grupie poszukiwawczej. Powinien być tu z żoną, uznała Kamińska przejęta. Alicja Bilska potknęła się o wystający korzeń. Grażyna pospieszyła jej z pomocą. Poczuła, że ciałem udręczonej kobiety wstrząsają dreszcze.

– Poczekaj, pomogę ci – szepnęła do niej Grażyna. – Niech oni pójdą do przodu, my tu na chwilę usiądziemy. Musisz odpocząć.

Tamta pokiwała tylko głową bez słowa. Z całej jej postaci biła bezgraniczna bezsilność. Kamińska poprowadziła ją do wielkiego kamienia, który leżał koło ścieżki. Był zimny, ale nie znalazła nic lepszego. Usadowiła na nim zrozpaczoną matkę. Głosy ich grupy niknęły już w oddali. Dotknęła gwizdka, który dostał każdy uczestnik poszukiwań. Mieli ich użyć do powiadomienia reszty grupy o znalezieniu ciała lub w innych nagłych wypadkach. Zastanawiała się, czy nie zagwizdać i ich nie zatrzymać. Postanowiła jednak dać Bilskiej jeszcze chwilę wytchnienia.

– Ciekawa jestem, skąd oni mieli te wszystkie gwizdki? – powiedziała tonem pogawędki Grażyna. Chciała jakoś rozładować atmosferę. Alicja Bilska nie zareagowała jednak w żaden sposób. Siedziała na głazie bez ruchu, jakby sama zmieniła się w kamień. – Może im przywieźli z Brodnicy? Co o tym myślisz?

Alicja Bilska patrzyła przed siebie niewidzącym wzrokiem. Grażyna nie przypuszczała, że kiedykolwiek jeszcze zatęskni za Pawłem, ale teraz zaczęło jej go brakować. On na pewno wiedziałby, co zrobić w tej sytuacji. Popełnił w życiu kilka błędów, ona sama wiedziała o tym doskonale, ale był przecież policjantem.

Grażyna zaczęła chodzić w tę i z powrotem, czekając, aż towarzyszka wypocznie. Nie wyglądało na to, żeby miało to kiedykolwiek nastąpić. Kamińska zataczała coraz większe kręgi. Nagle zauważyła, że zarośla są w jednym miejscu wygniecione. Na topniejącym śniegu zobaczyła maleńki czerwony punkt.

Przełknęła głośno ślinę i ruszyła przez krzaki. Nie miały teraz liści, ale cienkie gałązki smagały ją boleśnie po twarzy, kiedy brnęła przez gęstwinę.

Nie wiedziała nawet, kiedy wyciągnęła gwizdek i zaczęła dmuchać z całej siły. Początkowo dźwięk był ledwo słyszalny. Z przerażenia nie mogła nabrać powietrza w płuca. Uspokoiła oddech i spróbowała raz jeszcze.

Maria Podgórska, komisarz Kopp i Janusz Rosół siedzieli we trójkę w opustoszałym komisariacie, każde pogrążone w swoich rozważaniach. Maria nie mogła sobie darować, że zdradziła policjantów za pieniądze. Wątpiła, że kiedykolwiek przestanie odczuwać wyrzuty sumienia, ale tak bardzo chciała odnowić nagrobek męża. Pieniędzy zawsze było za mało.

Nagle telefon w recepcji zaczął dzwonić. Maria podniosła się ciężko i poszła go odebrać.

– Komisariat policji w Lipowie – powiedziała do słuchawki.

– No hmm… Ja dzwonię w sprawie ogłoszenia w gazecie – usłyszała cichy męski głos. – Ja nie wiem, czy to ważne… ale dzwonię… Zobaczyłem to ogłoszenie i… no tam napisali, że trzeba zadzwonić, jak się coś wie o kobiecie ze zdjęcia. Ja tam nic nie wiem, ale…

Mężczyzna zamilkł na dłuższą chwilę. W słuchawce słychać było tylko jego ciężki, świszczący oddech.

– Proszę mówić dalej – zachęciła Maria. Na wszelki wypadek chwyciła kartkę i długopis. Może ten telefon okaże się ważny. Po umieszczeniu ogłoszenia na temat siostry Moniki w gazetach brukowych mieli wprawdzie już kilka telefonów, ale wszyscy dzwoniący byli raczej żądnymi sensacji mitomanami niż rzetelnymi świadkami. – Wszelkie informacje są dla nas bardzo istotne.

– Chodzi tylko o to, że… tam napisali, żeby dzwonić, jak się coś wie o niej… – powtórzył mężczyzna niezdecydowany. – No, ja właściwie nic nie wiem, ale ona chyba była moją sąsiadką. To było kilka lat temu. Mieszkała dwa piętra wyżej niż ja. W naszej kamienicy. Ja, widzi pani, mieszkam na parterze.

– Czy zna pan jej nazwisko? – zapytała Maria gorączkowo.

Przy biurku pojawiła się komisarz Klementyna Kopp, jakby wyczuła, że dzieje się coś ważnego. Jarzeniówka rzucała blade światło na jej gładko ogoloną głowę. Maria przełączyła telefon na głośnik, żeby pani komisarz także mogła słyszeć rozmowę.

– No mówię przecież, że ja jej nie znałem. Ani nazwiska, ani nic. Wiem tylko, że mieszkała z córką. Taką ładną blondyneczką. Musiały się wyprowadzić jakoś przed dwutysięcznym rokiem, ale rozpoznałem twarz tej kobiety i dlatego zadzwoniłem.

Maria zerknęła na Klementynę.

– Jutro przyjedziemy – szepnęła bezgłośnie komisarz Kopp.

– Bardzo dobrze pan zrobił – pochwaliła Maria rozmówcę. – Czy mógłby pan podać swoje dane i adres? Jutro rano przyjedzie do pana ktoś od nas, żeby z panem krótko porozmawiać, dobrze?

– A przyjeżdżajcie sobie, i tak siedzę w domu. Tylko ja nic więcej nie wiem! Wszystko już powiedziałem.

Marek Zaręba przyglądał się dokładnie poszyciu lasu. Pokrywały je stare liście i uschnięte igły. Szli w równym szeregu, tak jak zaleciła Komisarz Kopp. Takie były zasady tego typu poszukiwań. Po swojej lewej miał Ewelinę. Nie chciała słyszeć o tym, żeby zostać w domu. Czuła, że musi pomóc. Z drugiej strony, po jego prawej ręce, szedł z trudem ksiądz Józef oparty na ramieniu pani Solickiej. Oboje byli bardzo przybici tym, co się stało wczoraj. Nie mogli uwierzyć, że przemiły młody ksiądz Piotr mógł dopuścić się wykorzystania dziewczynki. Oboje chcieli chyba odkupić część winy młodego kapłana poprzez dzisiejszą pomoc w poszukiwaniach. Marek doceniał ich chęci, ale staruszek Józef spowalniał marsz, a Zaręba chciał jak najszybciej przeszukać cały las.

Nagle gdzieś od wschodu usłyszał szaleńcze gwizdanie. Wszyscy jednocześnie zamarli i spojrzeli w tamtą stronę. Każdy podświadomie czekał na ten dźwięk od początku poszukiwań. Nie mogło to być daleko. Marek ruszył biegiem na przełaj. Wydawało mu się, że te wszystkie lata treningów doprowadziły go właśnie do tej chwili. Telefon zaczął wibrować w jego kieszeni, ale zignorował to. Nie było czasu na pogawędki. Czuł, że gałęzie ranią mu twarz, ale nie zważał na to. Gdzieś głęboko miał nadzieję, że Majka jest w bezpiecznym miejscu, może pojechała na szaloną nastoletnią wyprawę do miasta. Gwizdek przecinający leśną ciszę sprawił, że te naiwne nadzieje prysły.

Kiedy dotarł na miejsce, był tam już leśniczy Edek Gostyński ze swoją grupą poszukiwawczą. Leśniczy starał się uspokoić Grażynę Kamińską, która cały czas dmuchała w gwizdek, jakby nie widziała ludzi dookoła. Pozostałe osoby zgromadziły się w ciasnym kręgu wokół Alicji Bilskiej. Wyglądało na to, że kobieta zemdlała.

Leśniczy Gostyński bez słowa pokazał głową w kierunku krzaków.

– To Maja? – szepnął Marek Zaręba.

Leśniczy skinął głową ponuro.

– Czy ktoś czegoś dotykał? – zapytał Marek, wyciągając komórkę. Musiał jak najszybciej zawiadomić pozostałych. Poszukiwania były zakończone.

Senior Kojarski był wściekły. Właśnie otrzymał telefon od zaprzyjaźnionego policjanta z Olsztyna, że ktoś z Lipowa węszył na temat śmierci Stefanii. Mogło to się okazać wyjątkowo niekorzystne. Miał zamiar jak najszybciej zareagować.

Włożył wygodny tweedowy garnitur, w którym wyglądał jak angielski lord, i ruszył pewnym krokiem do garażu. Miał zamiar osobiście pojechać na komisariat w Lipowie i załatwić tę sprawę raz na zawsze. Nikt nie miał prawa grzebać w jego przeszłości. Zwłaszcza że postarał się, żeby nic nie dało się tam znaleźć. Gdyby rozmowa z tymi idiotami z Lipowa nie poskutkowała, zawsze mógł jeszcze osobiście porozmawiać z komendantem powiatowym.

W holu panowało niespotykane poruszenie. Junior rozmawiał podniesionym głosem z Różą. Pośrodku stała ich służąca Agnieszka, zalewając się łzami.

– Co tu się dzieje? – zapytał Senior władczym tonem.

– Tomek mnie zostawił. Tak po prostu odjechał bez słowa. – Pokojówka zaniosła się niekontrolowanym szlochem. – Myślałam, że między nami coś było. Mówił, że mnie kocha. Mieliśmy tyle wspólnych planów, a on po prostu wyjechał.

Jej ramiona trzęsły się histerycznie, a nienaganne zazwyczaj włosy były teraz przylepione do czerwonej od płaczu twarzy.

– Czy ktoś może mi wyjaśnić, o co tu chodzi? – zapytał Senior zimno.

Wyglądało na to, że trzeba będzie pozbyć się tej służącej. Nie chciał w domu kogoś tak nieopanowanego.

– Wydaje mi się, że nie mamy już człowieka do wszystkiego, t a t u s i u – powiedział Junior Kojarski. W jego tonie pobrzmiewała pogarda. Senior rzucił mu ostre spojrzenie. – Tomek Szulc zmył się wczoraj w nocy.

Pokojówka nadal płakała głośno. Róża otoczyła ją chudym ramieniem. Chyba jakiś rodzaj damskiej solidarności, uznał Senior.

– Ale to nie jest najgorsze – stwierdził Junior.

– Co masz na myśli?

– Mamy o jeden samochód w garażu mniej. Wygląda na to, że Tomek pożyczył sobie mercedesa Blanki.

Senior Kojarski poczuł narastający gniew.

– Wiedziałaś o tym? – krzyknął do służącej. – Gadaj!

Pokojówka Agnieszka wyjąkała coś niezrozumiale.

– Co mówisz, suko?!

– Senior, daj spokój. Przecież chyba widzisz, że nie wiedziała – wtrąciła się Róża.

– Próbujecie mi powiedzieć – zaczął Senior Kojarski bardzo powoli – próbujecie mi powiedzieć, że Tomek Szulc ukradł mi mercedesa, który mnie kosztował ponad milion złotych?

Senior poczuł silny ucisk w piersi. Kupowanie tego wozu dla Blanki było dużym błędem, ale na początku był w niej szaleńczo zakochany. Teraz z jej powodu stracił milion złotych. Nie było niczego, co kochałby bardziej niż pieniądze.

– Senior, wszystko w porządku? – zapytała Róża.

Zauważył mimowolnie, że twarz synowej wyraża zmartwienie.

– Natychmiast zawiadomcie policję. Chcę, żeby go złapali i oddali mi mój samochód. To jest teraz priorytet.

Senior nie mógł złapać powietrza. Ból w klatce piersiowej nasilał się. Junior i Róża podbiegli do niego. Nawet Agnieszka przestała na chwilę płakać.

– Wezwijcie pogotowie – huknął Junior do kobiet. – Mój ojciec chyba ma zawał!

Weronika Nowakowska odłączyła się od swojej grupy poszukiwawczej dość wcześnie. Początkowo bardzo chciała pomóc w ratowaniu Mai, ale ostatecznie zdecydowała, że teraz jest idealny moment na działanie. Jedna osoba mniej uczestnicząca w poszukiwaniu autorki bloga nie zmieniała przecież wiele. Jedna osoba, która mogła odkryć zabójcę, mogła natomiast okazać się kluczowa. Sołtys nadal wydawał się jej podejrzany i chciała bliżej obejrzeć jego dom. Teraz był do tego idealny moment, ponieważ mężczyzna prowadził jedną z pozostałych grup poszukiwawczych i nie mógł jej przeszkodzić.

Weronika ruszyła przez opustoszałą wioskę szybkim krokiem. Nie miała jeszcze sprecyzowanego planu, jak właściwie dostanie się do domu sołtysa, ale uznała, że wymyśli coś potem. Dotarła na miejsce i rozejrzała się dookoła. Nikogo nie było widać. Najpierw postanowiła zadzwonić do drzwi, jakby przyszła tu w jakiejś zwyczajnej sprawie. W ten sposób chciała sprawdzić, czy żona sołtysa przypadkiem nie wróciła już z wizyty u matki.

Dom był pusty.

Weronika nacisnęła klamkę w nadziei, że sołtys należy do zapominalskich. Niestety drzwi były zamknięte na klucz. Obeszła budynek, szukając piwnicznych okien. Wyglądało jednak na to, że w domu wcale nie ma piwnicy. Podmurówka wydawała się na to zbyt niska.

Weronika rozejrzała się po ogrodzie. Na tyłach zauważyła niewielką ziemiankę, w jakich na wsiach zwykle przetrzymywano zimą ziemniaki. Serce zabiło jej szybciej. Być może to właśnie miała na myśli Majka. Podeszła szybko do drewnianych drzwiczek. Były zabezpieczone niewielkim skobelkiem, ale nikt nie zamknął ich na kłódkę.

Skrzypnęły, kiedy Weronika je otwierała.

Paweł Kamiński wszedł do supermarketu w Brodnicy. Zrobił się wieczór i kolejki były dość długie. Przeklął pod nosem.

Skąd tu tyle ludzi, zastanawiał się wściekły. Czy wszyscy musieli tu przyleźć akurat, kiedy on ma zamiar kupić pieprzony prezent dla Grażyny? Zdecydował, że w ten weekend będzie najlepszy moment na przeprosiny, a ci idioci uniemożliwiali mu normalne zakupy. Rozejrzał się gniewnie dokoła.

Od razu skierował się do półek ze słodyczami. Jego żona zawsze była łasuchem, więc miał nadzieję, że to zadziała. Na regałach prezentowano wielki wybór różnych czekoladek w eleganckich opakowaniach. Poszukał wzrokiem cen bombonierek. Nie miał zamiaru kupować niczego zbyt drogiego, w końcu nie było właściwie za co przepraszać. Im więcej o tym myślał, tym bardziej dochodził do wniosku, że właściwie to Grażyna powinna przeprosić j e g o.

– Czy mógłby pan zdjąć mi to pudełko? – jakaś niska staruszka przerwała mu rozmyślania. Spojrzał na nią ze wstrętem. – O tamto. Nie mogę sięgnąć.

– Sama niech sobie pani radzi! Co ja jestem?! Służący?

Wziął pierwsze lepsze czekoladki i ruszył dalej. W życiu trzeba być twardym.

Weronika wracała do domu głęboko zawstydzona. Cała sprawa z prywatnym śledztwem okazała się naprawdę beznadziejnym pomysłem. Co mi przyszło do głowy, mówiła sobie w duchu zdenerwowana. Chodzenie po cudzych domach i grzebanie w ich rzeczach było ostatnią rzeczą, jaką powinna robić. Gdyby jej były mąż się o tym dowiedział, śmiałby się pewnie do rozpuku.

Ziemianka sołtysa okazała się schludnie wykończona. Na drewnianych półkach stały rozmaite przetwory z owoców. Nigdzie nie zauważyła nic podejrzanego.

– Co za głupota – powiedziała do siebie Weronika. Postanowiła dać sobie spokój z tym całym śledztwem. Chyba lepiej było zostawić to profesjonalistom. – Idiotka ze mnie.

Wdrapała się na wzgórze, na którym stał jej stary dworek. Przed domem zauważyła samochód Daniela. Podgórski siedział na ganku. Wyglądał na zmęczonego. Oczy miał podkrążone i przekrwione, a twarz bladą.

Weronika podbiegła do niego, zapominając o wstydzie, którego najadła się u sołtysa.

– Co się stało? – zapytała.

– Znaleźliśmy Majkę – wyjaśnił policjant krótko i opowiedział jej zwięźle, co się stało. – Jestem taki zmęczony – zakończył zrezygnowanym tonem. – Czuję, że zawiedliśmy. I to od razu na całej linii.

– Zrobiliście, co w waszej mocy – przekonywała go Weronika. – Chodź do domu. Tu jest zimno.

Zrobiła kolację, składającą się z jajecznicy, która przecież była jej specjalnością, i ze zbyt gorącej herbaty. Daniel zjadł bez apetytu. Przy okazji Weronika dowiedziała się, że w śledztwie pojawiły się dwa nowe wątki. Po pierwsze, Tomek Szulc, który pomagał jej z budową stajni, nagle zniknął. Być może świadczyło to o jego winie. Policja już go poszukiwała. Po drugie, zadzwonił z Warszawy mężczyzna, który twierdził, że znał siostrę Monikę.

– Jutro do niego jedziemy – zakończył swoją opowieść Podgórski.

Weronika skinęła tylko głową. Zdecydowała się nie zwierzać ze swoich własnych prób śledczych. Nadal było jej trochę wstyd.

Zamykam się w moim pokoju i siadam na łóżku. Czuję się zmęczony. Nie mam już nawet ochoty przymierzać skrzydeł. Nadal nie stałem się Motylkiem…

Czuję, że moje serce bije zbyt szybko, więc staram się wyrównać oddech. Muszę uspokoić puls. Chyba nie popełniłem nigdzie błędu?

Kładę się i leżę tak przez kilka minut. Wokół panuje cisza. Mam nadzieję, że nic nie będzie ode mnie chciał chociaż przez kilka minut. Potrzebuję czasu do namysłu i muszę się uspokoić. Patrzę więc szeroko otwartymi oczami w sufit. W kilku miejscach tynk popękał. Kiedyś będę musiał to poprawić. Może nawet jutro. Nie lubię, kiedy coś jest niedoskonałe.

Ojciec dobrze mnie tego nauczył.

Na myśl o ojcu serce bije mi coraz szybciej. Moje ciało bezskutecznie walczy z niepokojem. I w końcu przegrywa. Czuję między nogami nieprzyjemne lepkie ciepło. Mocz rozlewa się po czystej pościeli.

Ojciec miał rację.

Nie jestem doskonały. To dlatego nie mogę zostać Motylkiem, mimo że zabrałem Blance skrzydła.

Należy mi się kara. Odebrałem ojcu to, co kochał najbardziej.

A ja nigdy nie będę Motylkiem…

ROZDZIAŁ 32

Warszawa 1997 rok

Jakub nie mógł w to uwierzyć. Z każdym rokiem Blanka Homczyk była coraz mniej podobna do Roksany, a coraz bardziej zaczynała przypominać jego mamę Mariannę i Mariolę. Jakby była wcieleniem jego dwóch najważniejszych kobiet. Była jego kolejnym Motylkiem. Miała miękkie blond włosy i cudowne fiołkowe oczy. Mógłby w nich zatonąć. Poczuł, po raz pierwszy od wielu lat, że być może będzie jeszcze szczęśliwy. Wszystkie niepowodzenia zaprowadziły go do odrapanej kamienicy i kazały mu zamieszkać obok Homczyków. Wszystko po to, żeby Jakub i Motylek mogli być w końcu razem.

Roksana zdawała się tolerować to, że Jakub zamykał się z jej córką w pokoju. Nie pytała, co robili. Większą część czasu była zbyt pijana, żeby się nawet zorientować. Tymczasem Motylek patrzył na niego fiołkowymi oczami. Spojrzenie było na razie bez wyrazu, ale wkrótce zmieni się przecież w miłość. Tego był pewien. Byli przecież dla siebie stworzeni.

Wyszedł ze sklepu monopolowego na rogu. Na szczęście był czynny całą dobę. Jakub próbował zerknąć na zegarek, ale ręka rozmywała mu się w oczach. Jakub nie był już pewien, czy jest dzień, czy noc. Pustka na ulicach sugerowała raczej to drugie. Ruszył chwiejnie w stronę domu.

– Łatwo to pójdzie – powiedział sam do siebie.

Jego myśli znowu uciekły do Motylka. Jej naga skóra była taka delikatna, a ciało młodzieńcze i piękne. Potknął się na wystającej kostce chodnikowej. Przez chwilę łapał równowagę.

Udało się.

Ruszył dalej krok za krokiem. Minęło go kilka samochodów, błyskając światłami. Zaśmiał się do ciemności. O mały włos nie wpadł na jezdnię. O mały włos byłoby po nim, ale da radę. To nic trudnego.

Wciąż trwało lato i płyty chodnikowe były ciągle rozgrzane od słońca, nawet w środku nocy. Jakub lubił lato. Przypomniał sobie tamten dzień dawno temu, kiedy ojciec zostawił mu na ławce klucz od furtki. Jakub ciągle nosił go na szyi na łańcuszku. Tamtego dnia dokładnie tak samo pachniało. Wciągnął powietrze głęboko do płuc i znowu zatoczył się lekko.

Nagle wydało mu się, że usłyszał czyjeś kroki. Rozejrzał się dookoła. O tej porze ulice miasta były już przecież puste, a okna domów ciemne. Wszyscy spali. Oprócz nielicznych kierowców, którzy spieszyli się nie wiadomo dokąd.

Znowu dało się słyszeć kroki. Tym razem wyraźniej.

– Jest tam kto? – krzyknął Jakub na wszelki wypadek.

Wyszła na pobocze pewnym krokiem. Nigdy jej takiej nie widział.

– Motylku? – zapytał zdziwiony. – Co ty tu robisz tak późno?

Jej złote włosy lśniły w świetle gwiazd. Patrzyła mu prosto w oczy. Tym razem jej spojrzenie nie było już bez wyrazu. Było raczej mściwe. Nic z tego nie rozumiał. Kochali się przecież. Byli ze sobą szczęśliwi.

– Co się dzieje? – powtórzył bełkotliwie. – Motylku?

Zbliżał się kolejny samochód, ale Jakub nie zwracał na niego uwagi. Zrobiła krok w jego stronę.

– Motylku?

Blanka podeszła do niego i z całej siły pchnęła go w kierunku jezdni. Próbował złapać równowagę, ale tym razem było za późno. Samochód wyłonił się zza zakrętu, oślepiając go światłem reflektorów. Jego ciało bezwładnie uderzyło w metal nadwozia.

Przeciągły pisk hamulców.

– Piękny dzień, co? – Jakub usłyszał chropowaty głos przechodnia ukryty gdzieś głęboko w jego pamięci. Pierwsza rozmowa z nieznajomym człowiekiem. To było tamtego dnia, kiedy ojciec zostawił Jakubowi klucze do zewnętrznego świata. Teraz ten moment zdawał się odległy o całe wieki. Może nawet t y s i ą c l e c i a.

– Tak – odpowiedział i wszystko ucichło.

Złotowłosa dziewczyna zniknęła spłoszona w czerni letniej nocy, nie wiedząc, że w ciemności krył się ktoś jeszcze.

Ktoś, kto dobrze widział, co się stało.

ROZDZIAŁ 33

Lipowo i Warszawa. Sobota, 26 stycznia 2013

Wyruszyli do Warszawy z samego rana. Tym razem jechali małą czarną skodą komisarz Klementyny Kopp. Młodszy aspirant Daniel Podgórski czuł się zmęczony, więc oparł głowę o zagłówek i przymknął na chwilę oczy. Miał wyjątkowo przyjemny sen. Było lato, pływali z Weroniką w jeziorze, obok na plaży bawiły się ich dzieci.

– Już jesteśmy – poinformowała go Klementyna ostro, przerywając mu senne marzenia.

Daniel otworzył oczy zaskoczony. Nie mógł uwierzyć, że przespał całą drogę. Ostatnie dni nieźle dały mu się we znaki. Przejechali mostem na drugą stronę Wisły i uliczkami starej Pragi dotarli do kamienicy, gdzie podobno mieszkała kiedyś razem z córką siostra Monika.

Kamienica najlepsze lata miała już za sobą. Ze ścian sypał się tynk, odsłaniając zmurszałe stare cegły. Balkony przechylały się odrobinę za bardzo, a z brudnych okien obłaziła pożółkła farba. Przed domem ustawiono rodzaj rusztowania, chroniącego przechodniów przed spadającym tynkiem i większymi fragmentami elewacji. Brama prowadząca na zasypane śmieciami podwórko była odrapana. Wokół unosił się gryzący zapach moczu.

– Nie wygląda to najlepiej – mruknął Daniel, rozglądając się dookoła.

Kilku starszych mężczyzn spoglądało na nich spod oka, popijając piwo z puszek. Podgórski ucieszył się, że przyjechał w cywilnym ubraniu. Policjanci nie byli chyba mile widziani w tej okolicy.

Klementyna Kopp zdawała się nie przejmować otaczającą ją niechęcią. Ruszyła zdecydowanym krokiem przez podwórze i otworzyła obłażące z farby drzwi do klatki. Wnętrze oświetlone było mrugającą niemrawo gołą żarówką. Ściany pokrywały niewybredne napisy i inicjały. Ruszyli po schodach na nieco wyższy w tym budynku parter, gdzie mieszkał świadek.

Klementyna zapukała głośno do drzwi. Po drugiej stronie rozległy się niewyraźne kroki.

– Kto tam?

– Jesteśmy z policji w Lipowie – wyjaśnił Daniel Podgórski. – Byliśmy z panem umówieni. Przychodzimy w sprawie ogłoszenia. Dzwonił pan do nas wczoraj.

Drzwi otworzyły się i ukazał się w nich niski stary mężczyzna z wielkimi krzaczastymi brwiami. Jego policzki pokrywały kępki nierówno wygolonego zarostu. Ubrany był w dziurawy biały podkoszulek.

– Wchodźcie – powiedział krótko. – Tylko od razu przypominam, że ja nic nie wiem.

Weszli do przedpokoju. Mieszkanie miało spartański wystrój. Właściwie było prawie całkowicie ogołocone ze wszelkich sprzętów. Daniel wzdrygnął się na ten przygnębiający widok.

– Okej – zaczęła Klementyna Kopp, wyciągając zdjęcia zakonnicy. Chcieli mieć pewność, że mężczyzna ją zna. – Rozpoznaje pan tę kobietę, co?

– Taaa, już przecież mówiłem. Nazwiska nie pamiętam, ale mieszkała z córką na drugim piętrze. Kiedyś, bo już tam teraz nie mieszka.

– Kiedy mniej więcej się wyprowadziły? – chciał wiedzieć Daniel Podgórski.

– Nie pamiętam dokładnie. Ja myślę, że przed dwutysięcznym to musiało jakoś być – mężczyzna powtórzył to, co powiedział wczoraj przez telefon Marii. – Już trochę lat minęło. Z piętnaście, jak ich nie widziałem.

– Stop. Czekaj. A tę rozpoznajesz? – zapytała Klementyna, pokazując zdjęcie Blanki Kojarskiej.

Przez telefon mężczyzna twierdził, że córka siostry Moniki była blondynką, postanowili więc spróbować. Być może wreszcie znaleźli powiązanie pomiędzy dwiema zabitymi kobietami.

Mężczyzna wziął zdjęcie i przyjrzał mu się dokładnie.

– A niech mnie! – krzyknął. – I to jaka wypindrzona! A pamiętam, jak tu łaziła po podwórku w dziurawych rajstopach.

Daniel spojrzał na komisarz Kopp.

– Poznajesz ją? – zapytała Klementyna gospodarza. Ekscytacja sprawiała, że jej wymowa była prawie całkiem niezrozumiała.

– No jak nie, jak tak. Jasne, że ją poznaję. To ta córka, o której mówiłem. Tylko starsza. Mówię przecież, że nie widziałem ich ileś tam lat. Ale poznaję. Nieźle zapamiętuję twarze.

Mężczyzna podrapał się po plecach.

– I mówi pan, że się wyprowadziły? – Podgórski wrócił do poprzedniego tematu.

– Ano tak.

– A wie pan, dlaczego i dokąd?

– Gdybym wiedział, tobym powiedział. Mnie tam się nie spowiadały. Jednego dnia były, a drugiego już nie, i tyle. Teraz tam w ich mieszkaniu chyba jacyś studenci mieszkają. Hałasuje toto strasznie. I myśli, że jest Bóg wie kim.

Z pokoju obok wyłonił się kot. Miał niespodziewanie lśniącą i zadbaną sierść. Zaczął ocierać się o nogi gospodarza.

– To moja Księżniczka – wyjaśnił mężczyzna dumny ze zwierzaka.

– Czy jest może ktoś, kto umiałby nam powiedzieć więcej na temat tej kobiety i jej córki? – zapytał Daniel Podgórski. Coś nie dawało mu spokoju. Zdusił na razie to nieprzyjemne uczucie.

Mężczyzna roześmiał się głośno.

– Pewnie Łysiakowa z trzeciego piętra. Ona wszędzie wtyka ten swój wielki nochal. W pozostałych mieszkaniach to już albo nikt nie mieszka, albo jakieś artysty. To już nie jest ta sama kamienica co dawniej. Teraz to podobno m o d a tu u nas mieszkać. Maluje toto takie czy inne cuda robi. Za porządną fuchę by się wziął, a nie cuduje.

– Spoko, dzięki – ucięła Klementyna Kopp, wychodząc z mieszkania bez dalszych wyjaśnień.

Daniel słyszał już jej kroki na schodach.

– No cóż, dziękujemy bardzo – powiedział policjant

do zaskoczonego zachowaniem pani komisarz mężczyzny. – Bardzo nam pan pomógł.

– A nagroda? – zapytał gospodarz, spoglądając na Podgórskiego gniewnie.

W ogłoszeniu nie było mowy o żadnej nagrodzie, ale mężczyzna najwyraźniej spodziewał się rekompensaty za stracony czas. Policjant westchnął i zajrzał do portfela. Wyjął pognieciony pięćdziesięciozłotowy banknot i podał go gospodarzowi. Mężczyzna wyglądał na zachwyconego.

– Dziękujemy jeszcze raz – rzucił Daniel Podgórski i ruszył po schodach za Klementyną.

Aspirant Janusz Rosół wszedł do pokoju Bartka, jak najciszej umiał. Nie było lekko. Przestał brać tabletki od Ziętara i starał się nie pić. Teraz musiał być silny. Dla syna. Czuł, że tym razem może mu się udać.

Niósł przygotowane dla Bartka śniadanie. Nic specjalnego. Zwykłe kanapki z serem i szynką na grubych pajdach świeżego wiejskiego chleba. Do tego gorące kakao, tak jak kiedyś, kiedy syn był jeszcze mały i żyła Bożena.

Bartek leżał na łóżku i patrzył w sufit nieobecnym wzrokiem. Nie zareagował w żaden sposób na wejście Rosoła.

– Przyniosłem śniadanie – powiedział cicho Janusz.

Postawił tacę na biurku koło łóżka i przysunął sobie krzesło. Usiadł przy synu najbliżej, jak się dało. Chłopak był blady i nieobecny. Janusz wziął go delikatnie za rękę. Bartek się nie bronił. Siedzieli tak we dwóch w ciszy. Rosół myślał o tym, jak się czuł, kiedy umarła Bożena. Wiedział, że synowi nie pomogą żadne słowa otuchy po stracie Majki. Jedyne, co mogło pomóc, to czas.

Chłopak był młody i do tej pory myślał, że ze wszystkim da sobie radę. Na razie był jednak jeszcze tylko dzieckiem. J e g o dzieckiem. Potrzebował ojca i Janusz Rosół nie miał zamiaru go dzisiaj opuszczać. Nawet jeśli cały świat miałby runąć. Wyłączył komórkę. Dziś nie jest policjantem. Dziś jest ojcem. Pogłaskał syna po głowie. Bartek zamknął oczy, a spod jego powiek popłynęły wielkie słone łzy.

Komisarz Klementyna Kopp pokonała w tym czasie już prawie dwa piętra. Daniel wspinał się po stromych schodach, oddychając ciężko. Zdecydowanie nie miał najlepszej kondycji. Będzie musiał nad tym popracować, jak to wszystko się skończy. Klementyna natomiast okazała się nadzwyczaj sprawna jak na swoje lata.

W końcu stanęli przed drzwiami mieszkania, które wskazał im mężczyzna z parteru. Pani komisarz zastukała mocno w obłażące z farby drzwi. W mieszkaniu obok słychać było głośną kłótnię.

Drzwi otworzyły się po dłuższej chwili. Stanęła w nich nienagannie ubrana starsza kobieta. Jej elegancki strój nie pasował do otaczającej ją nędzy.

– Słucham państwa – powiedziała wytwornym tonem przedwojennej arystokratki.

Z bliska Daniel zauważył, że mankiety jej garsonki są wytarte, a guziki poobrywane.

– Przychodzimy w sprawie kobiety, która mieszkała tu kilkanaście lat temu – zaczął Daniel Podgórski. – W mieszkaniu pod panią. Na drugim piętrze.

Kobieta pokiwała głową.

– Chodzi o Roksanę? – zapytała.

Danielowi znowu szybciej zabiło serce. Czy wreszcie poznali świeckie imię siostry Moniki? Klementyna Kopp wyciągnęła zdjęcie zakonnicy i pokazała je gospodyni. Tamta spojrzała na fotografię i pokiwała głową.

– Tak, to Roksana Homczyk. Co u niej? Nie widziałam jej od… zaraz… no to chyba będzie od 1998 roku. Musiałabym sprawdzić swoje zapiski. Wejdą państwo?

Klementyna pokiwała energicznie ogoloną głową. Daniel zapisał szybko nazwisko. Roksana Homczyk. Tajemnicza dotąd twarz zyskała imię i historię.

– Zapraszam do salonu.

Grażyna Kamińska odebrała kilka głuchych telefonów. Krzyczała do słuchawki, ale nikt się nie odzywał. Wbrew sobie czuła się zagrożona. Lipowo nagle stało się niebezpiecznym miejscem. Co chwila sprawdzała, czy drzwi są zaryglowane i czy wszystkie dzieci są w domu. Jeden, dwa, trzy, cztery, pięć. Wszyscy byli. Odetchnęła z ulgą. Dziś nie było mowy o zabawach na śniegu.

Telefon znowu zadzwonił. Słyszała po drugiej stronie czyjś oddech.

– Kto tam jest? – zawołała do słuchawki. – Przecież cię słyszę! Słuchaj, gnojku, mój mąż jest policjantem, więc masz pecha. Jak nie przestaniesz wydzwaniać, to będziesz miał kłopoty.

Wątpiła, żeby Paweł coś zrobił, nawet gdyby tu był, ale brzmiało to dobrze.

Pani Łysiakowa wprowadziła policjantów do obszernego pokoju wypełnionego wytartymi meblami. Kiedyś musiały być drogie i eleganckie, ale teraz stały w tym zakurzonym pokoju, wspominając jedynie dawną świetność.

Usiedli przy okrągłym stoliku do kawy. Gospodyni zaczęła szperać wśród papierów ułożonych niedbale na półkach regału, który jako jedyny ze wszystkich mebli zdawał się liczyć sobie mniej niż trzy dekady.

– O, mam – zawołała triumfalnie, wyciągając gruby notes w czarnej oprawie. – Tu mam koniec lat dziewięćdziesiątych. Wszystko dokładnie sobie zapisuję. Lubię potem móc sprawdzić, co trzeba. Pamięć mi już trochę szwankuje, państwo rozumieją.

Przekartkowała gruby brulion, przejeżdżając co jakiś czas po kartkach sękatym palcem.

– Tak jak mówiłam, Roksana Homczyk wyprowadziła się od nas w 1998 roku. To znaczy wyprowadziły się obie, z córką.

– Wie pani może, gdzie zamieszkały potem? – zapytał Daniel Podgórski.

– Nie. Nie mam pojęcia. Nie kontaktowała się ze mną nigdy później. Nie ma co się dziwić, ponieważ nie byłyśmy szczególnie blisko.

– Okej. Co możesz nam o niej powiedzieć? – rzuciła Klementyna. Gospodyni spojrzała na wyblakłe tatuaże pokrywające ręce pani komisarz.

Za oknem krzyknęło jakieś dziecko. Słychać było odbijającą się piłkę, mimo że ciągle trwała jeszcze zima. Podwórze było studnią wewnątrz kamienicy, więc dźwięk niósł się do góry odbijany echem od ścian.

– No, tak może w skrócie powiem. Na początku Roksana Homczyk mieszkała tu z mężem. Wtedy jeszcze sobie jakoś radzili. Potem mąż umarł. Chyba zabrało go jakieś choróbsko. Nie pamiętam, co to było. No i Roksana została sama z dzieckiem. Popijała. Potem wprowadził się ten nowy sąsiad. Zaraz, jak mu tam było... – Łysiakowa znowu zajrzała do notesu. – No, oczywiście! Ten sąsiad nazywał się Jakub Byczek. Mieszkali drzwi w drzwi.

Kobieta zaniosła się suchym kaszlem. Przez chwilę nie mogła nic powiedzieć.

– Przepraszam. Tak mnie jakoś zimą łapie – wyjaśniła, kiedy atak kaszlu minął. – No, w każdym razie Roksana chyba zakochała się w tym sąsiedzie. To znaczy, z tego, co j a wiem, to głównie razem pili. Ale były różne plotki.

– Stop. Czekaj. Co masz na myśli? Jakie plotki?

– No, ludzie gadali, że on coś tam kręci z tą córką Roksany. Znaczy się, że ją wykorzystywał, tę córkę. Tak to się mówi chyba – powiedziała starsza pani i odchrząknęła z godnością. – Ja nie wiem, ale wszystko możliwe. On był trochę dziwny, ten sąsiad.

– Mówi pani, że nazywał się Jakub Byczek? – upewnił się Daniel. Kolejne nazwisko do kolekcji. – W jakim był wieku?

– No chyba w podobnym do Roksany. Potem już się nie spotykali. Po tym, jak Jakub miał wypadek. To było chyba w 1997. – Kobieta znowu przekartkowała notes. – Tak, dobrze mówię. On miał wypadek w 1997. Potrącił go samochód i sparaliżowało go. Taki los.

Daniel zerknął na komisarz Kopp. Klementyna skinęła mu głową, żeby pytał dalej. Podgórski czuł, że może dotarli wreszcie do ważnego punktu w tej opowieści.

– Może pani powiedzieć więcej o tym wypadku?

– Już mówiłam, że z niego był taki, jak to mówią, menel – wyjaśniła gospodyni i znowu odchrząknęła, jakby chciała zetrzeć wypowiedziane właśnie słowo. – Kiedyś na rogu był sklep monopolowy i tam się gromadzili wszyscy tacy jak on. Sklep był czynny cały dzień i całą noc. Był tam taki niebieski neon, który ciągle nie działał. Którejś nocy Jakub wracał pijany ze sklepu i zatoczył się na ulicę. To się zdarza. Wpadł pod samochód i kierowca nie zdążył się zatrzymać. Jakub przeżył, ale już nigdy nie mógł chodzić.

– Stop. Czekaj. Czy Roksana albo Blanka były z nim wtedy? – zapytała Klementyna Kopp podekscytowana. – Kiedy to się stało.

Podwórko za oknem wypełniło się śmiechem.

– No nie, ale… – kobieta zawahała się i zamilkła.

– Proszę mówić dalej – poprosił Daniel.

– No, syn Jakuba Byczka gadał trochę potem.

– Syn?

– A nie powiedziałam przedtem? No i widzicie, jaką ja już mam pamięć! No Jakub Byczek miał syna. Nazywał się Kacper. Teraz sobie wszystko dokładnie przypominam. Chłopak był jeszcze dziwniejszy niż ojciec. Ale po wypadku rozkwitł. To on się zajmował ojcem, jak Jakuba sparaliżowało.

Daniel zapisał kolejne imię. Jakub Byczek i Kacper Byczek. Czy któryś z tych dwóch mężczyzn stał za morderstwami, które wydarzyły się ostatnio w Lipowie? Czy to była zemsta za wydarzenie sprzed lat?

Skoro ojciec był niepełnosprawny w wyniku wypadku, Podgórski stawiał raczej na syna, Kacpra. Czy możliwe, że był to Tomek, który uciekł z Lipowa, kradnąc samochód

Kojarskich? Wszystko zaczynało się zgadzać. Podgórskiego opanowała ekscytacja.

Tomek Szulc przeklinał swoją głupotę. Za bardzo podobał mu się ten czerwony mercedes Blanki, żeby się go pozbyć. Poza tym liczył, że go komuś opchnie. To cacko musiało kosztować niezłą sumkę.

No i przeliczył się.

Podmiana tablic nie wystarczyła. Nie docenił chyba policji. Wyglądało na to, że w całym województwie, a może i poza nim, drogówka szukała czerwonego mercedesa Blanki Kojarskiej, a w takim aucie raczej trudno było wmieszać się w tłum.

No i znaleźli go.

Tomek przeklął znowu głośno, kiedy jakiś patrolowy zapiął mu kajdanki i wepchnął go głową do przodu do radiowozu. Zostawanie w tamtym motelu też było głupotą, ale czuł, że musi odpocząć. I tak to się skończyło. Kajdankami i powrotem do Brodnicy. Bał się, że będzie musiał także odpowiedzieć za tę historię z różową rękawiczką. Głupota. Przecież chciał tylko trochę nastraszyć Weronikę. Chyba nic w tym takiego złego?

Policjant, który go zatrzymał, wydawał się zachwycony.

– Chciałbym rozmawiać ze starszym sierżantem Markiem Zarębą – powiedział do telefonu. Czekał chwilę. – Marek! Mamy go! Wiozę go teraz do Brodnicy. Przyjedziesz? Świetnie!

Policjant rozłączył się i zgłosił przez radio pozostałym jednostkom, że wiezie uciekiniera. Tamci już na pewno czekali z niecierpliwością.

Tomek Szulc czuł, że dla niego wszystko już się skończyło.

Gospodyni znowu zaniosła się kaszlem. Wyciągnęła wyszywaną chusteczkę i wytarła nos dyskretnie.

– Okej. I co mówił ten syn Jakuba Byczka na temat wypadku ojca? – zapytała komisarz Klementyna Kopp. – Co mówił ten cały Kacper?

– No, Kacper twierdził, że to wszystko wina Blanki – wyjaśniła gospodyni. – Takie plotki rozpuszczał. Nikt go za bardzo nie słuchał, bo chłopak był trochę dziwny, tak jak wspomniałam. Niektórzy mówili, że był niedorozwinięty, ale ja myślę, że nie. Był raczej nieprzystosowany, jak to się dzisiaj mówi. W każdym razie uważał, że wypadek był w jakiś sposób winą Blanki. Chyba się trochę za to mścił. Może dlatego one się wyprowadziły.

– Co ma pani na myśli, mówiąc: mścił?

– Pamiętam, że raz im podrzucił zdechłego ptaka pod drzwi. I takie rzeczy. Albo czekał na nie na klatce. Wyrósł całkiem spory, więc było strach. Kiedy chciał, umiał być uprzejmy i zwyczajny, kiedy nie chciał… ooo, to ja już też się go bałam. To znaczy tak było do momentu, kiedy Roksana i Blanka się wyprowadziły. Potem chłopak zaczął wychodzić na ludzi. Chyba nawet skończył jakąś szkołę wyższą.

– Czy on tu nadal mieszka? – zapytała szybko Klementyna.

– Nie. Jakub i Kacper też się wyprowadzili. Jakieś cztery czy pięć lat temu. Chyba sprzedali to swoje mieszkanie. Należało do nich, bo Jakub Byczek kiedyś był lekarzem.

Czy coś takiego. Kiedyś miał pieniądze podobno. Chyba mieszkali przedtem gdzieś w centrum miasta. Dopiero potem się stoczył i zamieszkał tu. Kupił mieszkanie w tej ruinie, bo taniej się już nie dało. Tak więc sprzedali i Kacper gdzieś zabrał ojca. Nie wiem dokąd.

Daniel przeklinał w duchu, że nie mają ze sobą zdjęcia Tomka. Mogliby pokazać je tej kobiecie i od razu dowiedzieć się, czy to był właśnie ów Kacper Byczek, który winił Blankę za wypadek ojca.

– Mogłaby pani opisać, jak wyglądał syn Jakuba? – zapytał Daniel zamiast tego.

Gospodyni spojrzała na Podgórskiego przekornie.

– Nie – powiedziała, uśmiechając się. – Ale mogę pokazać państwu, jak wyglądał. Mam trochę zdjęć ludzi, którzy tu mieszkali. To było długo takie moje hobby, jak to się teraz mówi. Mój mąż był tuż po wojnie fotografem. Został mi po nim tylko ten stary aparat. Ta maszyneria ma już tyle lat, trudno uwierzyć. Robię zapiski i zdjęcia. W ten sposób wspomagam pamięć.

Wstała i zaczęła znowu grzebać wśród papierów na regale.

– Gdzie ja to położyłam?

Przejrzała kilka albumów, ale każdy okazywał się nie tym, o który jej chodziło. W końcu, kiedy Daniel i Klementyna stracili już nadzieję, gospodyni wyciągnęła obłożony w gazetę stary segregator.

– O, tu mam zdjęcie, jak Kacper był dzieckiem – powiedziała gospodyni.

Daniel spojrzał zaciekawiony na fotografię. Przedstawiała monstrualnie grubego nastolatka. Jego rysy wydawały się zniekształcone przez fałdy tłuszczu zwisające z twarzy. Nigdy nie widział nikogo tak otyłego.

– Tak jak mówiłam, początkowo Kacper nie był w najlepszym stanie – wyjaśniła kobieta, widząc zdziwione miny policjantów. – Ale potem rozkwitł. Już po wypadku ojca i po tym, jak się wyprowadziła Roksana. Wziął się za siebie. Schudł i zaczął wyglądać jak człowiek. Mam gdzieś chyba jego nowsze zdjęcie.

Długotrwały proces poszukiwania fotografii powtórzył się.

– O, tu mam zdjęcie, jak już był na studiach. Teraz sobie przypomniałam, że studiował na SGGW. Całą Warszawę musiał przejeżdżać, żeby dotrzeć na uczelnię.

Pokazała im kolejne zdjęcie. Młody mężczyzna, który uśmiechał się do aparatu, w niczym nie przypominał otyłego nastolatka, którym był jeszcze kilka lat wcześniej.

– Zadziwiająca przemiana! – powiedział Daniel, oddając kobiecie album. – Nigdy nie powiedziałbym, że to ta sama osoba!

To nie był Tomek Szulc, ale twarz młodego studenta wydawała się niepokojąco znajoma. Policjant ciągle nie mógł jej jednak umiejscowić.

– Tak jak mówiłam, bardzo się chłopak zmienił. Ale to się stało już po tym, jak Roksana i Blanka wyjechały. Przestał rozpamiętywać wypadek i wyszedł na ludzi. Może gdyby poczekały troszeczkę, gdyby nie uciekały, to wszyscy by się tylko śmiali z tych jego dziecinnych zarzutów sprzed lat. Przecież to niemożliwe, żeby Blanka wepchnęła jego ojca pod samochód. Jakub zbyt dużo pił i sam sobie był winien.

– Ma pani może najnowsze zdjęcie Kacpra?

– Mam takie sprzed jakichś ośmiu lat. Nowszego nie mam, bo potem aparat zaczął się zacinać i nie robiłam już zdjęć. Zresztą już nie miałam siły. Starość i mnie dopadła. Zaraz pokażę. – Kobieta zaczęła przerzucać kartki albumu. – O, tu!

Daniel spojrzał na zdjęcie szeroko otwartymi oczami. Tę twarz znał za to doskonale. Spotykał tego człowieka od czterech lat i nigdy by nie przypuszczał, że mężczyzna kryje jakąś tajemnicę.

Wyciągnął gorączkowo telefon z kieszeni. Musiał zawiadomić kolegów z Brodnicy i Lipowa, żeby jak najszybciej zatrzymali mordercę. Nie można było dłużej zwlekać.

Weronika postanowiła zapomnieć o prowadzeniu śledztwa na własną rękę. Najwyraźniej nie nadawała się do tego. Miała szczęście, że sołtys nie nakrył jej na grzebaniu w jego piwniczce. Wtedy dopiero mogłaby mieć problem.

– Tajemnica malinowej konfitury. Tak mogłyby nazywać się moje przygody – wyjaśniła Igorowi, wzdychając ciężko. Pies pomachał entuzjastycznie puchatym ogonem.

Zadrżała z zimna pod grubym szlafrokiem. Ogrzewanie znowu zaczęło płatać jej figle.

– Pora zająć się poważnymi sprawami – zdecydowała Weronika dobitnie. – Na przykład domem.

Doraźnym, ale najprostszym sposobem ogrzania starego dworku byłoby rozpalenie w kominkach. Ekspertem w tej dziedzinie był chyba leśniczy. Od niego Weronika postanowiła zacząć. Włożyła czapkę i opatuliła się kurtką, ponieważ temperatura na dworze znowu zaczynała spadać. Zamknęła dom i ruszyła przez las do leśniczówki. Trochę bała się spotkania z brodatym leśniczym Gostyńskim po tym, jak prawie dwa tygodnie temu nakrył ją na wyprowadzaniu Igora bez smyczy. Uznała jednak, że trzeba będzie wreszcie się przemóc. Nie mogła unikać go w nieskończoność.

Leśniczówka stała samotnie pośrodku wielkiej zaśnieżonej polany. Prowadziła tam jedynie szutrowa droga od głównej szosy i ścieżka przez las, którą wybrała Weronika. Wokół panowała niesamowita cisza i spokój. Sama nigdy nie zdecydowałaby się zamieszkać na takim odludziu, ale musiała przyznać, że miało to pewien urok.

Dotarła w końcu do osadzonego na wysokiej podmurówce budynku z wielkich bali. Zapukała do drzwi skostniałą z zimna dłonią, ale nikt nie odpowiedział. Może zrobiła to za cicho, a może nikogo nie było w domu. Mimo wszystko wydawało jej się, że słyszy przytłumione głosy dobiegające gdzieś z tyłu.

Obeszła dom. Tam głosy stały się wyraźniejsze. Nadal nie mogła rozróżnić poszczególnych słów, ale była już pewna, że ktoś rozmawia. Rozejrzała się znowu dookoła. Jej wzrok padł na niewielkie piwniczne okienko położone tuż przy ziemi. Podeszła i zajrzała do środka przez przybrudzoną szybkę.

Piwnica okazała się dość dużym pokojem zapełnionym niepasującymi do siebie meblami. Przy jednej ze ścian stało drewniane łóżko. Leżał na nim stary mężczyzna okryty futrzanym pledem.

– Co ty robisz? Wsadzasz mi tę łyżkę zbyt głęboko do gardła, chcesz mnie zabić? – zaskrzeczał starzec bełkotliwie. – Motylek nigdy by tego nie zrobił, rozumiesz? Jesteś zerem.

– Prze-eee-pr-aszam, tato – odparł brodaty leśniczy. – Postaram się już tak nie robić.

– Kiedy przyprowadzisz do mnie mojego Motylka? Obiecujesz to od lat. Kiedy? Kiedy? Kiedy? Już za długo jesteśmy rozdzieleni. Ja i Blanka kochamy się. Musimy być razem, nie rozumiesz tego?!

– Teraz rozumiem to doskonale. Pracuję nad tym, tato – odparł leśniczy z dziwnym smutkiem w głosie. – Obiecuję, że to już niedługo. Musisz wytrzymać jeszcze tylko trochę i będziecie znowu razem. Nic już was nie rozdzieli.

Weronika poczuła, że robi jej się gorąco, mimo obniżającej się temperatury. Wszystko zaczynało do siebie pasować. Autorka bloga rzeczywiście miała rację. Nowakowska częściowo dobrze odgadła jej intencje. „Jesteś u nas długo", „wiem, co ukrywasz w piwnicy", „wszyscy cię znają i cenią", to wszystko doskonale opisywało leśniczego Gostyńskiego. Weronika przegapiła jednak jeszcze jedną wskazówkę. „Siedzisz zagrzebany wśród liści swojej nienawiści". Wtedy uznała to za kiepską poezję, a tymczasem tych kilka słów mogło jej pomóc w odgadnięciu tożsamości zabójcy. Siedzisz zagrzebany wśród liści. W lesie. Na tej odludnej polanie.

Weronika zastanawiała się gorączkowo, co zrobić. Włożyła rękę do kieszeni w nadziei, że znajdzie tam telefon. Niestety tym razem, kiedy najbardziej by się przydał, nie wzięła go ze sobą. Zimny pot zaczął spływać jej po plecach. Bała się zrobić jakikolwiek ruch.

Nagle leśniczy uniósł wzrok i spojrzał prosto na nią. Jego twarz wykrzywił nieludzki grymas. Jeżeli do tej pory miała jakieś wątpliwości co do jego winy, rozwiały się one w jednej chwili. Nie było czasu do namysłu. Weronika zerwała się z ziemi. Nogi grzęzły jej w śniegu, kiedy okrążała dom i puściła się biegiem przez las. Za sobą usłyszała trzaśnięcie drzwi. Leśniczy ruszył w pogoń.

Paweł Kamiński włożył mundur i starał się wyglądać, jakby był właściwym człowiekiem na właściwym miejscu. Wszedł pewnym krokiem na parking Komendy Powiatowej Policji w Brodnicy. Wszędzie panowało dziwne poruszenie. Coś musiało się dziać. Ucieszyło go to, bo w takiej sytuacji nikt nie będzie zadawać mu zbędnych pytań. Nie zamierzał przecież jechać do Lipowa autobusem, co to to nie. Grażyna nie była tego warta. Żadna kobieta nie byłaby tego warta.

Mijał kolejne radiowozy. Miał szczęście. Przy wjeździe na parking stała nowa kia cee'd. Kluczyki ciągle tkwiły w stacyjce. Jakiś pieprzony idiota tak je zostawił na pastwę złodziei. Całe szczęście, że Kamiński tu był. Pożyczy radiowóz, a potem odwiezie. Nie ma mowy o kradzieży.

Wsiadł do auta, jakby należało do niego. Właściwy człowiek na właściwym miejscu. Grunt to zachować zimną krew. Nikt nie zwracał na niego uwagi. Wszyscy zajęci byli swoimi sprawami. Niektórzy biegali gorączkowo na wszystkie strony. Coś zdecydowanie musiało się dziać. Zaraz pewnie usłyszy przez policyjne radio, o co chodzi. Nie żeby go to obchodziło, Kamiński miał teraz wolne.

Wyjechał z parkingu i pojechał szosą na Olsztyn w kierunku Lipowa. Włączył radio. Mimo wszystko warto było być na bieżąco.

Nie wiem, skąd ona się tu wzięła, ale zobaczyła ojca.

Nikt nie powinien był go widzieć. Przynajmniej dopóki nie dokończę mojego dzieła i ojciec dołączy do Motylka. Jestem gotowy oddać mu skrzydła Blanki, chociaż w ten sposób ja zostanę sam.

To ostateczne poświęcenie, na które jestem gotów. Zostanę sam.

Zrozumiałem, że ja nigdy nie zastąpię mu Motylka. To nie mogło się udać. Nie mogę dłużej pozwolić mu cierpieć bez Blanki.

Widzę Weronikę przed sobą, słyszę jej oddech, jak biegnie przez zaśnieżone pole. Rude włosy kontrastują z bielą śniegu. Potyka się kilka razy, ale wstaje i biegnie dalej. Niemal czuję, jak jej serce pompuje krew. Przerażone.

Odzywa się we mnie odwieczny instynkt łowcy.

Moje mięśnie pracują miarowo. Nie jestem już tym samym człowiekiem co kiedyś. Teraz mogę biec długo i szybko bez wysiłku. Zaczynam odczuwać podniecenie w całym ciele. Jestem myśliwym, a ona jest zwierzyną.

Wyprzedza mnie trochę, ale wkrótce ją dogonię.

Nie ma przede mną ucieczki. Ja mogę wszystko!

Osiłek Ziętar z bólem serca zniszczył cały zapas lewych leków. Taka szkoda. Taka szkoda, ale doktorek był co do tego przekonany. Teraz nie mogą nic rozprowadzać. Przynajmniej na razie. Policja była zbyt aktywna. Na razie! Przeczekają burzę i wrócą do interesów za miesiąc, może dwa. Poza tym doktorek obiecał, że i tak zapłaci. A jeżeli nie zapłaci, to gorzko pożałuje. Proste.

– Wszystkiego się pozbyłeś? – zadudnił basowym głosem lekarz.

– Wszystkiego. Nic nie zostało – powiedział do słuchawki Ziętar. – Ani pigułeczki.

– Dobrze. Odezwę się w lutym.

Doktorek odłożył słuchawkę. Może i dobrze, stwierdził Ziętar w duchu. Każdemu należy się odpoczynek. Nawet jemu.

Jestem już blisko.

Bardzo blisko.

Rudowłosa krzyczy na całe gardło. Rozśmiesza mnie to, przecież nikt jej tu nie może usłyszeć. Najbliższe domostwa znajdują się za lasem. Jesteśmy sami.

Chwytam ją za kurtkę. Potyka się i upada na twarz. Z jej skroni zaczyna płynąć krew. Pod śniegiem krył się chyba zdradziecki kamień. Wygląda na to, że straciła przytomność. Tym lepiej dla mnie. Wcale nie chcę jej zabijać, ale nie mam przecież wyboru. Teraz najważniejszy jest ojciec.

Podniecenie płynie w moich żyłach zamiast krwi. Mogę wszystko! Mogę wszystko!

Wyciągam nóż, który zawsze noszę przy sobie. Zwykle służy mi do przycinania niewielkich gałęzi. Przydał się też do zabicia Roksany Homczyk. Zjawiła się tak nagle, pytając o drogę do Lipowa. Nie byłem pewien, czy mnie rozpoznała, ale musiałem działać. Nie mogła przecież zniszczyć moich planów. Nie mogłem ryzykować. Roksana musiała zginąć.

Patrzę na nieprzytomną rudowłosą Weronikę. To przyjemny dla oczu kontrast z bielą włosów Blanki. Może nawet zachowam trochę jej rudych pukli na pamiątkę. Przydadzą mi się, kiedy zostanę już sam, a ojciec odejdzie do swojego Motylka.

– Teraz ten nóż posłuży także do zabicia ciebie – informuję Weronikę, chociaż mnie nie słyszy.

Mój głos drży nieco, ale już się nie jąkam. Teraz, kiedy wszystko zbliża się do końca, zaczynam odnajdować w sobie pokłady sił, o których wcześniej nawet nie wiedziałem.

– Do niczego takiego, kurwa, nie posłuży – słyszę kawałek za sobą.

Odwracam się powoli. Przeklinam w duchu swoje podniecenie. Straciłem opanowanie i popełniłem błąd. Dziesięć metrów ode mnie na zaśnieżonym polu stoi Paweł Kamiński z komisariatu w Lipowie. Obok mojego domu widzę zaparkowany radiowóz. Szutrową drogą nadjeżdżają kolejne.

– Rzuć ten pieprzony nóż! – krzyczy Paweł.

Ogarnia mnie panika. Nie mogą znaleźć ojca, zanim dołączy do Motylka! Tylko to się teraz liczy. Ja mogę wszystko! I nigdy nie zostawiam spraw niedokończonych. Odwracam się do Weroniki gotowy do ostatniego pchnięcia. Chcę ich zająć, skupić ich uwagę na sobie. Weronika musi umrzeć, żeby ojciec mógł spokojnie dołączyć do Motylka. Tylko to się teraz liczy.

Podnoszę rękę, żeby zadać ostateczny cios.

Na obrzeżach świadomości słyszę strzały. Mam tylko nadzieję, że ojciec zdążył i wykonałem zadanie.

Chciałbym tylko, żeby był ze mnie zadowolony.

Nareszcie.

ROZDZIAŁ 34

Brodnica i Lipowo. Niedziela, 27 stycznia 2013

Weronika Nowakowska obudziła się w białym pokoju. Na stoliku obok, w szklanym wazonie, stał przepiękny bukiet kwiatów. Uniosła się niezręcznie, jak po długim śnie. Kręciło się jej lekko w głowie.

Za oknem widziała tylko mgłę, być może padający śnieg. Potęgowało to wrażenie bieli pomieszczenia. Na łóżku obok spał Daniel Podgórski. Weronika uśmiechnęła się mimowolnie. Mężczyzna usłyszał chyba, że się obudziła, bo otworzył powoli oczy. Na jego ustach również zawitał uśmiech. Zauważyła, że wyglądał na zmęczonego. Oczy miał podkrążone, a twarz jakby zapadniętą.

– Musiałem przysnąć na chwilę – wyjaśnił policjant przepraszająco. – Jak się czujesz?

– Gdzie ja jestem? – zapytała Weronika zdezorientowana.

Ostatnie, co pamiętała, to rozmowa z psem w zimnej kuchni jej starego dworku. Teraz była w tym białym obcym pokoju. Wydawało się to nieco surrealistyczne.

– Jesteś w szpitalu w Brodnicy. Już nie ma żadnego

niebezpieczeństwa. Miałaś lekkie wstrząśnienie mózgu, ale już wszystko w porządku – odpowiedział Daniel Podgórski uspokajająco. – Lekarz powiedział, że możesz czuć się nie najlepiej, ale to wkrótce minie.

– Nic nie pamiętam – poskarżyła się Weronika.

Położyła głowę z powrotem na poduszce.

– To może być jeden z objawów wstrząśnienia mózgu – wyjaśnił policjant. – Wszystko będzie dobrze.

– Może i tak, ale ja chciałabym wiedzieć, co się właściwie stało – rzuciła Weronika z uporem.

Daniel westchnął ciężko.

– Zostałaś zaatakowana przez leśniczego Edka Gostyńskiego. Właściwie powinienem powiedzieć przez Kacpra Byczka.

– Ale dlaczego? Nic z tego nie pamiętam.

– Leśniczy wszystkich nas oszukał. Mieszkał w Lipowie od czterech lat. Nazwisko zmienił jeszcze przed rozpoczęciem studiów na kierunku leśnictwa. Wszystko odbyło się legalnie. Potem pracował w leśnictwie niedaleko Warszawy. Rozmawiałem już z osobami stamtąd. Wszystkim wydawał się najzwyczajniejszym człowiekiem na ziemi. U nas było to samo. Wydawał się jednym z nas, a tak naprawdę cały czas planował swoją zemstę na Blance Kojarskiej.

Daniel opowiedział Weronice pokrótce całą tragiczną historię Kacpra Byczka, Blanki Kojarskiej i jej matki Roksany.

– Wygląda na to, że Kacper Byczek, czyli nasz leśniczy, prześladował Blankę i Roksanę już od 1997 roku. Winił Blankę za wypadek ojca – wyjaśnił Podgórski. – Nigdy nie potwierdzono jej winy. Prawdopodobnie Kacper był już wtedy chory umysłowo i wszystko to sobie wyobraził. Zaczęło się od drobnych incydentów, ale przemoc eskalowała. Być może Roksana i Blanka w końcu zdecydowały się przed nim uciec. Ukryły się w warszawskiej parafii na Ursynowie, gdzie Roksana stała się tajemniczą siostrą Moniką. Nie wiemy nadal, jak dokładnie do tego doszło. Być może poprzednia opiekunka parafii, siostra Scholastyka, jej w tym pomogła. W każdym razie siostra Monika jako taka nie figurowała w parafialnych rejestrach, chociaż mieszkała i działała na Ursynowie kilkanaście lat.

– To jak on je w końcu odnalazł? Skoro tak dobrze się ukryły.

– Tego też się nigdy nie dowiemy, ale mam swoje podejrzenia – powiedział Daniel Podgórski. – Przeszukaliśmy leśniczówkę. Oprócz narzędzia zbrodni znaleźliśmy wiele zdjęć Blanki i oprawiony w ramkę wycinek z gazety. Pięć lat temu Blanka wyszła za mąż za Seniora Kojarskiego. Kilka gazet zamieściło notatki na ten temat. Jedna z nich wpadła w ręce Kacpra Byczka, czyli naszego leśniczego. Było tam zdjęcie Blanki z mężem. Musiał ją rozpoznać i wreszcie wiedział, gdzie jej szukać. I tak cztery lata temu przyjął pracę w naszym leśnictwie. Wszystko legalnie. Nikt nie mógł mieć jakichkolwiek podejrzeń wobec niego. Miał odpowiednie wykształcenie i doświadczenie w zawodzie.

– Jak to się stało, że Blanka nigdy go nie rozpoznała? Mieszkali przecież tak blisko siebie.

Daniel westchnął przeciągle. Weronika miała wrażenie, jakby byli w budynku sami. Zza drzwi nie dochodziły żadne odgłosy szpitalnego życia.

– Myślę, że ważnych było tu kilka czynników. Po

pierwsze, sam leśniczy bardzo się zmienił. Widziałem jego zdjęcia z okresu, kiedy Blanka i Kacper byli sąsiadami. Mieli wtedy około piętnastu lat, a Kacper był monstrualnie gruby. Jego rysy były nie do poznania. Zaczął się zmieniać dopiero, kiedy Roksana i Blanka już uciekły. Wyrósł na szczupłego rosłego mężczyznę. Do tego zapuścił długą brodę, jak sama widziałaś. Myślę, że Blanka nie miała szansy go poznać. Nie zapominajmy też o kontekście, w jakim go widywała. Nosił mundur leśniczego i wszyscy w Lipowie akceptowali go w tej roli. Nie wydawał się ani trochę podejrzany.

– A dlaczego zabił siostrę Monikę?

– Pewnie ją rozpoznał, kiedy przybyła do Lipowa. Być może pomyślał, że przyjechała tu go powstrzymać.

– A po co ona właściwie tu przyjechała? – chciała wiedzieć Weronika.

– Z zeznań świadka wynika, że przyjechała tu przedyskutować pewną sprawę z księdzem Piotrem, ale to już zupełnie inna historia. Siostra Monika, czyli Roksana Homczyk, zadzwoniła do Blanki przed przyjazdem do Lipowa. Mamy to w billingach. Wygląda na to, że cały czas były w kontakcie. Być może chciały się spotkać, zanim siostra Monika załatwi sprawę z księdzem Piotrem. Nie wiem, co dokładnie stało się wtedy w lesie, ale wyobrażam to sobie tak…

Daniel przerwał na chwilę swoją opowieść, żeby nabrać powietrza do płuc. Weronika patrzyła na niego wyczekująco. Trochę ją mdliło, ale koniecznie chciała się wszystkiego dowiedzieć.

– Ja sobie to wyobrażam tak: Blanka miała spotkać

matkę w lesie – kontynuował Podgórski. – Wzięła land rovera Juniora Kojarskiego i pojechała na miejsce spotkania. Tymczasem siostra Monika natknęła się na leśniczego i nic nie podejrzewając, zapytała go o coś. Może o drogę? Szła w końcu przez tereny, których nie znała. On przeraził się, że przyjechała tu po niego, i zabił ją nożem, którego używał do prac w lesie. Schował się później, słysząc nadjeżdżający samochód. Blanka zatrzymała land rovera i zobaczyła zabitą matkę. Być może spanikowała i zostawiła samochód na poboczu.

– Uciekała do domu – powiedziała w zamyśleniu Weronika. To wszystko miało sens. Dlatego spotkały się w tamtym właśnie miejscu na porannym spacerze we wtorek i dlatego Blanka tak dziwnie się wtedy zachowywała.

– Możliwe – zgodził się policjant. – Leśniczy tymczasem postanowił wykorzystać sytuację. Przejechał po zakonnicy, żeby jej śmierć wyglądała na potrącenie. Chciał w ten sposób zamaskować rany, które wcześniej zadał nożem. W ten sposób mógł też zrzucić winę na kogoś innego. On nie był w najmniejszym stopniu podejrzany. Kiedy my kręciliśmy się w kółko, on cały czas szykował się do swojego właściwego zadania, czyli zabicia Blanki. Co mu się ostatecznie udało…

Daniel spojrzał na Weronikę uważnie.

– Nie wiem, czy powinienem ci to mówić.

– Daj spokój, chcę wiedzieć wszystko – naciskała Weronika Nowakowska.

– Zabił Blankę w wyjątkowo brutalny sposób. Wykroił jej też spore płaty skóry z pleców na wysokości łopatek i zabrał je ze sobą.

– Dlaczego to zrobił?

– Od pewnego czasu leśniczy wysyłał do Blanki listy. Chciał ją chyba ostatecznie przerazić. Zachował się tylko ostatni z nich. Napisane tam było słowo „Motylek". Klementyna Kopp uważa, że tak morderca nazywał Blankę, a płaty skóry symbolizują skrzydła, które jej odebrał. Nie wiemy, jaka logika się za tym kryła. I chyba nigdy się nie dowiemy.

– Cały czas to powtarzasz…

Podgórski spojrzał na Weronikę przeciągle.

– Ty naprawdę nic nie pamiętasz?

Nowakowska pokręciła przecząco głową.

– Leśniczy Gostyński, czyli Kacper Byczek, nie żyje. Został zastrzelony przez Pawła Kamińskiego, kiedy próbował cię zabić. Ty straciłaś przytomność, bo uderzyłaś się głową w kamień. Paweł jest, jaki jest, ale nigdy nie zapomnę, że uratował ci życie – dodał Daniel z mocą.

Weronika leżała przez chwilę w milczeniu. W bolącej głowie pojawiały się stopniowo strzępy zdarzeń.

– Wydaje mi się, że pamiętam jakiegoś starca na łóżku… – powiedziała powoli.

Daniel Podgórski skinął głową.

– To był Jakub Byczek, sparaliżowany ojciec leśniczego. Nikt z nas nie wiedział nawet, że ojciec mieszkał z nim w leśniczówce. Dom jest bardzo odosobniony. Być może to dlatego. Poza tym leśniczy rzadko przyjmował ludzi u siebie. Wtedy to nie wydawało się podejrzane. Myśleliśmy po prostu, że jest odludkiem – westchnął znowu policjant. – Mądry człowiek po szkodzie! Przypominam sobie teraz wieczór, kiedy przyjechaliśmy do leśniczówki po torebkę zakonnicy. Już samo to powinno było dać nam do myślenia. W jaki sposób tak szybko odnalazł torebkę? Wyjaśnienie jest proste. Miał ją cały czas u siebie. W każdym razie usłyszeliśmy wówczas hałas z głębi domu. Nikt na to nie zwrócił uwagi. Leśniczy wyjaśnił, że to kot, którego niedawno znalazł. Prawdopodobnie to ojciec coś zrzucił, a żadnego kota nie było. Przynajmniej nie znaleźliśmy go, kiedy przeszukiwaliśmy dom.

– Na początku powiedziałeś, że to *był* ojciec leśniczego. Czy on też… – Weronika nie dokończyła.

– Tak, on też nie żyje. Nie zdążyliśmy na czas. Syn podał mu truciznę w zupie, którą go karmił. Jakub Byczek umarł w drodze do szpitala. Nic już nie dało się zrobić. Zupa stała jeszcze przy łóżku, kiedy wkroczyliśmy. Została już wysłana do laboratorium. Wkrótce dowiemy się, czym dokładnie leśniczy otruł ojca. Chociaż jakie to ma teraz znaczenie. Efekt i tak jest ten sam…

Na chwilę znowu zapadło milczenie. Daniel wziął Weronikę za rękę. Łzy napłynęły jej do oczu. Tyle niepotrzebnych tragedii. Podgórski pocałował ją czule w czoło.

– To leśniczy zabił Majkę, prawda? – upewniła się Weronika.

– Jeszcze nie ma wyników autopsji, ale patolog wkrótce to pewnie potwierdzi. Postaraj się już o tym nie myśleć. Lekarz twierdzi, że musisz teraz dużo wypoczywać, żeby jak najszybciej wrócić do zdrowia.

Weronika poruszyła się niecierpliwie na szpitalnym łóżku.

– Nienawidzę szpitali – poskarżyła się. – Kiedy będę mogła stąd wyjść? Wypoczywać mogę też w domu.

– Zaraz porozmawiam z lekarzem. Na szczęście twoje wstrząśnienie mózgu nie jest poważne.

Jak na zawołanie w drzwiach pojawiła się lekarka w białym kitlu.

– Muszę zbadać pacjentkę – oznajmiła. – Pan niech poczeka na zewnątrz.

Daniel Podgórski uśmiechnął się do Weroniki i wyszedł posłusznie na korytarz.

Aspirant Janusz Rosół siedział przy biurku w komisariacie w Lipowie i rozmyślał. Mimo całego poruszenia spowodowanego aresztowaniami Marek Zaręba znalazł chwilę, żeby zapytać, jak się czuje Ewa. Januszowi udało się przemycić sugestię, że to był tylko fałszywy alarm i córka nigdy nie była w ciąży. Koledzy chyba uwierzyli. Nie mógł przecież dopuścić do tego, żeby została ukarana za coś, czemu tak naprawdę nie była winna.

Włączył komputer. Nie brał tabletek Ziętara już od kilku dni i czuł się coraz lepiej. Miał teraz kilka rzeczy do zrobienia. Zaczął przeglądać oferty biur podróży. Przydałaby im się wycieczka. Rodzinna wycieczka. Taka, na jakiej jeszcze nigdy razem nie byli. Warto było wydać na to nawet całe oszczędności. Miał dosyć odkładania każdego grosza. Chciał zaszaleć. Teraz wszystko będzie lepiej.

Tunezja, Maroko, Egipt, Grecja, Hiszpania, Włochy. Był duży wybór. Będzie nad czym myśleć. Powoli może się na coś zdecyduje.

Rosół nie lubił działać pochopnie.

Wiera siedziała z Juniorem Kojarskim w salonie. Bawiła się ze swoim wnukiem Kostkiem. Róża spoglądała na nią nieco nieufnie, ale ona także w końcu zaakceptowała sklepikarkę. Wiera nie była osobą zbyt rodzinną, ale czuła, że mimo wszystko może coś jeszcze z tego będzie.

Junior wydawał się zdruzgotany lekkim zawałem serca, który przeszedł Senior. Mężczyźnie nie groziło już bezpośrednie niebezpieczeństwo, ale powstała rysa na wizerunku jego niezniszczalności. Junior nie mógł się chyba zdecydować, czy kocha ojca, czy nienawidzi.

Będzie musiał do tego dojrzeć, uznała Wiera. Nie zamierzała w to ingerować.

Paweł Kamiński stanął na progu swojego domu z pogniecionym pudełkiem tanich czekoladek w rękach. Wczoraj nie miał szansy tu dotrzeć. Może to i dobrze, bo tymczasem po wsi rozeszła się wieść o jego odważnej interwencji w leśniczówce. To on uratował Weronikę. Ryzykował własne życie, jak ojciec. Teraz on także jest bohaterem.

Poprawił mundur i zapukał do drzwi, mimo że właściwie nie musiał. To był j e g o pieprzony dom. Nie czekał długo. Grażyna otworzyła od razu i z miejsca skoczyła mu w ramiona. Zaskoczony upuścił czekoladki. Nie spodziewał się takiego przywitania. Z drugiej strony był przecież bohaterem, więc mu się należało.

Cała piątka jego dzieci pojawiła się w przedpokoju. Trzymały w rękach jakieś bazgroły z koślawym napisem „Dla taty". Przyjął od nich laurkę, chociaż najpewniej wyrzuci ją, jak tylko będzie miał szansę. Po co przechowywać śmieci.

Wytarł ukradkiem oczy. To musiał być jakiś paproch.

– Czemu nie zrobiłaś kawy? – mruknął cicho. – Chyba nie za wiele oczekuję?

Grażyna potulnie poszła do kuchni.

Wrócił do domu.

Ewka i Julka siedziały za starą stodołą i paliły wspólnego papierosa. Jutro miały skończyć się ferie. Jak zwykle za szybko. Czekał je kolejny długi, nudny semestr nauki.

– Wiesz, co pomyślałam? – zaczęła Julka, zaciągając się głęboko.

Zakaszlała głośno i podała papierosa Ewce.

– Co?

– Teraz, jak już nie ma Majki, to może my byśmy założyły naszego bloga o Lipowie? – powiedziała jednym tchem Julka. – Głupio tak będzie bez żadnych wiadomości. Przecież byłyśmy w samym środku tego wszystkiego. Ty byłaś kochanką bohatera, a ja jednego z podejrzanych. No prawie, ale to też się liczy. No wiesz… w pewnym sensie nikt nie zna sprawy lepiej niż my dwie.

– No. To prawda – zgodziła się Ewka, wydmuchując dym. – Rzeczywiście świetnie się do tego będziemy nadawać. Nie ma nikogo lepszego.

Drogą od strony pola zbliżała się Honorata. Niosła kosz wypełniony jajkami. Pewnie wracała z gospodarstwa swoich dziadków w sąsiedniej wsi. Pomachała im na przywitanie. Szła w ich stronę raźnym krokiem.

– Już mam pomysł na wygląd strony i na nazwę.

– Pogadamy o tym później. Nie przy Honoracie – syknęła Ewka. – Wszystko wygada.

– Cześć, dziewczyny, co u was? Jak ferie?

– Właściwie to nic się nie działo – rzuciła niedbale Julka.

Maria Podgórska piła herbatę w saloniku na plebanii. Pani Solicka, gospodyni starego księdza Józefa, krzątała się, wycierając kurze. Wyglądało na to, że chce zmyć obecność młodego księdza Piotra i jego grzechu ze wszystkich miejsc w budynku. Maria wątpiła jednak, że będzie to kiedykolwiek możliwe.

Stary ksiądz Józef zamknął się u siebie. Mówił, że idzie pogrążyć się w modlitwie, ale obie dobrze widziały, że poszedł się położyć. Staruszek miał już coraz mniej sił. Maria wątpiła nawet, żeby całkowicie rozumiał, co się tu wydarzyło. Kilka razy pytał o Piotra. Powiedziały, że młody ksiądz wyjechał już do Warszawy. Nie chciały niepotrzebnie martwić staruszka.

– Słuchaj, Gieniu – zaczęła Maria. Czuła, że musi z kimś porozmawiać o tym, co ją męczyło. Miała cichą nadzieję, że Daniel zapomniał o sprawie przecieku do prasy. Ostatnim dniom towarzyszyło przecież tyle emocji. – Słuchaj, zrobiłam coś… złego… i mam z tego pieniądze. Chciałam za nie odnowić nagrobek Romana. Ale teraz czuję wyrzuty sumienia i tak się zastanawiałam, czy nie oddać tych pieniędzy na Kościół. Co o tym myślisz?

Pani Solicka spojrzała na nią przelotnie i wróciła do ścierania kurzu.

– Kochana, ty miałabyś zrobić coś złego? Nie wierzę. Nie wierzę. Ty nigdy byś nie zrobiła niczego złego. Po prostu byś nie potrafiła. Jesteś najlepszym człowiekiem, jakiego znam. I mówię to szczerze, przecież wiesz, że j a bym cię nie oszukała.

– Jednak niestety tak właśnie się stało – nie ustępowała Maria.

– Wszystko jedno – oznajmiła Solicka twardo. – Ja ci radzę odnowić ten nagrobek. Nie ma co. Sama wiesz, jak to z tymi pieniędzmi na Kościół bywa. Równie dobrze Roman może mieć ładny pomnik. Zasłużył, każdy to wie. A jeszcze lepiej zrób coś dla siebie. Kiedy ostatnio sobie coś kupiłaś? Kobieta ma prawo do odrobiny luksusu!

Maria upiła łyk gorącej herbaty. Czuła się o wiele lepiej.

– A co z twoim sklepem? Wiera przecież wróciła.

– Zostanie otwarty, a co! Niech sobie ta Ruska nie myśli, że będzie miała u nas monopol. – W głosie pani Solickiej zabrzmiała groźba. – Chociaż podobno jednak jest z niej najprawdziwsza Polka. Kowalska w dodatku.

Maria Podgórska zaśmiała się z przyjaciółki. Wszystko wracało do normy. Miała nadzieję, że ich cicha wioska wkrótce znowu zaśnie pod pierzyną śniegu. Nie potrzebowali tu tylu atrakcji. Wojna dwóch sklepów stanowiła wystarczający temat do rozmów.

Młody Marek Zaręba postanowił zabrać Ewelinę na randkę do Brodnicy. Dawno tego nie robili, zbyt dawno. Powinien bardziej ją rozpieszczać. Andżelika zapewniła ich, że doskonale sobie poradzi sama w domu. Miała już dziesięć lat, ale Marek i tak się trochę niepokoił. Poinstruował córkę, żeby nikomu nie otwierała i cały czas miała obok siebie telefon. Andżelika tylko się z niego śmiała.

– Daj spokój, kochanie, przecież już była sama w domu

wiele razy – powiedziała Ewelina, kiedy otworzył jej drzwi samochodu.

Usiadł za kierownicą hondy, a Ewelina pogłaskała go czule po policzku. Czuł, że teraz będzie musiał jej wyznać, co się zdarzyło kilka lat temu z Blanką Kojarską. Nie mógł dłużej kłamać. Trzeba było załatwić tę sprawę raz na zawsze.

– Bardzo cię kocham – zaczął cicho.

– Wiem – odparła Ewelina z uśmiechem.

Wyjechali na szosę. Nie była jeszcze odśnieżona i samochodem lekko zarzuciło.

– Ja… – nie mógł znaleźć odpowiednich słów. Wszystkie wydawały się złe.

– Ciii… – Żona położyła mu palec na ustach. – Nic nie musisz mówić.

– Ale…

– Wszystko wiem – powiedziała cicho. – Wiem o Blance. Już od dawna.

– Skąd? – W pierwszej chwili ogarnęło go tylko zdziwienie. Pokręciła głową. – Będziesz mogła mi wybaczyć?

– Teraz chyba nie mam wyboru – uśmiechnęła się Ewelina, dotykając jego ręki.

– Jak to? – nie zrozumiał Marek.

– Wydaje mi się, że znowu wpadliśmy – zaśmiała się żona radośnie.

Zatrzymał samochód na poboczu. Spojrzał na nią szczęśliwy.

– Będziemy mieli…? – nie dokończył.

Skinęła głową z uśmiechem i zaczęła całować go w usta. Po policzkach spłynęły mu łzy wzruszenia.

Komisarz kryminalna Klementyna Kopp poprawiła długi szal i skórzany żakiet. Potarła szczęśliwy tatuaż i nieśmiało weszła na cmentarz. W rękach ściskała niewielki bukiet kwiatów. Stokrotki. Ulubione Teresy. Ciężko je było teraz zdobyć, ale Klementynie się udało.

Przeszła ostrożnie pomiędzy pokrytymi świeżym śniegiem grobami. „Teresa Przybylska (14.08.1975 – 25.01.2012)". Klementyna ostrożnie położyła kwiatki na szarym nagrobku.

– Trzymaj się – rzuciła pani komisarz i oddaliła się szybko.

Zanim mogłaby powiedzieć coś głupiego.

Weronika Nowakowska wysiadła z subaru Daniela. Stary dworek i stajnie pokryte były grubą warstwą śniegu. Daniel otworzył drzwi domu. Igor wyskoczył szczęśliwy na powitanie swojej pani. Podgórski wziął Weronikę za rękę i pomógł jej wejść do środka.

Uśmiechnęła się do siebie. Była pewna, że mimo wydarzeń ostatnich tygodni to, co połączyło ją i Daniela, będzie początkiem nowego, wspaniałego rozdziału w jej życiu.

OD AUTORKI

Warszawa 2013

Na koniec tej opowieści chciałabym przede wszystkim podziękować wszystkim osobom, które pomogły mi w jej napisaniu, w takim kształcie, w jakim czytelnik ma ją obecnie przed sobą. Po pierwsze, dziękuję mojej mamie, która była zawsze gotowa wysłuchać moich pytań i pomóc mi w szczególnie problematycznych momentach. Bez Ciebie na pewno utknęłabym gdzieś, zupełnie bez wyjścia! Chciałabym także podziękować mojemu mężowi, który ciągle czuwał, żeby opisane tu wydarzenia nie uciekły za bardzo ramom logiki. Dziękuję serdecznie Agacie Pieniążek z wydawnictwa Prószyński i Spółka, która przekazała mi bardzo wiele cennych sugestii. Dziękuję także pani Annie Derengowskiej i całej ekipie wydawnictwa Prószyński i Spółka, która pracowała przy przygotowaniu mojej książki do wydania.

Dziękuję całej mojej rodzinie, a zwłaszcza mojemu mężowi, rodzicom i dziadkom, za wielkie, nieustające wsparcie. Dziękuję także mojej najbliższej przyjaciółce, Magdzie, za nocne esemesy i za to, że zawsze mogę na nią liczyć.

Wreszcie dziękuję również Tobie, szanowny czytelniku, za towarzyszenie moim bohaterom przez całą tę opowieść.

Wszystkie błędy merytoryczne są moje. Czasem wynikają ze zwykłego zmyślania, ale w końcu taka jest tu moja rola. Jednocześnie chciałabym podkreślić, że wydarzenia opisane w tej książce, jak i wszystkie postaci, są fikcyjne i powstały tylko i wyłącznie w mojej wyobraźni na potrzeby tej książki. Wszelkie ewentualne podobieństwa do żyjących osób i faktycznych wydarzeń są jedynie dziełem kapryśnego przypadku.

Fikcyjne jest także miejsce akcji, Lipowo, chociaż uważny badacz być może zgadnie, jaka miejscowość była jego pierwowzorem. Mimo że dość swobodnie poczynałam sobie z geografią! Mieszkańcom rzeczonej miejscowości dziękuję za użyczenie mi jej jako tła tej opowieści.

Pozdrawiam Was wszystkich serdecznie i do zobaczenia wkrótce,

Kasia Puzyńska